La Guerre froide
1917-1991

Du même auteur

Histoire de la guerre froide
Vol. 1. De la révolution d'Octobre à la guerre de Corée
(1917-1950)
Vol. 2. De la guerre de Corée à la Crise des alliances
(1950-1971)
Fayard, 1966, 1976
Seuil, « Points Histoire », n° 64 et 65, 1983

La Guerre civile froide
Fayard, 1969

Le Dernier Quart du siècle
Fayard, 1976

La France au bois dormant
Fayard, 1978

Un seul lit pour deux rêves
Histoire de la détente (1962-1981)
Fayard, 1981
et Seuil, 1984

Sortir de l'hexagonie
(en collaboration avec Pierre Li)
Stock, 1984

L'Un sans l'autre
Fayard, 1991

Après eux le déluge
De Kaboul à Sarajevo (1979-1995)
Fayard, 1995

André Fontaine

La Guerre froide
1917-1991

Éditions de La Martinière

La première édition de cet ouvrage a paru
aux Éditions de La Martinière en 2004
sous le titre *La Tache rouge. Le roman de la guerre froide.*

ISBN 978-2-02-086120-5
(ISBN 2-84675-139-0, 1re publication)

© Éditions de La Martinière, 2004
et 2006, pour la chronologie

Le Code de la propriété intellectuelle interdit les copies ou reproductions destinées à une utilisation collective. Toute représentation ou reproduction intégrale ou partielle faite par quelque procédé que ce soit, sans le consentement de l'auteur ou de ses ayants cause, est illicite et constitue une contrefaçon sanctionnée par les articles L. 335-2 et suivants du Code de la propriété intellectuelle.

Staline nous invita ensuite à dîner. Nous nous arrêtâmes devant une carte du monde sur laquelle les territoires de l'Union soviétique étaient coloriés en rouge, ce qui, de façon très frappante, faisait apparaître l'URSS beaucoup plus étendue que si elle avait été présentée autrement. Staline promena sa main au-dessus de la tache rouge et, se référant à ce qu'il venait de dire quelques instants auparavant contre les Britanniques et les Américains, il s'écria : « Jamais ils n'accepteront qu'un espace aussi grand puisse être rouge. Jamais ! Jamais ![1] »

Rencontre la veille du débarquement de Normandie racontée par Milovan Djilas, envoyé spécial de Tito.

---

1. Milovan Djilas, *Conversations avec Staline*, Gallimard, 1962, p. 88.

OUVERTURE

Le 7 décembre 1941 au matin, l'aviation japonaise détruit par surprise l'essentiel de la flotte américaine, qui se croyait à l'abri dans la rade de Pearl Harbor. Hitler exulte : « À présent, nous ne pouvons pas perdre la guerre, déclare-t-il au maréchal Keitel et au général Jodl, nous avons un allié qui n'a jamais été vaincu en trois mille ans d'existence[1]. » Mais que dit au même moment de Gaulle au chef de ses services de renseignement, le colonel Passy ? « Maintenant la guerre est définitivement gagnée. Et l'avenir nous prépare deux phases : la première sera le sauvetage de l'Allemagne par les Alliés ; quant à la seconde, je crains que ce ne soit une grande guerre entre les Russes et les Américains[2]. » L'Histoire n'est pas aussi imprévisible que beaucoup le prétendent aujourd'hui...

On peut noter, si l'on veut chercher la petite bête, que la première « phase » annoncée par le général découlera en réalité de la seconde, les Anglo-Saxons ayant grand besoin du potentiel économique et militaire de l'ex-Reich pour « contenir », selon l'expression consacrée, cette menace soviétique dont ils avaient la hantise. On se tromperait en revanche à vouloir refuser le titre de « guerre », au prétexte qu'elle est restée « froide », à celle qui aura opposé pendant des décennies les deux nations dont Napoléon et Tocqueville n'avaient pas été les seuls à prédire, plus d'un siècle plus tôt, qu'elles se partageraient un jour le monde. Chaque fois, certes, qu'elles se sont affrontées dans ces « parties au bord du gouffre » dont John Foster Dulles avait le secret, la peur de déclencher l'apocalypse nucléaire a aidé les deux superpuissances

---

1. Cité in Paul-Marie de La Gorce, *39-45, une guerre inconnue*, Flammarion, 1995, p. 309.
2. Colonel Passy, *Deuxième bureau, Londres*, Monte-Carlo, Raoul Solar, 1947, p. 236.

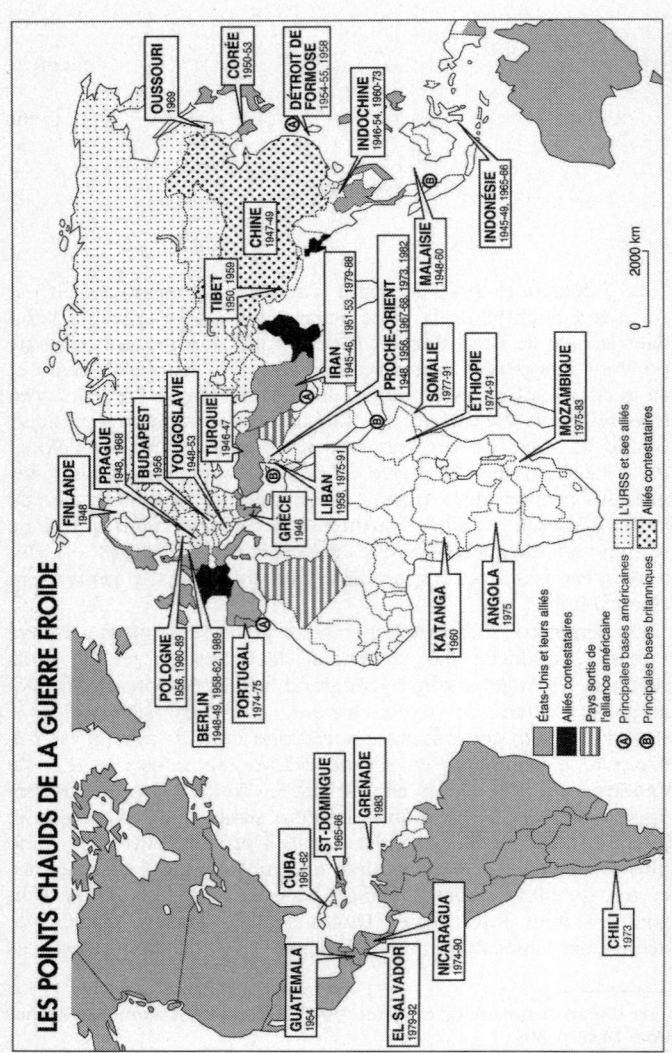

à trouver une porte de sortie, quasi miraculeuse dans le cas de la crise des fusées de Cuba. Mais cette froideur ne doit pas nous abuser : les épisodes chauds de ce conflit ont fait davantage de morts qu'aucune guerre de l'Histoire, la seconde officiellement étiquetée mondiale exceptée.

Combien ? Les estimations sont peu nombreuses et elles varient énormément : les professeurs Victor Prévot et Jean Boichard situent entre quinze et trente millions le nombre des victimes des conflits intervenus entre 1945 et 1987[3]. L'ancien secrétaire à la Défense de Kennedy et de Johnson, Robert McNamara, a dressé en 1991 devant une conférence de la Banque mondiale un tableau des pertes enregistrées sur chaque théâtre d'opérations dont le total dépasse les quarante millions[4]. Dans une communication à un colloque tenu à Uppsala, en Suède, en 2001, le professeur Milton Leitenberg de l'université de Maryland en rajoute encore près de trois millions.

Il est vrai que ces décomptes impliquent des conflits comme ceux qui ont opposé Israël et ses voisins arabes, l'Inde et le Pakistan, ou encore l'Irak et l'Iran, de même que diverses guerres « de libération nationale », au premier plan desquelles celles d'Algérie, dont la problématique ne se situait pas en priorité dans le cadre du conflit Est-Ouest. Mais la guerre de Corée, enfant de la guerre froide s'il en a été, a tué à elle seule deux millions et demi de personnes[5], les guerres d'Indochine presque autant[6], le génocide cambodgien, de notoriété publique, au moins deux millions. Les guerres d'Afghanistan et d'Éthiopie dont l'URSS s'est activement mêlée, directement ou par Cubains interposés, chacune un bon million. Les guerres civiles qui ont ravagé l'Angola et le Mozambique ont provoqué des hécatombes. On s'est également copieusement entretué pour ou contre le communisme en Grèce, en Indonésie, en Malaisie, aux Philippines, au Guatemala, au Nicaragua, au Salvador. Et comment ne pas prendre en compte les dizaines de millions de victimes dont McNamara crédite la guerre civile

---

3. Victor Prévot et Jean Boichard, *Géopolitique transparente*, Magnard, 1987.
4. Robert J. McNamara, *The Post-Cold War World*, Washington, The World Bank, 1992.
5. Sous la direction de sir Robert Thompson, *Les Guerres de l'après-guerre*, Tallandier, 1983, p. 318 ; Alain Denvers, *Points choc, atlas des conflits dans le monde*, Éditions n° 1, pp. 114 et sq.
6. Denvers, *op. cit.*, pp. 106 et 122 ; Thomson, *op. cit.*, pp. 318-319, reste en deçà des deux millions, mais McNamara, *op. cit.*, atteint les trois millions.

chinoise de 1945-1949 et les grands tournants, du Grand Bond en avant à la Révolution culturelle, qui ont jalonné le règne de Mao ? La terreur à l'Est, le soulèvement de Budapest ?

Aucune guerre n'aura été plus « mondiale » que celle-là, dont l'objet était fondamentalement de déterminer qui, de la Maison-Blanche ou du Kremlin, dominerait ce « marché mondial » dont, à défaut d'avoir inventé le mot de « mondialisation », Marx et Engels avaient prédit dès 1848, avec une impressionnante rigueur, le mécaniquement inévitable avènement[7]. Aucune n'aura non plus autant déplacé peuples et frontières, ni détourné vers une course aux armements démentielle autant de ressources qui, mieux employées, auraient singulièrement amélioré le sort de milliards d'humains vivants et à venir.

L'ambition de cet ouvrage est de retracer les grandes étapes de ce long affrontement, dont les prodromes sont bien antérieurs à l'époque où l'on a pris conscience de son existence. À peine en effet le président Wilson avait-il lancé en 1917 son idée d'une « Société des Nations », substituant au vieux système des alliances des institutions fédérales inspirées de celles des États-Unis, que Lénine s'emparait du pouvoir en répétant son slogan favori, emprunté à une vieille formule de l'intelligentsia de l'époque tsariste : « Ce sera eux [les impérialistes] ou nous [les communistes][8]. » D'où les titres des trois « actes » du présent ouvrage – « Eux ou nous », de la révolution d'Octobre à la mort de Staline (1917-1953) –, « Eux et nous », de la mort de Staline à la crise des fusées de Cuba (1953-1962) – « Eux sans nous », de la crise des fusées à la dislocation de l'URSS (1962-1991). Pour aider le lecteur à s'y retrouver, chacun de ces trois actes est précédé d'une description sommaire du décor stratégique dans lequel il se déroule, ainsi que de brefs portraits des principaux personnages.

Pourquoi revenir sur un conflit auquel l'auteur a déjà consacré cinq volumes, totalisant quelque deux mille cinq cents pages,

---

7. Karl Marx et Friedrich Engels, « Manifeste du parti communiste », in Karl Marx, *Œuvres*, Gallimard, « Pléiade », 1963, p. 165. Ce sujet, dont Marx se proposait de faire le thème du livre qui aurait dû couronner son œuvre, a été également abondamment traité dans la *Critique de l'économie politique*, première section, et dans la conclusion du *Capital*.

8. Cité in Nicolas Berdiaev, *Les Sources et le Sens du communisme russe*, Gallimard, 1951, p. 42 ; Jean Laloy, *Le Socialisme de Lénine,* Desclée de Brouwer, 1967, p. 148 ; etc. Michel Tatu a fait de la formule le titre de son ouvrage *Eux et nous, les relations Est-Ouest entre deux détentes*, Fayard, 1985.

dont la publication s'est étalée sur trente années[9], et qui a fait l'objet, depuis qu'il a pris fin, d'innombrables recherches, publications et colloques ? Parce que :

1° La plupart de ces travaux, dont beaucoup sont d'ailleurs passionnants, portent sur un point déterminé. Ils apportent à son propos des précisions inédites, ou bien une thèse, voire les deux. Ce qui est proposé ici, c'est une synthèse, privilégiant le récit événementiel et reliant l'un à l'autre des épisodes trop souvent traités séparément. Si l'auteur s'y est essayé, c'est que son métier de journaliste l'a amené à les suivre au jour le jour à partir de 1950, en fréquentant nombre des acteurs et des lieux de l'action. Il croit avoir acquis ainsi avec son sujet une familiarité lui permettant de mieux saisir les mentalités, et donc les motivations, de ses personnages, comme l'évolution des sociétés en présence, que s'il lui avait fallu se fonder essentiellement sur des documents officiels.

2° On ne compte plus les révélations apportées par l'ouverture, après l'éclatement de l'URSS, d'une grande partie des archives tant de l'État soviétique que du Komintern. Grâce à elles, la défunte « patrie du socialisme » a cessé d'être la « charade enveloppée dans un mystère à l'intérieur d'une énigme » dont parlait Churchill[10]. Les archives occidentales et les Mémoires des grands hommes ou réputés tels ayant livré eux aussi pas mal de secrets, bien des mystères de la guerre froide sont aujourd'hui dissipés, et plus d'une idée reçue mérite d'être révisée.

3° Reste enfin la nécessité, maintenant que la fin de l'histoire est connue, de reprendre à froid ce qui avait été écrit à chaud.

On aura compris qu'il ne s'agit en aucune manière d'un « condensé » des ouvrages précédents, mais d'une relecture complète d'un affrontement qui a occupé les trois quarts du siècle dernier. Serait-il prématuré de le faire ? À ceux qui posent la question, on serait tenté de demander à partir de quel moment on est assuré de disposer d'un recul suffisant. Zhou Enlai a bien refusé, dans les années 1960, de confier à l'ex-président pakistanais Ali Bhutto son jugement sur la Révolution française au prétexte qu'il

---

9. *Histoire de la guerre froide*, 2 vol., Fayard, 1965-1966, rééd. « Points », Seuil ; *Un seul lit pour deux rêves*, Fayard, 1982, rééd. « Points », Seuil ; *L'un sans l'autre*, Fayard, 1991 ; *Après eux, le déluge*, Fayard, 1995.
10. Cité in Martin Malia, *La Tragédie soviétique*, Seuil, 1995, p. 9. D'après David Reynolds *et al.*, *The Origins of the Cold War in Europe*, Newhaven et Londres, Yale University Press, 1994, ce propos a été tenu à la radio le 1er octobre 1939.

était « trop tôt[11] » ! Thucydide n'avait pas les mêmes états d'âme, dont *La Guerre du Péloponnèse* relate une histoire qu'il a vécue lui-même. Ni Pascal, pour qui « toute histoire qui n'est pas contemporaine est suspecte[12] ».

D'autres estimeront sans doute que tant d'eau a coulé sous les ponts de la Spree, de la Moskowa et du Potomac depuis l'écroulement du mur de Berlin qu'il pourrait bien ne pas être trop tôt mais trop tard pour disserter sur la guerre froide. Sans doute ne mesurent-ils pas à quel point elle a marqué la vie, les espoirs, les souffrances et les peurs de trois générations, contribuant lourdement à façonner nos mémoires et nos comportements. Est-il présomptueux de penser que d'ouvrir ce livre devrait les pousser à chercher à en savoir davantage ?

Une entreprise aussi artisanale n'aurait pu être menée à bien si elle n'avait pas été encouragée par de vieux amis comme Jean-Marie Soutou, ambassadeur de France, avec lequel j'ai eu, depuis l'époque de Pierre Mendès France, dont il fut le très proche collaborateur, d'innombrables discussions, ou comme Hubert Védrine. Si Jean-Marie Colombani ne m'avait ouvert largement les bras de la grande famille du *Monde*. Si Didier Rioux et son équipe de la documentation du journal ne m'avaient facilité avec une inlassable disponibilité l'accès à ses précieuses archives. Si divers confrères n'avaient accepté de répondre à mes questions, voire de lire tel ou tel passage. Si Françoise Cocan, Françoise Tricard, Sandrine de Laclos et Muriel Blandin, sans oublier Geneviève Desruelle, aujourd'hui jeune retraitée, ne s'étaient aussi souvent et aussi gentiment laissé déranger. Si le professeur Schabert, de Stuttgart, Andreï Gratchev, dernier en date des porte-parole de Gorbatchev, et divers spécialistes de renom ne m'avaient aidé à éclairer telle ou telle péripétie. J'ai été d'autre part extrêmement touché de la spontanéité avec laquelle Hervé de La Martinière m'a accueilli dans la maison qu'il dirige avec tant de bonheur. Et mon dernier remerciement sera naturellement pour Agnès Fontaine, la conscience, et donc l'exigence, mêmes : ses nombreuses remarques et suggestions n'ont pas peu contribué à rendre ce récit aux continuels rebondissements aussi lisible que possible.

---

11. Confidence recueillie de M. Khwaja Sahahid Hussain, ancien ambassadeur du Pakistan auprès de l'Unesco.
12. Blaise Pascal, *Pensées*, IIe partie, art. VII, II.

ACTE PREMIER

Eux ou *nous*

Des origines à la mort de Staline
(1917-1953)

DÉCOR

L'action ne se déroule pas qu'en Europe, mais celle-ci demeure, comme au cours des siècles précédents, au centre de l'Histoire en train de se faire. La nouveauté est qu'en se lançant, en 1914 et en 1939, dans des guerres proprement suicidaires, elle perd progressivement le contrôle de son destin, pour n'être plus qu'un enjeu, l'enjeu principal, sans doute, mais seulement un enjeu, de la rivalité des superpuissances appelées à prendre la relève des vieux empires défunts.

À chaque fois, les États-Unis ont une longueur d'avance : non seulement la guerre a épargné leur territoire et accru considérablement leur richesse, mais leur intervention, en déterminant le sort des armes, les a largement installés dans la position d'arbitre des affaires du monde occidental. Le Congrès désavoue Wilson et son projet de Société des Nations, mais le poids grandissant de l'Amérique dans le commerce mondial lui rend bientôt un rôle de premier plan sur la scène internationale. Le rétablissement économique de l'Allemagne de Weimar, au milieu des années 1920, aurait été impensable sans le plan conçu par le financier Dawes, et c'est le krach de Wall Street, en octobre 1929, qui donne le coup d'envoi de la crise mondiale et donc de l'arrivée de Hitler au pouvoir. Roosevelt, élu au même moment, n'a de cesse de réintroduire son pays dans le jeu des puissances : l'entrée en guerre des États-Unis, après Pearl Harbor, est la suite logique de cette détermination. Il ne doute pas que son pays constituera la clé de voûte du système des Nations Unies, qu'il a persuadé ses alliés contre l'Axe de mettre sur pied.

Cette aspiration au *leadership* planétaire contrarie de plein fouet le rêve symétrique des communistes de faire flotter partout le drapeau d'Octobre. Pour Lénine, revenu de ses illusions sur l'imminence de la révolution mondiale, la coexistence avec l'impérialisme pouvait être un temps nécessaire, il n'était pas question qu'elle remette en cause l'incompatibilité, à long terme, des deux systèmes capitaliste et collectiviste. Staline partage cette conviction, mais donne la priorité en toutes circonstances à l'intérêt de l'URSS, auquel il asservit délibérément le mouvement communiste international. Il n'hésite pas, pour écarter la menace nazie, à conclure des pactes temporaires, d'abord avec la France, puis avec Hitler lui-même, en attendant que l'invasion allemande, en juin 1941, fasse de lui pour quatre ans l'allié de la Grande-Bretagne et, six mois plus tard, des États-Unis.

La victoire acquise, la Grande Alliance, comme l'ont baptisée les Soviétiques, aura tôt fait d'éclater, pour laisser place à la guerre que l'on va continuer d'appeler « froide » malgré l'invasion, en 1950, de la Corée du Sud et l'extension des guérillas dans le Sud-Est asiatique. La bombe d'Hiroshima a beau avoir bouleversé de fond en comble la donne stratégique, inscrivant dans les faits un partage du monde dépourvu de toute base juridique, Staline a beau avoir démontré à plusieurs reprises son aptitude à s'arrêter « au bord du gouffre » dans les diverses crises qu'il aura déclenchées, il faudra attendre sa mort, en mars 1953, pour que Moscou abjure, par la bouche de son éphémère successeur Malenkov, le dogme de la guerre inévitable entre communisme et impérialisme.

PERSONNAGES

1917 : à l'Europe exsangue qui continue de s'entre-tuer, deux prophètes prétendent chacun imposer sa vision d'une humanité réconciliée avec elle-même. Trotski parle d'eux comme des « antipodes apocalyptiques de notre temps[1] » :

Thomas Woodrow Wilson (1856-1924), fils, petit-fils et gendre de pasteur, très marqué par son éducation rigoriste, d'abord professeur d'histoire et de science politique à l'Université wesleyenne puis à Princeton, dont il devient président en 1902. Élu gouverneur démocrate du New Jersey en 1912 et président des États-Unis l'année suivante, il fait intervenir son pays aux côtés des Alliés en avril 1917, assurant ainsi leur victoire. Il rêve d'une paix équitable et d'un ordre international, démarqué des institutions américaines, dont la Société des Nations sera l'armature. Mais c'est trop demander à ses compatriotes, vite ressaisis par l'isolationnisme, et le Congrès refuse de ratifier le traité de Versailles, qui est largement son œuvre.

Vladimir Ilitch Oulianov (1870-1924), plus connu sous le nom de **Lénine**, emprunté au fleuve sibérien Lena, sur les rives duquel deux cent soixante-dix mineurs d'or avaient été exécutés, en 1912, pour s'être mis en grève. C'est un sang-mêlé : sa mère est une Allemande luthérienne et il a parmi ses ancêtres, outre des Russes, des Kalmouks – ce qui explique ses yeux bridés – et des Juifs. Né à Simbirsk, sur la moyenne Volga, dans une famille aisée, très brillant élève, il perd coup sur coup, à seize ans, son père, inspecteur de l'enseignement et à ce titre anobli, mort de maladie, et son frère aîné, pendu pour avoir participé à une tentative d'assassinat du très réactionnaire tsar Alexandre III. Convaincu pour sa part de l'inefficacité du terrorisme individuel, indigné de constater que personne n'est venu au secours des siens, arrêté au

---

1. Isaac Deutscher, *Trotsky*, Julliard, 1964, t. II, p. 291.

cours d'une manifestation, ce qui lui barre l'accès de l'université, il est exilé avec sa mère adorée à Kazan où il nourrit sa haine de la société bourgeoise au contact des nombreux déportés qui y font halte à leur retour de Sibérie.

Son livre de chevet, quand il était gamin, était un roman à succès du « nihiliste » Nikolaï Tchernychevski, *Que faire ?*, imaginant une société basée sur un ensemble de coopératives agricoles et artisanales, harmonieuse au point de ressembler à un palais de cristal. Ce n'est pas par hasard qu'il donnera le même titre au livre qu'il publiera en 1902[2] pour résumer le programme de la fraction bolchevik, autrement dit majoritaire, mais surtout radicale, du parti social-démocrate, dont il prend alors la tête : il est un pur produit du XIXe siècle, celui de la foi dans les possibilités infinies de la science. Le socialisme de Marx ne se prétendait-il pas « scientifique ? » « En Russie, où la nécessité de souffrir est prônée comme une panacée du salut de l'âme, je n'ai connu personne, écrit de lui son ami Maxime Gorki, qui ait haï et méprisé la douleur et les souffrances des hommes avec autant de force et de profondeur que Lénine [...]. Il croyait inébranlablement que le malheur n'est pas le fondement irrémédiable de la vie, mais une souillure que les hommes doivent et peuvent rejeter[3]. »

En 1914, il cherche en vain à empêcher le ralliement des socialistes des pays belligérants à la guerre « impérialiste » en les appelant à la « transformer en guerre civile[4] ». Rentré de son exil suisse en Russie, avec un sauf-conduit et de l'argent allemands, après l'abdication du tsar, alors que se décompose sur une large échelle l'ordre social et militaire, il n'aura, selon Hélène Carrère d'Encausse, « qu'à se glisser dans les interstices du désastre pour en recueillir les fruits[5] ». La prétendue révolution d'Octobre n'est guère davantage qu'un putsch réussi. Faute qu'elle se répète en Allemagne, la Russie des soviets devra conclure à Brest-Litovsk avec le Reich une paix désastreuse qui sera dénoncée aussitôt signé l'armistice sur le front Ouest. Mais la guerre continue contre les « Blancs » soutenus par les puissances de l'Entente.

---

2. Lénine, *Que faire ?*, Seuil, « Points », 1966.
3. Cité in Nina Gourfinkel, *Lénine*, Seuil, 1959, p. 19.
4. « Résolution du Parti ouvrier social-démocrate de Russie du 1er novembre 1914 », in Lénine, *Œuvres choisies*, Moscou, Éditions en langues étrangères, 1948, p. 23.
5. Hélène Carrère d'Encausse, *La Russie inachevée*, Fayard, 2000, p. 271.

Avec une volonté de fer et une totale absence de pitié – « il retenait son âme par les ailes », note encore Gorki[6] –, Lénine mène les bolcheviks à la victoire dans la guerre civile, sans cesser un instant de prophétiser le triomphe à brève échéance du communisme universel. Sa dernière décision est la proclamation de la NEP, la nouvelle politique économique qui autorise un retour partiel, pour panser les énormes plaies du pays, aux pratiques du marché. À partir de 1922, une série d'attaques lui interdit progressivement toute activité. Il meurt en 1924, sans avoir organisé sa succession, se contentant de mettre ses camarades en garde contre les divers candidats en présence, et avant tout contre :

Joseph Vissarionovitch Djougachvili (1879-1953), alias **Staline**, autrement dit l'homme d'acier (*Stahl* en allemand, *Stal* en russe). Il est le seul des premiers dirigeants soviétiques qui soit d'origine prolétarienne. Son père, cordonnier alcoolique, l'a copieusement battu. Sa mère, femme de ménage chez un prêtre, l'a fait admettre à l'école paroissiale de sa ville natale de Gori, d'où il est passé au séminaire de Tbilissi. Mais, pour citer l'un de ses quelques poèmes de jeunesse, à « la vérité céleste », dont il ne veut pas, il préfère « le mensonge terrestre[7] ». Comme l'a noté sa fille Svetlana, il n'a en effet « jamais rien ressenti pour la religion [et] il se raccroche spontanément au profane, au terrestre, à la raison, au pragmatisme, à tout ce qui est à ras de terre, et, partant, à l'irrespect de la morale, et cela d'autant plus que concurremment, il apprend l'hypocrisie, le double jeu, la bigoterie, l'intolérance, caractéristiques d'un grand nombre de ces messieurs du clergé[8] ».

Dès 1903, il devient un révolutionnaire professionnel, aussitôt rallié au bolchevisme, qui n'hésite pas à participer à des actions armées pour procurer de l'argent au parti. Souvent arrêté et déporté, de 1912 à la révolution, il a très peu séjourné à l'étranger, à la différence de Lénine, et ne parle d'autre langue que le géorgien et le russe. D'abord spécialiste, en raison de ses origines, du problème des nationalités, il est nommé secrétaire général du parti en 1922. Grossier, totalement amoral, il est de surcroît cruel à un point qui devait pousser sa seconde femme au suicide : « Mon père n'a jamais fait grâce[9] », écrit encore Svetlana. Un

---

6. Cité in Gourfinkel, *op. cit.*, p. 161.
7. Cité in Félix Tchouev, *Conversations avec Molotov*, Albin Michel, 1995, p. 220.
8. Svetlana Allilouieva, *En une seule année*, Robert Laffont, 1970, p. 320.
9. *Ibid.*, p. 133.

exemple entre mille, tiré d'une série de quatre-vingt-six lettres adressées à Molotov, son âme damnée, et publiées en 1995 par les presses de l'université américaine de Yale : les Soviétiques ayant à l'époque de plus en plus tendance à thésauriser les pièces de monnaie, il lui écrivit : « Faites à tout prix abattre deux ou trois douzaines de ces naufrageurs des appareils [de la Banque d'État et du commissariat du peuple aux Finances], y compris plusieurs douzaines de caissiers ordinaires[10]. » Et comme son perroquet s'était permis d'imiter sa manière de parler, il l'abattit d'un coup de revolver.

Pathologiquement méfiant, ne reculant devant rien pour éliminer ses rivaux réels ou potentiels, dont il surestimait facilement le cynisme, ce nouvel Ivan le Terrible, personnage shakespearien, a porté à son comble le culte de la personnalité, autrement dit la flagornerie à son égard : pour n'en citer qu'un exemple, Aragon n'hésitera pas à parler de lui comme du « plus grand philosophe de tous les temps[11] ». Responsable de la mort de millions de ses compatriotes, rationnel au point de créditer ses partenaires comme ses adversaires d'une égale rationalité, il n'a cessé de mêler la perspicacité, étayée sur une mémoire et une fourberie phénoménales, à l'aveuglement le plus obstiné. Rares pourtant sont ses interlocuteurs occidentaux, Churchill compris, qui ne lui ont pas trouvé du charme à un moment ou à un autre. Kissinger voit en lui un « monstre », certes, mais, « dans la conduite des relations internationales, suprêmement réaliste [...] le Richelieu de son époque[12] ». C'est le seul des dirigeants soviétiques que la foule ait pleuré au moment de ses obsèques.

De 1927 à son décès dans une atmosphère de Grand-Guignol, il a été le maître absolu de l'URSS, puis, après la victoire de 1945, celui du « camp socialiste » et donc le principal adversaire du « monde libre ». C'est assez pour faire de lui l'un des acteurs principaux de cette histoire, la plupart des autres paraissant en regard bien éphémères, à l'exception de deux hommes aussi différents que l'on puisse imaginer, mais qui ont en commun d'être arrivés au pouvoir à peu près en même temps, au début de 1933, et qui

---

10. Cité in Serge Schmemann, « Selectively and Carefully, Russia Closes a Door on Its Past », *International Herald Tribune*, 27 avril 1995.

11. Dans *Les Lettres françaises* du 5 février 1953, cité in Kostas Papaioannou, *L'Idéologie froide*, Pauvert, 1967, pp. 149-150.

12. Henry Kissinger, *Diplomatie*, Fayard, 1996, p. 292.

sont également morts, douze ans plus tard, à quelques semaines de distance :

Adolf Hitler (1889-1945). Son père était un douanier autrichien parvenu au grade supérieur de sa catégorie. Timide, violent, narcissique, se prenant pour un génie culturel, il enrage d'être recalé par deux fois au concours de l'Académie des beaux-arts de Vienne. Il vit très pauvrement durant plusieurs années dans la capitale des Habsbourg, avant de s'installer en 1913 à Munich, qu'il adore d'instinct. Réformé par l'armée autrichienne pour débilité physique, il s'engage en 1914 dans l'allemande et obtient la croix de fer de 1re classe sans jamais dépasser le grade de caporal. Ses camarades trouvent volontiers « bizarre[13] » cet introverti, qui ne fume pas, ne boit pas, ne semble pas s'intéresser aux femmes, mais c'est pourtant dans l'armée qu'il trouve pour la première fois une structure sociale à sa convenance.

Le traité de Versailles est pour lui une humiliation intolérable, qu'il n'aura de cesse d'effacer. Devenu en 1923 chef d'un petit parti « national-socialiste », il tente un putsch à Munich, la même année, avec le maréchal Lüdendorff. Condamné à la prison, il y écrit son *Mein Kampf*[14], dans lequel il proclame sa volonté de coloniser l'Europe de l'Est et déclare la guerre aux bolcheviks et aux Juifs, responsables à ses yeux de la défaite de 1918. Nommé chancelier en 1933 grâce au soutien de la droite et à la division de la gauche, qui ont l'une et l'autre complètement sous-estimé ses ambitions et son acharnement, *Reichsführer* l'année suivante, il plonge le monde dans la guerre en 1939 et se suicide en avril 1945 plutôt que d'avoir à reconnaître l'échec de son rêve insensé et la responsabilité de ses crimes.

Franklin Delano Roosevelt (1882-1945), cousin de l'ancien président Theodore Roosevelt, grand champion, au début du siècle, de l'impérialisme américain, qu'il ne craignait pas d'appeler par son nom. Brillant, charmeur, contradictoire, il incarne, après Wilson, et de façon beaucoup plus pragmatique, voire à l'occasion cynique, le rêve d'un ordre international démocratique guidé par les États-Unis. Malgré une attaque de poliomyélite qui l'a privé de l'usage de ses jambes à partir de 1921, il est élu président en 1932, sous les couleurs du parti démocrate, et réélu triomphalement en 1936, 1940 et 1944. Initiateur du New Deal

---

13. Alan Bullock, *Hitler et Staline, vies parallèles*, Albin Michel/Robert Laffont, 1994, t. I, p. 47.
14. Adolf Hitler, *Mein Kampf*, Munich, 1938, Zentralverlag der NSDAP.

qui, grâce largement à un programme de grands travaux, met fin à la crise économique profonde déclenchée en 1929 par le Jeudi noir de Wall Street, il combat l'isolationnisme ambiant et soutient la cause des démocraties contre le nazisme et le fascisme, jusqu'à ce que l'attaque japonaise sur Pearl Harbor et la déclaration de guerre de Hitler qui la suit fassent de lui l'allié de Staline et de :

Winston Spencer Churchill (1874-1965). Fils d'un descendant des Marlborough et d'une mère américaine, tour à tour militaire et journaliste, on le voit, du Transvaal à Cuba, sur la plupart des champs de bataille du tournant du siècle. Il commence en 1900 une carrière politique, comme député conservateur, qui fait de lui un ministre successivement de l'Intérieur, de la Marine, des Armements et enfin de la Guerre, non sans avoir un temps commandé un bataillon sur le front des Flandres. Il revient à la surface en faisant campagne contre Munich, et est nommé Premier ministre le jour même du début de l'offensive allemande à l'Ouest.

Il a joué dans la victoire de 1945 un rôle irremplaçable. Que se serait-il passé en effet si, comme une partie de l'*establishment* britannique y poussait, il avait saisi, après la défaite de 1940, la main que Hitler lui tendait avec insistance ? Il n'y a pas songé une seconde. Orateur exceptionnel, magnifique écrivain, toujours en représentation, il était John Bull en personne : la fierté d'être britannique, la certitude de son génie et de son bon droit, le courage et la détermination incarnés. Quand il s'agissait de se faire prendre au sérieux, il ne lésinait pas sur les moyens : le bombardement de la flotte française à Mers el-Kébir, celui de Dresde, qui fit en deux jours bien plus de morts qu'Hiroshima, l'intervention dans la guerre civile grecque sont là pour en témoigner.

Considéré par de Gaulle et par John Kennedy comme le modèle de l'homme d'État, Churchill a fait l'objet d'innombrables portraits. L'un des plus saisissants est sans doute dû à l'Américain William Manchester, qui lui a consacré une volumineuse biographie : « Un manichéen passionné, concevant le monde comme un combat médiéval acharné entre les forces du bien et les forces du mal [...], un homme qui croyait en la gloire martiale [...], et en même temps un chef doté d'un génie intuitif [...], un grand tragédien, conscient de la séduction du martyre[15]. » Battu aux élections de juillet 1945, alors que se déroulait à Potsdam le troisième et dernier des sommets interalliés de la guerre, il prononce à Fulton,

---

15. William Manchester, *Winston Churchill*, Robert Laffont, 1985, t. I, p. 20.

dans le Missouri, le 5 mars 1946, le discours généralement considéré comme ayant donné le coup d'envoi de la guerre froide. Son retour au pouvoir, de 1951 à 1955, n'ajoutera rien à sa gloire. La grande figure de « l'Occident », du « monde libre », à l'époque, est indiscutablement :

Harry S. Truman (1884-1972). Commerçant du Missouri, commandant d'artillerie en France pendant la Première Guerre mondiale, juge, puis sénateur démocrate, il est vice-président des États-Unis depuis quelques mois lorsque la mort de Roosevelt fait de lui son successeur. Modeste, aucunement préparé à sa tâche, mais courageux, aimant l'action et convaincu de la supériorité de l'*American way of life* sur le totalitarisme, c'est lui qui, plus que quiconque, a engagé son pays dans la résistance au communisme. Solidement appuyé sur le monopole, puis sur la supériorité, nucléaire dont il jouissait alors, joueur de poker heureux, il sait partout, des Détroits turcs à la Corée en passant par Berlin, contenir ce redoutable joueur d'échecs qu'était Staline.

Enfin on n'aurait garde d'oublier le seul des grands chefs communistes qui ait réussi à tenir tête au Géorgien, **Josip Broz**, alias **Walter**, alias **Tito** (1892-1980). Sa rupture avec le Kremlin a la même raison que la chasse aux trotskistes pendant la guerre d'Espagne : le refus de la direction soviétique de laisser un régime communiste voler de ses propres ailes. Né d'un père croate et d'une mère slovène, le futur maréchal a été mobilisé en 1914 dans l'armée austro-hongroise et a participé dans ses rangs aux opérations contre la Serbie. Capturé par les Russes, il fait dès le début cause commune avec la révolution d'Octobre. Dirigeant du PC yougoslave, vivant entre la prison et l'exil, il est chargé de sa réorganisation après sa dissolution en 1937 par le Komintern. Il déclenche la lutte armée en 1941 contre l'occupation allemande, et entre en conflit avec les hommes du général Mihailovic, qui a pris la tête de la résistance fidèle au gouvernement royal en exil.

Sans pitié ni scrupule, animé d'une volonté de fer et d'un courage à toute épreuve, entouré d'une pléiade de militants de grande valeur, il constitue en 1943, sans consulter Moscou, un Comité de libération nationale qui se transformera en 1945 en gouvernement. Son projet de création d'une fédération balkanique incluant la Bulgarie et l'Albanie se heurte au veto de Staline, qui cherche en vain à se débarrasser de lui. Devenu l'un des principaux leaders du monde « non-aligné », il laissera de plus en plus transparaître, avec l'âge, sa vanité, son goût du pouvoir et du faste. Son opposition déterminée aux tendances hégémoniques des Serbes amènera ces derniers, après sa mort, à chercher à prendre leur revanche : l'éclatement de la fédération yougoslave et les guerres qui de 1991 à 1995 ont ravagé la Bosnie, puis en 1999 le Kosovo, en sont la conséquence directe.

Ce n'est qu'à la fin des années 1950 qu'éclatera la rupture entre un autre rebelle, **Mao Zedong** (1893-1976), et le Kremlin. Mais ses rapports avec Staline n'ont jamais été faciles. Fils de paysans moyens, bibliothécaire à l'université de Pékin, il est dès sa création en 1921 l'un des responsables du PC chinois. Ayant réussi à échapper à l'écrasement, en 1927, des soulèvements communistes de Shanghai puis de Canton par le Guomindang de Tchang Kaï-chek, dont la responsabilité incombe largement à l'aveuglement de Staline, il installe dans sa province natale du Hunan, deux ans plus tard, une « république soviétique ». Une offensive nationaliste l'oblige en 1933 à une retraite de 10 000 kilomètres, cette Longue Marche au cours de laquelle tombent quelque cent mille combattants rouges.

L'agression japonaise entraîne une série de tentatives de réconciliation qui font long feu, et la guerre civile reprend dès les lendemains de la capitulation de l'empire nippon, jusqu'à la victoire des communistes en 1949. Mao n'a pas oublié le passé, et Staline se méfie d'instinct de l'arrivée au pouvoir d'un PC que les dimensions du pays l'empêchent de contrôler directement. Il n'a pas tort : après sa mort, la Chine en viendra à dénoncer le « révisionnisme » des « nouveaux tsars » du Kremlin, dont elle cherchera à prendre la relève à la tête du mouvement communiste mondial. La tension entre les deux capitales ira jusqu'à provoquer des incidents armés, poussant les États-Unis de Nixon à mettre en garde Moscou, en pleine guerre d'Indochine, contre toute idée d'attaque de son ancienne alliée. Mao recevra le président américain à Pékin, où venait de prendre fin la Révolution culturelle de sinistre mémoire, dont il porte la totale responsabilité, et dont l'objet était de lui permettre de reprendre un pouvoir en passe de lui échapper complètement. Ses successeurs admettront par la suite qu'elle a fait cent millions de victimes, sans préciser combien d'entre elles avaient trouvé la mort. À la vérité, le « poète », le « philosophe », le « stratège » dont mai 1968 devait faire à bien des égards son guide spirituel, n'avait qu'indifférence pour la vie des autres : peu lui importait, il l'a dit, notamment, à Nehru, qu'il y eût une nouvelle guerre mondiale et qu'elle tuât la moitié de l'humanité, puisqu'elle assurerait le triomphe final du socialisme. Poussant plus loin encore que Staline le culte de la personnalité, il se complaisait, comme on l'a appris tardivement, dans une débauche digne de la Rome de la décadence.

De **Georges Clemenceau** (1841-1929), le « Tigre », le « Père la Victoire », dont il est souvent question au début de ce livre, à **Viatcheslav Mikhaïlovitch Skriabine,** alias **Molotov** (= marteau) (1890-1986), l'infatigable « Monsieur Niet » de Staline, du ministre des Affaires étrangères français **Aristide Briand** (1862-1932) et de son collègue allemand **Gustav Stresemann** (1878-1929), qui tentèrent de bâtir l'Europe dans les années 1920, à **Konrad Adenauer** (1876-1967) et à **Robert Schuman** (1886-1963), qui y parvinrent trente ans plus tard, bien d'autres personnages mériteraient de figurer dans cette énumération. Il en va de même, bien sûr, du **général de Gaulle**, mais c'est surtout après son retour aux affaires en 1958 qu'il va jouer un rôle de premier plan dans la guerre froide : nous le retrouverons donc en prélude au second acte.

CHAPITRE PREMIER

Messianisme contre messianisme

« DESTINÉE MANIFESTE » ET SAINTE RUSSIE
– LES ROUGES ET LE MONDE EXTÉRIEUR –
DE LA RÉVOLUTION PERMANENTE AU SOCIALISME DANS UN SEUL PAYS

> « *Wilson attribuait à l'Amérique un rôle messianique : il lui incombait non pas de travailler à l'équilibre des forces, mais de répandre dans le monde entier les principes qui la gouvernaient*[1]. »
>
> Henry Kissinger.

> « *L'autocratie de Moscou va se constituer sous le symbole de l'idée messianique. Recherche d'un royaume, du royaume de la vérité, cet idéal va suivre le peuple russe à travers toute la durée de son histoire : c'est par la foi orthodoxe qu'on appartient à ce royaume russe, de même que c'est par la foi communiste qu'on appartiendra à la Russie soviétique*[2]. »
>
> Nicolas Berdiaev.

N'est pas prophète qui veut. Rares sont les experts qui ont prédit la rupture sino-soviétique, la réunification de l'Allemagne, la dislocation de l'URSS, le grand désordre de l'après-guerre

---

1. Kissinger, *op. cit.*, p. 21.
2. Berdiaev, *op. cit.*, p. 13.

froide, l'interventionnisme tous azimuts de la nouvelle Rome américaine, le terrorisme islamiste. La foi dans le progrès, qui a nourri tant de grands projets politiques, a quasiment disparu. Où est le temps où Marx présentait le communisme comme « l'énigme résolue de l'Histoire[3] », où son disciple Staline prétendait en faire une science aussi exacte que la physique ?

À ces augures mal ou peu inspirés, comment ne pas opposer le regard d'aigle tranquille d'Alexis de Tocqueville ? Il n'a que trente ans lorsqu'il écrit, en 1835, la page inoubliable de *De la démocratie en Amérique* dans laquelle il dépeint les deux peuples russe et américain comme appelés chacun « par un dessein secret de la Providence à tenir un jour dans ses mains les destinées de la moitié du monde[4] ». On ne rabaisse pas son mérite à rappeler que cette vision était alors largement partagée. Napoléon, à Sainte-Hélène, pensait que le monde serait bientôt « république américaine ou monarchie universelle russe[5] ». Ces deux peuples, « jeunes et frais », que décrit en 1830 le philosophe et journaliste slavophile Ivan Kireievski[6], n'étaient-ils pas seuls à détenir des atouts irremplaçables, comme l'immensité de l'espace ouvert à leurs ambitions, la vigueur démographique, l'abondance des ressources naturelles ?

Non moins important, l'un et l'autre adhéraient à ce qu'on n'appelait pas encore une idéologie, à une cause, ou, pour mieux dire, à un rêve. Un rêve d'inspiration éminemment religieuse. D'un côté, le dévouement corps et âme à un autocrate tenu pour « le véritable envoyé de Dieu sur terre[7] » (Hannah Arendt), de l'autre la démocratie. « Le monarque de Russie est souverain », écrit en 1774 la Grande Catherine, paraphrasant sans le nommer Montesquieu, « il n'y a qu'un pouvoir unique résidant en sa personne qui puisse agir convenablement à l'étendue d'un empire

---

3. Karl Marx, *Manuscrits de 1844*, MEGA, I, III, cité par Yves Calvez, *La Pensée de Karl Marx*, Seuil, 1956, p. 528.
4. Alexis de Tocqueville, *De la démocratie en Amérique*, Gosselin, 1835, t. I, pp. 449-450.
5. Cité in Denis de Rougemont, *Vingt siècles d'Europe*, Payot, 1961, p. 268.
6. Fondateur de *L'Européen* de Moscou, Kireievski écrivait en 1830 : « Dans toute l'humanité civilisée deux peuples seulement ne partagent point l'engourdissement général, deux peuples jeunes et frais, respirant l'espérance : ce sont les États-Unis et la Russie. » Cité par Hepner, *Revue socialiste*, avril 1949.
7. Hannah Arendt, *L'Impérialisme*, Fayard, 1982, p. 192.

aussi vaste[8] ». Deux ans plus tard, les États-Unis fondent leur Déclaration d'indépendance sur la prémisse exactement inverse : « Tous les hommes ont été créés égaux, leur Créateur les a dotés de certains droits inaliénables, parmi lesquels la vie, la liberté et la poursuite du bonheur, et les gouvernements, qui ont mission d'assurer ces droits, tiennent leur juste autorité du consentement des gouvernés[9]. »

Aux yeux de ses signataires, cette déclaration a valeur universelle. *Common Sense,* le pamphlet de Thomas Paine qui en 1776 mit le feu aux poudres de la révolte des treize colonies, est un continuel hommage à la liberté, « pourchassée sur toute la surface du globe », « fugitive », qu'il presse ses compatriotes de « recueillir, préparant à temps un asile pour le genre humain[10] ». George Washington n'hésitera pas à écrire à La Fayette : « Nous avons jeté une semence de liberté et d'union qui germera peu à peu dans toute la terre. Un jour, sur le modèle des États-Unis d'Amérique, se constitueront des États-Unis d'Europe. Les États-Unis seront les législateurs de toutes les nationalités[11]. »

Ainsi s'exprimait dès la première minute le « messianisme », la conviction d'avoir été choisi par la Providence pour être son instrument privilégié, qui a orchestré l'accession progressive du peuple américain à la prépondérance mondiale. En 1845, le président Polk s'autorise de la « destinée manifeste[12] » de son pays pour mettre la main sur le Texas, indépendant depuis 1836, et sur le tiers du Mexique. L'année 1886 voit l'inauguration, à l'entrée de la baie de New York, d'une gigantesque statue de la Liberté, aimant qui attirera outre-Atlantique des millions d'Européens désespérant de l'Europe pour en faire des Américains.

Le président Theodore Roosevelt lui-même, celui qui préconisait à la jonction des XIXe et XXe siècles de « parler doucement et porter

---

8. Catherine II, *Instruction aux députés pour la confection des lois,* citée par Catherine Durand-Cheynet in *Moscou contre la Russie,* Ramsay, 1988, p. 320. « Un grand empire, avait écrit Montesquieu, suppose une autorité despotique dans celui qui gouverne. Il faut que la promptitude des résolutions supplée à la distance des lieux où elles sont envoyées » (*De l'esprit des Lois,* liv. VIII, chap XIX).
9. Texte intégral dans Jean-Pierre Martin et Daniel Royot, *Histoire et Civilisation des États-Unis,* Nathan, 1974, pp. 24-25.
10. Thomas Paine, *Common Sense,* Harmontsworth, Penguin, 1987, p. 100.
11. Cité in Bernard Voyenne, *Histoire de l'idée européenne,* Payot, 1964, p. 101.
12. L'expression est de John O'Sullivan, alors rédacteur en chef de la *Democratic Review* de New York. Cité in Martin et Royot, *op. cit.,* p. 113.

un gros bâton[13] », partage « l'opinion de ses compatriotes : l'Amérique est l'espoir du monde[14] ». À ses yeux, Woodrow Wilson n'est qu'un indécrottable idéaliste. Le père de la Société des Nations n'a-t-il pas en tête une « souveraineté du droit universelle, établie par un concert de peuples libres, qui apporte la paix et la sécurité à toutes les nations et libère le monde enfin libre[15] » ? L'un et l'autre n'en ont pas moins une foi identique dans la mission de l'Amérique : ce que Kissinger appelle son « exceptionnalisme[16] ». Un quart de siècle plus tard, un autre Roosevelt se croira plus qualifié que quiconque pour concevoir et dominer le nouvel ordre mondial censé sortir de la victoire sur l'Axe. Et Reagan affirmera sa conviction que le destin de son pays est d'être « le phare d'espérance de l'humanité tout entière[17] », avant que Madeleine Albright, secrétaire d'État de Bill Clinton, parle des États-Unis comme de la « nation indispensable » parce qu'elle « se tient haut et voit plus loin dans l'avenir[18] », et que George W. Bush se pose comme nul avant lui en champion de l'unilatéralisme américain.

*
* *

Le messianisme n'était pas moindre du côté de la « Sainte » Russie. Le mythe de la troisième Rome était apparu dès le début du XVIᵉ siècle. Dans ses épîtres à Basile III, le moine Philothée de Pskov convie Moscou et son grand prince à se mettre à la tête de la chrétienté pour prendre la relève des deux autres, la première étant tombée aux mains des « hérétiques » papistes, l'autre, Constantinople, dans celles des infidèles turcs[19]. Le fils de Basile, Ivan le Terrible, reprend cette vision à son compte en s'autoproclamant « tsar », autrement dit César, comme les empereurs de l'Antiquité latins et de Byzance. Souvent aux prises avec des envahisseurs latins, polonais ou teutoniques venus de l'Ouest, marqués par le brutal héritage des khans mongols de la Horde d'Or, en lutte constante avec les boyards, les seigneurs qui leur disputent

---

13. *Ibid.*, p. 180.
14. Kissinger, *op. cit.*, p. 31.
15. Discours pour la déclaration de guerre à l'Allemagne. Large extrait *in ibid.*, p. 39.
16. *Ibid.*, p. 353.
17. Cité par T.D. Allman, *Un dessein ambigu*, Flammarion, 1986, p. 141.
18. Entretien à la BBC, 19 février 1998.
19. Long extrait in C. Durand-Cheynet, *op. cit.*, p. 197.

le pouvoir, les souverains russes font d'abord confiance à la force, qu'ils mettent avant tout au service de leur foi orthodoxe.

Pierre le Grand rompt avec cette tradition et avec le concept de troisième Rome en soumettant l'Église à sa férule, et en imposant à l'empire, comme le feront plus tard chez eux le Japonais Meiji ou Kemal Atatürk, une occidentalisation dont la création de Saint-Pétersbourg, où il installe sa capitale, est la fois l'instrument et l'éclatant symbole. Mais les mythes vivent longtemps dans l'âme des peuples, et celui de la troisième Rome refait surface dans la seconde partie du XIXe siècle, grâce notamment au développement de ce « phénomène spécifiquement russe[20] » (Hélène Carrère d'Encausse) qui a nom l'intelligentsia. Née de l'échec, en décembre 1825, du complot des décabristes qui prétendaient doter l'empire d'une constitution, elle va jouer entre une paysannerie immense et amorphe, une classe ouvrière dans les limbes, une bureaucratie sclérosée, le *tchin*, et une noblesse terriblement attachée à ses privilèges, un rôle fondamental dans le passage d'une autocratie à une autre.

Contrairement à ce que le mot suggère, l'intelligentsia a été une « collectivité idéologique », comparable, écrivait Berdiaev, « à un ordre monastique, à une secte possédant sa morale propre, très intransigeante [...] et jusqu'à un aspect physique par lequel ses adeptes sont reconnaissables[21] ». L'intransigeance, la soif d'absolu sont leurs marques : ils refusent tout compromis avec un pouvoir qui est à leurs yeux le mal incarné. Certains vont jusqu'à rejeter toute idée de pouvoir. Lénine, qui croit avec Marx au « dépérissement » rapide de l'État après le renversement du régime bourgeois, est l'héritier direct de leur manichéisme.

Deux courants principaux traversent l'intelligentsia. Dans la tradition de Pierre le Grand, les occidentalistes préconisent des mesures de modernisation à l'européenne. Les slavophiles, eux, prônent le retour aux sources de l'orthodoxie, et, plus précisément, avec le grand philosophe et théologien Vladimir Soloviev (1853-1900), à la troisième Rome. Mais celle-ci apparaissait déjà en filigrane dans la démarche d'Alexandre Ier obtenant que fût baptisée « sainte » l'alliance des vainqueurs de Napoléon, comme dans la politique d'autoritarisme intégral et d'expansion tous azimuts poursuivie, de la Pologne et des Balkans à l'Asie centrale, par son frère et successeur Nicolas Ier. Entre les grands slavophiles,

---

20. Hélène Carrère d'Encausse, *Nicolas II*, Fayard, 1996, p. 41.
21. Berdiaev, *op. cit.*, pp. 30-64.

c'est à qui assigne à son pays les ambitions les plus hautes. Dostoïevski revendique « la toute première place, un rôle unique[22] » pour la Russie. Vissarion Bielinski l'appelle à « assimiler tous les éléments culturels de l'Europe et du monde pour en faire la synthèse[23] » et Alexandre Herzen à « prendre l'initiative de la renaissance humaine[24]. » « La troïka fend l'espace, inspirée par Dieu, écrit Gogol, tout ce qui vit sur la terre fuit et disparaît, et les autres peuples, les autres empires s'écartent et te laissent la voie libre, Sainte Russie[25] ! »

Loin de freiner cette ambition, la révolution la reprend à son compte, d'abord, bien sûr, en la débaptisant. Mais le parti communiste a vite fait de mettre le patriotisme russe à contribution, et l'histoire nationale est réintroduite dans l'enseignement à partir de 1934. L'agression nazie va conduire à un rapprochement spectaculaire entre le Kremlin et l'orthodoxie, qui sera mise à contribution tant pour détacher les uniates ukrainiens de la tutelle du Saint-Siège que pour renforcer celle de Moscou sur les croyants de Roumanie, de Bulgarie, voire de Serbie. En juin 1945, un ministre soviétique de l'Éducation ira jusqu'à célébrer « l'altière idée de la troisième Rome[26] ». Berdiaev ne l'avait pas attendu pour constater « une sorte d'identification du peuple russe avec le prolétariat, du messianisme russe avec le messianisme prolétarien », le bolchevisme étant à ses yeux « la synthèse d'Ivan le Terrible et de Marx[27] ».

*
* *

Le heurt des deux messianismes, américain et russe, était-il fatal ? Napoléon, Michelet, Thiers, bien d'autres encore en étaient convaincus, Tocqueville ne s'étant guère intéressé pour sa part à l'évolution des rapports des deux superpuissances dont il avait si bien perçu l'émergence. Aucun de ces grands esprits n'avait pourtant prévu que la patrie des tsars deviendrait celle du socialisme et de la révolution mondiale. Michelet, frappé par l'importance

---

22. Fiodor Dostoïevski, *Les Démons*, Gallimard, 1955, pp. 267-268.
23. Cité in Georges Sokoloff, *La Puissance pauvre*, Fayard, 1993, pp. 62-63.
24. Cité par C. Durand-Cheynet, *op. cit.*, p. 355.
25. Nikolaï Gogol, *Les âmes mortes*, Albin Michel, 1948, p. 264.
26. Cité in Léon Poliakov, *Moscou troisième Rome*, Hachette, 1989.
27. Berdiaev, *op. cit.*, pp. 209 et 237.

dans la société rurale russe de cette propriété collective municipale qu'on appelait *mir*, avait certes écrit en 1851 : « La vie russe, c'est le communisme. » Il y voyait « une condition naturelle qui tient à la race, au climat, à la nature[28] », mais aucunement un article d'exportation. Il faudra la prise du pouvoir par les bolcheviks pour que l'antagonisme russo-américain se matérialise durant une brève période, puis l'effacement de l'Europe du fait de la Seconde Guerre mondiale pour qu'il dégénère en guerre réputée « froide ».

Une première alerte s'était certes produite en 1823. Cette année-là, le président Monroe avait déclaré « inamicale[29] », aux termes de sa fameuse « doctrine », toute tentative d'une puissance européenne de s'opposer à l'indépendance des colonies sud-américaines révoltées contre les Bourbons d'Espagne. Le tsar Alexandre aurait bien voulu mettre le holà à une telle ambition avec sa chère Sainte-Alliance, mais tant l'Autriche que la Grande-Bretagne s'y opposèrent : cette dernière alla jusqu'à offrir aux États-Unis, en cas de besoin, l'appui de sa flotte, alors maîtresse des mers. La Russie en tira la leçon en liquidant progressivement les établissements que ses colons avaient créés sur la rive américaine du Pacifique. Pendant la guerre de Sécession, elle envoya même deux escadres protéger les ports de l'Union contre d'éventuelles attaques des Britanniques qui, comme les Français, piégés au Mexique, souhaitaient la victoire des Confédérés.

Cette paradoxale coopération s'explique bien sûr par l'intérêt commercial, et non par quelque idéologie. Mais le tsar Alexandre II est alors engagé dans l'une des rares expériences de libéralisme que son pays ait connues : il vient d'abolir le servage lorsqu'en 1861 les Sudistes tirent leur révérence aux Yankees, et ce n'est que deux ans plus tard que Lincoln signe la proclamation d'émancipation mettant fin à l'esclavage. « Quand les serfs et les esclaves seront définitivement libérés, il n'y aura plus de limite aux possibilités des peuples russe et américain. Le moindre des objectifs qu'ils pourraient atteindre serait de maintenir la paix du monde et d'empêcher les despotes ambitieux de jeter les peuples dans des guerres inutiles[30] », s'écrie le secrétaire d'État Seward. On n'est pas loin du Roosevelt de Yalta. C'est dans cette ambiance qu'en 1867 les États-Unis achètent au tsar, pour une bouchée de pain, l'Alaska. Seward pressentait-il le

---

28. Jules Michelet, *Légendes démocratiques du Nord*, chap. v.
29. Martin et Royot, *op. cit.*, pp. 98-99.
30. Cité in Victor Alexandrov, *L'Ours et la Baleine*, Stock, 1958, pp. 35-36.

rôle stratégique essentiel joué par la suite de ce que les très nombreux adversaires de l'opération appelaient sa « glacière[31] » ?

Les lunes de miel ne sont pas éternelles. L'arrivée à la Maison-Blanche, au tournant du siècle, de chantres de l'impérialisme en la personne de McKinley, puis, après son assassinat, de Theodore Roosevelt, voue Russes et Américains à s'opposer : ces derniers mettent la main sur les Philippines et ne cherchent pas à dissimuler leurs visées sur « les marchés illimités de la Chine[32] ». Après l'humiliation de la défaite devant le Japon, en 1905, Nicolas II doit recourir à l'arbitrage du président des États-Unis pour faire la paix avec ses arrogants vainqueurs. Quant à Wilson, élu en 1912 et réélu en 1916, son rigorisme moral, sa conviction que les États-Unis peuvent et doivent sauver le monde font dire à Clemenceau qu'il se prend pour Jésus-Christ[33].

Exécrant le tsarisme, Wilson applaudit sa chute, en février 1917, avec une particulière emphase. Il est vrai qu'elle fait sauter l'un des principaux obstacles à l'entrée en guerre des États-Unis dans la mesure où, prétendant rendre le monde « sûr pour la démocratie[34] » (*safe for democracy*), il leur était difficile de s'engager aux côtés d'un pouvoir qui ne voulait pas en entendre parler. Mais l'autocratie n'était « russe, de fait, ni dans son origine, ni dans son caractère, ni dans ses ambitions », explique le président américain, sans douter une seconde que « le grand, le généreux peuple russe a rejoint dans toute sa puissance et sa naïve majesté les forces qui se battent pour la liberté du monde, pour la justice et pour la paix[35] ».

*
* *

Wilson n'aurait pu s'abuser davantage. La principale raison de cette « révolution bourgeoise », c'est évidemment l'épuisement

---

31. Cité in Fernand L'Huillier, *De la Sainte-Alliance au Pacte atlantique*, Neuchâtel, La Baconnière, 1954, t. II, p. 59.
32. Cité in Lénine, *L'Impérialisme, stade suprême du capitalisme*, Éditions sociales, 1945, p. 79.
33. Cité in Sigmund Freud et William Bullitt, *Le Président T.W. Wilson*, Payot, 1990, p. 371.
34. Cité in sir Thomas Barclay, *Le Président Wilson*, Armand Colin, 1918, p. 263.
35. Cité in George Kennan, *La Russie soviétique et l'Occident*, Calmann-Lévy, 1962, p. 27.

d'un peuple qui a connu défaite sur défaite, et a perdu, en moins de trois ans, près du quart des onze millions de soldats appelés sous les drapeaux, des paysans pauvres, des *moujik*, dans leur immense majorité, et qui supportent mal la morgue de leurs officiers, au point que des centaines d'entre eux seront massacrés par leurs hommes bien avant la révolution d'Octobre. « L'abîme est insondable, constatait un capitaine au lendemain de l'abdication du tsar. Pour eux, nous sommes et nous resterons des *barines* [des maîtres]. Pour eux, ce qui vient de se passer, ce n'est pas une révolution politique, mais une révolution sociale, dont ils sont les vainqueurs et nous les vaincus [...], ils ont l'impression de prendre leur revanche après des siècles de servitude[36]. »

Le gouvernement provisoire du prince Lvov essaie bien, à la mi-juin, de monter une dérisoire offensive en Galicie. Elle a pour principal résultat de grossir encore les rangs des déserteurs, qui étaient déjà deux millions au moment de la chute du tsar. La plupart regagnent leurs villages avec leurs armes. Ils pensent d'abord à rentrer les récoltes, mais bientôt, comme dans la France de l'été 1789, ils commencent à occuper les terres appartenant à la noblesse ou à l'État.

Lénine et ses bolcheviks jouent donc sur le velours quand ils font campagne sur le thème de « la paix sans annexion ni réparations », et surtout sur celui de la « terre à ceux qui la travaillent[37] ». Bien qu'ils n'y soient au début que très minoritaires, ils vont trouver un terrain de manœuvre sur mesure dans les soviets, ces conseils de députés ouvriers autoproclamés, qui, sur le modèle de ceux de la première révolution bourgeoise de 1905, se sont installés dans les villes, les entreprises, les unités militaires. Constitué le 27 février, celui de Petrograd comprenait dès la mi-mars près de 3 000 délégués, dont 2 000 soldats, ralliés pour la plupart aux idées socialistes. S'inspirant de l'exemple de la Commune de Paris de 1871 en laquelle Engels voyait le premier exemple pratique de « dictature du prolétariat[38] », il agit de plus en plus comme un

---

36. Cité par Nicolas Werth, « Un État contre son peuple », in Stéphane Courtois *et al.*, *Le Livre noir du communisme,* Robert Laffont, 1997, pp. 55-56.

37. Résolution du 1er novembre 1917 du Parti ouvrier social-démocrate de Russie, in Lénine, *Œuvres choisies*, Moscou, Éditions en langues étrangères, 1948, p. 746.

38. Préface de Friedrich Engels à Karl Marx, *La Guerre civile en France, 1871*, Éditions sociales, 1953.

contre-pouvoir, sous l'impulsion déterminante du menchevik rallié à Lénine Léon Trotski, qui avait déjà présidé, en 1905, le soviet de la capitale.

À l'automne 1917, après la tentative de putsch du généralissime Kornilov, Alexandre Kerenski, chef depuis juillet du gouvernement provisoire, n'a d'autre ressource que de s'appuyer sur les soviets. Autant « se mettre sous la protection d'un boa constrictor[39] », écrit le grand soviétologue américain George Kennan. « Tout le pouvoir aux soviets[40] ! » réclame Lénine sur tous les tons. Il lui suffit d'une pichenette pour renverser, le 6 novembre, le gouvernement Kerenski, qui n'avait pratiquement plus de troupes à sa disposition. Le parti « a trouvé le pouvoir au milieu de la rue et l'a tout simplement ramassé[41] », dira-t-il par la suite.

On parle toujours de la révolution d'Octobre : outre que, selon notre calendrier, elle s'est déroulée le 7 novembre, il s'est agi en réalité d'un simple putsch, agencé de main de maître par Trotski et exécuté par une poignée de marins et d'ouvriers, appuyés par une trentaine de coups de canon. Ces derniers ont été tirés pour la plupart non pas du croiseur *Aurore,* comme le veut la légende, mais de la forteresse Pierre-et-Paul, face au palais d'Hiver où siégeaient les ministres de Kerenski, qui avait réussi à prendre le large avec l'aide de l'ambassade américaine.

Dès le surlendemain, les bolcheviks font approuver deux décrets à l'unanimité par le Congrès panrusse des soviets. Le décret « sur la terre » met à la disposition des comités agraires de canton et des « soviets des députés paysans de district [jusqu'à la réunion de la Constituante, les] domaines des propriétaires fonciers ainsi que les terres des apanages, des monastères et de l'Église, avec tout leur cheptel mort ou vif[42] ». L'autre, « sur la paix », propose « à tous les peuples belligérants et à leurs gouvernements d'entamer des pourparlers immédiats en vue d'une paix juste et démocratique », sans annexions ni réparations, et de commencer par conclure à cet effet un armistice de trois mois[43].

Lénine ne croit pas une seconde qu'une telle offre ait la moindre chance d'être retenue. « Nous n'avons aucune illusion », a-t-il écrit

---

39. Kennan, *op. cit.*, p. 35.
40. Oskar Anweiler, *Les Soviets en Russie, 1905-1921*, Gallimard, 1972, p. 179.
41. Cité in Malia, *op. cit.*, p. 132.
42. Texte du décret sur la terre in Lénine, *La Grande Révolution socialiste d'Octobre*, Moscou, Éditions du Progrès, 1967, pp. 28-33.
43. Texte du décret sur la paix *ibid.*, pp. 20-26.

en avril précédent dans une « Lettre aux ouvriers » de cette Suisse qu'il vient de quitter pour regagner la Russie à bord du fameux wagon plombé fourni par le Reich en même temps que d'importants subsides ; « nos conditions seraient inacceptables non seulement pour l'Allemagne, mais aussi pour les gouvernements capitalistes de France et d'Angleterre[44] ». Son objectif est avant tout de précipiter le déclenchement de la révolution dans les pays en guerre et, pour commencer, en Allemagne. Ayant sous les yeux le spectacle de la décomposition de l'armée russe et les nombreuses dépêches faisant état dans le Reich de mutineries, en général durement réprimées, il voit dans la révolution russe « l'amorce qui lancerait la révolution allemande : c'est à partir de l'Allemagne, et de l'Allemagne seule que pouvait et devait se propager la révolution mondiale[45] ».

Une révolte ayant éclaté à bord de navires allemands mouillés dans le port de Kiel, le comité central bolchevik y relève un « signe extrême de la poussée dans toute l'Europe de la révolution mondiale[46] », et l'inscrit en tête des motifs retenus pour déclencher l'insurrection d'octobre. Mais l'affaire tourne court. Les Rouges doivent se résigner à traiter avec le Kaiser, dont les troupes progressent sans rencontrer de résistance en Ukraine, en Biélorussie, dans les pays baltes, et campent aux abords de Petrograd.

Très vite une trêve est conclue. Dès la fin de l'année, Trotski, devenu commissaire du peuple aux Affaires étrangères, qui avait cru initialement pouvoir limiter sa tâche à lancer « quelques proclamations révolutionnaires » avant de « fermer boutique[47] », engage des négociations à Brest-Litovsk avec les plénipotentaires de Berlin, non sans essayer de pousser les troupes allemandes à se révolter. Lénine invoque la nécessité de « céder de l'espace à l'actuel vainqueur pour gagner du temps, c'est de cela qu'il s'agit, et de cela seulement[48] ». Il doit menacer de démissionner pour convaincre le congrès du parti de ratifier, le 7 mars 1918 – par 30 voix contre 12, et 4 abstentions –, des conditions qui privent

---

44. *Lettre d'adieu aux ouvriers suisses* du 8 avril 1917 (ancien style), citée in Laloy, *op. cit.*, p. 62.
45. Sébastien Haffner, *Le Pacte avec le Diable*, Robert Laffont, 1969, p. 77.
46. Cité in *Les Bolcheviks et la révolution d'Octobre*, Maspero, 1964, p. 138.
47. Cité in Deutscher, *op. cit.*, t. II, p. 96.
48. Discours au IX\ieme congrès du Parti communiste de Russie, cité in Dimitri Volkogonov, *Le Vrai Lénine,* Robert Laffont, 1995, p. 199.

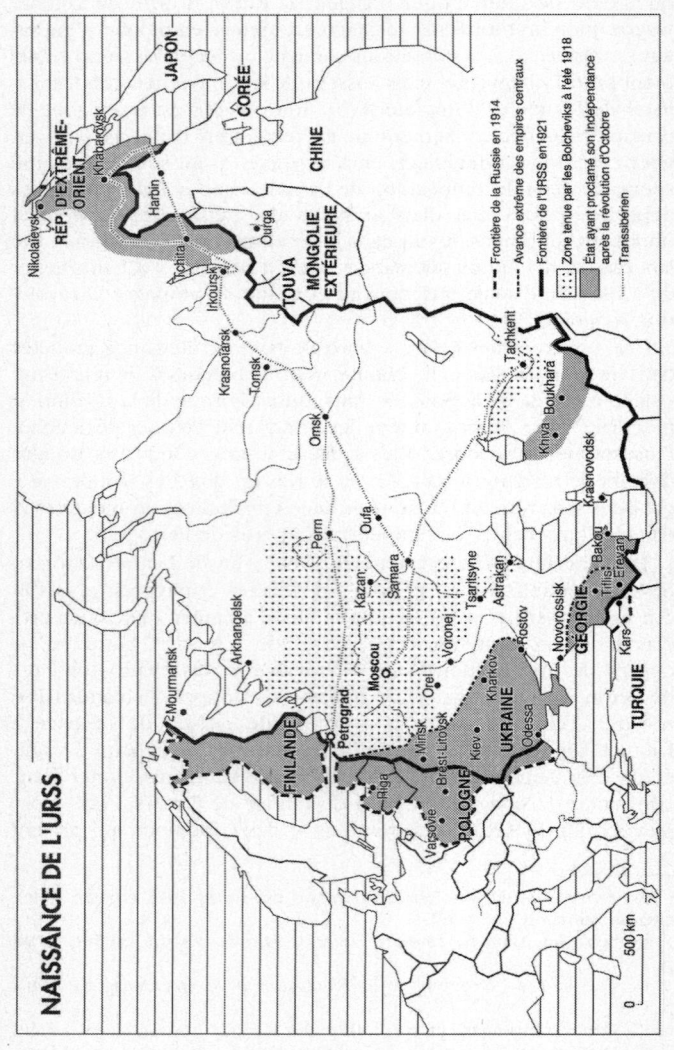

la Russie d'un territoire grand comme une fois et demi la France, du tiers de ses ressources céréalières et des trois quarts de ses mines de fer et de charbon.

*
* *

Tout de suite après la prise du pouvoir par les bolcheviks, le maréchal Foch avait suggéré l'envoi d'un corps expéditionnaire de l'Entente en vue de ranimer la résistance russe face aux Allemands. Il n'avait pas été suivi, mais des navires de guerre ont jeté l'ancre au large de Vladivostok et quelques unités ont été débarquées en invoquant la nécessité de surveiller les énormes stocks d'armes livrés à Kerenski à la veille de sa chute. Sept mille Américains participent à l'opération, essentiellement pour empêcher les Japonais, dont ils se méfient beaucoup bien qu'ils soient leurs alliés, de faire main basse sur la région. Une action analogue a été montée à Mourmansk et à Arkhangelsk par les Franco-Britanniques, sous la protection desquels s'est constitué un « Gouvernement du nord de la Russie ».

Les bolcheviks, de leur côté, sont fort loin de s'être rallié la grande majorité du peuple, qui n'a aucune envie de voir une nouvelle dictature, fût-elle celle du prolétariat, se substituer à l'ancienne. D'où le large succès auprès des paysans de leurs adversaires socialistes-révolutionnaires lors des élections à la Constituante qui se sont déroulées à la fin de l'année 1917, conformément aux promesses de Kerenski, solennellement confirmées par Lénine. Qu'à cela ne tienne : une poignée de matelots bolcheviks dispersent l'Assemblée dès sa première séance. Les SR n'entendent pas cependant se laisser faire. Dénonçant la « paix honteuse » de Brest-Litovsk, ils lèvent des troupes et créent avec leurs élus un comité de constituants, le Komoutch. Celui-ci s'installe à Samara, sur la Volga, dont viennent de s'emparer quelque 50 000 prisonniers tchèques et slovaques provenant de l'armée des Habsbourg et qui ont été libérés par la révolution. Constitués en légion, ils ont entrepris de rentrer chez eux, les armes à la main, par le Transsibérien. Au passage, ils ont fait main basse sur les réserves d'or des tsars. Leurs délégués à Moscou ayant été arrêtés à la suite de plusieurs attentats et incidents impliquant les Rouges, ils se sont déclarés en état d'insurrection contre ces derniers, non sans y avoir été encouragés par la France, qui leur avait promis en contrepartie son soutien à la création d'une Tchécoslovaquie indépendante.

À la fin de l'été 1918, la situation des communistes paraît désespérée. Les Blancs tiennent toute la Sibérie et la Carélie, les cosaques du Don se sont constitués en armée de volontaires, les troupes de Krasnov remontent vers Moscou où Lénine a transféré sa capitale, en mars, pour ne plus avoir à délibérer sous la menace des baïonnettes allemandes. Le nouveau pouvoir ayant reconnu le droit à l'autodétermination de tous les peuples de l'empire, la Finlande, les provinces baltes, l'Ukraine, la Biélorussie, les nations du Caucase ont proclamé leur indépendance. Pour la protéger, leurs dirigeants n'hésitent pas à faire appel aux Allemands ou, dans le cas de la Géorgie, aux Britanniques qui débarquent à Bakou au mois d'août, privant les bolcheviks de l'essentiel de leur approvisionnement en pétrole.

Persuadé que l'Entente est déterminée à le renverser, Lénine signe, le 27 août 1918, un additif secret à la paix de Brest-Litovsk, envisageant une aide de la Reichswehr aux Rouges tant contre les Alliés que contre les formations anticommunistes. Trois jours plus tard, une étudiante socialiste-révolutionnaire, Fanny Kaplan, tire deux balles sur lui, le blessant grièvement. Deux membres du même parti avaient déjà assassiné en juillet l'ambassadeur d'Allemagne. « Le 2 septembre, écrit l'histoire officielle du PC de l'URSS, la République des Soviets annonça qu'elle formait un seul camp retranché. À la terreur de la contre-révolution le pouvoir des Soviets répondit par la terreur rouge[49]. »

Il n'a pas attendu cette déclaration pour la pratiquer. Dès la fin de décembre 1917 a été constituée la Commission panrusse extraordinaire de lutte contre la contre-révolution, la spéculation et le sabotage, en abrégé Tcheka, l'ancêtre du NKVD puis du KGB. Son maître, le Polonais Feliks Dzerjinski, a précisé qu'elle ne connaîtrait « aucune restriction pour agir, pour frapper les ennemis du bras armé de la dictature du prolétariat[50] ». Très vite des tribunaux ont été mis en place pour juger des « suspects » et « ennemis du peuple ». Prises d'otages et exécutions sommaires deviennent pratique courante : après l'attentat contre Lénine, elles se généralisent.

Pour sauver la révolution, Vladimir Ilitch n'aura pas trop de sa formidable opiniâtreté, de ses réquisitoires enflammés contre les « impérialistes, [...] ces bêtes qui vont s'entre-dévorer, il ne res-

---

49. *Histoire du parti communiste de l'URSS*, Moscou, Éditions en langues étrangères, 1960, p. 344.
50. Lénine, *La Révolution bolcheviste,* Payot, 1970, p. 129.

tera que leurs queues[51] », contre l'ennemi de classe, contre les paysans « demi-travailleurs, demi-mercantis[52] » qui s'opposent aux confiscations. La poigne de fer de Trotski, qui crée de toutes pièces en un rien de temps une puissante Armée rouge, et celle de Dzerjinski l'auront puissamment aidé. Mais il ne l'aurait pas emporté sans la défaite, à l'automne 1918, des empires centraux, qui lui permit de dénoncer séance tenante la paix de Brest-Litovsk et de régler leur compte aux séparatistes ukrainiens et biélorusses.

De leur côté, les Blancs ont payé lourdement les exactions de leurs troupes, qui avaient souvent pillé sans pitié les campagnes et traité leurs habitants en serfs. Et aussi les incessantes rivalités de leurs chefs : pour se venger de l'amiral Koltchak qui, huit jours après l'armistice de Rethondes, avait renversé *manu militari* leur comité de constituants et s'était proclamé « régent suprême de Russie » à Samara, des socialistes-révolutionnaires iront jusqu'à le livrer aux bolcheviks, qui le fusilleront en février 1920. Enfin, les pays de l'Entente se sont refusés à suivre les partisans d'une intervention massive aux côtés de Koltchak : au premier rang desquels Churchill, alors ministre de la Guerre, et Clemenceau qui ne pardonnait aux soviets ni leur trahison de la cause alliée ni leur refus d'honorer l'énorme dette du régime tsariste envers des dizaines de milliers de petits porteurs français. « Il aurait pourtant suffi de quelques centaines de milliers d'hommes », au jugement de Lénine lui-même, pour renverser son régime[53]. Mais, aux yeux de Wilson, « essayer d'arrêter un mouvement révolutionnaire par des armées en ligne revenait à employer un balai pour arrêter une grande marée[54] ». Il préférait donc « laisser les bolcheviks cuire dans leur jus jusqu'à ce que les circonstances aient rendu les Russes plus sages[55] ».

De toute façon, le terrible tribut versé à la guerre contre les empires centraux suffisait à rendre les opinions occidentales totalement allergiques à l'idée d'une nouvelle campagne. Dès avril 1919, l'agitation au sein du corps expéditionnaire débarqué en décembre précédent à Odessa oblige Paris à rapatrier celui-ci,

---

51. *Ibid.*, p. 138.
52. *Ibid.*, p. 139.
53. *Ibid.*, p. 145.
54. Jean-Baptiste Duroselle, *De Wilson à Roosevelt*, Armand Colin, 1960, p. 122.
55. *Ibid.*, p. 121.

et les Anglais n'attendent pas longtemps pour évacuer Arkhangelsk et Mourmansk. En même temps, des fractions plus ou moins importantes, voire, comme en France, la majorité, des formations socialistes ou social-démocrates se constituent un peu partout en partis communistes et rejoignent la IIIe Internationale, le Komintern, fondé à Moscou par Lénine. « L'Europe entière est pleine d'un esprit de révolution[56] », constate Lloyd George.

*
* *

En novembre 1918, les bolcheviks avaient pu croire que leur espoir était en train de prendre corps : des conseils d'ouvriers et de soldats (*Arbeiter und Soldatenräte*) constitués sur le modèle des soviets russes s'étaient établis à Berlin et dans la plupart des grandes villes allemandes. Ils avaient renversé la monarchie, obligeant le prince Max de Bade, chancelier depuis le mois d'octobre, à s'effacer au profit de Friedrich Ebert, chef du parti social-démocrate (SPD, *Sozialdemokratische Partei Deutschlands*). Les militants de ce parti et les indépendants, issus d'une scission de son aile gauche, avaient beau être entrés à égalité – trois contre trois – dans le Conseil des commissaires du peuple, ils se disputaient les armes à la main le contrôle des différents quartiers de la capitale, affamée par le blocus allié.

En janvier 1919, les « spartakistes », soutenus par Moscou, déclenchent une insurrection pour prendre de court les élections à la Constituante prévues à la fin du mois et dont ils ont toutes les raisons de redouter les résultats. Mais il leur manque un Lénine, ils sont divisés sur la tactique à suivre et, surtout, à la différence de ce qui s'est passé à Petrograd, les sociaux-démocrates négocient eux-mêmes l'armistice avec les Alliés. L'affaire se termine tragiquement, le ministre de la Guerre socialiste Gustav Noske n'hésitant pas à recourir à un corps franc d'officiers d'extrême droite pour écraser les spartakistes, dont les leaders prestigieux, Karl Liebknecht et Rosa Luxemburg, seront assassinés en prison. En mars encore, une tentative de grève générale est matée avec une extrême brutalité. Noske est directement à l'origine de la répression féroce du mouvement qui a conduit à la création à Munich d'une République des conseils, autrement dit

---

56. Cité in Pierre Broué, *Histoire de l'Internationale communiste*, Fayard, 1997, p. 97.

des soviets, en réaction contre l'assassinat le 21 février du journaliste pacifiste Kurt Eisner, autoproclamé en novembre président d'une éphémère République socialiste bavaroise. Le souvenir de ces tragédies pèsera durablement sur le mouvement ouvrier international. Il contribue largement à expliquer l'opposition déterminée de Staline, par la suite, à tout rapprochement avec la social-démocratie contre le nazisme naissant.

L'échec de leurs camarades de Berlin et de Munich n'a pas dissuadé les communistes hongrois de tenter eux aussi leur chance, sous la houlette de Béla Kun. Cet ex-prisonnier de guerre en Russie va jouer un rôle important dans les premiers temps du Komintern, avant d'être exécuté pour avoir prétendument conspiré contre Staline. Ses amis vont rester assez longtemps au pouvoir à Budapest – cent quarante-trois jours – pour donner le temps à Lénine de s'écrier en mars 1919, dans son discours de clôture du VIIIe congrès du Parti communiste russe : « Nous sommes sûrs qu'il n'y aura plus que six mois vraiment durs[57] », et, quelques jours plus tard : « Nous ferons face à toutes les épreuves pour rapprocher la victoire finale, pour que des républiques sœurs nouvelles rejoignent les républiques des Soviets de Russie et de Hongrie, [...] nous verrons naître la République internationale des Soviets[58]. »

Il ne verra rien naître du tout. L'intervention de la Pologne aux côtés des séparatistes ukrainiens, en 1920, réveille certes un moment ses espoirs. Les troupes du général président Pilsudski ayant progressé jusqu'à Kiev pour soutenir les indépendantistes, Toukhatchevski lance une contre-offensive qui amène l'Armée rouge sur les rives de la Vistule. « Le destin du monde se joue à l'Ouest, proclame-t-il le 2 juillet. Le chemin d'un brasier universel passera sur le cadavre exsangue de la Pologne. En avant sur Vilnius, Minsk et Varsovie[59] ! » Mais Pilsudski, socialiste lui aussi, retourne la situation avec l'aide d'un groupe de militaires français, commandé par Weygand, dont fait partie le futur général de Gaulle. Moscou n'aura d'autre choix que de signer à Riga un traité de paix impliquant l'abandon à la Pologne d'une importante partie de l'Ukraine et de la Biélorussie.

---

57. Lénine, *La Révolution bolcheviste, op. cit.*, p. 127.
58. *Ibid.*, p. 132.
59. Sophie de Lastours, *Toukhatchevski, le bâtisseur de l'Armée rouge*, Albin Michel, 1996, pp. 143-144.

* *

En 1922, sous l'impulsion de Staline, la Russie des Soviets se transforme en Union des républiques socialistes soviétiques. Seul État au monde à ne faire mention dans son nom d'aucune localisation géographique, l'URSS se veut ouverte à l'adhésion de tous les pays choisissant la voie communiste. Elle a déjà dû renoncer à la Finlande et aux États baltes, mais elle peut liquider les régimes séparatistes du Caucase sans susciter dans les pays d'Occident qui les ont reconnus davantage que les protestations platoniques d'usage. Il lui faut provisoirement s'en tenir là. Après sept années de guerre étrangère puis civile, comment pourrait-elle songer à exporter la révolution alors que des centaines de milliers des siens succombent à la famine, alors que le typhus a contaminé cinq millions de personnes ? Non seulement il lui faut bien accepter l'aide humanitaire des impérialistes, mais, le 3 mars 1921, la révolte des marins de l'île fortifiée de Kronstadt, au large de Petrograd, résonne comme un terrible signal d'alarme. Et ce n'est pas le sanglant échec, en Allemagne, dans les jours qui suivent, d'une très imprudente « action de mars », qui peut la renflouer.

Trotski avait salué dans les marins de Kronstadt « la gloire et l'orgueil de la révolution[60] », dont ils avaient été le fer de lance. Et voilà qu'à présent ils réclament de nouvelles élections aux soviets et le pluralisme politique. Ils sont écrasés sans pitié, mais Lénine tire aussitôt les conclusions de l'événement en faisant adopter par le Xe congrès du PC une nouvelle politique économique, la fameuse NEP, dont Georges Sokoloff résume l'esprit en ces termes : « Partout où elle dépend à l'évidence de l'initiative individuelle, l'économie est rendue aux forces du marché[61]. » Jusque-là, Lénine n'avait cessé de répéter qu'aucun compromis n'était concevable avec la propriété privée, le capitalisme tendant toujours à renaître de ses cendres.

La NEP regarnit rapidement les vitrines des boutiques. Son succès fait la fortune de certains, mais entraîne une forte hausse des prix industriels et du chômage. En quelques mois, le mécontentement de la population atteint de telles proportions qu'une nouvelle révolte du type de celle de Kronstadt paraît pouvoir éclater à tout instant. Lénine ne désarme pas : relevant en mars 1922 que « la

---

60. Deutscher, *op. cit.*, p. 364.
61. Sokoloff, *op. cit.*, p. 322.

famine pousse des gens à manger de la chair humaine », il demande qu'on en profite pour « procéder à la confiscation des biens de l'Église avec l'énergie la plus sauvage et sans merci[62] ». En mai, il charge Dzerjinski d'expulser « les écrivains et professeurs qui aident la contre-révolution[63] » : Berdiaev, Boulgakov et cent cinquante-huit autres intellectuels sont arrêtés en août et bientôt embarqués sur un bateau à destination de l'Europe occidentale.

Redoutant que le parti ne soit paralysé par les querelles des fractions, Lénine les a fait interdire par le congrès de 1921. Pour répondre à « l'opposition de gauche » qui prône l'autogestion et dénonce la bureaucratisation croissante, il s'en prend au « gauchisme », « maladie infantile du communisme[64] », et met en place de nouveaux organes de contrôle : parmi ceux-ci, un secrétariat général du comité central, confié dès sa création en avril 1922 à Joseph Staline. Celui-ci ne perd pas de temps pour tisser sa toile et faire condamner le fractionnisme de Trotski, dont il jalouse l'intelligence acérée et les brillants états de service au moment de la révolution.

Le pire adversaire de Lénine, cependant, c'est lui-même, ou plutôt son extrême vulnérabilité nerveuse, due à une vieille syphilis, aggravée par ce qu'on n'appelait pas encore le stress du pouvoir. Dès le mois de mai 1922, il subit une première attaque cérébrale, suivie en décembre d'une seconde qui l'écarte pratiquement du pouvoir. Bientôt il n'est plus qu'un fantôme muet, au regard hébété, sur un fauteuil roulant. Dans les derniers jours de 1922 et au début de 1923, il réussit tout de même à dicter des notes dont la réunion constitue ce qu'on appellera son « testament ». Dans ce document, dont l'existence sera révélée quelques années plus tard par le *New York Times*, il conseille au parti, afin d'éviter une scission qui pourrait lui être fatale, de ne retenir aucun des principaux candidats en lice pour sa succession. Notamment Trotski, « trop sûr de lui », mais aussi Staline, « trop brutal » et qui, depuis sa désignation comme secrétaire général, « a concentré entre ses mains un pouvoir illimité ». Il se prononce donc pour sa destitution et pour son remplacement par quelqu'un de « plus tolérant, plus loyal, plus poli et plus attentif envers les camarades[65] ».

---

62. Cité in Volkogonov, *op. cit.*, pp. 343-344.
63. *Ibid.*
64. Lénine, *La Maladie infantile du communisme : le communisme de gauche*, Éditions sociales, 1945.
65. Très larges extraits in Michel Laran et Jean-Louis Van Regemorter, *La Russie et l'ex-URSS, de 1914 à nos jours*, Armand Colin, 1996, pp. 83-84.

Le parti ne tient aucun compte de cette mise en garde. Le 21 janvier 1924, alors que Lénine se meurt, le XIIIᵉ congrès confirme Staline dans ses fonctions de secrétaire général, qu'il conservera jusqu'à sa mort, vingt-neuf ans plus tard. Pendant la même période, les États-Unis auront connu quatre présidents. On n'ose dire combien la France aura eu de gouvernements...

Dès le 20 décembre de cette même année 1924, le futur généralissime écrit dans la *Pravda* : « Autrefois, l'on tenait pour impossible la victoire de la révolution dans un seul pays, car, croyait-on, pour vaincre la bourgeoisie, il faut l'action commune des prolétaires de la totalité des pays avancés, ou tout au moins de la majorité de ces pays. Maintenant ce point de vue ne correspond plus à la réalité. » Ce point de vue était celui de Lénine, qui avait appris dans Marx que le socialisme l'emporterait d'abord dans les pays avancés – Allemagne, France, Grande-Bretagne – et qui n'imaginait pas, au moment de la révolution d'Octobre, qu'il pourrait se consolider durablement sans concours extérieurs dans une nation aussi arriérée que la Russie. Mais le secrétaire général – le Gensek – répondait surtout à Trotski, qui avait repris dès 1905 le thème marxiste de la révolution permanente[66] et venait encore de soutenir, dans *Notre révolution*, que « sans l'aide directe des États européens où le prolétariat exerce le pouvoir, la classe ouvrière russe ne saurait conserver le pouvoir et transformer sa domination passagère en une dictature socialiste durable[67] ». Le Géorgien ne lui pardonnera jamais son opposition, sur ce point-là comme sur les autres. L'homme sans lequel il n'y aurait eu ni Octobre ni Armée rouge sera assassiné sur ses ordres, à Mexico, le 20 août 1940.

Staline précisera à maintes reprises ce qu'il entend par « bâtir le socialisme dans un seul pays ». Le 4 février 1931, lors d'un discours devant les cadres de l'industrie, faisant allusion à la phrase fameuse du *Manifeste communiste* de Marx et Engels – « les travailleurs n'ont pas de patrie[68] » –, il déclare : « Dans le passé, nous n'avions pas et ne pouvions avoir de patrie. Mais maintenant que nous avons renversé le capitalisme et que notre pouvoir est un pouvoir ouvrier, nous avons une patrie et nous défendrons son

---

66. Léon Trotsky, *La Révolution permanente*, Éditions de Minuit, 1963.
67. Léon Trotsky, *Notre révolution*, cité in Giuliano Procacci, *Staline contre Trotsky*, François Maspero, 1965, p. 98.
68. Marx-Engels, *Le Manifeste communiste*, in Karl Marx, *Œuvres*, Économie, I, Gallimard, « Pléiade », 1963, p. 179.

indépendance [...]. Nous retardons de cinquante à cent ans sur les pays avancés. Nous devons parcourir cette distance en dix ans. Ou nous le ferons, ou nous serons broyés[69]. »

Le virage stratégique amorcé sous Lénine est ainsi mis en pleine lumière. Priorité sera donnée, en toutes circonstances, à l'intérêt national de l'État soviétique sur celui de la révolution mondiale. En son nom, le « guide génial » va soumettre ses compatriotes à l'une des dictatures les plus implacables de l'Histoire, les faisant tomber par millions sous les coups de la collectivisation des terres, de l'industrialisation à marches forcées et des vagues d'épuration successives. Les membres du parti seront les premiers visés : on comptera bientôt sur les doigts, dans les instances dirigeantes, les survivants de la révolution d'Octobre. La plupart de ses autres acteurs vont être exécutés, non sans avoir passé d'invraisemblables aveux sur leurs prétendus liens avec les polices secrètes tsariste, britannique ou nazie. Leurs camarades étrangers ne seront pas mieux traités : les PC de la diaspora seront systématiquement transformés en instruments de la stratégie du Kremlin, qui n'hésitera pas par exemple à dissoudre, en 1937, le parti polonais et à massacrer ses dirigeants.

---

69. Très larges extraits in Laran et Van Regemorter, *op. cit.*, pp. 106-108.

CHAPITRE II

Les alliances sacrilèges

RAPALLO – LA MONTÉE DU NAZISME –
DU PACTE FRANCO-SOVIÉTIQUE AU PACTE GERMANO-SOVIÉTIQUE

> « *Les journaux français et britanniques éclataient. Cette "alliance sacrilège", disait le* Times, *était comme une bombe, une insulte délibérée aux puissances de l'Entente*[1]. »
>
> George Kennan, à propos du traité germano-russe de Rapallo de 1922.

Le premier round de l'affrontement des futures superpuissances aura été bref : dès le début de 1920, avec le refus du Congrès de ratifier le traité de Versailles, les États-Unis retournent à leur isolationnisme traditionnel. Rêvant de réconciliation générale, Wilson n'avait d'ailleurs signé qu'à contrecœur cette paix que Sigmund Freud jugeait « carthaginoise[2] », ce diktat, comme allaient bientôt dire les Allemands, auxquels aucune possibilité n'avait été laissée d'en discuter les termes. Il aurait voulu y associer la nouvelle Russie, mais c'est en vain qu'en janvier 1919 il avait essayé d'organiser des pourparlers dans l'île turque de Prinkipo entre les chefs des diverses tendances : les Blancs, poussés

---
1. Kennan, *op. cit.*, p. 213.
2. Freud et Bullitt, *op. cit.*, p. 262.

par Paris qui misait sur leur victoire dans la guerre civile, avaient refusé de rencontrer les bolcheviks. En vain également qu'en mars suivant la Maison-Blanche avait envoyé à Moscou un jeune diplomate, William Bullitt, pour sonder leurs intentions.

Lénine avait pourtant accepté de renoncer non seulement à la Finlande, à la Pologne et aux pays baltes, mais aussi à une bonne partie de la Carélie et de la Russie blanche, à la Crimée, à la totalité de la Transcaucasie, de l'Oural et de la Sibérie, ramenant ainsi l'ex-empire des tsars aux dimensions de la principauté héritée au XVIe siècle par Ivan le Terrible. En échange, il demandait aux Alliés de reconnaître le régime soviétique et de retirer leurs corps expéditionnaires. Sans doute était-il convaincu, comme il devait le dire par la suite, que la plupart des États constitués sur les dépouilles de la Russie ne feraient pas long feu[3]. Il n'empêche que les concessions annoncées étaient de taille, et que Wilson était partisan de les accepter. Mais Lloyd George y met immédiatement le holà. Faisant état de l'anticommunisme virulent de la presse britannique, il affirme que tout accord entraînant une normalisation des rapports avec les bolcheviks serait invendable à l'opinion. Bullitt, de dépit, démissionne bientôt du département d'État. Il prendra sa revanche en 1933, quand Roosevelt fera de lui le premier ambassadeur des États-Unis en URSS.

Une chance de faire rentrer les Rouges dans l'ordre international dont rêvait Wilson a-t-elle été ainsi perdue ? Comment Lénine aurait-il pu cautionner le système de Versailles, lui qui n'y voyait que des « conditions dictées par des brigands le couteau à la main, à des victimes sans défense [...], réduisant en esclavage la Turquie, la Perse et la Chine » et créant une situation « où 70 % de la terre sont assujettis par les autres[4] » ? La lassitude des populations occidentales ayant rapidement conduit au rappel des contingents engagés dans la guerre civile et, par voie de conséquence, à l'effondrement, l'un après l'autre, des gouvernements blancs, la plupart des capitales alliées, Paris en tête, n'ont d'autre ressource que de s'employer à constituer le long des frontières soviétiques d'Europe, pour se prémunir de toute contagion, un « cordon sanitaire » ininterrompu d'États anticommunistes.

L'ostracisme imposé au pouvoir des Soviets est cependant vite rompu. D'abord sur ses marches orientales : en 1920 se tient à

---

3. John Silverlight, « When Lenin tried to sell half Russia », *The Observer*, 23 octobre 1970.
4. Lénine, *La Révolution bolcheviste, op. cit.*, p. 198.

Bakou, en présence de deux mille musulmans, un congrès des peuples opprimés, annonciateur de l'appui qu'il donnera aux mouvements de décolonisation. « Quand l'Orient bougera vraiment, s'écrie Grigori Zinoviev, le premier président du Komintern, la Russie et toute l'Europe avec elle ne représenteront qu'un petit coin dans ce grand tableau[5]. » Dans le prolongement de ces assises, 1921 voit la conclusion de traités d'amitié et de fraternité avec le futur Atatürk et son émule afghan, le roi Amanoullah, que sa couronne n'empêche pas Lénine de couvrir de fleurs et de dollars. Mais aussi, le 16 mars, celle d'un premier accord commercial avec Lloyd George. Chacun s'en excuse à sa manière : « Le capitalisme étranger jouera le rôle prédit par Marx », a déclaré la veille Lev Kamenev, l'un des cinq membres du Politburo, « il creusera sa tombe avec chaque pelletée de charbon, avec chaque citerne de pétrole que la technique étrangère nous permettra d'extraire du sol russe[6]. » « Nous trafiquons bien avec les cannibales[7] », dit de son côté le Premier ministre de Sa Gracieuse Majesté.

Si modeste soit-elle, une brèche a été ouverte. Petit à petit, les États capitalistes vont normaliser leurs relations avec « l'homme au couteau entre les dents[8] » dénoncé par les campagnes de la droite française. Personne ne fait objection, en avril 1922, à la présence de la République des Soviets à la conférence internationale, lointaine anticipation du plan Marshall, qui se tient à Gênes en vue du relèvement du continent européen. Dès la séance d'ouverture, Gueorgui Tchitcherine, qui a succédé deux ans plus tôt à Trotski au commissariat aux Affaires étrangères, déclare qu'à « ce stade de l'Histoire [...] la collaboration économique entre les États représentant les deux systèmes de propriété est un impératif fondamental de la reconstruction économique du monde[9] ». Ce diplomate de grande classe, dont Kennan écrit qu'il n'a pas connu « parmi les révolutionnaires russes de plus séduisante figure[10] », n'abdique pas pour autant les thèses communistes

---

5. Cité in Hélène Carrère d'Encausse et Stuart Schram, *Le Marxisme et l'Asie*, Armand Colin, 1965, pp. 227-231.
6. Xenia Joukoff Eudin et Harold Fisher, *Soviet Russia and the West, 1920-1927*, Stanford, Stanford University Press, 1957, p. 94.
7. Cité in Maurice Beaumont, *La Faillite de la paix*, PUF, 1945, p. 210.
8. Affiche du groupement économique des arrondissements de Sceaux et Saint-Denis, reproduie in Irving Festcher *et al.*, *Encyclopédie politique*, *Le Communisme*, Librairie universelle, 1974, p. 127.
9. Kennan, *op. cit.*, p. 208.
10. *Ibid.*, p. 209.

sur la redistribution des richesses, mais il brode sur le thème de la coexistence, en multipliant les appels du pied à ces autres exclus de la bonne société internationale que sont alors les Allemands.

Tchitcherine prépare un coup de tonnerre : le traité germano-soviétique, signé le dimanche de Pâques en marge de la conférence dans la station balnéaire de Rapallo. Reconnaissance mutuelle, renonciation à toute réparation, coopération économique : le contenu de l'accord n'a en soi rien d'exceptionnel. Ce faisant, écrit Kissinger, « deux parias allaient unir leurs rancœurs[11] ». La République de Weimar qui n'a demandé à personne la permission de signer reprend « son indépendance aux yeux du monde[12] », estime Clemenceau. En échange d'une importante assistance technique et de la livraison de centaines d'avions, l'URSS va autoriser les constructeurs germaniques à mettre au point sur son sol durant des années les prototypes d'armements interdits par le traité de Versailles. Pendant plus d'un demi-siècle, le précédent de Rapallo laissera planer l'éventualité d'un retournement d'alliances, de la part de l'Allemagne comme de la Russie.

*
* *

L'entente est cependant à éclipses. Le protagoniste allemand de Rapallo, le ministre des Affaires étrangères Walther Rathenau, qui sera bientôt assassiné par l'extrême droite, est aux prises avec une chute vertigineuse de la monnaie. Celle-ci laissera dans la conscience germanique un souvenir indélébile : le dollar s'échangeait en janvier 1919 à 8,9 marks, il est à 191,8 en janvier 1922, à 18 000 un an plus tard. Berlin n'a de cesse d'obtenir des Alliés un moratoire sur les écrasantes réparations imposées par le traité de Versailles, et son rapprochement avec Moscou est évidemment destiné avant tout à faire pression sur eux. Fidèle à sa tradition d'équilibre continental, la Grande-Bretagne est d'ailleurs portée à la conciliation. Les États-Unis aussi.

En France, en revanche, la Chambre bleu horizon, élue en 1919, ne connaît d'autre slogan que « le Boche paiera ». Pas question de moratoire s'il ne s'accompagne d'une prise de gages sur le charbon et les industries chimiques d'outre-Rhin.

---

11. Kissinger, *op. cit.*, p. 236.
12. Cité in Jacques Benoist-Méchin, *Histoire de l'armée allemande*, Denoël, 1954, t. II, p. 371.

Faute d'avoir obtenu satisfaction, Poincaré, devenu chef du gouvernement, s'entend avec la Belgique, en janvier 1923, sur une occupation conjointe de la Ruhr. Huit mois de résistance passive n'auront pas raison de sa résolution.

Finalement, le 26 septembre, Gustav Stresemann, chef du parti populiste, nommé chancelier en août, invite les fonctionnaires à se conformer aux ordres des autorités d'occupation. Il était grand temps : le dollar, qui était à 99 millions de marks au début du mois, a atteint 25 milliards en octobre et 4 200 en novembre. C'est par l'entente avec la France, qui sera facilitée par la victoire électorale du Cartel des gauches en 1924, et spécialement avec Aristide Briand qui lui fait une totale confiance, que l'homme du *finassieren* compte faire sortir son pays du banc des réprouvés. Grâce au plan élaboré par le futur vice-président des États-Unis Charles Dawes – qui vaudra à son auteur le prix Nobel de la paix –, grâce aussi à la vigoureuse action du Dr Schacht à la tête de la Reichsbank, il remet l'économie sur pied. Les traités de Locarno, signés en 1925 avec Londres, Paris, Bruxelles, Rome, Prague et Varsovie, couronneront ses efforts en ouvrant toutes grandes à la République de Weimar les portes de la SDN et en lui promettant l'évacuation à brève échéance d'une partie de la Rhénanie par les troupes d'occupation.

Le Kremlin a été tenu à l'écart de cette négociation. Dans l'esprit de Rapallo, il n'avait pas ménagé son soutien à Berlin au moment de l'épreuve de force avec Paris. La banqueroute allemande, comme les violents incidents entraînés par l'occupation de la Ruhr, l'amènent à se demander, une fois Stresemann au pouvoir, si la situation n'est pas mûre pour accomplir le vieux rêve léniniste d'une révolution dans la patrie de Goethe. Le communisme vient alors de subir une série de coups durs en Europe : avènement du fascisme en Italie, pronunciamiento conduisant à la dictature du général Primo de Rivera en Espagne, coup de force manqué en Estonie, échec total en Bulgarie d'une tentative d'insurrection contre les militaires qui se sont emparés du pouvoir d'autant plus facilement que le PC local a repoussé les appels à l'aide du gouvernement paysan.

Quel meilleur moyen de reprendre espoir que de hisser le drapeau rouge en Allemagne ? C'est dans cette perspective que le Komintern autorise les communistes à entrer dans des cabinets de front populaire en Saxe et en Thuringe, et arrête les plans d'un soulèvement armé généralisé en octobre 1923. La gauche social-démocrate refusant à la dernière minute de marcher, la consigne est rapportée. Trop tard cependant pour empêcher une révolte à Hambourg, qui est noyée dans le sang. L'armée en profite pour liquider les gouvernements des deux *Länder* rouges, sans guère rencontrer d'opposition. Le vent a déjà commencé de se lever qui, dix ans plus tard, conduira les nazis au pouvoir : le putsch manqué de Hitler et du maréchal Ludendorff, à Munich, est du 8 novembre de cette même année 1923.

*
* *

Le moins qu'on puisse dire est que Staline met du temps à saisir la nature et l'ampleur de la menace. Hanté par le souvenir de l'écrasement de la révolution spartakiste de l'hiver 1918-1919, à Berlin, par le socialiste Noske, il interdit aux communistes allemands toute alliance avec la social-démocratie, qui n'est selon lui que « l'aile modérée du fascisme [...], ces deux organisations ne sont pas aux antipodes, elles sont jumelles[13] ». Le Parti communiste allemand, le plus important, le plus aguerri d'Europe, demeurera un « géant châtré[14] », selon l'expression d'Arthur Koestler. Son chef, Ernst Thälmann, qui sera exécuté en 1944 à Buchenwald, écrit à la fin de 1931 : « Certains ne veulent pas voir la forêt social-démocrate devant les arbres nationaux-socialistes. [...] Si l'on ne vainc pas la social-démocratie, on ne pourra pas battre le fascisme[15]. »

Une fois le Führer en place, le « Guide » (*Vojd*), comme Staline aime à se faire appeler, cherche encore à s'entendre avec lui. Vient tout de même le moment où il comprend que doit être pris au sérieux le sinistre programme exposé dans *Mein Kampf* : « Nous arrêterons la marche éternelle des Allemands vers le sud et l'ouest de l'Europe, et nous tournerons notre regard vers la terre de l'Est. [...] L'empire géant de l'Est est mûr pour l'écroulement. Et la fin de la domination juive en Russie sera aussi la fin de la Russie en tant qu'État[16]. » Il multiplie par huit, en deux ans, le budget de la défense. Le Komintern opère un vertigineux tête-à-queue en contraignant les partis communistes de la diaspora, qu'il contrôle de plus en plus directement, à constituer avec les sociaux-démocrates, à partir de 1934, des

---

13. Cité in Pierre Broué, *op. cit.*, p. 527.
14. Arthur Koestler, *The God that Failed*, Londres, Hamish Hamilton, 1950, p. 63.
15. Ernst Thälmann, article paru dans *Die Internationale*, nov.-déc. 1931, cité in Broué, *op. cit.*, p. 528.
16. Hitler, *op. cit.*, p. 742.

fronts populaires contre le fascisme. Le rapprochement du Kremlin avec les démocraties occidentales, amorcé avec la nomination en 1930 de Maxime Litvinov à la tête du commissariat aux Affaires étrangères, s'accélère. L'arrivée à la Maison-Blanche de Franklin Roosevelt, en 1933, permet la normalisation des relations avec les États-Unis : Staline n'hésite pas à dire à l'ambassadeur américain que le nouveau président, « bien que leader d'une nation capitaliste, est l'un des hommes les plus populaires en URSS[17] ». Celle-ci entre dès 1934 dans cette Société des Nations pour laquelle ses dirigeants n'avaient pas eu jusqu'alors assez de sarcasmes.

L'année 1935 voit la conclusion d'un pacte d'assistance mutuelle avec la France et le voyage à Moscou du ministre des Affaires étrangères Pierre Laval, qui en rapporte un communiqué aux termes duquel Staline « comprend et approuve pleinement la politique de défense nationale faite par la France pour maintenir sa force armée au niveau de sa sécurité[18] ». Pour mesurer la portée de ce propos, il faut savoir qu'en 1930 encore le « père des peuples » avait dénoncé en elle « le pays le plus agressif et le plus militariste de tous les pays agressifs et militaristes du monde[19] ».

Le parti communiste ne se le fait pas dire deux fois : Maurice Thorez suit au doigt et à l'œil les consignes que lui transmet le représentant du Komintern, Eugen Fried, sans l'appui duquel il ne l'aurait pas emporté sur son rival Jacques Doriot, coupable d'avoir préconisé – trop tôt – l'alliance avec les socialistes contre le fascisme[20]. Le PCF hisse les trois couleurs à côté du drapeau rouge, célèbre Jeanne d'Arc et oublie ses campagnes contre les officiers – les « gueules de vache » – pour voter les crédits de défense. Pendant la guerre froide, Guy Mollet en tête, bien des hommes politiques chercheront à répéter l'exploit de Laval en obtenant du Kremlin une nouvelle neutralisation du PCF. Il leur manquera, pour y parvenir, de pouvoir lui offrir une contrepartie aussi substantielle que la garantie d'assistance contre une agression allemande contenue dans le pacte de 1935. Une garantie d'une bien plus grande portée que celle dont Paris bénéficiait de la part

---

17. Duroselle, *op. cit.*, p. 256.
18. *Le Temps*, 17 mai 1935.
19. William Scott, *Alliance against Hitler*, Durham, Duke University Press, 1962, p. 4.
20. Voir Annie Kriegel et Stéphane Courtois, *Eugen Fried. Le Grand Secret du PCF*, Seuil, 1997, pp. 216-231, et aussi Pierre Broué, *Histoire de l'Internationale*, *op. cit.*, pp. 634-637.

de l'État soviétique, dans la mesure où, celui-ci n'ayant pas de frontière commune avec le Reich, elle ne pouvait jouer que si les républiques baltes, la Pologne ou la Roumanie consentaient à laisser passer ses troupes : perspective dont ces pays avaient bien trop peur pour l'envisager ne serait-ce qu'une seconde. On allait amèrement le constater en 1939.

La conclusion du pacte franco-soviétique, dont Hitler prendra bientôt prétexte pour réoccuper la Rhénanie, en violation directe du traité de Versailles, est loin de dissiper tous les soupçons existant entre ses deux signataires, aux idéologies et aux pratiques si opposées. La grande *tchistka*, la terreur déclenchée après l'assassinat en 1934 de Serguei Kirov, le chef du parti pour Leningrad, y est pour beaucoup : elle fera jusqu'à la veille de la guerre d'innombrables victimes dont la plupart des compagnons de Lénine, de Radek à Boukharine. Selon le minutieux décompte opéré par Nicolas Werth, il y aurait eu, pour les deux années 1937 et 1938, 1 575 000 arrestations, suivies de 681 692 mises à mort. L'armée est proprement décapitée avec l'exécution pour haute trahison de Toukhatchevski, vice-ministre de la Défense, de deux autres maréchaux et de six généraux d'armée. Au total, 43 000 officiers ont été fusillés ou expédiés au goulag. Au dire de la très officielle *Histoire de la grande guerre patriotique*, « près de la moitié des commandants de régiment, presque tous les commandants de brigade et de division, tous les commandants de corps d'armée et des régions militaires, tous les membres des conseils militaires et tous les chefs des directions politiques des régions militaires furent liquidés[21] ». « Jamais armée ne perdit autant d'officiers dans une guerre que l'armée soviétique n'en subit durant cette période de paix[22] », fera remarquer le dissident Roy Medvedev.

Cette tragédie, dans laquelle le NKVD, successeur de la Tcheka, la Gestapo et, bien involontairement, le président tchécoslovaque Bene ont chacun joué un rôle, aurait été inconcevable sans la méfiance pathologique de Staline, sans sa peur constante d'être renversé par un nouveau Bonaparte. Elle ne peut que renforcer le scepticisme, alors très répandu à l'extérieur, sur l'aptitude du régime soviétique à faire face à une guerre. Hitler en tire fortement argument auprès de ceux de ses généraux qui hésitent à en découdre avec les Rouges. De même, elle contribue largement à

---

21. Cité in Alexandre Nekritch, *L'Armée rouge assassinée*, Grasset, 1968, p. 119.
22. Roy Medvedev, *Le Stalinisme*, Seuil, 1972, p. 262.

expliquer les réserves répandues dans les états-majors français quant à l'opportunité de l'alliance avec Moscou.

Le pacte de 1935 ne comportait d'ailleurs aucune disposition militaire et ne pouvait jouer, à la demande de Paris, que si le conseil de la SDN reconnaissait au préalable la réalité de l'agression. Pour Jean-Baptiste Duroselle, « n'importe quel spécialiste du droit international » pouvait trouver dans ce « galimatias, quelle que soit la situation, vingt échappatoires possibles[23] ». Léon Blum ne sera pas le dernier à rechercher un accommodement avec Hitler, et Georges Bonnet ne se cachera guère de s'être surtout employé, lorsqu'il dirigeait le Quai d'Orsay, à essayer de détourner vers l'Est la menace allemande.

De toute façon Paris privilégie l'alliance avec Londres, qui répugne ouvertement à se lier avec l'URSS. Neville Chamberlain, Premier ministre à partir de 1937, prône « l'apaisement des dictateurs ». Au lendemain de l'Anschluss, il écarte une suggestion soviétique tendant à « envisager sans délai avec les autres puissances […] des mesures pratiques […] destinées à enrayer le développement de l'agression[24] ». La *Pravda* n'y trouve d'autre explication que l'existence d'un accord secret entre l'Allemagne et le Royaume-Uni.

*
* *

Depuis 1936, la guerre d'Espagne est l'occasion d'une certaine coopération entre la France, la Grande-Bretagne et l'URSS sous le signe de la non-intervention. Celle-ci n'a pas empêché Franco d'avoir à sa disposition des aviateurs allemands et des divisions italiennes, ni des brigades internationales équipées par Moscou de venir au secours de la République. Très vite cependant, il devient évident que Staline se préoccupe moins d'empêcher la victoire du Caudillo que d'éliminer les trotskistes du POUM, qui rêvent de faire de la patrie de Cervantès le second État prolétarien de l'Histoire. Le « Guide » ne veut pas seulement être celui de l'URSS, il entend commander la révolution mondiale, et s'assurer pour commencer qu'aucun pouvoir se réclamant du socialisme ne sera en mesure de le bâtir autrement que sous son égide. L'un des principaux militants poumistes, le pein-

---

23. Jean-Baptiste Duroselle, *La Décadence*, Imprimerie nationale, 1979, p. 142.
24. Ivan Maisky, *Who Helped Hitler ?*, Londres, Hutchinson, 1964, pp. 74-75.

tre Eugenio Granell, ira jusqu'à parler à ce propos de la « peur panique des staliniens devant le communisme[25] ».

À l'automne 1938, le Kremlin porte le coup de grâce à la République espagnole en mettant fin à la participation des Brigades internationales à la guerre. Le sens de cette décision aurait dû être clair pour tout le monde : Moscou a tiré les conclusions de l'accord qui a été signé à Munich le 30 septembre entre Hitler, Mussolini, Daladier et Chamberlain, sur la cession au Reich de la région des Sudètes, peuplée pour l'essentiel de germanophones. Bien qu'alliée de la Tchécoslovaquie depuis 1935, l'URSS a en effet été tenue à l'écart de la négociation. Ses dirigeants ne semblent pas en avoir été autrement surpris : la passivité de la France et de la Grande-Bretagne en 1936, après la réoccupation de la Rhénanie, et plus encore en mars 1938, après l'Anschluss, fait disparaître leurs dernières illusions quant à la capacité de réagir des démocraties occidentales. Dès le 23 mars, soit dix jours après l'entrée de la Wehrmacht à Vienne, Litvinov exprime à l'ambassadeur des États-Unis sa crainte que la Tchécoslovaquie ne se plie aux exigences de Berlin, par « manque de confiance en la France et parce qu'elle [est] complètement entourée ». « La France, ajoute-t-il, n'a aucune confiance dans l'Union soviétique, et l'Union soviétique n'a aucune confiance en la France. » Et d'évoquer avec une rare clairvoyance le moment où « il ne resterait plus pour faire face à une Europe dominée par le fascisme que la Grande-Bretagne à l'Ouest et l'URSS à l'Est[26] ».

*
* *

Lorsque, le 4 octobre, l'ambassadeur de France vient informer officiellement Litvinov de la signature des accords de Munich, le commissaire du peuple ne lui cache pas le fond de sa pensée : « Mon pauvre ami, qu'avez-vous fait ? Pour nous, je n'aperçois pas d'autre solution qu'un quatrième partage de la Pologne[27]. » Des contacts s'établissent rapidement entre Moscou

---

25. Cité in Pierre Broué, *Staline et la Révolution, le cas espagnol*, Fayard, 1993, p. 258.
26. Joseph Davies, *Mission à Moscou*, Montréal, Éditions de l'Arbre, 1944, pp. 258-259.
27. Robert Coulondre, *De Moscou à Berlin*, Hachette, 1959, p. 165. Les trois partages antérieurs de la Pologne sont intervenus en 1772, 1793 et 1795 entre la Russie, la Prusse et l'Autriche.

et Berlin, suffisants pour que le 27 janvier 1939 le *News Chronicle* de Londres publie un article de son correspondant diplomatique, Vernon Bartlett, annonçant un rapprochement germano-soviétique.

Loin d'ignorer ou de critiquer ce texte, la *Pravda* le reproduit *in extenso*, événement sans précédent. Le 10 mars, Staline en personne prononce devant le XVIIIe congrès du parti un discours dans lequel il s'en prend vertement à la France et à l'Angleterre, et conseille aux « provocateurs de guerre » de ne pas compter sur lui pour aller « tirer les marrons du feu » à leur bénéfice[28].

Enfin, le 3 mai, évident appel du pied à Hitler, Litvinov, juif, marié à une Anglaise, cède la place à Molotov, « le meilleur documentaliste de Russie[29] » selon Lénine, en tout cas exécutant sans trace d'état d'âme des consignes du secrétaire général, qui lui demande aussitôt de « débarrasser des Juifs le commissariat du peuple[30] ». Staline ne va pas jusqu'à lui demander de se séparer de sa femme, elle-même juive, mais il la fera arrêter en 1949.

La nouvelle du limogeage de Litvinov, dira le grand amiral Raeder, commandant en chef de la flotte allemande, frappa le Führer « comme un boulet de canon[31] ». Le message était sans ambiguïté, que résume la très stalinienne *Histoire de la diplomatie* de Vladimir Potiemkine : il s'agissait de mettre « en compétition le bloc anglo-français et la diplomatie germano-fasciste pour une entente » avec l'URSS[32]. Que personne pratiquement dans le camp des démocraties n'ait saisi la portée des innombrables signaux envoyés par le Kremlin, dont on n'a rappelé que les plus aveuglants, dépasse l'entendement.

Après l'occupation de la Bohême par les Allemands, le 15 mars, et la mise en demeure adressée par Ribbentrop à la Pologne sur le retour au Reich de Dantzig et de son corridor, Chamberlain doit bien reconnaître la vanité de sa politique d'apaisement. Varsovie lui demandant une garantie unilatérale d'assistance, il la lui accorde séance tenante, et accepte en même temps d'engager des pourparlers avec l'URSS. Mais c'est le 12 août seulement que s'ouvrent à Moscou les conversations militaires réclamées depuis des mois par Molotov. Et les chefs des délégations occidentales ne

---

28. Cité in Nicolas Werth, *Histoire de l'Union soviétique*, PUF, 1982, p. 302.
29. Cité in Sokoloff, *op. cit.*, p. 436.
30. Tchouev, *op. cit.*, p. 232.
31. Cité in André Rossi, *Deux Ans d'alliance germano-soviétique*, Fayard, 1949, p. 27.
32. Vladimir Potiemkine, *Histoire de la diplomatie*, Éditions de Médicis, 1947, t. III, p. 701.

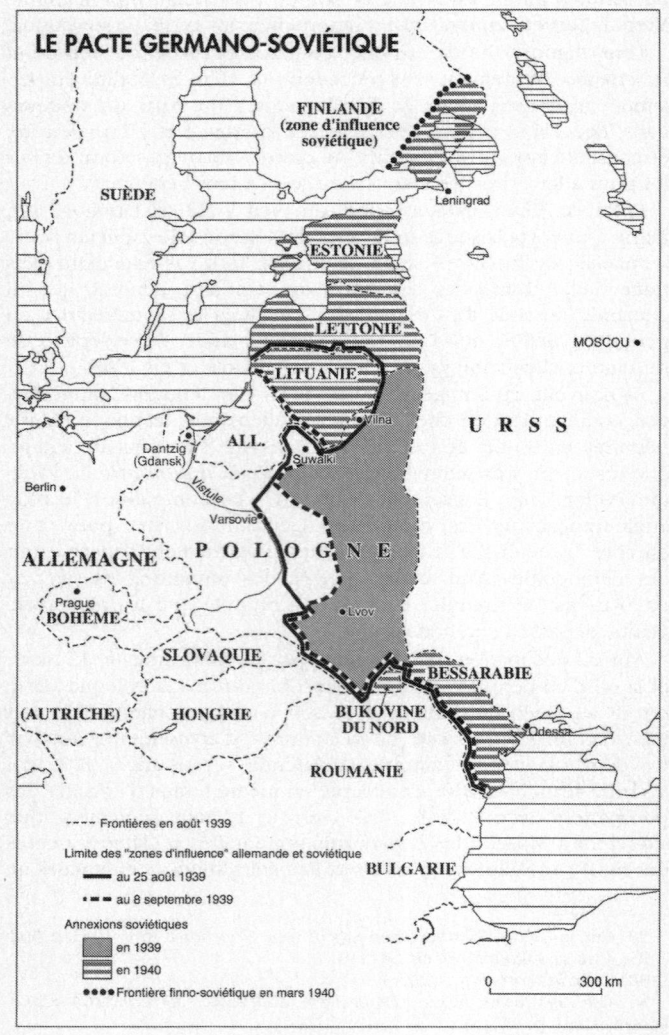

peuvent que solliciter un délai de réflexion lorsque le maréchal Vorochilov les invite à préciser si l'Armée rouge disposerait « d'un droit de libre passage sur le territoire polonais pour entrer en contact direct avec l'adversaire si celui-ci attaque la Pologne[33] ». Comment le lui reconnaître si le gouvernement de Varsovie s'y refuse ? Le commandant en chef polonais, le maréchal Smygly-Rydz, signe l'arrêt de mort de la négociation lorsqu'il déclare, le 20 août : « Avec les Allemands, nous perdrions notre liberté, avec les Russes, nous perdrions notre âme[34]. »

Trois jours plus tard, Ribbentrop débarque à Moscou – où son avion manque de se faire abattre par la DCA soviétique ! – pour y signer, à la stupéfaction quasi générale, un pacte de non-agression, assorti d'un protocole secret. Ce dernier, dont le texte, découvert par les Américains dans les archives du Reich, ne sera connu qu'en 1948, délimite les sphères d'influence allemande et soviétique en Europe orientale, et pour commencer en Pologne. Après la signature, Molotov porte un toast au Führer et Ribbentrop au Vojd, lequel invite son invité à boire à la santé du « nouvel antikominternien Staline », mais aussi à celle de son beau-frère Lazare Kaganovitch, qui est juif [35]. On s'amuse comme on peut... À 3 heures du matin, le secrétaire général va souper dans sa datcha de Kountsevo en compagnie de quelques collaborateurs, dont Khrouchtchev, alors membre du Politburo, qui évoque ce repas dans ses *Mémoires* : « Hitler veut nous rouler, dit Staline, mais je crois que nous avons tiré de lui le maximum. » On pouvait imaginer que le Führer ouvrirait les hostilités contre la Pologne, « ce qui conduirait la France et l'Angleterre à entrer en guerre contre lui avant tous les autres, chose excellente pour nous, militairement et moralement[36] ».

Une chose d'autant plus excellente qu'elle permettrait à l'URSS de récupérer les territoires perdus après la Première Guerre mondiale. Elle la débarrasserait de surcroît de la hantise d'avoir à se battre sur deux fronts, ses troupes étant alors aux prises sur les confins de la Mandchourie avec celles de Tokyo. Battus par deux fois, furieux du pacte germano-soviétique dans lequel ils voyaient une trahison du pacte anti-Komintern de 1936 avec Berlin et

---

33. Procès-verbal des conversations in *Recherches internationales à la lumière du marxisme*, mars-avril 1959.
34. Cité in Paul Reynaud, *La France a sauvé l'Europe*, Flammarion, 1947, t. I, p. 587.
35. Tchouev, *op. cit.*, p. 28.
36. Nikita Khrouchtchev, *Mémoires inédits*, Belfond, 1991, pp. 70-72.

Rome, les Japonais mettent fin à leur offensive et concluent sans tarder un accord avec le Kremlin.

Le 17 septembre, l'Armée rouge pénètre en Pologne où elle fait bientôt sa jonction avec la Wehrmacht. Elle refoule sans hésitation vers les lignes allemandes les populations, Juifs compris à l'occasion, qui cherchent sa protection. Le 28, Ribbentrop revient à Moscou pour y signer un traité « d'amitié et de délimitation des frontières », complété par une déclaration commune des deux gouvernements, assurant que si la France et la Grande-Bretagne restent sourdes à leurs appels à mettre fin à l'état de guerre, elles porteront la responsabilité de la poursuite des hostilités. Dans ce cas, eux-mêmes se concerteront « sur les mesures qu'il deviendra indispensable de prendre[37] ». Le protocole secret du mois d'août sur le partage des zones d'influence est modifié. À la demande de Staline, la Pologne est rayée de la carte : ses parties ukrainienne et biélorusse sont incorporées à l'URSS, tandis que Varsovie devient la capitale d'un « Gouvernement général » allemand. « Il a suffi que l'armée allemande, puis l'Armée rouge portent un coup bref à la Pologne pour qu'il ne reste rien de l'enfant monstrueux du traité de Versailles[38] », déclare Molotov le 31 octobre devant le Soviet suprême. La Lituanie, de son côté, est placée dans l'orbite soviétique. La défaite française de 1940 fournira l'occasion à Moscou d'annexer purement et simplement les trois républiques baltes, ainsi que la Bessarabie et la Bukovine du Nord roumaines, bien que cette dernière n'ait pas été mentionnée dans les protocoles secrets germano-soviétiques.

Hitler en conçoit une fureur qui le ramène vite à sa vieille obsession : « Tout ce que j'ai entrepris est dirigé contre les Russes, a-t-il dit le 11 août 1939 à Carl Burckhardt, haut-commissaire de la SDN pour Dantzig. Si l'Occident est trop stupide et trop aveugle pour s'en apercevoir, alors je serai contraint d'en venir à un accord avec les Russes, de battre l'Occident et puis, après sa défaite, de me tourner contre l'Union soviétique avec toutes mes forces. J'ai besoin de l'Ukraine pour qu'ils ne puissent pas nous affamer comme lors de la dernière guerre[39]. » « La Russie écrasée, le dernier espoir des Britanniques serait brisé, dit-il à ses généraux

---

37. Département d'État des États-Unis, *La Vérité sur les rapports germano-soviétiques de 1939 à 1941*, trad. française, France-Empire, 1948, p. 101.
38. Cité in Michel Heller, *Soixante-dix ans qui ébranlèrent le monde*, Calmann-Lévy, 1988, p. 90.
39. Cité in Bullock, *op. cit.*, t. II, p. 82.

le 31 juillet 1940. [...] La destruction de la Russie doit dès lors faire partie de ce combat. Printemps 1941[40]. »

La campagne de France vaut à l'ambassadeur du Reich « les plus chaleureuses congratulations » de Molotov « pour les magnifiques succès des forces allemandes[41] ». En réalité, Staline en est catastrophé. Il était à cent lieues de s'y attendre : son espoir de cynique *Realpolitiker*, au demeurant symétrique de celui de Georges Bonnet, était que les « impérialistes », tant nazis que démocrates, s'épuisent mutuellement dans une guerre d'usure, l'URSS se tenant tranquillement à l'écart, en bonne posture pour le dénouement. Si la chute de Paris avait un sens, c'était que son tour viendrait tôt ou tard. « Il injuriait les Français, il injuriait les Anglais, raconte Khrouchtchev, témoin de la scène. Comment avaient-ils pu laisser Hitler les battre, les écraser comme il l'avait fait ? [...] Il savait que la guerre était inévitable. Non seulement il connaissait la supériorité de l'armée allemande, mais il savait aussi que les Allemands étaient parfaitement conscients de notre faiblesse depuis la guerre que nous avions livrée en Finlande[42]. »

Durant l'hiver, le Géorgien avait voulu en effet convaincre Helsinki de se prêter à une rectification de frontières, destinée à faciliter la défense de Leningrad, et de mettre à sa disposition, dans la même optique, une base navale à l'entrée du golfe de Finlande. Les Finnois ayant refusé, il crut pouvoir leur tordre le cou par une rapide intervention militaire : elle allait durer trois mois, confirmant les états-majors étrangers dans la piètre opinion qu'ils nourrissaient de la valeur de l'Armée rouge. Il avait totalement sous-estimé le patriotisme de la population finlandaise, qui souleva l'enthousiasme des opinions occidentales et conduisit les Franco-Britanniques à envisager des opérations contre l'URSS tant en Baltique qu'à Bakou, dans le Caucase, dont les puits de pétrole étaient exploités pour les Allemands. En fait, le gouvernement d'Helsinki avait tout de suite cherché à négocier avec Moscou, mais il était présidé par un social-démocrate, la pire engeance, aux yeux de Staline, qui ne se décida que tardivement à traiter avec lui.

*
* *

---

40. Cité *ibid.*, t. II, p. 129.
41. Keesing's Contemporary Archives, vol. III, p. 4681.
42. Khrouchtchev, *op. cit.*, p. 79.

En novembre 1940, Molotov est invité à Berlin par Ribbentrop afin d'établir « le contour très général des sphères d'influence entre la Russie, l'Allemagne, l'Italie et le Japon ». Le chef de la diplomatie nazie ne se cache pas d'encourager les Soviétiques à regarder « du côté du golfe Persique et de la mer d'Arabie[43] », c'est-à-dire à compléter le partage de l'Europe orientale par celui des futures dépouilles de l'Empire britannique. Le commissaire du peuple est reçu par Hitler qui le convie à sa table. Il brossera plus tard un portrait des plus inattendus de son hôte : « Très intelligent, mais borné et obtus, un petit lapin qui se nourrit de serpolet, un homme idéal en quelque sorte », parce qu'il ne buvait pas, ne fumait pas, ne mangeait pas de viande, ne prenait pas de café[44].

Ces propos datent de 1973, époque à laquelle Molotov avait quatre-vingt-trois ans. Il en avait trente-deux de moins lorsqu'il rencontra le Führer, qu'il craignait bien moins que Staline. Il lui tint en tout cas un langage direct auquel Hitler était si peu habitué qu'il se décommanda pour le dîner donné le soir en son honneur à l'ambassade soviétique. Le commissaire s'était plaint notamment de la livraison d'armes par le Reich à la Finlande, où le Kremlin exigeait d'avoir les mains libres, « comme en Bessarabie[45] ». Au cours du repas offert par Molotov, une alerte obligea les convives à se réfugier au sous-sol. Ribbentrop ayant choisi ce moment-là pour expliquer que la guerre était pratiquement gagnée par les nazis, le maître de maison répliqua : « Dans ce cas, dites-moi ce que nous faisons dans cet abri[46]... », ce qui laissa son invité sans voix. Le commissaire n'en repartit pas moins avec une proposition d'adhésion de l'URSS au pacte germano-italo-japonais, impliquant pour elle une avancée en direction de l'océan Indien, assortie d'une révision de la convention de Montreux sur les Détroits, visant à assurer le passage sans restriction des navires soviétiques dans les eaux turques.

La manœuvre est un peu grosse : l'Allemagne cherchait clairement à faire se heurter les intérêts britanniques et soviétiques. Staline n'en est pas moins alléché, mais essaie de faire monter les enchères au maximum. L'effet est d'achever de convaincre Hitler qu'il n'a affaire qu'à un « maître chanteur cynique aux exigences insatiables[47] ». Pas question donc qu'il renonce à attaquer l'URSS. Dès le 18 décembre 1940, il signe la fameuse directive n° 21, qui

---

43. Cité in Kissinger, *op. cit.*, p. 318.
44. Tchouev, *op. cit.*, pp. 32-34.
45. Bullock, *op. cit.*, t. II, p. 136.
46. *Ibid.*, p. 138.
47. Cité in William Shirer, *Le IIIe Reich*, Stock, 1961, t. II, p. 191.

ordonne à la Wehrmacht de se préparer à « écraser la Russie en une campagne rapide avant même la conclusion de la guerre contre l'Angleterre[48] ». Ce sera l'opération Barbarossa, ainsi appelée en souvenir de l'empereur Frédéric Barberousse, le conquérant du XIIe siècle, dont une légende prophétisait qu'il reviendrait sur terre pour « rétablir la grandeur allemande et la justice pour les pauvres[49] ».

Des traités économiques d'une ampleur sans précédent n'en sont pas moins signés entre le Reich et l'URSS le 10 janvier 1941. Staline s'est personnellement impliqué dans leur négociation et ils seront exécutés « de manière réellement admirable[50] » au dire du ministère des Affaires étrangères allemand. Est-ce là un moyen de faire avancer la négociation sur le pacte triparti ? Ou d'essayer de gagner du temps en apaisant l'agresseur, comme il allait le faire par la suite ? On ne rassemble pas les effectifs et les armes nécessaires à une action d'une telle envergure sans que les services de renseignement adverses s'en avisent rapidement, et les avertissements s'accumulent sur la table du secrétaire général, en provenance notamment de Londres.

Mais le Gensek n'a pas oublié que Churchill avait fait une campagne acharnée, en 1918-1919, en faveur de l'intervention dans la guerre civile russe, et il le soupçonne de ne chercher qu'à le brouiller avec Hitler. La fuite inopinée en Angleterre, sur ces entrefaites, de Rudolf Hess, longtemps enfant chéri et successeur présumé du Führer, ne peut que pousser son esprit obsédé par les complots à imaginer quelque obscure manigance entre le Reich et ces capitalistes de la City en qui il n'a jamais cessé de voir l'ennemi principal. La Grande-Bretagne n'est pas seule à tirer le signal d'alarme. C'est de tous les côtés, et notamment de ses espions, au premier plan desquels le célèbre Richard Sorge, journaliste allemand basé à Tokyo, que parviennent au Kremlin des indications sur les préparatifs nazis.

Le rapport secret de Khrouchtchev, en 1956, au XXe congrès, sur les crimes de Staline[51], comme le livre du général Nekritch, *L'Armée rouge assassinée*[52], paru en 1965 à Moscou, ont accrédité l'image d'un homme qui aurait délibérément ignoré ces avertissements et aurait négligé de préparer son armée à l'invasion. La

---

48. Cité in Bullock, *op. cit.*, t. II, p. 139.
49. Joseph Rovan, *Histoire de l'Allemagne*, Seuil, 1994, p. 140.
50. Cité in Bullock, *op. cit.*, t. II, p. 155.
51. Texte intégral in Branko Lazitch, *Le Rapport Khrouchtchev et son histoire*, Seuil, 1976.
52. Nekritch, *op. cit.*

vérité est plus nuancée. D'innombrables discussions ont bien eu lieu entre le Géorgien et les chefs militaires sur la conduite à tenir dans une telle hypothèse. Mais Staline ne croyait pas Hitler assez fou pour déclencher les hostilités à l'Est avant d'avoir réglé son compte à l'Angleterre. Il prévoyait donc plutôt la guerre pour 1942, et chaque jour qui passait l'en convainquait un peu plus. Seule une volonté d'apaisement à tout prix peut expliquer l'incroyable dépêche de l'agence Tass en date du 13 juin, soit huit jours avant l'invasion, démentant les rumeurs sur l'imminence d'une guerre germano-soviétique et les attribuant aux « forces coalisées contre l'URSS et l'Allemagne », de même que l'accélération, à quelques heures du déclenchement des hostilités, des livraisons de blé et de pétrole au Reich.

La décision de Staline, le 7 mai, de prendre directement en main la direction du gouvernement, que Molotov cumulait jusqu'alors avec celle des Affaires étrangères, va sans doute dans le même sens. L'ambassadeur allemand Schulenburg, partisan convaincu de la coopération des deux pays, et bientôt adversaire acharné de Hitler, qui le fera exécuter, y vit pour sa part le signe que le secrétaire général entendait se consacrer en priorité au développement de cette coopération. De même est-ce par le désir d'éviter toute provocation vis-à-vis du Reich que le Vojd justifiait son refus de faire fortifier, ou même, simplement, miner la nouvelle frontière germano-soviétique issue du pacte de 1939. En revanche, il avait fait construire à proximité des aérodromes sur lesquels des centaines d'appareils allaient être détruits au sol le 22 juin, faute d'avoir reçu l'ordre de prendre l'air. Autre erreur stratégique : il était convaincu, contre l'avis de Joukov, nommé en février 1941 chef d'état-major général, que le gros de l'offensive viserait la riche Ukraine. Enfin, s'il avait reconnu, au début de 1941, l'importance décisive de l'arme blindée, les conclusions tirées de la guerre d'Espagne l'avaient conduit à faire disperser les unités de chars.

On peut donc se demander ce qui se serait passé si l'invasion avait commencé, comme prévu, en mai. Autrement dit si un groupe d'officiers yougoslaves n'avait pas déposé le 26 mars le prince régent Paul, et dénoncé le protocole d'adhésion à l'alliance germano-italo-japonaise qu'il avait signé quelques jours plus tôt. Hitler n'était pas homme à s'accommoder d'une telle gifle : il ajourna d'un mois l'opération Barbarossa pour envoyer la Wehrmacht châtier les impudents et accessoirement porter main-forte aux Italiens englués en Grèce. Si le calendrier initial avait été respecté, le général Hiver n'aurait pas forcément été là, le moment venu, pour aider Joukov à sauver Moscou.

CHAPITRE III

Un gentleman chrétien ?

L'URSS FACE À L'INVASION – LES ERREURS DE HITLER
– LES MARCHANDAGES ENTRE LES ALLIÉS :
SECOND FRONT, POLOGNE, GRÈCE –
DE YALTA À POTSDAM

> « *Je pense que quelque chose de la façon dont un gentleman chrétien doit se conduire est entré dans sa nature*[1] » (celle de Staline).
>
> Roosevelt après Yalta.

En lançant les deux tiers de ses forces à l'assaut de l'URSS, le 22 juin 1941, Hitler ne doute pas d'en venir rapidement à bout : « Un coup de pied dans la porte et tout cet édifice pourri s'écroulera[2] », dit-il au maréchal Jodl. Comment pourrait-il ne pas gagner avec 153 divisions, aguerries par deux ans de campagnes, flanquées d'une quarantaine d'autres, roumaines, finlandaises, hongroises, slovaques, appuyées par 2 740 avions, 3 580 blindés, 7 484 pièces d'artillerie ? La supériorité de ses troupes est écrasante dans tous les domaines sur un adversaire durement éprouvé, avant même d'avoir combattu, par la purge insensée infligée au commandement en 1937.

---

1. Robert Dallek, *Franklin D. Roosevelt and American Foreign Policy, 1932-1945*, New York, Oxford University Press, 1979, p. 521.
2. Cité in Shirer, *op. cit.*, t. II, p. 236.

Staline, pris au dépourvu, mettra des heures à admettre qu'il s'agit bien d'une agression. D'où son retard à donner les ordres qui, lancés à temps, auraient permis d'éviter la destruction au sol, en une seule matinée, de quelque huit cents avions, quatre cents étant dans le même temps abattus au combat, et la reddition de centaines de milliers de fuyards désemparés. Son registre d'audiences mentionne ce jour-là de longs entretiens avec ses principaux collaborateurs, ce qui contredit l'affirmation de Khrouchtchev selon laquelle il serait resté longtemps prostré. Il n'empêche que le Gensek laisse à Molotov le soin de dénoncer à la radio « l'acte de perfidie sans précédent » commis par les nazis, qui « n'avaient jamais eu la moindre occasion de reprocher à l'URSS d'avoir failli aux obligations du pacte[3] » d'août 1939. Et que le 29 juin, lorsque le même Molotov vient, en compagnie du chef du plan, lui proposer de prendre la présidence d'un comité national de défense à créer, il donne l'impression de s'attendre à se voir demander des comptes, sinon à être arrêté[4].

Le Gensek ne tarde pas à reprendre la direction des opérations, mais dès l'automne il est près de reperdre espoir. La Wehrmacht a fait trois millions de prisonniers. Elle s'est emparée de Kiev, assiège Leningrad, atteint la banlieue de Moscou, que le gouvernement soviétique évacue en hâte. À en croire Khrouchtchev, Staline pense alors que c'est la fin. Dans un discours, il déclare : « Tout ce que Lénine avait créé, nous l'avons perdu à jamais[5]. » Selon un collaborateur de la *Revue d'histoire militaire soviétique*, le général Pavlenko, il aurait rencontré le maréchal Joukov le 7 octobre 1941 en la seule présence – muette – de Beria. « L'ennemi s'approche de la capitale et nous ne possédons pas suffisamment de troupes pour la défendre, lui aurait-il dit. Nous avons besoin d'un répit, non moins qu'en 1918 quand a été conclu le traité de Brest[-Litovsk]. » Et de demander au maître espion de « sonder le terrain » en vue d'une paix avec l'Allemagne.

Toujours selon Pavlenko, Staline était prêt à abandonner les républiques baltes, la Biélorussie, la Moldavie et une partie de l'Ukraine[6]. Sollicité de jouer les intermédiaires, l'ambassadeur de Bulgarie prétendra par la suite s'être récusé, en faisant valoir à ses

---

3. Alexander Werth, *La Russie en guerre*, Stock, 1964, t. I, p. 137.
4. Robert Conquest, *Staline*, Odile Jacob, 1993, p. 259.
5. Lazitch, *op. cit.*, p. 109.
6. Nicolas Pavlenko, « La tragédie de l'Armée rouge », *Les Nouvelles de Moscou*, édition française, 7 mai 1989.

interlocuteurs soviétiques que même si l'Armée rouge devait reculer jusqu'à l'Oural, elle finirait par l'emporter. Beria assurera de son côté, lors de son procès en 1953, que l'objet de ce ballon d'essai « était de transmettre aux Allemands un élément de désinformation qui donnerait au gouvernement soviétique le temps de mobiliser ses réserves[7] ». Venant d'un menteur professionnel comme le chef du KGB, l'explication n'est pas bien convaincante... Pour Khrouchtchev, en tout cas – mais lui aussi a pris beaucoup de libertés avec la vérité –, c'est Hitler qui refusa de donner suite aux ouvertures du Kremlin. À cette époque, il croyait la guerre pratiquement gagnée : il en était à démobiliser des soldats pour les renvoyer à l'usine. « Je raserai cette saleté de ville et à la place je construirai un lac artificiel avec éclairage central. Le nom de Moscou disparaîtra à jamais[8] », proclamait-il devant ses proches. Il n'allait pas s'amuser à traiter avec un brigand aux abois.

Privée de colonies par les vainqueurs de 1918, l'Allemagne, comme au Moyen Âge, se servirait à l'Est : le mot esclave n'avait-il pas été forgé à partir du radical slave ? Le Führer n'a pas seulement prescrit à ses armées d'ignorer les lois de la guerre et de fusiller sans autre forme de procès Juifs et communistes, il leur a assigné « un seul devoir : germaniser ce pays par l'immigration d'Allemands et considérer les indigènes comme des Peaux-Rouges[9] ». Bien des habitants des zones envahies, surtout dans les parties non russes, sont disposés à accueillir l'envahisseur en libérateur : la manière dont ils sont traités ne leur laisse d'autre choix que de se battre. Non pour le bolchevisme, mais pour la mère patrie, la *Rodina*.

Le Vojd comprend vite que l'idéologie marxiste-léniniste lui sera de peu de secours dans ce duel apocalyptique et qu'il était perdu s'il ne parvient pas à jouer du lien très fort qui existait depuis toujours entre les Russes et leur terre natale. « Nous ne nourrissons aucunement l'illusion qu'ils se battent pour nous [les communistes], ils se battent pour la Sainte Russie[10] », déclare-t-il à Averell Harriman, que Roosevelt a dépêché auprès de lui. Quand, le 3 juillet 1941, on l'entend enfin à la radio, il s'adresse à ses concitoyens comme à ses « frères et sœurs » et salue le « peuple

---

7. Pavel et Anatoli Soudoplatov, *Missions spéciales, Mémoires du maître-espion soviétique Pavel Soudoplatov*, Seuil, 1994, p. 191.
8. Bullock, *op. cit.*, p. 184.
9. *Ibid.*, p. 173.
10. Averell Harriman, *Paix avec la Russie*, Arthaud, 1960, p. 23.

tout entier qui se lève pour défendre le pays » contre « un ennemi cruel et sans pitié » cherchant à faire main basse sur son blé et son pétrole[11]. Au témoignage de l'envoyé spécial du *Sunday Times* de Londres, Alexander Werth, « l'effet de ce discours, qui s'adressait à un peuple nerveux, souvent effrayé et désorienté, fut bouleversant [...], le peuple soviétique sentait qu'il avait un chef vers qui se tourner[12] ». La décision de Staline de demeurer à Moscou au plus fort de l'offensive allemande fait le reste.

Bientôt de nombreuses églises sont rouvertes au pays des sans-Dieu, le patriarcat et le Saint-Synode orthodoxes sont rétablis, les commissaires du peuple sont reconvertis en ministres. D'Alexandre Nevski, qui repoussa les Suédois au Moyen Âge, aux vainqueurs de Napoléon, les héros de l'histoire russe sont célébrés de toutes les manières. Symbole jadis détesté de l'ancien régime, les épaulettes de grade, supprimées au lendemain de la révolution d'Octobre, sont rétablies, et Staline ne dédaigne pas de porter sur sa sobre vareuse les étoiles de maréchal. Après Stalingrad, on se remettra à vanter les vertus du communisme, mais au lendemain de la capitulation du Reich, le généralissime tiendra encore à saluer solennellement dans « la confiance du peuple russe dans le gouvernement soviétique la force décisive qui a assuré la victoire[13] ». Il n'a pas oublié que les Allemands ont été accueillis avec des fleurs en bien des points d'Ukraine. S'il n'a pas hésité à faire déporter des peuples entiers, c'est bien parce qu'il n'était pas sûr d'eux : parmi ceux-ci les Tchétchènes, ce qui contribue largement à expliquer leur séparatisme ultérieur.

*
* *

Pour Churchill, privé d'allié depuis qu'un an plus tôt jour pour jour la France a déposé les armes, l'invasion est le plus beau cadeau dont il pouvait rêver, même s'il craint fort un effondrement de l'URSS à plus ou moins brève échéance. Six mois plus tard, le Führer complète ce cadeau par un autre non moins aberrant : loin de tenir rigueur au Japon d'avoir ignoré ses conseils pressants en attaquant Pearl Harbor plutôt que la Sibérie, il déclare la guerre aux États-Unis. Bien que déterminé depuis des

---

11. A. Werth, *op. cit.*, t. I, pp. 139-141.
12. *Ibid.*, pp. 141-142.
13. Sokoloff, *op. cit.*, p. 459.

mois à trouver un prétexte pour intervenir en Europe, Roosevelt a jugé plus prudent, devant l'ampleur du coup asséné à sa flotte, de ne se mesurer pour le moment qu'aux seuls Nippons. Si la Grande Alliance qui finira par avoir raison d'Adolf Hitler a eu un fondateur, c'est bien celui du « Reich millénaire »...

Grande alliance certes, et même la plus grande de tous les temps. Mais perpétuellement minée par le soupçon et par l'incompatibilité des ambitions de ses principaux membres. En 1918, Churchill avait soutenu avec acharnement l'intervention occidentale dans la guerre civile russe. Le 22 juin 1941, lorsque, dans un discours inoubliable, il promet son appui aux « soldats russes debout sur le seuil de leur patrie », il n'omet pas de préciser qu'il ne retire pas pour autant un seul mot de ce qu'il a dit, tout au long de sa vie, contre le communisme[14]. Un mémorandum à Eden d'octobre 1942 résume son état d'esprit : il y exprime la crainte que le rapatriement des troupes américaines, présenté par Roosevelt comme devant intervenir rapidement après la capitulation du Reich, ne crée un vide tentant pour l'URSS. « Ce serait un désastre immense, estime-t-il, si la barbarie russe submergeait la culture et l'indépendance des anciens États européens. » Dès cette époque, il préconise « des États-Unis d'Europe, [...] où l'on pourrait circuler sans restriction et dont l'économie serait considérée comme un tout[15] ».

La méfiance n'est pas moindre chez Staline. Pour lui, pas de doute : les Occidentaux cherchent avant tout à faire porter par l'Armée rouge le gros du poids de la guerre. Il ne va donc cesser de réclamer un accroissement de leur aide matérielle et l'ouverture rapide d'un second front : dès l'été 1941, devant la gravité de la situation militaire, il n'hésite pas à solliciter l'envoi en URSS de vingt-cinq à trente divisions britanniques. Autant demander la Lune. Churchill se contente de s'engager à « faire tout ce que le temps, la géographie et l'accroissement de nos ressources[16] » lui permettront, et expédie rapidement... deux cents avions de chasse. Les États-Unis, de leur côté, ont fait bénéficier Moscou du prêt-bail, qui renvoie à des jours meilleurs le paiement des matériels fournis, mais c'est seulement à partir du printemps 1942 que deux ou trois convois alliés parviennent chaque mois

---

14. Winston Churchill, *La Seconde Guerre mondiale*, Plon, 1948, t. III, vol. I, pp. 391-393.
15. *Ibid.*, t. IV, vol. II, p. 157.
16. *Ibid.*, t. IV, vol. I, p. 21.

à Arkhangelsk, seul port toujours libre de glaces, et au prix de lourdes pertes, notamment au moment du soleil de minuit.

En visite à Washington et à Londres en mai 1942, Molotov s'entend promettre un débarquement avant la fin de l'année. Mais lorsque Churchill vient voir Staline à Moscou en juillet, il lui annonce, croquis à l'appui, qu'il aura lieu non pas en Europe, mais en Afrique du Nord, de manière à frapper le « ventre mou du crocodile » nazi. Le généralissime s'écrie devant lui : « Que Dieu favorise cette entreprise[17] ! » À peine cependant son hôte a-t-il le dos tourné qu'il se tourne vers ses collaborateurs : « Tout est clair maintenant. Une campagne en Afrique et en Italie. Ils voudraient nous faire saigner pour pouvoir nous dicter leurs conditions plus tard [...], ils espèrent que nous perdrons Stalingrad et que nous serons ainsi privés d'un point de départ pour une contre-offensive[18]. »

C'est peu après que Staline décide de lancer la fabrication de la « superbombe[19] ». Ses espions à l'Ouest, comme Klaus Fuchs, Fitzroy McLean et John Cairncross, alias « le Carélien », employés respectivement au centre nucléaire de Los Alamos, à la section scientifique de l'ambassade britannique à Washington et au secrétariat particulier de lord Hankey, vétéran de l'Intelligence Service devenu président du comité scientifique consultatif du Royaume-Uni, ont attiré l'attention de Beria sur les travaux des Anglo-Saxons dans ce domaine. Un jeune savant soviétique, G. N. Flerov, qui a remarqué la soudaine disparition de toute indication sur la recherche nucléaire dans les revues scientifiques anglo-saxonnes, a convaincu le toujours méfiant Vojd qu'Anglais et Américains travaillaient sur une utilisation militaire de cette source d'énergie. Ceux-ci se sont bien gardés de lui parler de leurs intentions, parce que, « trahissant leur engagement de travailler avec nous sur leurs projets militaires », ils la préparent « contre nous[20] », confie-t-il à Beria.

Était-ce si mal vu ? « Vous vous rendez compte, naturellement, que la raison d'être du projet [Manhattan] est de soumettre les Russes[21] », déclarera tranquillement en 1944 le maître d'œuvre de

---

17. *Ibid.*, t. IV, vol. II, p. 75.
18. Isaac Deutscher, *Staline*, Gallimard, 1953, p. 571.
19. Vladimir Tchikov et Gary Tern, *Comment Staline a volé la bombe atomique aux Américains, dossier KGB n° 13676*, Robert Laffont, 1996, p. 92.
20. *Ibid.*, pp. 88-89.
21. *Ibid.*, p. 176.

la bombe A, le général américain Groves, au physicien d'origine polonaise Joseph Rotblat. « Vous estimez peut-être que, sous prétexte que nous sommes leurs alliés [des Britanniques], nous avons oublié ce qu'est Churchill », dira Staline à Djilas, ajoutant que les Anglo-Saxons « ne trouvent rien de plus doux que de duper leurs alliés [...]. Churchill est le type d'homme qui, si vous n'y prenez garde, ira vous chiper un kopeck dans votre poche » ; quant à Roosevelt, il ne plonge la main que « pour prendre des pièces plus grosses[22] ».

Rien d'étonnant, donc, si durant les mois suivants la presse soviétique ne cesse de monter en épingle les diverses rumeurs – pas toujours fausses – courant sur des pourparlers secrets entre Allemands et Occidentaux. En juin 1943, lorsque Roosevelt avertit Staline que le débarquement en Europe n'aura lieu qu'au printemps 1944, le généralissime en conçoit une telle fureur qu'au dire de Robert Sherwood, l'historiographe du président américain, « l'atmosphère rappela de façon alarmante les jours qui avaient précédé le pacte Molotov-Ribbentrop d'août 1939[23] ». En réalité, un contact est bien établi à Stockholm par un certain Clauss, familier de l'ambassade soviétique, avec un collaborateur de Ribbentrop, Peter Kleist, mais il tournera court. Kleist consacrera un livre à cet épisode[24], sur lequel il est difficile de se faire une opinion définitive. Clauss mourra subitement en Suède en 1946, quelques heures avant de gagner l'Allemagne, où il devait être entendu par un enquêteur britannique.

Le climat change du tout au tout à l'automne 1943, avec le débarquement allié en Sicile, la capitulation de l'Italie, la reprise par l'Armée rouge de Kharkov, de Smolensk et de Kiev, l'accroissement considérable, grâce au radar, de la sécurité des convois navals vers la Russie. L'intensification des bombardements des villes allemandes sape le moral de la population. Pour couronner le tout, Churchill et Roosevelt confirment d'entrée de jeu à Staline, lorsqu'ils arrivent à Téhéran le 28 novembre pour leur première conférence avec lui, que le débarquement en France aura lieu au printemps suivant. Le président américain propose de constituer un groupe de quatre « policiers », ou « shérifs » – États-Unis, Grande-Bretagne, URSS et Chine –, seuls habilités à détenir des armes lourdes (ce qui signifie alors bombardiers, chars et navires de

---

22. Djilas, *op. cit.*, p. 85.
23. Robert Sherwood, *Le Mémorial de Roosevelt*, Plon, 1950, t. II, p. 266.
24. Peter Kleist, *Entre Hitler et Staline*, Plon, 1953.

guerre), et à intervenir partout où la paix serait menacée[25]. C'est de cette idée que naîtra en février 1945, à Yalta, le Conseil de sécurité, pièce maîtresse de l'Organisation des Nations Unies, appelée à voir le jour au mois de juin, à San Francisco. Il faudra entre-temps toute l'insistance de Churchill, inquiet à l'idée que les Britanniques pourraient se retrouver seuls en Europe face à l'empire soviétique, pour que la France obtienne elle aussi un siège permanent au Conseil, assorti du droit de veto.

À l'issue de Téhéran, les trois grands signent une déclaration dans laquelle ils s'affirment « amis en fait, en esprit et en intention[26] ». Cette rencontre marque l'apogée de leur collaboration. Churchill célèbre en « Staline le Grand » le digne héritier du tsar Pierre et des héros de l'histoire russe[27]. Le généralissime laisse de son côté percer un rare instant d'émotion en baisant l'épée que lui remet le Premier ministre, au nom du roi George VI, pour célébrer la victoire de Stalingrad.

Si Roosevelt se méfie de quelqu'un, c'est de Churchill, quelque admiration qu'il éprouve pour sa détermination, car il est coupable à ses yeux d'un impérialisme aussi anachronique que détestable. Il est en revanche fasciné par Staline. « Je me juge plus capable de le manier que votre Foreign Office ou mon département d'État[28] », écrit-il sans ménagement au Premier ministre en mars 1942. « J'ai l'impression que tout ce qu'il désire, c'est assurer la sécurité de son pays, confiera-t-il à l'ambassadeur Bullitt. Je pense que si je lui donne tout ce qu'il me sera possible de donner sans rien réclamer en échange, noblesse oblige, il ne tentera pas d'annexer quoi que ce soit et travaillera à fonder un monde de démocratie et de paix[29]. » Le Géorgien n'a-t-il pas suggéré à Eden, venu le voir en décembre 1941, alors que les Allemands étaient aux portes de Moscou, d'instituer, en vue « de la résolution des problèmes d'après-guerre en Europe [...], un Conseil des puissances victorieuses, assisté d'une force militaire[30] » ? Ces derniers mots vont exactement dans le sens de ce que souhaite le prési-

---

25. Harriman-Abel, *op. cit.*, pp. 270-271.
26. Keesing's, *op. cit.*, 6137 A.
27. Averell Harriman et Elie Abel, *Special Envoy to Churchill and Stalin, 1941-1946*, New York, Random House, 1975, p. 242.
28. Churchill, *op. cit.*, t. IV, vol. I, p. 211.
29. William Bullitt, « How We Won the War and Lost the Peace », *Life*, 30 août 1948.
30. Anthony Eden, comte d'Avon, *Mémoires – L'épreuve de force*, Plon, 1965, p. 291.

dent américain, bien décidé à créer une organisation internationale dotée des structures et des moyens dont l'absence condamnait la SDN à l'impuissance.

Le 1ᵉʳ janvier 1942, l'URSS n'a fait aucune difficulté pour signer avec l'ensemble des États en guerre contre le Reich une « déclaration des Nations Unies », qui reprend les huit points de la charte de l'Atlantique dans laquelle Roosevelt et Churchill avaient défini en août précédent les contours de la paix à venir[31]. Autre signe de bonne volonté de Moscou : le 22 mai 1943, le Komintern a prononcé sa dissolution, coupant ainsi symboliquement le cordon ombilical qui reliait au Kremlin les PC de la diaspora depuis le 27 mars 1919. Une telle mesure, que les États-Unis avaient discrètement appelée de leurs vœux, est accueillie avec des transports d'enthousiasme par une bonne partie de la presse d'outre-Atlantique. La décision, prise du jour au lendemain, ne coûtait pas cher à Staline, qui voulait éviter à tout prix que n'éclatent dans le monde des révolutions communistes échappant à son contrôle. Mais, bien entendu, l'essentiel demeure : « Toutes les fonctions importantes de l'Internationale devaient continuer comme par le passé, sauf qu'il fallait désormais le faire sous la façade du PC soviétique[32] », écrivent les historiens russes Natalia Lebedeva et Mikhaïl Narinsky. Pierre Broué note que quelques jours après la dissolution du Komintern, un militant grec est envoyé à bord d'un avion soviétique dans les maquis tenus par ses camarades pour leur intimer l'ordre de se soumettre à la volonté commune des Alliés[33].

L'audience accordée par le guide génial à Maurice Thorez, le 19 novembre 1944, à quelques heures du retour en France de ce dernier, qui a passé la guerre en URSS, va dans le même sens. Le secrétaire général du PCF s'entend dire, entre autres gracieusetés, que ses camarades, qui veulent garder leurs formations armées, n'ont « pas encore compris que la situation a changé en France » et qu'il leur faut « opérer un tournant [...], accumuler des forces et chercher des alliés[34] ». À aucun moment le « fils du peuple » ne

---

31. Reproduction (non paginée) de la charte de l'Atlantique et de celle des Nations Unies in Philippe Drakidis, *La Charte de l'Atlantique*, Besançon, CRIPES, 1989.
32. Natalia Lebedeva et Mikhaïl Narinski, « Dissolution of the Komintern in 1943 », *International Affairs,* n° 8, cité in Broué, *Histoire de la Troisième Internationale*, *op. cit.*, p. 796.
33. Broué, *op. cit.*
34. Les minutes ont été publiées en 1996. Texte intégral dans le n° 45-46 de la revue *Communisme*.

discute ces consignes, qui seront appliquées à la lettre, y compris le désarmement des milices patriotiques, exigé par de Gaulle. Le PC italien se comporte exactement de la même manière.

* * *

Staline a signé la charte de l'Atlantique quelques jours seulement après avoir montré le peu de cas qu'il faisait d'une de ses dispositions principales : la reconnaissance du droit des peuples à disposer d'eux-mêmes. Il venait en effet de suggérer à Eden la conclusion d'un accord secret pérennisant les frontières résultant du pacte germano-soviétique d'août 1939, quitte à donner à la Pologne une compensation territoriale aux dépens de l'Allemagne. Cet accord revenait à entériner l'une des clauses essentielles du pacte qu'il avait passé avec Ribbentrop et recourait à la même procédure. Il n'y avait rien là de bien surprenant, puisque dès les lendemains de l'invasion hitlérienne Moscou avait proposé la reconstitution, « dans les frontières ethnographiques, d'un État indépendant auquel pourraient être rétrocédées certaines villes et régions occupées par l'URSS en 1939[35] ». Mais lorsque le Kremlin avait établi des relations avec le gouvernement polonais, en exil à Londres, du général Sikorski, il avait refusé de s'engager sur un retour au tracé de 1939.

Les Britanniques, qui étaient entrés en guerre, comme la France, pour défendre l'intégrité territoriale de la Pologne, n'avaient pu qu'assumer « la tâche fort ingrate », Churchill *dixit*, de recommander à l'infortuné général de « faire confiance à la bonne foi soviétique [...] et de ne pas exiger à cette époque des garanties écrites pour l'avenir[36] ». Sikorski avait cédé la mort dans l'âme, au prix de la démission de trois de ses ministres, parce qu'il voulait à tout prix établir son autorité sur ses compatriotes, dont deux millions, tant civils que militaires, étaient alors détenus en URSS, pour une grande part en Sibérie.

Le général Anders fut tiré de la célèbre prison de la Loubianka à Moscou pour prendre la tête d'une armée à constituer sur le sol soviétique. Quel que fût le besoin qu'il avait alors de combattants supplémentaires, Staline n'avait pas les moyens de les équiper et

---

35. Cité in Pierre Buhler, *Histoire de la Pologne communiste*, Karthala, 1997, p. 40.
36. Churchill, *op. cit.*, t. VI, vol. I, p. 15.

il n'éprouvait pas la moindre envie de voir s'installer chez lui ce corps étranger qui n'avait aucune raison de lui vouloir du bien. Au mois d'octobre 1941, il sauta donc sur une suggestion de Roosevelt proposant de transférer 60 000 officiers et soldats polonais dans la partie de l'Iran qu'occupaient depuis juillet les Britanniques, à charge pour ces derniers de payer leur armement. Recevant Sikorski quelques semaines plus tard, le généralissime se montra aimable, allant jusqu'à proposer au Polonais – vainement – un compromis entre les frontières de 1921 et celles de 1939. Mais la victoire de ses troupes devant Moscou devait vite rendre ces bonnes manières sans objet.

À défaut de rayer la Pologne de la carte, comme l'avait fait la Grande Catherine et comme il croyait bien y être parvenu lui-même en 1939, Staline entendait en effet la mettre définitivement hors d'état de s'opposer à ses volontés. C'est d'un trait de plume, ou plutôt d'un énorme paraphe, qu'il avait contresigné, en mars 1940, un rapport de Beria recommandant « d'examiner selon la procédure spéciale », autrement dit de fusiller sans procès 25 700 ressortissants polonais, coupables d'appartenir soit à des « organisations contre-révolutionnaires », soit simplement d'être d'anciens officiers, gendarmes, fonctionnaires, propriétaires terriens, prêtres ou industriels[37]. L'ampleur du massacre ne sera révélée qu'en octobre 1992, lorsque Boris Eltsine, rendant visite à Lech Walesa, alors président de la République polonaise, lui remettra la photocopie, aussitôt publiée, de ce document accablant, approuvé sans débat par le Politburo.

La découverte par la Wehrmacht, en avril 1943, dans la forêt de Katyn, d'un charnier contenant les corps de trois mille officiers polonais tués d'une balle dans la nuque amena très vite le Kremlin à rompre avec Sikorski. Berlin avait naturellement attribué la responsabilité des exécutions aux Russes, et proposé une enquête de la Croix-Rouge internationale. Les Polonais de Londres ayant formulé une demande analogue, Moscou eut beau jeu de dénoncer « les collaborateurs polonais de Hitler[38] » et de s'opposer à l'enquête, qui finalement n'eut pas lieu. Mais une commission internationale de médecins légistes conclut à la culpabilité soviétique, bien que les munitions utilisées fussent d'origine allemande, ce qui obligea les autorités du Reich à reconnaître qu'elles

---

37. Stéphane Meylac, « La découverte du charnier de Katyn », *Le Monde*, 12-13 avril 1992.
38. Buhler, *op. cit.*, p. 53.

avaient livré avant l'invasion d'importantes quantités d'armes à Moscou. Quelques semaines plus tard, Sikorski trouvait la mort dans un accident d'avion aux causes mal établies. Son successeur, le leader du parti paysan Stanislaw Mikolajczyk, n'avait ni son charisme ni sa largeur de vues.

Roosevelt et Churchill s'entendirent avec Staline, à Téhéran, en octobre 1943, pour reconnaître comme frontière orientale la ligne Curzon, proposée par les Alliés en 1919 sur la base de critères ethniques, et qui correspondait *grosso modo* au tracé retenu par le pacte d'août 1939. Pour ne pas troubler les millions d'Américains d'origine polonaise qui voteraient l'année suivante pour l'élection du président des États-Unis, ils convinrent cependant de ne rien dire de cet engagement à Sikorksi. Ce qui n'empêcha pas sir Winston de faire pression sur ce dernier, à son retour, pour qu'il se rallie à cette solution, faisant valoir qu'en échange la Pologne recevrait des territoires pris à l'Allemagne, jusqu'à l'Oder et à la Neisse. En réalité, il y a deux Neisse, distantes de quelque 300 kilomètres, et personne sur le moment ne s'était inquiété de savoir laquelle le Kremlin avait en tête. Il apparut bientôt que c'était celle de l'Ouest, ce que les Anglo-Saxons n'étaient pas disposés à accepter.

Bien davantage cependant que les frontières, ce qui pose problème aux Alliés, avant de devenir la « pierre de touche du comportement soviétique dans le monde d'après-guerre[39] », est la nature du pouvoir destiné à régenter la Pologne. « Historiquement antagonistes des Russes, auxquels ils n'ont cessé de créer des ennuis », les Polonais doivent « abandonner l'idée » qu'ils se sont mise en tête « que leur pays était une grande puissance[40] », dit en 1943 Litvinov, devenu ambassadeur aux États-Unis, à Eden et à Harriman. Au début de 1944, Staline met en place dans la ville de Lublin, qui vient d'être libérée, un « Conseil national » composé d'hommes et de femmes à sa dévotion. Il reçoit certes Stanislaw Mikolajczyk, à sa demande, fort courtoisement, le 3 août, et l'assure qu'il n'a nulle intention de « communiser[41] » la Pologne. Mais tout ce qu'il trouve à lui offrir est d'entrer, avec d'autres personnalités de l'émigration, dans le comité de Lublin.

Quarante-huit heures plus tôt, le général Bor-Komorowski, chef de l'Armée secrète, l'AK, a déclenché l'insurrection de Varsovie,

---

39. Harriman-Abel, *op. cit.*, p. 317.
40. *Ibid.*, p. 242.
41. Sir Llewelyn Woodward, *British Foreign Policy in the Second War*, Londres, H.M.S.O., 1962, p. 300.

sans juger nécessaire de consulter ni même de prévenir Moscou. Les troupes soviétiques étant alors à dix kilomètres, l'opération était loin de faire l'unanimité au sein du gouvernement en exil et de la résistance non communiste. Il s'agissait clairement de mettre le Kremlin devant le fait accompli de la création dans la capitale d'une administration nationale indépendante. Mais le responsable du massacre de Katyn n'était pas homme à se laisser forcer la main. Il n'est certes pas prouvé qu'il ait vraiment voulu, comme l'en accusera Churchill, « faire massacrer par les Allemands [...] jusqu'au dernier des Polonais non communistes[42] » : Rokossovski cherche à s'emparer de la capitale par surprise le 5 ou le 6 août et reprend l'offensive le 31. Le 14 septembre, il libère le faubourg de Praga. Quarante-huit heures plus tard, des unités polonaises de l'armée soviétique franchissent la Vistule, mais sont refoulées par les Allemands. Reste que la radio communiste polonaise et les tracts jetés au-dessus de la capitale par les appareils soviétiques ont multiplié les appels aux Varsoviens à se soulever. Et que Staline a justifié son refus de laisser se poser sur des aérodromes soviétiques les bombardiers que Londres et Washington se proposaient d'envoyer au secours des insurgés par la nécessité de se « dissocier » de ce qu'il qualifiait d'« aventure imprudente et terrible[43] ». Le 2 octobre, Bor-Komorowski doit se résigner à capituler. Les combats ont fait de la ville un champ de ruines. Ils ont coûté la vie à plus de 200 000 de ses habitants et anéanti le remarquable appareil politique et militaire que la Résistance avait réussi à mettre en place.

*
* *

Malgré ses beaux discours, Roosevelt ne fait finalement pas beaucoup plus de cas que Staline des dispositions de la charte de l'Atlantique sur le droit des peuples à l'autodétermination : dès le mois de juin, il avait déclaré aux Polonais de Londres qu'il leur faudrait s'entendre avec les Soviétiques, car ils n'avaient « aucune chance de les vaincre seuls », les Anglo-Saxons n'ayant eux-mêmes « aucune intention de se battre contre les Russes[44] ». Churchill n'allait pas leur dire le contraire : huit jours après la

---

42. Churchill, *op. cit.*, t. VI, vol. I, p. 137.
43. *Ibid.*, t. VI, vol. I, p. 48.
44. « Wie Polen verraten wurde », *Der Spiegel*, n° 52, 1980.

fin de l'insurrection de Varsovie, il rendit visite à Staline avec lequel il s'entendit sans peine pour inviter Mikolajczyk à venir rencontrer à Moscou les représentants du Comité de libération polonais. Changeant de sujet, il lui soumit un projet, rédigé de sa main sur un bout de papier, chiffrant les pourcentages d'influence respectifs des deux pays dans les Balkans : 90 % en Grèce pour l'un et 90 % en Roumanie et en Bulgarie pour l'autre, et fifty-fifty en Hongrie et en Yougoslavie. Le Premier ministre assure que son interlocuteur apposa son paraphe d'un gros trait de crayon bleu, sans marquer le moindre signe d'hésitation[45].

L'interprète soviétique ne fait aucune allusion à ce paraphe dans ses Mémoires : d'après lui, le maréchal a seulement voulu faire comprendre qu'il n'attachait au papier « aucune importance particulière[46] ». C'est difficile à croire, puisque les deux complices, le mot n'a ici rien d'excessif, ont obtenu chacun l'essentiel de ce qu'ils voulaient. Staline avait les mains libres dans deux pays constituant des étapes essentielles vers ces mers chaudes que la Russie, tsariste ou communiste, s'était toujours juré d'atteindre ; accessoirement, il pouvait mettre la main sur l'uranium bulgare, qui sera largement utilisé pour fabriquer les premières armes atomiques soviétiques. Churchill, de son côté, empêchait que la Grèce, étape non moins essentielle sur la route du pétrole et des Indes, ne tombe dans l'escarcelle du Kremlin. Ce qui aurait fort bien pu se passer, puisque le mouvement de résistance de gauche (EAM) et son armée, l'ELAS, largement dominés par les communistes, avaient mis à profit la capitulation de l'Italie, en septembre 1943, pour s'emparer des régions tenues par les troupes fascistes et récupérer leurs stocks.

Le 11 mars 1944 est mis en place dans le territoire libéré de la Grèce, sur le modèle polonais, un Comité panpopulaire de libération nationale (PEEA). Non seulement celui-ci ne montre aucun empressement à reconnaître l'autorité du gouvernement royal en exil, installé au Caire, sous la direction du centriste Georges Papandreou, mais le 5 avril, cinq unités de la flotte royale hellénique mouillées à Alexandrie, bientôt suivies par la grande majorité des troupes grecques d'Égypte, se mutinent pour réclamer la proclamation de la république et la constitution d'un nouveau gouvernement, avec la participation des représentants du Comité

---

45. Churchill, *op. cit.*, t. VI, vol. I, p. 235.
46. Valentin Berejkov, *J'étais l'interprète de Staline*, Éditions du Sorbier, 1985, p. 288.

de libération. Au prix d'un seul mort, les Anglais réussissent, avec l'accord de Roosevelt, à désarmer et interner les rebelles.

Le mois suivant, sans doute chapitrés par le Kremlin, auquel Eden venait déjà de faire miroiter l'éventualité d'un accord sur les sphères d'intérêt respectives du Royaume-Uni et de l'URSS, les délégués de l'EAM signent les accords dits du Liban qui leur permettent de faire une entrée modeste dans un cabinet d'union nationale toujours dirigé par Papandreou. En septembre-octobre, les Allemands ayant évacué la Grèce de crainte de voir leurs lignes de retraite coupées par l'offensive soviétique en direction de la Yougoslavie, le gouvernement de Papandreou s'installe à Athènes, mais les soixante-dix mille hommes de l'ELAS refusent de se laisser désarmer. Une manifestation dans la capitale tourne à l'émeute, durement réprimée. À peine libéré, le pays tombe dans une guerre civile dont la sauvagerie des deux côtés n'a rien à envier à celle d'Espagne.

L'armée anglaise intervient bientôt en force pour réduire les communistes. Staline se garde de lever le petit doigt. « N'hésitez pas à agir comme si vous vous trouviez dans une ville conquise où se serait déclenchée une révolte locale », a pourtant câblé Churchill au chef du corps expéditionnaire, le général Scobie[47]. Ces choses-là ne doivent pas se faire à moitié[48], écrit sir Winston qui se rend lui-même à Athènes, le jour de Noël, pour veiller à l'exécution de ses consignes. Les combats vont faire onze mille morts, jusqu'à la conclusion à Varkiza, en février 1945, d'accords sur le désarmement des formations rivales. Ils reprendront dix-huit mois plus tard : la Grèce sera, au même titre que sa voisine turque, l'enjeu d'une des premières batailles de la guerre froide.

Le document sur les zones d'influence sur lequel s'étaient entendus Churchill et Staline était muet sur la Pologne. « Le problème était trop sérieux, écrivent Harriman et Elie Abel dans le gros livre qu'ils ont consacré à cette période, pour être traité de cette façon sommaire[49]. » Convoqué séance tenante dans le bureau du Géorgien, Mikolajczyk refusa de s'incliner. Ce qui lui valut une belle colère de sir Winston : « Vous n'êtes pas un gouvernement, vous êtes un peuple déraisonnable qui veut naufrager l'Europe et saborder les accords entre les Alliés[50]. » Ainsi mis au pied du mur, le chef du gouvernement polonais finit par s'entendre avec Staline sur une formule de compromis, mais,

---

47. Churchill, *op. cit.*, vol. I, p. 300.
48. *Ibid.*, p. 299.
49. Harriman-Abel, *op. cit.*, p. 358.
50. Stanislaw Mikolajczyk, *Le Viol de la Pologne*, Plon, 1949, p. 121.

faute de parvenir à la vendre à ses ministres, céda la place à un socialiste très antisoviétique, Tomasz Arciszewski.

Ce que de Gaulle appelle dans ses Mémoires « l'entreprise d'asservissement de la nation polonaise[51] » touche à son but. Lui-même, venu à Moscou en décembre pour conclure un traité d'assistance mutuelle, doit menacer de repartir sans avoir rien signé pour faire échec à l'invitation pressante que lui adresse Staline de reconnaître le comité de Lublin. Encore accepte-t-il d'accréditer un officier de liaison auprès de ce dernier. Le gouvernement polonais en exil fait un geste, le 19 janvier 1945, en dissolvant l'Armée secrète, qui n'a plus de raison d'être puisque les Soviétiques, entrés l'avant-veille à Varsovie, occupent désormais la totalité du territoire national d'avant-guerre.

Roosevelt en accomplit deux autres à Yalta, en février, en acceptant le transfert à l'URSS de la ville de Lwow, et en proposant de se « désolidariser » du gouvernement en exil si « quelques-uns des chefs polonais se trouvant à l'étranger[52] » pouvaient entrer dans le comité de Lublin, qui serait alors reconnu par les trois grands. Staline s'étant montré intéressé, ses partenaires occidentaux déposent une résolution dans ce sens, étant entendu que le gouvernement ainsi élargi procédera à des élections « libres et sans entraves, ouvertes à tous les partis démocratiques[53] », dans l'esprit de la Déclaration sur l'Europe libérée[54], document *made in USA* et adopté pratiquement sans débat dès l'ouverture de la conférence. Molotov répond au président américain qu'il faudra moins d'un mois pour les organiser. Celui-ci s'écrie : « Je veux qu'elles soient comme la femme de César, qu'elles ne puissent être soupçonnées[55] », et il est convenu de poursuivre les discussions par la voie diplomatique.

Les procès-verbaux de Yalta ont été intégralement publiés en 1955 par le département d'État des États-Unis[56], sans que personne en conteste l'authenticité. À en croire une confidence de

---

51. Charles de Gaulle, *Mémoires de guerre*, Plon, t. III, *Le Salut*, p. 73.
52. Edward Stettinius, *Yalta, Roosevelt et les Russes*, Paris, 1951, pp. 155-157.
53. *Ibid.*, p. 233.
54. Texte intégral in Jean Laloy, *Yalta, hier, aujourd'hui, demain*, Paris, Robert Laffont, 1988, pp. 180-182.
55. James Byrnes, *Cartes sur table*, Morgan, 1947, p. 72 ; Churchill, *op. cit.*, t. VI, vol. I, p. 235.
56. *The Conferences at Malta and Yalta, Diplomatic Papers*, Washington, US Government Printing Office, 1955.

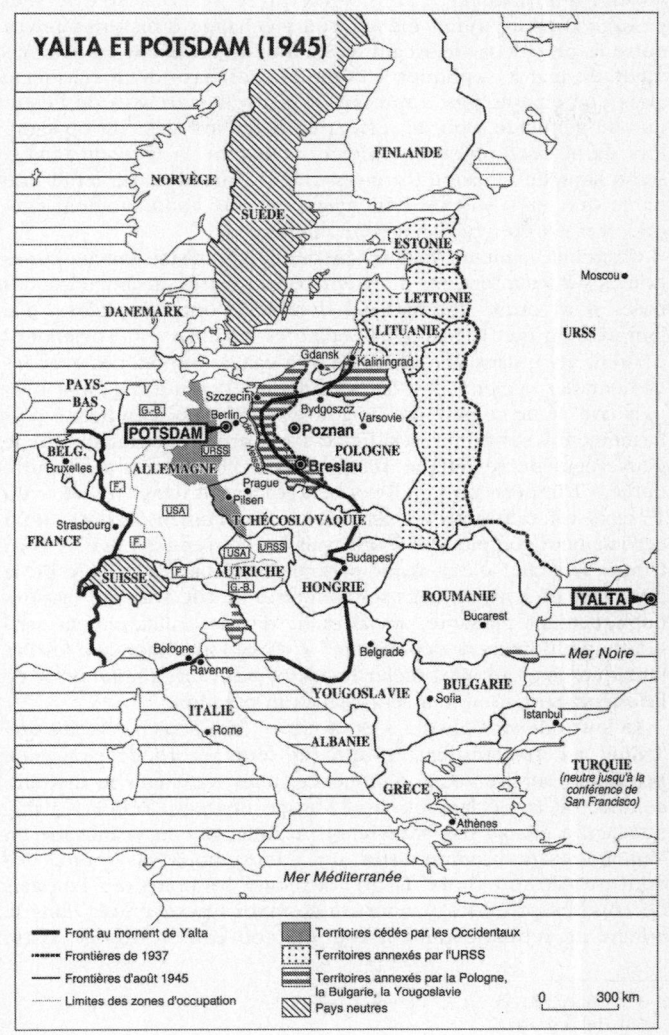

Charles Bohlen, qui fut tout au long de la conférence, avant de devenir ambassadeur à Paris, l'interprète de Roosevelt, le seul passage censuré aurait été un court échange d'histoires juives entre le président américain et Staline, qu'on aurait eu évidemment du mal à expliquer à l'opinion des pays démocratiques, alors que chaque jour apportait de nouvelles preuves de l'étendue du génocide. Pour le reste, rien de ce qui a été dit ou signé lors de la conférence de Crimée ne justifie la légende tenace selon laquelle l'Europe y a été partagée, quand ce ne serait que parce que, si le sort de l'Allemagne y a été abondamment évoqué, il n'y a été réglé d'aucune manière.

Churchill lui-même, malgré son anticommunisme foncier et ses doutes sur les intentions du Kremlin, en repart convaincu que les bases d'un ordre international durable y ont été jetées. « J'ai l'impression que le maréchal Staline et les dirigeants soviétiques désirent vivre dans une amitié et une égalité honorables avec les démocraties occidentales, déclare-t-il aux Communes quinze jours plus tard. Je ne connais pas de gouvernement qui s'en tienne plus fermement à ses promesses, fût-ce à son propre détriment, que le gouvernement soviétique russe[57]. » Son illusion est de courte durée. « L'impression » qu'il confie à Roosevelt dans une lettre du 13 mars est tout autre : c'est celle « d'un immense échec, d'un écroulement complet de ce qui avait été convenu à Yalta[58] ». Lord Ismay, son chef d'état-major particulier, résume la portée de la rencontre en écrivant dans ses Mémoires qu'elle avait été « gastronomiquement plaisante, socialement réussie, militairement sans utilité, politiquement déprimante[59] ». Aussi longtemps que les Britanniques sauront ainsi mêler les deux génies de l'humour et de l'*understatement*, il leur sera beaucoup pardonné.

La lettre de sir Winston s'explique évidemment par le fait que Staline a certes respecté l'esprit de leur accord de l'automne précédent sur les zones d'influence, mais sans tenir le moindre compte de la Déclaration sur l'Europe libérée adoptée à Yalta, puisqu'il a mis au pas entre-temps la Roumanie et la Bulgarie en leur imposant, communistes ou compagnons de route, des ministres de son choix. Et qu'il a récusé les noms des Polonais de Londres proposés par les Anglo-Saxons pour entrer dans le comité de Lublin, comme il avait été convenu en Crimée. Cette

---

57. Churchill, *op. cit.*, t. VI, vol. II, p. 55
58. *Ibid.*, p. 81.
59. *The Memoirs of the General Lord Ismay,* Londres, Heinemann, 1960, pp. 386-387.

fois, Roosevelt se fâche : le 1er avril, il télégraphie au généralissime que « toute solution qui aboutirait à une reconduction à peine déguisée de l'actuel régime de Varsovie serait inacceptable et conduirait le peuple des États-Unis à considérer l'accord de Yalta comme un échec[60] ».

*
* *

Le 12 avril, Roosevelt meurt subitement, et avec lui l'espoir insensé qu'il nourrissait de voir la patrie du socialisme s'associer à la garantie d'un ordre international dont celle du capitalisme aurait été pour longtemps le véritable leader. Lui succède un ancien sénateur du Missouri, Harry Truman, qu'il n'avait choisi pour vice-président qu'en raison de son profil politique, moins marqué que celui du sortant, Henry Wallace. Il ne l'avait aucunement associé à la conduite de la guerre ou de la diplomatie.

Commandant d'artillerie sur le front français en 1917-1918, n'ayant jamais quitté son pays depuis lors, Truman n'avait pas trop bien réussi dans les affaires, mais il avait pour lui beaucoup de bon sens, de pugnacité et de ténacité. Tenu à l'écart du sport par sa mauvaise vue, il n'avait cessé de dévorer des biographies et des ouvrages d'histoire militaire. Il s'était rendu populaire au sein du parti démocrate et du Congrès par son habileté à traquer les dépenses inutiles. Instinctivement, il se défiait des Rouges. Adorant, comme beaucoup de ses compatriotes, le *plain talk*, le langage direct, il n'avait pas hésité à déclarer, un mois après le début de l'invasion de l'URSS : « Si nous voyons que l'Allemagne est en train de gagner la guerre, nous devons aider la Russie. Si nous voyons que la Russie est en train de gagner, nous devons aider l'Allemagne, et ainsi les laisser se tuer le plus possible[61]. » Recevant Molotov, accouru à Washington huit jours après le décès de Roosevelt, il lui reproche avec tant de vivacité le comportement des Soviétiques dans leur zone d'occupation que le futur « M. Niet » s'écrie qu'on ne lui a jamais parlé sur ce ton-là. « Faites honneur à vos engagements, s'entend-il répondre, et personne ne vous parlera plus ainsi[62]. »

---

60. Churchill, *op. cit.,* t. VI, vol. II, p. 357.
61. Entretien avec le *New York Times,* 24 juillet 1941.
62. Harry Truman, *Mémoires*, Plon, 1955, vol. I, t. I, p. 106.

Le 8 mai, le jour même de la capitulation du Reich, le nouveau président signe sans hésitation ni préavis un décret coupant les crédits du prêt-bail à l'URSS. Ils seront vite rétablis, la décision étant mise au compte d'une bourde bureaucratique, mais c'est évidemment assez, venant après l'algarade assénée à Molotov, pour confirmer Staline dans ses soupçons envers les impérialistes. Le généralissime, qui aime à tenir deux fers au feu, n'en est pas pour autant à rompre les ponts. Ses principaux diplomates, Ivan Maisky, Maxime Litvinov et Andreï Gromyko, le pressent d'ailleurs de poursuivre une alliance essentielle à leurs yeux à la protection des intérêts du Kremlin. Et surtout il sait que les États-Unis ont besoin de l'Armée rouge pour régler son compte au Japon aux moindres frais, et entend bien en tirer un maximum de profit.

À Yalta, Staline a obtenu de Roosevelt le rétablissement des « droits de la Russie violés par l'agression perfide du Japon en 1904 ». Autrement dit, la restitution de la base navale de Port-Arthur et de la moitié sud de l'île de Sakhaline, le rétablissement du bail sur le port de Dairen, la cession des Kouriles, l'exploitation en commun avec Pékin des chemins de fer de l'Est chinois. En prime, il s'est vu confirmer le détachement de la Mongolie, protectorat soviétique de fait depuis 1921, et l'occupation provisoire de la Mandchourie, Roosevelt se faisant fort d'obtenir le nécessaire consentement de Tchang Kaï-chek, qu'il avait prudemment négligé de consulter au préalable. En échange, il a promis de déclencher les hostilités contre Tokyo dans les trois mois suivant la capitulation du Reich, mais on avait assez souvent vu le Vojd trahir ses engagements les plus solennels pour que l'on fût en droit de se demander s'il était bien décidé à tenir celui-là.

D'autant plus que à peine Truman installé à la Maison-Blanche, seize dirigeants de l'Armée secrète polonaise, formellement conviés par le commandement soviétique à des « entretiens politiques », ont été arrêtés dès leur arrivée à Moscou : en 1956, le chef des insurgés hongrois, Pal Maleter, tombera dans un guet-apens similaire, avant d'être fusillé en compagnie de son Premier ministre Imre Nagy. Les deux principaux résistants polonais appréhendés en 1945 ne sont condamnés qu'à des peines de détention, mais mourront quelques mois plus tard en prison. Staline a d'autre part convaincu le président Bénes de céder à l'Ukraine la province tchécoslovaque de Ruthénie subcarpatique, ce qui allonge la frontière commune de l'URSS avec la Roumanie et lui en procure une avec la Hongrie. La mise au pas se poursuit tant à Bucarest qu'à

Sofia. Celui que Roosevelt et Churchill appellent « Uncle Joe » a installé à Vienne, sans consulter qui que ce soit, un gouvernement provisoire à sa dévotion, dont le chef a approuvé en 1938 l'Anschluss et dont le ministre de l'Intérieur est communiste. Enfin Tito, maintenant établi à Belgrade, refuse, contrairement à ce que le Kremlin avait promis aux Anglo-Saxons, de laisser le roi Pierre II rentrer de son exil de Londres.

*
* *

De plus en plus alarmé par ces violations répétées de la charte de l'Atlantique et de la Déclaration de Yalta sur l'Europe libérée, Churchill s'alarme dans un télégramme du 12 mai 1945 à Truman du « rideau de fer » qui s'est abaissé sur le front soviétique. Estimant que « d'ici peu il sera possible aux Russes d'avancer s'ils le veulent jusqu'aux rives de la mer du Nord ou de l'Atlantique », il lui demande de surseoir au retrait des troupes américaines qui ont progressé au-delà de la ligne de démarcation arrêtée par les Alliés l'hiver précédent, jusqu'à ce qu'une « rencontre personnelle » avec Staline lui permette d'établir « où nous en sommes avec la Russie[63] ». À toutes fins utiles, les experts du cabinet de guerre établissent un plan d'attaque de l'URSS à partir du 1er juillet. L'existence de ce plan qui envisageait la participation de quarante-sept divisions britanniques et américaines – et même de dix divisions allemandes[64] ! – ne sera révélée qu'en octobre 1998.

Rares sont alors outre-Atlantique ceux qui seraient prêts à aller jusque-là. Churchill lui-même ne donne d'ailleurs aucune suite à ce document. La plupart des collaborateurs immédiats du président ne l'en poussent pas moins à la fermeté. Il en va ainsi notamment du très conservateur amiral Leahy, ancien ambassadeur à Vichy, maintenu dans ses fonctions de chef d'état-major de la Maison-Blanche, du secrétaire d'État Stettinius, qui sera bientôt remplacé par son adjoint James Byrnes, et de l'ambassadeur à Moscou, Averell Harriman. Ce dernier est désormais convaincu du caractère « réactionnaire » de la révolution soviétique, dont les réalisations ont été en fin de compte à ses yeux « un tragique pas en arrière sur la route du développe-

---

63. Churchill, *op. cit.*, t. VI, vol. II, pp. 230-231.
64. Document inédit analysé par le *Daily Telegraph*, 1er octobre 1998.

ment humain[65] ». Son ministre conseiller George Kennan, qui formulera deux ans plus tard la doctrine de l'endiguement, dont s'inspirera la stratégie américaine durant près de quatre décennies, va beaucoup plus loin. Jugeant inutile la création de ces Nations Unies auxquelles Roosevelt attachait tant d'importance, il préconise un partage pur et simple de l'Europe et de l'Allemagne. Mais personne ne lui emboîte le pas.

Truman assiste comme prévu, le 26 juin, à la signature à San Francisco de la charte de l'ONU. Il passe tout de même outre à l'opposition de Moscou pour faire figurer au nombre des membres fondateurs, comme le souhaitaient la majorité des Latino-Américains, l'Argentine du colonel Perón, dont les sympathies pour l'Axe, au début de la guerre, étaient notoires. Et il empêche l'admission à l'ONU du gouvernement polonais prosoviétique établi à Lublin, en territoire libéré par l'Armée rouge, que soutient Molotov.

Cette attitude est assez symbolique de sa philosophie du moment. Le président américain voit en Staline un partenaire coriace et toujours en quête d'une proie. Mais il pense qu'en ne se laissant pas intimider on doit parvenir à s'entendre avec lui. À force de télégrammes insistants, il convainc le généralissime de renoncer à s'opposer à la venue à Vienne des représentants alliés chargés d'étudier le tracé des zones d'occupation de l'Autriche. Et il persuade Tito de retirer ses troupes qui avaient pénétré à Trieste. Pour le reste, même s'il se garde de reprendre à son compte les idées de Roosevelt sur la « pastoralisation » de l'Allemagne, sa transformation en nation essentiellement agricole, son objectif reste toujours de la mettre durablement hors d'état de nuire.

Surtout Truman a hâte d'en finir avec le Japon. Or il ne possède aucune certitude quant à l'efficacité de la bombe que les atomistes de Los Alamos s'apprêtent à essayer dans un secret dont il est à cent lieues d'imaginer que les Soviétiques l'ont percé de longue date. Lui-même n'en a appris l'existence qu'une fois installé à la Maison-Blanche. Aussi bien le général Marshall, chef d'état-major général, auquel il voue une confiance totale, et les patrons de l'armée de terre répètent-ils qu'à défaut d'une intervention soviétique en Extrême-Orient la guerre risque de s'éterniser.

---

65. Cité in J. Robert Moskin, *Mr Truman's War,* New York, Random House, 1996, p. 77.

Le résultat est que, pendant quelques semaines au moins, Truman adopte une ligne plus conciliatrice que les propos tenus à Molotov ne l'auraient laissé présager. Eisenhower arrête ses troupes sur la route de Prague insurgée, qui sera libérée par la seule Armée rouge. C'est également seule que celle-ci aura l'insigne honneur de s'emparer de Berlin. Au grand désespoir de Churchill, les formations alliées qui avaient progressé au-delà de la ligne de démarcation arrêtée durant l'hiver se replient sagement sur celle-ci. Le commandement russe n'en met pas moins toutes sortes de bâtons dans les roues des contingents américain, britannique et français venus prendre possession des secteurs qui leur ont été attribués en contrepartie dans la capitale du Reich. Les prisonniers et déportés soviétiques libérés par l'avance des Alliés occidentaux sont renvoyés chez eux sans que qui que ce soit paraisse s'inquiéter du sort qui les y attend. Des dizaines de milliers d'entre eux, notamment parmi les officiers, paieront de leur vie ou de leur envoi au goulag la lâcheté dont ils sont accusés.

L'épineux contentieux polonais est sur le point d'être réglé. Harry Hopkins, l'homme de confiance de Roosevelt, est tiré de l'hôpital où il se bat contre le cancer qui l'emportera l'année suivante, avec mission de le liquider au mieux. Il cède sur presque toute la ligne à Staline, qui ne le reçoit pas moins de six fois : le comité de Lublin est reconnu comme seul gouvernement légal, mais quatre membres de celui de Londres y font leur entrée, dont Mikolajczyk, nommé vice-président et ministre de l'Agriculture. Dix-huit mois plus tard, celui-ci devra reprendre le chemin de l'exil, laissant aux communistes la totalité du pouvoir.

Une seule question reste pendante : celle de la frontière avec l'Allemagne. Suit-elle le cours de la Neisse orientale, comme le souhaitent les Anglo-Saxons, ou de sa sœur occidentale ? Le père des peuples tranche la question à sa manière : il confie à l'armée polonaise sous commandement soviétique le soin d'occuper tous les territoires à l'est de la Neisse occidentale, plus la ville et le port de Stettin, rebaptisé Szczecin, pourtant situés sur la rive gauche de l'Oder. Britanniques et Américains ne vont évidemment pas partir en guerre contre l'URSS et se résigneront à admettre ce rattachement à titre provisoire. Mais il n'y a que le provisoire qui dure : quarante-cinq ans plus tard, l'Allemagne réunifiée reconnaîtra solennellement l'inviolabilité de la ligne Oder-Neisse, en se faisant, il est vrai, pas mal prier. Ainsi le calcul du généralissime – et, un temps, du général de

Gaulle – aura-t-il été vain, qui, en repoussant la frontière aussi loin à l'ouest, croyait rendre à jamais impossible une réconciliation germano-polonaise. Les relations des deux pays sont plus étroites et plus confiantes aujourd'hui qu'à aucun moment de leur histoire. L'un et l'autre ont constitué avec la France un organisme de coopération amicale, le « triangle de Weimar », et la Pologne, après avoir été le premier des satellites de l'URSS à mettre fin, au début de 1989, au monopole du pouvoir du parti communiste, est entrée en 1999 dans l'OTAN, avant de rejoindre, en 2004, l'Union européenne.

L'accord sur l'acceptation provisoire de la frontière Oder-Neisse occidentale n'est que l'un des nombreux textes adoptés lors de la conférence qui, du 27 juillet au 3 août 1945, a réuni à Potsdam, près de Berlin, dans un palais ayant appartenu au Kronprinz, Harry Truman, Joseph Staline et Winston Churchill, ce dernier remplacé à mi-parcours, à la suite de la cuisante défaite électorale du parti conservateur, par le terne leader travailliste Clement Attlee. Cette rencontre, la troisième et dernière, après Téhéran et Yalta, entre les trois grands de la Seconde Guerre mondiale, n'a pas laissé un souvenir impérissable dans la mémoire collective. Il y a un mythe de Yalta : celui d'un partage de l'Europe, voire du monde, décidé de sang-froid par les trois vainqueurs du Reich et que, pour des raisons à ce jour non expliquées, personne n'aurait osé transgresser pendant près d'un demi-siècle. Il n'y a pas de mythe de Potsdam.

Serait-ce parce que certaines des décisions qui y ont été prises contredisent par trop celui de Yalta ? Si l'Europe et donc l'Allemagne avaient été partagées en février 1945, pourquoi diable aurait-on décidé en août de la même année de traiter ladite Allemagne pendant la période d'occupation « comme une entité économique unique » ? De reconstituer « certains ministères essentiels ayant à leur tête des secrétaires d'État, en particulier en ce qui concerne les finances, les transports, les communications, le commerce extérieur et l'industrie » ? De poser le principe d'une reconstruction de la vie politique « en vue d'une collaboration pacifique de l'Allemagne dans le domaine international » ? Faut-il préciser que celle-ci serait « démilitarisée, dénazifiée, décentralisée et démocratisée » – ce que les Américains appelleront « les quatre D[66] » ? La rencontre de Yalta s'est déroulée avant l'entrée en

---

66. Documentation française, *Notes documentaires et études*, n° 664, 10 juillet 1947.

scène de l'arme atomique, autant dire dans la préhistoire. Alors que l'ombre de la bombe a dominé les débats de Potsdam, entraînant, note l'historien américain Daniel Yergin, « un bouleversement complet des objectifs des États-Unis pour la conférence[67] ».

---

67. Daniel Yergin, *Shattered Peace,* Boston, Houghton Mifflin, 1977, p. 115.

CHAPITRE IV

L'invention de la guerre froide

LE DÉBUT DE L'ÂGE NUCLÉAIRE - L'AFFAIRE D'IRAN -
LA DOCTRINE TRUMAN - L'IMPASSE ALLEMANDE

> « *On estime généralement que la "guerre froide" a commencé lors du discours sur le "rideau de fer" prononcé par Winston Churchill à Fulton, dans le Missouri, le 6 mars 1946. Mais, pour nous, l'affrontement avec les Alliés occidentaux date du moment où l'Armée rouge a libéré l'est de l'Europe. Le principe sur lequel nous nous étions mis d'accord à Yalta avec Roosevelt – la tenue d'élections multipartites – n'était acceptable pour nous que pendant la période de transition qui suivrait la défaite de l'Allemagne*[1]. »
>
> Pavel Soudoplatov, responsable des « missions spéciales » d'espionnage sous Staline.

Truman vient à peine d'arriver à Potsdam lorsqu'il reçoit le télégramme lui apprenant le succès de l'explosion d'un engin atomique expérimental le 16 juillet à Alamogordo, dans le désert du Nouveau-Mexique : c'est là, et non pas à Yalta, que s'est produit l'événement fondateur du partage de la planète, qui a duré tant bien que mal jusqu'au début des années 1990. La bombe fait passer l'URSS en un instant du statut d'allié indispensable à celui

---

1. Soudoplatov, *op. cit.*, p. 279.

d'empêcheur de tourner en rond. Le 8 août, le Kremlin tient certes ponctuellement sa promesse d'intervenir militairement contre le Japon trois mois après la capitulation du Reich. Mais Hiroshima a subi l'avant-veille le baptême nucléaire, et Nagasaki connaît le même sort le lendemain. Ignorant que les États-Unis n'ont aucune autre bombe en réserve, l'empereur passe outre aux objections d'une partie de l'armée, qui est à deux doigts de déclencher un putsch, et accepte le 15 août de capituler. Staline doit faire son deuil de la zone qu'il rêvait d'occuper dans l'archipel nippon.

Les visées de Moscou sur l'Europe occidentale se trouvent-elles aussi contrecarrées ? Roosevelt avait dix fois déclaré qu'il rapatrierait rapidement les GI's après la guerre, laissant à la Grande-Bretagne, malgré les protestations de Churchill, le soin « d'assumer la paternité de la Belgique, de la France et de l'Italie [...] d'élever et de discipliner ses enfants[2] ». La possession de la bombe neutralise la menace potentielle du rouleau compresseur soviétique et permet à la Maison-Blanche d'oublier d'un cœur léger cet engagement, dont le respect aurait fort risqué de faire passer sous l'influence soviétique plusieurs pays qui allaient devenir des membres fondateurs du Pacte atlantique. Khrouchtchev s'en souviendra lorsqu'il demandera à Kennedy, lors de leur rencontre à Vienne en juin 1961, quand les États-Unis comptent s'en acquitter...

À Potsdam, personne ne conteste l'opportunité du recours à la bombe. Surtout pas sir Winston, qui, s'attendant à « une résistance désespérée dans la tradition des samouraïs », voit « dans l'apparition de cette arme quasi surnaturelle » chez un peuple dont il a « toujours admiré le courage [...] une excuse qui sauvegarderait son honneur et le libérerait de l'obligation de se faire tuer jusqu'au dernier[3] ». Quant à Staline, il accepte sans hésitation de signer avec ses partenaires américain et britannique un ultimatum menaçant le Japon de « destruction complète et absolue[4] » s'il ne se résigne pas à capituler au plus vite sans condition.

Truman s'est pourtant gardé de lui expliquer comment il s'y prendrait pour mettre cette menace à exécution. Après quatre jours d'hésitation, il s'est contenté de lui dire, « en passant », comme il l'écrit dans ses Mémoires, que les États-Unis venaient d'essayer avec succès une « nouvelle arme d'une puissance de

---

2. Winston S. Churchill et Franklin D. Roosevelt, *The Complete Correspondence,* Princeton, Princeton University Press, 1984, t. II, p. 767.
3. Churchill, *op. cit.*, t. VI, vol. II, p. 295.
4. Texte de l'ultimatum in Truman, *op. cit.*, t. I, vol. I, pp. 64-66.

destruction hors du commun[5] » et qu'ils comptaient bien l'employer contre l'empire du Soleil-Levant. Le généralissime se borne à souhaiter qu'il en fasse bon usage, sans manifester un intérêt particulier. Le président, et Churchill avec lui, en concluent qu'il n'a pas bien saisi la portée de la nouvelle. En réalité, ses espions ont su s'introduire auprès d'un grand nombre de savants qui, Oppenheimer et Fermi en tête, impliqués dans le projet et ne voyant dans l'URSS que l'alliée contre Hitler, les ont avertis le 10 juillet de l'imminence de l'essai d'Alamogordo. Depuis trois mois déjà, Staline disposait grâce à eux d'un rapport extrêmement précis sur les « caractéristiques atomiques et composantes d'un explosif nucléaire », sur la mise à feu et sur les procédés électromagnétiques de désintégration de l'uranium[6]. Aussi ne perd-il pas une minute, après avoir quitté Truman, pour faire part de ses conclusions à Molotov et à Beria : le programme nucléaire soviétique doit être accéléré. La tâche est confiée à une « commission spéciale d'État pour le problème numéro un », disposant de tous les pouvoirs attribués aux commissions du Politburo.

Si l'on veut assigner une date au début d'une guerre froide dont les origines remontent à 1917, c'est sûrement à ce moment qu'il faut la situer. George Orwell ne s'y est pas trompé, qui a écrit au lendemain d'Hiroshima un article où elle est désignée par son nom pour la première fois. Il y parle d'une « paix qui n'en est pas une […], une époque aussi horriblement stable que les empires esclavagistes de l'Antiquité permettant à une grande puissance d'être à la fois impossible à conquérir et dans un état permanent de guerre froide avec ses voisins[7] ». La formule n'est pas précisément nouvelle, puisqu'on la rencontre déjà à la fin du Moyen Âge, sous la plume de l'infant Juan Manuel. Régent de Castille et León, celui-ci s'était allié au roi (arabe) de Grenade avant de retourner sa veste. Il a laissé une chronique de la *Reconquista*, la lutte séculaire entre les chrétiens d'Espagne et les Maures, dans laquelle il oppose la guerre tout court, « très forte et très violente, se terminant par la mort ou par la paix », à la guerre froide (*guerra fría*) qui « n'apporte ni la paix ni l'honneur à celui qui la déclenche[8] ». Sur le moment, le propos d'Orwell n'a guère d'écho. C'est seulement en 1947 que Walter Lippmann, sans doute le plus influent des journalistes américains de son temps, lui donne ses lettres de

---

5. *Ibid.*, t. I, vol. 2, p. 98.
6. Soudoplatov, *op. cit.*, p. 253.
7. Cité in Reynolds *et al.*, *op. cit.*, p. 16.
8. *Ibid.*, p. 234.

noblesse en publiant sous le titre « Cold War » une série d'articles, bientôt reprise dans un livre[9]. Il a emprunté le terme à un conseiller très écouté de Wilson et de Roosevelt, le financier Bernard Baruch, qui l'a utilisé lors d'un discours consacré à la doctrine Truman d'assistance à la Grèce et à la Turquie.

*
* *

Au soir de l'attaque japonaise sur Pearl Harbor, le 7 décembre 1941, de Gaulle, on l'a dit au début de ce livre, avait confié au chef de ses services de renseignement sa crainte qu'une « grande guerre entre les Russes et les Américains[10] » ne succède à la Seconde Guerre mondiale, qu'il considérait comme désormais « définitivement gagnée ». Ignorant l'avènement prochain de l'âge nucléaire, il ne pouvait prévoir que les deux puissances réussiraient à éviter un choc frontal nécessairement apocalyptique.

Le comportement de Truman qui, dix jours avant Hiroshima, ne dit rien à Staline de la véritable nature de la nouvelle bombe, comme celui du généralissime, qui ordonne aussitôt à ses propres atomistes de mettre les bouchées doubles, montrent en tout cas que de part et d'autre la logique de l'antagonisme l'a emporté à Potsdam sur le *remake* roosveltien du rêve d'ordre mondial qui avait été celui de Wilson en 1918. On les comprend l'un et l'autre. Pourquoi le nouveau président des États-Unis se serait-il amusé à associer le Kremlin à la maîtrise de cet atome dont la possession avait fait de son pays « la nation la plus puissante du monde, la nation la plus puissante peut-être de toute l'Histoire[11] », comme il devait s'en targuer au lendemain d'Hiroshima ?

Il proposera bien en 1946, dans le cadre de ce qu'on appellera le « plan Baruch », la création d'une autorité internationale destinée à posséder et à gérer, de la mine au réacteur, tout ce qui a trait à l'exploitation de l'énergie nucléaire. Mais ce dispositif n'aurait eu aucun sens s'il n'avait pas impliqué la création d'un corps multinational de contrôleurs, chargés de s'assurer que nul ne chercherait à se doter clandestinement de la « superbombe ». Par quel miracle un homme aussi méfiant que Staline aurait-il pu accepter que des « espions impérialistes » viennent mettre leur nez

---

9. Walter Lippmann, *The Cold War : A Study in U.S. Foreign Policy*, New York, Harper, 1947.
10. Colonel Passy, *op. cit.*, p. 236.
11. *Le Monde*, 11 août 1945.

dans ses affaires ? En pleine « détente », en juillet 1955, Khrouchtchev rejettera tout net, au prétexte qu'il ne laisserait personne pénétrer dans sa chambre à coucher, un projet dit de « cieux ouverts » présenté par Eisenhower et prévoyant la surveillance du dispositif militaire de chaque camp par des avions de l'autre. Il faudra attendre Gorbatchev et la signature avec Reagan, en décembre 1987, du traité de Washington sur la renonciation mutuelle aux euromissiles pour que l'URSS autorise la venue sur son sol, à charge de réciprocité, d'inspecteurs américains chargés de s'assurer de la matérialité de leur destruction.

Qui aurait dominé l'autorité internationale dont les États-Unis préconisaient la création au lendemain de la guerre, sinon eux-mêmes ? La composition de l'ONU suffisait à leur assurer une confortable majorité : leur supériorité était écrasante dans tous les domaines. Ils étaient sortis de la guerre sinon indemnes, comme l'écrit un Kissinger un peu oublieux de l'âpreté des combats d'Omaha-Beach ou d'Okinawa[12], du moins avec des pertes limitées à 0,2 % de la population, un territoire métropolitain intact, d'énormes réserves d'or et de devises, et une production représentant entre le tiers et la moitié du PNB mondial. La population de l'URSS, elle, avait diminué de vingt millions d'habitants, et son potentiel économique se trouvait réduit de 42 % par rapport à celui de 1941. Tout ce que lui proposaient ses « alliés » occidentaux, c'était de participer à la garantie d'un ordre international où elle ne pouvait faire figure que de parent pauvre. Or quel était le ressort de cet ordre, sinon le « capitalisme », cet « impérialisme », dont les bolcheviks n'avaient cessé de proclamer l'incompatibilité, à terme, avec le communisme ?

« *Kto kogo ?* » (Qui l'emportera sur qui ?). Pour Lénine, il n'y avait pas de question plus importante. Staline en est resté là. Aussi est-il déterminé à entourer l'URSS d'un glacis non seulement militaire mais idéologique, infranchissable par les images de l'abondance et de la liberté capitalistes : il connaît trop en effet l'histoire russe pour ne pas mesurer le poids joué dans la conspiration « décabriste » de 1825 contre le tsar Nicolas Ier par la séduction sur les jeunes officiers de la société que l'occupation de la France leur avait permis de côtoyer. Une seule fois, il a relâché sa méfiance : pour s'entendre avec Hitler. Le prix dont il a payé cette faiblesse ne peut que l'ancrer dans sa conviction qu'il vit entouré d'ennemis. D'où sa décision de ne démobiliser ses forces

---

12. Kissinger, *op. cit.*, p. 384.

qu'à pas comptés, pour neutraliser, dans la mesure du possible, un monopole atomique américain auquel il entend mettre fin le plus vite possible. Beaucoup plus vite qu'on ne se l'imagine alors sur les rives du Potomac, où l'on sous-estime de manière incroyable l'efficacité tant de l'espionnage que de la communauté scientifique soviétiques. Mais le généralissime surestime lui-même la capacité de ses sujets à faire face à l'énormité de l'effort qu'il leur demande. « La génération qui avait connu la guerre avait décidé qu'il fallait tout faire pour en éviter la répétition, elle paierait n'importe quel prix pour garantir sa sécurité. Mais voilà, finalement c'est ce prix qui a détruit le pays[13] », déclarera un demi-siècle plus tard Karen Brutents, ancien chef adjoint du département international du PC soviétique.

Pour évoquer la course aux armements imposée par l'Allemagne impériale à ses voisins – « on ne tire pas, mais on saigne[14] » –, le socialiste « révisionniste » Eduard Bernstein, l'une des bêtes noires de Lénine, avait déjà parlé de « guerre froide » en 1893. À vouloir à toute force « rattraper et dépasser », selon le slogan lénino-stalinien, la puissance militaire et économique des grandes nations « impérialistes » infiniment plus riches qu'elles, l'URSS mourra en fin de compte d'épuisement. Tout le monde a tendance aujourd'hui à considérer que ce dénouement était inévitable. Comment se fait-il alors que si peu l'aient prévu ?

*
* *

« La Grande Alliance, dit Staline un mois après la capitulation du Japon au sénateur américain Claude Pepper, était née du seul fait d'un ennemi commun, Adolf Hitler, parti en guerre pour imposer son hégémonie à l'Europe. Ce lien n'existe plus et nous devrons trouver une nouvelle base pour nos relations étroites dans l'avenir.

---

13. Cité in Melvyn P. Leffler, « Inside Enemy Archives. The Cold War reopened », *Foreign Affairs*, juillet-août 1996.
14. Article paru dans la *Neue Zeit*, cité in Reynolds *et al.*, *op. cit.,* p. 234. À cette brève anthologie, il faudrait encore ajouter le nom du colonel de La Rocque, fondateur des Croix-de-Feu, qui, à propos de ce qu'on appelle habituellement la « drôle de guerre », a écrit dans le *Petit Journal*, en janvier 1940 : « On a parlé de paix blanche, on pourrait aussi bien parler de guerre blanche froide, comme disent les Anglais », sans préciser de quels Anglais il s'agit (cité par Jacques Nobécourt, *Le Colonel de La Rocque*, Fayard, 1996, p. 672).

Et ce ne sera pas aisé. Mais le Christ a dit : "Cherchez et vous trouverez[15]". »

C'est ce à quoi va s'employer pendant vingt mois le Conseil des ministres des Affaires étrangères, dont la création figure en tête des résolutions adoptées à Potsdam, et auquel la France et la Chine (de Tchang Kaï-chek) sont invitées à se joindre. Habilité à traiter également de toutes questions qui pourraient lui être déférées « de temps à autre » par les pays membres, ce nouvel organisme a d'abord mission d'« élaborer, en vue de les soumettre aux Nations Unies », des traités de paix avec les cinq ex-alliés européens du Reich (Bulgarie, Finlande, Hongrie, Italie, Roumanie) et de « préparer un règlement de paix pour l'Allemagne en vue de son acceptation par le gouvernement de l'Allemagne lorsqu'un gouvernement approprié sera établi[16] ». Il s'acquittera non sans peine de la première de ces tâches et échouera à venir à bout de la seconde.

La première réunion, qui se tient à Londres en septembre 1945, donne d'emblée le ton des débats, le plus souvent houleux. Le nouveau secrétaire d'État américain, James Byrnes, repousse les tentatives répétées de Molotov pour obtenir un droit de regard sur la politique suivie au Japon. L'ancien docker et militant syndicaliste Ernest Bevin, devenu secrétaire au Foreign Office dans le cabinet travailliste de Clement Attlee, n'a pas précisément de son côté l'habitude du langage diplomatique : il réagit avec une extrême vivacité aux tentatives de son collègue soviétique pour voir confier à son gouvernement, par définition anticolonialiste, la tutelle de la Tripolitaine, jusqu'alors italienne.

La discussion s'enflamme quand on en vient aux Balkans. Le roi de Roumanie était en conflit ouvert avec le gouvernement du compagnon de route Petru Groza, que le Kremlin lui avait imposé par la force, et refusait de promulguer lois et décrets. Deux des principaux leaders du front patriotique de Bulgarie, l'agrarien Nicolas Petkov, qui sera pendu deux ans plus tard, et le social-démocrate Loultchev, avaient démissionné pour ne plus servir de caution aux décisions des communistes. Le Français Georges Bidault et son collègue chinois, le banquier T.V. Soong, approuvent le refus des Anglo-Saxons de signer dans ces conditions des traités de paix avec Bucarest et Sofia. Du coup, Molotov réclame leur exclusion, le communiqué de Potsdam ayant prévu que seuls les

---

15. Cité in Yergin, *op. cit.*, p. 4.
16. Cité in Leffler, *loc. cit.*

États signataires des conditions de reddition seraient habilités à préparer les traités en question, ce qui n'était le cas ni de la France ni de la Chine. « Je n'ai jamais rien vu qui ressemble davantage à la théorie de Hitler[17] ! » s'exclame Bevin. On a toutes les peines du monde à empêcher le Soviétique de claquer la porte, et la conférence se sépare sans le moindre résultat. Les participants ont tout de même été frappés par un toast porté par Molotov, au cours d'une réception, à la bombe atomique, occasion pour lui d'assurer que l'URSS l'avait aussi. Un de ses assistants l'entraîne aussitôt hors de la pièce. A-t-il trop bu ? Peut-être s'agissait-il plutôt de mettre en garde les Américains contre la tentation de trop profiter de l'avantage que leur conférait provisoirement le monopole de la possession de l'arme suprême.

Quelques jours plus tard, à Washington, un homme qui va devenir une figure de proue de l'*establishment* républicain et qui est alors secrétaire adjoint à la Défense, John McCloy, rend compte devant un parterre de politologues américains du voyage qu'il vient d'effectuer autour du monde. « Où que vous alliez, leur dit-il, la conversation vient aussitôt sur les ambitions de la Russie : jusqu'où est-elle prête à aller, comment s'y prendre avec elle[18] ? » Peu après, à Moscou, Litvinov confie à Harriman, rencontré le 22 novembre au théâtre, qu'il est « troublé par la situation internationale, qu'aucun camp ne [sait] comment s'y prendre avec l'autre ». L'ambassadeur américain ayant suggéré que l'on pourrait détendre l'atmosphère si l'on parvenait à s'entendre sur le Japon, le vieux diplomate rétorque que l'on se trouverait alors aux prises avec d'autres problèmes. À la question « Que pourrait-on faire ? », il répond par un « rien » catégorique et s'avoue « extrêmement pessimiste[19] ».

*
* *

La première épreuve de force entre les deux camps a pour objet l'Iran. À l'été 1941, l'URSS et la Grande-Bretagne, à la recherche d'une voie d'acheminement des armes et du ravitaillement à destination du front russe, s'étaient entendues pour en occuper chacune une moitié et déposer le chah Reza Pahlevi, coupable de

---

17. Cité in Byrnes, *op. cit.*, p. 211.
18. Cité in Yergin, *op. cit.*, p. 123.
19. Cité *Ibid*.

sympathies envers l'Axe. Le fils de ce dernier, Mohammed Reza, qui lui a succédé, a conclu avec elles un traité prévoyant le retrait de leurs troupes six mois après la fin de la guerre. Les cinq ministres des Affaires étrangères alliés étaient donc convenus, lors de leur rencontre à Londres en septembre 1945, que ce retrait interviendrait au plus tard le 2 mars 1946.

Très vite cependant, il devient évident que Staline est à l'affût d'un prétexte pour ne pas tenir cet engagement. Trois raisons l'y poussent : l'absence, sur sa frontière sud, d'un glacis comparable à celui qu'il a réussi à établir de la Baltique à l'Adriatique ; la vulnérabilité des gisements du Caucase, d'où l'Union soviétique tire alors l'essentiel de son approvisionnement en pétrole ; l'effort séculaire d'un pays dont la plupart des ports sont bloqués des mois durant par les glaces pour s'assurer un accès aux mers chaudes.

Le prétexte est fourni par une révolte survenue à Tabriz, capitale de la partie de l'Azerbaïdjan restée persane après l'annexion par la Russie, en 1828, du nord de cette province turcophone. Les insurgés proclament, en décembre 1945, une république autonome dont les postes clés sont tenus par des communistes, certains d'entre eux ayant déjà participé à une tentative analogue au lendemain de la Première Guerre mondiale. Dans la foulée, une autre république autonome prosoviétique est proclamée en Iran, celle-là au Kurdistan, qui s'empresse de conclure un traité d'alliance avec les insurgés de Tabriz. Les troupes russes empêchent la gendarmerie impériale de rétablir l'ordre. Dans les derniers jours de février, après des semaines de ce qu'il est convenu d'appeler une « intense activité diplomatique », Staline consent à recevoir le nouveau Premier ministre iranien Ghavam Sultaneh, qui passe pour russophile et a pris des communistes dans son cabinet. C'est pour lui dire que l'Armée rouge continuera de stationner dans les provinces septentrionales de l'empire iranien et n'évacuera le reste de sa zone d'occupation que s'il reconnaît l'autonomie de l'Azerbaïdjan et accorde une concession au Kremlin sur le pétrole de la province. C'est trop pour Ghavam, qui regagne Téhéran sans avoir donné son accord.

Londres annonce le retrait de ses propres troupes, comme convenu, pour le 2 mars 1946. Le 6, Washington invite fermement Moscou à en faire autant. Vingt-quatre heures plus tôt, la guerre froide est entrée dans le domaine public avec le retentissant discours prononcé par Churchill à l'université de Fulton, dans le Missouri. Reprenant l'image du rideau de fer qu'il avait employée dans un télégramme à Truman du 12 mai 1945, il

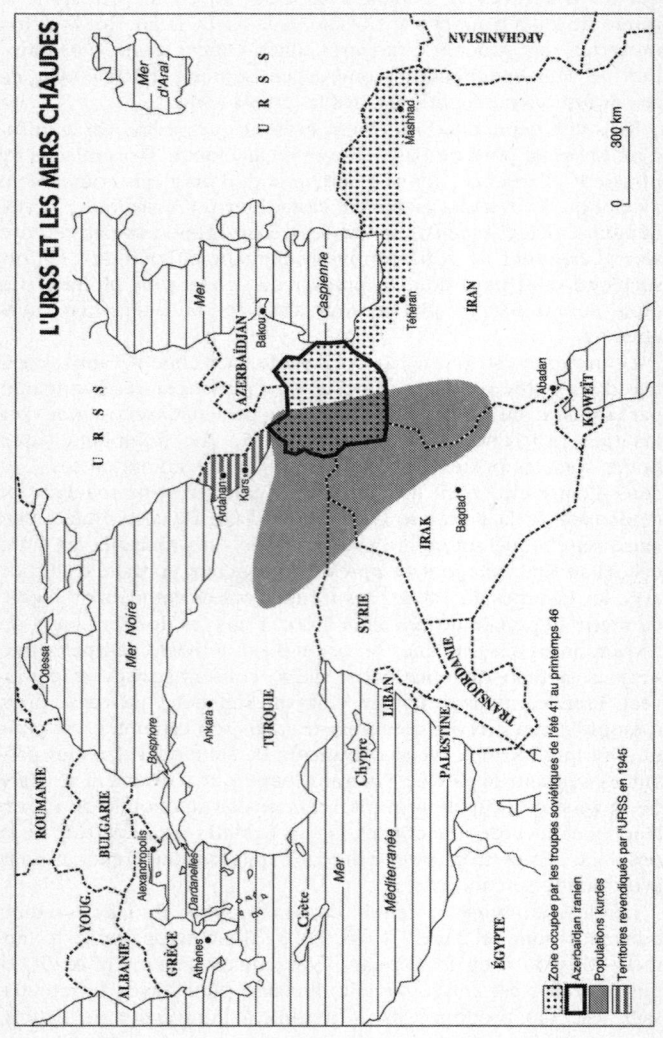

dénonce les efforts du Kremlin pour étendre son empire et appelle solennellement « les peuples de langue anglaise à s'unir d'urgence pour enlever toute tentation à l'ambition ou à l'aventure[20] ». Il n'a pas dit « les peuples libres ».

Le vieux lion n'occupe plus aucune fonction gouvernementale, mais son prestige reste immense, et la présence, au premier rang de l'assistance, du président des États-Unis ne laisse aucun doute quant aux sentiments de ce dernier. Au début de l'année, il a d'ailleurs déclaré à Byrnes qu'il « en avait assez de mignoter les Soviets[21] ». Et il vient de recevoir de George Kennan le « long télégramme » (8 000 mots), daté du 22 février, qui a causé un choc à la Maison-Blanche et au département d'État. L'auteur, kremlinologue chevronné, alors chargé d'affaires à Moscou, écrivait entre autres : « Nous sommes en présence d'une force politique fanatiquement convaincue qu'il ne peut exister de *modus vivendi* permanent avec les États-Unis, qu'il est souhaitable et nécessaire de rompre l'équilibre intérieur de notre société, de détruire notre façon de vivre traditionnelle, de saper l'autorité de notre État dans le monde, sous peine de voir la sécurité du pouvoir soviétique irrémédiablement compromise[22]. »

Staline répond à sir Winston sur le même ton. « Je ne sais pas, déclare-t-il à la *Pravda*, si Churchill et ses amis réussiront à organiser une nouvelle campagne armée contre l'Europe orientale, mais s'ils y parviennent – ce qui est peu probable parce que des millions de gens veillent sur la paix –, on peut dire avec confiance qu'ils seront écrasés exactement comme il y a vingt-six ans. » « L'influence des partis communistes, constate-t-il, s'est accrue non seulement en Europe orientale, [...] mais aussi dans presque tous les pays d'Europe où le fascisme a régné » ou qui ont été occupés par les Allemands, les Italiens et les Hongrois[23]. Des unités soviétiques font déjà mouvement vers Téhéran. Les États-Unis menacent de saisir le Conseil de sécurité si les Iraniens ne le font pas eux-mêmes. « Uncle Joe » modère alors un peu son ton, promettant d'évacuer la totalité de l'Iran avant le 9 mai si Ghavam donne son aval à la création en Azerbaïdjan d'une société pétrolière contrôlée à 51 % par le Kremlin.

---

20. Keesing's, 7770 A.
21. Truman, *op. cit.*, t. II, p. 274.
22. Texte intégral in *Foreign Relations of the United States*, Washington, 1946, pp. 697-698.
23. *Pravda* des 13 et 23 mars 1946 ; extraits in Keesing's, 7793 A, Yergin, *op. cit.*, pp. 176-177.

Le Persan accepte, mais à condition que l'accord soit ratifié par un parlement à élire dans les sept mois suivant la fin de l'occupation étrangère. A-t-il déjà en tête le scénario qui devait conduire à la totale déconfiture de la manœuvre soviétique ? Des grèves ayant éclaté dans les installations de la toute-puissante Anglo-Iranian Oil Company, Londres suscite parmi les tribus du Sud un soulèvement qui oblige Ghavam à se séparer de ses ministres communistes. Lorsque Moscou réclame la ratification de l'accord pétrolier, ce dernier fait valoir que les obstacles mis par les autorités de Tabriz à l'activité des formations favorables à Téhéran rendent impossible l'élection d'un nouveau parlement. Fortement encouragé par les Anglo-Saxons, il donne l'ordre à ses troupes de reconquérir la province rebelle.

Les Soviétiques ont beau avoir multiplié les avertissements et massé d'importantes forces sur la frontière, ils ne bougent pas. Le régime séparatiste de Tabriz, dont le président trouvera peu après la mort dans un accident de la circulation à Bakou, s'écroule en un rien de temps. De même, la République prosoviétique du Kurdistan, dont le chef, Mustafa Barzani, se réfugie en URSS avec un millier de ses partisans. On le retrouvera à l'œuvre en Irak, à partir de 1958. Le Majlis, le parlement iranien, qui sera élu en 1947, rejettera bien entendu à une large majorité le traité pétrolier signé par Ghavam, lequel cédera bientôt la place à un anglophile déclaré.

Staline a-t-il été roulé dans l'affaire ? C'est possible. En tout cas, il a montré qu'il était capable de reculer lorsque le risque était trop grand. Il s'était employé à rassurer ses concitoyens dès le printemps 1946 dans sa réaction au discours de Fulton. Truman ne s'y trompa pas. Jusqu'à la mort du Guide réputé génial, les grandes batailles de la guerre froide se solderont toutes par un échec de l'URSS.

*
* *

À un général américain qui le félicitait, à Potsdam, pour la prise de Berlin, Staline répondit négligemment : « Alexandre Ier [le vainqueur de Napoléon] est allé jusqu'à Paris[24]. » Était-il déçu de n'avoir pu en faire autant ? Recevant secrètement en novembre 1947 un Maurice Thorez très fier d'avoir « l'âme d'un citoyen soviétique », il lui confie que « si Churchill avait encore retardé

---

24. Cité in Kissinger, *op. cit.*, p. 354.

d'un an l'ouverture d'un second front dans le nord de la France, l'Armée rouge serait allée jusqu'en France [...] ; nous avions l'idée d'arriver jusqu'à Paris[25] », mais il ajoute aussitôt que les Anglo-Saxons ne l'auraient jamais laissé faire. Faut-il rappeler qu'en décembre 1944, il avait intimé l'ordre au même Thorez de jouer le jeu de la légalité gaulliste ?

Reste que d'être devenu un grand chef de guerre, qui a défait Hitler et dont la terre entière célèbre le génie, lui a ouvert l'appétit. Son compatriote Ilya Ehrenbourg le dépeint prononçant le bref discours, sans chaleur aucune, que lui a inspiré la victoire de 1945 : « C'était le généralissime, le conquérant. Pourquoi aurait-il besoin de s'embarrasser de sentiments ? Les salves de milliers de canons résonnaient comme un amen[26]. » Les annexions opérées par le Kremlin en vertu, si l'on ose dire, du pacte germano-soviétique ont été entérinées par les Anglo-Saxons, même si ceux-ci se refusent à reconnaître l'Oder-Neisse et l'absorption des républiques baltes. Les accords passés par le Vojd en octobre 1944 avec Churchill et en juin 1945 avec Hopkins lui donnent d'autre part les mains libres tant en Roumanie et en Bulgarie qu'en Pologne. Enfin, en écartant toute idée d'assistance aux Pragois insurgés, alors qu'ils étaient à deux heures de route, et en se retirant rapidement de Tchécoslovaquie, les Américains ont laissé le champ libre aux Soviétiques. Le gouvernement dirigé par Zdenek Fierlinger, socialiste de gauche, ancien ambassadeur en URSS et compagnon de route avéré, compte huit ministres communistes, dont ceux de l'Intérieur, de l'Agriculture et de l'Information. Le général Svoboda, qui détient le portefeuille de la Défense, est secrètement membre lui aussi du parti, lequel obtiendra en mai 1946 en Bohême, aux premières et dernières élections libres de l'après-guerre, 42 % des voix, contre 30 % seulement en Slovaquie.

Eduard Benes, qui a retrouvé sa place de président de la République tchèque, n'a pas grand-chose de toute façon à refuser à Moscou : le NKVD, qui a organisé sa fuite en Grande-Bretagne après Munich, garde le reçu des 10 000 dollars qui lui ont été versés à cette occasion[27]. On comprend qu'au retour d'une visite au Kremlin il ait déclaré à de Gaulle, en 1943 : « C'est l'Armée rouge qui libérera mon pays des Allemands [...], c'est [donc] avec Staline qu'il faut m'accorder. Je viens de le faire à des conditions

---

25. Entretien du 18 novembre 1947 publié par l'historien russe Mikhaïl Narinski, reproduit *in extenso* dans le n° 45-46 de *Communisme*.
26. Cité in *Le Monde*, 17 avril 1963.
27. Soudoplatov, *op. cit.*, p. 294.

qui n'hypothèquent pas l'indépendance de la Tchécoslovaquie[28]. » Le croyait-il vraiment ? Il avait appris à ses dépens à ne pas compter sur l'appui des « grandes démocraties ».

Ce formidable bond en avant du slavisme aux dépens du germanisme et le coup de fouet qu'il donnerait aux ambitions de la Russie avaient été anticipés par deux illustres penseurs du XIXe siècle, aux conceptions pourtant à tant d'égards antinomiques, Marx, en 1853 : « Étant arrivée au point où elle en est, peut-on imaginer que cette puissance gigantesque s'arrêtera dans sa course ? On s'apercevra que la frontière occidentale de l'Empire russe [...] doit aller de Dantzig ou de Stettin jusqu'à Trieste[29]. » Renan, en 1871 : « Songez quel poids pèsera dans la balance du monde le jour où la Bohême, la Moravie, la Croatie, la Servie [on orthographiait ainsi alors la Serbie], toutes les populations slaves de l'Empire ottoman, sûrement destinées à l'affranchissement, races héroïques encore, toutes militaires, et qui n'ont besoin que d'être commandées, se grouperont autour de ce grand conglomérat moscovite, qui englobe déjà dans une gangue slave tant d'éléments divers[30]. »

Le pays sur lequel Staline règne sans partage est grand comme deux fois et demi les États-Unis ou la Chine. La guerre lui a permis de le flanquer à l'ouest d'un glacis impénétrable, mais le Gensek manque toujours de ces ports en mer chaude dont l'absence l'a terriblement handicapé durant la guerre. Lorsque, au cours de l'hiver 1940-41, Ribbentrop lui avait fait miroiter la perspective d'une poussée vers le sud, dans l'hypothèse où il rejoindrait le pacte germano-italo-japonais sur le partage du monde, il n'avait pas dit non, tant s'en faut. Pourquoi ne pas demander à ses nouveaux partenaires d'acquitter la dette de leurs prédécesseurs ? Après tout, la Grande-Bretagne et la France avaient promis en 1914 à Nicolas II Constantinople – la « Tsargrad » des slavophiles – pour prix de son entrée en guerre à leurs côtés.

Lénine avait certes tourné le dos à cette politique annexionniste en soutenant vigoureusement la révolution kémaliste, qui faisait face au même ennemi « impérialiste » que les bolcheviks. L'URSS et la Turquie avaient même conclu un accord de bon voisinage en 1925, mais celui-ci avait été mis à rude épreuve par le pacte germano-soviétique. Ankara, inquiet des visées de Mussolini sur l'Ana-

---

28. De Gaulle, *op. cit.*, t. II, p. 204.
29. Article paru le 12 avril 1853 dans le *New York Daily Tribune*, dont Marx était alors le correspondant à Paris.
30. « Nouvelle lettre à M. Strauss (du 15 septembre 1871) », in Ernest Renan, *La Réforme intellectuelle et morale*, Calmann-Lévy, s.d., p. 200.

tolie, avait signé en septembre 1939 un traité d'assistance mutuelle avec Londres et Paris. Staline, pour séduire Hitler, avait en vain proposé à Ismet Inönü, le lieutenant et successeur d'Atatürk, un pacte interdisant l'entrée en mer Noire de tout bateau, civil comme militaire, n'appartenant pas à un État riverain. Après l'invasion nazie, il avait adressé au gouvernement d'Ankara un appel à l'aide qui n'avait pas eu davantage de succès. En fait, ce dernier était déterminé à rester neutre, et allait demeurer tout aussi sourd aux démarches de Churchill, qui rêvait de lancer une offensive à partir du territoire turc pour empêcher les Balkans de tomber aux mains des Soviétiques. C'est en février 1945 seulement qu'Inönü se décide à adresser au Reich la déclaration de guerre, dans le cas d'espèce toute platonique, nécessaire pour que son pays figure au nombre des membres fondateurs des Nations Unies.

Le mois suivant, le Kremlin réclame à Ankara la restitution des *vilayets* arméniens de Kars et Ardahan, cédés à l'Empire ottoman par le traité de Brest-Litovsk de 1918 et laissés à la Turquie par le pacte bilatéral de 1925, qu'il vient de dénoncer. En juillet, à Potsdam, Staline, à défaut d'obtenir une base dans la mer de Marmara, fait admettre par les Anglo-Saxons la nécessité d'une révision de la convention de Montreux de 1936 sur les Détroits en vue de garantir à l'URSS un accès sans restriction à la Méditerranée. Sur ce point, Churchill l'a pour une fois appuyé : la Russie fait penser à « un géant aux narines pincées par les étroites sorties de la Baltique et de la mer Noire[31] », estime-t-il. Mais le meilleur moyen de mettre fin à cette situation réside selon lui dans le plan, défendu avec chaleur par Truman, d'internationalisation des grandes voies d'eau : celle qui, par le Rhin et le Danube, relie la mer du Nord à la mer Noire, comme les canaux de Panama, Suez et Kiel, et les Détroits turcs. Uncle Joe, bien sûr, ne veut pas en entendre parler. « *No, I say no*[32] *!* », s'écrie-t-il : c'est bien la première et la dernière fois qu'on l'entend s'exprimer en public en anglais...

Le délai prévu pour la révision de la convention de Montreux expire le 18 août 1946 : onze jours plus tôt, le Kremlin reprend à son compte, dans une note à Ankara, une proposition américaine de « porte ouverte », datée du 2 novembre 1945, à laquelle il n'avait pas répondu. Prétendant, sans l'ombre d'une preuve, que la Turquie n'a pu empêcher pendant la guerre l'utilisation des

---

31. Cité in Moskin, *op. cit.*, p. 211.
32. Cité in Robert Murphy, *Diplomate parmi les guerriers*, Robert Laffont, 1965, pp. 300-303.

Dardanelles et du Bosphore contre les pays riverains de la mer Noire, il propose en outre qu'elle partage désormais avec l'URSS la responsabilité de leur défense. Truman réagit aussitôt. Il déclare devant ses collaborateurs qu'il n'est pas nécessaire d'attendre cinq à dix ans pour savoir « si les Russes sont décidés à conquérir le monde[33] ». Il ajoute qu'à son avis la responsabilité de la défense des Détroits doit incomber au premier chef à Ankara, étant entendu que s'ils faisaient l'objet d'une attaque ou d'une menace d'attaque, il y aurait lieu de saisir le Conseil de sécurité.

Le porte-avions *Franklin D. Roosevelt* et une importante escadre rejoignent en même temps le cuirassé *Missouri*, déjà mouillé au large d'Istanbul. Paris et Londres approuvent aussitôt la détermination américaine, tandis que le gouvernement turc rejette la proposition soviétique. Les échanges de notes se poursuivent quelque temps, jusqu'au jour où Staline se persuade qu'il n'a aucune chance de ce côté-là. Les revendications soviétiques sur Kars et Ardahan seront très vite abandonnées après la mort du Guide, dans l'esprit du dégel voulu par son premier successeur, Gueorgui Malenkov.

*
* *

Il n'y a pas que la Turquie. Lors de la conclusion de l'armistice avec les Bulgares, Moscou a vainement essayé de leur faire conserver le morceau de Thrace grecque qu'ils avaient annexé à la faveur de leur alliance avec le Reich. À Potsdam, Staline a indiqué qu'à défaut de la base qu'il réclamait dans les Détroits il se satisferait d'en obtenir une à Dédéagatch[34], paraissant oublier que cet ancien port de la Turquie d'Europe appartenait depuis 1924 à Athènes, qui l'avait rebaptisé Alexandropolis. Dans l'esprit de son accord avec Churchill d'octobre 1944 sur les zones d'influence, il avait pourtant beaucoup insisté sur le fait qu'il ne se mêlait aucunement des affaires grecques, malgré l'intervention massive des troupes britanniques contre les « Andartes », les communistes, nettement majoritaires dans la Résistance armée, qui avaient essayé de s'emparer du pouvoir à la Libération.

Les accords de Varkiza, qui avaient mis fin, en février 1945, à la guerre civile grecque, n'ont pas fait long feu. L'orientation de plus en plus réactionnaire du gouvernement royal, constitué à la suite

---

33. Cité in James Forrestal, *Journal*, Amiot-Dumont, 1952, p. 161.
34. Cité in Adam B. Ulam, *Expansion and Coexistence. The History of Soviet Foreign Policy*, Londres, Warburg, 1968, p. 390.

d'élections passablement manipulées, le retour, décidé par référendum, d'une dynastie liée, aux yeux d'un prolétariat sorti exsangue de la guerre, à la dure dictature du général Metaxas, allaient vite entraîner une reprise des combats. Non contents de tirer profit de la corruption et du défaitisme d'une bonne partie de l'administration et de l'armée, les communistes bénéficient d'un large soutien de leurs camarades installés au pouvoir en Bulgarie, Yougoslavie et Albanie. À la fin de 1946, ils paraissent largement maîtres de la situation. Face à eux, le gouvernement hellénique n'a guère d'autre rempart que les 40 000 *tommies* dont le rôle a été décisif dans l'échec des Andartes en 1944-45.

Or la Grande-Bretagne est plongée dans une situation financière si dramatique que, de l'avis du chancelier de l'Échiquier, le ministre des Finances, sir Hugh Dalton, elle dérive « vers les rapides dans un état de demi-conscience[35] ». Parmi les économies qu'il préconise figure la suppression de toute aide à la Grèce, quitte à demander aux États-Unis de prendre le relais. Truman est averti le 24 février 1947 que les soldats de Sa Majesté seront retirés à partir de la fin de mars. Il s'y attendait et réagit sur-le-champ : « Le moment était venu, écrit-il dans ses Mémoires, de ranger délibérément les États-Unis d'Amérique dans le camp et à la tête du monde libre[36]. » Dès le 11 mars, il demande au Congrès le vote d'une aide de 250 millions de dollars à la Grèce et de 150 à la Turquie. « Il faut que nous agissions à temps, avant même que le temps soit venu, déclare-t-il au cours du débat, pour étouffer les premières lueurs de toute conflagration qui risquerait d'embraser l'univers entier[37]. » La « doctrine Truman » vient de faire son entrée dans l'Histoire, avec le soutien d'un homme qui s'était fait longtemps le champion inconditionnel de l'isolationnisme : le président de la commission des Affaires étrangères du Sénat, Arthur Vandenberg.

La loi d'aide est votée le 22 mai. Il y a tout juste un mois, à ce moment-là, que le Conseil des quatre ministres des Affaires étrangères créé à Potsdam pour préparer la paix avec l'Allemagne, ses ex-alliés européens et l'Autriche, s'est séparé à Moscou sur un constat d'échec. Le 10 février a pourtant vu la signature solennelle, dans le vénérable salon de l'Horloge du Quai d'Orsay, de traités avec l'Italie, la Bulgarie, la Hongrie, la Roumanie et la Finlande.

---

35. Cité in Yergin, *op. cit.*, p. 280.
36. Truman, *op. cit.*, t. II, vol. I, p. 119.
37. *Ibid.*, p. 126.

Leurs dispositions territoriales, qui avaient souvent fait l'objet d'âpres discussions, ont été jusqu'à présent respectées. On ne saurait en dire autant de la clause prévoyant le retrait des troupes étrangères dans un délai de neuf mois, exception faite pour les garnisons que l'URSS était autorisée à maintenir en Roumanie et en Hongrie aussi longtemps que durerait l'occupation de l'Allemagne. La première sera évacuée sous Khrouchtchev, et la seconde seulement après le démantèlement de l'empire soviétique. Quant à l'Italie, personne, pas même chez les communistes « refondateurs », nostalgiques du stalinisme, ne parle d'en retirer les troupes américaines qui s'y trouvent toujours. Mais personne ne parle non plus de réviser ces traités, alors que ceux qui avaient mis fin à la guerre de 1914-18 suscitèrent de vifs courants « révisionnistes » dans les années qui suivirent leur signature.

*
* *

Ni à Téhéran, ni à Yalta, ni à Potsdam, les trois grands n'étaient parvenus en revanche à s'entendre sur l'avenir de l'Allemagne. Des décisions essentielles avaient certes été prises en 1943 et 1944 : l'Autriche, considérée comme une victime du nazisme, retrouverait son indépendance dans ses frontières d'avant l'Anschluss, mais serait occupée par les États-Unis, la Grande-Bretagne, l'URSS et la France jusqu'à la signature d'un « traité d'État » qui ne sera conclu qu'après la mort de Staline. Le Reich devait être démilitarisé à perpétuité et payer d'énormes réparations ; il serait amputé, au profit des Soviétiques et des Polonais, de la Prusse-Orientale, de la Poméranie et de la Silésie, soit d'un bon quart de l'Allemagne d'avant l'Anschluss ; les habitants de ces provinces seraient expulsés, de même que les Allemands des Sudètes et de Hongrie, vers ce qui resterait de la patrie de Goethe et de Bismarck : « Jamais, depuis que les Assyriens avaient déménagé des peuples entiers à travers leur immense empire, une telle migration n'avait jeté sur les routes et fixé en terre lointaine des foules aussi énormes[38] », constatera Joseph Rovan. Au total, quinze millions de personnes, auxquelles il faudra ajouter par la suite près de cinq millions de *Flüchtlinge*, qui fuiront la République prétendument démocratique allemande.

Restait l'essentiel : l'avenir politique de la future Allemagne. De la future, ou des futures, car il avait été fortement envisagé de la

---

38. Rovan, *op. cit.*, pp. 769-770.

démembrer. Roosevelt et Churchill avaient exposé à Téhéran des projets passablement différents à ce sujet, et nombre de leurs collaborateurs étaient hostiles à une idée qui leur paraissait parfaitement irréaliste et de nature à nourrir le revanchisme des vaincus. Ils avaient pourtant approuvé, en septembre 1944, un plan du secrétaire au Trésor américain Morgenthau, prévoyant la création d'une confédération allemande totalement privée de son équipement industriel et minier. Elle devait être amputée des terres orientales promises à Moscou et à Varsovie, mais aussi de la Sarre et d'une partie de la rive gauche du Rhin, qui seraient cédées à la France, ainsi que de la Ruhr, qui serait internationalisée en compagnie de Brême, Kiel et Francfort. Staline avait lui-même préconisé un démembrement devant Eden en décembre 1941. Il avait repris la même position deux ans plus tard à Téhéran. Ce qui ne l'avait pas empêché entre-temps de démentir, dans un ordre du jour du 23 février 1942, toute intention de « détruire l'État allemand, [...] les Hitler viennent et passent, avait-il dit, tandis que le peuple allemand, l'État allemand demeurent[39] ».

À Yalta, en tout cas, un comité triparti de démembrement avait été créé, à charge pour lui, le moment venu, d'inviter la France à participer à ses travaux. Mais il ne tint que deux séances, sans que l'on arrive seulement à déterminer si le mot « démembrement » devrait ou non figurer dans l'acte de capitulation, et le délégué soviétique fit savoir qu'on ne le reverrait plus. Sans doute le généralissime avait-il jugé que ce projet comportait plus d'inconvénients que d'avantages. Dans la proclamation adressée à ses sujets à l'occasion de la victoire, il assura n'avoir aucune intention de démembrer ou de détruire l'Allemagne[40].

Pourquoi cet apparent revirement ? Staline ne s'est jamais expliqué là-dessus, mais au témoignage de Djilas, alors lieutenant de Tito, il aurait dit à des délégations yougoslave et bulgare, en 1946, qu'il lui serait rapidement possible de mettre la main sur la totalité de ce qui restait du Reich[41]. Sans doute avait-il déjà cette idée en tête lorsque, en 1942, il poussa les communistes allemands réfugiés en URSS à créer avec leurs compatriotes prisonniers un Comité de l'Allemagne libre auquel devait s'agglomérer, après la capitulation de l'armée encerclée à Stalingrad, une Union d'officiers animée par le maréchal Paulus et le général von Seydlitz, pleins d'illusions quant au

---

39. Keesing's, 5054 A.
40. *Pravda*, 10 mai 1945.
41. Djilas, *op. cit.*, p. 169.

rôle que Moscou leur laisserait jouer après la guerre. Sans doute aussi croyait-il encore à cette époque que les Américains ne tarderaient pas à se retirer d'Europe, comme Roosevelt l'avait souvent promis.

Tout en acceptant finalement, au grand dam du général de Gaulle, le maintien de l'unité de l'Allemagne, les vainqueurs de 1945 n'entendaient lui rendre un gouvernement qu'après une longue période de rééducation démocratique et de mise à l'épreuve. Il avait été décidé à Potsdam qu'en attendant la souveraineté serait exercée conjointement par un Conseil de contrôle interallié, composé des quatre commandants en chef, chacun disposant de vastes pouvoirs sur sa zone ainsi que d'un droit de veto sur les questions concernant l'Allemagne dans son ensemble. C'est en vain que, dès mai 1944, le département d'État avait insisté dans un mémorandum sur la nécessité de donner au Conseil des directives suffisamment précises pour que les diverses zones se voient appliquer des politiques très voisines. A défaut, concluait-il, le danger existait d'un partage de fait[42].

Deux ans plus tard, très exactement, le général Lucius Clay, commandant en chef américain à Berlin, constate dans un télégramme au secrétaire d'État James Byrnes que « les prévisions les plus sombres de ce mémorandum ont été plus que réalisées[43] ». Il en serait peut-être allé différemment si les Alliés s'étaient intéressés de manière un peu plus concrète durant la guerre à l'avenir de leur ennemi commun. De Gaulle de son côté n'a pas facilité les choses en assortissant son acceptation des accords de Potsdam d'un rejet de leurs dispositions relatives à la reconstitution de départements administratifs centraux dans des domaines comme les finances ou les transports.

Un moment, pourtant, il avait semblé qu'on eût de sérieuses chances d'aboutir. En décembre 1945, Byrnes était allé rendre visite à Staline pour le convaincre des mérites d'un projet de traité qu'il avait soumis en septembre à ses collègues britannique, français et soviétique, aux fins d'assurer pendant vingt-cinq ans le désarmement d'une Allemagne unifiée et neutralisée. Il avait affirmé au généralissime qu'aucun réveil de l'isolationnisme n'était à redouter et s'était entendu dire en retour qu'il pouvait « compter sur son appui[44] ». Quelques mois plus tard, il doit déchanter, Molotov ayant rejeté le projet au motif, peu convaincant, qu'il revenait à

---

42. Cité in Philip Mosely, *The Kremlin and World Politics*, New York, Vintage Books, 1960, pp. 138-139.
43. *Ibid.*, pp. 153-154.
44. Byrnes, *op. cit.*, pp. 333-334.

ajourner le désarmement du Reich et qu'il n'abordait ni le problème de la démocratisation ni celui, plus épineux encore, des réparations. Rien n'avait pu le faire changer d'avis. Et pour cause : le Kremlin avait décidé de faire les yeux doux aux Allemands, dans le but évident d'empêcher les Américains de les attirer dans leur zone d'influence.

Le 10 juillet 1946, donc, Molotov attaque violemment la politique allemande des Occidentaux, et notamment leur refus d'un accroissement de la production de charbon et d'acier. Il s'oppose au détachement de la Ruhr, que Paris réclamait avec insistance, préférant la placer sous contrôle quadriparti, pour donner à l'URSS un droit de regard sur ses énormes gisements. Il recommande de laisser à un référendum le soin de décider entre des structures unitaires ou fédérales, se déclarant disposé à signer la paix, après quelques années d'observation, avec un État qui aurait fait la preuve de son aptitude à dénazifier et à payer les réparations réclamées par Moscou : soit quelque dix milliards de dollars[45]. On est loin du « décret sur la paix » de 1917 et de la paix « sans annexions ni réparations » alors préconisée par Lénine.

Byrnes ne demeure pas en reste. Le 14 septembre, parlant à Stuttgart, il déclare que le moment est venu de « donner au peuple allemand la responsabilité de ses propres affaires », et donc d'instituer rapidement, à partir des administrations mises en place par les occupants dans les divers *Länder*, un gouvernement central provisoire. Se prononçant contre le détachement de la Ruhr et de la Rhénanie, il ajoute qu'aucun engagement n'a été pris à Potsdam sur la frontière orientale de l'Allemagne et que, loin de se désintéresser de l'Europe, les États-Unis comptent y maintenir des troupes pendant un temps assez long[46]. On imagine sans peine le ton des réactions du Kremlin et de ses protégés de Varsovie.

Lorsque les quatre ministres des Affaires étrangères se retrouvent à Moscou, le 10 mars 1947, rien n'a avancé. Le climat s'est même considérablement détérioré, on l'a vu, à propos de la Turquie et de la Grèce. Ils ne s'entendent que pour rayer la Prusse de la carte, comme si elle avait été de tous temps le mauvais génie de la Germanie, comme si Hitler n'était pas autrichien. Pour le reste, l'événement le plus important de la conférence est l'accord donné par Marshall et Bevin à Bidault pour intégrer la Sarre dans l'espace monétaire et douanier français, Paris pouvant ainsi payer en francs

---

45. *Le Monde,* 12 juillet 1946.
46. Keesing's, 8115 A.

un charbon indispensable à la reconstruction. Staline, quant à lui, a subordonné son soutien au ralliement de la France à son projet de statut quadriparti de la Ruhr. Le refus de Bidault, qui ne voulait s'engager sur rien avant d'avoir eu satisfaction sur la Sarre, ne le trouble guère. Si les Allemands voulaient un gouvernement – et comment auraient-ils pu ne pas le vouloir ? –, il leur faudrait passer sous ses fourches caudines. En quoi il se trompait du tout au tout : il aurait mieux fait d'écouter le patron du quai d'Orsay, qui lui dit avant de regagner Paris : « Les Allemands, c'est un peuple aux enchères[47]. »

---

47. Cité in Jacques Dalloz, *La France et le monde depuis 1945*, Paris, Armand Colin, 1993, p. 33.

CHAPITRE V

Rome et Carthage

LE PLAN MARSHALL – LE COUP DE PRAGUE – LA RUPTURE STALINE-TITO –
LE BLOCUS DE BERLIN ET LA DIVISION DE L'ALLEMAGNE –
LE PACTE ATLANTIQUE

> « *Nous avions abouti à une situation sans précédent depuis les temps anciens. Il n'avait pas existé une telle polarisation sur la planète depuis Rome et Carthage*[1]. »
>
> Dean Acheson en 1947.

L'échec de la conférence de Moscou en mars 1947 a marqué le point final des tentatives de la IVe République pour s'en tenir, en matière de politique étrangère, à la ligne de de Gaulle, démissionnaire le 20 janvier précédent, faute de pouvoir imposer son autorité aux partis. « Le moment était venu de passer de l'Europe de la géographie à celle de la Liberté[2] », commente Georges Bidault, qui avait le goût des formules.

---

1. Acheson, à l'époque sous-secrétaire d'État américain, a tenu ce propos à une délégation du Congrès que Truman et Marshall cherchaient à convaincre de la nécessité de venir massivement en aide à la Grèce. Cité in Kissinger, *op. cit.*, p. 406.
2. Georges Bidault, *D'une Résistance à l'autre*, Éditions du Siècle, 1965, p. 148.

Les deux objectifs prioritaires du général avaient été d'empêcher le peuple allemand de recommencer à « perpétuellement tendre à la guerre[3] », comme il l'avait dit le 21 décembre 1944 devant l'Assemblée consultative, et de le faire contribuer au maximum à la reconstruction de l'économie nationale. Onze jours plus tôt, il était allé à Moscou signer avec Staline un traité « d'alliance et de sécurité mutuelle » de vingt ans, dont *Le Monde* écrivait dans son premier numéro, paru le lendemain, qu'il renforçait « considérablement la position de la France dans le monde[4] ». Mais le généralissime s'était bien gardé d'encourager ses thèses sur le détachement de l'Allemagne de la Rhénanie et de la Ruhr.

Ni Washington ni Londres n'étant disposés à le suivre sur ce point, de Gaulle a recouru neuf fois au droit de veto qui lui avait été reconnu à Potsdam sur les affaires panallemandes pour empêcher la reconstitution tant d'administrations centrales que de partis politiques communs aux quatre zones. Il a certes amorcé un net assouplissement de son attitude vis-à-vis de l'ennemi réputé héréditaire. Intervenant à la radio le 25 avril 1945, quelques jours avant le suicide de Hitler, il a parlé des Allemands comme d'un « grand peuple, coupable certes, et dont la justice exige qu'il soit châtié, mais dont la raison supérieure de l'Europe déplorerait qu'il fût détruit[5] ». À l'automne, il a visité la zone française d'occupation, tenu un langage de réconciliation et affirmé à son retour qu'« on ne ferait pas l'Europe sans les Allemands[6] ». Mais il a parlé des « Allemands », et non de « l'Allemagne » : le 18 janvier 1946 encore, soit quarante-huit heures avant son départ du pouvoir, il s'est prononcé pour une « confédération » des « entités » situées sur la rive droite du Rhin, « celles de la rive gauche [...] évoluant vers nous. Jamais une organisation fabriquée sur la rive droite n'aura quoi que ce soit à faire sur la rive gauche[7] ». Sans beaucoup y croire, la coalition MRP-socialistes-communistes qui lui succède maintient cette ligne, à laquelle le « plat de lentilles sarrois » marque une rupture complète.

Le parti communiste ne peut manquer de réagir. Avec plus de 900 000 membres et le groupe parlementaire le plus nombreux, il

---

3. Cité in Pierre Guillen, *La Question allemande*, Paris, Imprimerie nationale, 1996, p. 24.
4. *Le Monde*, 19 décembre 1944.
5. Cité in Guillen, *op. cit.*, p. 26
6. *Ibid.*
7. Cité in Jules Moch, *Une si longue vie*, Paris, Robert Laffont, 1976, p. 23.

est le premier parti de France. Il contrôle la CGT, forte alors de plus de 5 millions d'adhérents, et, par son intermédiaire, la plupart des comités d'entreprise, ce qui lui enlève tout souci financier. Enfin, son rôle dans la Résistance et le prestige de l'URSS après sa victoire sur le nazisme lui ont valu d'exercer depuis la Libération « une sorte de dictature morale[8] », qui subsiste encore à bien des égards.

À défaut d'avoir convaincu ses partenaires de lui confier la présidence du gouvernement provisoire, Maurice Thorez, qui était déjà ministre d'État de de Gaulle, a obtenu, avec la charge de la Fonction publique, un portefeuille de vice-président du Conseil qu'il va retrouver, en janvier 1947, dans le premier gouvernement de la IVe République, présidé par le socialiste Paul Ramadier. Quatre autres communistes sont nommés à la Défense nationale, à la Reconstruction, au Travail et à la Santé publique. Les rapports entre le PCF et ses associés, qui se méfient de plus en plus de lui, ne sont pas toujours faciles, mais le parti soutient tant la politique officielle en Indochine que le blocage, voire, dans certains cas, la réduction des rémunérations mise en œuvre pour tenter de venir à bout de la course infernale des salaires et des prix.

Au vu des résultats négatifs de la conférence de Moscou, Thorez opère un tête-à-queue complet. Non content de condamner l'accord sur la Sarre, il remet en question le blocage des salaires. Les trotskistes ayant déclenché le 25 avril chez Renault une grève essentiellement destinée à l'origine à mettre le PCF en porte-à-faux, la CGT leur emboîte le pas. Le mouvement fait rapidement tache d'huile. Le 4 mai, Ramadier pose la question de confiance. Les députés communistes la lui refusent. Leurs camarades ministres ne démissionnent pas pour autant : ils croient que c'est le gouvernement lui-même qui va se retirer, mais, dès le lendemain, ils se voient enlever leurs portefeuilles.

Quelques jours plus tard, le démocrate-chrétien Alcide De Gasperi en fait autant sur les bords du Tibre, se débarrassant, par la même occasion, des socialistes de Pietro Nenni, alors fortement marqués à gauche. En Belgique aussi, les communistes sont mis à la porte. Les Américains, qu'agaçait de plus en plus la présence de Rouges dans des gouvernements occidentaux, ne cachent pas leur satisfaction. Staline réplique en menant la vie de plus en plus dure, dans tous les pays de sa zone d'influence, aux dirigeants

---

8. Georgette Elgey, *La République des illusions*, Paris, Fayard, 1993, p. 41.

non communistes. Beaucoup sont arrêtés, tandis que d'autres réussissent à prendre la fuite, parmi lesquels le Polonais Mikolajczyk et le Premier ministre hongrois Ferenc Nagy, membre du parti des petits propriétaires.

*
* *

C'est sur ces entrefaites que, le 5 juin 1947, Marshall lance, par un discours à l'université Harvard, le plan d'assistance qui va immortaliser son nom, dans le but de remédier « à l'entière dislocation de l'économie européenne[9] », qui est selon lui le problème le plus sérieux auquel doit faire face l'Europe libérée. Ce sera une formidable réussite : grâce à une aide totale, étalée sur quatre ans et demi, de treize milliards de dollars de l'époque, soit environ quatre-vingts d'aujourd'hui, les pays de l'Ouest du continent mèneront rapidement à bien leur reconstruction, avant de trouver le chemin des Trente Glorieuses célébrées par Jean Fourastié[10]. Mais Washington met une condition fondamentale à son offre : que les bénéficiaires s'entendent au préalable sur la répartition des sommes mises à leur disposition. D'où la création de l'Organisation européenne de coopération économique, l'OECE, qui s'élargira plus tard à l'ensemble du monde libre en devenant l'OCDE, l'Organisation pour la coopération et le développement économiques.

La Pologne et la Tchécoslovaquie ne cachent pas leur intérêt pour cette manne. Staline envoie Molotov à Paris à la tête d'une délégation de quelque cent vingt personnes. Mais il ne peut accepter, sans remettre en cause les bases du système soviétique, les conditions posées par Washington en matière d'investissements étrangers, de renseignements statistiques, et encore moins peut-être l'entente préalable des bénéficiaires sur la répartition de l'aide. L'objectif politique du plan est par trop transparent et Marshall lui-même n'a fait aucun effort pour le cacher : il s'agit de « remettre l'économie mondiale en état de fonctionner, dit-il le 5 juin, et de permettre ainsi l'émergence de conditions politiques et sociales dans lesquelles puissent exister des institutions libres[11] ». À la vérité, les Américains n'ont aucune envie de consolider les régimes communistes d'Europe de l'Est en leur ouvrant des crédits.

---

9. Texte intégral dans *The International Herald Tribune*, 28 mai 1997.
10. Titre d'un ouvrage de Jean Fourastié, *Les Trente Glorieuses*, Fayard, 1979.
11. *International Herald Tribune, loc. cit.*

Staline ne va donc pas laisser Prague et Varsovie saisir la main tendue par « l'impérialisme ». Son veto, formulé de manière particulièrement cavalière, consacre la cassure du continent. Mais sans doute s'imagine-t-il que les fortes minorités communistes de France et d'Italie ne laisseront pas les gouvernements de ces deux pays s'y résigner. Bidault n'est pas le dernier à mesurer le risque. Le 16 juillet, les Anglo-Saxons ayant décidé un important relèvement de la production industrielle dans leurs zones d'occupation, il déclare à Harriman, envoyé spécial des États-Unis : « Nous avons cent quatre-vingts [députés] communistes qui disent : le plan Marshall, c'est l'Allemagne d'abord. Si quelque chose leur permet, avec des raisons apparentes ou réelles, de le répéter, je vous déclare que le gouvernement n'y survivra pas. Je ne suis pas en mesure de surmonter les oppositions simultanées du général de Gaulle, du parti communiste et d'une fraction considérable de mes propres amis. De plus je ne le désire pas[12]. » Ces fermes propos ne changeront pas grand-chose à la résolution américaine.

C'est à ce moment précis que *Foreign Affairs* publie, sous la signature « X », un article très remarqué sur la nécessité de cet endiguement (*containment*) du communisme, qui va constituer l'alpha et l'oméga de la politique étrangère américaine jusqu'à l'avènement, en janvier 1981, de Ronald Reagan. On mettra quelque temps à savoir que l'auteur en est le diplomate George Kennan et qu'il reprenait là les grandes lignes du « long télégramme » de 1946 cité au chapitre précédent. « Qui peut dire avec assurance, demande-t-il avec une rare prescience, que la forte lumière qui brille du Kremlin sur les peuples insatisfaits du monde occidental n'est pas le puissant éclat d'une constellation déjà sur le déclin ? La possibilité demeure que la puissance soviétique porte en elle le germe de sa propre décadence[13]. »

Le Kremlin réplique en septembre avec la création par les six partis communistes au pouvoir en Europe centrale et orientale et par les deux plus importants de la diaspora, le français et l'italien, d'un bureau d'information commun ou « Kominform », destiné à remplacer la IIIᵉ Internationale, dissoute en 1943 pour amadouer les Anglo-Saxons. Jdanov, idéologue en chef du Kremlin, et le Yougoslave Djilas font assaut de violence, ce dernier reprochant aux « opportunistes » de Paris et de Rome de s'être laissé chasser de leurs gouvernements respectifs. Comme on l'apprendra plus

---

12. Cité in Dalloz, *op. cit.*, p. 39.
13. X, « The Sources of Soviet Conduct », *Foreign Affairs*, juillet 1947.

tard, il a été poussé par Staline, déjà décidé à éliminer Tito et qui avait trouvé ce moyen commode pour le brouiller avec les deux grands partis frères occidentaux. Le maréchal-président lui avait involontairement fourni une arme en suggérant dès 1945 la reconstitution du Komintern.

Dans une déclaration fracassante, le nouveau bureau prend acte que « deux camps se sont formés dans le monde » et stigmatise les chefs socialistes coupables, de Blum à Bevin et à l'Allemand Schumacher, de s'être placés au service du « brigandage impérialiste[14] ». Les guérilleros grecs installent de leur côté un gouvernement provisoire dans les monts Grammos. Dès le 16 août, en Bulgarie, la pendaison de l'agrarien Nikolaï Petkov, pourtant héros de la Résistance et apôtre de l'entente avec les communistes, a donné le signal d'une aggravation générale de la répression à l'est du rideau de fer. La Hongrie, jusque-là épargnée, est transformée en démocratie populaire sous la dictature du sinistre Matyas Rakosi, apôtre de la fameuse « tactique du salami », qui consiste à empiéter pas à pas sur les terres de l'ennemi de classe. La guerre civile reprend en Chine, une république « populaire » est proclamée en Corée du Nord occupée par l'Armée rouge, et les maquis communistes passent à l'offensive au Viêt Nam, en Birmanie, en Indonésie, aux Philippines, en Malaisie. On reviendra plus loin sur ces événements d'Asie.

Outre-Atlantique, dans un climat d'inquisition, la commission des Activités antiaméricaines du sinistre sénateur McCarthy commence à sévir. En France, enfin, où le PCF a fait son autocritique pour avoir participé durant trois ans au gouvernement, les services publics sont paralysés par la grève. En fin d'année, Robert Schuman est investi président du Conseil sous les huées des communistes qui le traitent tout simplement de « boche » et crient *Heil Hitler !* » quand arrive au Palais-Bourbon son ministre de l'Intérieur Jules Moch, lequel est juif et a perdu un fils sous les balles allemandes. La situation est si tendue que la classe 1923 est rappelée sous les drapeaux. Des émeutes se produisent dans plusieurs villes et des attentats sont commis sur les voies ferrées : le 16 décembre, près d'Arras, seize personnes trouvent la mort dans un déraillement. Des caisses d'armes ayant été découvertes dans un camp de rapatriement soviétique en France, le ton monte entre Paris et Moscou qui expulsent nombre de leurs ressortissants respectifs. Rien d'étonnant si, dans ce climat, une nouvelle réunion des quatre

---

14. *Le Monde*, 7 octobre 1947.

ministres des Affaires étrangères ne donne aucun résultat, sauf l'ouverture de négociations entre les trois Occidentaux sur la fusion de leurs zones d'occupation en Allemagne.

*
* *

L'année 1948 s'ouvre sur l'abdication, dès le 1er janvier, du roi de Roumanie. En Tchécoslovaquie, la proximité d'élections que le PC, conscient de l'étendue du mécontentement populaire devant les difficultés du ravitaillement, redoute de perdre, conduit le ministre communiste de l'Intérieur à remplacer huit commissaires divisionnaires de la capitale par des hommes à lui. La majorité du gouvernement a beau désapprouver cette mesure, elle est maintenue.

Devant cette situation, le parti socialiste national – celui de Bene – cherche à provoquer la démission des ministres non communistes du gouvernement pour amener le président à convoquer aussitôt le corps électoral. Mais les sociaux-démocrates, dont le chef, Zdenek Fierlinger, est un soviétophile déclaré, refusent de les suivre, et Benes lui-même, qui se remet lentement d'une attaque, se montre d'humeur d'autant moins combative que le chef de sa diplomatie, Jan Masaryk, s'est fait dire par Truman, quelques semaines plus tôt : « En cas de crise, vous ne pourrez compter sur rien de plus qu'un soutien moral des États-Unis[15]. » L'arrivée à Prague sur ces entrefaites du vice-ministre soviétique des Affaires étrangères, Valerian Zorine, fait planer la menace d'une intervention de l'Armée rouge, tandis que deux cent mille militants mobilisés par le PC défilent dans les rues de la capitale et que se constituent un peu partout des milices ouvrières armées.

Le 25 février, le chef de l'État tchécoslovaque se résigne à laisser Klement Gottwald constituer un gouvernement dont le seul membre non communiste est Jan Masaryk, qui conserve le portefeuille des Affaires étrangères. Treize jours plus tard, on retrouvera le cadavre de ce dernier sous les fenêtres de sa salle de bains du palais Czernin. Suicide, défenestration, sur le modèle de celle qui avait coûté la vie, en 1618, à deux des quatre gouverneurs de la Bohême ? Il faudra attendre 1991, et la publication d'une lettre qu'il avait adressée à Staline, quelques heures avant sa mort, pour

---

15. Cité par Jean Postel, « Le geste de Jan Masaryk », *Le Monde diplomatique,* février 1996, d'après le livre de John et Silvia Crane, *Czechoslowakia, Anvil of the Cold War*, New York, Praeger, 1991.

avoir la réponse. « Il est déjà impossible de parler librement en Tchécoslovaquie, lui écrivait-il, je ne peux pas vivre sans liberté. Il ne me reste plus qu'à mourir, et dans un silence total, ainsi mon action ne pourra pas servir de prétexte à ceux qui voudraient provoquer une guerre civile[16]. »

Beneš, usé par tant d'épreuves, se retire bientôt, avant de s'éteindre en septembre. La foule qui se presse à ses obsèques n'est pas sans évoquer, par son silence et ses visages figés, les images de l'entrée de la Wehrmacht, neuf ans plus tôt, dans la capitale de la Bohême. Kennan avait estimé, deux ans à l'avance, que l'URSS serait sans doute amenée à « museler la Tchécoslovaquie », tout en émettant des doutes sur l'aptitude des Russes à maintenir *ad vitam aeternam* leur autorité « sur des populations au niveau culturel plus élevé que le leur et ayant une longue pratique de la résistance à la domination étrangère[17] ». Les experts ne sont pas tous aveugles !

Au printemps 1948, la peur est de nouveau partout. Washington, Londres et Paris condamnent sur-le-champ « une évolution dont les conséquences ne sauraient être que désastreuses pour le peuple tchécoslovaque[18] ». Lorsque, le 17 mars, soit une semaine après la mort mystérieuse de Jan Masaryk, la France, la Grande-Bretagne et les trois pays du Benelux concluent à Bruxelles un pacte d'assistance mutuelle, ce dernier est dirigé « contre toute agression », et non plus contre la menace allemande, comme tous les traités conclus les années précédentes, mais Truman ne perd pas de temps pour assurer que la « résolution des pays libres d'Europe de se protéger eux-mêmes s'accompagnera d'une résolution égale [des Américains] de les aider à le faire[19] ». Le Pacte atlantique est en marche : dès le 11 juin, le sénateur Vandenberg fait adopter par ses collègues, quatre seulement d'entre eux s'y opposant, une résolution qui préconise « l'association des États-Unis par les voies constitutionnelles à des mesures régionales ou collectives, fondées sur une aide individuelle ou mutuelle, effective et continue[20] ».

Encouragé par le succès du coup de Prague, Staline tente de le répéter à Helsinki. Il a imposé à la Finlande, en comptant qu'elle ne

---

16. *Ibid.*
17. Cité in Jacques Rupnik, *L'Autre Europe, crise et fin du communisme*, Odile Jacob, 1990, p. 140.
18. *Le Monde*, 7 octobre 1947.
19. *Ibid.*, 28 février 1948.
20. Claude Delmas, *L'Alliance atlantique*, Payot, 1962, p. 154.

pourrait s'en acquitter, des réparations écrasantes, auxquelles le pays parvient à faire face avec autant de détermination que d'ingéniosité. Là aussi des élections doivent avoir lieu au printemps, et là aussi le PC redoute de perdre du terrain. Mais à la différence de leurs homologues tchécoslovaques, le parti social-démocrate et le président de la République Juho Paasikivi, qui en 1940 et en 1944 a négocié deux armistices avec l'URSS, tiennent bon, et les manœuvres du ministre communiste de l'Intérieur n'aboutissent qu'au vote par le parlement d'une motion de censure contre lui, entraînant sa destitution. Le PC lance aussitôt un ordre de grève générale, mais il se solde par un échec total. Finalement, le Kremlin décide de ne rien faire. Sans doute est-il trop occupé ailleurs, et pour commencer en Yougoslavie, en Allemagne et en Chine.

*
* *

Rien ne paraissait annoncer le conflit soviéto-yougoslave qui allait éclater au grand jour à l'été 1948, sinon des détails qui avaient échappé aux kremlinologues les plus avertis, comme la quasi-omission de toute référence à l'URSS dans tel discours de Tito. De son vrai nom Josip Broz, Tito n'avait-il pas été dès 1919, sous divers pseudonymes dont le plus répandu était alors Walter, un révolutionnaire professionnel impavide et sans scrupule, dévoué à cette cause bolchevik qu'il avait épousée lorsque, sous-officier dans l'armée des Habsbourg, il avait été fait prisonnier dans les Carpates, puis libéré par les Rouges ? Il avait suivi sans discuter les consignes du Komintern qui, après avoir dénoncé dans le « royaume des Serbes, Croates et Slovènes », créé en 1921, une « prison des peuples » comme la Russie d'avant 1914 et un pur instrument de l'impérialisme français, avait tourné casaque à partir de 1935 au nom de l'union nécessaire contre le fascisme et le nazisme. C'est Staline en personne qui l'avait fait placer en 1937 à la tête du parti, après avoir soumis ce dernier à une purge sanglante dont devait être victime, entre autres, le précédent secrétaire général, Milan Gorkic.

Après le début des hostilités, au lieu de chercher refuge à Moscou, comme tant d'autres de ses homologues des partis frères, Tito était demeuré clandestinement dans son pays. Le bureau politique yougoslave avait pu de ce fait lancer un ordre d'insurrection contre l'occupant germano-italien le jour même de l'invasion de l'URSS, saluant en celle-ci « notre patrie socialiste chérie, notre espérance et notre phare sur lequel sont fixés les yeux des travailleurs qui souffrent dans le monde entier[21] », et organiser dans l'heure attentats et sabotages. Alors que le colonel puis général Draga Mihailovic, désigné par le gouvernement royal en exil, dont il sera un moment le ministre de la Guerre, pour prendre le commandement de la résistance intérieure n'enrôlait que des Serbes, Tito, Croate de mère slovène, recrutait ses « partisans » dans toutes les nationalités yougoslaves et mettait sur pied en 1943, sans demander la permission à personne, un gouvernement de fait : l'Avnoj (initiales des mots serbo-croates signifiant Comité de libération nationale et antifasciste). L'efficacité de son action, d'autant plus remarquable que le PCY ne comptait au départ que des effectifs squelettiques, parut suffisante au général Fitzroy McLean, envoyé sur place par Churchill avec mission de lui dire « quels hommes tuaient le plus d'Allemands et par quels moyens on pourrait les aider à en tuer davantage[22] », pour recommander sans hésitation de soutenir, malgré les convictions communistes de ses dirigeants, le mouvement des partisans.

Après la Libération, à laquelle des troupes soviétiques avaient participé à sa demande formelle, mais sans y jouer de rôle décisif, Tito a socialisé à marches forcées la Yougoslavie. Il ne s'est pas contenté de la doter d'une constitution fédérale pratiquement copiée sur la stalinienne, il a éliminé avec une brutalité alors sans égale dans les pays frères tous ceux qui pouvaient lui porter ombrage. De nombreux opposants ont été exécutés, y compris Mihailovic. Toutes les religions ont été persécutées. L'archevêque catholique de Zagreb, Mgr Stepinac, condamné à seize ans de travaux forcés, mourra au bagne avant d'avoir purgé sa peine. La propriété privée a été abolie, au moins sur le papier, tant à la ville qu'à la campagne. Mais ce n'est pas tout : le maréchal menaçait de s'emparer *manu militari* de Trieste, alors tenue par les Néo-Zélandais ; il obligeait à atterrir deux forteresses volantes américaines égarées dans son espace aérien, soutenait à fond les guérilleros grecs, et poussait ses lieutenants, au sein du Kominform, à dénoncer la faiblesse de la lutte des PC français et italien contre l'impérialisme. Enfin le Slovène Edvard Kardelj avait demandé à l'URSS, en juin 1945, de considérer la Yougoslavie « comme une des futures républiques soviétiques[23] ».

---

21. Broué, *Histoire de l'Internationale communiste, op. cit.*, p. 769.
22. Fitzroy McLean, *Diplomate et Franc-Tireur*, Gallimard, 1952, p. 260.
23. Cité in Sokoloff, *op. cit.*, p. 474.

Qui aurait pu croire, au vu d'un pareil tableau de chasse, que les relations soviéto-yougoslaves se détérioraient en réalité de jour en jour, pour cette raison simple que résume Paul Garde : « Le pays n'avait pas été libéré par les Russes, il l'avait été par la lutte des partisans yougoslaves eux-mêmes. Le régime avait pour moteur l'enthousiasme révolutionnaire durci par les combats : il ressemblait plus à la Russie de l'époque révolutionnaire qu'à l'URSS stalinienne. Le communisme yougoslave fut donc au début plus radical que celui des pays voisins, mais il gardait sa capacité de décision autonome, dont il usa un peu plus tard[24]. » Tito s'exposait ainsi à se faire accuser de ce « gauchisme » dont Staline avait appris de Lénine qu'il constituait « la maladie infantile du communisme ». Or la dernière chose que le Guide était disposé à accepter, c'était bien l'apparition d'un socialisme différent du sien, d'un schisme dans son empire réputé jusqu'alors monolithique. On a déjà eu l'occasion de le dire à propos de la guerre d'Espagne, où il avait donné absolue priorité à la lutte contre les trotskistes du POUM. La même constatation explique aussi, on y reviendra plus loin, ses relations souvent difficiles avec Mao Zedong, coupable de vouloir faire la révolution à partir de l'immense prolétariat rural chinois plutôt que de « masses ouvrières » citadines trop peu « massives ».

À quoi s'ajoute que les initiatives des communistes yougoslaves contredisaient directement, sur plusieurs points, la stratégie d'Uncle Joe. Tito en avait très vite pris conscience. Sur la Pologne ou les pays baltes, le grand frère tenait tête sans hésitation aux Anglo-Saxons, mais il n'avait fait aucune difficulté pour reconnaître à Churchill, dans leur fameux accord secret sur les zones d'influence de l'automne 1944, un « fifty-fifty » en Yougoslavie comme en Hongrie. D'où son insistance auprès de Tito, qu'il reçut quelques jours plus tard, pour qu'il laisse le roi Pierre II récupérer son trône. « Le sang me monta à la tête, racontera plus tard le maréchal-président. Je me maîtrisai cependant et lui déclarai que c'était impossible, que le peuple se révolterait, qu'en Yougoslavie le roi personnifiait la trahison [...]. Staline m'écouta en silence, puis dit brièvement : "Tu n'as pas besoin de le restaurer pour toujours. Reprends-le momentanément et à la première occasion poignarde-le tranquillement dans le dos[25]." »

Loin de tenir compte de ce conseil, Tito imposa tout de suite sa dictature à la Yougoslavie libérée. Il embarrassait le Kremlin par

---

24. Paul Garde, *Vie et mort de la Yougoslavie*, Fayard, 1992, p. 866.
25. Wladimir Dedijer, *Tito parle*, Gallimard, 1953, p. 244.

ses revendications sur Trieste et la Carinthie autrichienne, en répandant chez les Occidentaux l'idée qu'il était poussé en sous-main par les Russes. Il tenait tête aux Soviétiques qui, comme partout ailleurs en Europe de l'Est, tentaient de piller l'économie yougoslave par le biais de « sociétés mixtes ». Mais ce qui agaçait le plus Staline, c'était la popularité du maréchal yougoslave dans les autres démocraties populaires et sa volonté de prendre la tête d'une fédération balkanique incorporant sous sa direction la Bulgarie et l'Albanie, avec pour elles un statut comparable à celui de la Croatie ou de n'importe quelle république soviétique. L'ancien secrétaire général du Komintern Georges Dimitrov, devenu numéro un à Sofia, aura droit à une terrible algarade du père des peuples pour avoir semblé donner dans ce panneau. Ce que le Kremlin souhaitait, c'était une fédération dirigée conjointement par la Yougoslavie et la Bulgarie, pour la bonne raison que cette dernière n'avait pas l'habitude de discuter ses oukases.

Le détonateur de la rupture est fourni par la décision de Belgrade, au début de 1948, d'envoyer deux divisions en Albanie, sous prétexte de la protéger d'une éventuelle attaque des troupes grecques faisant la chasse aux guérilleros communistes. Tirana a donné son accord, mais Moscou n'a pas été consulté, ce qui met Staline hors de lui. Milovan Djilas, qu'il avait reçu plusieurs fois durant la guerre et qui avait joué un rôle essentiel lors de la création du Kominform, est convoqué séance tenante au Kremlin, où le Guide lui dit avec insistance ne faire aucune objection à l'idée de laisser la Yougoslavie avaler le pays des Aigles. C'est un moyen de séduire son interlocuteur et d'acheter sa collaboration contre Tito, mais il ne met pas longtemps à comprendre qu'il n'a aucune chance de ce côté-là. Le ton des échanges diplomatiques ne tarde pas à monter entre Belgrade et Moscou, qui coupe du jour au lendemain toute assistance économique et militaire, jusqu'au coup de tonnerre du 28 juin 1948.

Réuni à Bucarest en ce jour anniversaire de la bataille de Kosovo, qui avait entraîné en 1389 la vassalisation de la Serbie par l'Empire ottoman, le Kominform prononce tout simplement l'exclusion du PCY de ses rangs, assortie d'un appel à ses « forces saines » pour qu'elles obligent ses leaders à reconnaître leurs erreurs ou, à défaut, les remplacent[26]. Rares sont les Yougoslaves qui choisissent de suivre le Kremlin. Dès avril, Tito a d'ailleurs envoyé en prison les deux seuls dirigeants qui s'étaient déclarés partisans d'une

---

26. *Le Monde*, 30 juin 1948.

réponse positive aux mises en demeure soviétiques. Le général Jovanovic, ancien chef d'état-major des armées, tente certes un coup d'État, mais échoue lamentablement et trouve la mort en tentant de s'enfuir en Roumanie. Le congrès du PC yougoslave, très vite convoqué, apporte un soutien massif dès le mois de juillet à celui qui a osé se dresser contre Staline. Il en faudrait évidemment davantage pour amener le Vojd à esquisser le moindre geste envers un homme qui s'est longtemps cru son meilleur élève. Cinq ans plus tard encore, à la veille de sa mort, il en sera à consulter le « maître espion » Soudoplatov, grand organisateur de l'assassinat de Trotski, sur un projet rocambolesque d'inoculation de la peste au maréchal avec le concours de l'ambassadeur du Costa Rica à Belgrade, à l'époque agent chevronné du NKVD[27].

En maintenant des troupes sur la frontière, sans jamais songer sérieusement pour autant à une attaque armée, le Guide déclenche une offensive tous azimuts contre le rebelle, imaginant au départ, selon Khrouchtchev, « qu'il lui suffirait de bouger le petit doigt pour s'en débarrasser[28] ». Mais Tito n'est pas moins coriace que son ex-maître, et il n'hésite pas à expédier quelque trente mille « kominformistes » supposés dans des camps de concentration où ils subissent les pires traitements. Après avoir fait longtemps la sourde oreille aux Occidentaux, il finit par accueillir favorablement leurs avances, avant de devenir le grand champion du non-alignement. Il a arrêté dès juillet 1948 tout soutien aux partisans helléniques, ce qui obligera ces derniers à cesser le combat un an plus tard. Il n'hésitera pas à conclure une alliance avec Athènes et Ankara et à recevoir en vacances, dans sa somptueuse résidence de l'île de Brioni, ce roi Paul de Grèce qu'il s'était donné tant de mal pour renverser.

*
* *

Ayant échoué à se débarrasser du maréchal yougoslave, Staline va s'appliquer à débusquer quiconque pourrait être tenté de suivre son exemple au sein du camp socialiste. Le premier visé est naturellement le Polonais Gomulka, qui a pris position contre la création du Kominform et d'une manière plus générale contre la radicalisation idéologique : dès le 31 août 1948, il est relevé de son poste de secrétaire général, au profit de Boleslaw Bierut, ancien

---

27. Soudoplatov, *op. cit.*, pp. 415-418.
28. *Le Monde,* 14 juin 1956.

président du comité de Lublin. Mais sa popularité lui vaut de garder quelque temps la direction du ministère des Terres recouvrées. Il ne sera arrêté qu'en 1950, sans qu'on ose faire son procès, et reviendra triomphalement au pouvoir en 1956. Le numéro deux albanais, Kotchi Xoxe, qui s'était fait le champion d'une union étroite entre son pays et la Yougoslavie, a droit à moins d'égards. Condamné à mort, il est exécuté dès le lendemain.

Partout, il s'agit de démasquer les Tito en puissance, de leur arracher ainsi qu'à leurs prétendus complices la confession de leur « trahison » et de leur faire subir un châtiment de nature à décourager tous ceux qui pourraient être tentés par la dissidence. En Bulgarie, ce rôle est joué par Traicho Kostov, ancien secrétaire du comité central, déjà condamné a mort sous l'ancien régime. Il est pendu après avoir passé d'incroyables aveux qu'il avait d'ailleurs commencé à rétracter avant que le président du tribunal lui coupe la parole. En Hongrie, le choix de Staline se porte sur Laszlo Rajk, devenu ministre de l'Intérieur puis des Affaires étrangères, après avoir été l'un des principaux chefs de la résistance intérieure. On sait maintenant que c'est en échange d'une promesse de vie sauve – naturellement non tenue – qui lui fut faite par Janos Kadar, qu'il avait accepté de dénoncer les prétendues machinations de Tito et des siens.

L'invraisemblance des « aveux » de ces hommes qui, après avoir risqué leur vie des décennies durant pour la cause de la révolution mondiale, reconnaissaient n'avoir été en fin de compte que des agents de l'impérialisme et du nazisme, provoque dans la gauche européenne un sentiment d'incrédulité et d'horreur comparable aux réactions qu'avaient suscitées avant la guerre les grands procès de Moscou. Encore ignore-t-on à cette époque la manière dont s'y prennent les proconsuls soviétiques quand ils viennent chercher leurs charrettes de condamnés. « C'est Staline qui m'a envoyé ici pour faire des procès. Je n'ai pas de temps à perdre, déclare par exemple à un responsable slovaque le "conseiller" soviétique Mikhaïl Likhatchev, expédié à Prague avec mission d'y trouver un "Rajk tchécoslovaque", je ne suis pas venu pour discuter, mais pour couper des têtes. Je préfère tordre cent cinquante cous plutôt que de me faire tordre le mien[29]. » Il faudra attendre l'année 1955 pour qu'un dirigeant soviétique, en l'espèce Nikita Khrouchtchev, se décide à se rendre à Belgrade pour demander l'aman.

---

29. Cité par Andrzej Paczowski et Karel Bartosek, « L'autre Europe victime du communisme », in *Le Livre noir du communisme, op. cit.*, p. 465.

Djilas avait eu droit à une confidence de taille lors de sa visite de janvier 1948 à Staline – qu'il avait trouvé très vieilli, bien qu'il n'eût que soixante-neuf ans : « Les Occidentaux prendront l'Allemagne de l'Ouest et nous prendrons l'Allemagne de l'Est[30]. » C'était le signe d'une évolution considérable, si l'on tient compte de l'insistance avec laquelle Moscou, des mois durant, avait réclamé l'institution, prévue par les accords de Potsdam, et bloquée à diverses reprises par la France, d'administrations centrales allemandes. Le 22 mars 1947, Molotov avait remis à ses collègues occidentaux un projet de création d'un État unitaire décentralisé, sur la base d'une constitution élaborée par le conseil de contrôle et par des représentants allemands et soumise à référendum. Mais la tension grandissante des rapports entre les alliés de la Seconde Guerre mondiale et le vague des textes de Potsdam laissaient de plus en plus de poids à chacun des gouverneurs de zone d'occupation.

Ignorant tranquillement les accords en question, les Soviétiques prélevaient une partie croissante des réparations qui leur étaient dues sur la production courante de leur zone, tout en continuant de recevoir, sans les payer, des installations industrielles démontées par les Anglo-Saxons dans leurs propres zones. Ce qui avait conduit le général Clay, commandant en chef américain, à interrompre ces livraisons dès le 26 mai 1946, la France, dont le comportement ressemblait beaucoup à l'époque à celui de l'URSS, subissant le même sort. Mais les proconsuls de Staline ne s'en tenaient pas là : ils partageaient les terres et nationalisaient les entreprises à tour de bras et, tenant compte des mauvais scores réalisés par les communistes aux élections d'Autriche et de Hongrie, imposaient la fusion des deux partis socialiste et communiste allemands en un seul, le SED (*Sozialistische Einheitspartei Deutschlands*, parti socialiste unitaire d'Allemagne).

Une dernière conférence des quatre ministres des Affaires étrangères, en novembre 1947, à Londres, se termina dans l'impasse totale. « Nous ne pouvons à présent espérer l'unification de l'Allemagne, déclara à la fin Marshall. Nous devons faire tout notre possible dans la région où notre influence se fait sentir[30]. » Depuis le 2 décembre de l'année précédente, les deux zones britannique et américaine n'en faisaient plus qu'une. Elles disposaient

---

30. Djilas, *op. cit.,* p .169.

d'un embryon de gouvernement et d'un conseil représentatif désigné par les assemblées des divers *Länder* la constituant. Il restait à persuader la France de rejoindre cet ensemble, ce qui fut fait au prix de diverses concessions, notamment sur la Sarre et sur la Ruhr. Et ensuite à transformer la « trizone » ainsi créée en République fédérale, dotée d'une monnaie unique, ce dernier point étant dans l'immédiat le plus important puisqu'il aboutissait à retirer toute valeur, dans les zones occidentales, à la monnaie d'occupation émise par les Soviétiques.

D'où la brutalité de la réaction de ces derniers lorsque, le 18 juin 1948, les commandants en chef américain, britannique et français, constatant l'impossibilité de s'entendre avec Moscou sur des mesures propres à juguler l'inflation généralisée, créent dans la « trizone » et dans leurs secteurs d'occupation de Berlin ce Deutsche Mark dont on était alors à cent lieues d'imaginer qu'il deviendrait rapidement l'une des plus fortes devises de la planète, avant de se fondre dans l'euro. Il y a déjà quelque temps que le Kremlin multipliait les gestes destinés à mettre les Occidentaux en garde. Sokolowski, son proconsul à Berlin, a suspendu les réunions de la commission de contrôle alliée dès le lendemain de la création de la trizone. Les tracasseries ont été systématisées pour les militaires se déplaçant par le train ou l'autoroute entre leurs zones et l'ancienne capitale. Et la *Berliner Zeitung*, publiée en secteur russe, n'a évidemment pas écrit par inadvertance le 25 mars : « Le jour n'est pas éloigné où les troupes d'occupation américaines, britanniques et françaises devront quitter Berlin. » Les alliés de l'Ouest n'ont donc pas été totalement pris par surprise lorsque, le 24 juin, tout trafic a été purement et simplement interdit, les livraisons de courant électrique ou de charbon aux secteurs occidentaux ayant été brutalement interrompues dès la veille.

Que faire ? Forcer le passage ? Renvoyer à plus tard la réforme monétaire ? Pris entre des avis contradictoires, Truman décide le 26 de faire ravitailler par avion les secteurs occidentaux, en attendant de trouver une solution diplomatique. Quarante-huit heures plus tard, cent cinquante appareils américains se posent sur l'aérodrome de Tempelhof avec quatre cents tonnes de cargaison. À aucun moment la DCA ou l'aviation soviétiques n'ont cherché à gêner leurs mouvements. Visiblement, Staline ne croit pas à l'efficacité de ce que tout le monde va bientôt appeler le « pont aérien ». Lorsqu'il constate qu'il s'est trompé, il comprend que les États-Unis, auxquels la Grande-Bretagne et la France se sont jointes, sont désormais trop engagés pour reculer devant la menace d'un conflit armé, alors qu'ils disposent pour quelque temps encore du monopole nucléaire : d'autant plus qu'à toutes fins utiles Truman a fait transférer en Europe trois groupes de bombardiers B-29, utilisables pour jeter des bombes atomiques, mettant ainsi pour la première fois en pratique la stratégie dite de « dissuasion ». À quoi s'ajoute que, à la différence des couloirs routier et ferroviaire, les corridors aériens utilisés par les Occidentaux ont fait l'objet d'un accord en bonne et due forme conclu avec les Soviétiques en 1945.

Une fois de plus, le Vojd n'a d'autre solution que de reculer en bon ordre. Jamais d'ailleurs il n'a rompu le contact, tenant à l'occasion devant les ambassadeurs des trois des propos rassurants – « Nous sommes toujours alliés[31] » – avec lesquels contraste la fermeté tant de Molotov que du commandant soviétique à Berlin, ce qui amène les experts à s'interroger sur l'éventualité de désaccords à l'intérieur de la direction soviétique. L'hypothèse paraît aujourd'hui bien futile compte tenu du climat de terreur que faisait régner autour de lui le généralissime.

Finalement un accord intervient le 12 mai 1949. En contrepartie de la levée du blocus, les trois annulent les diverses mesures de rétorsion qu'ils avaient prises contre l'URSS et acceptent le principe d'une nouvelle conférence avec elle sur la question allemande. Qu'ils l'aient emporté ne fait cependant de doute pour personne. Ils ont démontré non seulement leur résolution mais leur efficacité : l'approvisionnement de deux millions et demi de personnes en nourriture et en charbon aura été assuré pendant près de onze mois, grâce à 275 000 vols au total, au rythme moyen de 8 000 tonnes par jour, malgré des conditions atmosphériques souvent extrêmement difficiles. Ce résultat a coûté la vie à soixante-dix aviateurs et à neuf civils. Il n'aurait pu être atteint sans une fantastique mobilisation de la population des secteurs occidentaux, qui s'est soumise sans broncher à un rationnement draconien, suscitant l'admiration générale et transformant en un rien de temps les ennemis d'hier en alliés de fait, en attendant qu'ils le deviennent en droit.

Les Russes ont certes marqué un point important dans la mesure où, pour empêcher l'extension de la réforme monétaire à leur secteur, ils y ont installé une municipalité distincte qu'ils contrôlent bien entendu totalement. Mais une fois le blocus levé, l'accès de ce secteur redeviendra libre, et ses habitants pourront

---

31. Guillen, *op. cit.*, p. 23.

à leur gré se rendre à l'Ouest et en revenir : ce sera longtemps la seule brèche dans le rideau de fer. Non seulement elle accueillera chaque jour des Allemands de l'Est mécontents de leur sort, mais elle sera largement utilisée par la propagande, avec la radio américaine *Rias* et par les services de renseignement de l'Ouest, et deviendra une source d'agacement croissant pour les Soviétiques.

*
* *

L'affaire du blocus de Berlin ne pouvait qu'accélérer le processus de séparation des deux Allemagnes et des deux Europes. À l'Est, le parti socialiste unifié soumet à trois congrès du peuple, convoqués successivement en novembre 1947, mars 1948 et mai 1949, un projet de constitution, largement inspiré de la constitution soviétique, et valable pour l'Allemagne entière, puisque indivisible, qui aboutira à la formation par Otto Grotewohl, le 7 octobre, d'un gouvernement provisoire de la République démocratique allemande (Deutsche Demokratische Republik, DDR). À ce moment-là, une République fédérale d'Allemagne (Bundesrepublik Deutschlands, BRD) existe depuis déjà cinq mois – elle a été proclamée le 5 mai. Sa loi fondamentale, votée par un conseil parlementaire, a fait l'objet de longues négociations avec les autorités d'occupation, qui se sont réservé un droit de veto sur les décisions gouvernementales, ainsi que de nombreux pouvoirs en matière de démilitarisation, de contrôle de la Ruhr, de diplomatie, de commerce extérieur. Le pays est divisé en *Länder* investis de pouvoirs importants, avec chacun sa constitution. Enfin la loi fondamentale prévoit qu'elle deviendra automatiquement caduque en cas de réunification, ce qui n'empêchera pas qu'elle soit purement et simplement étendue en 1991, au moment de la réunification, au territoire de l'ex-DDR.

À la tête du nouveau gouvernement fédéral, qui s'installe à Bonn, faute de pouvoir le faire à Berlin, Konrad Adenauer, un revenant de soixante-treize ans qui, avec ses yeux bridés et son visage plat, a un peu l'air d'un Peau-Rouge. Maire de Cologne et président du Conseil d'État de Prusse du début des années 1920 jusqu'à sa déposition par les nazis en 1933, interné à deux reprises par ces derniers, ce catholique « prudent et solitaire[32] », que les Américains ont très vite réinstallé dans sa mairie, d'où le délogeront curieusement

---

32. Joseph Rovan, *op. cit.*, p. 758.

les Britanniques, avait des sympathies dans sa jeunesse pour le séparatisme rhénan. Son ambition est d'arrimer le plus étroitement possible la République fédérale à l'Ouest, pour empêcher ses compatriotes, dont il se méfie vivement, non seulement de tomber dans l'orbite soviétique, mais de retourner auff jeu de bascule qui a fait par deux fois le malheur de l'Europe. « Mon objectif a toujours été d'éviter aussi bien un nouveau pacte germano-soviétique qu'un nouveau pacte franco-soviétique[33] », confiera-t-il peu avant sa mort en 1967.

En ce printemps 1949, un dernier événement achève de consacrer le partage de l'Europe : le 4 avril, un an jour pour jour après le lancement du plan Marshall, est signé à Washington par les ministres des Affaires étrangères de Belgique, du Canada, du Danemark, des États-Unis, de France, de Grande-Bretagne, d'Islande, d'Italie, du Luxembourg, de Norvège, des Pays-Bas et du Portugal le traité de l'Atlantique Nord. Pour la première fois, les Américains entrent dans une alliance en temps de paix. Sans doute l'article 5, qui promet à ses membres, au cas où tout ou partie d'entre eux ferait l'objet d'une attaque armée, l'assistance de tous les autres, laisse-t-il chacun maître de déterminer le type d'action qu'il « jugera nécessaire, y compris l'emploi de la force armée[34] ». Cette formulation prudente devait conduire certains, en tête desquels, dans les colonnes du *Monde*, le professeur Gilson[35], à s'interroger sur la portée réelle de l'engagement américain. La controverse ainsi suscitée devait être, provisoirement au moins, un peu dépassée par l'ampleur même de cet engagement auquel la guerre de Corée allait donner, un an plus tard, un formidable coup d'accélérateur.

---

33. Confidence à l'auteur du baron Bentinck, alors secrétaire général de l'OTAN.
34. Texte intégral dans le *Journal officiel* du 23 septembre 1949.
35. Quinze articles dans *Le Monde* entre le 11 décembre 1948 et le 24 août 1950.

CHAPITRE VI

Le déclenchement

LES COMMUNISTES AU POUVOIR EN CHINE – LA GUERRE DE CORÉE –
LES DÉBUTS DE L'EUROPE – LE RÉARMEMENT ALLEMAND

> « *Aucun autre événement de la décennie qui suivit la guerre ne frappa aussi vivement l'opinion que le déclenchement inattendu de la guerre de Corée. Venant après le coup de Prague, le blocus de Berlin et la victoire de Mao dans la guerre civile chinoise, elle fit penser que le monde non communiste était confronté à un acte délibéré d'agression qui, une fois de plus, rappelait la technique du coup par coup de Hitler dans les années trente*[1]. »

Alan Bullock.

Six jours avant la proclamation de la République « démocratique » allemande, une autre république, celle-là « populaire », mais non moins communiste, avait été proclamée par Mao Zedong à Pékin. La coïncidence ne pouvait qu'ancrer les Américains dans leur idée que les Rouges voulaient décidément faire flotter leur drapeau sur la terre entière. Mais rien n'indique que la nouvelle ait tant plu à Staline : celui-ci redoutait, on l'a noté à propos de l'Espagne et de la Yougoslavie, qu'un régime marxiste-léniniste établi sur des terres trop étendues pour pouvoir être placées sous le contrôle direct du

---

1. Bullock, *op. cit.*, t. II, pp. 412-413.

Kremlin ne finisse par remettre en cause son autorité, voire se pose en rival. Lors de sa dernière rencontre, en février 1948, avec des dirigeants titistes – en l'espèce Kardelj et Djilas – qui invoquaient l'exemple de la Chine pour justifier leur soutien aux guérilleros grecs, il avait répondu : « Il est vrai que nous aussi pouvons commettre des erreurs ! Ici, quand a pris fin la guerre avec le Japon, nous avons invité les camarades chinois à conclure un accord pour qu'on puisse trouver un *modus vivendi* avec Tchang Kaï-chek. Ils furent de notre avis, verbalement, mais une fois rentrés chez eux, ils n'en ont fait qu'à leur tête : ils ont rassemblé leurs forces, ils ont frappé. Il s'est révélé qu'ils avaient raison et que nous nous étions trompés. Mais la Grèce, c'est autre chose (parce que les États-Unis y sont engagés à fond), nous ne devrions pas hésiter, mettons un terme à cette insurrection[2]. »

Cette recherche d'un *modus vivendi* avec les nationalistes apparaît, avec le recul, comme une véritable obsession chez Staline. Dès 1923, alors que Tchang n'était encore que colonel et modeste collaborateur de Sun Yat-sen, fondateur de la République chinoise, et par deux fois son éphémère président, le Komintern avait donné pour consigne aux membres du PC chinois, créé deux ans plus tôt, d'adhérer individuellement à son Parti national du peuple, plus connu sous le nom de Guomindang. Sun dirigeait alors de Shanghai la révolte contre le gouvernement de Pékin, incapable de mettre fin aux sinistres exploits des seigneurs de la guerre. Faute d'avoir obtenu le soutien de l'Occident et du Japon, il ne cachait pas son admiration pour Lénine, et avait lui-même appelé le Kremlin à l'aide. Ce dernier lui avait expédié le diplomate Adolphe Joffé, qui avait signé avec lui un document constatant que, « en l'absence de conditions favorables à leur application fructueuse en Chine, le communisme, ou même le système soviétique, ne [pouvait] y être introduit[3] ».

Canton, capitale de cette Chine bleue, parce que donnant sur la mer, et donc ouverte aux influences du dehors, que l'on oppose traditionnellement à la Chine jaune, celle du Nord, profondément conservatrice, était tombée aux mains des troupes de Sun. Devenue sa base principale, elle voit arriver une équipe de techniciens soviétiques, tant civils que militaires, au premier plan desquels le très efficace Mikhaïl Borodine, qui vont jouer un rôle grandissant

---

2. Djilas, *op. cit.*, p. 200.
3. Cité in R. Pélissier, *La Chine entre en scène*, Julliard, 1963, p. 241.

dans la définition des objectifs du Guomindang et la formation de ses cadres. Cette collaboration est fructueuse et bien accueillie par une population lasse de la sanglante anarchie qui prévaut dans le reste du pays. Sun reçoit un accueil triomphal lorsqu'il arrive à Pékin, en 1925, sur l'invitation du plus puissant des maréchaux du Nord qui cherchent à négocier avec lui. Mais il meurt quelques jours plus tard d'un cancer. Tchang, qui avait séjourné à Moscou et dirigé avec Zhou Enlai l'Académie militaire de Whampoa, pièce maîtresse du dispositif nationaliste, est nommé commandant en chef de l'armée avec l'appui des communistes. Las ! Ces derniers s'opposent à son projet de conquérir *manu militari* toutes les provinces de l'empire, et il est bientôt destitué. Ce qui ne l'empêche pas d'installer son propre gouvernement à Nankin, et de proclamer la loi martiale à Canton. De nombreux communistes sont arrêtés et des Soviétiques expulsés. Il s'agit de rassurer les capitalistes étrangers, ces impérialistes dont Staline ne cesse de répéter, pour justifier l'entente avec le Guomindang, qu'ils constituent l'ennemi principal.

Curieusement, le père des peuples ne voit pas là une raison de réviser sa politique vis-à-vis des nationalistes. En avril 1927 encore, il déclare que Tchang « s'étant soumis à la discipline[4] » au cours d'une réunion à huis clos, il n'y a pas lieu de déclencher un coup d'État. Il ne pouvait se tromper davantage : huit jours plus tard, les communistes de Shanghai subissent le bain de sang auquel Malraux a consacré les pages les plus fortes de sa *Condition humaine*[5]. Loin de reconnaître sa responsabilité dans le drame, le Guide génial la rejette sur le secrétaire général du PC chinois, Chen Duxiu, qui a démissionné pour protester contre l'absurdité des consignes reçues. Et il impose une autre stratégie : le soulèvement armé. Organisée par deux envoyés spéciaux du Komintern, Heinz Neumann et Besso Lominadze, la proclamation de la Commune de Canton, le 11 décembre, conduit à une nouvelle tragédie qui fait des milliers de morts.

Une insurrection rurale, dite de la Moisson d'automne, connaît elle aussi un échec complet, que Mao Zedong, militant du parti depuis le début, paie de son exclusion du comité central. Mais tandis que Tchang réussit à s'emparer de Pékin et à se faire proclamer l'année suivante président de la République, le futur

---

4. Léon Trotsky, *L'Internationale communiste après Lénine*, PUF, 1969, note p. 230, et Harold Isaacs, *La Tragédie de la révolution chinoise, 1925-1927*, Gallimard, 1967.
5. André Malraux, *La Condition humaine*, Gallimard, 1933.

Grand Timonier installe en 1931 dans le Hunan, sa province natale, le Fou-kien et le Kiang-si une « République soviétique chinoise », peuplée de quelque trente millions d'habitants, qui subsistera vaille que vaille jusqu'à ce que le Guomindang, en 1933, déclenche contre elle une offensive générale. Mao n'a d'autre ressource que de gagner Yenan, dans le Nord-Ouest, à dix mille kilomètres de là, à la tête de quelque cent trente mille combattants dont la grande majorité mourront en route. Mais ces hommes s'assurent la sympathie des populations des régions traversées en réduisant le taux des hypothèques rurales, souvent écrasant, et en obligeant les propriétaires fonciers à distribuer une partie de leurs terres à des coopératives agricoles créées à cette occasion. La Longue Marche, qui a duré trois cent soixante-huit jours, s'inscrira dans la mémoire chinoise comme une véritable épopée et aussi comme une fabrique de caractères bien trempés : le pouvoir sera longtemps détenu par des hommes qui y ont participé.

Staline n'a pas pour autant renoncé à son vieux rêve d'entente entre le PCC et le Guomindang. L'expansion méthodique des Japonais en Chine, qui va conduire à la guerre ouverte en juillet 1937, lui offre l'occasion de lui rendre vie. Dès 1935, les étudiants de Pékin manifestent sur le thème « arrêter la guerre civile et s'unir contre le Japon[6] », qui devient rapidement très populaire. Tchang accepte sous la pression d'une partie de son entourage de s'entendre avec Mao, dont l'armée, forte de quatre-vingt-dix mille hommes, devient la VIIIe armée de route du Guomindang, la République soviétique chinoise étant transformée en « région autonome des frontières ». L'URSS signe avec lui un traité de non-agression et lui fournit avions et carburant.

*
* *

Quatre ans plus tard, l'agression allemande et la crainte d'un second front en Sibérie amènent Staline à conclure avec Tokyo un pacte de non-agression impliquant l'arrêt de toute aide à Tchang et la reconnaissance du Mandchoukouo, État fantoche installé par l'envahisseur dans la plus riche province de l'ex-empire du Milieu. Les Rouges encaissent en silence le mauvais coup qui leur est porté

---

6. Jean A. Keim, *Petite Histoire de la Grande Chine*, Calmann-Lévy, 1966.

et continuent de multiplier les actions contre l'occupant. « Nous sommes comme le poisson et le peuple est comme l'eau, déclare Peng Dehuai, commandant en second de la VIIIe armée. Nous nous déplaçons parmi le peuple et les Japonais ne savent rien de nous[7]. » À partir du moment où l'attaque de Pearl Harbor fait des États-Unis l'allié de la Chine, le Guomindang se préoccupe au moins autant de contenir les communistes, qui gagnent constamment du terrain, que d'attaquer les troupes nippones, incapables, malgré l'extrême brutalité de leurs méthodes, de contrôler la totalité d'un pays aussi vaste, et d'imposer l'autorité du gouvernement fantoche qu'elles ont installé à Pékin. Tchang ne cherche pas à s'en cacher : « Vous pensez qu'il est important que j'aie empêché les Japonais de progresser durant des années, déclarera-t-il, je vous dis qu'il est plus important que j'aie empêché les communistes de le faire. Les Japonais sont une maladie de la peau, les communistes une maladie du cœur[8]. »

Il aurait fallu être aveugle pour ne pas constater l'efficacité des troupes communistes par rapport à celles de Tchang, dont nombre de généraux s'occupent davantage de s'enrichir que de faire la guerre : pas moins de quarante-trois d'entre eux passent aux Japonais au cours de la seule année 1943. Conseiller politique de Stilwell, le commandant en chef américain en Extrême-Orient, John Davies exprime une opinion répandue en écrivant dans un message au département d'État que les nationalistes cherchent essentiellement à « dépenser le moins possible de leurs forces et [à] s'en remettre aux autres membres des Nations Unies et avant tout aux États-Unis pour ce qui est de battre le Japon[9] ».

D'où l'idée qui prend corps à Washington de s'entremettre pour faire entrer des communistes dans le gouvernement de Tchang Kaï-chek. Communistes, le sont-ils d'ailleurs vraiment ? Le Komintern a été dissous. Staline déclare à Harriman, en juin 1944, que les partisans de Mao sont des communistes « à la margarine[10] », tout en se gardant bien de préciser ce qu'il entend par là. Roosevelt est préoccupé de la situation en Chine, où les Nippons viennent de déclencher une offensive foudroyante contre les

---

7. Cité in Keim, *op. cit.*, p. 258.
8. Cité in D.F. Fleming, *The Cold War and its Origins*, Londres, Allen, 1961, t. II, p. 554.
9. State Department, documents publiés en 1962, cités dans une dépêche Associated Press du 21 mars 1962.
10. Cité in Herbert Feis, *The China Tangle*, Princeton, Princeton University Press, 1943, p. 140.

bases de bombardiers américains, affaiblissant ainsi sensiblement leur force de frappe. Il ne demande qu'à se laisser convaincre et envoie à Chongking, capitale de Tchang, un de ses hommes de confiance, le général Hurley. Cet ancien cow-boy, devenu l'un des rois du pétrole, n'a pas perdu sa naïveté : lorsqu'il fait escale à Moscou, Molotov le confirme facilement dans l'idée que l'URSS n'entretient aucun lien avec les « éléments qui en Chine se prétendent communistes[11] ».

En 1945, les éléments en question contrôlent cent dix millions de Chinois, contre trois cent quarante au Guomindang, et disposent d'une armée de premier ordre, qui compte plus d'un million d'hommes. C'est assez pour que le jour même de la capitulation du Japon Tchang invite Mao, qui accepte, à venir négocier avec lui. Mais tous deux ont beau signer un texte « pour éviter résolument la guerre civile[12] » la méfiance est la plus forte de part et d'autre, et les combats entre communistes et nationalistes continuent. Envoyé comme médiateur par Truman en 1946, le général Marshall ne peut que constater, au début de l'année suivante, la vanité de ses efforts. La corruption, la misère, l'inflation galopante qui sévissent dans les villes et les campagnes contrôlées par les nationalistes grossissent rapidement les rangs des Rouges, auxquels les Soviétiques, avant d'évacuer la Mandchourie où ils ont reçu la capitulation des Japonais, ont remis toutes les armes prises à ces derniers.

C'est en vain que les États-Unis pressent le Guomindang d'appliquer un programme de vastes réformes et équipent généreusement ses forces. En octobre 1948, les généraux commandant les armées de Mandchourie passent avec armes et bagages chez Mao. Leur exemple fait tache d'huile : l'ambassade américaine à Nankin fait état en novembre et décembre de la perte de 50 divisions, avec 500 000 fusils, pour la plupart *made in USA*[13]. Les grandes villes vont tomber en un rien de temps aux mains des communistes : Tien-tsin, le 15 janvier 1949, Pékin, le 31, Nankin, le 23 avril, Shanghai, le 25 mai, quelques jours après la levée du blocus de Berlin, Canton, enfin, le 14 octobre. Envoyé spécial du *Monde*, Robert Guillain décrit l'arrivée de ces « martiens » à Shanghai : « Des soldats chinois qui savent combattre, qui après la victoire ne pillent pas la ville conquise, qui couchent sur le trottoir

---

11. *United States Relations with China,* State Department, Washington, 1949, p. 71.
12. Keim, *op. cit.*, p. 260.
13. Robert C. North, *Le Communisme chinois*, Hachette, 1966, p. 179.

au lieu d'envahir les logis et de prendre les filles[14]... » Tchang n'a d'autre ressource que de s'enfuir avec ce qui lui reste de troupes, l'or et les devises de la Banque nationale et les chefs-d'œuvre du musée impérial vers l'île de Taiwan, annexée par le Japon en 1895, mais que ce dernier a dû restituer à la Chine au moment de la capitulation.

Le 1er octobre, Mao rend à l'empire du Milieu sa capitale traditionnelle, Pékin, en proclamant la République populaire de Chine, du haut de la superbe porte de la Paix céleste, ce Tiananmen dont la révolte étudiante répandra quarante ans plus tard le nom sur la terre entière. Il en a été élu la veille président par la conférence consultative politique devant laquelle il a déclaré un peu plus tôt : « Notre nation ne sera jamais plus une nation humiliée. Nous voilà debout[15]. » Il a certes souligné avec insistance, depuis des mois, son appartenance au camp socialiste, mais l'accent ainsi mis sur l'indépendance n'est sans doute pas tout à fait du goût de Joseph Staline, chez qui il se rend à la fin de l'année pour assister aux fêtes de son soixante-dixième anniversaire. Le Guide laissait depuis quelques mois sa presse célébrer les succès des Rouges chinois, mais il fera attendre plusieurs semaines le Grand Timonier avant de signer avec lui un traité d'assistance mutuelle et de lui consentir un crédit de 300 millions de dollars, plutôt modeste, compte tenu des gigantesques besoins de l'ex-empire du Milieu. Par ce même traité, il lui promet en outre de lui rendre dans les deux ans tous les droits qu'il s'était fait reconnaître en Mandchourie lors de la capitulation de l'empire du Soleil-Levant, ainsi que la propriété des ports de Dairen et de Port-Arthur, détenue par Tokyo depuis la guerre russo-japonaise de 1904-1905 et que Roosevelt lui avait attribuée à Yalta pour prix de sa promesse d'entrer en guerre contre le Japon trois mois après la capitulation du Reich.

La prise du pouvoir par les communistes en Chine frappe d'autant plus les opinions occidentales que tout le monde tient alors Mao pour un stalinien inconditionnel et que, quelques mois plus tôt, Truman a annoncé que l'URSS venait de procéder à son premier essai atomique – ce qui amènera le Kremlin à mettre en route, l'année suivante, la fabrication d'une arme thermonucléaire dont la puissance de destruction dépassera, dans sa première ver-

---

14. Robert Guillain, *Six Cents Millions de Chinois*, Gallimard, 1956, p. 42.

15. Mao Zedong, *Œuvres choisies*, Pékin, Éditions en langues étrangères, 1977, t. V, p. 11.

sion, celle de deux cents Hiroshima. Or c'est dans tout l'Extrême-Orient que les Rouges ont pris les armes : les empires coloniaux de jadis n'ont pas survécu à l'occupation japonaise, et des guérillas communistes sont à l'œuvre tant en Indochine qu'en Malaisie, aux Philippines et en Indonésie.

C'est sur cette toile de fond qu'éclate comme un coup de tonnerre, le 25 juin 1950, la nouvelle de l'invasion de la Corée du Sud, alors aux mains du dictateur proaméricain Syngman Rhee, par les troupes du gouvernement communiste que les Soviétiques ont établi en Corée du Nord, sous l'autorité du « Grand Leader » Kim Il-sung. Churchill et le général Clay ne l'ont pas attendu pour préconiser, dès le mois précédent, le réarmement de l'Allemagne, dont les accords de Potsdam, signés cinq ans plus tôt, prévoyaient la démilitarisation *ad aeternum*.

*
* *

On peut se mêler de diplomatie et perdre de belles occasions de se taire. Les États-Unis en ont donné quelques exemples notoires dans la seconde moitié du XXe siècle. Quinze jours avant la construction du mur de Berlin, William Fulbright, alors président de la commission des Affaires étrangères du Sénat, déclarera à la télévision : « Je ne comprends pas pourquoi les Allemands de l'Est ne ferment pas leurs frontières, car je crois qu'ils ont le droit de les fermer[16]. » À la veille de l'invasion du Koweit par l'Irak, en 1990, l'ambassadrice à Bagdad, April Glaspie, dira à Saddam Hussein que son gouvernement n'a pas l'intention de se mêler de son contentieux frontalier avec l'émirat[17].

Propos de toute évidence désastreux, mais moins sans doute que ceux tenus le 12 janvier 1950 par le secrétaire d'État Dean Acheson, qui affirma ce jour-là que le « périmètre défensif » américain en Extrême-Orient allait des Aléoutiennes au Japon et de là aux îles (nippones) Ryu-Kyu et aux Philippines ; ce périmètre excluait manifestement la Corée du Sud : « pour autant que la sécurité militaire des autres régions du Pacifique soit en cause, ajoutait-il, il doit être bien entendu que personne ne peut les

---

16. Cité in Arthur Schlesinger Jr, *Les Mille Jours de Kennedy*, Denoël, 1966, p. 33.

17. Cité in Pierre Salinger et Éric Laurent, *Guerre du Golfe, le dossier secret*, Olivier Orban, 1991, p. 73.

garantir contre une attaque militaire[18] ». Si Staline avait besoin d'un argument supplémentaire pour donner son feu vert à l'invasion de la Corée du Sud par les troupes de celle du Nord, Washington venait de le lui fournir. D'autant que MacArthur, le proconsul des États-Unis dans la région, avait dit pratiquement la même chose, le 2 mars précédent, dans un entretien au *New York Times*. Qui pouvait croire de toute façon que l'Oncle Sam, qui venait d'assister sans réagir à la chute de l'immense Chine aux mains des Rouges, interviendrait dans une guerre pour sauver dans une moitié de la petite Corée une dictature, anticommuniste certes, mais pour le reste honnie par la population tant elle était incapable de faire face à ses besoins essentiels, et qui avait donc très mauvaise presse outre-Atlantique ?

Annexé par le Japon au début du XXe siècle, le pays dit du Matin calme s'était vu promettre par les vainqueurs de 1945 le rétablissement de son indépendance, étant entendu que les troupes nippones se rendraient aux Soviétiques au nord et aux Américains au sud de ce 38e parallèle qui dessine, à mi-hauteur de la péninsule, sa partie la plus étroite. En 1946, Moscou et Washington avaient chargé une commission mixte de recueillir les vues des formations démocratiques sur le gouvernement provisoire à constituer. La guerre froide naissante ayant vite entraîné sa dispersion, l'Assemblée des Nations Unies avait créé, à l'unanimité moins les voix du bloc de l'Est, une commission de rechange. Peine perdue : celle-ci ne put même pas pénétrer au Nord, les candidats officiels recevant 99 % des suffrages. Quant au Sud, la commission jugea si scandaleuses les conditions dans lesquelles les élections s'y étaient déroulées qu'elle refusa d'en reconnaître les résultats.

Personne ne parlait cependant de couper le pays en deux : plus de la moitié des membres de l'assemblée du Nord avaient été choisis par des délégués prétendant représenter le Sud. De même, cent sièges du parlement de Séoul avaient été attribués à des nordistes. Moyennant quoi, Moscou reconnaissait à l'automne 1946 le gouvernement formé à Pyongyang, capitale du Nord, par un homme de trente-quatre ans, Kim Il-sung, jusqu'alors parfaitement inconnu. Champion toutes catégories par la suite du culte de la personnalité, il fera établir par ses biographes officiels une reconstitution de carrière aussi glorieuse que, pour l'essentiel, parfaitement imaginaire. Seule certitude : rallié très tôt à la cause

---

18. Cité in Philip Mosely, « Soviet Policy and the Korean War », in *The Kremlin and World Politics, op. cit.*, p. 207.

communiste, il avait participé à la guérilla antijaponaise en Mandchourie dans les rangs du « groupe de Kapstan », de tendance prosoviétique, à l'inverse des prochinois du « groupe de Yenan ». Bientôt Washington reconnaissait de son côté le régime installé à Séoul par Syngman Rhee, alias le Vieillard terrible, militant de toujours de l'indépendance, mais pour le reste despote totalement fermé aux idées démocratiques.

Ni Kim ni Rhee ne faisaient mystère de leur intention de réunifier la péninsule, au besoin par la force. Mêlés aux centaines de milliers de pauvres gens qui, comme leurs frères d'Allemagne de l'Est, fuyaient le régime communiste en pensant trouver mieux de l'autre côté de la ligne de démarcation, de nombreux agents du Nord passaient au Sud pour aider au noyautage d'une opposition nourrie par les difficultés économiques et par l'autoritarisme d'un pouvoir incapable d'imaginer une autre parade que l'intensification de la répression. Des incidents armés éclatèrent sur le 38e parallèle en 1949. Rencontrant Staline en mars, Kim évoqua l'éventualité d'une attaque armée contre le Sud – on le sait maintenant grâce aux documents d'archives remis par Boris Eltsine lors de sa visite à Séoul en 1994. Prudent comme à l'accoutumée, le Géorgien le découragea, lui conseillant de commencer par renforcer ses troupes et promettant de l'y aider[19]. Treize mois plus tard, il reçut de nouveau Kim, cette fois en secret, et lui donna son feu vert.

Entre-temps, les communistes avaient pris le pouvoir dans toute la Chine continentale. Les Américains avaient évacué la Corée du Sud, leurs grands chefs militaires estimant ingénument que ses troupes pourraient « contenir et retarder toute attaque par les Nordistes assez longtemps pour permettre à la pression des Nations Unies d'obtenir un arrêt des combats[20] ». Syngman Rhee avait été largement battu lors de nouvelles élections imposées par la Maison-Blanche, ce qui ne l'avait pas empêché de demeurer en place. Acheson avait tenu les propos stupides relevés plus haut. Enfin, l'armée nordiste avait été suffisamment renforcée et équipée en matériel soviétique pour être assurée de l'emporter aisément sur sa petite rivale sudiste. Kim ne doutait pas quant à lui qu'il suffirait que ses troupes passent à l'attaque

---

19. Voir à ce sujet le *Cold War International Project Bulletin* publié aux États-Unis en 1995-1996, n°s 5, 6 et 7.
20. Ronald Steel, « Commissar of the Cold War », *The New York Review of Books*, 12 février 1970.

pour que les sujets de Syngman Rhee se révoltent contre leur maître.

À en croire les *Souvenirs* de Khrouchtchev, le Guide aurait subordonné son accord à celui de Mao, qui lui-même n'aurait pas fait de difficulté[21]. Un récit paru en 1977 à Pékin sous la plume d'historiens « révisionnistes » étaie cette thèse. Ces derniers ajoutent que le Grand Timonier avait peu apprécié que Staline et Kim aient comploté l'invasion du Sud dans son dos, d'autant que, quelques mois plus tôt, Moscou avait refusé de lui fournir les deux cents avions, avec leurs pilotes, qu'il réclamait pour s'emparer de Taiwan dans la foulée de sa victoire sur le continent. Ils concluent que le calcul des Soviétiques était de « coincer la Chine et les États-Unis dans une guerre locale[22] » pour avoir les mains libres en Asie. Cela aurait bien été dans la tortueuse manière d'Uncle Joe.

*
* *

En tout cas, le 25 juin 1950, lorsque la quasi-totalité de l'armée nordiste, prétextant une imaginaire attaque sudiste, franchit la ligne de démarcation, la presse chinoise demeure muette, tandis que les journaux soviétiques, qui ne consacrent à l'événement qu'une place minime, reprennent à leur compte la thèse de Pyongyang. Le Conseil de sécurité se réunit le jour même. Le délégué de l'URSS brille par son absence : depuis la victoire de Mao, il boycotte les séances pour protester contre le fait que le siège de Pékin – permanent, avec droit de veto attaché – est toujours occupé par le représentant du Guomindang de Tchang Kaï-chek replié à Taiwan. Le droit de veto dont il dispose lui-même aurait pourtant permis au Soviétique, s'il s'était dérangé, d'éviter le vote à l'unanimité par le Conseil – la Yougoslavie, membre élu, étant seule à s'abstenir – d'une résolution invitant Pyongyang à faire repasser illico par ses soldats le 38ᵉ parallèle. Staline aurait voulu éviter de s'opposer trop nettement aux États-Unis et de mettre ainsi en lumière l'isolement de son pays[23], estiment les historiens Robert Conquest et Alan Bullock qui s'appuient sur des propos, l'un de Gromyko, l'autre de Khrouchtchev.

---

21. Nikita Khrouchtchev, *Souvenirs*, Robert Laffont, 1971, pp. 349-350.
22. Cité in George Wehrfritz, « History Lessons Take Two », *Newsweek*, 14 juillet 1997.
23. Conquest, *op. cit.*, pp. 326-327 ; Bullock, *op. cit.*, t. II, p. 413.

Truman n'en voit pas moins aussitôt dans l'agression nordiste une « répétition à grande échelle » du blocus de Berlin[24], prouvant sans nul doute, comme il devait le déclarer dans un message au Congrès, que le communisme « a dépassé le stade de la subversion pour conquérir des nations indépendantes et qu'il recourait désormais à l'invasion armée et à la guerre[25] ». Il soumet donc au Conseil de sécurité une résolution invitant l'ensemble des membres de l'ONU à « apporter à la République de Corée [du Sud] toute l'aide nécessaire pour repousser les assaillants[26] ». Il n'a pas attendu le vote de ce texte par sept voix contre une (Yougoslavie) avec deux abstentions (Égypte et Inde) pour dire au téléphone à MacArthur d'expédier séance tenante des armes aux sudistes et de faire soutenir ces derniers par des unités navales et aériennes américaines. En même temps, il décide d'interposer la VIIe flotte entre Taiwan et la Chine continentale, en vue d'empêcher tant les communistes d'envahir l'île que le Guomindang de lancer sur la terre ferme des raids susceptibles d'entraîner Mao dans le conflit. En foi de quoi il rejette une proposition de Tchang mettant trente-trois mille soldats nationalistes à sa disposition, et préfère engager deux divisions américaines stationnées jusque-là au Japon. Avec les troupes sudistes et les contingents fournis par quinze pays, dont la France, la Grande-Bretagne, le Canada et la Turquie, elles seront placées sous les ordres de MacArthur, promu commandant en chef des forces des Nations Unies en Corée qui vont se battre sous le drapeau azur de l'organisation internationale.

Il était temps : les nordistes ont progressé très rapidement, ne laissant à leurs adversaires qu'une modeste tête de pont au sud-est, autour du grand port de Pusan. Mais, le 15 septembre, MacArthur, « le plus grand chef militaire américain de ce siècle[27] » pour Kissinger, opère un magistral débarquement à Inchon, près de Séoul. Pris dans une nasse, la moitié des envahisseurs sont faits prisonniers en quelques jours. Bientôt les casques bleus contrôlent la totalité de la frontière du 38e parallèle. Jugeant le moment favorable pour donner un coup d'arrêt décisif au communisme, le commandant en chef invite Kim Il-sung à déposer les armes. Le Grand Leader ne donnant bien entendu aucune suite à cette mise en demeure, l'Assemblée générale des Nations Unies autorise le

---

24. Truman, *op. cit.*, t. II, vol. II, p. 88.
25. Steel, *loc. cit.*
26. *Le Monde,* 29 juin 1950.
27. Kissinger, *op. cit.*, p. 431.

7 octobre les forces alliées à pénétrer au Nord par 45 voix contre 5, avec 7 abstentions. Pourquoi l'Assemblée et pas le Conseil de sécurité, comme le prévoit la charte de l'ONU ? Tout simplement parce que l'URSS a repris sa place au Conseil et y bloque désormais tout ce qui peut nuire à Pyongyang. À la demande des États-Unis, l'Assemblée, où tous les membres de l'ONU ont des droits identiques, approuve donc une résolution, dite des sept puissances, l'habilitant à adopter « les recommandations appropriées sur les mesures collectives à prendre » au cas où le recours au veto empêcherait le Conseil de « s'acquitter de sa responsabilité principale[28] » : veiller au maintien de la paix.

Zhou Enlai, le ministre des Affaires étrangères de Mao, a fait savoir dès le 2 octobre par l'intermédiaire de l'ambassadeur de l'Inde, le sardar Panikkar, que son pays « ne resterait pas inactif au cas où ses voisins seraient sauvagement envahis par les impérialistes[29] ». Mais Panikkar est considéré à Washington comme prosoviétique, et MacArthur ne prend pas l'avertissement au sérieux. Comme l'écrit joliment Ronald Steel, « sa faiblesse pour l'usage de la force l'emportait sur son jugement politique[30] ». Cela dit, il semble bien que le Grand Timonier hésite quelque peu avant de passer à l'acte. « Nous avions au départ envisagé d'envoyer en Corée du Nord plusieurs divisions de volontaires », écrit-il à Staline ce même 2 octobre, mais il reconsidère cette décision en raison « des conséquences extrêmement sérieuses » qu'elle aurait pu avoir, « y compris un conflit ouvert avec les États-Unis et la Chine, risquant d'entraîner l'URSS dans une guerre extrêmement large[31] ». Khrouchtchev dira plus tard que Kim était désespéré.

Quant au génial père des peuples, toujours selon Khrouchtchev, la frousse le faisait s'aplatir devant les Américains et il n'envisageait pas de lever le petit doigt pour venir en aide à Pyongyang. Une visite de Zhou Enlai à sa résidence de Sotchi, sur la mer Noire, l'aurait fait changer d'avis. « Ce furent les Chinois qui sauvèrent la situation », conclut M. K., « et l'honneur en revient à Mao Zedong[32] ». Ces propos doivent-ils être pris pour argent

---

28. Cité in Mark Frankenstein, *L'Organisation des Nations Unies et le conflit coréen*, Pedone, 1952, pp. 348-354.
29. *Ibid.*
30. Steel, *loc. cit.*
31. Document des archives de la Fédération de Russie cité par Walter Pincus, « World War III, Stalin was willing », *International Herald Tribune*, 21 décembre 1995.
32. Khrouchtchev, *Mémoires inédits, op. cit.*, p. 185.

comptant ? À en croire des documents d'archives russes, ce serait au contraire Staline qui serait venu à bout des hésitations de Mao. Si une guerre devait éclater, autant qu'elle ait lieu tout de suite, lui aurait-il écrit le 7 octobre : « Nous serions plus forts que les États-Unis et l'Angleterre, alors que les autres États capitalistes, à l'exception de l'Allemagne (qui est incapable pour le moment d'aider les États-Unis), n'ont pas actuellement de force militaire sérieuse[33]. »

Toujours est-il que le 15 octobre, les premiers prétendus « volontaires » pénétraient en catimini en Corée. Au même moment MacArthur aurait affirmé à Truman, qu'il rencontrait sur l'atoll de Wake, en plein milieu du Pacifique, qu'il n'y aurait pas d'intervention chinoise, pour cette bonne raison qu'elle serait vouée à l'échec et que tout serait donc fini pour la fête de Thanksgiving, le 24 novembre. Le général contestera par la suite avoir tenu ces propos, notés par une sténo à qui l'on n'avait rien demandé, et qui n'auraient été rendus publics que pour le discréditer. À l'en croire, il avait préconisé, au cas où les Chinois feraient mine d'intervenir, le bombardement du Yalou, le fleuve qui marque la frontière, condamnant ainsi les envahisseurs à « mourir de faim en attendant d'être détruits ». Toujours selon lui, le gouvernement travailliste de Grande-Bretagne, seul en Occident à avoir reconnu le régime de Pékin, avait mis ce dernier au courant, ajoutant qu'il s'opposerait à la solution préconisée par le commandant en chef, et c'est cette initiative qui aurait emporté la décision de Mao[34].

Le 6 novembre, invoquant le « piège » tendu à ses troupes[35], MacArthur donne l'ordre d'envoyer quatre-vingt-dix « forteresses volantes » détruire les ponts du Yalou. Il a omis de prendre l'avis de Marshall, alors secrétaire à la Défense, qui l'oblige à retarder l'opération de quarante-huit heures et surtout à la limiter à la rive coréenne, afin d'épargner les barrages qui fournissent à la Mandchourie son électricité. Ainsi est assuré de l'impunité ce que tout le monde va bientôt appeler le « sanctuaire mandchou », où l'adversaire peut concentrer à sa guise hommes et matériels et où ses aviateurs ne peuvent être poursuivis. Mais Truman reste sourd aux objurgations de son pro-

---

33. Cité in Pincus, *loc. cit.*
34. Entretien à Jim Lucas, *U.S. News and World Report*, 20 avril 1964.
35. U.S. Senate, *Military Situation in the Far East, Hearings before the Committee on Armed Services*, Washington, Government Printing Office, 1951, pp. 3492-3493.

consul. Non seulement il veut à tout prix, comme ses alliés, éviter une guerre généralisée, mais ses services de renseignement avancent l'hypothèse que Staline cherche à le faire s'engager à fond en Asie pour mieux pousser ses propres pions en Europe. Résultat : débordée par trois cent mille Chinois, la 2e division américaine reflue en désordre à partir du 3 décembre, par un froid polaire, sous la protection du contingent turc qui se fait tailler en pièces pour éviter un désastre.

*
* *

La peur s'empare de l'Europe, où les marques de la dernière guerre sont encore omniprésentes, alors que l'opinion américaine ne rêve dans sa majorité que d'en découdre avec les Rouges. Le *major* Attlee, Premier ministre de Grande-Bretagne, s'en va prêcher la prudence outre-Atlantique. À la différence de Washington, pour qui les Chinois sont télécommandés par Staline, il les croit « mûrs pour le titisme[36] » et recommande leur admission aux Nations Unies. La suite des événements lui donnera raison. Mais c'est un fait que, sur le moment, les représentations diplomatiques de Pékin utilisent le système de transmission soviétique, et que des aviateurs russes déguisés en Chinois, identifiables par l'écoute de leurs messages radio, participent aux combats en Corée. Aussi bien Mao a-t-il déclaré le 1er juillet 1949 : « Rester assis sur la barrière entre l'Amérique et l'Union soviétique n'est pas possible. Nous penchons d'un seul côté, celui de Moscou[37]. » Truman ne peut donc écarter totalement l'éventualité d'une intervention contre la Chine. Tout ce qu'il veut bien faire pour Attlee, c'est exprimer publiquement l'espoir que « la situation mondiale n'exigera jamais l'emploi de la bombe atomique[38] ».

Ignorant les appels à s'arrêter sur le 38e parallèle lancés par l'Assemblée des Nations Unies, les troupes chinoises et nordistes pénètrent à nouveau, le 26 décembre, en Corée du Sud. Washington invite MacArthur à se préparer si nécessaire à une évacuation de ses troupes vers le Japon. Celui-ci réplique en proposant de « lancer de trente à cinquante bombes atomiques » sur la

---

36. Truman, *op. cit.*, t. II, vol. II, p. 146.
37. Cité in Robert Guillain, *Orient-extrême*, Arléa-Le Seuil, 1986, p. 183.
38. *Ibid.*, p. 187.

Mandchourie, de débarquer cinq cent mille hommes de Tchang, encadrés par deux divisions de marines, aux deux extrémités de la frontière sino-coréenne[39], et d'établir un barrage de cobalt radioactif le long du Yalou « après la défaite des Chinois[40] ». Suggestions aussitôt écartées bien entendu. Moyennant quoi, en mars 1951, le général, qui entre-temps a réussi à lancer une contre-offensive et mesure sa grande popularité, déclare tranquillement que la Chine se verrait « menacée d'un effondrement militaire imminent » si les Nations Unies décidaient d'« étendre leurs opérations militaires aux régions côtières et aux bases de l'intérieur », le tout étant que « les problèmes soient résolus, sans être surchargés de considérations n'ayant pas de rapport direct avec la Corée, telles que Formose ou le siège de la Chine aux Nations Unies[41] ».

Comment faire comprendre à Staline et à Mao que ces vues ne sont aucunement celles du gouvernement américain ? Tandis que MacArthur fait ouvertement le siège du Congrès, Truman se décide, le 11 avril, à le destituer. Des millions de personnes acclament leur héros à son retour au pays. Le Sénat crée une commission d'enquête sur le bien-fondé de son limogeage, mais quand on lui demande sur quoi il se fonde pour assurer que le traité d'assistance militaire sino-soviétique de 1950 n'aurait pas joué en cas d'attaque de la Mandchourie, il doit reconnaître qu'il ne dispose pas d'informations particulières sur le sujet. Les grands chefs de l'armée viennent l'un après l'autre prendre le contre-pied de ses thèses. Le général Bradley, le libérateur de Cherbourg devenu président du comité des chefs d'état-major, lance une formule qui fait mouche : « La mauvaise guerre au mauvais endroit, au mauvais moment et contre le mauvais ennemi[42]. » À défaut de la présidence des États-Unis dont il avait sans doute rêvé, MacArthur devra se contenter de celle de la Remington Rand.

Les capitales communistes mettent longtemps à réagir à ce coup de théâtre. Les forces alliées repoussent une offensive chinoise et s'installent solidement aux abords du 38ᵉ parallèle. L'idée commence à se répandre d'un retour au *statu quo ante*.

---

39. Entretien avec Bob Considine, de la presse Hearst, *Paris-Match*, 18 avril 1964.
40. Entretien avec Jim Lucas, *loc. cit.*
41. Truman, *op. cit.*, t. II, vol. II, pp. 224-225.
42. Cité in Arthur Link, *American Epoch*, New York, Knopf, 1955, p. 691.

Le 23 juin, quarante-huit heures avant le premier anniversaire de la guerre de Corée, Jacob Malik, délégué permanent de l'URSS aux Nations Unies, insère dans un discours ultra-véhément un passage où il suggère une négociation sur cette base : un scénario voisin avait débouché deux ans plus tôt sur la levée du blocus de Berlin. Dès le 10 juillet, les émissaires des deux commandants en chef se réunissent près de l'ancienne ligne de démarcation. Un armistice ne sera signé qu'après la mort de Staline, en mars 1953, et 575 séances, la plupart du temps parfaitement vaines.

Les négociations ne vont pas en effet tarder à buter sur la question des cent trente-deux mille prisonniers aux mains des Nations Unies. Pyongyang et Pékin réclament, comme les y autorise au demeurant la convention de Genève, leur rapatriement pur et simple. Les Alliés entendent laisser à chacun le droit de déterminer s'il désire ou non rentrer chez lui. Ils ont encore sur la conscience la légèreté avec laquelle ils avaient renvoyé en URSS les soldats de l'Armée rouge libérés des camps allemands, dont beaucoup, on l'a dit, avaient été aussitôt expédiés au goulag, voire au peloton d'exécution, au motif qu'un vrai patriote soviétique ne se laisse pas capturer. Le ton va monter rapidement, jusqu'à provoquer en février 1952 une sanglante émeute dans un camp où les Américains ont entrepris de démanteler une organisation communiste clandestine.

*
* *

Le climat international est alors aussi tendu qu'à la veille de la destitution de MacArthur. L'explosion, en 1949, de la première bombe atomique soviétique avait commencé à affoler les dirigeants occidentaux : l'armée américaine, qui avait été massivement démobilisée, ne pouvait guère opposer qu'une dizaine de divisions à l'énorme rouleau compresseur, à vrai dire largement surestimé, de l'Armée rouge. Dès janvier 1950, Truman a mis en chantier la fabrication de la bombe thermonucléaire, dont un premier exemplaire, lourd de 65 tonnes, sera essayé en novembre 1952 sur un atoll du Pacifique. En avril, le Conseil national de sécurité des États-Unis a secrètement décidé de porter progressivement le budget militaire de 13 milliards de dollars à cinquante, soit 20 % du revenu national. En octobre, au moment où leurs volontaires franchissaient massivement le Yalou, les troupes de Mao ont fait main basse sur le Tibet, en violation des accords passés avec l'Inde, qui transféraient à celle-ci une série de privilèges jadis garantis à la Grande-Bretagne. Le même mois, Pékin et Moscou ont reconnu le gouvernement installé au Viêt Nam par le vieux militant communiste Hô Chi Minh, dont les hommes venaient de s'emparer des deux places fortes de Cao Bang et de Lang Son, enlevant ainsi aux troupes françaises le contrôle de la frontière chinoise. La guérilla marxiste-léniniste s'étend en Malaisie, aux Philippines, en Indonésie.

En Europe, on ne se bat pas, mais on se prépare à le faire. Les incidents se multiplient. Les communistes autrichiens ont déclenché en septembre 1950, avec le visible soutien des autorités soviétiques d'occupation, une grève générale insurrectionnelle qui n'a échoué qu'en raison de la résistance des sociaux-démocrates et de la grande majorité de la classe ouvrière. Un maréchal de l'URSS, Konstantin Rokossovki, a été nommé ministre de la Guerre de la Pologne et commandant en chef de ses forces armées. Il était certes d'origine polonaise, mais avait à peu près oublié sa langue maternelle. Et c'est lui qui, en 1944, était à la tête de l'armée soviétique à laquelle Staline avait interdit de franchir la Vistule pour porter secours à Varsovie insurgée. Sa désignation, on l'apprendra plus tard, était intervenue à la demande des dirigeants polonais, soucieux de désarmer la méfiance pathologique du Vojd à leur endroit. Mais, sur le moment, comment ne pas y voir un nouveau signe de la mise au pas de la patrie de Chopin, pour la préparer à la guerre ? Ne coïncide-t-elle pas avec le rapide réarmement, en violation des traités de paix, des anciens satellites du Reich devenus ceux de l'URSS ? L'Allemagne de l'Est n'a-t-elle pas mis sur pied, sous le commandement d'anciens de la guerre d'Espagne, des formations de police encasernées, disposant de blindés ? « La guerre est commencée, déclare de Gaulle le 1er mai 1951, au cours d'un meeting au bois de Boulogne. Elle l'est sur le terrain, en Corée et en Indochine. Elle l'est partout, dans les domaines politique, social et moral, où luttent des camps opposés[43]. »

*
* *

---

43. Cité in J.-R. Tournoux, *La Tragédie du général*, Plon, 1967, p. 105.

« Que les vainqueurs ne renouvellent pas leur alliance, l'alliance des vaincus et de tel vainqueur suivra : cette histoire n'aurait rien d'inédit[44] » : dès 1944 le grand *columnist* américain Walter Lippmann avait prédit ce qui était sans doute inévitable. En 1949, Hubert Beuve-Méry, le fondateur du *Monde*, n'est pas seul à penser que « le réarmement de l'Allemagne était inscrit dans le pacte de l'Atlantique comme le germe dans l'œuf[45] ». Robert Schuman, alors ministre des Affaires étrangères, a certes répondu le 25 juillet : « C'est une question qui ne peut pas se poser, non seulement dans l'immédiat mais même ultérieurement [...]. L'Allemagne n'a pas d'armée et ne peut en avoir[46]. » Le ministre de l'Information, Pierre Henri Teitgen, a renchéri en novembre : « Le monde doit savoir que la France ne pourrait rester membre d'un système de sécurité autorisant l'Allemagne à réarmer[47]. » Le secrétaire américain à la Défense lui a fait écho quelques jours plus tard : « Quelles qu'aient pu être les déclarations d'autres, je dis qu'il n'y aura pas d'armée allemande[48]. » Et la République fédérale, en signant le 22 de ce même mois de novembre les accords dits de Petersberg – qui l'autorisaient à nouer des relations officielles avec certains États, à entrer dans l'OECE et à accroître sa production industrielle –, a promis de s'employer à « empêcher la reconstitution de forces armées de n'importe quelle nature[49] ».

Il y a pourtant déjà un an qu'Américains et Britanniques ont commencé à tâter leurs alliés sur l'opportunité d'un réarmement de l'ennemi d'hier, dont la nécessité leur paraissait inéluctable, face à l'énorme supériorité numérique des forces soviétiques en Europe. Le commandant en chef américain en Allemagne, Lucius Clay, s'était même prononcé publiquement dans ce sens le 7 mai 1950, soit six semaines avant le début de la guerre de Corée, ce qui lui valut de se faire vivement admonester par le socialiste Vincent Auriol, alors président de la République. Et Churchill, devenu leader de l'opposition

---

44. Walter Lippmann, *La Politique étrangère des États-Unis*, Éditions des Deux Rives, 1945, p. 129.
45. *Le Monde*, 6 avril 1949.
46. Cité in Jacques Fauvet, *La IVᵉ République*, Fayard, 1959, p. 145.
47. Cité in Konrad Adenauer, *Mémoires, 1945-1953*, Hachette, 1965, t. I, p. 341.
48. *Le Monde*, 29 novembre 1949.
49. Keesing's, 10369 A.

conservatrice, a préconisé aux Communes la création d'une armée européenne à participation allemande.

La pression devient irrésistible après le franchissement du 38ᵉ parallèle, qui contraint les États-Unis à alléger, faute d'effectifs suffisants, leur dispositif militaire sur le vieux continent, alors que la guerre d'Indochine empêche la France de tenir ses engagements vis-à-vis de l'alliance atlantique. « J'étais absolument convaincu, écrit Adenauer dans ses Mémoires, que Staline avait le même plan pour l'Allemagne que pour la Corée. Selon moi, la Russie allait se dissocier nettement du gouvernement de la zone orientale au cours des mois suivants pour donner à celui-ci l'apparence d'une plus grande liberté d'action. Cela fait, je craignais que Staline ne jugeât le moment opportun pour engager la Volkspolizei [la police populaire] dans la libération des régions ouest-allemandes[50]. »

Cette crainte était parfaitement vaine, comme on a pu le constater depuis l'ouverture des archives soviétiques, et Kissinger a raison d'écrire qu'à « aucun moment de sa carrière l'analyste froid et méticuleux qu'était Staline ne joua quoi que ce soit sur un coup de dés[51] ». Elle était néanmoins très partagée, en particulier par les Américains. Pendant plusieurs années, elle allait mettre la construction de l'Europe, notamment en France, au centre d'un débat politique dont on a peine aujourd'hui à imaginer l'extrême violence.

*
* *

À la différence du bonheur pour Saint-Just, l'Europe n'était pas précisément « une idée neuve en Europe ». De Sully, le bras droit de Henri IV, à l'abbé de Saint-Pierre et à Rousseau, on ne compte pas, aux XVIIᵉ et XVIIIᵉ siècles, les auteurs de projets d'union et ceux qui les soutenaient. Dès 1784 un auteur bien oublié, Louis-Sébastien Mercier, lançait la formule de ces États-Unis d'Europe qu'allaient exalter entre autres Victor Hugo et Renan. Au lendemain de la victoire de 1918, l'Autrichien Richard Coudenhove-Kalergi avait lancé le Mouvement paneuropéen dont les thèses allaient inspirer un retentissant discours d'Aristide Briand, le 5 septembre 1930, devant la Société des Nations : « Je pense qu'entre des peu-

---

50. Adenauer, *op. cit.*, t. I, pp. 348-349.
51. Kissinger, *op. cit.*, p. 445.

ples qui sont géographiquement groupés comme les peuples d'Europe, il doit exister une sorte de lien fédéral[52]. »

La guerre fait mûrir ces idées. En novembre 1942, Churchill écrit dans un mémorandum au Foreign Office : « Ce serait un immense désastre si la barbarie russe submergeait la culture et l'indépendance des anciens États européens [...]. Ce que j'attends, ce sont des États-Unis d'Europe dans lesquels [...] les barrières seraient considérablement réduites, où l'on pourrait circuler sans restriction [et dont l'économie] serait considérée comme un tout[53]. » Au même moment, de Gaulle déclare à l'Albert Hall de Londres : « La France souhaite tout faire pour qu'en Europe tous ceux dont les intérêts, le souci de leur défense et les besoins de leur développement sont conjugués avec les siens se lient à elle, comme elle à eux, d'une manière pratique et durable[54]. » Il revient sur ce thème le 18 mars 1944, devant l'Assemblée consultative, parlant d'une « sorte de groupement occidental [...] dont la Manche, le Rhin et la Méditerranée seraient comme les artères[55] ». Il n'envisage pas une seconde d'y faire entrer une Allemagne unifiée. Pour éviter l'apparition d'un nouveau Reich, il faut à ses yeux internationaliser la Rhénanie et la Ruhr, attribuer la Sarre à la France et donner une très large autonomie aux divers États allemands (*Länder*) à recréer.

C'est Churchill qui, la paix revenue, prend pour un temps la tête de ce qui va devenir le Mouvement européen, après le congrès fondateur de La Haye, en mai 1948. Le 16 septembre, à Zurich, après avoir brossé un tableau extrêmement sombre de l'état du continent, il appelle de ses vœux la construction « d'une sorte d'États-Unis d'Europe. Ainsi seulement, assure-t-il, des centaines de millions de travailleurs seront capables de retrouver les simples joies et les espoirs qui rendent la vie digne d'être vécue[56] ». Mais les vieilles nations ont la peau dure et la montagne commence par accoucher d'une souris : le Conseil de l'Europe, dont les membres ne se donnent comme objectif que de réaliser « une union plus étroite [...], afin de sauvegarder et de promouvoir les idéaux et les principes qui sont leur patrimoine commun et de favoriser leur progrès économique et

---

52. Cité in Rougemont, *op. cit.*, pp. 404-405.
53. Churchill, *op. cit.*, t. IV, vol. II, p. 157.
54. Cité in Pierre Maillard, *De Gaulle et l'Europe*, Tallandier, 1995, p. 96.
55. Charles de Gaulle, *Discours et Messages*, Plon, 1970, t. I, pp. 46-47.
56. Cité in Rougemont, *op. cit.*, pp. 408-409.

social[57] ». Le Conseil jouera par la suite un rôle positif en matière de droits de l'homme en n'admettant dans son sein que des États censés respecter la démocratie et en créant une Cour européenne des droits de l'homme devant laquelle tout ressortissant d'un pays membre pourra, sous certaines conditions, faire appel d'une décision de justice civile le concernant et mettant en cause les libertés fondamentales.

Beaucoup plus ambitieuse est l'initiative qui vise à faire de l'Europe occidentale une « communauté ». À l'origine, une idée simple au point de paraître aujourd'hui simpliste, qu'Adenauer avait esquissée dès 1924 lorsque, bourgmestre de Cologne, il nourrissait certaines sympathies pour le séparatisme rhénan : mettre en commun les ressources de la France et de l'Allemagne en charbon et en acier, indispensables à la fabrication des armements, afin de les empêcher de se faire la guerre. Il écrit une lettre en ce sens à Schuman en août 1949 et revient à plusieurs reprises sur ce thème dans des interviews qui n'ont guère d'écho. Il faut attendre le 9 mai 1950 pour que le ministre des Affaires étrangères français lance le plan qui porte son nom, auquel Jean Monnet, alors commissaire général au Plan, a fortement mis la main.

Pour « supprimer [...] l'opposition séculaire » des deux pays, Schuman proposait de « placer la totalité de la production franco-allemande du charbon et de l'acier sous une autorité supérieure de contrôle dans le cadre d'une organisation qui reste ouverte aux autres pays européens[58] ». À la tête des structures à créer serait placée une « Haute Autorité » supranationale, agissant sous le contrôle, non seulement des gouvernements des États membres, mais d'une Assemblée parlementaire et d'une cour de justice. Autrement dit, un embryon de pouvoir fédéral, destiné, dans l'esprit de ses parrains, à étendre rapidement ses compétences. Oubliée, l'extrême méfiance à l'égard de l'Allemagne qui a inspiré la politique française depuis la Libération ! L'ennemi d'hier se voyait appelé à entrer sur un pied de totale égalité dans la communauté en gestation. La République fédérale donne aussitôt son accord, suivie par l'Italie et par les trois pays du Benelux : Belgique, Pays-Bas et Luxembourg. La Grande-Bretagne, en revanche, va demeurer long-

---

57. Cité in Pierre Gerbet, *La Construction de l'Europe*, Imprimerie nationale, 1983, p. 96.
58. Cité in Paul Weymar, *Conrad Adenauer*, Plon, 1956, p. 222.

temps à l'écart : l'entreprise, facilitée par la commune culture germanique et l'appartenance à la démocratie chrétienne du Lorrain Schuman, du Rhénan Adenauer et du chef du gouvernement de Rome, Alcide De Gasperi, originaire de la région germanophone du Trentin, qui avait été dans sa jeunesse député au parlement de la Vienne des Habsbourg, était trop contraire à son insularisme, à son antipapisme, à sa méfiance à l'égard des machines institutionnelles, à sa volonté de faire passer avant tout la préservation du Commonwealth, de ses « liens spéciaux » avec les États-Unis et, *last but not least*, de son statut de grande puissance.

La conférence avec les cinq pays qui ont accepté l'invitation française s'ouvre le 20 juin 1950, dans le salon de l'Horloge du Quai d'Orsay, soit cinq jours avant le début de la guerre de Corée, qui en bouleverse le contexte. Alors que le plan Schuman a été largement conçu dans la perspective d'une « troisième force » appelée à s'interposer entre les deux « supergrands », il devient un moyen d'étayer la résistance au communisme. Aussi bien s'interroge-t-on très vite sur la possibilité de recourir à la même méthode pour enrôler « les Allemands » dans la défense commune, sans pour autant y faire participer « l'Allemagne ». Le 11 août, Churchill fait approuver par l'Assemblée du Conseil de l'Europe son projet d'armée européenne. Le 12 septembre, Acheson suggère à ses collègues français et britannique de créer « une armée intégrée, sous commandement unique, évidemment américain, [...] comprenant en sus des forces alliées un nombre à déterminer de divisions allemandes[59] ». Robert Schuman répond par un non catégorique. Mais il se trouve fort isolé lorsque, le 14, le Conseil atlantique est saisi à son tour de la demande américaine. Du coup, il déclare que Paris « n'est pas enclin à un refus définitif » et que les forces allemandes devraient « être versées dans une organisation existante de façon à être solidement encadrées et non pas formées simultanément avec cette organisation[60] ». Et il contresigne un communiqué selon lequel « l'Allemagne devrait être mise en mesure de contribuer à la mise en état de la défense de l'Europe occidentale[61] ».

---

59. Cité in Jules Moch, *Histoire du réarmement allemand depuis 1950*, Robert Laffont, 1965, pp. 46-47.

60. Cité *ibid.*, p. 48.

61. Cité in Alfred Grosser, *Les Occidentaux*, Fayard, 1978, p. 158.

Comment ? René Pleven, alors président du Conseil, a été saisi par Jean Monnet d'une solution voisine de la proposition Churchill et à laquelle il se rallie très vite : celle d'une Communauté européenne de défense (CED), bâtie sur le modèle de la Communauté charbon acier (CECA). Il s'agit non seulement de prendre toutes les précautions possibles à l'égard de la remilitarisation de l'ennemi d'hier, mais de faire participer celui-ci à la construction de l'Europe. À côté du plan Schuman, il y aura donc un plan Pleven, comportant l'institution d'un ministère européen de la Défense et d'un budget commun, étant entendu que l'intégration des unités se fera au plus bas niveau possible – du bataillon, demande Jules Moch, ministre socialiste de la Défense, avant de se rallier à celui du *combat team*, soit *grosso modo* du régiment, préconisé par les Américains. Les forces d'outre-mer resteraient à l'extérieur du projet, et la RFA à l'écart du Pacte atlantique.

La IVe République a beau être sérieusement secouée par les succès du Viêt-minh, par divers scandales liés à la guerre d'Indochine, gaullistes et communistes ont beau faire cause commune contre le plan Pleven, le gouvernement l'emporte largement au Palais-Bourbon à l'issue d'un premier débat. Il faudra cependant près d'un an et demi pour que tous les membres de la CECA paraphent à Bonn le traité créant la CED. Restera à le ratifier...

*
* *

Moscou n'a pas attendu la disparition du Guide pour essayer de détendre les relations internationales et d'empêcher ainsi l'intégration de soldats allemands dans le dispositif militaire atlantique. Dès le 23 septembre 1950, les ministres des Affaires étrangères du camp socialiste ont préconisé la signature d'un traité de paix avec une Allemagne réunifiée, démilitarisée et évacuée par les troupes étrangères. Les Occidentaux ont accepté d'en discuter au cours d'une réunion qui s'est tenue de mars à juin 1951 au château de la Muette, à Paris. Mais elle n'a abouti à rien, les Soviétiques n'ayant pas réussi à obtenir l'inscription à l'ordre du jour d'une discussion sur le Pacte atlantique. Avec le recul, ce refus, explicable sans doute par la crainte des Américains qu'une négociation avec l'Est ne retarde encore le réarmement allemand, paraît bien difficile à justifier.

Le Kremlin n'allait pas se décourager pour autant. Le 10 mars 1952, il adresse à Washington, Londres et Paris une note proposant un traité de paix, dont un projet de texte figure en annexe, avec une Allemagne réunifiée et neutralisée. Il revient ainsi au projet déposé par Byrnes en septembre 1945 et que Molotov avait écarté, comme on l'a vu, sous des prétextes peu convaincants, malgré une première réaction favorable de Staline. Une différence cependant, et de taille : Moscou admet à présent que l'Allemagne dispose des forces armées nécessaires à la défense de son territoire. Accessoirement, les officiers de la Wehrmacht et les membres du parti nazi se verront rendre leurs droits civils et politiques, à l'exception de ceux qui sont détenus pour crimes de guerre. Suit un échange diplomatique qui s'achève le 23 septembre par une note des trois Occidentaux à laquelle l'URSS ne juge pas nécessaire de répondre.

L'affaire a très vite buté sur le refus soviétique de laisser une commission des Nations Unies se rendre dans les deux Allemagnes pour s'assurer de la liberté des élections destinées à désigner le premier parlement et, à travers lui, le gouvernement de la réunification. On a beaucoup débattu des intentions du Vojd et de l'opportunité du rejet de son initiative. Elles paraissent aujourd'hui assez claires : pour se renforcer vis-à-vis des États-Unis, il fallait attiser au maximum leurs différends potentiels avec leurs alliés. D'où la curieuse encyclique publiée quelques mois avant sa mort plaidant, sans s'y référer expressément, l'exact contre-pied de la fameuse déclaration du Kominform d'octobre 1947 sur « les deux camps qui se sont formés dans le monde[62] ». Aux « camarades qui estiment que, les contradictions entre le camp du socialisme et celui du capitalisme étant plus fortes que les contradictions entre pays capitalistes, les guerres entre pays capitalistes ne sont plus inévitables », il répond qu'il n'en est rien, l'Allemagne et le Japon pouvant fort bien tenter « de s'évader de la captivité américaine pour commencer une vie propre, indépendante[63] ». Dans cette perspective, inspirée des thèses de Lénine sur « l'impérialisme, stade suprême du capitalisme[64] », l'intérêt bien compris de Moscou n'est-il pas de jouer la carte allemande une nouvelle fois, comme à Rapallo en 1922 ou avec Hitler en 1939 ? Staline ne s'était-il

---

62. *Le Monde*, 7 octobre 1947.
63. Staline, *Les Problèmes économiques du socialisme en URSS*, Moscou, Éditions en langues étrangères, 1952, pp. 36-41.
64. Lénine, *L'impérialisme, stade suprême du capitalisme, op. cit.*

pas réservé la possibilité de le faire en prenant carrément position contre son démembrement, au moment de la capitulation du Reich ?

Or en 1952, loin de justifier les craintes d'une renaissance du militarisme prussien, si répandues à l'époque, le slogan « *ohne mich* » (sans moi) recueille, à en croire les sondages, l'approbation de 70 % des citoyens de la RFA. Quel meilleur moyen de les mobiliser contre le réarmement réclamé par les Américains que de faire miroiter la possibilité d'une réunification assortie d'une neutralisation ? Déjà le futur président de la République Gustav Heinemann, éminente personnalité de l'*establishment* protestant, a démissionné de son poste de ministre de l'Intérieur en déclarant que, « Dieu ayant par deux fois arraché les armes des mains des Allemands, il ne convenait pas qu'ils les reprissent une troisième fois[65] ».

Le parti social-démocrate (SPD), qui a talonné aux élections de 1949 l'Union chrétienne-démocrate (CDU) d'Adenauer, a alors à sa tête un leader prestigieux, en la personne de Kurt Schumacher, ancien député au Reichstag de la République de Weimar. Amputé d'un bras, il a passé les années brunes dans un camp de concentration. Patriote ardent, il avait jusque-là pris une position très ferme à l'égard de l'URSS, coupable entre autres à ses yeux d'avoir forcé les socialistes de RDA à fusionner avec le parti communiste et à accepter sa férule. Mais il voit dans la note sur la réunification une ouverture et écrit au chancelier pour le supplier de ne pas la rejeter sans examen approfondi, de manière au moins à montrer que Bonn ne laisse passer aucune chance de mettre fin au partage de la nation. Tel n'est cependant pas l'avis d'Adenauer, qu'il traitera plus tard de « chancelier des Alliés[66] », et qui s'apprête à signer avec ceux-ci au mois de mai le *Deutschlandsvertrag*, le traité sur l'Allemagne, abrogeant le statut d'occupation et reconnaissant à la RFA pleine « autorité » en matière intérieure et extérieure, le mot « souveraineté » n'étant tout de même pas employé[67].

Huit jours après la réception de la note de Staline, Adenauer déclare aux hauts-commissaires américain, français et britannique : « Tandis que, par le biais de la neutralisation, l'Union soviétique poursuit le dessein de réduire la République fédérale

---

65. Cité in Elgey, *op. cit.*, t. II, p. 263.
66. Cité in Jean-Paul Picaper et Karl-Hugo Pruys, *Helmut Kohl*, Fayard, 1996, p. 40.
67. Guillen, *op. cit.*, p. 45.

au statut d'inféodation d'un satellite pour rendre impossible l'union de l'Europe, l'objectif suprême de la République fédérale est le rétablissement de l'unité allemande dans une Europe libre et unie[68]. » La fermeté de cette prise de position ne va pas peu contribuer à durcir celle d'alliés de toute façon peu hésitants et, en confortant la personnalité du chancelier, à lui permettre d'atteindre ce qui n'a cessé d'être son objectif essentiel : la *Gleichberechtigung*, l'égalité des droits pour la République fédérale.

---

68. Konrad Adenauer, *Erinnerungen*, Stuttgart, Deutsche Verlagsanstalt, 1966, t. II, pp. 70 et 74, note 9.

ACTE DEUX

Eux et *nous*

De la mort de Staline à la crise
des fusées de Cuba
(1953 - 1962)

DÉCOR

L'enjeu de la guerre froide avait d'abord été, pour l'essentiel, le contrôle de l'Europe. Avec l'invasion de la Corée du Sud, l'extension de la guerre d'Indochine, la décolonisation, il est devenu planétaire. L'Europe n'en demeure pas moins aux premières loges. C'est la crainte de voir l'Allemagne de l'Est suivre le mauvais exemple nord-coréen qui entraîne le réarmement de celle de l'Ouest, déjà enrôlée depuis 1950 dans l'aventure du Marché commun.

Quand ce réarmement finit par intervenir, il y a deux ans que Staline est mort et, avec lui, le climat de cauchemar qu'il avait tant contribué à créer et à entretenir. Le premier soin de ses successeurs a été en effet de s'employer à le dissiper en multipliant les gestes de détente tant à l'intérieur qu'à l'extérieur et en abandonnant le thème de la guerre inévitable entre l'Est et l'Ouest. Redoutant l'avènement d'un nouveau tyran, ils ont fini par confier les rênes du pouvoir à celui qui leur paraissait le moins capable d'en abuser : Nikita Sergueïevitch Khrouchtchev, qui sème le désordre dans le « camp socialiste » avec son rapport secret au XXe congrès sur les crimes du dictateur. Il ne peut empêcher le retour à la tête de la Pologne de Gomulka, emprisonné sous Staline pour « titisme », mais ne se résout pas à l'abandon par Budapest de la « voie socialiste » et du pacte de Varsovie. D'où, en 1956, l'invasion de la Hongrie. Coïncidant avec la désastreuse intervention franco-anglo-israélienne à Suez, elle sonne le glas de la première « détente » qu'ait connue le conflit Est-Ouest.

Relégué au ban des nations, « M. K. » retrouve le sourire l'année suivante lorsque le premier Spoutnik est placé sur orbite : l'URSS, qui a essayé en 1953 sa première bombe « H » (1 000 Hiroshima) va désormais pouvoir fixer des ogives thermonucléaires sur des fusées capables d'atteindre le territoire américain, mettant ainsi fin à la totale impunité dont celui-ci avait jusqu'alors bénéficié. Ce succès le renforce dans sa foi en la supériorité du communisme et il donne six mois aux Occidentaux pour accepter la transformation de Berlin-Ouest en « ville libre » et en retirer leurs troupes. Il saura cependant le moment venu faire retomber la tension et se contentera de faire interdire aux sujets de la RDA, au moyen du « mur » de sinistre mémoire, d'accéder aux secteurs occidentaux de l'ancienne et future capitale.

Khrouchtchev ne partage pas en effet la tranquillité d'âme de Mao Zedong, alors lancé dans une épreuve de force avec Taiwan pour le contrôle des îles du détroit de Formose, et qui répète que les États-Unis ne sont plus qu'un « tigre en papier ». Il lui rétorque que le tigre en question « a des dents atomiques » et juge plus prudent de couper du jour au lendemain l'assistance nucléaire dont il faisait bénéficier la Chine depuis deux ans. Cette décision est directement à l'origine de la rupture entre les deux grands du communisme mondial, qui les conduira en 1969 jusqu'à des affrontements armés. Dès cette époque le « monolithisme » tant célébré du « mouvement ouvrier mondial » n'est plus qu'un souvenir. Pékin ne va pas cesser de disputer aux « révisionnistes » de Moscou le leadership de ce mouvement des non-alignés dont la conférence de Bandung a donné en 1955 le coup d'envoi sous la houlette de Tito, Nehru, Nasser et du Ghanéen Nkrumah, et dont l'émancipation des possessions françaises, britanniques, néerlandaises et belges d'outre-mer va rapidement gonfler les rangs.

Comme Mao, le général de Gaulle, qui revient aux affaires en 1958, s'en prendra à l'occasion par la suite à la double hégémonie soviéto-américaine, mais les États-Unis n'auront pas d'allié plus ferme dans la crise déclenchée par l'ultimatum de Khrouchtchev sur Berlin, comme dans celle qui, en 1962, placera le monde au bord de la guerre nucléaire à propos des fusées de Cuba.

PERSONNAGES

S'il est un homme dont la personnalité domine ce deuxième acte, riche en drames et en émotions de toutes sortes, c'est bien **Nikita Sergueïevitch Khrouchtchev** (1894-1971), alias « **M. K.** » Destructeur acharné de la statue d'un autre, il aura vu de son vivant abattue en un jour celle qu'il avait ébauchée de lui-même. Né près de la frontière ukrainienne, il avait quitté l'école très tôt pour garder les vaches, puis travailler à la mine. Militant communiste, il participa à la guerre civile et grâce à la protection de Kaganovitch, beau-frère de Staline, grimpa les échelons jusqu'à devenir en 1938 membre du Politburo et numéro un de l'Ukraine, où il mena sans états d'âme la lutte contre les nationalistes. Commissaire politique durant la bataille de Stalingrad, il sera nommé après la guerre secrétaire du parti en charge de l'agriculture.

Le personnage était hors du commun. D'une étonnante exubérance d'abord, dont on n'a toujours pas expliqué comment, dans le glacial empyrée que régentait Staline, elle ne lui avait pas coûté la vie. Ses compatriotes lui reprochaient volontiers son côté *nie kulturny* – mal élevé. Et il est vrai que son langage direct, facilement grossier, ses éclats de rire ou de fureur étaient aux antipodes de la langue de bois jusqu'alors en usage. Il citait plus volontiers les vieux proverbes russes et le catéchisme que les classiques du marxisme-léninisme. Fallait-il que ses collègues du Politburo n'aient aucune raison de le redouter pour qu'ils lui confient, après la mort du despote, la charge de premier secrétaire du parti ! Il ne lui faudra que deux ans, une fois qu'il l'aura obtenue, pour s'emparer de la totalité du pouvoir.

Son fracassant rapport sur les crimes de Staline a accrédité l'image d'un « libéral », d'un Gorbatchev avant la lettre, cherchant à démocratiser le système et à enterrer la hache de guerre froide avec l'Occident. Avec le recul, il apparaît plutôt comme le dernier des croyants du communisme. Ne connaissant du capitalisme que les usines et les mines tsaristes, conformes aux descriptions de Marx et de Dickens, où il avait travaillé avant la Première Guerre mondiale, il ne doutait pas du caractère non seulement inéluctable, mais prochain, de sa destruction.

Rien n'a dû le surprendre davantage que la révélation, en 1956, de l'hostilité profonde à l'URSS et à son régime des populations polonaises et hongroises. La révolte de Budapest, qu'il écrase sans pitié, ébranle-t-elle cet optimisme ? Peut-être. Mais après la débandade franco-britannique à Suez, à laquelle il contribue par ses discours incendiaires, le succès du Spoutnik lui apporte, l'année suivante, la preuve, à ses yeux définitive, de la supériorité du socialisme. Il en a la tête apparemment un peu tournée, se lance dans des prédictions dérisoires sur le rapide dépassement des niveaux de vie des pays capitalistes, relance la lutte antireligieuse, inflige à l'agriculture soviétique, déjà profondément malade, deux coups dont elle ne se relèvera pas avec la colonisation des « terres vierges » et la transformation de millions de kolkhoziens en ouvriers agricoles au sein d'entreprises publiques géantes, construit à Berlin, à défaut d'avoir pu neutraliser les secteurs occidentaux, le « mur de la honte », se brouille avec Mao, avant de se lancer à Cuba dans une aventure qui met le monde au bord de la guerre nucléaire et lui coûte bientôt sa place.

Le premier président des États-Unis auquel Nikita Sergueïevitch a eu affaire, **Dwight D. Eisenhower** (1890-1969), est un homme pour lequel il n'avait qu'une estime limitée. « Même pendant la guerre, devait-il dire au général de Gaulle, il n'a jamais été qu'un intendant, un diplomate militaire[1]. » « Plus dirigé que dirigeant », ajoute-t-il dans ses Mémoires[2]. Difficile, il est vrai, d'imaginer personnage aussi différent du bouillant M. K., aussi éloigné de l'esbroufe et des coups de gueule, que cet enfant d'une famille pauvre du Texas, qui montrait plus de goût dans sa jeunesse pour le sport que pour les études. Admis à West Point, le Saint-Cyr américain, « Ike », comme on l'a surnommé, est un militaire plutôt atypique, marqué par le pacifisme de sa mère et très économe du sang versé. Laissant le panache à d'autres, il fait carrière – lentement – dans les bureaux, où l'on remarque son sens de l'organisation.

---
1. Cité in Henri Froment-Meurice, *Vu du Quai*, Fayard, 1998, p. 220.
2. Nikita S. Khruschev, *Khruschev Remembers*, Boston, Little Brown, 1970, p. 397.

C'est sans doute ce qui pousse Marshall, alors président des *Joint Chiefs of Staff*, poste équivalant à celui de chef d'état-major général dans les armées françaises, à lui confier en 1942 le commandement des forces alliées qui s'apprêtent à débarquer en Afrique du Nord. Il s'agit en effet à la fois de mettre en œuvre des moyens sans précédent, et d'assurer la meilleure coopération tant entre les différentes armes qu'entre les Américains, les Britanniques et les autres forces engagées. « Ike » maîtrise parfaitement la situation, et c'est lui qui tout naturellement va devenir le commandant suprême interallié en Europe lorsque Marshall, à la demande pressante de Roosevelt, qui assure ne pouvoir dormir tranquille sans lui, renonce à briguer ce poste et choisit, comme l'écrit Bernard Pujo, son seul biographe français, « la voie qu'il estimait être la plus utile pour son pays », se sacrifiant « car telle était sa haute conception du devoir », sans « jamais laisser paraître aucun signe de déception ou de rancœur[3] ».

Le succès du débarquement de Normandie, puis la capitulation du Reich font d'Eisenhower, sans qu'il se départe jamais de sa simplicité et de sa modestie, un héros efficace et tranquille, en qui ses compatriotes aiment à se reconnaître. Il n'a jamais voté et reste d'abord sourd, quand il prend sa retraite en 1948, aux sollicitations de ceux qui voudraient mettre son prestige au service de leurs ambitions. Mais, après la création de l'OTAN, il accepte d'en être le premier SACEUR – *Supreme Allied Commander Europe* – et finit par se laisser persuader par le parti républicain de poser sa candidature, en 1952, à la succession du démocrate Harry Truman. Triomphalement élu et réélu, il confie la conduite de la diplomatie à **John Foster Dulles** (1888-1959), croisé de l'anticommunisme aux allures de père fouettard, dont l'action sur la scène internationale éclipse d'autant plus facilement la sienne qu'il est lui-même trop sceptique pour donner dans l'activisme et qu'il consacre au golf un temps que beaucoup trouvent excessif.

Le nouveau président reste de surcroît très marqué par son éducation pacifiste. Il se garde bien de mettre en application les idées de *roll back*, de refoulement du communisme sur lesquelles il avait fait campagne, en opposition au *containment*, à l'endiguement, cher à George Kennan, pratiqué par les démocrates. On le constate notamment au moment de l'intervention soviétique à Budapest : il ne lève pas le petit doigt pour aider les insurgés. Quelques jours plus tard, en menaçant de vendre massivement de

---

3. Bernard Pujo, *Le Général George C. Marshall*, Economica, 2003.

la livre sterling, il oblige les Britanniques, et par voie de conséquence les Français et les Israéliens, à interrompre l'expédition de Suez. Il ira, en quittant le pouvoir en pleine crise de Berlin, jusqu'à mettre ses compatriotes en garde contre le risque de voir le « complexe militaro-industriel acquérir une influence incontrôlée[4] », assurant par la suite dans ses *Mémoires* que c'était là le message le plus « challenger[5] » qu'il pouvait leur laisser.

Le démocrate **John Fitzgerald Kennedy** (1917-1963), qui lui succède en 1961, est le premier catholique, en près de deux cents ans d'histoire, à avoir été élu président. En contraste parfait avec Khrouchtchev, authentique prolétaire à la tête d'un pays qui se proclamait prolétarien, il a trouvé au berceau une immense fortune acquise par son businessman et ambassadeur de père, apparemment sans trop de scrupule, qui lui a permis de faire de vastes études et de parcourir le monde. Sa vivacité d'esprit, sa culture, son allant, son sourire juvénile, son charme lui valent un grand succès, des deux côtés de l'Atlantique, auprès des jeunes, des intellectuels, et plus encore des dames. Il est devenu de bon ton de faire son procès, celui de ses innombrables aventures féminines, de ses relations suspectes avec certains mafiosi. On ne saurait oublier la sûreté de main avec laquelle il a conduit la crise des fusées de Cuba, évitant à l'humanité la catastrophe nucléaire, sans pour autant laisser l'URSS mener à bien une entreprise dont le « monde libre » aurait eu grand mal à se remettre. Son assassinat à Dallas, en 1963, a fait pleurer la terre entière, à commencer par Khrouchtchev, cet adversaire dont il avait réussi à faire un partenaire et qui, politiquement parlant, ne devait lui survivre qu'un an.

« Au fond, c'était un Européen[6] », dira de JFK, au moment de ses obsèques, le général **Charles de Gaulle** (1890-1970). Dans sa bouche, il ne pouvait guère y avoir de plus grand compliment. Dieu sait pourtant s'ils avaient eu maintes occasions de se heurter et si Kennedy désespérait, il me l'a confié lui-même en juin 1963, de renouer avec lui. Il est superflu de rappeler à un public français les étapes de son orgueilleuse carrière. Aimant la France comme « une madone aux fresques des murs [...] vouée à

---

4. Dwight D. Eisenhower, *Public Papers of the President of the United States*, Washington, Government's Printing Office, 1961, p. 1038.
5. Dwight D. Eisenhower, *Batailles pour la paix,* éditions de Trévise, 1968, p. 536. On remarquera que dans cet ouvrage, « Ike » ne parle plus de « complexe » mais d' « alliance ».
6. Propos tenu à l'ambassadeur de Grande-Bretagne, qui me l'a rapporté.

une destinée éminente et exceptionnelle[7] », il est d'abord l'homme du « non » à quiconque cherche à l'assujettir : de ce point de vue, la création de la force de dissuasion et le retrait du commandement unifié de l'OTAN, en 1966, se situent dans la même perspective que l'appel du 18 juin. Mais on ne saurait oublier que ce prodigieux visionnaire est aussi celui qui a mis en œuvre la décolonisation, doté la France d'institutions qu'aucun de ses successeurs n'a sérieusement songé à remettre en cause, compris la nécessité de l'Europe et scellé l'indispensable réconciliation franco-allemande.

À côté de lui, ses successeurs, comme ses prédécesseurs, paraissent bien pâles. Il lui arrivait d'ailleurs de contester qu'il ait eu des uns ou qu'il pût avoir des autres. **Jean Monnet** (1888-1979), le Français qui, après lui, a le plus compté dans cette période, était à tous égards son antithèse : fils d'un fabricant de cognac, il avait interrompu très tôt ses études pour aller à l'étranger vendre la production paternelle. Réformé en 1914, il allait s'imposer à l'âge de vingt-neuf ans comme coordinateur de l'activité économique entre la France et la Grande-Bretagne en guerre. Nommé secrétaire général adjoint de la Société des Nations, il démissionne après s'être persuadé qu'elle est condamnée à l'inefficacité, faute de pouvoirs suffisants. Après être retourné un moment dans l'entreprise familiale, il devient banquier international, ce qui le conduit aux États-Unis, où il noue de nombreuses amitiés, en Europe de l'Est et en Chine.

En 1938 le gouvernement français l'envoie négocier avec Roosevelt l'achat d'avions militaires, avant de le mettre l'année suivante à la tête d'un comité de coordination franco-britannique destiné à « aplanir les divergences de vues entre les deux nations[8] ». En juin 1940, il fait approuver par Churchill et de Gaulle un projet d'union de la France et de la Grande-Bretagne, qui tourne court du fait de la démission du gouvernement Reynaud. Il se met alors à la disposition du cabinet britannique qui l'envoie négocier avec Roosevelt le programme d'approvisionnement des forces alliées. En 1943, il entre au Comité français de libération nationale, à Alger, et joue un rôle essentiel dans la négociation de l'accord entre de Gaulle et Giraud. Dès cette époque, il souligne la nécessité d'une fédération européenne.

---

7. Charles de Gaulle, *Mémoires de guerre, op. cit.*, t. I, *L'Appel,* p. 1.
8. Jean Monnet, *Clés pour l'action*, édité par l'Association des amis de Jean Monnet, p. 59.

À la Libération, il prend la tête du Commissariat au plan, où il anime la reconstruction et la modernisation du pays, répétant à toute occasion la formule qui résume sa méthode : « Nous ne sommes pas là pour négocier des avantages, mais pour rechercher notre avantage dans l'intérêt commun[9]. » C'est la même méthode qu'il applique à partir de 1950 à la construction de l'Europe, dont il sera vraiment « l'inspirateur[10] », pour reprendre une expression de de Gaulle. Se méfiant des grands mots, détestant se montrer, répétant sans se lasser son argumentation, ne poursuivant jamais qu'un lièvre à la fois, il aura vraiment mérité ce qualificatif qui, dans la bouche du général, était tout sauf un compliment. L'un était un romantique, l'autre un prosateur : comment auraient-ils pu s'entendre ?

De Mao Zedong, que le général déplorait de n'avoir jamais pu rencontrer, et qui employait les mêmes mots que lui pour dénoncer la « double hégémonie » soviéto-américaine, on a brossé un portrait en prélude au premier acte. Au second, il a eu beaucoup de chance d'avoir à ses côtés, pour mettre quelques bornes aux folies de la Révolution culturelle et gérer le quotidien des choses, l'énigmatique mandarin qui avait nom **Zhou Enlai** (1898-1976). Tant à la tête du gouvernement que de la diplomatie, ce dernier a été l'artisan de la normalisation des relations de la Chine populaire avec le monde capitaliste. Il avait auparavant largement contribué au lancement du « mouvement des non-alignés », en 1955, à la conférence de Bandung, qu'allaient vite rejoindre, une fois décolonisés, l'ensemble des pays constituant ce que l'on appellera bientôt, avec Alfred Sauvy, le « tiers monde[11] ».

Quatre hommes allaient en être les leaders : **Josip Broz Tito**, dont on a déjà largement parlé au premier acte, **Jawaharlal Nehru** (1889-1964), **Gamal Abdel Nasser** (1918-1970) et **Kwamé Nkrumah** (1909-1972).

Nehru était le fils d'un très riche avocat de haute caste brahmine, qui l'éleva avec l'aide de deux gouvernantes anglaises et d'un précepteur irlandais avant de l'envoyer à Harrow et à Cambridge. Très cultivé, doté d'un charme auquel succombera en particulier lady Mountbatten, épouse du dernier vice-roi des Indes britanniques, il devient lui aussi avocat et, comme son père, milite

---

9. *Ibid.*, p. 63.
10. Conférence de presse de novembre 1963, cité in Jean Monnet, *Mémoires*, Fayard, 1976, p. 508.
11. Alfred Sauvy, « Trois mondes, une planète », *l'Observateur*, 14 août 1952.

très tôt pour l'indépendance de son pays, ce qui lui vaut de nombreux séjours en prison, dont il profite pour lire et écrire abondamment. Aux côtés de Gandhi, partisan d'une ligne plus souple, il prend la tête de l'aile gauche du parti du Congrès, qui milite depuis 1885 pour l'émancipation des Indes.

Devenu en 1947 le premier Premier ministre de l'Inde indépendante, fasciné par l'industrialisation ultra-rapide de l'URSS, il lui emprunte son modèle de planification, tout en s'attachant à la préservation d'une démocratie pluripartite à l'époque inconnue dans la région. La guerre avec le Pakistan pour le Cachemire, dont sa famille est originaire, le rattachement *manu militari* de l'État d'Hyderabad à l'Union indienne ne l'empêchent pas de faire figure de pacifiste, voire de « conscience du monde[12] », comme l'écrit Monique Morazé. Il prêche l'arrêt des essais nucléaires et dresse avec Zhou Enlai la liste des « cinq principes de la coexistence pacifique », avant de se brouiller à propos du Tibet avec la Chine, dont l'armée envahit temporairement, au moment de la crise des fusées de Cuba, le nord de l'Inde. Sa fille **Indira Gandhi** (1917-1984), qui prend sa succession de 1966 à 1977 après un bref intérim, et de 1980 jusqu'à son assassinat en 1984 par un de ses gardes du corps, restera fidèle à son approche.

Nasser, commandant dans l'armée égyptienne qui s'était battue, en 1948, contre le tout jeune État d'Israël, en était revenu convaincu que « le véritable ennemi était au Caire[13] » dans le pouvoir corrompu du roi Farouk. Il sera le principal inspirateur du Comité des officiers libres et proclamera en juillet 1952 la république dont il prendra lui-même la tête deux ans plus tard. Son premier objectif est d'obtenir le départ des Britanniques de leur immense base de Suez. Il y parvient avec l'aide des États-Unis, mais se détache vite de ces derniers, qui cherchent à l'enrôler dans leur croisade antisoviétique et soutiennent de plus en plus Israël.

Quand l'URSS lui propose, en 1955, de lui livrer des armes – tchécoslovaques en l'occurrence –, il saute sur l'occasion. Les Américains lui coupant en représailles les crédits nécessaires à la construction du grand barrage d'Assouan, il accepte la proposition

---

12. Monique Morazé, *Jawaharlal Nehru, la promesse tenue*, L'Harmattan, 1952, p. 32.
13. Gamal Abdel Nasser, *La Philosophie de la révolution*, cité in Dominique Chevallier et André Miquel, *Les Arabes, du message à l'Histoire*, Fayard, 1995, p. 510.

des Soviétiques de se substituer à eux et nationalise le canal de Suez, provoquant l'expédition franco-anglo-israélienne de triste mémoire, à laquelle Washington met le holà. Devenu le héros de l'unité arabe, il persuade la Syrie de se fondre avec l'Égypte, mais se casse les dents au Yémen, où il aurait voulu en faire autant, avant de lancer un très imprudent défi à Israël en chassant les casques bleus de l'ONU qui séparaient leurs armées et en bloquant l'accès à Eilat, sur la mer Rouge, seul port dont l'État juif disposait en dehors de la Méditerranée. C'est la guerre de Six Jours, qui voit l'écrasement de l'Égypte et de ses alliés, la réunification de Jérusalem sous l'autorité d'Israël, l'occupation du Sinaï, de la Cisjordanie et du plateau du Golan, la fermeture du canal de Suez. Nasser sera follement acclamé lors de son retour au Caire, mais il ne se relèvera pas de ce revers et mourra trois ans plus tard.

Formé en Grande-Bretagne et aux États-Unis, Nkrumah remporte en 1952, avec son parti de la Convention du peuple, les élections qui se déroulent en Côte de l'Or britannique, après la reconnaissance par Londres, à la suite d'une grève générale, de son autonomie interne. Rebaptisant le pays Ghana, en souvenir de l'empire qui régnait au Moyen Âge sur une partie notable de l'Afrique occidentale, il mène à bien les négociations qui conduisent à la reconnaissance de son indépendance, ce qui lui vaut une grande notoriété sur le continent noir. Mais il échoue totalement à faire prévaloir son rêve panafricain, et se montre incapable de gérer convenablement l'économie d'un État disposant pourtant, comme le soulignait son ancien nom de Gold Coast, de ressources naturelles considérables, du cacao à l'or. Renversé par un putsch en 1966, il mourra en exil à Bucarest.

De **David Ben Gourion** (1886-1973), créateur de l'État juif prophétisé à la fin du XIXe siècle par Theodor Herzl, à **Imre Nagy** (1896-1958), éphémère libérateur de la Hongrie, tombé dans un infâme traquenard tendu par les Soviétiques, de **Nguyên Ai Quôc**, alias **Hô Chi Minh** (1890-1969), incarnation, face à la France puis aux États-Unis, du nationalisme et du communisme vietnamiens victorieux, à **Pierre Mendès France** (1907-1982), qui sut mettre fin à la première guerre d'Indochine et à l'impasse sur le réarmement allemand, il faudrait pouvoir mentionner beaucoup de biens des noms. On se contentera de citer celui de **Fidel Castro Ruz** (né en 1927), demeuré, au début du XXIe siècle, le dernier monstre sacré du communisme. Avocat de profession, « mégalomane minutieux, dissimulé, expansif, roublard », au jugement de son ex-ami Régis

Debray[14], il aura réussi, avec ses guérilleros de la sierra Maestra, à renverser le pouvoir du dictateur Batista, puis à tenir tête aux États-Unis non seulement dans la Caraïbe et en Amérique centrale, mais jusqu'en Afrique. L'effondrement de l'URSS le privant de tout soutien réel, il ne survit aujourd'hui qu'au prix d'innombrables compromissions, allant jusqu'à laisser le dollar devenir la seule véritable monnaie du pays, à recevoir le pape, à rouvrir les églises et à fermer les yeux devant le développement de la prostitution. Des millions de Cubains ont préféré s'enfuir, souvent au péril de leur vie. Son compagnon **Ernesto « Che » Guevara** (1928-1967), médecin argentin abandonné par son maître, tombé au combat en Bolivie où il essayait d'exporter la révolution, est mort à temps : il est sans doute le seul des porte-drapeaux du marxisme-léninisme dans le monde à avoir conservé une image intacte auprès d'innombrables jeunes et moins jeunes. Son regard voilé de lionceau mystique ne suffit pas à l'expliquer. Ce monde a beau être de plus en plus prosaïque et désabusé, il éprouve des bouffées de mauvaise conscience et la nostalgie de ce romantisme révolutionnaire dont le Che pourrait bien avoir été la dernière incarnation.

---

14. Régis Debray, compte rendu de *Loués soient nos seigneurs*, *Nouvel Observateur*, 9-15 novembre 1996.

CHAPITRE VII

Le dégel

LA MORT DE STALINE – LE SORT DES JUIFS SOVIÉTIQUES –
LE SOULÈVEMENT DE BERLIN-EST – LA CHUTE DE BERIA
ET L'ASCENSION DE KHROUCHTCHEV – LA PREMIÈRE GUERRE D'INDOCHINE
ET L'ACCORD DE GENÈVE

> « *Nous avons eu de cruels temps, de cruels froids, et je n'en ai pas seulement été enrhumée ; voilà le dégel, je m'en porte si bien*[1]. »
>
> Mme de Sévigné.

Quand Staline meurt, le 5 mars 1953, il n'y a pas quarante jours que le général Eisenhower a succédé au président Truman. Ainsi les deux camps de la guerre froide ont-ils changé ensemble de capitaine. L'impact des deux relèves ne saurait pourtant être comparé. Les discours tenus pendant la campagne électorale américaine sur la nécessité de passer de l'endiguement (*containment*) du communisme à son refoulement (*roll back*) n'ont d'autre effet que d'amener le nouveau secrétaire d'État, John Foster Dulles, à faire le tour des chancelleries européennes pour les inviter à ne pas prendre ces déclarations trop au sérieux.
En URSS, en revanche, les nouveaux dirigeants s'engagent sans perdre une seconde sur la route de la détente : ils renouent avec la

---

1. Mme de Sévigné, *Lettres*, éd. de 1735, p. 540.

Yougoslavie, abandonnent leurs revendications à l'égard de la Turquie, lèvent les barrages routiers en Autriche, acceptent de séparer la négociation du traité d'État avec Vienne de la recherche d'une solution du problème allemand. Tant dans les débats de l'ONU qu'à la radio, le changement de ton est spectaculaire. Il en va de même à l'intérieur, où sont décrétées une large baisse des prix des produits de consommation et une vaste amnistie : c'est tous azimuts que le Kremlin recherche une répétition de ce « dégel » dont Herzen avait parlé au lendemain de la disparition du tsar Nicolas Ier, et qui fournira bientôt à Ilya Ehrenbourg le titre d'un roman à succès[2].

C'est assez pour que le nouvel hôte de la Maison-Blanche, Ike, annonce dès la mi-avril qu'une « ère a pris fin avec la mort de Joseph Staline[3] ». Le 11 mai, Churchill, revenu au pouvoir deux ans plus tôt, et qui ne rêve que d'être le prince de la paix comme il a été celui de la guerre, préconise de son côté la réunion « au plus tôt » d'une conférence au sommet des grandes puissances – sans aller pour autant jusqu'à en préciser la composition ou l'ordre du jour[4]. En octobre le Conseil national de sécurité des États-Unis adopte un document secret, NSC-162/2, très proche des idées de George Kennan, qui apparaît aujourd'hui d'une rare clairvoyance. « Avec le temps, y lit-on, des changements dans la vision et les politiques de la direction soviétique peuvent résulter de facteurs comme le relâchement du zèle révolutionnaire, la croissance chez les détenteurs de l'autorité d'instincts gestionnaires et bureaucratiques. De tels changements, combinés avec la force grandissante du monde libre, l'échec des tentatives pour briser sa cohésion et la possible aggravation des faiblesses du bloc soviétique [...] pourraient induire une disposition à négocier (pour mettre fin à la guerre froide)[5]. » Texte d'autant plus important que l'on sait maintenant qu'Eisenhower attachait beaucoup de prix aux analyses de ce genre.

Ses électeurs attendant d'abord de lui le retour des *boys* bloqués en Corée, il leur a promis de tout faire pour mettre un terme à l'impasse des négociations d'armistice. Il s'est rendu sur place avant même son investiture et a discrètement fait savoir aux intéressés, par Nehru interposé, qu'il ne reculerait pas devant un bombarde-

---

2. Ilya Ehrenbourg, *Le Dégel*, trad. fr., Gallimard, 1957.
3. Eisenhower, *Batailles pour la paix*, *op. cit.*, t. I, p. 180.
4. François Bedarida, *Churchill*, Fayard, 1999, p. 442.
5. Cité dans le compte rendu par Philip Zelikow de William Burr, « The Kissinger Transcripts: The Top Secret Talks with Beijing and Moscow », *Foreign Affairs*, mai-juin 1999.

ment atomique de la Mandchourie si les délégations communistes à Panmunjom ne renonçaient pas à réclamer, avant tout cessez-le-feu, le rapatriement intégral de leurs prisonniers. Staline mort, ses héritiers ont d'autant moins de mal à encourager leurs alliés asiatiques à céder sur ce point fondamental que, passablement essoufflés, ceux-ci ne demandent qu'à se laisser convaincre. À tel point que l'armistice est signé dès le 27 juillet, bien que les troupes de Syngman Rhee aient laissé peu auparavant s'échapper vingt-cinq mille prisonniers nordistes qui s'étaient aussitôt fondus dans la nature.

*
* *

Aucune décision de Moscou ne frappe davantage les esprits au printemps 1953 que l'abandon du procès des « assassins en blouse blanche », les quinze médecins du Kremlin arrêtés au début de l'année sous l'accusation d'avoir provoqué la mort du grand patron de l'idéologie, Andreï Jdanov, et cherché à assassiner plusieurs chefs militaires. Parmi eux se trouvaient le médecin personnel de Staline, le professeur Vinogradov, à qui le Guide ne pardonnait pas de lui avoir conseillé une suspension totale de ses activités. Parmi les autres, il y avait une majorité de Juifs. Leur libération allait permettre le rétablissement des relations avec Israël qui avaient été rompues à la suite de leur arrestation. Pourquoi cette affaire grand-guignolesque ? Le généralissime, que Khrouchtchev n'hésitera pas à taxer « d'antisémitisme primaire[6] », était de plus en plus convaincu de l'existence contre lui d'un vaste complot sioniste. « Vous êtes aveugles comme des chatons, disait-il à ses lieutenants. Qu'arrivera-t-il sans moi ? Le pays périra parce que vous ne savez pas comment reconnaître des ennemis[7] ». Sans doute, en 1948, avait-il donné à l'État hébreu naissant un soutien décisif, parce que ce dernier constituait à ses yeux un adversaire déclaré de l'impérialisme britannique. Ce n'était pas nécessairement la seule raison : à en croire le fils de Beria, il s'accordait avec le maître espion à voir en l'État hébreu « une base qui permettrait d'influencer le monde juif avec toutes ses ressources financières dans le sens des intérêts de l'Union soviétique[8] ». Mais le succès remporté à Moscou par la première

---

6. Khrouchtchev, *Mémoires inédits*, *op. cit.*, p. 47.
7. Cité in Lazitch, *op. cit.*, p. 125.
8. Sergo Beria, *Beria mon père, au cœur du pouvoir stalinien*, Plon/Centurion, 1999.

représentante d'Israël, Golda Meir, l'avait vite persuadé de l'existence parmi les quelque trois millions de Juifs soviétiques d'un risque de collusion avec l'impérialisme qu'il convenait d'éliminer radicalement. C'est ainsi que le Comité antifasciste juif d'URSS créé pendant la guerre avait été dissous et que son président, l'acteur Mikhoels, auquel il arrivait de jouer le roi Lear devant le seul Staline, avait été victime d'un meurtre camouflé en accident de voiture.

L'offensive antisioniste avait pris une nouvelle extension à la fin de 1952 avec l'implication dans le procès des blouses blanches de communistes tchécoslovaques accusés de titisme et du secrétaire général du parti lui-même, Rudolf Slansky. Juif comme lui, Artur London, ministre adjoint des Affaires étrangères, le héros de *L'Aveu* de Costa-Gavras, s'était entendu déclarer par un haut fonctionnaire de la police : « Hitler n'avait pas que des défauts, puisqu'il a tué les Juifs [...]. Trop d'entre eux ont échappé aux chambres à gaz. Nous allons finir ce qu'il a entrepris[9]. » Onze des quatorze accusés étaient juifs et London avait été le seul d'entre eux à échapper à la peine de mort. Le ministère public avait fait état au cours du procès d'un accord secret entre Truman et Ben Gourion aux termes duquel ce dernier se serait engagé, en échange de l'aide américaine à l'État hébreu, à confier aux organisations sionistes dans les pays de l'Est des missions d'espionnage et de subversion. À en croire Robert Conquest, auteur d'un ouvrage essentiel sur le Guide, celui-ci avait en tête de provoquer un mouvement populaire en faveur de la déportation massive de Juifs en Extrême-Orient, où existait depuis 1934 déjà une minuscule région autonome juive, le Birobidjan[10].

*
* *

En s'employant à rassurer tout le monde, les héritiers de Joseph Staline cherchaient d'abord évidemment, après des années d'angoisse permanente, à se rassurer eux-mêmes. Aggravés par l'abus de l'alcool et du tabac, les ravages de l'âge avaient porté en effet à son comble la méfiance pathologique dont il avait toujours fait preuve. Le fameux rapport secret de Khrouchtchev au

---

9. Cité in Conquest, *op. cit.*, p. 329.
10. *Ibid.*, p. 333.

XXᵉ congrès, en 1956, sur lequel on reviendra, l'accusera, entre autres, d'avoir voulu « en finir avec tous les anciens membres du bureau politique[11] ». « En finir » ne signifiait pas nécessairement les liquider physiquement, encore que « M. K. » affirme, toujours dans le même rapport, que c'est ce qui aurait fort bien pu se passer si « Staline était resté à la barre quelques mois de plus[12] ». Le fait est qu'il avait bel et bien entrepris de terroriser ses collaborateurs les plus proches et de réduire leur marge d'influence. Il s'était débarrassé de son secrétaire particulier, dont la femme – juive – avait été fusillée pour espionnage, ainsi que du chef de sa garde personnelle. Le traditionnel Politburo avait été dilué en un praesidium du comité central de trente-six membres. Beria et Molotov s'étaient vu retirer la direction l'un de la Police, l'autre des Affaires étrangères, en échange de vice-présidences du conseil aux attributions imprécises. Tous deux s'étaient entendu accuser d'espionnage au profit des impérialistes, de même que Mikoyan, habile pourtant au point qu'on disait de lui qu'il aurait été capable de vendre des réfrigérateurs aux Esquimaux.

Svetlana, la fille du généralissime, qui obtiendra par la suite la nationalité américaine, comme curieusement, beaucoup plus tard, un fils de Khrouchtchev, a décrit, dans des pages impressionnantes, l'atmosphère régnant dans la datcha de Kountsevo, où ses lieutenants affolés l'auraient découvert gisant sans connaissance sur un tapis[13]. Elle les montre à genoux, en larmes au pied du divan sur lequel son père avait été transporté, complètement dépassés par la situation. Le fils Beria nous livre un récit très différent : à l'en croire, tous les yeux étaient secs, et son père avait rapidement persuadé ses collègues, avant même la mort du despote, de confier à Gueorgui Malenkov les doubles fonctions de premier secrétaire du parti et de chef du gouvernement. L'élu dirigeait jusqu'alors la section des cadres et avait été chargé par Staline, quelques mois plus tôt, de présenter à sa place le rapport général au XIXᵉ congrès, ce qui pouvait constituer une sorte de désignation anticipée.

Admettant qu'il n'avait pas lui-même « le prestige et l'autorité nécessaires » pour occuper les fonctions de numéro un[14], Beria se contenta de celles de premier adjoint, Molotov, redevenu ministre des Affaires étrangères, son collègue de la Défense Boulganine et

---

11. Lazitch, *op. cit.*, p. 149.
12. *Ibid.*
13. Svetlana Alliluyeva, *Vingt Lettres à un ami*, Seuil, 1967, pp. 19-28.
14. Tchouev, *op. cit.*, p. 273.

le beau-frère de Staline Kaganovitch étant nommés respectivement deuxième, troisième et quatrième adjoints. En réalité, le fait qu'il fût lui-même caucasien lui paraissait un obstacle insurmontable pour succéder à un Géorgien. Mais il récupéra les responsabilités qui lui avaient été retirées deux ans plus tôt à la tête du NKVD, rebaptisé MVD, et, pour la première fois, obtint la haute main sur toutes les polices. Le physique de Beria aidant, avec son regard glacé derrière un binocle d'un autre âge, ses immenses feutres et sa houppelande qui lui cachaient la moitié du visage et lui donnaient l'allure d'un conspirateur de mélodrame, Khrouchtchev a réussi à imposer en Occident une image repoussante du grand maître de toutes les polices, à lui faire largement partager la responsabilité des crimes de Staline, voire à passer pour son mauvais génie. La lecture du livre de son fils, paru avec la caution d'une experte comme Françoise Thom, peu suspecte d'indulgence pour le communisme, pousse à s'interroger sur la valeur de ce jugement.

C'est Beria en tout cas qui, dès le 26 mars, amnistie un million de détenus, et, quelques jours plus tard, ne demande la permission de personne pour réhabiliter les « assassins en blouse blanche ». Il n'entend manifestement pas s'en tenir là. Molotov a beau avoir repris la direction opérationnelle de la diplomatie, les réseaux dont il dispose donnent en effet au chef du MVD de considérables possibilités à l'étranger. Dès la réunion du praesidium du 7 mars, immédiatement après la mort du Guide, il a souligné les retards de l'économie par rapport au dernier plan quinquennal, concluant très lucidement qu'elle n'était pas en mesure de poursuivre la course aux armements avec l'Occident. Quelques jours plus tard, au cours d'une discussion sur la RDA, il abat son jeu : « Ce n'est même pas un véritable État, déclare-t-il. Elle ne continue d'exister que grâce à la présence des troupes soviétiques. » « C'était assez, écrit l'ancien ministre des Affaires étrangères Gromyko dans ses Mémoires, pour que son exclusion de la direction devienne inéluctable[15]. » Personne en effet n'est prêt à suivre Beria quand il en déduit qu'il faut négocier la réunification de l'Allemagne, fût-ce au prix de l'abandon du régime socialiste de RDA.

Personne, à commencer par le chef du parti pour Moscou, Nikita Sergueïevitch Khrouchtchev, de tous sans doute celui qui croit le plus dans l'avenir du communisme, et qui pour cette rai-

---

15. Extraits des *Mémoires* de Gromyko, dans *The Observer* du 16 avril 1989.

son attend de l'Allemagne de l'Est qu'elle serve de « vitrine du socialisme » au cœur de l'Europe, dans la perspective d'une réunification sous un régime communiste[16]. Rien de surprenant s'il est le premier à s'aligner sur le *niet* catégorique du ministre de la Défense Boulganine. Manière de montrer que, dans la lutte pour le pouvoir qui s'amorce, il est déterminé à s'appuyer sur les forces armées, qui supportent très mal la concurrence des troupes du ministère de l'Intérieur. Moyennant quoi, Beria persiste et signe, allant jusqu'à engager lui-même des pourparlers avec des émissaires de Bonn sur les conditions d'une éventuelle réunification[17].

Très vite Malenkov renonce à son poste de chef du parti, conservant celui de chef de gouvernement. S'imagine-t-il que c'est l'homme qui est à la tête de l'État qui exerce véritablement le pouvoir ? Si tel est le cas, son erreur est difficilement compréhensible. N'est-ce pas à partir du secrétariat général du PC que Staline a bâti sa dictature ? Lénine n'avait-il pas mis en garde ses camarades contre les risques inhérents à sa nomination ? Il n'empêche que le discours qu'il prononce le 8 août est bien celui non seulement d'un numéro un, mais d'un homme qui donne l'impression de savoir où il veut aller. C'est à cette occasion qu'il annonce que, moins d'un an après les États-Unis, l'URSS dispose désormais de l'arme thermonucléaire. En déduisant qu'elle ne risque plus guère d'être attaquée par les « impérialistes », il tourne carrément le dos à la thèse fondamentale du léninisme sur la fatalité, *in fine*, du conflit entre le capitalisme et le communisme. « À l'heure actuelle, assure-t-il, il n'existe pas de question litigieuse qui ne puisse être réglée par des moyens pacifiques sur la base d'un accord mutuel des pays en cause. Ceci concerne nos relations avec tous les États, y compris les États-Unis d'Amérique[18]. » Et bientôt, priorité va être donnée à la production de biens de consommation, pour améliorer un peu le niveau de vie de la population.

Pas plus que les autres dirigeants soviétiques Malenkov ne paraît se méfier de celui qui va lui succéder le 13 septembre, après avoir posé spontanément sa candidature à la tête du parti, ce Khrouchtchev qui a pourtant fait preuve d'une parfaite absence

---

16. Thème développé au cours d'un colloque organisé par l'université américaine de Providence en 1994 pour le centenaire de la naissance de Khrouchtchev. Voir l'article de Michel Tatu dans *Le Monde* du 28 décembre 1994.
17. Anton Kolendic, *Les Derniers Jours*, Fayard, 1982, pp. 143-144.
18. Cité in Kissinger, *op. cit.*, p. 454.

de pitié comme de scrupules en tant que proconsul de Staline en Ukraine, où il avait décimé l'intelligentsia nationaliste. Personne ne lui fait grief du monstrueux désordre ayant marqué les obsèques du Guide qu'il avait charge d'organiser : on n'a jamais su combien il y eut de morts piétinés par la foule en pleurs. Les membres du praesidium ne voient en lui qu'un prolétaire mal dégrossi et ne pensent pas une seconde qu'il pourrait menacer leur pouvoir.

* * *

L'occasion venait pourtant d'être fournie à M. K. de faire ses preuves. Ignorant les conseils de modération que lui prodiguait la nouvelle équipe du Kremlin, Walter Ulbricht, le maître de la RDA, sinistre réplique, avec sa barbiche et son allure réfrigérante, du professeur Unrath de *L'Ange Bleu*, s'obstinait à vouloir bâtir le « socialisme » à marches forcées. Or ses administrés étaient d'autant moins prêts à consentir aux graves privations qui leur étaient imposées qu'il leur suffisait, s'ils habitaient Berlin-Est, de prendre le métro pour aller admirer les vitrines bien garnies des secteurs occidentaux, d'où la radio américaine Rias diffusait sans relâche sa propagande anticommuniste. Le Kremlin avait jugé plus sage dans ces conditions d'imposer à Ulbricht un *neues Kurs*, un nouveau cours, comportant notamment une amnistie, l'arrêt de la collectivisation forcée des terres et celui de la campagne antireligieuse. Mais ces mesures de libéralisation ne remettent pas en cause la réduction de 10 % des salaires dans l'industrie, annoncée quelques semaines plus tôt sous prétexte de « relèvement des normes », et qui a été très mal accueillie par ces prolétaires dont le pouvoir communiste persiste à se prétendre l'émanation.

Leur réponse ne se fait pas attendre. Le 16 juin, soixante-dix maçons de la Stalinallee, voie triomphale dont le régime a entrepris la construction, se mettent en grève, bientôt rejoints par des milliers d'ouvriers réclamant le départ des « Ivans » – les soldats russes – et des élections libres. Le Politburo est-allemand renonce au relèvement des normes, et dénonce les provocateurs. Des centaines de milliers de personnes, dont bon nombre venues de Berlin-Ouest, n'en envahissent pas moins le lendemain les rues, débordant rapidement la police dite populaire, et arrachant, pour le brûler, le drapeau rouge qui flottait depuis 1945 au-dessus des colonnes doriques de la célèbre porte de Brandebourg. Des mouvements semblables éclatent dans toutes les grandes villes. Les autorités de la RDA étant manifestement incapables de reprendre la situation en main, le commandement soviétique proclame l'état de siège, amène en ville deux divisions, barre l'accès à Berlin-Ouest et, sans jamais faire tirer sur la foule, rétablit rapidement l'ordre.

Loin de jeter de l'huile sur le feu, Adenauer adresse dès le 17 juin un message aux habitants du secteur Est pour les inviter à ne pas « se laisser entraîner par des provocateurs à des actes qui pourraient mettre en danger leur vie et leur liberté[19] ». Le 22, il demande à Washington, Londres et Paris de proposer dans les meilleurs délais à Moscou une rencontre sur la question allemande, pour mettre au point un « système englobant les besoins de sécurité de tous les peuples européens, y compris le peuple russe[20] ». Une conférence à quatre finira par se tenir au début de 1954, à Berlin, mais elle ne réalisera aucun progrès, hormis celui de convoquer une autre conférence, qui aura lieu à Genève en juin-juillet de la même année et mettra fin à la phase française de la guerre d'Indochine. Il y a belle lurette à cette date que la situation a été « normalisée » à Berlin-Est. À quel prix ? Les dernières estimations font état d'une cinquantaine de morts, dont dix condamnés par les tribunaux est-allemands ou soviétiques et six membres des services de sécurité[21]. L'affaire est loin en tout cas de provoquer dans le monde une émotion comparable à celle que suscitera, huit ans plus tard, la construction du mur coupant en deux la vieille capitale de la Prusse et du Reich.

Redoutant qu'elle ne remette en cause son approche de la solution du problème allemand, Beria a tout fait pour empêcher l'intervention des troupes soviétiques, aggravant ainsi son conflit latent avec le haut commandement et plus particulièrement avec le populaire maréchal Joukov, héros de la victoire de 1945. Khrouchtchev fait rapidement le tour de ses pairs et n'a apparemment pas de mal à convaincre la plupart d'entre eux qu'en Allemagne, en Yougoslavie et ailleurs le chef du MVD est en train de trahir l'intérêt suprême de la patrie soviétique et qu'il ne faut pas hésiter à l'abattre si l'on veut prévenir un retour de la terreur dont il a été l'artisan. L'armée fait venir deux divisions dans la capitale pour le cas où les troupes de sécurité du ministère de l'Intérieur voudraient défendre leur chef. Le 26 juin, à 13 heures, raconte le

---

19. Cité in Bernard Winter, *Berlin, enjeu et symbole*, Calmann-Lévy, 1959, pp. 110-111.

20. Cité in Paul Weymar, *Conrad Adenauer*, Plon, 1956, p. 222.

21. Dieter Staritz, *Geschichte der DDR*, Francfort-sur-le-Main, Suhrkamp 1996, repris par Andrzej Paczowski et Karel Bartosek, in Stéphane Courtois *et al.*, *op. cit.*, p. 477.

maréchal Moskalenko dans ses Mémoires, un commando de cinq personnes, auxquelles s'est joint Joukov, fait irruption en pleine séance du praesidium pour arrêter Beria[22]. Selon l'agence Tass, ce dernier sera condamné à mort et fusillé le 24 décembre, avec six de ses lieutenants, pour complot « visant à faire renaître le capitalisme et à rétablir le règne de la bourgeoisie ».

À en croire Moskalenko, les crimes dont Beria était accusé par le procureur général Roudenko ne remplissaient pas moins de trente-trois volumes. Sans les préciser davantage, Sergo Beria assure avoir « de fortes raisons de croire que son père a été assassiné le 26 juin[23] ». L'histoire de l'URSS est riche de trop de mensonges pour qu'on s'aventure à trancher ce débat. Ce qui est sûr, c'est que le dossier du grand maître du MVD était fort lourd, et qu'il a fourni un excellent bouc émissaire à des hommes dont les mains n'étaient pas nécessairement beaucoup plus blanches que les siennes.

La lutte pour le pouvoir est cependant loin d'être terminée. Le 8 février 1955, Malenkov démissionne de son poste de chef du gouvernement en alléguant son « manque d'expérience[24] ». Est-ce la bonne raison ? Quarante-huit heures plus tôt, la délégation soviétique à une conférence non officielle sur la solution du problème allemand, qui se tenait à Varsovie, a entériné une résolution approuvant le plan de réunification de l'Allemagne au moyen d'élections libres et contrôlées déposé l'année précédente par le ministre des Affaires étrangères de Churchill, Anthony Eden. En 1963, Khrouchtchev accusera Malenkov d'avoir fait comme Beria, tout de suite après la mort de Staline, la « proposition provocatrice de liquider la RDA en tant qu'État socialiste[25] ». Curieusement, le même M. K. sera destitué, quelques mois plus tard, alors qu'il s'apprêtait à se rendre à Bonn. C'est seulement en mai 1970 qu'un chef du gouvernement soviétique, en la personne d'Alexis Kossyguine, visitera pour la première fois son homologue de la République fédérale. Encore la rencontre aura-t-elle lieu non pas à Bonn, mais à Kassel, et aura-t-elle été précédée d'une entrevue en RDA entre Willy Brandt, alors chancelier, et Kossyguine. Il est difficile de se défendre de l'impression que le moindre soupçon

---

22. Extrait des Mémoires de Moskalenko, *les Nouvelles de Moscou* du 15 juin 1990.
23. Cité par Beria, *op. cit.*, p. 382.
24. Keesing's, 14033 A.
25. *Khrouchtchev et la culture,* texte intégral d'un discours du 8 mars 1963, Éd. Preuves, s/d/.

d'ouverture en direction de l'Allemagne occidentale suffisait à faire de son auteur un traître en puissance...

Ce n'est pas à Khrouchtchev que Malenkov cède sa place, mais au ministre de la Défense Nicolas Boulganine, barbichu aux allures de curiste fatigué, sans passé militaire et qui ne devait son titre de maréchal qu'à la faveur de Staline. Il faudra attendre le sommet quadriparti de Genève, en juillet 1955, pour que l'Occident découvre que ce n'est pas lui, mais M. K. qui préside désormais aux destinées de l'Union soviétique. Eisenhower lance à cette occasion un mirifique projet de « cieux ouverts », destiné à permettre aux avions espions des deux camps de survoler impunément le sol de l'adversaire pour s'assurer qu'il n'est pas en train de préparer une agression. Boulganine fait mine sur le moment d'acquiescer, mais, à la première suspension de séance, Khrouchtchev aborde le président américain pour lui dire qu'il n'est pas d'accord avec une proposition qui se résume à ses yeux à une « vulgaire mission d'espionnage [...]. Il souriait, mais sa voix ne souriait pas, écrit "Ike" dans ses Mémoires. Ce fut à cet instant que je compris pour la première fois qui était le patron de la délégation soviétique[26] ».

*
* *

Un an plus tôt, une autre conférence, autrement dramatique, s'était déroulée au même endroit. À l'ordre du jour, la recherche d'une solution politique à la question coréenne, maintenant qu'un armistice avait été conclu, et celle d'un règlement en Indochine, où la guerre faisait rage depuis près de huit ans. Les pourparlers sur la Corée n'avaient pas avancé d'un pouce. En revanche, un accord avait été conclu, mettant provisoirement fin à la guerre d'Indochine, dans une atmosphère qui avait paru suffisamment positive pour que l'on célèbre partout « l'esprit de Genève ».

Pourquoi cette guerre ? La conquête française, menée depuis le milieu du XIXe siècle au nom de la liberté du commerce et de la protection des catholiques persécutés[27], s'était heurtée à une très longue résistance : bousculant les structures traditionnelles sans vraiment les remplacer, elle n'avait associé qu'une petite minorité

---

26. Eisenhower, *Batailles pour la paix, op. cit.*, t. I, p. 595.
27. Philippe Devillers, *Français et Annamites, partenaires ou ennemis, 1856-1902*, Denoël, 1998.

de Vietnamiens à la gestion de leurs affaires. Les mouvements de contestation s'étaient succédé depuis la « révolte des lettrés » du Tonkin, en 1889, jusqu'à la mutinerie des tirailleurs de Yên Bai, en 1930. La répression avait été féroce, et le communiste Nguyên Ay Quôc – qui deviendra célèbre sous le pseudonyme d'Hô Chi Minh (Celui qui répand la lumière) – fut emprisonné à Hongkong où il avait trouvé refuge. Manquant de peu d'être extradé, il réussit à s'enfuir et à gagner Moscou, où l'on n'avait pas oublié qu'il avait été l'actif adjoint de Borodine durant le soulèvement de Canton. Il y compléta sa formation de léniniste intégral. Sa trace se perd ensuite jusqu'à ce qu'on le retrouve en 1943 aux abords de la frontière du Tonkin.

Léon Blum avait bien essayé de libéraliser la politique indochinoise de la France au moment du Front populaire, mais il n'était pas resté assez longtemps au pouvoir pour vraiment y parvenir. Les partisans de la manière forte avaient survécu à la défaite de juin 1940, sans se rendre compte à quel point celle-ci leur avait fait perdre la face. D'autant plus que les Japonais avaient rapidement obtenu pour leurs troupes la possibilité d'utiliser le territoire indochinois. Roosevelt et Staline, de leur côté, allaient s'entendre lors de leur rencontre à Téhéran, en 1943, sur la nécessité de mettre fin à la domination française en Extrême-Orient. Et l'oncle Hô avait créé une Ligue pour l'indépendance du Viêt Nam, le Viêt Nam Dôc Lâp Dông Minh Hôi, plus connu sous le nom « Viêt-minh », destinée à dissimuler le caractère fondamentalement communiste de son entreprise. Les Américains s'y laisseront prendre un moment, qui l'aideront à établir, à partir d'août 1944, des zones de gouvernement révolutionnaire au Tonkin.

En mars suivant, les Japonais internent les troupes de Vichy et mettent en place, sous l'autorité théorique de Bao Dai, le faible empereur d'Annam, un gouvernement fantoche qui proclame l'indépendance du pays. Ils en font autant au Cambodge. Le Viêtminh en profite pour prendre pratiquement le contrôle de l'ensemble du nord du Viêt Nam et de vastes régions du Sud. Il ne lui faut que quarante-huit heures, après la capitulation de Tokyo, pour mettre la main sur une grande partie des stocks d'armes français et nippons, s'emparer de Hué, et persuader Bao Dai d'abdiquer et de se contenter d'un poste de conseiller spécial auprès du gouvernement. Le 2 septembre, Hô est maître de Hanoi, où, devant un million de personnes, il proclame l'indépendance de la République démocratique du Viêt Nam, dont le drapeau rouge, avec une grosse étoile d'or à cinq branches au centre, affiche l'idéologie. Aussi bien ne perd-il pas de temps pour partager les propriétés des colons entre les paysans sans terre, nationaliser les services publics, libérer les milliers de militants politiques emprisonnés.

Reste de Gaulle. A-t-il pris la mesure du problème que son soudain retrait du pouvoir, en janvier 1946, complique encore ? « Nous reviendrons parce que nous sommes les plus forts[28] », répond-il à ceux de ses fidèles qui le mettent en garde contre les aléas d'une reconquête. Une déclaration gouvernementale du 24 mars 1945 résume ses intentions : lorsqu'elle sera « libérée de l'envahisseur, la Fédération indochinoise formera avec la France et les autres parties de la Communauté une Union française dont les intérêts à l'extérieur seront représentés par la France. L'Indochine jouira, au sein de cette Union, d'une liberté propre. Elle aura un gouvernement, présidé par le gouverneur général, et composé de ministres responsables devant lui qui seront choisis aussi bien parmi les Indochinois que parmi les Français résidant en Indochine[29] ». Suivent des dispositions relatives à l'élection d'assemblées, à l'égalité des droits, à l'enseignement, à l'autonomie économique.

Aussitôt après Hiroshima, qui le prend, comme tant d'autres, au dépourvu, l'homme du 18 juin déroute sur la Cochinchine les deux divisions qui devaient être engagées contre le Japon sous le commandement de Thierry d'Argenlieu, moine sorti de son carmel pour devenir amiral de la France libre, et du général Leclerc. Il leur assigne comme première mission de « rétablir la souveraineté[30] » dans toute l'Indochine. Mais de graves troubles se produisent au début de septembre à Saigon, avant l'arrivée du corps expéditionnaire, causant la mort de cinq Français. Le sud de l'Indochine est alors occupé par les Britanniques, arrivés pour recueillir la capitulation des forces nippones, en application d'un accord conclu en juillet 1945 pendant la conférence de Potsdam. Leur commandant, le général Gracey, décide, sur la demande pressante de Leclerc, de libérer mille cinq cents soldats de l'armée de Vichy qui sont toujours dans leurs camps d'internement et de les charger d'occuper les bâtiments publics, avec l'appui d'un groupe de soldats népalais de l'armée des Indes, les Gurkhas. Les Français s'acquittent de cette mission, sans coup

---

28. Cité in Jean et Simonne Lacouture, *Vietnam, voyage à travers une victoire*, Seuil, 1976, p. 16.

29. Texte intégral dans *Le Monde* du 27 mars 1945.

30. Amiral d'Argenlieu, *Chronique d'Indochine,* 1945-1947, Paris, Albin Michel, 1983, p. 52.

férir, le 23 septembre. Le Viêt-minh réplique en lançant un appel à l'insurrection générale. Le 25, cent cinquante Français sont assassinés et trois cents autres pris en otage.

La tension est un peu retombée lorsque, un mois plus tard, le corps expéditionnaire fait son entrée dans la capitale avant de nettoyer rapidement la Cochinchine. Leclerc a vite fait cependant de comprendre que le passé est le passé, et qu'il faut essayer de s'entendre avec Hô Chi Minh. Ce dernier voit de son côté dans une présence française temporaire un moyen d'obtenir le départ des troupes de Tchang Kaï-chek qui, comme les Britanniques au Sud, sont chargées de recueillir la capitulation japonaise au nord du 16e parallèle. Car elles se mêlent lourdement des affaires vietnamiennes, notamment en soutenant des partis anti-viêt-minh auxquels il a bien fallu donner des ministères : Paris est en effet disposé à négocier l'évacuation des Chinois contre l'abandon de ses concessions à Shanghai et dans diverses villes de l'empire du Milieu ainsi que du chemin de fer du Yunnan. Un accord interviendra à cet effet en février-mars 1946.

Le 6 mars, non sans que de sérieux incidents aient paru menacer à plusieurs reprises la négociation, Jean Sainteny, gouverneur du Tonkin, partisan affiché de la conciliation, signe avec l'oncle Hô une « convention préliminaire » à défaut de laquelle les troupes françaises n'auraient pu débarquer sans dommage à Haiphong et pénétrer à Hanoi. Elle fait de la « République du Viêt Nam un État libre [...] au sein de la Fédération indochinoise et de l'Union française ». Quelles seront ses frontières ? Le Viêt-minh entend obtenir la réunion de ce qu'il appelle les trois Ky (les trois régions) : Annam, Tonkin, Cochinchine. Mais si les deux premiers sont des protectorats, jouissant d'un minimum d'organisation étatique, Paris n'entend pas faire son deuil de la troisième, qui est une colonie : on s'entend sur le principe d'un référendum pour régler la question. La convention prévoit enfin que la France aidera à la création d'une armée nationale avec laquelle elle défendra le pays pendant cinq ans, après quoi ses troupes se retireront[31].

Les Pays-Bas et l'Indonésie vont s'accorder quelques mois plus tard sur une formule comparable. Dans leur cas, cependant, les divisions internes des communistes laissent les mains libres au

---

31. Texte de la convention in Claude-Albert Colliard, *Droit international et Histoire diplomatique, documents choisis,* Montchrestien, 1955, t. I, pp. 241-242.

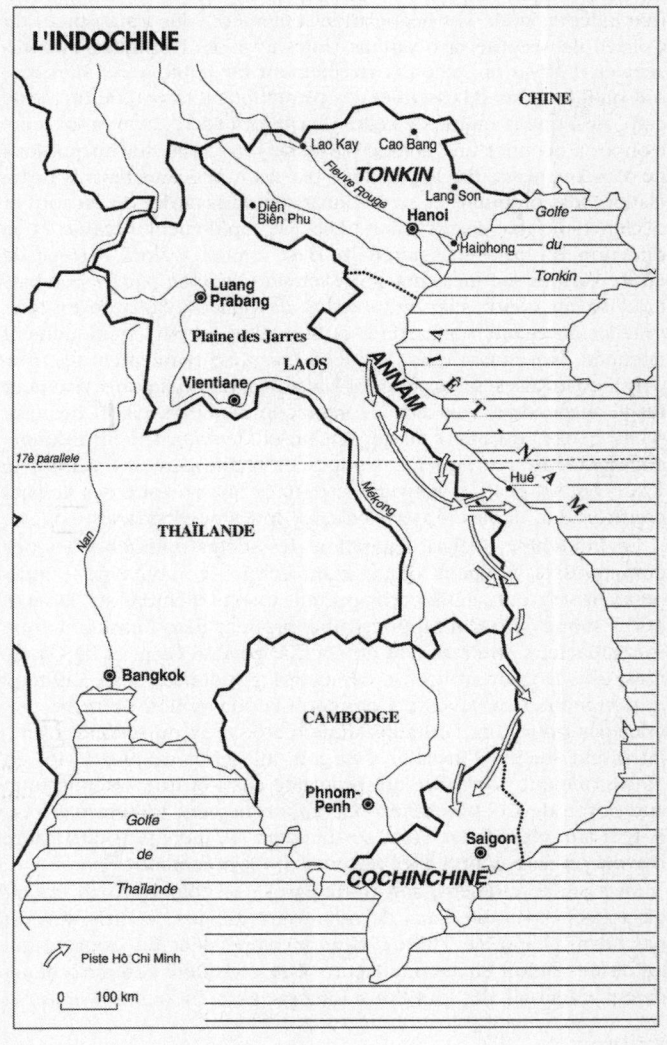

leader nationaliste Ahmed Sukarno, que sa collaboration avec les Japonais n'a pas empêché de proclamer en août 1945 une république indépendante. Les négociations entamées sous les auspices du Conseil de sécurité des Nations Unies avec les Hollandais aboutissent en 1948 à un accord extrêmement favorable à ces derniers, puisqu'il leur laisse l'essentiel des plantations d'hévéa, de thé et de café, ainsi que la moitié de celles de canne à sucre, et autorise leurs troupes à occuper une grande partie de Java. Mais, sur instructions de Moscou, agacé par le rôle joué par les Américains dans la négociation, les communistes se désolidarisent sans tarder de l'accord et déclenchent une insurrection. Elle est rapidement écrasée et la direction du parti massacrée. La Haye commet alors l'erreur de croire l'armée indonésienne suffisamment affaiblie par les combats pour lancer contre elle une « action de police ». Sukarno en tête, tous les dirigeants sont arrêtés et la totalité du pays pratiquement occupée. Moyennant quoi, la guérilla paralyse rapidement les troupes néerlandaises, tandis que les États-Unis, où l'opinion a vivement réagi, suspendent leur aide économique aux Pays-Bas. Il ne reste plus à ceux-ci qu'à faire ce que le Conseil de sécurité leur ordonne, autrement dit retirer leurs troupes et reconnaître à Sukarno, le 27 décembre 1949, la souveraineté sur la quasi-totalité des îles qui constituaient, depuis le XVIIe siècle, les Indes néerlandaises.

En Indochine, malgré l'agitation des sectes traditionnelles, les communistes tiennent d'une main ferme le mouvement indépendantiste, leurs désaccords portant essentiellement sur la tactique à suivre : Hô Chi Minh est plus prudent dans l'ensemble que son audacieux commandant en chef, le général Giap. Et de Gaulle n'est plus là pour arbitrer le désaccord grandissant entre Sainteny et d'Argenlieu sur la suite à donner à la convention de mars, premier pas pour l'un, véritable Munich aux yeux du second. L'amiral prend sur lui d'installer à Saigon, au début de juin 1946, un gouvernement provisoire qui proclame aussitôt une « République autonome de Cochinchine ». Ce gouvernement ne fera pas long feu, et son chef, le Dr Tinh, se suicidera six mois plus tard, faute d'avoir pu faire adopter les réformes qu'il préconisait.

Mais sur le moment, son porte-parole, le colonel Xuan, reçoit un accueil favorable dans de nombreux milieux, à Paris. Il n'est pas jusqu'à Maurice Thorez, alors vice-président du Conseil, qui lui dit ne vouloir en aucune façon « être considéré comme le liquidateur éventuel des positions françaises en Indochine[32] ». Aussi

---

32. Cité par Philippe Devillers, *Histoire du Vietnam*, Seuil, 1957, p. 138.

bien le leader communiste conseille-t-il la sagesse à Hô, venu en France pour participer à Fontainebleau à la conférence destinée à transformer l'accord provisoire de mars 1946 en texte définitif. Mais il apparaît très vite qu'aucun compromis n'est possible. Leclerc lui-même avait écrit à Maurice Schumann, pour qu'il s'en fasse l'écho auprès du gouvernement dont on attend la formation après les élections du 2 juin à l'Assemblée constituante : « Qui est Hô Chi Minh ? Il importe avant tout de ne pas oublier que c'est un grand ennemi de la France et que le but poursuivi par lui-même et son parti, il y a six mois, était notre mise à la porte pure et simple. L'échéance est reportée, mais l'idée demeure [...]. Le cadre fixé par la France est parfaitement net et bien défini : fédération indochinoise dans le cadre de l'Union française ; il est nécessaire que nos représentants s'y maintiennent[33]. »

La conférence de Fontainebleau se conclut, le 14 novembre, sur un *modus vivendi*, mais la portée de ce dernier est trop limitée pour faire longtemps illusion. Giap ne s'est jamais caché de considérer la convention du 6 mars comme un autre Brest-Litovsk, cette fameuse paix germano-russe de 1917 dont on a vu, au début de ce livre, qu'aux yeux de Lénine elle n'avait d'autre justification que de « céder de l'espace pour gagner du temps[34] ». Les incidents, et notamment les meurtres de Français ou de Vietnamiens hostiles au Viêt-minh, ne cessent de se multiplier. Giap n'a-t-il pas organisé des « comités d'assassinat » à cet effet ? Quant à Hô Chi Minh, il fait approuver par l'Assemblée nationale, dès son retour de France, le 20 octobre, une constitution excluant, en violation ouverte de son accord avec Sainteny, toute appartenance tant à l'Union française qu'à la Fédération indochinoise et donnant tous les pouvoirs à une commission permanente dominée par le Viêt-minh.

Le 23 novembre, le général Valluy, haut-commissaire par intérim, réplique à des attaques particulièrement violentes des milices communistes en faisant bombarder puis occuper Haiphong. Il y a de nombreux morts. Officiellement, il s'agit seulement de « donner une leçon au Viêt-minh[35] ». En fait, c'est le début d'une guerre dont Hô Chi Minh a mieux que personne défini la nature

---

33. Texte intégral in Georgette Elgey, *Histoire de la IVe République*, Fayard, 1993, t. I, pp. 301-302.
34. Discours au IXe congrès du Parti communiste de Russie, cité in Volkogonov, *op. cit.*, p. 199.
35. Cité in Jean Lacouture et Philippe Devillers, *La Fin d'une guerre*, Seuil, 1960, p. 18.

lorsqu'il a déclaré au journaliste américain David Schoenbrunn : « Ce sera une guerre entre un tigre et un éléphant. Si jamais le tigre s'arrête, l'éléphant le transpercera de ses puissantes défenses. Seulement le tigre ne s'arrêtera pas [...] lentement, l'éléphant mourra d'épuisement et d'hémorragie[36]. » Cette guerre, ou plutôt sa phase française, durera sept ans et demi, et s'étendra rapidement au Laos et au Cambodge. Son destin a été largement scellé lorsque le corps expéditionnaire a échoué à empêcher les « Viets », durant l'hiver 1949-1950, de s'emparer des places fortes de Cao Bang et de Lang Son, à la frontière chinoise, et de faire ainsi leur liaison avec les soldats de Mao. Aussi bien les gouvernements de Pékin et de Moscou ont-ils très rapidement reconnu la « République démocratique du Viêt Nam », la RDVN, à laquelle ils ne vont pas cesser de fournir un important soutien en armements et en logistique.

La seule chance qui reste alors à la France est de persuader les États-Unis de l'aider, en replaçant le conflit dans le contexte de la guerre froide. La tâche est aisée : avant même le déclenchement des hostilités en Corée, le Conseil national de sécurité américain voyait dans l'Indochine une « région décisive de l'Asie du Sud-Est directement menacée », ajoutant un peu plus tard que « toute nouvelle extension de la zone dominée par le Kremlin ferait croire à l'impossibilité de former une coalition capable d'affronter celui-ci avec plus de vigueur[37] ». En 1952, il prophétisera, en cas de victoire du Viêt-minh, le passage probable au communisme du reste de l'Asie du Sud-Est, de l'Inde, du Moyen-Orient, et même du Japon[38] : première version de la fameuse « théorie des dominos » qu'Eisenhower exposera au moment du siège de Diên Biên Phu : « Vous avez une rangée de dominos dressés : vous renversez le premier et vous pouvez être sûr que le dernier sera renversé lui aussi très vite[39]. »

Dès 1950, les États-Unis prennent à leur compte 40 % des dépenses des forces françaises, et en 1953 leur aide atteindra près de la moitié. Mais ils exigent en contrepartie que la IVe République renonce à toute souveraineté sur l'Indochine, ce à quoi elle ne se décidera que petit à petit, et de mauvaise grâce, au moins pour le Viêt Nam, dont l'indépendance sous le

---

36. David Schoenbrunn, *Ainsi va la France*, Julliard, 1957, p. 273.
37. Kissinger, *op. cit.*, p. 562.
38. *Ibid.*, p. 565.
39. Cité in Joseph Newhouse, *War and Peace in the Nuclear Age*, New York, Knopf, 1989, p. 100.

sceptre de Bao Dai, qui a rompu depuis belle lurette avec le Viêt-minh, ne sera reconnue qu'à la veille de la fatale bataille de Diên Biên Phu. Il y a déjà longtemps à cette époque que se développe en métropole un courant favorable à une paix négociée avec ce Viêt-minh qui n'est pourtant aux yeux du président socialiste de la République Vincent Auriol qu'un « satellite du Kominform[40] », et à ceux du ministre des Affaires étrangères Georges Bidault qu'une « bande d'assassins[41] ».

La stratégie des chefs du corps expéditionnaire tient en peu de mots : contraindre l'adversaire à amener à découvert l'essentiel de ses forces et frapper un grand coup pour les neutraliser. De Lattre avait bien cru y être parvenu à l'automne 1951, mais il meurt subitement l'année suivante, sans avoir réalisé que les Viets ont profité de l'avance de ses troupes pour prendre à revers la ligne de neuf cents fortins qu'il avait fait construire en vue de protéger, avec Hanoi et Haiphong, le delta du fleuve Rouge, grenier à riz du Tonkin et à ce titre objectif essentiel du Viêt-minh. Dès 1953 en tout cas, la plupart des dirigeants français ont perdu l'espoir de vaincre. Lorsque Joseph Laniel est investi président du Conseil, en juin, il assure qu'il s'emploiera « inlassablement » à rechercher une fin négociée des hostilités. Pierre Mendès France s'était fait violemment attaquer à l'Assemblée lorsqu'il avait préconisé, trois ans plus tôt, une démarche analogue.

*
* *

La mort de Staline y est-elle pour quelque chose, qui a déjà débloqué la négociation coréenne ? Hô Chi Minh, en décembre, se déclare prêt à examiner d'éventuelles propositions françaises[42]. Molotov, de son côté, se montre fort prévenant. C'est ainsi qu'il est décidé, lors de la réunion des ministres des Affaires étrangères des Quatre à Berlin, en janvier 1954, que la conférence prévue en mai sur la Corée débattra également de l'Indochine. Y seront représentés, outre les quatre grands, la Chine populaire, que la Grande-Bretagne est seule jusqu'alors à avoir reconnue, et les gouvernements et mouvements révolutionnaires qui se disputent

---

40. Cité in J. et S. Lacouture, *op. cit.*, p. 19.
41. *Ibid.*
42. Joseph Laniel, *Le Drame indochinois,* Plon, 1957, p. 9.

le Viêt Nam, le Laos et le Cambodge. De ces bonnes dispositions Bidault conclut un peu vite qu'il est possible, selon ses propres termes, « d'acheter la Chine », celle-ci ayant besoin de tout. Autrement dit, de la reconnaître, de lui fournir des crédits abondants, mais d'exiger d'elle, en contrepartie, qu'elle abandonne le Viêt-minh. « Hô Chi Minh doit être le Markos [le chef des guérilleros grecs abandonnés par Staline] asiatique », me confie-t-il un jour dans son grand bureau du Quai d'Orsay.

C'était beaucoup s'avancer. Certes un membre du Politburo chinois avait déclaré en mars que le besoin de maintenir la paix pouvait justifier « dans d'autres pays des reculs temporaires[43] ». Et Khrouchtchev fait état dans ses Mémoires, publiés en 1970 sans l'accord du Kremlin et seulement en Occident, d'une démarche de Hô Chi Minh, relayée auprès de lui par Zhou Enlai, selon laquelle la situation de ses troupes était « désespérée » et hors d'état de résister plus longtemps aux Français, à défaut de cessez-le-feu. Elles allaient donc battre en retraite jusqu'à la frontière chinoise, si nécessaire, et demandaient à Pékin de se tenir prêt à intervenir militairement, comme il l'avait fait pour la Corée du Nord. À quoi Zhou répondit que, compte tenu des pertes alors subies, il était impossible d'accéder à cette demande[44]. M. K. aurait obtenu qu'il n'en dise rien, de manière à ne pas décourager les combattants vietnamiens « qui se battaient bien ». Dans ces conditions, écrit-il, « la chute de Diên Biên Phu [...] nous laissa bouche bée de satisfaction et de plaisir[45] ».

Est-ce à dire que le général Navarre avait une chance sérieuse de briser le corps de bataille viêt-minh lorsque celui-ci se lancerait à l'assaut de cette position qui lui barrait l'accès du Laos ? Dès le 1er janvier 1954, devant l'arrivée de renforts adverses disposant, grâce aux Chinois, d'un armement très important, il faisait part de ses doutes à Paris. Il ne fallut en tout cas que trois jours aux « Viets », passés à l'attaque le 13 mars, pour neutraliser l'unique piste d'atterrissage de la forteresse de Diên Biên Phu, particulièrement vulnérable aux tirs d'artillerie et de mortiers en raison de sa situation en cuvette. Une seule carte restait à jouer : soumettre les assaillants à un bombardement aérien massif. Mais le commandement français n'avait ni les appareils ni les aérodromes nécessaires. C'est ainsi que naquit l'idée de faire appel à l'aviation améri-

---

43. Cité in Paul Ely, *Mémoires. L'Indochine dans la tourmente*, Plon, 1964, p. 65.
44. Khrouchtchev, *Souvenirs, op. cit.*, p. 457.
45. *Ibid.*

caine. Des discussions approfondies eurent lieu à ce sujet entre Paris et Washington, amenant Eisenhower à poser trois conditions : l'accord du Congrès, celui de la Grande-Bretagne, et la reconnaissance par la France d'une indépendance complète du Viêt Nam.

Churchill, on l'a dit, aspirait à finir sa vie en homme de paix. Le non catégorique qu'il opposa à la démarche franco-américaine suffisait à torpiller le projet. Il est difficile d'imaginer que Ike ne se soit pas attendu à ce refus, même si la chute du Viêt Nam aux mains des communistes l'inquiétait considérablement. Fut-il question à ce moment de l'emploi de deux armes atomiques ? Georges Bidault assure avoir été saisi par Dulles d'une proposition en ce sens, qu'il aurait immédiatement écartée[46]. Les Américains contestent totalement cette version des faits, qu'ils attribuent à l'usure nerveuse du ministre des Affaires étrangères. Mais il y a rarement fumée sans feu : l'amiral Radford, alors président des chefs d'état-major, a fait état d'un rapport d'un groupe d'études avancées du Pentagone selon lequel « trois armes atomiques tactiques, convenablement employées, suffisaient à détruire l'effort militaire du Viêt-minh en cet endroit[47] », et il a bien dû y avoir quelques experts américains pour en parler à des officiels français. Maurice Schumann a d'ailleurs confirmé avoir entendu Dulles proposer à Bidault, qui avait immédiatement refusé, le 24 avril, de lui « donner deux bombes atomiques[48] ». Il est plus que douteux, en revanche, qu'Eisenhower ait sérieusement envisagé cette solution : « Vous êtes cinglés, devait-il dire à son assistant pour les questions de sécurité nationale, qui lui avait apporté un document pesant le pour et le contre d'un recours à l'arme atomique, nous ne pouvons pas employer ces horribles choses en Asie pour la deuxième fois en moins de dix ans. Mon Dieu[49]... »

De quels atouts disposait la délégation française lorsque s'ouvre le 8 mai, vingt-quatre heures après la chute de Diên Biên Phu, la conférence de Genève ? Très exactement du « deux de trèfle et du trois de carreau », comme Georges Bidault devait vite le reconnaître devant moi dans sa villa de Genève. Il déposera d'entrée de jeu un document prévoyant le regroupement des armées en pré-

---

46. Bidault, *op. cit.*, p. 198.
47. Newhouse, *op. cit.*, p. 100.
48. Texte intégral du témoignage de Maurice Schumann in Jean-Claude Demory, *Georges Bidault*, Julliard, 1995, p. 348.
49. Newhouse, *op. cit.*, p. 102.

sence dans des zones à déterminer – ce qu'on appellera la « peau de léopard » –, l'évacuation du Laos et du Cambodge par le Viêt-minh, et la cessation immédiate des hostilités. Soutenu par Molotov et Zhou Enlai, le ministre des Affaires étrangères de l'oncle Hô, Pham Van Dong, réclame la reconnaissance des trois États d'Indochine, un cessez-le-feu, le retrait de toutes les troupes étrangères (y compris donc les françaises) et l'organisation d'élections. Coprésident de la conférence, Eden fait accepter peu après le principe d'un partage provisoire du Viêt Nam le long du 17e parallèle, à la coréenne. Entre-temps, le gouvernement Laniel a été renversé et Pierre Mendès France désigné à une majorité écrasante pour lui succéder.

« PMF », qui a pour lui la netteté de son propos, à l'image de son caractère, et le soutien massif de l'opinion, redoute un effondrement du corps expéditionnaire, qui rendrait sa tâche impossible. Il se donne quatre semaines pour aboutir, précisant qu'en cas d'échec il se réserve la possibilité de faire appel au contingent. C'est assez pour convaincre le Viêt-minh de se prêter à un accord divisant le Viêt Nam le long du 17e parallèle et prévoyant des élections dans un délai de deux ans. Moyennant quoi, la France retirera ses troupes dans les deux mois. Aux yeux d'Eisenhower, ce sont là « les meilleures dispositions que la France pouvait escompter compte tenu des circonstances[50] ». À cette nuance près que le gouvernement du mandarin catholique Ngô Dinh Diêm, installé à Saigon depuis un mois avec la bénédiction des États-Unis, n'a pas signé le document final de Genève, protestant notamment contre le fait que l'accord d'armistice a été conclu par les seuls hauts commandements français et viêt-minh, alors que le premier nommé ne commande les troupes vietnamiennes que par délégation de Bao Dai. De même, il se garde bien de ratifier l'engagement sur les élections et se borne à promettre de « ne pas utiliser la force pour s'opposer aux modalités du cessez-le-feu[51] ».

À vrai dire, aucun document adopté à la conférence n'engage la totalité de ses participants, et notamment le gouvernement de Saigon. Qu'attendre dès lors de cette rencontre dont Richard Nixon résumera la faiblesse intrinsèque en écrivant : « Neuf pays se réunirent et émirent six déclarations unilatérales, trois accords

---

50. Eisenhower, *Batailles pour la paix, op. cit.*, t. I, p. 433.
51. Documentation française, *Notes et Études documentaires*, n° 1901 du 30 juillet 1964.

de cessez-le-feu et une déclaration non signée[52] » ? Deux ans plus tard, après deux interventions, l'une soviétique à Budapest et l'autre israélo-franco-britannique dans le Sinaï et à Suez, il ne restera rien de l'accalmie née de la mort de Staline. Au Viêt Nam même, les chances de voir se dérouler les élections prévues pour 1956 se réduisent de jour en jour, et bientôt l'on voit arriver les premiers « conseillers militaires » américains.

---

52. Richard Nixon, *No More Vietnams*, New York, Arbor House, 1985, p. 41.

Chapitre VIII

Le cri de l'esclave

L'ASCENSION DE KHROUCHTCHEV – ADENAUER À MOSCOU –
CANOSSA À BELGRADE – LE « RAPPORT SECRET » –
LE « PRINTEMPS EN OCTOBRE » POLONAIS – LE DRAME HONGROIS

> *Le discours fameux de Khrouchtchev n'exprimait pas la voix d'un converti à la démocratie, bien sûr ; c'était, en partie, le cri d'un esclave dont la chaîne avait été rompue, mais surtout, aussi, c'était un pacte de sécurité pour l'appareil. Il s'agissait désormais de ne laisser à personne la possibilité d'acquérir le même pouvoir despotique que Staline avait exercé[1].*
>
> Leszek Kolakowski.

Il y avait un grand absent aux obsèques de Staline : Mao, qui s'était fait représenter par Zhou Enlai. Ce dernier ayant fait l'objet d'égards exceptionnels, personne en Occident ne semble y avoir attaché sur le moment d'importance particulière. On ne se déplaçait pas à l'époque aussi facilement qu'aujourd'hui et le Grand Timonier devait conserver un souvenir assez amer du train non chauffé qui, au lendemain de la proclamation de la République populaire de Chine, l'avait amené à Moscou, à l'automne 1949,

---

1. In « Note conjointe sur le communisme et le nazisme », *Commentaire*, été 1982.

pour fêter les soixante-dix ans du Guide. Rares étaient ceux qui, comme le major Attlee, doutaient alors que les pays socialistes formaient un bloc, un camp monolithique. Dean Rusk, futur secrétaire d'État de Kennedy et de Johnson, à l'époque assistant de Dean Acheson pour les affaires d'Extrême-Orient, n'avait pas été contredit lorsqu'il avait déclaré en 1951 que la Chine avait à sa tête « un gouvernement colonial russe, un Mandchoukouo slave* sur une large échelle. Ce n'est pas le gouvernement de la Chine, ce gouvernement ne passe pas le premier test, avait-il conclu, il n'est pas chinois[2] ».

Il était difficile de se tromper davantage. En 1999, au cours d'un débat télévisé réalisé par la BBC et repris par Arte, Michel Kapitsa, vice-ministre des Affaires étrangères de l'URSS au moment de la mort du généralissime, a assuré que Pékin avait suggéré que Mao prenne sa succession à la tête du mouvement communiste mondial. Les Soviétiques auraient fait ceux qui n'entendaient rien et les Chinois ne seraient pas revenus à la charge. Mais ces derniers, s'ils avaient eu souvent maille à partir avec Staline, éprouvaient de toute évidence pour celui qui « a été, est, et restera notre modèle[3] », selon l'article consacré à sa disparition par Mao lui-même, un respect qui finissait par les faire s'incliner devant ses oukases.

Rien de tel chez les divers candidats à sa succession. Leur position n'était pas assez forte, à l'intérieur comme à l'extérieur, pour qu'ils ne fussent pas tentés d'aller chercher un appui du côté de tel ou tel PC étranger, et notamment du chinois, dont le prestige était alors à son comble. C'est vraisemblablement dans ce but que, à peine le Guide disparu, Malenkov envoya un nouvel ambassadeur à Pékin en la personne de Vassili Kouznetsov, qui sera par la suite vice-ministre des Affaires étrangères, et donna le feu vert à l'accélération des négociations économiques bilatérales engagées depuis novembre. Il ne lui fallut que quinze jours pour s'entendre sur les modalités d'une aide destinée à permettre aux Chinois de lancer en six ans quelque cent quarante et un grands projets industriels.

Khrouchtchev était apparemment disposé à payer beaucoup plus pour obtenir le soutien de Pékin. Il n'était encore que pre-

---

* Nom de l'empire fantoche cééé par les Japonais en 1931 en Mandchourie.
2. Cité par Ronald Steel dans sa recension du livre d'Acheson, *Present at the Creation*, *New York Review of Books*, 12 février 1970.
3. Cité in François Fejtö, *Chine-URSS, de l'alliance au conflit, 1950/1972*, Seuil, 1973, p. 50.

mier secrétaire du PC, sans fonctions gouvernementales, quand il alla voir Mao, en septembre 1954, à l'occasion du cinquième anniversaire de la République populaire, en compagnie de Nicolas Boulganine, alors président du Soviet suprême, et du ministre du Commerce extérieur Mikoyan. Il lui accorda la dissolution des sociétés dites d'économie mixte qui pemettaient au Kremlin de mettre en coupe réglée les ressources des Chinois, l'évacuation par l'Armée rouge de la base de Port-Arthur, et la signature d'une déclaration commune affirmant que les relations entre les deux États « seront conformes aux principes de l'égalité des droits, des avantages réciproques, du respect mutuel, de la souveraineté nationale et de l'intégrité territoriale [4] ».

Words! words! dira-t-on. Non cette fois, car les mots en question, comme l'a fait remarquer François Fejtö, sont pratiquement ceux-là mêmes que Tito avait vainement cherché à faire adopter en 1948 pour caractériser les relations de la Yougoslavie avec l'URSS [5]. Et, selon Fejtö encore, Khrouchtchev s'est référé à l'autorité de Mao au cours du débat qui devait en 1955 l'opposer à Molotov sur l'attitude à suivre en politique étrangère et n'a pas eu de peine à enrôler le Grand Timonier dans sa campagne contre Malenkov, faisant valoir que la priorité donnée par ce dernier à la production de biens de consommation au détriment de celle d'armements aboutissait à réduire l'aide militaire que l'URSS pouvait accorder à Pékin. De là à estimer que M. K. avait conclu une alliance stratégique avec Pékin, l'hypothèse est d'autant plus tentante que, au moment de sa visite, l'artillerie chinoise soumettait depuis quelques jours à des bombardements intensifs Quemoy et Matsu, deux îles situées au large du grand port d'Amoy et toujours tenues par les forces de Tchang Kaï-chek. Les États-Unis s'affirmaient décidés à aider ce dernier à les conserver et avaient conclu à Manille, l'encre des accords de Genève sur le Viêt Nam à peine sèche, un pacte de sécurité pour l'Asie du Sud-Est qui prétendait étendre le champ de leurs alliances. L'appui de Moscou n'était donc pas superflu pour Mao.

Une nouvelle « partie au bord du gouffre » allait-elle s'engager ? On le redouta un certain temps, mais la tension retomba au

---

4. François Fejtö, *Histoire des démocraties populaires*, Seuil, 1969, t. II, pp. 59-60.
5. *Ibid.*

printemps. Le mérite en revient pour une bonne part à la conférence de Bandung, au cours de laquelle fut créé, en avril 1955, le mouvement afro-asiatique, qui allait jouer un rôle majeur dans la décolonisation. Zhou Enlai, sa grande vedette, déclara que le « peuple chinois ne voulait pas faire la guerre aux États-Unis » et qu'il était « prêt à négocier avec eux au sujet de la détente en Extrême-Orient[6] ». L'influence de Khrouchtchev n'y fut pas non plus pour rien. Fort agacé de n'être pas invité à Bandung, bien que la plus grande partie du territoire soviétique soit située en Asie, il menait pour l'heure une « offensive de paix » tous azimuts. Le fait est que Mao, pendant un temps, multiplia les appels du pied en direction du Guomindang. « La solution pacifique du problème de Taiwan, alla jusqu'à déclarer Zhou, consisterait dans le retour du généralissime Tchang Kaï-chek sur le continent, avec un poste plus élevé que celui de ministre[7]. »

Loin de donner suite à ces ouvertures, Washington et Taipeh conclurent en mai 1957 un accord visant à l'installation à Taiwan de fusées atomiques américaines capables d'atteindre le continent chinois. D'où le traité d'assistance nucléaire secrètement conclu entre l'URSS et la Chine en octobre de la même année. Khrouchtchev le dénoncera moins de deux ans plus tard, n'ayant manifestement aucune envie de se laisser entraîner dans une guerre avec les États-Unis pour les beaux yeux de Mao, qui entre-temps avait repris les bombardements de Quemoy et de Matsu. Mais s'est-il jamais fait beaucoup d'illusions sur ce qu'il était en droit d'attendre de son partenaire de Pékin ? Avant même sa visite, on avait appris le suicide de Kao Kang, tout-puissant maître de la Mandchourie pendant des années, destitué quelques mois plus tôt comme « traître, conspirateur [...] agent de l'impérialisme[8] », de toute évidence parce qu'il s'était mis au service de Moscou. Dès septembre 1955, recevant Adenauer au Kremlin, M. K. avait exprimé son inquiétude quant à l'avenir de la Chine : « Elle a déjà six cents millions d'habitants, qui vivent d'une poignée de riz. Chaque année, il en arrive douze de plus. Que va-t-il sortir de là ? [...] Je vous en prie, aidez-nous à nous tirer d'affaire avec la Chine[9]. » Il était revenu deux fois sur ce thème au cours des entretiens.

---

6. *Année politique, 1955*, p. 386.
7. Déclaration à des journalistes américains au cours d'un voyage au Cambodge, citée dans Roger Lévy, *La Chine*, PUF, 1964, p. 154.
8. Fejtö, *Chine/URSS, de l'Alliance au conflit, op. cit.*, p. 57.
9. Konrad Adenauer, « Erinnerungen, 1953-1955 », *Neue Zürcher Zeitung*, 23 octobre 1966.

Ce voyage du chancelier à Moscou, qui devait aboutir, « pour tenir compte des réalités[10] », à l'échange d'ambassadeurs entre les deux pays, consacre un véritable tournant dans la politique allemande des deux camps de la guerre froide. Jusqu'alors chacun faisait de la réunification à ses conditions le but affiché de sa politique. Le partage était maintenant accepté de part et d'autre. Deux mois plus tôt, à Genève, dans les couloirs du dernier et parfaitement inutile sommet Est-Ouest consacré au problème allemand, le maréchal Joukov avait dit devant un jeune diplomate français, Jean-Marie Soutou : « Vous avez vos Allemands et nous avons les nôtres. N'est-ce pas mieux ainsi[11] ? » C'était jeter au panier des années d'efforts pour empêcher le réarmement de la RFA, contre lequel Molotov avait essayé en vain d'enrôler Mendès France en contrepartie des pressions exercées par Moscou sur Hô Chi Minh pour parvenir à l'accord de Genève sur l'Indochine.

Le vote de la « question préalable » par l'Assemblée nationale le 30 août 1954, par 319 voix (dont 53 socialistes) contre 264 (dont 50 socialistes), n'avait pas fait que « porter directement le cadavre (de la CED) du placard où ses partisans l'avaient remisé à la fosse où ses adversaires le laissaient tomber[12] », comme l'écrit Jacques Fauvet. Il avait débarrassé le Kremlin d'une perspective que ce dernier redoutait plus que tout, dans la mesure où son adoption aurait institutionnalisé l'intégration des armées ouest-européennes dans le dispositif politico-militaire américain. Moyennant quoi, la Maison-Blanche, bien décidée à ne pas rester sur cet échec, mena tambour battant la négociation des accords dits de Londres et de Paris qui, le 23 octobre, cette fois avec l'accord de la France, ouvrirent à la République fédérale les portes du Pacte atlantique. Ils l'autorisaient, en violation ouverte des engagements pris en 1945 à Potsdam, à lever immédiatement douze divisions placées, avec mille avions, sous l'autorité du SACEUR (*Supreme Allied Commander Europe*), le commandement intégré de l'OTAN en

---

10. Alfred Grosser, *La Situation de l'Allemagne en 1955*, Bruxelles, Institut des relations internationales, 1955, pp. 105-106.
11. Confidence de J.-M. Soutou à l'auteur.
12. Fauvet, *op. cit.*, p. 279.

Europe. C'est en vain cependant qu'au nom de l'égalité des droits Adenauer avait cherché à se faire autoriser à détenir des engins nucléaires tactiques. Il lui avait fallu renoncer solennellement aux armes « ABC » (atomiques, bactériennes et chimiques) et à la possession de certaines armes lourdes. L'essentiel de cette renonciation sera renouvelé par Helmut Kohl en 1990, au moment de la réunification.

L'armée française, qui n'avait pas alors d'armes atomiques, étant de plus en plus massivement engagée en Algérie, la République fédérale devenait ainsi, dix ans après la capitulation du Reich, le principal allié des États-Unis sur le continent. L'URSS, en fin de compte, réagit à cette situation plus calmement que n'aurait pu le laisser prévoir sa farouche opposition à la CED. Il s'écoula tout de même encore plusieurs mois avant la conclusion, le 14 mai 1955, d'un pacte de Varsovie, symétrique du Pacte atlantique, dont fera partie la République démocratique allemande, elle aussi réarmée, et qui sonnera le glas de ses efforts pour obtenir la neutralisation d'une Allemagne réunifiée.

Le 8 février 1955, le jour même de la démission de Malenkov – qui suivit de quarante-huit heures la chute de Mendès France –, Molotov admet pour la première fois que les troupes des quatre puissances occupantes pourraient évacuer l'Autriche avant la signature d'un traité de paix avec l'Allemagne si des « garanties adéquates[13] » étaient obtenues contre un nouvel Anschluss. Il faudra trois mois seulement pour que soit signé à Vienne le traité d'État autrichien, assorti d'une déclaration de neutralité de la patrie de Mozart, et encore trois mois pour que le dernier soldat étranger l'évacue. En battant aussi nettement en retraite à propos de l'Autriche, le Kremlin espère manifestement faire miroiter aux yeux des habitants de la RFA la perspective d'une solution analogue pour l'Allemagne et obtenir ainsi le renvoi aux calendes grecques de son intégration dans l'OTAN. Radio Moscou le dit clairement le 18 avril : « Si Bonn suivait l'exemple autrichien, l'Allemagne comme nation serait durablement gagnée à la paix mondiale. » La *Tägliche Rundschau*, quotidien du commandement soviétique à Berlin, lui fait écho en écrivant que « le chemin de l'Autriche [peut] devenir aussi celui de l'Allemagne ». Et l'équipe qui a négocié le traité autrichien est transférée à Bonn.

---

13. Keesing's, 14059 A.

C'est à ce moment-là qu'Adenauer est invité à faire à Moscou la visite dont il a été question plus haut, et qui lui vaut, entre autres, d'obtenir la libération de plusieurs dizaines de milliers de prisonniers de guerre encore retenus en URSS. Mais, pour persuader les Occidentaux de mettre en sommeil les accords de Londres et de Paris, il aurait fallu que les Allemands fussent mis dans les mêmes conditions que les Autrichiens avant la conclusion du traité d'État, c'est-à-dire qu'on les laissât désigner démocratiquement leurs dirigeants. C'était trop demander aux Soviétiques que de leur faire sacrifier la RDA : Beria avait payé cher d'avoir préconisé une telle solution. Et de s'être orienté dans ce sens n'était pas, on l'a dit, le moindre des griefs nourris par Khrouchtchev à l'égard de Malenkov.

Avec la restitution à la Finlande de la base navale de Porkkala, la régularisation des rapports entre la RFA et l'URSS constitue le dernier succès du « dégel » en matière internationale. Encore est-elle limitée, dans la mesure où Adenauer a écarté l'idée d'établir des relations avec la RDA, que l'on se refuse à Bonn à désigner autrement que la « zone soviétique d'occupation » et où Moscou empêche les pays du pacte de Varsovie de renouer avec la RFA. De surcroît celle-ci, aux termes de ce qu'on va appeler la doctrine Hallstein, du nom de son secrétaire d'État, annonce qu'elle rompra les relations diplomatiques avec tout gouvernement qui voudrait reconnaître sa rivale de l'Est. La normalisation n'interviendra que bien plus tard, en 1972, en pleine période de détente, lorsque Willy Brandt fera prévaloir son *Ostpolitik*, fondée sur l'espoir, dont la suite des événements devait montrer le bien-fondé, d'un « changement par le rapprochement » (*Wandel durch Annäherung*).

*
* *

En 1955, les problèmes internes de l'URSS et du camp socialiste l'emportent beaucoup pour Khrouchtchev sur ses rapports avec le monde capitaliste. Au moment où il est arrivé sur le devant de la scène, le mot d'ordre était à la direction collégiale : il n'était que le troisième associé d'une troïka dont il mettra longtemps à évincer les deux autres membres, tous deux intimes de Staline. Si Malenkov a démissionné de son poste de chef du gouvernement dix-huit mois après la mort du Géorgien, il a conservé un fauteuil au praesidium où sont prises les décisions majeures. C'est seulement en 1957 que M. K. réussira, à grand-peine, à se débarrasser de lui, comme de Molotov, qui n'a guère cessé de combattre la politique de dégel, avec le concours notamment de Maurice Thorez. On reviendra sur cette affaire au prochain chapitre. À quoi s'ajoutait que partout, dans les capitales des pays frères, des émules de Staline étaient au pouvoir au moment de sa mort.

Comment les faire s'aligner sur les nouvelles positions du Kremlin ? Gorbatchev devra faire face exactement au même problème en 1985 : il ne pourra compter que sur le Hongrois Kadar et sur le Polonais Jaruzelski. Honecker, à Berlin-Est, essaiera même de comploter avec Deng Xiaoping, Ceausescu, le Tchécoslovaque Husak et le Bulgare Jivkov pour lui faire échec. Mais en 1953 Nikita Serguéïevitch était loin de détenir des pouvoirs comparables à ceux dont disposera d'entrée de jeu son lointain successeur. L'un des objectifs principaux de l'énorme pavé qu'il va jeter dans la mare à l'occasion du XXe congrès du Parti communiste avec son fameux rapport secret sur les crimes de Staline sera évidemment de discréditer tous ceux qui se sont faits les complices du dictateur, en oubliant qu'il n'était pas précisément lui-même le dernier sur la liste.

M. K. n'a pas mis longtemps à s'attaquer à cette tâche. Dès la mi-juillet 1953, une réunion secrète du Kominform a été convoquée à Moscou pour entendre une première communication, présentée collectivement par la troïka, sur la situation en URSS et les raisons de l'arrestation de Beria. Il s'agissait avant tout de rassurer les dirigeants des pays frères et des PC italien et français, fort troublés par la révolte de Berlin-Est et l'arrestation du grand chef de la police. Après les formules rituelles sur le développement du camp de la paix et du socialisme face aux diktats de l'impérialisme, la déclaration reconnaît que l'application des règles léninistes dans le fonctionnement du PC a souffert de « graves défauts » et d'« irrégularités considérables », sans qu'il ait été procédé aux « consultations nécessaires », et qu'elle a débouché, en rupture totale avec l'enseignement de Marx, sur le « culte de la personnalité ». Elle en vient ensuite à Beria, accusé d'avoir tenté de « dissoudre, par ses actes de perfide intrigant, le noyau dirigeant léniniste du parti afin d'élever son prestige personnel et de réaliser ses projets criminels antisocialistes », de « transformer la RDA en État bourgeois » et « d'établir par l'intermédiaire de ses agents un contact personnel avec Tito[14] ».

Le Kremlin attend naturellement de ceux auxquels ce discours s'adresse qu'ils s'alignent sur ses nouvelles positions comme ils

---

14. Cité in Giulo Seniga, *Togliatti e Stalin*, Milan, Sugar, 1961, pp. 54-61.

l'ont fait jusqu'alors. En fait, un seul des présents, le Bulgare Tchervenkov, juge opportun de présenter son autocritique. Son homologue roumain Gheorghiu Dej s'en tire en annonçant dès le 23 août un renversement des objectifs du plan, l'agriculture et les biens de consommation se voyant attribuer la priorité jusqu'alors réservée à l'industrie lourde. En Tchécoslovaquie, où Klement Gottwald a eu le bon goût de mourir d'une pneumonie contractée aux obsèques de Staline, une direction collégiale est vite mise en place pour le remplacer. Le Polonais Bierut se décidera à l'automne à dissoudre le ministère de la Sécurité publique, à libérer des milliers de prisonniers politiques et à réviser les objectifs du plan.

Reste le cas de la RDA. Après le soulèvement de Berlin-Est, il était difficile de toucher à Ulbricht. Et celui de la Hongrie, dans les affaires de laquelle le Kremlin est intervenu lourdement avant même la réunion du Kominform. Il faut dire que le dictateur Matias Rakosi tenait tant à justifier son surnom de « meilleur élève de Staline[15] » qu'il a fait passer devant les tribunaux, à partir de 1948, quelque 17 % de la population, dont le cardinal primat Mindszenty, condamné à la prison à perpétuité, et l'ancien ministre de l'Intérieur et des Affaires étrangères Laszlo Rajk, considéré pourtant comme la « poigne du parti[16] », exécuté en 1949 pour espionnage au profit entre autres de la Gestapo et de Tito. Bien que juif lui-même – Beria l'accusait de vouloir devenir le « roi juif de la Hongrie[17] » –, il était allé jusqu'à chercher à organiser à Budapest une réplique du procès des prétendus « assassins en blouse blanche ».

Le Géorgien n'était pas mort depuis deux mois que Rakosi était convoqué par Malenkov, inquiet des manifestations de paysans qui se déroulaient dans la plaine hongroise contre les réquisitions, pour s'entendre inviter à renoncer au poste de chef du gouvernement, qu'il cumulait avec la direction du parti, et libéraliser quelque peu la politique économique. Le Magyar fit celui qui n'entendait pas, mais au lendemain des émeutes de Berlin-Est, qui avaient entraîné une vive agitation à Czepel, le Billancourt hongrois, il se vit à nouveau prier de se rendre à Moscou, pour y comparaître, avec ses principaux collaborateurs, devant le praesidium au complet. Cette fois, le Kremlin avait imposé la présence dans la délégation d'Imre

---

15. Cité in Paul Lendvai, *Die Ungarn*, Munich, Bertelsmann, 1999, p. 477.
16. Cité in Catherine Horel, *Histoire de Budapest*, Fayard, 2000, p. 269.
17. Tibor Meray, *Imre Nagy, l'homme trahi*, Julliard, 1960, pp. 18-19.

Nagy (prononcez à peu près Nodge), vieux militant issu d'une famille de paysans pauvres qui, comme Tito, avait découvert le bolchevisme en 1918, alors qu'il était prisonnier de guerre en Russie. Il s'était établi en URSS, à partir de 1930, à des postes modestes, et n'en était revenu que pour mettre en œuvre le partage des latifundia. Mais il était tombé en disgrâce dès 1948, lorsqu'il avait pris parti contre la collectivisation de l'agriculture à marches forcées.

Selon Tibor Meray, ami de Nagy qui a raconté la scène d'après les souvenirs de ce dernier, la rencontre fit penser à une séance de tribunal[18]. Molotov invita Rakosi à comprendre qu'on « ne peut gouverner éternellement appuyé sur les baïonnettes soviétiques[19] ». Finalement le dictateur se vit imposer de se débarrasser de deux de ses collaborateurs les plus proches et de laisser à Nagy sa place à la tête du gouvernement. Quelques jours plus tard, le nouveau président du Conseil prenait dans son discours d'investiture l'exact contre-pied de la politique économique suivie jusque-là, assurant que le développement de l'industrie lourde ne pouvait constituer une fin en soi, acceptant la dissolution de chaque kolkhoze quand elle était souhaitée par la majorité de ses membres, prônant une plus grande tolérance religieuse, et le renforcement de la légalité, « trop souvent violée dans tous les domaines[20] ».

La chute de Beria, et plus encore la démission de Malenkov, rendent espoir à Rakosi qui, loin d'avoir désarmé, n'a cessé de saboter, de son poste de secrétaire général du PC, l'action de Nagy. En avril 1955, avec vraisemblablement l'appui de Molotov, il obtient de la direction du parti l'exclusion de son rival, remplacé à la tête du gouvernement par un homme jeune, à la personnalité peu affirmée, Andras Hegedus. Sans doute s'imagine-t-il l'avoir emporté. La visite de Khrouchtchev à Belgrade, le mois suivant, le détrompe rapidement. À peine descendu d'avion en effet, M. K. chausse ses lunettes rondes pour lire un texte dans lequel, après avoir exprimé ses « regrets sincères pour ce qui s'est passé », il attribue aux « ennemis du peuple », aux « méprisables agents de l'impérialisme qui avaient réussi à s'infiltrer dans les rangs du parti », la paternité des « matériaux sur lesquels étaient basées les graves accusations et les injures portées à l'époque contre les dirigeants yougoslaves ». Au pas-

---

18. *Ibid.*, p. 14.
19. *Ibid.*, p. 18.
20. François Fejtö, *La Tragédie hongroise*, Pierre Horay, 1956, pp. 193-201.

sage, il dénonce le « rôle provocateur » joué en l'affaire par Beria et son bras droit Abakoumov[21]. Quelques instants plus tard, il se penche pour dire à un Tito passablement renfrogné, malgré l'élégance tapageuse de son costume blanc : « Sans toi, pendant les années sombres, nous aurions perdu tout courage, [...] naturellement, quand je disais Beria, je voulais dire Staline[22]. »

*
* *

Khrouchtchev n'espérait pas seulement amener la Yougoslavie à reconnaître qu'elle avait une part de responsabilité dans la rupture de 1948 : il comptait bien l'amener à réintégrer le camp socialiste. Mais Tito, qui était en passe de devenir l'une des principales vedettes du tiers monde en voie de constitution, était à cent lieues d'y songer. Après avoir tenu bon face à Staline, il refusait de faire le moindre cadeau à son successeur du moment : la venue de ce dernier était une visite à Canossa, point final. Non content d'obtenir l'annulation de la dette yougoslave à l'égard de l'URSS, il réussit à faire signer à son visiteur une déclaration condamnant la « politique des blocs militaires », prônant « la coopération de tous les États, sans tenir compte des différences idéologiques et sociales », et proclamant que « les questions d'organisation interne, de différences de systèmes sociaux, et des différentes formes du développement socialiste regardent exclusivement les peuples des différents pays[23] ».

On imagine l'émotion provoquée par ces propos partout où des staliniens plus ou moins reconvertis sont encore au pouvoir. Sur le chemin du retour, Khrouchtchev s'efforce d'apaiser les dirigeants bulgares, roumains, hongrois et tchécoslovaques. Leur dit-il vraiment qu'il n'a fait qu'une concession tactique à Belgrade et qu'il n'a aucune intention de la mettre en œuvre ailleurs ? Le bruit en court avec assez d'insistance pour que Tito s'en prenne avec vigueur dans un discours à « ceux qui en Hongrie mais aussi en Tchécoslovaquie affirment que ce qui s'est passé n'est qu'une manœuvre[24] ». Il n'aura de cesse que Moscou chasse les

---

21. Keesing's, 14265 A.
22. Confidence faite à l'époque à l'auteur par un membre de l'ambassade yougoslave à Paris.
23. Keesing's, 14265 A.
24. Keesing's, 14358 A.

dirigeants les plus compromis et laisse ses satellites renouer avec Belgrade.

Trop de militants de premier plan ont été envoyés à l'échafaud dans les « pays frères » au nom de leur prétendu « titisme » pour que les plates excuses présentées au maréchal ne viennent pas accroître encore le trouble partout provoqué par la dénonciation du culte de la personnalité, le procès de Beria, la chute de Malenkov. Khrouchtchev ne peut se permettre dans ces conditions de laisser pourrir la situation. Invoquant un règlement depuis longtemps ignoré par Staline, il convoque un congrès du parti, le XXe, qui se déroule du 14 au 25 février 1956. Le ton des séances publiques est à cent lieues de celui du XIXe, qui, quelques mois avant la mort du Guide, avait littéralement porté ce dernier sur les autels. Le secrétaire à l'idéologie, Souslov, pourtant connu comme un dogmatiste effréné, se félicite du « rétablissement de la direction collective à tous les échelons[25] ». Un autre orateur brise un tabou fondamental en insistant sur la possibilité pour la classe ouvrière, dans les pays « bourgeois », de gagner « une large majorité au parlement, faisant ainsi de lui un instrument de la véritable volonté populaire[26] ».

Ce n'est que de la petite bière à côté du rapport secret sur le culte de la personnalité et les crimes de Staline que Khrouchtchev présente le jour de la clôture du congrès aux 1 436 délégués médusés. Fruit des travaux d'une commission d'enquête constituée malgré les objections, Molotov en tête, des vieux staliniens du praesidium, il brosse le tableau d'un Staline « maladivement soupçonneux », décrétant « ennemis du peuple », sans apporter d'autres preuves, ceux dont il entendait se débarrasser, ajoutant à sa biographie officielle des passages dans lesquels il célébrait lui-même son exceptionnelle modestie, complètement démoralisé au début de l'invasion allemande, s'imaginant qu'il lui suffirait d'une pichenette pour se débarrasser de Tito, laissant « dormir pendant des mois des problèmes d'une exceptionnelle importance[27] ». Le Guide avait violé brutalement « des principes léninistes fondamentaux de la politique des nationalités » en procédant pendant la guerre à « des déportations massives de peuples entiers, y compris tous les communistes et komsomols [jeunesses communistes] sans excep-

---

25. « XXe congrès du Parti communiste de l'URSS », édité par les *Cahiers du communisme,* 1956, p. 235.
26. *Ibid.*, pp. 45-46.
27. Texte intégral du rapport dans *Le Monde* du 6 au 19 juin 1966, et dans Lazitch, *op. cit.*, pp. 51 à 153.

tion », sans que ces mesures fussent « justifiées par aucune considération militaire ». Il avait pris lui-même en main l'affaire du prétendu « complot des médecins », menaçant le ministre de la Sécurité d'État, Ignatiev, de lui « trancher la tête » s'il n'obtenait pas d'aveux de la part des accusés. Etc.

Comment l'entourage du Vojd avait-il pu le laisser accomplir tous ces forfaits ? La question est essentiellement posée à propos de Beria, contre qui Khrouchtchev lance un réquisitoire proprement stalinien, l'accusant d'avoir été « un agent d'un service d'espionnage étranger » – le Moussavat proturc d'Azerbaïdjan – et d'avoir su habilement gagner la confiance de Staline en flattant ses pires soupçons. Quant aux autres dirigeants, ils étaient en permanence sous la menace d'une disgrâce, sinon d'une liquidation. Nikita Sergueïevitch, après avoir réclamé un silence complet sur le contenu de son rapport, le referme au milieu d'applaudissements successivement décrits comme « tumultueux », « prolongés » et « tumultueux et prolongés, se terminant par une ovation » debout.

Le secret ne sera pas tenu bien longtemps. Très vite des fuites se produisent. Elles sont dues notamment aux Yougoslaves, Tito ayant donné lecture à la fin de février au secrétariat du comité exécutif du rapport dont Khrouchtchev avait cru bon de lui envoyer une copie. Et aussi aux Polonais, mis au courant comme tous les PC, et qui avaient trop de griefs à l'égard de l'URSS pour se sentir obligés de suivre la consigne de silence. Le premier secrétaire du comité du parti pour Varsovie prend sur lui de faire diffuser plusieurs milliers d'exemplaires du document, qui sont bientôt vendus clandestinement dans la capitale. C'est à partir de l'une de ces copies que le département d'État américain rend public le 4 juin la totalité du rapport. Il est aussitôt intégralement reproduit par plusieurs journaux, dont le *New York Times* et *Le Monde,* qui ont été en mesure de donner dès le mois de mai de nombreuses indications sur son contenu.

Cette publication fait l'effet d'une bombe, et le « grand quotidien du soir » voit ses ventes progresser de plus de dix mille exemplaires. Le bureau politique du parti français, qui jouait, on l'a dit, la carte Molotov et s'imaginait que Nikita Sergueïevitch ne garderait pas longtemps son poste, se ridiculisera en parlant le 18 juin du « document attribué au camarade Khrouchtchev[28] ». Thorez lui-même, devant qui son fils Jean

---

28. Philippe Robrieux, *Maurice Thorez : vie secrète et vie publique*, Fayard, 1975, p. 474.

s'était écrié : « Nous sommes tous des assassins[29] », n'hésite pas à déclarer à un membre du comité central, de retour de Varsovie, qui a le texte dans sa serviette : « Tu vois, ce rapport, pour moi, il n'existe pas, et bientôt il n'aura jamais existé[30]. » Sartre aura raison d'écrire, au moment de l'insurrection hongroise, que le rapport a constitué « la faute la plus énorme[31] », dans la mesure où il a fait découvrir la vérité à des masses qui n'étaient pas prêtes à la recevoir.

*
* *

Les effets du rapport ne tardent pas à se faire sentir dans la plupart des partis frères : début de réhabilitation des victimes des grands procès, limogeage d'une série de dirigeants staliniens, dissolution, le 17 avril, du Kominform, dont on a vu le rôle dans la dénonciation du « titisme », voyage triomphal du maréchal yougoslave en URSS, etc. Le dirigeant italien Togliatti résume la situation en déclarant : « Le modèle soviétique ne peut plus et ne doit plus être considéré comme obligatoire, [...] nous ne pouvons plus parler d'un seul guide[32]... » Mais c'est en Pologne que les répercussions du XXᵉ congrès sont le plus spectaculaires. Il faut dire qu'il est l'occasion de la réunion à Moscou d'une commission spéciale composée des représentants de cinq PC, dont naturellement le soviétique et le polonais, pour faire la lumière sur les conditions dans lesquelles le parti polonais (KPP) avait été dissous par le Komintern en 1938, et la plupart de ses dirigeants réfugiés en URSS physiquement éliminés. La commission a réhabilité le parti après avoir conclu que les accusations portées contre lui « reposaient sur des preuves falsifiées par des provocateurs arrêtés depuis[33] ».

Le coup est sévère pour la direction stalinienne du parti polonais, qui a déjà fort mal digéré l'élimination de Beria, les révélations sensationnelles faites à Washington, quelques semaines plus tard, et copieusement retransmises par Radio Free Europe, par un important transfuge de la police secrète, le voyage à

---

29. Cité in *ibid.*, p. 454.
30. Cité in *ibid.*, p. 466.
31. *L'Express,* 9 novembre 1956.
32. Entretien paru dans *Nuovi Argumenti*, 16 juin 1956.
33. Cité in Buhler, *op. cit.*, p. 296.

Canossa-Belgrade de Nikita Khrouchtchev, et pour couronner le tout, la mort à Moscou, quelques jours après le congrès, de Boleslaw Bierut, le numéro un du PC. D'autant plus que la Pologne avait tellement « traîné les pieds », selon l'expression de l'historien Norman Davies, que le stalinisme n'y avait jamais atteint « le degré de férocité[34] » qu'avaient connu ses voisins. Elle avait évité les purges massives, l'Église subsistait, de même que la classe moyenne, la paysannerie avait évité la collectivisation complète. Aussi bien intellectuels et étudiants n'avaient-ils pas attendu la grand-messe de Moscou pour réclamer une libéralisation de la vie culturelle. Dès août 1955 la revue *Nowa Kultura* avait publié le magnifique « Poème pour adultes » d'Adam Wazyk, dans lequel on pouvait lire : « Ils disaient/Dans le socialisme/Un doigt blessé ne fait pas mal/Ils se sont blessés au doigt/Ils ont eu mal/Ils ont douté/...... / Nous réclamons des vérités claires,/Le blé de la liberté/La raison flamboyante[35]. » Le rédacteur en chef fut puni, bien sûr, mais le mal était fait, l'insolence était partout. Le speaker de Radio Varsovie ne se le fit pas dire deux fois pour affirmer, cinq jours après la lecture par Khrouchtchev de son rapport secret, que « chacun devait comprendre qu'il avait non seulement le droit mais le devoir de penser et d'exprimer ses opinions[36] ».

C'est bien ainsi que l'entendaient les membres du comité central qui allaient devoir trouver un successeur à Bierut. Les uns, membres du groupe de Natolin, ainsi nommé d'après le quartier de Varsovie où ils se rencontraient, voulaient sauver le *statu quo* auquel ils devaient leurs places, alors que le « groupe de [la rue] Pulawska » mettait tous ses espoirs en Wladyslaw Gomulka, héros communiste de la Résistance à une époque où Staline s'entendait avec Hitler pour rayer la Pologne de la carte, et arrêté en 1950 pour titisme sans avoir jamais été jugé.

Craignant le pire, Khrouchtchev s'invite à Varsovie le 20 mars, à la veille de la réunion du comité central. L'un des candidats à la succession de Bierut est juif : c'est assez pour qu'il n'en veuille pas. Finalement un compromis intervient sur le nom d'Edward Ochab, directeur de l'éducation politique de l'armée, vieux bolchevik plus honnête que futé, en tout cas incapable de maîtriser la situation que le Premier ministre Cyrankiewicz résume le

---

34. Norman Davies, *Histoire de la Pologne*, Fayard, 1986, p. 28.
35. Autres extraits dans Buhler, *op. cit.*, pp. 253 et 300.
36. Keesing's, 14817 A.

6 mai en déclarant : « Nous sommes sur le seuil d'un nouveau processus historique de démocratisation de notre vie politique et économique[37]. » L'une de ses premières décisions est de libérer Gomulka, en compagnie de 30 000 prisonniers, dont 4 500 détenus politiques, et de réduire les peines de 70 000 autres. Il en faudrait davantage pour calmer le mécontentement général. Le 28 juin, les 15 000 ouvriers de l'usine de wagons de Poznan se soulèvent aux cris de « Donnez-nous du pain », « les Rousskis dehors », se rendent devant le siège du parti, dont ils rossent un responsable, libèrent tous les détenus de la prison. Ils cherchent en vain à s'emparer de la radio, mais réussissent à détruire la station de brouillage des émissions étrangères et en fin de compte attaquent au fusil le commissariat central de la police. Des soldats fraternisent avec les émeutiers. Les autorités ne reprennent la situation en main que dans la soirée, au prix de 74 tués, dont 8 parmi les forces de l'ordre. Tout en admettant la nécessité de diverses mesures d'apaisement, Cyrankiewicz profère des menaces grotesques à la radio, après avoir mis en cause des « agents de l'impérialisme » : « Qui osera lever la main contre le pouvoir populaire doit être certain que celui-ci lui coupera cette main dans l'intérêt de la classe ouvrière[38] ! »

L'affaire est d'autant plus grave pour les dirigeants qu'elle éclate au moment où quantité de délégations étrangères sont présentes à Poznan à l'occasion de la foire internationale. Bien que la *Pravda* écrive que les manifestants sont à l'évidence stipendiés par les États-Unis[39], la presse polonaise prend de plus en plus de libertés avec le pouvoir. « Il ne se passe pas un jour, constate bientôt l'envoyé spécial du *Monde*, Philippe Ben, sans qu'un journal polonais admette la faillite du parti dans tel ou tel secteur[40]. » Avec plusieurs autres dirigeants, Ochab se rallie à la tendance libérale. À la mi-octobre il annonce la réintégration au bureau politique de Gomulka, ajoutant que ce dernier présentera à sa place le rapport du comité central au plénum du 18. Fureur des conservateurs du groupe de Natolin qui alertent Molotov. Khrouchtchev, qui s'était entendu avec Tito pour que la libéralisation dans les pays frères se déroule en douceur, se croit joué et craint de se voir débarquer par les durs. Il donne l'ordre aux troupes soviétiques basées en Pologne de faire mouvement vers les grands centres et prend lui-

---

37. Keesing's, 14880 A.
38. Buhler, *op. cit.*, p. 313.
39. *Le Monde* du 3 juillet 1956.
40. *Le Monde* du 4 octobre 1956.

même l'avion pour Varsovie, où l'attend la direction du PC polonais au grand complet.

À peine arrivé, Khrouchtchev explose : « Nous avons libéré ce pays par le sang de nos soldats, et vous voulez le vendre aux Américains et aux sionistes[41] ! » Gomulka lui répond : « Nous avons versé plus de sang que vous et nous ne vendons rien du tout. » Que fait-il ici ? demande M. K. à Ochab, qui répond qu'il va devenir premier secrétaire du parti. « Trahison ! » s'écrie le numéro un soviétique. Il ne se calme que lorsque Gomulka menace d'expliquer à la radio comment on conçoit à Moscou l'amitié entre les peuples[42]. C'est en vain que, lors des pourparlers qui s'engagent au château du Belvédère, il essaie d'obtenir quelque gage des Polonais. Les troupes soviétiques continuant de se diriger vers les principales villes, les ouvriers se mettent en état d'alerte. Le 20 au matin, elles font demi-tour. Le lendemain, Gomulka est élu, à une écrasante majorité, membre du bureau politique et premier secrétaire. « Le sang n'aurait pas coulé à Poznan, déclare-t-il à la radio, si le parti, c'est-à-dire ses chefs, avait dit la vérité [...], ce qui est invariable dans le socialisme se réduit à la suppression de l'exploitation de l'homme par l'homme. [...] Il peut être du genre créé en URSS ; il peut être de la manière que nous observons en Yougoslavie ; il peut encore être différent[43]. »

*
* *

Ainsi commence dans la joie générale, qui éclate dans d'innombrables meetings, ce que Radio Varsovie a tôt fait de baptiser « le printemps en octobre ». Mais le bonheur des uns ne fait pas toujours celui des autres. Quand la nouvelle de la victoire de Gomulka arrive à Budapest, elle est naturellement prise comme un formidable encouragement par un peuple qui manifeste depuis des mois avec une détermination croissante son appétit de liberté et qui vient tout juste d'être débarrassé du très stalinien Rakosi. Les organes du parti n'y sont pour rien. Ce sont Mikoyan et Souslov qui ont fait le voyage de Budapest, le 17 juillet, pour signifier son congé à leur encombrant pro-

---

41. Buhler, *op. cit.*, p. 329.
42. K.S. Karol, *Visa pour la Pologne*, Gallimard, 1958, pp. 171-174 ; Éva Fournier, *Pologne,* Seuil, 1963, p. 97.
43. Documentation française, *Notes et Études documentaires*, n° 2232.

consul, lequel n'a rien trouvé de mieux, au lendemain du soulèvement de Poznan, que de déclencher une vague de répression parmi les intellectuels, comme en Pologne à l'avant-garde de la contestation.

La portée du geste soviétique s'est néanmoins trouvée limitée par la désignation du successeur de Rakosi, en la personne d'Ernö Gerö, qui ne valait guère mieux. L'une de ses premières décisions a tout de même été de réhabiliter l'ancien ministre des Affaires étrangères Laszlo Rajk, pendu en 1949 pour titisme, et de lui faire des obsèques nationales qui se sont déroulées le 6 octobre en présence de plus de 300 000 personnes, au premier rang desquelles l'ancien président du Conseil destitué l'année précédente par Rakosi, Imre Nagy, à qui Gerö allait finir par rouvrir les portes du parti. Mais les conseils de Tito, qu'il venait de rencontrer à Belgrade, n'ont pas suffi à le convaincre de sauter le pas en nommant Nagy, le seul homme auquel ses compatriotes fassent vraiment confiance, à la tête du gouvernement. Et lorsque, au lendemain du succès de Gomulka, les étudiants lancent un appel à une grande manifestation de solidarité avec la Pologne, le 23 octobre, son premier réflexe est de l'interdire.

Peine perdue : tout Budapest est bientôt dans les rues, rejoint par les ouvriers des banlieues. Comme l'écrit François Fejtö, « les freins ont lâché[44] ». Une délégation va chercher Nagy chez lui et le pousse au balcon du parlement, immense bâtisse néogothique, inspirée de Westminster, qui s'étale au bord du Danube. Il ne sait trop quoi dire, à part conseiller la prudence. Mais il peut voir, déployés sous ses yeux, des drapeaux tricolores hongrois dont on a arraché l'emblème communiste situé au milieu de la bande blanche. Quant à Gerö, qui intervient ensuite, son discours consiste essentiellement dans un éloge de l'URSS, qui fait l'effet d'une provocation. Faute d'avoir pu obtenir la retransmission de ses mots d'ordre, la foule s'attaque à l'immeuble de la radio où sont tirés de premiers coups de feu vers 21 heures. Une demi-heure plus tard, la fusillade fait rage en de nombreux endroits, la statue de Staline est renversée, et un appel à la grève générale est lancé à partir de la ville de Debrecen, la troisième du pays, dont des insurgés se sont rendus maîtres.

Le comité central, réuni d'urgence, se décide le 24 à nommer Nagy à la tête du gouvernement. Mais Gerö demeure premier secrétaire du parti. Le lendemain matin, deux décrets sont publiés

---

44. Fejtö, *Histoire des démocraties populaires*, *op. cit.*, t. II, p. 122.

qui portent l'exaspération à son comble. L'un institue une procédure sommaire pour punir de mort les actes visant à renverser la république populaire ; l'autre, « conformément au pacte de Varsovie », fait appel aux troupes soviétiques stationnées en Hongrie pour faire face à la situation « extrêmement grave créée par les ignobles attaques à main armée des bandes contre-révolutionnaires[45] ». Curieusement, ces troupes hésitent à intervenir, alors que Mikoyan et Souslov viennent de signifier son congé à Gerö, remplacé le 25 octobre par Janos Kadar, ancien résistant qui avait été ministre de l'Intérieur au moment du procès de son ami Rajk. Ce dernier se refusant à avouer les crimes imaginaires dont il était accusé, Rakosi avait persuadé Kadar de lui promettre la vie sauve s'il se déclarait coupable. Rajk avoua et fut pendu. Par la suite, Kadar fut à son tour arrêté et torturé. Lorsqu'il recouvra la liberté, il rendit visite à la veuve du condamné pour lui demander si elle lui pardonnait. « Je vous pardonne, lui dit-elle. De toute façon il aurait été assassiné. Mais vous, pouvez-vous vous le pardonner à vous-même ? [...] Si vous voulez vivre en honnête homme, votre devoir est de faire savoir à toute la Hongrie, au monde entier, la vérité sur le procès Rajk et la part que vous y avez prise[46]. » Il mourra en 1989, le jour même de la réhabilitation de Nagy par la Cour suprême de Budapest. Autant que le vide tragique, par moments, de son regard, une confidence qu'il fera à François Mitterrand, en 1976, donne à penser qu'il était loin d'avoir fait la paix avec lui-même : « Le pire est de douter des siens. Horthy [régent de Hongrie à l'époque de sa première arrestation] m'a pris ma liberté physique. Rakosi m'a pris de surcroît ma liberté morale[47]. »

La situation à laquelle Nagy et lui doivent faire face ne cesse de s'aggraver. La grève est quasi générale. Une fusillade a fait des dizaines de morts devant le parlement, tandis que de nombreux membres des forces de sécurité sont abattus ou lynchés sans autre forme de procès. Les deux dirigeants annoncent l'un après l'autre à la radio des négociations avec Moscou, le nouveau président du Conseil ajoutant qu'elles devront porter sur le retrait des troupes soviétiques et qu'il va constituer un gouvernement « réunissant les plus grandes forces démocratiques » qui

---

45. *La Révolution hongroise*, Les documents de Tribune libre, Plon, 1957, pp. 7-8.
46. Georges Paloczi-Horvath, *La Délivrance*, Julliard, 1960, p. 289.
47. Cité in Thomas Schreiber, *Hongrie, la transition pacifique*, Le Monde Éditions, 1991, p. 16.

présentera à l'Assemblée nationale « un vaste programme de réformes bien fondées[48] ».

Nagy tient parole : le 30 octobre, il assure que les Soviétiques vont progressivement évacuer la capitale et que le nouveau gouvernement ne comptera que quatre ministres communistes, contre huit membres de partis bourgeois reconstitués. Pour le peuple hongrois, la sagesse serait de s'en tenir là. Mais comment le persuader, alors qu'il a fait plier le Kremlin, de ne pas aller jusqu'au bout en rompant son alliance avec lui et en se dotant d'un régime représentatif librement choisi ? D'autant plus qu'il se sent encouragé dans cette voie par les dirigeants américains. Dulles n'a-t-il pas salué le 27, dans un discours prononcé à Dallas, « le défi lancé par le peuple héroïque de Hongrie au feu meurtrier de l'Armée rouge[49] », ajoutant que tout pays de l'Est qui romprait avec Moscou pourrait compter sur l'aide américaine, laquelle « ne serait aucunement tributaire d'une forme particulière de société[50] » ? Le 28 au soir, sans tenir compte de l'accord annoncé quelques heures plus tôt par Nagy sur l'évacuation de la capitale par les militaires soviétiques, le Conseil de sécurité des Nations Unies a examiné une résolution occidentale condamnant l'action des « forces militaires étrangères en Hongrie[51] ». Le lendemain, Radio Free Europe est allée jusqu'à accuser Imre Nagy de vouloir rééditer au plus grand bénéfice du Kremlin le coup du cheval de Troie, et a invité les combattants de la liberté à « ne pas perdre de vue, ne fût-ce qu'un instant, le plan du gouvernement qui s'oppose à eux[52] ».

Ce n'est pas la dernière provocation de Free Europe, dont la direction commandera à la fin de l'année une analyse de ses émissions en hongrois, concluant que « sur les 308 items différents, 16 peuvent être considérés comme suspects [...], 4 ont été jugés coupables, dont un seul serait une violation flagrante », dans la mesure où y était reprise une affirmation de l'hebdomadaire britannique *The Observer* selon laquelle, si les Hongrois tenaient trois ou quatre jours, une pression des Américains pour leur envoyer de l'aide militaire deviendrait irrésistible[53]... Affirmation purement gratuite, comme la suite

---

48. *La Révolution hongroise, op. cit.*, p. 55.
49. *Ibid.*, p. 109.
50. Cité in Kissinger, *op. cit.*, p. 502.
51. *Année politique, 1956*, p. 373.
52. Meray, *op. cit.*, p. 183.
53. Cité in Jacques Semelin, *La Liberté au bout des ondes*, Belfond, 1997, p. 136.

des événements allait le montrer. Mais comment les journalistes de Radio Free Europe, originaires pour la plupart d'outre rideau de fer, n'auraient-ils pas été portés à prendre leurs désirs pour des réalités ?

Sur le moment la direction soviétique paraît ignorer ces propos irresponsables. Mieux : le 30 au soir, Radio Moscou diffuse une longue déclaration gouvernementale admettant que des erreurs ont été commises. Le document reconnaît le caractère « juste et progressif » du mouvement des travailleurs, confirme l'accord du Kremlin pour évacuer Budapest et pour engager des conversations avec les membres du pacte de Varsovie sur la présence des troupes soviétiques en Hongrie, et affirme que les pays de la grande « communauté » (en russe *sodroujestvo*, terme entièrement neuf dans ce genre de littérature) des nations socialistes ne peuvent construire leurs relations que sur cinq principes pratiquement identiques à ceux que Tito avait en vain cherché à faire accepter en 1948 et que la conférence de Bandung avait plébiscités[54].

Simple ruse pour désarmer l'adversaire ? Pas sûr. Des documents montrés par Boris Eltsine en 1992 aux dirigeants hongrois font apparaître de nombreuses hésitations au sein de la direction soviétique. L'ancien préfet de police de la capitale assure avoir entendu Mikoyan dire à Nagy, les larmes aux yeux, le soir du 30 octobre : « Camarade Nagy, sauvez ce qui peut être sauvé[55]. » Khrouchtchev en tout cas juge opportun d'aller prendre l'avis de Tito, qu'il rencontre dans l'île de Brioni, dans l'Adriatique. Le maréchal yougoslave, qui avait condamné la première intervention militaire soviétique, lui tient cette fois un tout autre langage : le retour au pluralisme politique décrété par Nagy ne faisait évidemment pas son affaire.

Mao poussait dans le même sens, et avec lui naturellement Molotov, Thorez et Togliatti, lesquels faisaient valoir les effets désastreux qu'une capitulation de Moscou n'aurait pas manqué d'avoir sur la cohésion du camp socialiste. « À l'instant critique où les contre-révolutionnaires hongrois tenaient Budapest entre leurs mains, écrira le 5 septembre 1963 le *Quotidien du peuple* de Pékin, la direction du parti soviétique avait eu pendant quelque temps l'intention de poursuivre sa politique de capitulation et

---

54. Cité in Meray, *op. cit.*, pp. 188-192.
55. Sandor Kopacsi, *Au nom de la classe ouvrière*, Paris, Robert Laffont, 1979, p. 180.

d'abandonner la Hongrie à la contre-révolution. Mais le parti chinois avait formulé des propositions correctes que la direction soviétique finit par accepter. »

À aucun moment, à vrai dire, le nouveau gouvernement n'a réussi véritablement à établir son autorité. Des insurgés ont aveuglément massacré les occupants du bureau du PC à Budapest. Les comités révolutionnaires qui, à l'imitation des soviets de la Première Guerre mondiale, se sont constitués un peu partout demandent constamment davantage, et Nagy, en mettant fin au monopole du parti communiste, a défié ouvertement le Kremlin. Enfin ce n'est pas la manière dont Eisenhower a réagi à sa déclaration du 31 octobre qui va dissuader M. K. d'agir. Tout en disant espérer la fin de la domination soviétique en Europe, Ike a précisé que les États-Unis « ne pourraient pas, bien entendu, mettre cette politique en œuvre en recourant à la force[56] ». On songe aux propos d'Acheson sur la Corée qui ne faisait pas partie du périmètre de défense américain.

Le 1er novembre, Nagy franchit un nouveau pas en déclarant la neutralité de son pays et en demandant aux Nations Unies de la reconnaître. Pour surprenant que cela puisse paraître, cette requête ne sera jamais examinée. Mais il sait à ce moment-là qu'il joue le tout pour le tout. Depuis la veille en effet, l'arrivée de renforts soviétiques est signalée en de nombreux endroits et la capitale est encerclée. Le général Maleter, qui commande la nouvelle armée magyare, n'en négocie pas moins avec le commandement russe les modalités de retrait de ses troupes. Il ne se doute pas que dans la nuit du 3 au 4 il sera arrêté, alors qu'il se trouve à la table du général Malinine, par un commando dirigé par le général Serov, chef de la police de sécurité de l'URSS. On ne reverra plus Maleter, qui sera exécuté en même temps que Nagy. La nouvelle ne sera rendue publique qu'en juin 1958.

Le 4 à l'aube, une radio non identifiée diffuse une lettre ouverte de Kadar. Il y déclare que, ayant compris avec trois autres ministres de Nagy qu'il était impossible de lutter au sein de son gouvernement contre le « danger contre-révolutionnaire », il a décidé d'en constituer un nouveau sous sa présidence et qu'il a demandé aux Soviétiques de l'aider à « écraser les forces sinistres de la réaction[57] ». « Si vos tanks entrent dans Budapest », avait-il dit quarante-huit heures

---

56. Cité in Kissinger, *op. cit.*, p. 503.
57. *Est et Ouest*, n° 181, p. 121.

plus tôt à l'ambassadeur soviétique, le sémillant Iouri Andropov, qu'on retrouvera plus tard à la tête du KGB, puis, pour un peu plus d'un an, de l'URSS elle-même, « je descendrai dans la rue et je me battrai contre vous les mains nues[58] ».

---

58. Cité in Meray, *op. cit.*, p. 250.

CHAPITRE IX

Un épisode pathologique

NAISSANCE DE L'ÉTAT D'ISRAËL – L'AFFAIRE MOSSADEGH –
LA CRISE DE SUEZ

> « *L'épisode de Suez est, à beaucoup d'égards, pathologique. Il ne se serait pas produit si les relations entre le secrétaire d'État américain et le Premier britannique avaient été plus confiantes, si des souvenirs mal interprétés de 1936 et de 1938 n'avaient pas entraîné un président du Conseil français, impatient de trouver au-dehors le moyen de terminer, en Algérie, une guerre interminable*[1]. »
>
> Raymond Aron.

Khrouchtchev savait qu'il courait peu de risques en lançant ses blindés, dans la nuit du 3 au 4 novembre 1956, à l'assaut de Budapest. Il était assuré du soutien de l'ensemble du camp socialiste, y compris de Mao et de Tito. Il n'avait rien à craindre non plus de l'Occident qui, avec la crise de Suez et l'élection présidentielle américaine, avait d'autres chats à fouetter. Il allait même tirer argument des premiers raids franco-britanniques sur les aérodromes égyptiens, le 31 octobre, pour justifier l'intervention de ses chars à Budapest, décidée le même jour. « Si nous

---

1. Raymond Aron, *Paix et guerre entre les nations*, Calmann-Lévy, 1962, p. 468.

nous retirions de la Hongrie, cela encouragerait les impérialistes américains, anglais et français [...], devait-il dire devant le praesidium élargi pour la circonstance à certains membres du secrétariat et à une délégation chinoise, nous démontrerions la faiblesse de notre position [...], notre parti ne nous comprendrait pas. En plus de l'Égypte, nous donnerions aussi la Hongrie[2]. » Cinq jours plus tard, les premiers parachutistes français et britanniques se posent aux abords du canal. Mais Eisenhower y met rapidement le holà. Nikita Sergueïevitch peut se frotter les mains : outre que l'opération de Suez enlève beaucoup de valeur aux protestations rituelles des gouvernements qui l'ont menée contre l'invasion de la Hongrie, jamais l'alliance occidentale n'a connu une telle crise.

*
* *

« L'isthme coupé devient un détroit, c'est-à-dire un champ de bataille », avait prédit Renan en 1895 en recevant à l'Académie française Ferdinand de Lesseps qui, un quart de siècle plus tôt, avait ouvert le canal, « un seul Bosphore avait suffi jusqu'à présent aux embarras du monde ; vous en avez créé un second »... Il n'était pas de nation, quand elle fut percée, que la nouvelle voie d'eau intéressât davantage que la Grande-Bretagne, première puissance navale du monde et maîtresse de ces Indes dont Victoria s'était proclamée impératrice le 1er janvier 1877. Deux ans plus tôt, son gouvernement avait profité des ennuis financiers du Caire pour lui racheter ses parts de la Compagnie de Suez, dont il devenait ainsi l'actionnaire majoritaire. En 1882, l'armée de Sa Majesté occupait l'Égypte, et la soumettait à un protectorat de fait, sans que le sultan turc, son suzerain nominal, soit en position d'y redire.

L'intérêt de cette voie stratégique se multiplia avec la découverte par des Anglais, au début du xxe siècle, des premiers gisements de pétrole d'Iran et d'Irak. Mais on ne s'avisa que lentement de leur ampleur, et leur exploitation, dans les premiers temps, resta marginale : c'est moins pour mettre la main sur cet or noir que pour empêcher Constantinople d'enrôler ses sujets arabes dans une guerre sainte contre les pays de l'Entente que le Royaume-Uni fit propager par le célèbre colonel Lawrence, dès les premiers mois du conflit, le rêve d'un royaume national arabe.

---

2. Cité in Miklos Molnar, *Victoire d'une défaite, Budapest 1956*, L'Âge d'Homme, 1996, p. XIII.

Avant même l'entrée en guerre de la Turquie, en octobre 1914, aux côtés des « empires centraux », le chérif Hussein de La Mecque, roi du Hedjaz et gardien des Lieux saints de l'islam, a été informé du souhait de Londres de voir « quelqu'un de vraie race arabe – lui-même en l'espèce, ou l'un de ses fils – assumer le califat[3] ». Autrement dit reprendre le titre porté par les descendants de Mahomet depuis le Moyen Âge, en des capitales diverses et à l'occasion rivales – Le Caire, Cordoue, Damas. Ce projet est vite abandonné. En revanche, un échange de lettres, par moments assez vif, étalé de juillet 1915 à janvier 1916, fournit au haut-commissaire britannique au Caire, Henry McMahon, l'occasion d'assurer Hussein que Londres soutiendra l'indépendance des Arabes dans les régions qu'il revendique en leur nom, et garantira les Lieux saints contre toute agression extérieure[4].

L'une des principales difficultés de la négociation tenait aux exigences de Paris, devant lesquelles le chérif ne s'était incliné qu'à titre temporaire pour ne pas mettre en péril, tant que durerait la guerre, son alliance avec Londres. Faisant valoir ses titres de protectrice des chrétiens d'Orient, qui remontaient au temps de François Ier, la France entendait mettre la main sur la totalité de la « Syrie », expression qui désignait alors l'ensemble de la région comprise entre le canal de Suez et l'Asie Mineure. Les deux vieilles rivales, dont la guerre avait fait temporairement des alliées, finirent par s'entendre, en mai 1916, sur un plan de partage de l'Empire ottoman, connu sous le nom d'accords Sykes-Picot, ceux-ci faisant eux-mêmes partie d'un pacte plus vaste négocié avec la Russie. Elles se répartissaient le contrôle du ou des royaumes arabes à créer et chacune reconnaissait à l'autre une vaste zone d'influence en Anatolie, la France recevant toute la côte méditerranéenne, d'Alexandrette à Saint-Jean-d'Acre. Quant à la Palestine, elle serait neutralisée : on était bien loin de la correspondance McMahon-Hussein. Personne cependant ne jugea bon d'aviser le chérif de ce changement avant qu'il déclenche, le 5 juin suivant, la révolte contre les Turcs.

À cette cachotterie les Anglais en ajoutèrent une autre, d'une portée plus sérieuse encore. C'est également en effet sans consulter ou informer les Arabes que lord Balfour, secrétaire au Foreign

---

3. Cité par Stéphane Yérasimos, « Les Arabes et les Turcs », *Hérodote*, 1er et 2e trimestres 1991.
4. Xavier Baron, « Lettre de McMahon en date du 24 octobre 1915 », in *Proche-Orient, du refus à la paix. Les documents de référence*, Hachette, 1994, pp. 15-17.

Office, écrivit une courte lettre au baron Lionel de Rothschild, le 2 novembre 1917, pour l'aviser que son gouvernement envisageait « favorablement l'établissement en Palestine d'un foyer [Home] national pour le peuple juif » et ferait tous ses efforts pour faciliter « la réalisation de ce projet », étant entendu tout de même que seraient respectés les droits des « non-Juifs » – il n'allait pas jusqu'à les appeler par leur nom, alors qu'ils représentaient quelque 90 % de la population[5].

Aucune contrepartie n'était mentionnée, mais les Britanniques attendaient clairement de ce geste qu'il provoque dans la diaspora un courant de sympathie dont l'Entente en général et le Royaume-Uni en particulier avaient le plus grand besoin, au lendemain de l'effondrement de la Russie. Les principaux gouvernements alliés s'associèrent très vite, sous une forme ou sous une autre, à cette initiative, sans trop se soucier apparemment de ce qu'elle contredisait et les accords Sykes-Picot – dont la publication par les bolcheviks fera l'effet d'une bombe – et les promesses de McMahon à Hussein. Comme l'écrit Lawrence, « le chérif n'avait pas l'idée que nous n'avions besoin de lui que pour jouer un rôle purement décoratif » : aussi avait-il toujours parlé « en mandataire des Arabes[6] ».

Qu'à cela ne tienne. Le 4 juin 1918, le prince Fayçal, fils aîné de Hussein, que Lawrence décrit comme « un esprit courageux », mais « faible, ignorant et qui tentait de faire le travail d'un génie, d'un prophète, ou d'un grand criminel[7] », rencontrait à Amman Chaïm Weizmann, grand chimiste dont les découvertes avaient beaucoup aidé l'Angleterre en guerre et qui était devenu le chef de l'exécutif sioniste. Il s'entendait avec lui sur les grandes lignes d'un traité qui sera signé à Paris le 3 janvier suivant. Cet extraordinaire document proclamait le désir « d'entente et la bonne volonté des deux parties » et annonçait des mesures tant pour développer leur coopération économique que pour « encourager et stimuler l'immigration des Juifs en Palestine sur une large échelle[8] ». Le 6 mars, Fayçal, allant plus loin encore, écrivait à Felix Frankfurter, membre américain de la délégation sioniste à la

---

5. Cité in Paul Giniewski, *Préhistoire de l'État d'Israël*, France-Empire, 1997, pp. 176-177.
6. Cité in Renée Neher-Bernheim, *La Déclaration Balfour,* Julliard, 1969, p. 148.
7. T.E. Lawrence, *Les Sept Piliers de la sagesse*, Payot, 1963, t. II, p. 318.
8. Cité in Maurice Konopnicki et Simon Petermann, *Le Processus de paix au Moyen-Orient*, PUF, 1995, p. 8.

conférence de la paix de Paris : « Nous sommes convaincus que les Arabes et les Juifs sont des parents de race très proche, ayant subi tous deux des persécutions de la part de forces supérieures aux leurs. [...] Il y a en Palestine assez de place pour les deux peuples. Je crois que chacun des deux peuples a besoin du soutien de l'autre pour arriver à un véritable succès[9]. »

En s'engageant de la sorte, Fayçal comptait sur le soutien des milieux d'affaires et de la presse internationale pour faire échec aux prétentions de la France sur la Syrie et le Liban. Peine perdue : à peine les Turcs avaient-ils été chassés de Damas, où il s'était fait proclamer roi de Syrie, qu'il dut s'exiler, le 28 juillet 1920, sous la pression de l'armée du général Gouraud. La conférence interalliée de San Remo venait en effet de ratifier, conformément aux accords Sykes-Picot, le partage entre Paris et Londres du vaste « royaume arabe » promis par McMahon en 1916 au chérif Hussein.

Fayçal dut se contenter du trône d'un Irak si artificiel qu'un humoriste de l'époque le définissait comme « une folie de Churchill [alors secrétaire aux Colonies] qui avait voulu réunir deux puits de pétrole que tout séparait, Kirkouk et Mossoul, en unissant trois peuples que tout séparait : les Kurdes, les sunnites et les chiites[10] ». Et Winston ne trouva pas d'autre moyen d'empêcher l'émir Abdallah, frère de Fayçal, de se porter au secours de ce dernier que de créer à son profit une non moins artificielle Transjordanie. Accessoirement il limitait ainsi l'espace ouvert par la déclaration Balfour à l'immigration juive : cette précaution pouvait paraître sage, compte tenu de la formation, du côté arabe, d'un « front du refus », qui exploitait à fond la rancœur suscitée parmi les fellahs, les paysans pauvres, par les expulsions de nombre d'entre eux de terres achetées par les immigrants sionistes à des latifundistes vivant pour la plupart à l'étranger. « Vous êtes un peuple sans terre », avait dit dès 1891 aux Juifs de la diaspora le conférencier américain Lawson Stoddard, lui-même non juif, « il y a une terre sans peuple. Remplissez les rêves de vos anciens poètes et patriarches, revenez, revenez à la terre d'Abraham[11] ». Rares sont les sionistes qui ont alors la clairvoyance de dénoncer cette illusion. Parmi eux, le « territorialiste » Israël Zangwill qui avait déclaré en 1904 : « Il y a une difficulté dont le sioniste n'ose pas détourner les yeux, bien qu'il tienne assez peu à la regarder en face. C'est que la Palestine compte déjà

---

9. *Ibid.*, p. 9.
10. Cité in Salinger et Laurent, *op. cit.*, p. 24.
11. Cité par Henry Laurens, *La Question de Palestine*, Fayard, 1999, t. I, p. 184.

des habitants. La population du *pachalik* de Jérusalem est actuellement deux fois plus dense que celle des États-Unis [...] ; nous devons donc nous préparer soit à expulser par les armes les tribus qui occupent ce pays, comme le firent nos ancêtres, soit à faire face à ce problème : l'existence d'une proportion considérable d'éléments allogènes, surtout mahométans et habitués depuis des siècles à nous mépriser[12]. »

Le nouveau grand mufti de Jérusalem, Amin al-Hussein, qui allait devenir président du Conseil suprême musulman, joua un rôle essentiel dans l'organisation de la résistance arabe. Dès 1920 des incidents se produisent dans plusieurs villes. Ils se renouvellent l'année suivante : le 1er mai 1921, on ne compte pas moins de 95 morts. Du coup, les colons juifs, divisés au demeurant en tendances très diverses, commencent à s'armer. En 1922, la Société des Nations confirme les mandats – un autre mot pour protectorat – de la France sur la Syrie et le Liban, et de la Grande-Bretagne sur l'Irak, la Transjordanie et la Palestine. La population juive de cette dernière est à l'époque très minoritaire : 58 000 âmes à la veille de la guerre, et les immigrants ne sont guère plus de 9 000 en moyenne par an. Ce chiffre ne se gonflera qu'avec la montée de l'hitlérisme, jusqu'à atteindre 26 700. Pour tenter de calmer les esprits, Londres publie un premier Livre blanc qui, tout en affirmant sa fidélité à ses obligations concernant « l'établissement d'un Foyer national juif », écarte nettement l'hypothèse d'une « disparition ou d'une subordination de la population arabe[13] ».

Ces assurances apaisent un peu les Palestiniens, mais la tension reste vive et une émeute, en 1929, fait 163 morts juifs et 67 arabes. En 1936, une grève générale dégénère en insurrection ouverte. L'année suivante, faute d'avoir réussi à vendre un projet de partage aux intéressés, Londres déclenche, avec l'appui de volontaires juifs, une vague de répression qui se solde par des milliers de morts. Les nationalistes arabes, déjà ulcérés de la manière dont Londres et Paris avaient traité le chérif Hussein et ses fils et bafoué les engagements les plus solennels pris à leur égard, commencent à prêter l'oreille aux avances de Berlin et de Rome. Rien ne peut inquiéter davantage les Britanniques, qui opèrent un virage à 180 degrés pour les en dissuader : leur Livre blanc de 1939 plafonne l'immigration juive à 15 000 personnes par an,

---

12. *Ibid.*, p. 208.
13. Cité in Alain Gresh et Dominique Vidal, *Palestine 47 ? Un partage avorté*, Bruxelles, Complexe, 1987, p. 52.

étant entendu qu'elle ne saurait au total constituer plus du tiers de la population de la Palestine.

Le Haut Comité arabe accueille favorablement ce plan et suspend la grève générale. Du côté sioniste, la fureur est en revanche extrême. Les rangs des formations armées – Haganah, Irgoun, groupe Stern – qui se sont constituées pour protéger les colonies juives et venir en aide aux immigrants clandestins se renforcent, et les actes de terrorisme se multiplient contre les soldats britanniques qui, apparemment sans états d'âme, interdisent *manu militari* aux malheureux fuyant les persécutions du Reich l'entrée de la Terre promise, « trop promise[14] », selon le mot de David Catarivas. D'après un journaliste de Tel-Aviv, le futur Premier ministre Itzhak Shamir serait allé jusqu'à proposer aux nazis, pour peu qu'ils tiennent compte des « aspirations nationales » des sionistes, de « prendre une part active à la guerre, du côté allemand[15] ». Cette démarche à laquelle on a peine à croire n'aurait suscité évidemment aucune réponse de la part de Berlin.

La fin de la guerre ne change rien à l'attitude de Londres, dont la flotte arraisonne les bateaux des candidats à l'immigration et jette ces derniers dans des camps d'internement, notamment à Chypre, qui débordent bientôt. L'errance de l'*Exodus*, abordé par la flotte britannique au large de Gaza en 1947 et dont les 500 passagers vont naviguer de port en port jusqu'à ce qu'on les fasse débarquer à Hambourg, résume cette tragédie. L'opinion occidentale est d'autant plus bouleversée qu'elle commence seulement à découvrir l'étendue des crimes nazis. En France et aux États-Unis surtout, elle s'enflamme pour la cause du peuple martyr. Mais le gouvernement britannique campe sur ses positions : il a pris son parti de l'indépendance des Indes, c'est une affaire entendue, mais il est plus déterminé que jamais à conserver une position de repli au Moyen-Orient, avec Suez et les gisements de pétrole d'Irak, d'Iran et de la mer Rouge, vaste ensemble qu'on surnomme le « Bevinistan », du nom du secrétaire travailliste au Foreign Office, l'ancien syndicaliste docker Ernest Bevin. Déjà pendant la guerre, Anthony Eden avait essayé de relancer le rêve de l'unité arabe en persuadant Nahas Pacha, Premier ministre

---

14. David Catarivas, *Israël*, Seuil, 1957, p. 94.
15. Révélation de David Yisraëli dans un livre paru en hébreu en 1974 et non traduit, reprise dans divers journaux israéliens et dans Gresh-Vidal, *op. cit.*, p. 87.

qu'il avait imposé au roi Farouk, de proposer la création d'une Ligue des États arabes, laquelle a vu le jour en 1945.

*
* *

Pour Staline, « les Hitler passaient[16] » – il l'a dit dans son ordre du jour du 23 février 1948 –, mais pas le peuple allemand. Et pas plus l'impérialisme britannique, demeuré longtemps à ses yeux l'adversaire principal. Le Guide s'est heurté à lui, dès le lendemain de la guerre, dans ces premières batailles de la guerre froide qui ont eu nom Iran, Turquie et Grèce, dont on a parlé au premier acte de ce livre. La Ligue arabe n'en est pour lui qu'un nouvel instrument. N'est-ce pas un général anglais, Glubb « Pacha », qui commande ses forces ? L'homme qui va se déchaîner au moment du procès des assassins en blouse blanche contre le « complot sioniste », qui est en conflit ouvert avec les États-Unis pratiquement sur tous les autres dossiers, se trouve sur celui-là provisoirement en plein accord avec eux. Et il n'hésite pas à s'associer à Truman pour soumettre à l'Assemblée générale de l'ONU, saisie par la Grande-Bretagne débordée, un plan de partage de la Palestine en deux États, l'un juif, l'autre arabe, les Lieux saints étant internationalisés.

Le plan est adopté par 33 voix contre 13 avec 10 abstentions. Mais c'est un coup d'épée dans l'eau puisque la totalité des États arabes s'empressent de faire savoir qu'ils ne l'appliqueront pas. Le Royaume-Uni déclare de son côté qu'il n'acceptera le partage que si tous les intéressés en font autant. Le 11 décembre 1947, il annonce que, sous réserve de l'accord de l'ONU, il déposera son mandat le 15 mai suivant, mais que d'ici là il l'exercera pleinement. Apparemment convaincu que les armées arabes imposeront aux colonies juives, après son départ, une solution assurant le maintien durable de son influence, il conclut une nouvelle alliance avec l'Irak et ne fait rien pour empêcher des commandos de l'Armée de libération arabe de s'installer dans les positions que les troupes britanniques commencent à évacuer.

À vrai dire, bien des diplomates américains, Marshall en tête, redoutent de voir les Arabes et leurs hydrocarbures passer dans le camp soviétique. Avec un certain nombre de leurs collègues britanniques ils partagent la crainte, résumée par le futur ministre des Affaires étrangères israélien Abba Eban, « que les immigrants

---

16. Keesing's, 5054 A.

juifs affluant d'Europe centrale n'apportent avec eux le virus communiste et ne l'introduisent au Moyen-Orient[17] ». Pris entre leurs conseils et la pression de ses compatriotes juifs, Truman ne trouve rien de mieux que de proposer, le 19 mars 1948, de transférer l'administration de la Palestine au Conseil des tutelles des Nations Unies, chargé de préparer l'accession à l'indépendance des anciennes colonies allemandes, italiennes et japonaises. Gromyko se déchaîne, lui reprochant de faire passer les intérêts pétroliers et stratégiques des États-Unis avant ceux de l'organisation internationale.

C'est dans ce climat que le 14 mai, quelques heures avant l'expiration du mandat britannique, David Ben Gourion, le vieux lion à la crinière en bataille qui préside l'exécutif de l'Agence juive, proclame à Tel-Aviv l'indépendance de l'État d'Israël. Washington reconnaît celui-ci *de facto* quelques minutes plus tard, l'URSS suivant son exemple trois jours après, mais accordant aux sionistes une reconnaissance entière, *de jure*. Pour mesurer la portée de ce geste, il faut savoir que l'avant-veille les armées égyptienne, irakienne, transjordanienne, syrienne et libanaise sont entrées en Palestine pour « établir le respect […] des principes reconnus par les Nations Unies[18] ». Sur le moment, on ne donne pas cher des chances du nouvel État. Non seulement la flotte britannique bloque ses côtes, mais Washington a mis l'embargo sur les livraisons d'armes à destination des deux camps pour ne pas être accusé de manquer à l'impartialité. Moyennant quoi, la détermination et l'entraînement des combattants juifs, comme les soutiens dont ils bénéficient à travers le monde, et notamment la livraison clandestine, par des avions soviétiques, d'armes tchécoslovaques, leur permettent de défaire les Arabes, au grand dam de Londres qui s'était imaginé que les sionistes débordés allaient l'appeler à leur secours.

L'Assemblée générale des Nations Unies nomme un médiateur en la personne du comte Folke Bernadotte, neveu du roi de Suède, qui réussit à obtenir une première trêve. Il sera assassiné le 17 septembre par des extrémistes juifs après avoir préconisé, au nom de la nécessité d'assurer « l'homogénéité et l'intégration des frontières », le rattachement à la Transjordanie de Jérusalem, du désert du Néguev et de la Palestine arabe, en échange de l'attribution à Israël de la Galilée occidentale[19]. Ce projet ne lui

---

17. Abba Eban, *Autobiographie,* Buchet-Chastel, 1979, p. 81.
18. Keesing's, 9273 A.
19. Cité in Gresh-Vidal, *op. cit.,* pp. 188-189.

survivra pas. Des armistices interviennent en 1949, qui pour l'essentiel consacrent la ligne de front, coupant Jérusalem en deux et laissant la route de Tel-Aviv à la Ville sainte à portée de fusil des soldats transjordaniens. Il est difficile d'imaginer qu'Israël se satisfera longtemps d'une telle solution.

Cinq cent mille Palestiniens qui ont fui leurs terres devant l'avance des armées juives sont alors empêchés de revenir chez eux. Pour le ministre israélien des Affaires étrangères Moshe Sharett, qui exprime une opinion fort répandue, y compris chez bien des dirigeants arabes, en cette époque de déplacements massifs de populations tant en Europe centrale qu'aux Indes, « ils trouveront leur place dans la diaspora. Grâce à la sélection naturelle certains résisteront, d'autres pas, [...] la majorité deviendra un rebut du genre humain et se fondra dans les couches les plus pauvres du monde arabe[20] ». Quarante ans plus tard, l'UNWRA, l'office des Nations Unies pour les réfugiés palestiniens, évaluera leur nombre, multiplié par les naissances survenues en exil, à plus de deux millions, dont le tiers habitant les camps créés à leur intention en Jordanie, à Gaza et au Liban. Où les installer s'ils reviennent dans la patrie de leurs ancêtres ? Quoi d'étonnant à ce que la reconnaissance du « droit de retour » constitue l'un des principaux obstacles sur lesquels butera, au tournant du siècle, le processus de paix israélo-palestinien.

La très relative sécurité du Proche-Orient n'a longtemps reposé que sur une déclaration commune publiée le 25 juin 1950 par les États-Unis, la France et la Grande-Bretagne. Elle faisait part de leur intention d'agir « dans le cadre des Nations Unies » – et, ajoutaient-ils en toute simplicité, « en dehors de ce cadre » – pour prévenir toute violation des lignes d'armistice par Israël ou par tel ou tel État arabe. C'est « à la lumière de ces principes » qu'ils examineraient toute demande de fourniture d'armes qui pourrait leur être adressée[21]. À aucun moment les Trois n'ont proposé à l'URSS de s'y associer. Sans doute s'imaginaient-ils lui barrer ainsi l'accès de la région. Comment pourtant les pays arabes ne seraient-ils pas tentés de s'adresser à elle pour obtenir l'aide que leurs habituels fournisseurs occidentaux leur refuseraient ? Ainsi va s'ouvrir cinq ans plus tard la course aux armements qui débouchera sur la tragi-comédie de Suez.

---

20. Cité in Tom Segev, *1949, The First Israelis*, New York, Free Press, 1986, p. 30.
21. Keesing's, 10745 A.

∗
∗ ∗

L'encre de la déclaration n'était pas sèche que s'ouvrait, un peu plus loin à l'Est, la première d'une série de crises graves avec la nomination comme Premier ministre du chah d'Iran d'un homme lige de la Maison-Blanche, l'énergique général Razmara. Le Venezuela et l'Arabie saoudite venaient d'obtenir des compagnies pétrolières américaines opérant sur leur sol un partage à égalité des recettes d'exploitation. Tout ce que voulait bien faire l'AIOC, l'Anglo-Iranian Oil Company, alors principale productrice du golfe Persique, et propriétaire, à Abadan, de la plus grande raffinerie du monde, c'était doubler les redevances qu'elle versait à Téhéran. Le contraste était trop fort. L'amour-propre national y vit un affront et le parlement – le Majlis – rejeta sans phrases le projet d'accord, ouvrant la voie à une campagne pour la nationalisation des hydrocarbures.

Celle-ci allait être menée avec la dernière énergie par Mohammed Mossadegh, septuagénaire haut en couleur, issu d'une richissime famille de propriétaires terriens apparentée à la dynastie Kadjar, que le père du chah, un colonel de cosaques élevé en Suisse et admirateur d'Atatürk, avait renversée. Plusieurs fois ministre sous l'ancien régime, député de Téhéran, superbe orateur, il aimait recevoir ses visiteurs en pyjama rayé, couché sur un lit de fer où il jouait les grands malades. Il n'avait que quelques partisans au Majlis, mais sa popularité atteignait des sommets lorsque, en mars 1951, Razmara fut assassiné. C'est tout naturellement que le souverain fit alors appel à lui comme Premier ministre. Le 2 mai, la loi de nationalisation était promulguée. Les travaillistes étaient au pouvoir à Londres, en attendant des élections générales prévues pour le mois d'octobre. À en croire Anthony Eden, « la tentation d'intervenir pour reprendre cette propriété volée a dû être forte, mais la pression des États-Unis contre une telle action fut vigoureuse[22] ». Les Américains redoutaient en effet que l'URSS n'invoque le traité irano-soviétique de 1921, qui lui donnait le droit d'occuper le nord du pays en cas d'intervention d'une tierce puissance. Toutes les tentatives de conciliation ayant échoué, ils acceptent néanmoins de participer à un boycottage général du pétrole iranien. Sans se soucier le moins du monde de ce que le chah en pense, Mossadegh déclare que le pays peut parfaitement fonctionner sans

---

22. Eden, *op. cit.*, p. 219.

pétrole. Du coup, il va perdre le soutien, essentiel à Téhéran, à tout gouvernement, du clergé chiite et des commerçants du bazar.

Les conservateurs étant revenus au pouvoir à Londres avec Churchill, celui-ci accueille favorablement un projet de la CIA tendant à persuader le souverain iranien de destituer Mossadegh et de nommer à sa place un général qui a eu quelques faiblesses pendant la guerre pour les Allemands, Faziollah Zahedi ; le chah se réfugierait sur les bords de la Caspienne tandis que de solides gaillards, recrutés sur place par des agents américains, feraient taire les partisans de Mossadegh et du Toudeh procommuniste. L'affaire manque d'abord de très mal tourner. L'officier qui apporte à Mossadegh le firman mettant fin à ses fonctions est arrêté. Zahedi n'a d'autre ressource que de se cacher et le souverain s'enfuit à Rome, *via* Bagdad où manifestement on ne tient guère à sa présence.

Rien cependant n'est joué. Quelques jours plus tard, un cortège d'apparence pacifique, dont l'organisation n'aurait pas coûté moins de 10 millions de dollars à la CIA[23], tourne tout à coup à la manifestation royaliste. Il est rejoint par une partie de l'armée et s'empare de la radio, d'où Zahedi, sorti de sa cachette, s'adresse à ses concitoyens. Vingt-quatre heures plus tard, Mossadegh est arrêté. Il sera condamné à mort en compagnie des dirigeants communistes, auxquels pourtant il n'y avait rigoureusement rien à reprocher. Le chah, qui s'empressera de commuer la peine en trois ans de détention, peut revenir en toute tranquillité dans sa capitale, en compagnie de sa redoutable sœur la princesse Ashraf, bannie quelques mois plus tôt pour la punir de l'influence qu'elle exerçait sur lui.

Les foules sont volontiers versatiles : le chah est autant acclamé que Mossadegh quelques jours plus tôt. L'événement va le transformer. Le jeune homme timide et peu sûr de lui devient un monarque très soucieux de son autorité et supportant de plus en plus mal une contradiction qui se fera bien entendu de plus en plus rare. Les attentats auxquels il échappera par la suite achèveront de le convaincre qu'il est assuré de la protection divine.

L'action de Mossadegh n'aura cependant pas été vaine. Dès 1954, la Compagnie nationale des pétroles iraniens dont il a été le créateur conclut un accord avec un consortium anglo-américano-français garantissant à celui-ci la moitié des profits de l'exploitation. L'URSS n'a pas bougé le petit doigt. Loin de là :

---

23. Andrew Tully, *C.I.A.*, Stock, 1962, p. 99.

tout donne à penser qu'elle est intervenue au moment de la chute de Mossadegh pour décourager ses amis du Toudeh, alors maîtres de la rue, de s'emparer d'un pouvoir à portée de main. Mais elle gardait un cuisant souvenir de la crise d'Azerbaïdjan de 1946, et elle disposait, à Bakou, de tout le pétrole dont elle avait besoin. Peu sûre des vrais sentiments de Mossadegh à son égard et surtout désireuse, au lendemain de la mort de Staline, de détendre ses rapports avec l'Occident, le Kremlin n'avait évidemment aucun intérêt à déclencher une crise internationale. Deux ans plus tard, tout aura changé.

*
* *

À l'été 1951, la Grande-Bretagne doit affronter une autre affaire. Le 21 juillet, le vieux roi Abdallah Ier de Transjordanie, principal pilier de sa politique arabe, a été assassiné à Jérusalem sur les marches de la fameuse mosquée al-Aqsa. À la faveur de la guerre d'indépendance d'Israël, il avait annexé en 1949 Jérusalem-Est et la Cisjordanie, transformant du coup son royaume en « Jordanie ». Ses ennemis le soupçonnaient de contacts avec l'État hébreu. À juste titre : on saura plus tard qu'il avait secrètement rencontré à deux reprises Golda Meir, à qui il avait suggéré la création d'une république juive à l'intérieur d'une fédération arabe dont il aurait été le souverain.

Deux mois plus tard, l'Égypte dénonçait le traité de 1936 autorisant le stationnement le long du canal de Suez de 80 000 soldats britanniques. Le gouvernement travailliste s'y attendait : il comprenait bien que la présence de ses troupes, à laquelle il n'avait aucune envie de renoncer, ne pouvait être maintenue que si elle perdait tout caractère colonial. Aussi avait-il proposé la création d'un commandement du Moyen-Orient, impliquant la remise aux autorités du Caire de la base de Suez, celle-ci passant sous contrôle allié. Nahas Pacha, le Premier ministre de Farouk, avait répondu qu'il ne signerait rien tant que les *tommies* n'auraient pas évacué non seulement Suez, mais le Soudan, alors protectorat anglo-égyptien.

Un tel langage n'avait guère de chances de faire céder Churchill, revenu entre-temps au pouvoir. Résultat : des manifestations qui tournent vite à l'émeute et des attentats contre les troupes britanniques, dont le commandement ne trouve rien de mieux que de faire donner l'assaut à la gendarmerie d'Ismaïlia, soupçonnée de coordonner les actions terroristes, et tuant une cinquantaine de ses défenseurs. Le lendemain, quatre cents immeubles du Caire sont incendiés. Farouk en prend prétexte pour se débarrasser de Nahas, qu'il soupçonne de vouloir le détrôner. Mais il précipite ainsi sa perte : le 21 juillet 1952, c'est à son tour d'être chassé par un groupe d'« officiers libres », « avec sa collection inestimable de pornographie », précise l'historien américain William Manchester, qui dépeint le roi « obèse et abêti par l'alcool[24] ». Ces officiers se réclament du très populaire général Néguib, mais sont en réalité dirigés par le colonel Gamal Abdel Nasser, qui ne tarde pas à prendre sa place et à imposer sa dictature. C'est en se battant contre les Israéliens qu'il a acquis la conviction que, du fait de la faiblesse et de la corruption du régime, « le véritable ennemi était au Caire[25] » et qu'il a commencé à organiser parmi ses camarades un groupe déterminé à abattre la monarchie.

À peine en place, les officiers libres s'adressent aux Américains, pour leur demander de les aider à se débarrasser des Britanniques et de leur procurer des armes. « L'image que les États-Unis, en ce temps-là, offraient au monde était fascinante, écrit le confident privilégié de Nasser, Mohamed Heikal. L'Angleterre et la France étaient des empires déchus, haïs. La Russie était à 7 500 kilomètres et l'idéologie communiste était anathème au regard de la religion musulmane[26]. » John Foster Dulles, qui a pris la tête du département d'État en janvier 1953, rêve, on l'a dit à propos de l'OTASE, pacte de l'Asie du Sud-Est, de prolonger l'OTAN vers ces mers chaudes sur lesquelles Staline, après les tsars, n'avait guère cessé de lorgner. D'où l'idée d'un pacte du Moyen-Orient, d'autant plus susceptible d'indisposer le Kremlin que plusieurs des signataires pressentis se trouvent dans son voisinage immédiat, avec tout ce que cela peut signifier en termes de bases aériennes, d'espionnage et de propagande subversive auprès des musulmans d'Asie centrale.

Dulles ne perd donc pas de temps pour se rendre au Caire. Il n'y retournera jamais. Il ne parvient pas en effet à persuader ses interlocuteurs qu'ils pourraient avoir tout intérêt à s'associer à une coalition antisoviétique. Il leur promet cependant une aide

---

24. William Manchester, *La Splendeur et le Rêve*, Robert Laffont, 1976, t. II, p. 181.
25. Cité in Mohamed Heykal, *L'Affaire de Suez, un regard égyptien*, Ramsay, 1987, p. 43.
26. Mohamed Hassanein Heikal, *Les Documents du Caire*, Flammarion, 1972, p. 10.

économique et s'emploie à convaincre les Britanniques de retirer leurs troupes. Ces derniers s'inclinent le 19 octobre 1954 en se donnant vingt mois pour mener l'opération à bien. En contrepartie, l'Égypte garantit la liberté de navigation sur le canal et s'engage à accorder au Royaume-Uni « toutes facilités qui seraient nécessaires pour mettre la base sur pied de guerre et l'utiliser efficacement en cas d'attaque armée d'une puissance étrangère à la zone du Moyen-Orient contre un pays [membre du pacte de sécurité conclu par certains membres de la Ligue arabe] ou contre la Turquie[27] ».

L'inclusion de la Turquie dans cette zone est aussi significative que l'omission d'Israël, qui enlève tout prétexte à Londres de mettre à profit un rebondissement du conflit judéo-arabe pour reprendre pied en Égypte. Membre de l'OTAN depuis 1952, Ankara a invoqué la nécessité de défendre le *Northern Tier*, le « Gradin du Nord », pour conclure en février de cette même année 1954 un traité d'alliance avec le très probritannique dictateur de l'Irak, Nouri Saïd, lequel fait campagne pour le Croissant fertile, autrement dit pour le regroupement sous sa férule des pays arabes d'Asie Mineure, ce qui va directement à l'encontre du panarabisme de Nasser. C'est l'amorce du pacte de Bagdad, que la Grande-Bretagne, le Pakistan et l'Iran s'empressent de rejoindre. Les États-Unis affectent de demeurer à l'écart, quitte à être présents dans ses principaux organismes. La France, engluée depuis novembre dans la guerre d'Algérie, n'a même pas été pressentie.

Cette opération diplomatique a beau couronner la pactomanie de Dulles, il faut beaucoup de naïveté pour s'imaginer qu'elle va stabiliser durablement une région où se multiplient les actions des *fedayin*, des terroristes arabes, et les représailles, souvent très violentes, des Israéliens. C'est ainsi qu'en novembre 1953 soixante-dix personnes, dont bien des femmes et des enfants, ont été tuées dans le village jordanien de Kibya, en réplique au meurtre un mois plus tôt, par des *fedayin* venus de ce village, d'une Israélienne et de deux enfants. En juillet 1954, alors que Nasser vient de supplanter Néguib, les services de renseignement de l'État hébreu se font prendre la main dans le sac en organisant au Caire et à Alexandrie des attentats destinés à être attribués à des Égyptiens, dans l'espoir de montrer la faiblesse du régime et

---

27. Jean et Simonne Lacouture, *L'Égypte en mouvement*, Seuil, 1962, p. 194.

ainsi de convaincre les Britanniques de revenir sur leur engagement de retirer leurs soldats.

*
* *

L'URSS, qui, toute à son hostilité à l'impérialisme britannique, avait fortement aidé Israël à accéder à l'indépendance, ne s'était guère mêlée depuis lors des affaires du Proche-Orient : aux yeux de Staline, les nationalistes arabes n'étaient en réalité que des agents de l'Intelligence Service. Les choses ne tardent pas à changer après sa mort.

Le 17 avril 1955, quelques heures avant l'ouverture à Bandung de la première conférence afro-asiatique, dont Nasser allait être l'une des grandes vedettes, le Kremlin publie une déclaration assurant qu'il défend « la liberté, l'indépendance et le principe de non-ingérence dans les affaires[28] » de la région. Un mois plus tard, l'ambassadeur soviétique au Caire prend le Raïs par le bras, au cours d'une réception, pour lui demander s'il serait intéressé par l'achat d'armes à son gouvernement. Aussitôt, Nasser menace les États-Unis, s'ils ne lui en fournissent pas, de s'adresser au Kremlin. Il fait valoir que depuis près d'un an la France, passant outre aux engagements de la déclaration tripartie de 1950, s'est lancée dans un important programme secret de livraison d'armes à Israël. « Nous ne pouvions pas devenir complices d'un nouveau massacre et refuser d'aider le peuple israélien à se défendre[29] », devait dire par la suite pour se justifier Diomède Catroux, secrétaire d'État à l'Air de Pierre Mendès France.

Washington faisant la sourde oreille, le *bikbachi* (colonel) est bien aise de pouvoir annoncer à ses concitoyens, le 26 septembre, que la Tchécoslovaquie va lui livrer des armes en échange de coton et de riz. Malgré les sollicitations d'Eden, qui a succédé à Churchill en avril et qui presse les États-Unis de se joindre au pacte de Bagdad, Dulles choisit d'essayer de calmer le jeu en déclarant que son pays aidera Le Caire à réaliser le projet le plus ambitieux du régime : le haut barrage d'Assouan qui doit transformer le Nil, entre les deux premières cataractes, en un lac aussi vaste que celui d'Annecy, augmentant d'un tiers l'espace cultivable et de moitié la production électrique du pays. Encore faut-il

---

28. *Le Monde*, 19 avril 1955.
29. Cité in Michel Bar-Zohar, *Suez ultra-secret*, Fayard, 1964, p. 75.

que l'Égypte prouve sa capacité d'honorer ses engagements pour obtenir de la Banque mondiale le prêt de 240 millions de dollars demandé à cet effet. L'URSS s'empresse de mettre sur la table la promesse d'un crédit de 200 millions de dollars, étalé sur trente ans, à un taux dérisoire de 2 %. Washington renchérit en persuadant Londres de participer à un don de 70 millions de dollars, destiné à couvrir la première tranche des travaux. Le 9 février 1956, Nasser signe un accord de principe avec le président de la Banque mondiale.

On respire dans les chancelleries occidentales, où l'on avait redouté le pire. Selwyn Lloyd, le secrétaire aux Affaires étrangères d'Eden, se précipite au Caire dans l'espoir de se rabibocher avec le Raïs. Celui-ci le reçoit à dîner quand tombe la nouvelle de la destitution par le roi Hussein de Glubb Pacha, le commandant en chef britannique de la Légion arabe. Nasser interprète la nouvelle comme un geste de Londres à son égard, et remercie vivement son invité. En réalité, Hussein, qu'Eden pressait en vain d'adhérer au pacte de Bagdad, a sacrifié Glubb à son peuple, de plus en plus sensible à la propagande égyptienne, sans demander à personne la permission. Lloyd croit que son hôte s'est payé sa figure et le quitte furieux. Quand on lui demande, à son retour du Caire, ses impressions sur le dictateur, il répond : « Mussolini [30] ! » Il va désormais rejoindre le camp de ceux qui pensent que seule la manière forte peut lui faire entendre raison.

Il y retrouvera d'abord le socialiste Guy Mollet, que les élections de janvier 1956 ont porté au pouvoir à Paris à la tête d'une majorité dite de Front républicain. Celui-ci a certes déclaré dans son discours d'investiture vouloir rétablir la paix en Algérie, promouvoir l'évolution démocratique des institutions, organiser la coexistence des deux éléments de la population, et aussi « renforcer l'union indissoluble de l'Algérie et de la France métropolitaine [31] ». Le très « républicain » général Catroux incarnera cette politique au poste de gouverneur général où il succède à l'idole des pieds-noirs, Jacques Soustelle. Il ne restera pas longtemps en place. Lorsque le président du Conseil se rend à Alger, le 6 février, la population européenne l'accueille à coups de tomates et d'œufs pourris, et les « petits Blancs » socialistes de la ville blanche ne sont pas les derniers à lui conseiller de sacrifier Catroux. Ce qu'il s'empresse de faire, avant d'aller déclarer devant l'Assemblée

---

30. Cité in Terence Robertson, *Suez*, Julliard, 1964, p. 64.
31. Cité in Fauvet, *op. cit.*, p. 317.

nationale que le « fait national algérien[32] » n'a ni base historique ni réalité ethnique.

Mollet ne renonce pas pour autant à essayer d'améliorer les rapports franco-arabes. L'indépendance du Maroc et de la Tunisie est reconnue en mars. Des contacts secrets sont pris – vainement – avec des émissaires du FLN. Son ministre des Affaires étrangères Christian Pineau revient plutôt bien impressionné d'un entretien avec Nasser, qui lui a assuré qu'il n'y a pas d'Égyptiens combattant avec les Algériens, ni d'Algériens entraînés en Égypte[33]. Illusion de brève durée : dès le 29 mars, le Conseil de la Ligue arabe, réuni au Caire, adopte une résolution affirmant que ses membres « apporteront leur assistance au peuple algérien, désarmé et faible, par tous les moyens dont ils disposent pour faire face à une guerre cruelle menée contre lui sans justification quelconque[34] ». Désormais, il ne sera plus question à Paris que de la « parole de soldat[35] » donnée à Pineau par le Raïs et que ce dernier s'est empressé de trahir.

Quinze jours plus tôt, Mollet a passé un week-end chez Eden aux Chequers. Il a trouvé un homme obsédé comme lui par le précédent de Munich et déterminé à prouver qu'il a « une vraie moustache[36] ». « Pour la première fois depuis vingt ans, lui a dit le Premier ministre de Sa Majesté, nos deux pays ont des attitudes à peu près analogues à l'égard du Moyen-Orient. Mais, avant d'agir, il nous faut convaincre nos alliés américains d'aligner leur politique sur la nôtre[37]. » C'est oublier qu'Eisenhower et Dulles ne veulent à aucun prix apparaître comme des alliés des « colonialistes » européens, et que, de surcroît, le secrétaire d'État n'a aucune espèce d'atomes crochus avec Eden.

Les États-Unis ont été jusqu'à faire adopter par le Conseil de sécurité une motion confiant au Suédois Dag Hammarskjöld, nouveau secrétaire général des Nations Unies, une mission tendant à réintroduire l'URSS dans la discussion des problèmes du Proche-Orient, alors que la fameuse déclaration tripartite de 1950 sur la préservation du *statu quo* dans la région l'en avait délibérément écartée. À la mi-avril, grâce aux tenaces efforts de « M. H. », des

---

32. Cité in Jean-Pierre Rioux, *La France de la Quatrième République*, Seuil, 1983, t. II, p. 101.
33. Interview à la BBC, 7 juillet 1966.
34. *Année politique, 1956*, p. 280.
35. Cité in Fauvet, *op. cit.* p. 321.
36. Cité in Hugh Thomas, *Sunday Times*, 4 septembre 1966.
37. Cité in Robertson, *op. cit.*, p. 70.

cessez-le-feu ont été conclus entre l'Égypte, la Syrie et Israël, mettant fin à une série ininterrompue d'incidents de frontière. Mais c'est trop demander à Ben Gourion, depuis août 1955 chef du gouvernement de Tel-Aviv, et à la grande majorité de l'opinion israélienne que de se sentir rassurés : comment ne pas redouter un veto de Moscou au cas où le Conseil de sécurité adopterait des mesures contre les Arabes ?

Le Kremlin durcit d'ailleurs rapidement sa position lorsque, le 27 mai, Nasser annonce l'établissement de relations avec Pékin, qui se déclare disposé à lui fournir des armes dans le cas où l'ONU imposerait un embargo sur les livraisons de matériel militaire à destination du Moyen-Orient. Peut-être est-ce là un effet de la controverse naissante entre les deux capitales communistes. Mais qui oserait à l'époque avancer cette hypothèse ? La Jordanie a pratiquement basculé dans le camp nassérien, les *fedayin* multiplient les actes de terrorisme, l'Égypte interdit le trafic maritime israélien en mer Rouge et sur le canal de Suez, les pays arabes, non contents de diffuser sur leurs radios une très violente propagande antijuive, soumettent à un boycottage général les nations coupables de commercer avec Israël. L'État hébreu se sent pris à la gorge : il a besoin d'un allié. La France est toute disposée à jouer ce rôle.

Dimitri Chepilov, rédacteur en chef de la *Pravda*, qui a négocié l'année précédente l'accord sur la fourniture d'armements à l'Égypte, a beau devenir le 8 juin ministre des Affaires étrangères à la place de Molotov, sacrifié à la déstalinisation, le Kremlin continue de prêcher aux uns et aux autres la plus grande prudence. Nasser répète au président de la Banque mondiale qu'il demeure disposé à régler la question du financement du haut barrage aux mêmes conditions que précédemment. Moyennant quoi, Dulles, dont des sénateurs travaillés par le lobby israélien font le siège, et qui a très mal pris la reconnaissance de Pékin par Le Caire, informe l'ambassadeur d'Égypte, le 19 juillet, qu'il n'est plus possible aux États-Unis de participer au financement. Dans les heures qui suivent, Nasser envisage les conséquences d'une éventuelle nationalisation du canal. Une action militaire anglo-française lui paraît des plus probables ; il croit qu'Eden s'opposera catégoriquement à une participation israélienne à l'opération, mais n'écarte pas la possibilité d'une action unilatérale de Tsahal, l'armée juive, contre la Syrie ou la Jordanie[38].

---

38. Heikal, *Les Documents du Caire, op. cit.*, pp. 58/59.

Le 26 juillet, jour anniversaire de la déposition du roi Farouk, le Raïs franchit le Rubicon. Devant une foule au sommet de l'exaltation, il annonce la nationalisation du canal. Pour les Français et les Britanniques, une seule réponse est concevable : la force, dont ils ne doutent pas qu'elle renversera aisément le dictateur du Caire. « Nous ne vous demandons rien, déclare Eden à Murphy, numéro deux du département d'État américain, arrivé en catastrophe sur les bords de la Tamise, mais nous espérons que vous surveillerez l'Ours[39]. »

Eisenhower, alerté, charge Dulles de faire comprendre aux intéressés que l'action envisagée porterait « atteinte à des principes dont on ne pourrait se prévaloir auprès des petites nations après les avoir laissé violer par de grandes puissances[40] ». Pour gagner du temps, il propose de réunir une conférence de tous les usagers du canal. Impossible en effet à ses yeux de contester la légitimité de la décision de nationalisation, qui relève de la souveraineté de l'État égyptien. L'idée est de constituer une association qui, en assurant le pilotage et en percevant les droits de passage du canal, empêchera Le Caire de tirer profit de son action. Si Nasser disait non, estime Eden, les gouvernements intéressés seraient libres de « prendre telles mesures qui paraîtront nécessaires pour affirmer leurs droits[41] ». Mais c'est peine perdue. Aucune restriction n'est imposée au trafic, les droits de passage sont versés à un compte de consignation, et les pilotes de la compagnie, qui abandonnent leur rôle le 15 septembre, sont remplacés sans difficulté. Lorsque l'association des usagers est créée, une semaine plus tard, elle n'a pratiquement plus d'objet.

Guy Mollet est loin de compte, qui a dit au ministre norvégien des Affaires étrangères, Halvard Lange : « Ce qui est important à nos yeux, c'est d'infliger à Nasser une défaite qui, en le faisant disparaître, donnera aux autres États arabes une chance d'échapper à l'empire de l'Égypte[42]. » À cette époque, Paris s'est déjà entendu avec Londres et Tel-Aviv sur le principe d'une action militaire commune contre l'Égypte. Mais elle pose aux Britanniques un problème quasi insoluble : l'historien israélien Elie Barnavi, qui sera beaucoup plus tard un moment ambassadeur en France, le résume parfaitement : « Alliés de nombreux États arabes, notamment de la Jordanie, [...] un coup de force aux côtés d'Israël

---

39. Cité in Murphy, *op. cit.*, p. 402.
40. Cité in *ibid.*, p. 404.
41. Cité in *Orient,* janvier 1957, p. 121.
42. Cité in Robertson, *op. cit.*, p. 144.

contre l'Égypte équivaudrait à un autosabordage diplomatique dans l'ensemble du monde arabe...[43] » D'où le plan « naïvement machiavélique », selon le même auteur, aux termes duquel « Israël serait l'agresseur et les puissances occidentales les sauveurs de la paix et de la sécurité dans la région ». Selwyn Lloyd va jusqu'à proposer que la RAF bombarde à la fois les deux armées – égyptienne et israélienne – des deux côtés du canal[44]. Le général français Challe suggère de son côté que l'aviation hébreue bombarde elle-même, pour créer un *casus belli*, la ville israélienne de Beersheba.

Ces scénarios baroques ne sont bien sûr pas retenus. Mais celui que vont adopter le 24 octobre Ben Gourion, Guy Mollet et le secrétaire particulier de Lloyd, Donald Logan, au cours d'une conférence secrète à Sèvres est à peine moins extravagant. Œuvre pour l'essentiel du célèbre général borgne Moshe Dayan, qui en a dessiné les grandes lignes sur un paquet de cigarettes, il a été vendu par Pineau à Eden. Tsahal lance donc le 29, au cours de ce qui est selon la définition de Dayan « plus qu'un raid, moins qu'une guerre[45] », une triple offensive en direction de Gaza, du canal, et de Charm el-Cheikh, le port du sud du Sinaï. Français et Britanniques, qui font mine de n'y être pour rien, somment Israéliens et Égyptiens de mettre fin aux hostilités, sans quoi ils s'occuperont eux-mêmes de les séparer. Ben Gourion accepte, à condition que Nasser en fasse autant, ce dont naturellement ce dernier se garde bien.

Les avions britanniques et français bombardent donc le 31 des objectifs stratégiques en Égypte. Les États-Unis ont saisi la veille le Conseil de sécurité d'une résolution invitant les forces israéliennes à « se retirer immédiatement derrière les lignes d'armistice reconnues[46] », qui s'est heurté au veto de la France et du Royaume-Uni. Mais si, à Paris, l'opinion est favorable dans l'ensemble à l'action engagée contre l'Égypte, les Britanniques, le chef du parti travailliste Hugh Gaitskell et l'archevêque de Canterbury en tête, sont infiniment plus réservés. D'autant plus que, contre tout bon sens, Eden, qui ne désespère pas d'obtenir le soutien d'Eisenhower, veut à tout prix éviter de donner l'impression d'une collusion avec les forces israéliennes.

---

43. Elie Barnavi, *Une histoire moderne d'Israël*, Flammarion, 1988, pp. 221-222.
44. *Ibid.*
45. *Ibid.*
46. Cité in Kissinger, *op. cit.* p. 487.

Il est difficile de se tromper davantage. À Hervé Alphand, l'ambassadeur de France, reçu d'urgence, Ike déclare tout simplement la nuit de l'élection présidentielle qu'il va remporter brillamment : « Il faut vous retirer d'Égypte. Notre position est celle que nous dicte la charte des Nations Unies. Elle est inviolable. [...] La vie est une échelle dressée vers le ciel. Je suis au dernier échelon et je tiens à me présenter devant mon créateur les mains non souillées[47]. » Fou furieux contre le Premier ministre britannique, dont il refuse de prendre les appels au téléphone, il donne l'ordre au Trésor américain de vendre massivement de la livre sterling : c'est assez pour persuader Eden de donner à ses troupes, qui sont en train de discuter avec le commandant égyptien la reddition de la place de Port-Saïd, l'ordre de cesser le feu. La France, dont les paras occupent depuis quelques heures Port-Fouad, sur l'autre rive du canal de Suez, n'a même pas été prévenue.

Khrouchtchev, dont les soldats s'emploient au même moment à écraser la révolte de Budapest, sent que le temps est venu de se refaire une vertu et de peser de tout son poids du côté des pauvres Égyptiens. Son délégué au Conseil de sécurité demande à celui-ci de se réunir, aux fins d'inviter Français et Britanniques à retirer leurs troupes dans les trois jours, faute de quoi les membres de l'ONU, notamment les États-Unis et l'URSS, apporteront une aide militaire à la République égyptienne. De son côté, le président du Conseil Boulganine fait adresser à ses homologues américain, israélien, français et britannique des messages évoquant le risque d'une guerre mondiale en faisant remarquer, entre autres, que certains pays, « qui n'ont pas besoin d'envoyer des forces navales ou aériennes sur les côtes de Grande-Bretagne, pourraient utiliser d'autres moyens, tels que des fusées[48]... ».

C'est l'affolement dans le monde, même si des sages font remarquer que la menace est des plus imprécises, que la puissance nucléaire soviétique est tout à fait hors de proportion avec l'américaine, et que Khrouchtchev est plutôt mal placé, au moment où ses troupes écrasent Budapest, pour jouer les sauveurs de la paix. De toute façon, la pression des États-Unis a déjà eu raison de la détermination britannique et Guy Mollet, un moment tenté de continuer tout seul, a vite cédé à la pression de ses ministres, partisans pour la plupart d'arrêter les frais.

---

47. Cité in Terence Robertson, *Suez*, Julliard 1964, p. 285.
48. Keesing's, 15217 A.

L'affaire de Suez sonne le glas du colonialisme et, avec lui, de la IVᵉ République française, comme des tentatives de la Grande-Bretagne, il n'y a pas si longtemps première puissance du monde, pour secouer la tutelle américaine. Elle fait entrer le tiers monde dans cette guerre froide que la tragédie hongroise a brutalement relancée. Pendant quatre ans, les crises vont succéder aux crises.

CHAPITRE X

La fin de la sieste

PREMIERS GRINCEMENTS ENTRE MOSCOU ET PÉKIN –
LE COUP DE TONNERRE DU SPOUTNIK –
NOUVELLES CRISES AU PROCHE-ORIENT ET DANS LE DÉTROIT DE FORMOSE
– L'ULTIMATUM SUR BERLIN

> *« La sieste d'Eisenhower, comme on pourrait la nommer, dura de l'armistice de Corée en 1953 à l'automne de 1957, époque où les Américains, qui s'étaient bercés de l'idée que jamais leur supériorité technique ne serait mise en péril, furent atterrés d'apprendre que les spécialistes des fusées en URSS leur avaient joliment damé le pion*[1]. »
>
> William Manchester.

Suez et la Hongrie, ce sont les deux dernières pages de l'histoire du XIXe siècle : le dernier épisode de la très colonialiste « diplomatie de la canonnière » dans un cas, et le dernier épisode de la révolution européenne de 1848 dans l'autre. On peut dire que lord Palmerston, qui comme ministre des Affaires étrangères ou Premier ministre s'employa pendant vingt ans à dominer les mers – *Rule, Britannia, rule the Seas* – pour le compte de Sa Gracieuse Majesté, et le nationaliste magyar Lajos Kossuth meurent définitivement en 1956. Ils meurent parce

---

1. Manchester, *La Splendeur et le Rêve, op. cit.*, t. II, p. 187.

que l'Histoire est devenue fondamentalement mondiale : la liberté de manœuvre d'un État est désormais avant tout fonction de la répercussion de ses actes sur la scène internationale. Les fellaghas algériens réclament l'indépendance et ils vont bientôt l'obtenir, mais sur les quatre-vingt-deux membres que comptent alors les Nations Unies, seule une poignée dispose de plus de pouvoir réel que celui que délimitent les mots d'autonomie interne.

L'écrasement du soulèvement hongrois en novembre 1956 cause en tout cas un véritable effet de choc parmi ceux qui, depuis le XXe congrès et le « printemps en octobre » polonais, rêvaient d'une libéralisation progressive du monde soviétique : il n'y a que huit pays, lors d'une Assemblée générale extraordinaire de l'ONU, pour s'opposer à une résolution américaine invitant le Kremlin à retirer ses troupes et à reconnaître l'indépendance du peuple magyar. L'intelligentsia gauchiste européenne s'enflamme. Sartre rompt avec le PCF, l'accusant de « foutre la vérole, par sa complaisance à l'égard des crimes de l'URSS, à toute la gauche[2] ». Le président du PS italien, Pietro Nenni, renvoie son prix Lénine. Nehru lui-même, longtemps fasciné par le « modèle soviétique », condamne l'attitude du Kremlin. Loin cependant de chercher à apaiser les esprits, celui-ci va se comporter de la manière la plus abjecte avec Imre Nagy.

Le numéro un hongrois s'était réfugié avec quelques dizaines de ses amis à l'ambassade de Yougoslavie. Ils la quittent le 22 novembre, Kadar ayant promis dans une note au gouvernement de Belgrade qu'aucun « châtiment ne leur serait infligé pour leurs activités passées[3] ». Moyennant quoi, à peine le bus où ils ont pris place a-t-il franchi les portes de l'ambassade qu'ils sont interceptés par deux blindés soviétiques. Ils vont bientôt se retrouver en Roumanie, Radio Budapest prétendant qu'ils ont demandé à bénéficier du droit d'asile dans un pays socialiste... Kadar répète à la radio le 25 novembre : « Nous n'intenterons pas d'action judiciaire à leur égard, [...] nous tiendrons nos promesses. »

Moins de deux mois plus tard, ces belles paroles ont été oubliées : le même Kadar, après avoir conféré à Budapest avec Khrouchtchev, Malenkov et les représentants des PC bulgare, roumain et tchécoslovaque, accuse Nagy d'avoir ouvert « par sa

---

2. *Les Temps modernes*, janvier 1957.
3. Cité in *La Vérité sur l'affaire Nagy*, Plon, 1958, p. 15.

trahison la voie à la contre-révolution fasciste[4] ». Le 17 juin 1958, un communiqué du ministère hongrois de la Justice révélera que Nagy, Maleter, commandant en chef des insurgés, à qui les Soviétiques, on l'a dit plus haut, avaient tendu un traquenard, ont été condamnés à mort avec deux de leurs lieutenants et qu'ils ont été immédiatement exécutés pour complot contre la République populaire en un lieu non précisé[5]. L'ambassadeur de Pologne à Paris, Stanislaw Gajewski, rencontré ce jour-là dans une réception, me dit : « Vous m'annonceriez une bonne nouvelle, je n'y croirais pas. » Savait-il que les chefs de tous les partis communistes, y compris ceux de la diaspora, avaient été invités à participer au verdict et que seul Gomulka avait eu le courage de s'abstenir, Maurice Thorez et son homologue italien Togliatti ayant voté « oui » sans état d'âme ?

*
* *

Khrouchtchev avait consulté de la même manière avant de lancer ses chars à l'assaut de Budapest et, à part Gomulka qui avait déjà fait le dos rond, aucun dirigeant communiste ne l'avait, loin de là, dissuadé d'agir. Il pouvait donc penser s'être plutôt bien tiré de cette redoutable épreuve de force, d'autant plus que la crise de Suez ne lui a pas seulement permis de « se servir du parapluie qu'Anthony Eden et Guy Mollet avaient prêté à Ben Gourion[6] », elle lui a donné, selon la formule de Kissinger, une magnifique occasion de « contourner l'endiguement[7] » du communisme, en se présentant comme le grand ami, contre les impérialistes franco-britanniques, du tiers monde en formation.

Voyant le danger, les États-Unis ont persisté dans l'attitude qu'ils avaient observée au moment de l'affaire de Suez. Ils ont obligé la France et la Grande-Bretagne à rappeler sans délai les troupes qu'elles avaient imprudemment débarquées, et exercé une forte pression sur Israël pour qu'il évacue le Sinaï, ce qui est fait au début de mars 1957. Les choses lui auront été facilitées par le déploiement, suggéré par le ministre canadien des Affaires

---

4. Cité in Thomas Schreiber, *L'Évolution politique et économique de la Hongrie 1956-1966*, Documentation française, n° 3335 du 8 novembre 1966, p. 9.
5. *La Vérité...*, *op. cit.*, pp. 36-41.
6. Miklos Molnar, *op. cit.*, 1996, p. 275.
7. Kissinger, *op. cit.*, pp. 469-494.

étrangères Lester Pearson et vigoureusement soutenue par le nouveau secrétaire général des Nations Unies, le Suédois Dag Hammarskjöld, de troupes de l'ONU, les fameux casques bleus, chargés de s'interposer sur la frontière égypto-israélienne.

Les États-Unis n'ont pas renoncé à enrôler dans leur camp les pays de la région, pour empêcher que les vastes réserves de pétrole qu'ils détiennent ne tombent massivement dans des mains hostiles. Ils peuvent maintenant compter sur le plein appui de la Grande-Bretagne, à la tête de laquelle Harold Macmillan a succédé à un Anthony Eden épuisé par la maladie autant que par sa déconvenue à Suez. Le 5 janvier 1957, Eisenhower a saisi le Congrès, qui l'approuve deux mois plus tard à une large majorité, d'une doctrine baptisée de son nom. Il s'agit de l'autoriser à accorder une assistance économique et militaire à tout pays ou groupe de pays de cette région qui en fera la demande « en vue d'assurer et de protéger l'intégrité territoriale et l'indépendance économique de ces nations [...] contre une agression armée ouverte de toute nation contrôlée par le communisme international[8] ».

Il est trop tard pour récupérer l'Égypte. Nasser, qui joue désormais à fond la carte du panarabisme, fait savoir qu'il « ne permettra pas que l'influence franco-britannique soit remplacée par l'influence d'une autre puissance, qu'elle soit occidentale ou orientale[9] ». La Syrie lui emboîte le pas. Oubliant la neutralité indispensable à son délicat équilibre intérieur, le Liban se rallie en revanche à la doctrine Eisenhower, et avec lui non seulement le Pakistan, l'Irak, l'Iran, la Turquie et la Grèce, alliés traditionnels de l'Occident, mais aussi l'Afghanistan, la Libye – on ignorait alors jusqu'au nom de Kadhafi –, la Tunisie, le Maroc, tandis que le Soudan, après quelques hésitations, se prononce pour la négative. Quant au roi Saoud, fastueusement reçu aux États-Unis où il renouvelle l'accord leur permettant d'utiliser – à condition tout de même de ne pas y envoyer d'aviateurs juifs ! – la gigantesque base de Dharan, il pousse la condescendance jusqu'à reconnaître que la doctrine « mérite un accueil favorable[10] ». Mais lorsqu'il retrouve quelques semaines plus tard au Caire Nasser, le roi de Jordanie et le chef du gouvernement syrien, ils tombent d'accord pour réaffirmer leur détermination de « se tenir à l'écart des périls

---

8. *U.S.A.* (bulletin des services d'information américains à Paris), n° 1988, 6 janvier 1957.

9. *Le Monde*, 11 janvier 1957.

10. *Ibid.*, 8 février 1957.

de la guerre froide et de rester fidèles à la politique du neutralisme positif[11] ».

Hussein n'est pas pour autant tiré d'affaire. Il est alors en conflit avec le président du Conseil Naboulsi et les éléments pronassériens de l'armée jordanienne. Le bruit de sa mort ayant couru, il n'hésite pas à se présenter l'arme à la main devant des soldats mutinés à l'appel de leurs chefs. C'est assez pour qu'ils se mettent à l'acclamer. Le roi proclame la loi martiale et constitue un cabinet composé de vieux serviteurs de la dynastie, tandis que les États-Unis envoient leur VIe flotte patrouiller en Méditerranée orientale, et que Nouri Pacha, le dictateur de l'Irak, alors allié inconditionnel de la Grande-Bretagne, déclare qu'il dépêchera des troupes sur place si la monarchie est renversée. L'URSS se contente de protestations verbales.

Ce premier succès de la doctrine Eisenhower est suivi d'un autre, avec les élections qui se déroulent en juin au Liban et sont marquées par un triomphe du très pro-occidental président Camille Chamoun. Craignant de devenir le prochain objectif de la contre-offensive américaine, l'Égypte et la Syrie se retournent vers l'URSS. Celle-ci envoie à Nasser de nombreux techniciens et trois sous-marins, ce qui conduit Israël à se rallier, après beaucoup d'hésitation, à la doctrine Eisenhower. Quant au gouvernement de Damas, il expédie son ministre de la Défense à Moscou, où son ambassadeur déclare, sans en dire plus, que « les obligations militaires de son pays seront remplies[12] ». Mieux : le 13 août, les autorités syriennes annoncent la découverte d'un complot proaméricain. Des officiers occidentaux sont expulsés, tandis que des Soviétiques arrivent sur place pour initier leurs collègues au maniement des armes *made in USSR*.

Envoyé en mission d'information en Turquie, où il rencontre, outre le président Menderes, les rois d'Irak et de Jordanie – mais non en Syrie –, l'assistant du secrétaire d'État des États-Unis pour le Proche-Orient, Loy Henderson, en revient en assurant que la situation est « extrêmement sérieuse » et pourrait « affecter la sécurité du monde libre tout entier[13] ». Dulles parle tranquillement de la « domination apparemment grandissante de la Syrie par le communisme soviétique[14] ». Le ton monte de part et

---

11. Keesing's, 15504 B.
12. Cité in J. M. Mackintosh, *Strategy and Tactics of Soviet Foreign Policy*, Londres, Oxford University Press, p. 224.
13. Keesing's, 15745 A.
14. *Ibid.*

d'autre. Les livraisons d'armes américaines à la Jordanie, au Liban et à l'Irak sont accélérées, tandis que des bateaux de guerre soviétiques débarquent des armes dans le port syrien de Lattaquié au milieu des applaudissements de la population, et que le gouvernement d'Ankara, qui a rappelé des réservistes, organise des manœuvres le long de la frontière syrienne.

La situation paraît assez tendue au roi Saoud pour qu'il se rende à Damas le 25 septembre, fasse dire par un de ses ministres qu'il n'y a constaté aucun glissement vers le communisme, et parvienne à organiser une rencontre entre l'Irakien Nouri Saïd et le président syrien Choukri Kouatli. Nasser donne une interview conciliante et l'on croit la crise passée. Mais le 9 octobre, Khrouchtchev retrouve le ton de la crise de Suez pour accuser Dulles de pousser la Turquie à attaquer la Syrie. « Si la guerre est déclarée, assure-t-il, nous sommes tout près de la Turquie, tandis que vous ne l'êtes pas. Lorsque les canons se mettent à tonner, les fusées peuvent commencer à voler, et alors il est trop tard pour réfléchir[15]. » S'agit-il d'influencer les électeurs turcs, convoqués aux urnes le 27 octobre ? La propagande soviétique garde le même ton trois semaines durant. Mais le secrétaire général du ministère des Affaires étrangères d'Ankara réussit à convaincre son collègue syrien de ses bonnes intentions. Le 29, Khrouchtchev crée la surprise en se rendant à la réception donnée à Moscou par l'ambassadeur de Turquie à l'occasion de la fête nationale – et, accessoirement, du triomphe électoral de Menderes – et en s'écriant : « Que soit damné celui qui parle de guerre ! Qu'il combatte tout seul ! Mais pourquoi d'ailleurs parlons-nous de guerre ? Il n'y aura pas de guerre[16]... »

La page est tournée. Que s'est-il passé ? Sans doute l'alerte s'explique-t-elle d'abord par l'extrême méfiance que chacun entretient quant aux intentions de ses adversaires. Mais aussi par l'intérêt que les Soviétiques éprouvent à être appelés au secours, à condition bien entendu de ne pas avoir à courir de risque en un moment où ils ont fort à faire pour effacer les séquelles de l'affaire hongroise.

*
* *

---

15. *Le Monde,* 28 septembre 1957.
16. Keesing's, 15919 A.

Nombreux en effet sont en URSS, aussi bien que dans le camp socialiste, ceux qui jugent par trop aventuré le comportement de Khrouchtchev depuis le XXᵉ congrès et s'emploient à lui faire entendre raison. Dès le 20 novembre 1956, soit quinze jours après l'intervention en Hongrie, « face aux critiques nihilistes d'individus dépourvus de maturité[17] », M. K. doit se résoudre à créer un ministère du Contrôle d'État, disposant d'un droit de regard sur toutes les administrations civiles et militaires, au bénéfice de Molotov, stalinien s'il en fut, qui a été évincé le 1ᵉʳ juin de son poste de ministre des Affaires étrangères. Le 31 décembre, il fait un pas de plus en célébrant en Staline, au cours d'une réception de fin d'année, « un grand marxiste » et en disant sa fierté d'avoir coopéré sous sa direction « à la lutte contre nos ennemis[18] ». Mais il en faudrait davantage pour rassurer ses adversaires. Les instances du parti sont d'ailleurs le cadre d'un sévère débat sur le plan, qui n'a pas atteint ses objectifs, et sur la décentralisation, que Nikita Sergueïevitch préconise sans convaincre.

C'est donc sans trop de surprise que, le 18 juin 1957, on apprend la destitution de Khrouchtchev, au retour d'un voyage en Finlande, par la majorité du praesidium du comité central. S'y attendait-il ? Peut-être bien, car, loin de se laisser faire, il en appelle illico au plénum du même comité central. Celui-ci, le 29, se prononce à une large majorité en sa faveur. Accusés d'avoir créé un « groupe antiparti », Molotov, Malenkov, qui a mal supporté sa destitution du poste de chef du gouvernement, et Kaganovitch, le beau-frère de Staline, sont exclus du comité central où entrent massivement les supporters de M. K. En fait, ce dernier a été sauvé par le maréchal Joukov, dont on a vu le rôle dans l'élimination de Beria, et qui a mis ses avions à sa disposition pour ramener dare-dare à Moscou de leurs postes en province ou à l'étranger les nombreux membres du CC lui devant leur promotion. Il n'est pas question cependant pour M. K. de se placer dans la dépendance du héros de la guerre mondiale : il a trop entendu répéter dans sa jeunesse que le bonapartisme était l'une des premières menaces pesant sur la révolution socialiste. À la fin d'octobre, il profite d'une visite du maréchal en Albanie pour le relever de son poste de ministre de la Défense, et l'exclure du praesidium et du comité central, sous l'accusation d'avoir donné dans « l'aventurisme » – allusion probable à

---

17. Cité in Laran et Van Regemorter, *op. cit.*, p. 203.
18. *Le Monde*, 3 janvier 1957.

l'affaire turque dont on vient de parler – et le culte de sa propre personnalité.

Khrouchtchev n'a pas encore fini de faire le ménage : en mars 1958, il obligera Boulganine à lui céder la direction du gouvernement et le vieux maréchal Vorochilov à abandonner la présidence du Soviet suprême, autrement dit la fonction essentiellement protocolaire de chef de l'État. Des membres des instances dirigeantes en poste au moment de la mort de Staline, ne subsistera plus alors, outre lui-même, Khrouchtchev, que l'Arménien Mikoyan. Mais aucune des personnalités destituées n'a été envoyée au goulag et encore moins à l'échafaud. Molotov a été nommé ambassadeur en Mongolie, après le refus des Pays-Bas de l'accréditer à La Haye, et Malenkov directeur d'usine. Staline est bien mort : seul Imre Nagy a subi, avec trois de ses camarades, la peine capitale.

*
* *

Que la Chine ait poussé à l'exécution de Nagy ne fait guère de doute : il n'est pas de pays dont la presse ait commenté l'événement avec plus d'enthousiasme. Aussi bien a-t-on pu lire en 1963, lorsque Mao a commencé à faire publier les dossiers de sa controverse avec Moscou : « Au moment critique où les forces contre-révolutionnaires de Hongrie occupaient Budapest, la direction du PCUS [Parti communiste de l'Union soviétique] avait tenté à un moment donné d'adopter une politique capitulationniste et d'abandonner la Hongrie socialiste à la contre-révolution [...]. Face à une telle situation, les communistes chinois, avec d'autres partis frères qui s'en tiennent fermement au marxisme-léninisme, ont soutenu avec force qu'il fallait repousser l'offensive de l'impérialisme et de la réaction en vue de sauvegarder le camp socialiste et le mouvement ouvrier international. À ce moment-là, nous préconisions énergiquement l'adoption de toute mesure nécessaire pour écraser la rébellion contre-révolutionnaire en Hongrie [...]. En même temps nous avons fait de grands efforts pour sauvegarder le prestige du PCUS. La direction du PCUS fit sienne notre proposition[19]... »

Ces quelques phrases, extraites d'un long réquisitoire, éclairent d'un jour décisif la stratégie du PC chinois dans les années 1956-

---

19. « Les divergences entre la direction du PCUS et nous », *Pékin information,* 15 septembre 1963.

57. Dans une première phase, il a soutenu Gomulka contre les velléités d'intervention soviétique en Pologne, parce que Mao ne voulait pas lui-même se laisser dicter sa conduite par le Kremlin : c'était l'époque où, pour s'assurer le soutien des intellectuels, il lançait la très imprudente campagne des Cent Fleurs. « Nous disons aux artistes et aux écrivains, déclarait son porte-parole, laissez les cent fleurs s'épanouir. Nous disons aux savants : laissez les cent écoles rivaliser entre elles[20]. » Mao ne se doutait pas qu'il allait être pris à ce point au pied de la lettre qu'il lui faudrait quelques mois plus tard arrêter brutalement les frais.

C'est cette même candeur qui lui avait fait soutenir Imre Nagy aussi longtemps que ce dernier avait paru s'en tenir à une ligne « polonaise », autrement dit ultra-prudente et modérée. Mais en parlant de pluralisme des partis et de retrait du pacte de Varsovie, le Hongrois avait commis l'irréparable, et la Chine devait à tout prix s'en mêler si elle voulait éviter l'écroulement du camp socialiste. De même celui-ci avait-il besoin à sa tête d'une direction ferme : en l'espèce, un PC soviétique qui tienne compte des conseils de ses amis de Pékin. Tant que Staline avait été là, le respect dû au vainqueur de la Deuxième Guerre mondiale avait le plus souvent poussé Mao à s'incliner devant ses consignes. Mais il n'était pas question qu'il reporte cette admiration sur un Khrouchtchev qui avait monnayé le soutien de la Chine dans sa lutte pour le pouvoir, et dont les qualités intellectuelles n'en imposaient guère au Grand Timonier.

À peine le XXe congrès du PCUS avait-il pris fin, la presse de Pékin publiait en avril 1956, sous le titre « À propos de la dictature du prolétariat », un article qui, tout en reconnaissant certaines erreurs de Staline, dont Mao avait eu plus d'une fois à se plaindre, approuvait sa politique d'industrialisation et de collectivisation de l'agriculture, et concluait que « tout naturellement son nom jouissait d'une immense gloire dans le monde[21] ». Le 29 décembre, le *Quotidien du peuple* reconnaissait que l'URSS avait « corrigé ses erreurs » et demeurait « le centre et le cœur » du mouvement socialiste.

Arrivé à Moscou après des visites éclair en Pologne et en Hongrie, Zhou Enlai déclare le 17 janvier 1957 que « l'unité et le renforcement du camp socialiste, avec la grande URSS à sa tête,

---

20. Cité in Klaus Mehnert, *Pékin et Moscou*, Stock, 1962, p. 196.
21. Documentation française, *Notes et Études documentaires*, n° 3092, 22 mai 1964.

représentent la forteresse la plus importante pour la cause de la paix dans le monde et pour le progrès de l'humanité[22] » Jamais on n'avait entendu un dirigeant chinois tenir un discours aussi inconditionnellement prosoviétique. Pourquoi ? Outre la nécessité d'affirmer l'unité du camp au moment où, profitant de l'effet désastreux de l'insurrection magyare, les États-Unis passaient à l'offensive au Proche-Orient, Pékin négociait alors avec Moscou un traité, dont on n'apprendra que six ans plus tard l'existence, sur les « techniques nouvelles de la défense nationale », autrement dit sur les armes nucléaires. Il sera signé le 15 octobre, soit onze jours après la mise sur orbite du premier *spoutnik* (littéralement compagnon de route), sphère de 83 kilos et d'un diamètre de 58 centimètres, dont les bip-bip, rompant le silence éternel de l'espace, y feront retentir la gloire de l'URSS et du marxisme-léninisme.

*
* *

On ne saurait surestimer l'importance de cet exploit pour les relations aussi bien Est-Ouest qu'intérieures au camp socialiste. Jusque-là en effet, la plupart des experts occidentaux s'étaient refusés à prendre au sérieux la dépêche Tass du 26 août précédent qui affirmait que l'URSS avait procédé au tir d'une « superfusée balistique intercontinentale à plusieurs étages » mettant fin ainsi à l'avantage stratégique considérable dont jouissaient les États-Unis, pendant deux guerres mondiales et une guerre froide, grâce à la totale impunité de leur territoire, alors que leurs bombardiers B-52 et leurs bases sur le pourtour de l'URSS leur permettaient d'atteindre celle-ci sans difficulté. Le Spoutnik changeait tout. « Une crise de confiance allait balayer le pays comme un feu de forêt poussé par le vent[23] », pourra écrire James Killian, placé en 1954 par Eisenhower à la tête d'une commission chargée d'étudier les risques d'une attaque par surprise et les moyens d'y faire face. Ike, qui essaie maladroitement de minimiser la portée de l'événement, perd brusquement 22 points dans les sondages Gallup, en attendant d'être frappé d'une crise cardiaque. « Les États-Unis ont perdu une bataille plus importante et plus grave que Pearl Harbor », affirme le grand savant atomique Edward Teller, aux opinions

---

22. *Izvestia*, 18 janvier 1957.
23. Cité in Newhouse, *op. cit.*, p. 116.

assez tranchées pour qu'on ait vu en lui le prototype du Dr Folamour[24]. Le *Washington Post* reproduit un rapport officiel où il est question de « péril cataclysmique » pour la sécurité nationale[25].

Eisenhower, qui se remet de ses ennuis de santé rapidement, se retient sagement de donner suite au projet formé par certains de ses collaborateurs et tendant à mettre en route la construction d'abris antiatomiques pour un montant de 40 milliards de dollars. Contre les missiles soviétiques, « il n'existe pas de défense : seulement des représailles[26] », dit-il avec une belle clairvoyance. Et, en matière nucléaire, les États-Unis conservaient une large avance, malgré tous les propos sur le prétendu *missile gap*, le déficit en fusées.

La CIA s'obstine à croire que le territoire nord-américain est devenu le principal objectif des armes soviétiques, alors que la plupart des bombardiers et des missiles construits à cette époque sont de portée moyenne ou intermédiaire, et non « intercontinentale », ce qui désigne clairement l'Europe comme l'objectif principal[27]. Khrouchtchev le reconnaîtra dans ses Mémoires, et Ike s'emportera contre les « bâtards hypocrites, aux airs de petits saints » qui popularisent le thème du *missile gap* : « Dieu vienne en aide à ce pays quand il aura à sa tête un Président qui n'en saura pas autant que moi sur les questions militaires[28]. » La situation sera encore la même cinq ans plus tard, au moment de la crise des fusées de Cuba.

Entre-temps, Eisenhower et son successeur John Kennedy ont mis les bouchées doubles non seulement pour la production nationale d'ICBM (*Intercontinental Ballistic Missiles*) – fusées stratégiques ou intercontinentales Minuteman – et de sous-marins nucléaires Polaris, mais aussi pour la négociation avec leurs alliés du déploiement chez eux de fusées américaines « intermédiaires », pouvant atteindre de larges portions de l'URSS. Khrouchtchev va se démener pour les convaincre de s'y opposer, en évoquant par exemple les risques courus, en cas de contre-attaque soviétique, par le Parthénon ou par les orangeraies d'Italie. Mais le renforcement des moyens militaires de

---

24. *Ibid.*, p. 118.
25. *Ibid.*, p. 119.
26. *Ibid.*, p. 120.
27. Newhouse, *op. cit.*, pp. 121-124.
28. Cité in Michael Beschloss, *May Day, Eisenhower, Khrushchev, and the U-2 Affair*, New York, Harper and Row, 1986, p. 148.

l'URSS n'est qu'un des aspects de sa stratégie. De 1957 à 1962, comme le relève Adam B. Ulam, M. K. poursuit deux objectifs apparemment contradictoires : un expansionnisme communiste militant, destiné à affaiblir les positions de l'Occident, voire à amener celui-ci à renoncer à telle ou telle de ses positions, et la recherche acharnée d'arrangements avec les États-Unis[29]. Une image bien dans sa manière illustre son propos. « Dans les pays capitalistes, fait-il remarquer, il n'est pas inhabituel qu'un jeune homme épouse une vieille dame riche ; ils vivent en parfaite amitié, lui gentil (encore que probablement impatient) et défèrent envers la dame, elle glissant obligeamment, comme le temps passe, dans la décrépitude[30]. » De toute évidence, il verrait bien l'URSS dans le rôle du jeune homme et les États-Unis dans celui de la vieille dame...

*
* *

Inutile de dire que les exploits du Spoutnik, qui a bientôt un grand frère à bord duquel a pris place une chienne, frappent fortement les imaginations. D'autant plus que les Américains essaient en vain de mettre sur orbite une minuscule copie : c'est en février 1958 seulement qu'ils réussiront à satelliser un *Explorer* à peine plus grand, mais ce succès comptera pour rien devant l'opinion lorsque, trois mois plus tard, les Soviétiques en feront autant avec un engin cent vingt-cinq fois plus lourd. Dès le 8 octobre 1957 la radio du Caire exprime la réaction quasi unanime du tiers monde en s'écriant : « L'ère planétaire sonne le glas du colonialisme ; la politique américaine d'encerclement de l'Union soviétique a piteusement échoué. »

L'exploit est abondamment commenté par les dirigeants de tous les PC du monde, réunis à Moscou pour fêter le quarantième anniversaire de la patrie du socialisme. Ceux des douze pays où ils sont au pouvoir, dont Mao en personne, se rencontrent du 14 au 16 novembre et publient en se séparant une interminable déclaration, dans laquelle ils contestent l'existence d'une quelconque « crise du socialisme » et assurent qu'ils sauront par leur unité et leur cohésion faire échec aux tentatives des impérialistes « pour entraver la marche de la société vers

---

29. Adam B. Ulam, *op. cit.*, p. 606.
30. *Ibid.*, p. 607.

une ère nouvelle[31] ». Dans la foulée se tient une autre conférence, rassemblant les délégués de soixante-huit des partis communistes existant dans le monde, y compris le yougoslave, bien que Tito, peu soucieux de se laisser réembrigader, ait refusé d'assister à la première.

C'est au cours de cette seconde réunion que Mao lance la fameuse formule sur le « vent d'Est » qui l'a « définitivement emporté sur le vent d'Ouest », d'où il déduit que l'« impérialisme ne déclenchera pas la guerre », ajoutant, comme il avait eu l'occasion de le dire à Nehru, que s'il le faisait tout de même, « au pire, la moitié de la population mondiale serait peut-être anéantie, mais il resterait l'autre moitié et dans ce cas, l'impérialisme serait liquidé et le monde entier deviendrait socialiste[32] ». Le succès du Spoutnik l'a tant frappé qu'il en tire argument pour justifier la nécessité de laisser à Moscou la direction du mouvement communiste international : « Nous devons avoir une tête représentée par le comité central du PC de l'URSS, déclare-t-il encore devant les soixante-huit, un proverbe chinois dit qu'un serpent ne marche pas s'il n'a pas de tête [...]. S'il n'y a pas de direction, l'anarchie domine. Le PC chinois n'est pas digne de cette fonction. La Chine a en effet une grande expérience de la révolution, mais peu d'expérience de la construction socialiste. La Chine n'a même pas un quart de Spoutnik, alors que l'URSS en a deux[33]. » Hô Chi Minh et Kim Il-sung, ainsi que les représentants albanais, bulgare, roumain, tchécoslovaque et mongol appuient ce point de vue, tandis que les Hongrois, les Polonais, les Yougoslaves et les délégués des principaux PC occidentaux se gardent de prendre la parole. Seul l'Italien Togliatti, qui était déjà intervenu dans ce sens en marge du XXe congrès, affirme qu'il ne faut pas se presser de créer de nouveaux organes, insistant sur la nécessité de « savoir unir le développement autonome de chaque parti avec le maximum de solidarité et d'unité de notre mouvement[34] ». Furieux, Khrouchtchev quitte la salle.

Un an après l'intervention soviétique à Budapest, le conseil annuel de l'OTAN, réuni à Paris en décembre 1957, ne retient

---

31. Documentation française, *Notes et Études documentaires*, n° 2950 du 31 décembre 1962.

32. Cité dans la déclaration du gouvernement chinois du 1er septembre 1963. Documentation française, *Notes et Études documentaires*, n° 3089 du 12 mai 1964.

33. Cité in Lilly Marcou, *L'Internationale après Staline*, Grasset, 1979, pp. 55-56.

34. Cité in *ibid.*, pp. 57-58.

des textes des deux réunions de Moscou que « la détermination [des communistes] de parvenir à la domination du monde entier, si possible par la subversion et au besoin par la violence[35] ». Et la polémique a vite fait de rebondir entre Moscou et Belgrade. Ni Eisenhower ni Khrouchtchev ne désespèrent pourtant de relancer les négociations sur le désarmement qui piétinent depuis 1946. Les Soviétiques n'ont-ils pas fait une série de gestes pour les faciliter, comme une réduction unilatérale de leurs effectifs, l'acceptation d'une inspection aérienne sur une profondeur de 800 kilomètres de part et d'autre du rideau de fer, l'interdiction de tous les essais nucléaires, idée lancée par Nehru dès mars 1954 ? L'attention des diplomates est un moment retenue par le plan Rapacki, ainsi nommé d'après son auteur, ministre des Affaires étrangères du gouvernement de Varsovie, et qui prévoit la « dénucléarisation » des deux Allemagnes, de la Tchécoslovaquie et de la Pologne, autrement dit l'interdiction sur leur territoire de la fabrication ou du stockage d'armes atomiques, comme de l'installation d'équipements nécessaires à leur utilisation.

*
* *

Une série de crises va bientôt renvoyer les négociateurs à leurs dossiers. Les deux premières concernent, une fois de plus, le Proche-Orient et le détroit de Formose. Une troisième, qui va réveiller les pires inquiétudes, le sort de Berlin.

Le 31 janvier 1958, la Syrie fusionne avec l'Égypte au sein d'une République arabe unie, ou RAU. Cet événement, attendu depuis longtemps, découle de la volonté de la bourgeoisie locale, le président Kouatli en tête, de couper court à l'ascension des communistes de Khaled Bagdache, un Druze habile et courageux élu député l'année précédente. Ce dernier s'enfuit à Prague, et bientôt le PC est dissous. Abdel Sarraj, le proconsul de Nasser à Damas, jette en prison et torture ses militants. Loin de chercher à y faire obstacle, Khrouchtchev réserve un accueil triomphal au Raïs lorsque celui-ci se rend à Moscou le 1er mai : non seulement il le crédite d'avoir « changé le cours de l'Histoire », mais il exprime le vœu de voir l'unité arabe se réaliser sous sa direction[36].

---

35. *Le Monde,* 21 décembre 1957.
36. *Année politique, 1958,* p. 311.

L'opinion arabe voit d'abord dans la création de la RAU une réponse, longtemps acclamée dans les rues de Bagdad, aux machinations des impérialistes et l'annonce que le jour est proche où la nation arabe, réalisera enfin son unité. Pour y faire pièce, les gouvernements pro-occidentaux de Bagdad et d'Amman ont décidé dès le 14 février de constituer une Union arabe présidée par le roi Fayçal d'Irak et, en son absence, par son cousin de Jordanie. Les deux armées devront être fondues en une seule. Bientôt la radio du Caire se déchaîne contre ce rapprochement, provoquant de vastes manifestations à Bagdad. Fayçal rappelle au pouvoir en mars Nouri Saïd, l'homme des Britanniques. Mis en cause par Serraj, l'homme de Nasser à Damas, le roi Saoud d'Arabie nomme Premier ministre un autre Fayçal, son frère, qui passe pour avoir des sympathies pour Le Caire.

En mai, c'est au tour du Liban de s'enflammer. Le président Chamoun, très pro-occidental, invite le parlement à sa dévotion qu'il a fait élire l'année précédente à modifier la Constitution en vue de lui permettre de solliciter un nouveau mandat. Le 8, le rédacteur en chef d'un journal d'opposition est assassiné. Les nassériens en rendent responsable le gouvernement et organisent des manifestations qui, à Beyrouth et à Tripoli, tournent à l'émeute. Le patriarche maronite et le général Chehab, commandant en chef de l'armée, en tête, de nombreuses personnalités adjurent les deux camps d'éviter la guerre civile. Leur message est compris : tout se passe comme si, de part et d'autre, on voulait surtout prouver que personne n'est en mesure d'imposer sa loi, ni les pronassériens d'obtenir l'adhésion à la RAU du pays du cèdre, ni les pro-occidentaux de maintenir l'appui imprudemment donné par Chamoun à la doctrine Eisenhower.

Le président libanais, qui sent la situation lui échapper, multiplie les appels aux États-Unis, réclamant même qu'on lui « parachute des chars[37] ». Eisenhower lui assure qu'on ne l'abandonnera pas. Mais depuis la création de la RAU, le président américain commence à voir dans le nassérisme un contrepoids au communisme. Il n'a aucune envie de se fourrer dans ce guêpier, de peur d'amener le Kremlin à s'en mêler à son tour, comme l'agence Tass en agite la possibilité dans une dépêche du 24 juin. Du coup, Chamoun se retourne vers l'homme fort de l'Irak, Nouri Saïd, lequel préconise ouvertement une intervention des membres musulmans du pacte de Bagdad.

---

37. Cité in Murphy, *op. cit.*, p. 418.

Ceux-ci conviennent de se réunir le 14 juillet à Istanbul pour la mettre au point, hors de la présence des Anglo-Saxons dont ils craignent la prudence à leurs yeux excessive. Mais, le jour venu, Turcs et Iraniens attendent en vain la délégation irakienne : le roi Fayçal, Nouri et l'ex-régent Abdulillah viennent d'être massacrés par un groupe d'« officiers libres » – ainsi nommés à l'évidence par référence à Nasser –, dirigé par le colonel Aref et le général Kassem.

C'est l'enthousiasme au Caire et à Moscou, la consternation à Washington et à Londres : il n'y a apparemment personne à Bagdad pour prendre la relève de Nouri, et l'on ne sait pas ce que pourrait faire le Kremlin. De toute façon, Kassem déclare sans tarder qu'il honorera les accords pétroliers conclus par les précédents gouvernements et assure Bob Murphy, que Washington a envoyé aux nouvelles, qu'il n'a pas « déclenché sa révolution pour offrir l'Irak à l'URSS ou à l'Égypte[38] ». Pour Chamoun, le coup d'État de Bagdad est un désastre, et il s'empresse de rappeler à Ike sa promesse de ne pas l'abandonner. Dulles convoque les représentants des deux partis pour leur dire qu'il est temps de mettre un frein aux revers des États-Unis au Moyen-Orient et qu'un contingent de 10 000 hommes va être envoyé à Beyrouth.

Washington n'a malheureusement pas trouvé le temps de prévenir les alliés. Or au nombre de ceux-ci figure depuis le 29 mai, à la suite du putsch des généraux d'Alger, un certain général de Gaulle qui n'a accepté de retirer les soldats français du Liban, sous l'injonction des Nations Unies, en 1946, qu'en se promettant de les y ramener un jour. Inutile de dire qu'il prend l'affaire plutôt mal. On peut penser que celle-ci n'est pas étrangère à la lettre qu'il enverra le 24 septembre à Ike et au Premier ministre Macmillan, pour réclamer, en vain bien entendu, une concertation stratégique permanente des trois puissances à l'échelle mondiale.

Les Britanniques n'ont été informés eux aussi qu'à la dernière minute. Mais ils sont d'autant plus ravis qu'ils viennent de recevoir un appel à l'aide de Hussein de Jordanie, redoutant que son tour ne vienne bientôt. Du coup, le 17 juillet au matin, 2 500 *tommies* se posent à Amman. Nasser, qui sort d'une rencontre de huit heures avec Khrouchtchev, proclame le même jour que « le drapeau de la liberté sera prochainement hissé à

---

38. *Ibid.*, p. 420.

Alger comme à Beyrouth et à Amman[39] ». Quelques heures plus tard, le Kremlin invite « instamment » les États-Unis à arrêter « leur intervention armée dans les affaires intérieures des pays arabes[40] ». Le même avertissement est adressé le lendemain à Londres, tandis que des mouvements de troupes sont signalés dans la partie méridionale de l'URSS et en Bulgarie, et que de violentes manifestations antiaméricaines se déroulent à Moscou et à Pékin.

Khrouchtchev n'a naturellement aucune intention d'envoyer des troupes sur place, mais il fait monter la tension en adressant des notes véhémentes aux gouvernements occidentaux pour obtenir la réunion d'un sommet Est-Ouest où il ferait figure de sauveur de la paix. On bute longtemps sur la composition de ce sommet, qui finalement n'aura pas lieu, Chamoun ayant accepté entre-temps de se retirer. Il laisse son fauteuil présidentiel au général Chehab, commandant en chef de l'armée, image même de la réconciliation nationale et du non-engagement. Les Américains peuvent rapatrier leurs *boys*, dont un seulement aura trouvé la mort au Liban. Et le 21 août, l'Assemblée générale des Nations Unies adopte à l'unanimité, y compris, fait rarissime, la voix d'Israël, une résolution déposée par tous les membres de la Ligue arabe invitant poliment les pays de l'Est, comme de l'Ouest, à bien vouloir se tenir à l'écart de leurs querelles.

Il s'en faut cependant que la tension soit complètement retombée dans la région. À Bagdad, les deux associés du putsch ont vite fait de se brouiller. Aref voulant rattacher l'Irak à la RAU, Kassem l'a exilé. Mais bientôt il tente un retour de l'île d'Elbe qui lui vaut d'être condamné à mort. Gracié par son adversaire, il l'en remerciera, cinq ans plus tard, en le tuant de sa main. Dans l'intervalle, Kassem, pour faire face à l'opposition des partisans de la fusion avec la Syrie et l'Égypte, décide de s'appuyer non seulement sur les chiites, traditionnellement hostiles aux sunnites, majoritaires sur les rives de la Méditerranée, mais sur les Kurdes dont le chef, Barzani, rentre d'un long exil à Moscou, et sur les communistes. Le Kremlin est ainsi porté à soutenir plutôt Bagdad que Le Caire, où le PC est interdit. En décembre 1958, Nasser dénonce la collusion des impérialistes, des communistes et des sionistes, ce qui lui vaut une verte réplique de M. K. À peine le Raïs évoque-t-il la « terreur rouge[41] » régnant à Bagdad que Kassem noie dans le sang

---

39. *Le Monde*, 18 juillet 1958.
40. *Orient*, n° 7, p. 8.
41. *Orient*, n° 9, p. 19.

un soulèvement de la garnison de Mossoul, et qu'on apprend la mort sous la torture du chef du Parti communiste syrien, kidnappé par la police de Damas. Moscou va jusqu'à couper les crédits à Nasser, mais les Américains ont la sagesse de ne pas chercher à profiter de la situation pour relancer leurs tentatives d'enrôlement des pays arabes dans le pacte de Bagdad. Jusqu'à la guerre de Six Jours de 1967, le Proche-Orient va cesser d'être un théâtre d'opérations de la guerre froide.

* * *

Le 21 août 1958, moins de vingt-quatre heures après l'adoption à l'unanimité par l'Assemblée générale des Nations Unies de la résolution mettant fin à la crise du Proche-Orient, l'artillerie maoïste commence à bombarder massivement l'île de Quemoy, dans le détroit de Formose, déjà enjeu d'une longue épreuve de force durant l'hiver 1954-55. Tchang Kaï-chek, malgré les conseils de prudence de Washington, y avait massé quelque 75 000 hommes. Sur le moment, Moscou ne dit rien. Et quand, le 31 août, la *Pravda* publie un éditorial sur l'événement, elle s'aligne sur les thèses chinoises et promet à Pékin « l'aide morale et matérielle nécessaire à son juste combat ». Washington paraissant jouer le jeu de la modération, Khrouchtchev en profite pour déclarer, dans une lettre à Eisenhower en date du 8 septembre, qu'une attaque contre la Chine serait considérée comme une attaque contre l'URSS ; il va plus loin encore le 19, en assurant que si elle « était l'objet d'une attaque nucléaire, l'agresseur subirait sur le champ une riposte par les mêmes moyens[42] ». Les États-Unis rejettent cette note et déploient des armes atomiques à Quemoy, mais Dulles précise que son gouvernement n'a toujours pas l'intention de s'engager à défendre les îles tenues par Tchang. M. K. précise de son côté que l'URSS ne viendra en aide à la Chine que si celle-ci est attaquée par les Américains et qu'elle n'a pas l'intention « de se mêler de la guerre civile que le peuple chinois mène à la clique de Tchang Kaï-chek[43] ». Bientôt Pékin annonce que les bombardements seront suspendus... les jours pairs.

La page est tournée, sans qu'on sache très exactement ce qui s'est passé. Il est très probable que le parti chinois a voulu créer

---

42. Keesing's, 16472 A.
43. *Année politique, 1958*, p. 441.

un climat d'exaltation patriotique favorable à la réussite du Grand Bond en avant. Lancé quelques mois plus tôt, celui-ci a conduit à la création des « communes populaires », destinées à soumettre toutes les catégories de la population à un effort sans précédent, Il s'agissait de rien de moins que d'emprunter un « raccourci vers le communisme[44] », selon la formule de Klaus Mehnert, et pour ce faire d'abolir le mode de vie traditionnel, y compris les obligations familiales. Hommes et femmes, ainsi libérés, étaient à la disposition permanente du parti, qui leur fixait d'incroyables objectifs de production non seulement agricole, mais industrielle, grâce à la construction d'innombrables « hauts fourneaux de poche ».

Khrouchtchev n'était pas homme à se laisser donner des leçons de communisme par l'encombrant allié chinois. Ce facteur a-t-il joué un rôle dans la dégradation des relations sino-soviétiques, visible à la faveur de la crise du Proche-Orient ? Dès juillet, à la surprise générale, il avait accepté une proposition de Macmillan tendant à la réunion au sommet des cinq membres permanents du Conseil de sécurité, ce qui voulait dire, Tchang détenant toujours le siège chinois, que Moscou y aurait pris part sans que Pékin fût représenté. C'était là de toute évidence un camouflet pour Mao, et l'on peut penser que c'est pour tenter d'apaiser la colère de ce dernier qu'il part dare-dare lui rendre visite le 31 juillet. Sur ces entrefaites, le remplacement de Chamoun par Chehab est venu opportunément rendre la réunion du Conseil de sécurité inutile. Il n'empêche que Pékin avait rendu la politesse à Moscou en proposant d'envoyer des volontaires sur place. Les Chinois attendront cinq ans pour affirmer que Nikita Sergueïevitch avait exigé au cours de ce voyage que leur pays soit placé « sous contrôle militaire soviétique[45] ». M. K. croyait-il parer ainsi au risque de les voir lancer quelque action imprudente en direction de Taiwan ? Il va sans dire que Pékin avait refusé.

*
* *

Que la discorde entre les deux géants du « socialisme » n'ait pas éclaté plus tôt au grand jour peut paraître étonnant. Mais on peut aussi se demander si, dans l'esprit de M. K., l'ultimatum qu'il adresse aux Occidentaux le 27 novembre 1958 pour les inviter à renoncer à leurs droits d'occupation à Berlin ne présentait pas, entre autres

---

44. Klaus Mehnert, *op. cit.*, pp. 356-385.
45. *Quotidien du peuple*, 6 septembre 1963.

avantages, celui d'amener Pékin à manifester sa solidarité avec le Kremlin. Comment en effet ce ferme langage n'aurait-il pas plu au Grand Timonier qui, dès 1946, avait déclaré dans une interview à la journaliste américaine Anna Louise Strong que la bombe atomique était un « tigre en papier dont les réactionnaires américains se servent pour effrayer les gens », ajoutant que « tous les réactionnaires sont des tigres en papier. En apparence ils sont terribles, mais en réalité ils ne sont pas si puissants[46] ».

Voyant dans le succès du Spoutnik la preuve qu'un « changement sérieux s'était produit dans l'équilibre des forces entre les pays du socialisme et du capitalisme, à l'avantage des nations socialistes[47] », Nikita Sergueïevitch avait évidemment bien d'autres raisons de s'attaquer au problème de l'ancienne et future capitale allemande. En quelques années, les crédits Marshall et ceux de la République fédérale avaient transformé le champ de ruines de Berlin-Ouest, dont les États-Unis, la Grande-Bretagne et la France occupaient les trois secteurs, en une formidable vitrine du capitalisme, brillant de tous ses feux au milieu de la nuit rouge. Propagande et services de renseignement alliés y agissaient d'autant plus impunément que, partout ailleurs en Europe, le rideau de fer était pratiquement infranchissable : à Berlin il suffisait de prendre le métro pour passer de l'Est à l'Ouest. Les ressortissants de la RDA désireux de fausser compagnie à leur funèbre régime ne se privaient pas d'utiliser cette brèche insolite : en dix ans, près de trois millions de cadres techniques, de professeurs, d'étudiants avaient ainsi choisi la liberté. On peut imaginer dans ces conditions que les dirigeants de Berlin-Est faisaient depuis longtemps le siège du grand frère soviétique pour qu'il mette fin à la présence occidentale à Berlin-Ouest.

Le seul accord conclu sur cette présence remontait à Yalta, où il avait été convenu que la région de Berlin serait placée sous l'occupation conjointe des trois vainqueurs du Reich, leur nombre ayant été porté à quatre, lors de la conférence de Potsdam, en juillet 1945, pour faire sa place à la France[48]. Dans sa note du 27 novembre 1958, M. K. déclarait cet accord caduc et assurait que « la solution la plus juste et la plus naturelle » était le retour de Berlin-Ouest à la RDA. Mais, comprenant la difficulté pour les Occidentaux de s'y résigner, il proposait la transformation des trois secteurs américain, britannique et français en une « ville

---

46. Cité in Philippe Devillers, *Ce que Mao a vraiment dit*, Stock, 1968, p. 218.
47. Interview à un journaliste danois, citée par Kissinger, *op. cit.*, p. 513.
48. *Le Monde*, 4 août 1961.

libre » démilitarisée dans la vie de laquelle aucun État, y compris les deux États allemands existants, ne s'immiscerait. Il ajoutait que, si l'on n'avait pas abouti dans les six mois à une « entente appropriée », l'URSS « réaliserait au moyen d'un accord avec la RDA les mesures prévues ». À l'attention de ceux qui voudraient « parler le langage de la force brutale », il rappelait que les menaces et l'intimidation n'agissent pas sur le peuple soviétique[49] ».

Ainsi la guerre froide opérait-elle un brutal retour dans cette Europe qu'elle avait *grosso modo* épargnée depuis qu'après l'échec, en 1949, du blocus de Berlin l'Est et l'Ouest s'étaient entendus sans le dire et encore moins l'écrire pour la partager. Pendant quatre ans, le monde aurait plus d'une occasion de retenir son souffle.

---

49. *Le Monde,* 18 décembre 1958.

CHAPITRE XI

L'englueur englué

LA CRISE DE BERLIN – LA TENSION SINO-SOVIÉTIQUE –
L'AFFAIRE DE L'U-2 – LA DÉCOLONISATION – KENNEDY PRÉSIDENT –
LE MUR

> « *Khrouchtchev s'était lui-même englué dans la toile compliquée qu'il avait tissée. Pris au piège, il s'aperçut qu'il ne pourrait obtenir la satisfaction de ses exigences sans une guerre. Jamais il ne se révéla tout à fait prêt pour cette éventualité, pourtant il n'osa pas accepter les offres de négociation de l'Ouest, de crainte d'être accusé par les "faucons" du Kremlin et par ses cohortes chinoises d'avoir bradé ses options*[1]. »
>
> Henry Kissinger.

Même si beaucoup d'apparatchiks, autour de lui, songeaient surtout à préserver leurs sinécures, Khrouchtchev était un communiste convaincu pour qui l'Histoire avait un sens dont il lui appartenait d'accélérer le cours. D'où l'importance capitale à ses yeux du Spoutnik : grâce à celui-ci, le camp socialiste, malgré son énorme infériorité économique par rapport à l'impérialisme, avait pris une longueur d'avance en matière d'armements. Pour les Chinois, c'était assez pour braver le risque d'une guerre nucléaire, à propos de Formose, avec le « tigre de papier » américain. M. K.

---

1. Kissinger, *op. cit.*, p. 533.

pensait que le tigre de papier en question « avait des crocs atomiques[2] » et qu'il valait mieux y regarder à deux fois. Le meilleur moyen de faire taire les critiques et les réclamations de Pékin, et les remontrances des durs du Kremlin, n'était-il pas de prendre lui-même l'offensive en Europe, en faisant en sorte bien entendu de garder à tout moment le contrôle des opérations ? Berlin ne constituait-il pas de ce point de vue un terrain d'action idéal ? En faisant disparaître ce qu'il n'hésitera pas à comparer à une « tumeur cancéreuse[3] », M. K. n'allait pas seulement se débarrasser d'un défi permanent à l'ordre et à l'orgueil socialistes, il allait réussir là où Staline, avec son blocus de 1948, avait piteusement échoué.

Il y avait davantage. Il y avait l'agaçante montée en puissance de la RFA, qui n'hésitait pas à convoquer le Bundestag à Berlin-Ouest pour l'élection présidentielle, comme si cette enclave capitaliste relevait de sa souveraineté, ce qu'aucun accord Est-Ouest n'avait bien entendu jamais prévu. Ulbricht, le numéro un de Berlin-Est, ne cessait de faire valoir auprès de M. K. à quel point cette situation était préjudiciable au développement de la RDA, quand ce ne serait que parce que des milliers de ses ressortissants, notamment parmi les plus diplômés, utilisaient chaque année le sas si commode des secteurs occidentaux pour passer à l'Ouest. Nikita Sergueïevictch lui-même n'avait pas renoncé à son rêve d'une Allemagne réunifiée sous le drapeau du socialisme et pensait que, aussi longtemps que l'on n'aurait pas mis un frein à la montée en puissance de Bonn, les divers « pays frères » auraient de la peine à consolider leurs régimes de « démocratie » prétendument « populaire ».

On serait donc assez tenté de suivre l'ambassadeur Henri Froment-Meurice, alors en poste à Moscou, lorsqu'il estime que M. K. avait notamment voulu, avec sa mise en demeure sur Berlin, répliquer de manière brutale au spectaculaire rapprochement intervenu deux mois plus tôt entre de Gaulle, sur la germanophobie supposée duquel le Kremlin avait longtemps tablé, et Konrad Adenauer. Lorsqu'à la demande de ce dernier les deux hommes s'étaient rencontrés à Colombey, le 14 septembre précédent, ils avaient publié un communiqué dans lequel ils estimaient que ce devait « en être fini à jamais de l'hostilité d'autrefois » et appelaient leurs peuples « à vivre

---

2. Discours de Khrouchtchev devant le Soviet suprême, en date du 12 décembre 1962, Keesing's, 19288 A.
3. Supplément à *Études soviétiques,* n° 130.

d'accord et à travailler côte à côte ». La « coopération étroite » des deux États n'était pas seulement le fondement de toute œuvre constructive en Europe, elle était « indispensable au monde[4] ». Bien sûr, comme l'écrit Kissinger, « l'attachement de de Gaulle à l'amitié franco-allemande n'était pas dû à un brusque accès de sentimentalité [...]. Au XIXe siècle, la France avait appris qu'elle n'avait pas le pouvoir à elle seule de contenir l'Allemagne ; d'où ses alliances avec la Grande-Bretagne, la Russie et une quantité de petits pays. Au lendemain de la Seconde Guerre mondiale, même ces options disparaissaient peu à peu [...]. Voilà pourquoi de Gaulle avait renoncé à cultiver l'antagonisme traditionnel avec l'Allemagne et confié l'avenir de la France à l'amitié avec l'ennemi héréditaire[5] ».

Tout au long de la crise ouverte par l'ultimatum soviétique, c'est de Gaulle en tout cas qui, fortement appuyé par Adenauer, donne le plus de signes de fermeté. Convaincu que Khrouchtchev bluffe, il résume la situation en disant que si ce dernier veut la guerre, ce n'est pas en cédant sur Berlin qu'on l'évitera, et que, s'il ne la veut pas, il n'y a aucune raison de lâcher du lest. À l'ambassadeur soviétique Vinogradov, devenu la coqueluche des dîners parisiens parce qu'il parle un peu français, et qui tient devant lui un langage menaçant, il répond tranquillement : « Eh bien, monsieur l'Ambassadeur, nous mourrons ensemble[6] ! » M. K. agit d'ailleurs en homme qui, loin de rechercher l'épreuve de force, voudrait bien que les Occidentaux l'aident à trouver une solution à une situation qui n'a que trop duré : dans une longue note du 10 janvier 1959, il se déclare ouvert à « toutes contre-propositions et amendements[7] » et s'abstient de faire référence au délai de six mois qu'il a lui-même fixé.

Au même moment, Mikoyan, en visite à Washington, déclare qu'il n'est pas question de faire la guerre pour Berlin, et, histoire de ne pas laisser de Gaulle et Adenauer se mettre en travers de la route de son patron, propose une négociation directe soviéto-américaine sur l'Allemagne. Mais son idée de neutraliser l'ex-capitale en lui conférant un statut comparable à celui de l'Autriche, en attendant la conclusion d'un traité de paix non plus avec l'Allemagne, comme au cours des négociations précédentes, mais avec les deux Allemagnes n'a rien de bien séduisant. Les élections qui se sont déroulées le 7 décembre dans les secteurs occidentaux

---

4. Froment-Meurice, *op. cit.*, pp. 184-185.
5. Kissinger, *op. cit.*, pp. 518-519.
6. Confidence à l'auteur d'un proche du général, sans doute Louis Joxe.
7. Supplément à *Études soviétiques,* n° 131.

n'ont d'ailleurs accordé que 1,9 % des voix aux communistes du SED, seul parti favorable à l'acceptation des thèses soviétiques. Aussi bien les Occidentaux sont-ils unanimes à rejeter cette offre.

Mais il y a manière et manière de dire non. Macmillan, qui accomplit lui-même un « voyage exploratoire » à Moscou au début de 1959, prêche pour un nouveau sommet. Rongé par la métastase cancéreuse à laquelle il va succomber cinq mois plus tard, Foster Dulles, l'intransigeant qui a conduit avec tant d'impavidité dans le passé ses fameuses parties au bord du gouffre, se fait lui aussi l'avocat de la conciliation. Bientôt il devra céder la place à son adjoint Christian Herter, gentleman qu'une arthrite chronique condamne à ne se déplacer qu'avec des béquilles : fâcheux symbole, à l'heure des affrontements décisifs.

Finalement, les Trois assortissent leur rejet des propositions soviétiques du 10 janvier d'une offre de tenir une conférence des ministres des Affaires étrangères, à laquelle les deux Allemagnes seraient conviées à faire participer des « conseillers ». Sur le moment, Khrouchtchev réagit en agitant pour la première fois la menace de signer avec la RDA une paix séparée qui lui transférerait le contrôle exclusif des accès de Berlin-Ouest. Eisenhower se fâche : si les Occidentaux sont empêchés d'aller à Berlin, dit-il, ce sera « quelqu'un d'autre qui recourra à la force[8] ». Du coup, Nikita Sergueïevitch baisse le ton. Le 9 mars, il envisage la possibilité de faire garantir la ville libre de Berlin-Ouest de ses rêves par des troupes des quatre vainqueurs de 1945, ce qui permettrait aux Occidentaux de maintenir leurs secteurs, mais au prix évidemment de l'entrée de Soviétiques dans ceux-ci. Et il accepte le principe de la conférence ministérielle proposée par les Occidentaux.

Le 25 mars, de Gaulle tient sa première conférence de presse depuis son élection, le 21 décembre précédent, à la tête de la Ve République. Il se lance dans un réquisitoire violent contre « l'implacable dictature » grâce à laquelle se maintient le régime est-allemand, qui n'existe qu'en raison de l'occupation soviétique, et qu'il n'envisage pas une seconde de reconnaître. Il n'est pas question non plus qu'il laisse l'Armée rouge entrer dans Berlin-Ouest. Si l'alliance atlantique n'existait pas, ajoute-t-il, « rien ne pourrait empêcher la dictature soviétique et la nation soviétique de s'étendre sur toute l'Europe et sur toute l'Afrique et à partir de là de couvrir le monde entier[9] ».

---

8. Keesing's, 16707 A.
9. *Année politique, 1959*, pp. 615-617.

Lorsque les quatre ministres se retrouvent à Genève, le 11 mai, il leur faut trois heures pour déterminer la façon dont seront assis les représentants des deux Allemagnes : autour de deux petites tables rectangulaires et non pas à la table principale. Mais qu'importe, puisqu'ils pourront prendre la parole chaque fois qu'ils le voudront. Les Alliés déposent d'entrée de jeu un « plan de paix pour l'Allemagne ». Reprenant le projet Eden de 1954 de réunification à partir d'élections libres, ce plan prévoit qu'un comité panallemand mettra au point une loi électorale et développera les contacts entre Bonn et Berlin-Est. Toutes sortes de garanties sont offertes à l'URSS pour la mettre à l'abri d'un réveil du militarisme allemand. Le tout est d'une extrême complexité et, comme le déclare le secrétaire au Foreign Office, Selwyn Lloyd, manque de « sex-appeal ».

La conférence n'a pas progressé d'un pas lorsque le 24 survient la nouvelle de la mort de Dulles. Les Quatre s'envolent aussitôt pour assister à ses obsèques, occasion pour Eisenhower de les recevoir à déjeuner en compagnie de onze autres chefs de délégation. C'est lui qui trouve bientôt un moyen de sortir de l'impasse en proposant confidentiellement à Khrouchtchev un échange de visites. Celui-ci ne se le fait pas dire deux fois. Le 15 septembre, il débarque à la base militaire d'Andrews sous un soleil aussi éclatant que son sourire ; la veille, à toutes fins utiles, une fusée soviétique a planté sur la lune un projectile orné du drapeau rouge et des armoiries de l'URSS.

Au cours de sa tournée dans divers États de l'Union, malgré quelques incidents, Nikita Sergueïevitch ne fait pas de difficultés pour reconnaître que « les esclaves du capitalisme ne vivent pas mal[10] ». À son retour à Moscou, il décrit publiquement Ike comme un homme « qui jouit de la confiance absolue de son peuple » et qui « aspire comme nous sincèrement à liquider la guerre froide[11] ». Il faut dire qu'il a obtenu de lui quelques concessions de taille : non seulement le président a promis de s'entremettre auprès de de Gaulle et de Macmillan pour les persuader de mettre rapidement sur pied un sommet Est-Ouest à quatre, mais il a reconnu, au cours d'une conférence de presse, que la situation à Berlin était « anormale », ce qui laisse entendre qu'il va s'efforcer de la normaliser. D'autant plus qu'au cours de leurs tête-à-tête dans sa résidence de Camp David il a dit à son hôte : « Il est clair

---

10. Cité in K.S. Karol, *Khrouchtchev et l'Occident*, Julliard, 1960, p. 100.
11. *URSS*, bulletin du bureau soviétique d'information à Paris, n° 1802 du 29 septembre 1959.

que nous n'envisageons pas cinquante ans d'occupation là-bas[12]. » En échange de quoi, M. K. a renoncé à toute limite de temps pour la solution de la question de l'ex- et future capitale, sans pour autant, a précisé Eisenhower, que « ces négociations soient prolongées indéfiniment[13] ».

* * *

C'est la détente. Le peuple de Moscou ne s'y trompe pas, qui fait un triomphe à son chef. Mais à peine rentré chez lui, celui-ci doit repartir, cette fois pour Pékin où il est attendu le 30 septembre pour le dixième anniversaire de la République populaire. Les mines, ici, sont plus grises. On en veut à M. K. d'avoir critiqué sans ménagement les communes populaires, y compris devant le sénateur américain Humphrey ou le ministre chinois de la Défense. On lui en veut de ses éloges d'Eisenhower. On lui en veut surtout d'avoir secrètement dénoncé, le 20 juin, son accord atomique de 1957 avec la Chine, ce qui naturellement a fait très plaisir à la Maison-Blanche. Et puis l'affaire du Tibet, qui a mis le feu aux poudres depuis peu aux relations sino-indiennes, fait éclater au grand jour l'ampleur du différend entre les deux Mecques du socialisme.

En 1951, Mao s'était engagé à ne pas toucher au statut de cette région himalayenne longtemps autonome, y compris aux « fonctions et pouvoirs du dalaï-lama ». En échange, celui-ci acceptait qu'elle fasse « retour à la grande famille de la mère patrie[14] ». En 1954, Delhi avait reconnu que le Tibet « n'était plus que la région tibétaine de la Chine[15] ». Pékin n'en a pas moins essayé de remodeler les structures politiques locales, ce qui conduit le gouvernement de Lhassa, en mars 1959, à dénoncer l'accord de 1951, à proclamer l'indépendance du Tibet et à réclamer le départ des troupes chinoises. La révolte est sévèrement réprimée, mais le dalaï-lama parvient à s'enfuir en Inde, où il est reçu avec tous les honneurs dus à son rang. La Chine accuse Delhi d'être à l'origine de la révolte, et des incidents qui se produisent sur la frontière. Nehru y voit un « cas manifeste

---

12. Kissinger, *op. cit.*, p. 438.
13. *Le Monde*, 30 septembre 1959.
14. Commission internationale des juristes, *Le Tibet et la République populaire de Chine*, Genève, 1960, pp. 226-229.
15. *Ibid.*, p. 171.

d'agression[16] ». La Chine a beau demander au Kremlin de « ne pas donner dans le piège de Nehru[17] » en faisant pression sur elle, Moscou joue les médiateurs et ouvre à l'Inde, le 12 septembre, un crédit bien supérieur à tout ce qu'il a pu accorder dans le passé à Mao.

Aucune allusion à cette affaire n'est faite à Pékin durant les cérémonies du dixième anniversaire de la RPC, mais elle contribue évidemment à expliquer le contraste entre l'amabilité des discours et l'expression figée des visages des dirigeants chinois. Contrairement à l'usage, aucun communiqué n'est publié à l'issue de leurs conversations avec Khrouchtchev. Pékin l'accusera plus tard de n'avoir pas cherché à connaître la vraie situation, se contentant « d'insister sur le fait que, de toute façon, il était mal de tuer des gens[18] ». Ce que M. K. pouvait dire du détroit de Formose n'était pas non plus de nature à beaucoup plaire au Grand Timonier. Après son voyage aux États-Unis, il avait bon espoir de parvenir à une solution satisfaisante de la question de Berlin, et n'allait pas la laisser compromettre pour les beaux yeux des Chinois. Ces derniers l'avaient compris bien avant sa visite et rien de ce qu'il leur avait dit n'était susceptible de les rassurer.

De Gaulle a été le premier de ce côté du rideau de fer à avoir commenté publiquement la portée de l'événement. Le 10 novembre 1959, pendant une célèbre conférence de presse, il relève « quelques indices de détente », et en « suppose » les raisons : « Sans doute la Russie soviétique [...] constate-t-elle que rien ne peut faire qu'elle-même ne soit la Russie, nation blanche d'une partie de l'Asie et en somme fort bien dotée en terres, usines et richesses, en face de la multitude jaune qu'est l'Asie, innombrable et misérable, indestructible et ambitieuse, bâtissant à force d'épreuves une puissance qu'on ne peut mesurer et regardant autour d'elle les étendues sur lesquelles il lui faudra se répandre un jour[19]. »

Mais le général ce jour-là a une grande nouvelle à annoncer : Khrouchtchev a accepté de lui rendre visite à Paris le 15 mars 1960, soit avant le sommet Est-Ouest, dont la date sera repoussée au 16 mai de la même année et qui se tiendra, autre satisfaction

---

16. Keesing's, 17115 A.
17. Documentation française, *Documents sur les relations sino-soviétiques en 1963*, II, p. 59.
18. *Ibid.*, II, p. 60.
19. *Le Monde*, 1er-2 novembre 1959.

pour le président de la République, à Paris. Entre-temps le numéro un soviétique aura annoncé la mise au point d'une arme d'une puissance fantastique, ne laissant pas d'autre solution que la coexistence. Il aura aussi accompli un voyage à Delhi, où il affirmera, nouveau camouflet pour Pékin, que jamais les relations soviéto-indiennes n'ont été meilleures.

Arrivé à Paris avec huit jours de retard sur le calendrier pour cause de grippe, Nikita Sergueïevitch entend de Gaulle célébrer à l'Élysée « deux nations très anciennes et très jeunes, filles d'une même mère, l'Europe » et exprimer sa conviction que celle-ci « peut et doit devenir une zone de coexistence pacifique et fructueuse[20] ». Mais si le général attend de lui, comme tout l'indique, un assouplissement de sa position sur Berlin, il est déçu. Tout ce que veut bien promettre M. K., c'est de laisser passer un délai de deux ans. Pour le reste, il cherche vainement à persuader son hôte de reconnaître la RDA, lui disant que rien ne prouve qu'elle n'absorbera pas un jour sa grande sœur de l'Ouest. Ce qui lui attire une réplique bien dans la manière gaullienne et qui le laisse apparemment sans voix : « Lénine, Staline, vous-même, chefs historiques du bolchevisme russe, qu'étiez-vous, sinon les disciples du Prussien-Rhénan Karl Marx ? À quelles extrémités d'impérialisme et de tyrannie la Russie totalitaire pourrait-elle être entraînée, le jour où elle ferait corps avec une Allemagne tout entière communisée et possédée par ses instincts de conquête et de domination[21] ? » Nikita Sergueïevitch se garde de fournir le moindre argument qui puisse nourrir l'idée que se fait le général de la détérioration des rapports sino-soviétiques. À l'en croire, de ce côté-là, tout va pour le mieux. Le camp socialiste ne connaît pas la moindre dissension. En public comme en privé, M. K. ne perd pas une occasion d'affirmer la profondeur de ses convictions bolcheviks, se présentant lui-même comme « un cas désespéré[22] ». « Au fond, c'est un communiste[23] », confiera de Gaulle, un peu rêveur, à un visiteur.

À son retour à Moscou, le communiste en question n'en fait pas moins un vif éloge du général devant la foule, assurant qu'ils se sont tous deux trouvés d'accord sur plusieurs points. La détente paraît vouée à un long avenir. L'homme du 18 juin accomplit aux États-Unis un voyage triomphal qui le paie de bien des humilia-

---

20. *Le Monde*, 24 mars 1960.
21. De Gaulle, *Mémoires d'espoir*, Plon, 1972, p. 242.
22. *Le Monde*, 27-28 mars 1960.
23. Notes personnelles.

tions. Le 23 avril, il déclare attendre du prochain sommet de Paris qu'il crée une « atmosphère nouvelle » dans laquelle « se dessineront peut-être des solutions qui pour le moment sont impossibles[24] » à des problèmes comme le désarmement, l'Allemagne et l'aide aux pays sous-développés.

Insensiblement, pourtant, le climat se dégrade. Le 4 mai, M. K. s'en prend devant le Soviet suprême aux « milieux américains qui contrecarrent l'action » d'Eisenhower et révèle que deux appareils de l'US Air Force, dont l'un a été abattu, ont violé la frontière soviétique[25]. Immédiatement, Washington confirme qu'un U-2, officiellement chargé d'études météorologiques, est porté manquant, et que le président, qui n'était pas au courant, a ordonné une enquête. En réalité, il y a déjà quatre ans que des avions de ce type survolent à des fins d'espionnage le territoire soviétique, mais comme ils le font d'une altitude de 24 000 mètres, personne ne voulait croire que les Russes pourraient s'en apercevoir. À plusieurs reprises le magazine *Aviation soviétique* a pourtant dénoncé ces vols, dont Khrouchtchev s'est plaint auprès d'Eisenhower lors de son voyage outre-Atlantique. Rien d'étonnant donc si Moscou a mis en fabrication des fusées Sam (*Surface to Air Missiles*)-2 capables d'atteindre les avions espions. Dans le cas présent, l'appareil abattu a connu des difficultés et son pilote, Gary Powers, est tombé aux mains des Soviétiques ; il portait toute la panoplie de James Bond, du revolver à silencieux à l'aiguille empoisonnée, en passant par de grosses liasses de dollars. Mais de cette arrestation Moscou se garde bien de parler, laissant la NASA et le département d'État s'enfoncer dans leur mensonge. C'est trois jours plus tard seulement que l'agence Tass rend publique la vérité. Les Américains continuent un certain temps de soutenir que le président n'était pas au courant, mais plusieurs de ses collaborateurs jugent qu'une telle affirmation n'est pas bonne pour son image, et Herter, le nouveau secrétaire d'État, met les pieds dans le plat en justifiant le recours aux U-2 par le plein accès des Soviétiques aux « sociétés ouvertes du monde libre[26] ».

Que peut faire Khrouchtchev ? Il vient de recevoir un sérieux avertissement de Pékin, où le quatre-vingt-dixième anniversaire de la naissance de Lénine a été l'occasion d'une salve d'artillerie de première grandeur contre la coexistence. M. K. n'a certes pas

---

24. *Le Monde*, 26 avril 1960.
25. *Ibid.*, 6 mai 1960.
26. Keesing's, 17425 A.

été pris lui-même à partie, Tito servant de bouc émissaire, mais personne ne s'y trompe. Les trois articles publiés dans le *Drapeau rouge* des 1er et 16 avril et le *Quotidien du peuple* du 22, réunis sous le titre « Vive le léninisme », traduits en d'innombrables langues et diffusés sur toute la planète, assuraient que la contradiction fondamentale du monde d'après-guerre opposait non pas l'URSS et les États-Unis, mais « les impérialistes aux peuples d'Asie, d'Afrique et d'Amérique latine luttant pour leur émancipation[27] ». L'avertissement est clair : si Khrouchtchev persiste à négocier sans avoir obtenu d'excuses d'Eisenhower pour l'affaire de l'U-2, il lui faut s'attendre à voir le conflit sino-soviétique éclater au grand jour, et les durs du praesidium, appuyés par Ulbricht, impatient de voir Berlin-Ouest tomber dans ses mains, en prendre argument pour répéter le coup de 1957 et le mettre en minorité.

*

* *

Lorsqu'il débarque à Orly, le 14 mai, Nikita Sergueïevitch déclare certes qu'il fera tout pour que le sommet aboutisse. Mais on remarque qu'il s'est fait accompagner de son ministre de la Défense, Malinovski, surnommé « le maréchal des fusées ». Vingt-quatre heures plus tard, il se rend chez de Gaulle pour l'informer qu'il n'assistera pas à la rencontre s'il n'obtient pas des Américains des excuses, le châtiment des coupables et l'arrêt des vols d'avions espions. Pour le général, pas de doute : « Les Soviets voulaient soit obtenir une humiliation sensationnelle des États-Unis, soit se dégager d'une conférence qu'à présent ils ne souhaitaient plus[28]. » Aussi bien dit-il à son visiteur que ses exigences lui paraissent totalement inacceptables. Le ton monte aussitôt, mais la première réunion du sommet demeure fixée au lendemain matin.

Dès l'ouverture, M. K. renouvelle ses exigences. Eisenhower et Macmillan, que de Gaulle a rencontrés la veille en compagnie d'Adenauer, auraient bien voulu trouver un moyen d'apaiser le courroux soviétique. « Avec un autre homme à la tête de la France », me dira quelques jours plus tard un collaborateur du président américain, ce dernier « aurait peut-être fini par flancher sous la pression britannique ». Mais le général se fige dans son refus et Ike se laisse persuader qu'une conférence ouverte sur

---

27. Cité in François Fejtö, *Chine URSS. Le conflit, op. cit.*, t. 2, pp. 83-91.
28. De Gaulle, *Mémoires d'espoir, op. cit.*, p. 260.

une capitulation de son pays conduirait à d'autres capitulations. Pour ne laisser planer aucun doute, il fait publier par son ambassade une mise au point selon laquelle une participation de M. K. au sommet signifierait qu'il a renoncé à ses conditions. Il n'en est évidemment pas question. Le 18 mai, le numéro un soviétique donne au palais de Chaillot, devant plusieurs centaines de personnes, beaucoup d'invités sympathisants s'étant mêlés aux journalistes, une conférence de presse d'une extrême violence, promettant, entre autres, aux « restes des envahisseurs fascistes qui préparent une nouvelle attaque contre l'URSS » qu'ils « ne trouveront plus leurs os[29] ». Ceux qui ont le courage d'attendre jusqu'au bout de cette philippique sont convaincus que tout cela n'est, comme on dit, que du cinéma. À peine Nikita Sergueïevitch a-t-il terminé en effet qu'il se tourne avec un large sourire vers Malinovski pour quêter ses compliments. Et le lendemain, le chef de ses services de presse, Mikhaïl Kharlamov, sur qui je tombe devant l'immeuble du *Monde*, fait preuve d'une totale sérénité, me demandant des conseils sur les disques à rapporter à Moscou ou l'endroit où passer ses vacances.

Khrouchtchev, au cours de son intervention, a évoqué la possibilité de reprendre les débats d'ici six à huit mois. Pourquoi ? Évidemment parce que les États-Unis se seront alors donné un nouveau président, le mandat d'Ike expirant entre-temps. Et parce que l'un des deux candidats, le démocrate John Kennedy, n'a pas hésité à déclarer, le 18 mai, que s'il était à la Maison-Blanche il exprimerait certainement des regrets quant au vol de l'U-2 et donnerait « l'assurance que cela ne recommencerait pas[30] ». On peut d'ailleurs se demander avec Georges-Henri Soutou pourquoi Eisenhower n'a pas cherché à lui clouer le bec en rendant publiques les conclusions des observations des U-2, à savoir que la supériorité américaine demeurait en tout état de cause énorme[31], alors que le candidat démocrate faisait abondamment campagne sur le thème du *missile gap*, du déficit fusées.

En attendant l'élection du successeur d'Ike, M. K. cherche d'abord à calmer le jeu. « Les pays socialistes ne s'engageront jamais dans une politique d'aventures, dit-il en faisant escale à

---

29. N.S. Khrouchtchev, « Déclarations et conférences de presse », Supplément à *Études soviétiques*, n° 146.
30. Fleming, *op. cit.*, t. II, p. 1015.
31. Georges-Henri Soutou, *La Guerre de cinquante ans*, Fayard, 2001, pp. 377-378.

Berlin-Est sur le chemin de son retour de Paris, [ils] n'entreprendront rien qui ramène le monde à l'époque malheureuse de la guerre froide[32]. » Il n'en faut pas davantage pour susciter la fureur des Chinois, qui profitent de la réunion à Pékin, le 8 juin, du conseil de la très communiste Fédération syndicale mondiale pour s'en prendre à ceux qui croient « que la guerre peut être éliminée aussi longtemps que l'impérialisme existe » et dénoncer les « conséquences fâcheuses[33] » d'une telle attitude.

Quinze jours plus tard, le congrès du Parti ouvrier roumain est l'occasion d'une réunion des représentants des douze partis communistes au pouvoir, au cours de laquelle les Chinois font accepter le principe d'une conférence des quatre-vingt-un partis communistes existant dans le monde, qui se tiendra à Moscou, en novembre, en marge des fêtes du quarante-troisième anniversaire de la révolution d'Octobre. Un comité de rédaction, composé des représentants de vingt-six partis, est aussitôt chargé de préparer un document commun. Sans perdre une minute, M. K. lui soumet un énorme rapport sur lequel il invite les délégués à se prononcer séance tenante. Il ne peut affirmer plus nettement sa conception du fonctionnement du mouvement communiste international : alors que Pékin préconise une égalité de droits entre les partis frères, il entend se poser comme le seul patron, et obtenir de tous une adhésion « inconditionnelle » à ses thèses. C'est compter sans les Albanais, qui avaient décidé de s'appuyer sur la Chine, de peur de voir Moscou les sacrifier à la réconciliation avec Tito. « Khrouchtchev ne considère pas les relations existant entre le grand PCUS et notre parti comme des relations de partis frères, commente le secrétaire général du parti, Enver Hodja, mais comme des rapports entre père et fils[34]. » De leur côté, les Chinois adressent aux différents partis représentés une déclaration accusant personnellement Nikita Sergueïevitch de s'être comporté de manière « patriarcale, arbitraire et despotique », tout en assurant qu'il est possible « d'éliminer les divergences en discutant dans le calme et la camaraderie[35] ».

De retour à Moscou, déterminé à éviter un éclatement du camp socialiste, M. K. croit opportun de prouver ses convictions révolutionnaires en changeant de ton vis-à-vis des Occi-

---

32. *Le Monde*, 22-23 mai 1960.
33. *Peking Review*, n° 24, 1960.
34. Cité in Marcou, *op. cit.*, p. 87.
35. *Pékin information*, 16 septembre 1963.

dentaux. Il s'en prend vigoureusement à Eisenhower, tout juste capable à l'en croire de diriger un jardin d'enfants. La BBC et la Voix de l'Amérique, qu'on pouvait entendre librement outre rideau de fer depuis un an, sont à nouveau brouillées. Les pays de l'Est se retirent du comité de l'ONU pour le désarmement. Un avion américain est abattu au-dessus de la mer de Barents, ce qui suscite les accusations les plus grossières de la part de Moscou.

En septembre, le numéro un soviétique repart pour New York, où il doit intervenir, le 24, dans le débat général annuel des Nations Unies. L'actualité lui fournit un nouveau thème : les ratés de la décolonisation. L'indépendance des Indes et de l'Indonésie, les guerres d'Indochine, de Malaisie, du Kenya, la conférence de Bandung ont fait leur œuvre. La Gold Coast, devenue Ghana, est indépendante depuis 1957. Le 8 février de cette même année 1960, qui a vu la rupture Est-Ouest au sommet de Paris, Macmillan a reconnu devant le parlement du Cap la nécessité de déposer le fameux « fardeau de l'homme blanc » que son peuple avait été longtemps si fier de porter : « Le vent du changement souffle sur le continent. Que cela nous plaise ou non, nous devons l'accepter comme un fait[36]. »

De Gaulle, qui en 1945 avait brutalement réprimé l'insurrection de Kabylie et cru possible de maintenir l'Indochine dans un ensemble français, s'était imaginé en revenant au pouvoir que les pays de l'Afrique francophone se satisferaient du statut d'autonomie prévu pour eux par la Constitution de 1958. Deux ans plus tard, il n'en a pas moins dû accepter une profonde révision, laissant chacun libre de proclamer son indépendance et d'entrer aux Nations Unies. Il a évoqué en juin à la télévision « le mouvement d'affranchissement qui emporte les peuples de toute la terre[37] ». Il pouvait difficilement faire autrement alors que, quelques mois plus tôt, il a reconnu, à la veille de la visite de Khrouchtchev à Paris, le droit des Algériens à l'autodétermination, ce qui conduira trois ans plus tard à la signature des accords d'Évian et à la fin de la guerre d'Algérie. Il ne va pas pour autant jusqu'à accorder l'aman au Guinéen Sékou Touré, qui s'était permis en 1958 de pousser ses compatriotes à rejeter le statut proposé par Paris.

---

36. Keesing's, 17267 A.
37. Cité in Alfred Grosser, *La Politique extérieure de la Ve République*, Seuil, 1963, p. 69.

La France avait alors coupé toutes relations avec lui, dans le vain espoir de l'amener à demander pardon.

*
* *

Des grands empires coloniaux seul celui du Portugal allait survivre quelques années encore, du fait de l'obstination d'Antonio Salazar, le très maurrassien dictateur de Lisbonne. Son tour viendra après la révolution des œillets, en 1975, conséquence directe du tribut payé par la population lusitanienne à la guerre coloniale. Il deviendra vite l'enjeu d'un violent affrontement, par maquis interposés, entre l'URSS et la Chine.

La Belgique ne cherche pas longtemps à maintenir la domination que le roi Léopold avait établie au début du XXe siècle sur le Congo, qu'on appellera plus tard Congo-Kinshasa et Zaïre. Son cuivre et son uranium avaient largement contribué à la victoire alliée de 1945, et avaient évité à la métropole, aux lendemains de la défaite du Reich, les années de vache maigre que connurent alors les peuples européens. Lorsque les Congolais expriment leur volonté d'indépendance, un sondage secret[38] fait clairement apparaître que l'opinion ne veut à aucun prix courir le risque d'une guerre pour maintenir la domination de Bruxelles. Le problème est que le colonisateur belge, ignorant les évolutions en cours dans les Afrique francophone et anglophone, a cru pouvoir persévérer dans une politique qui ne craignait pas de se dire « paternaliste » en tenant les « indigènes » à l'écart des postes de responsabilité et de l'enseignement supérieur. L'université de Lovanium, créée dans les toutes dernières années de la présence belge, n'a délivré qu'une dizaine de diplômes au moment de la proclamation de l'indépendance, qui allait intervenir le 30 juin 1960.

À quoi s'ajoute que le Congo, qui a alors quatorze millions d'habitants, appartenant à des ethnies très diverses et répartis sur un immense territoire, ne doit son unité qu'à la volonté de Bruxelles. Son émancipation ne se fera pas sans mal. Les fédéralistes, groupés autour du président de la République Joseph Kasavubu, s'opposent aux unitaires du Premier ministre Patrice Lumumba qui destitue sans attendre le général Janssen, com-

---

38. Confidence à l'auteur de Paul Henri Spaak, alors ministre des Affaires étrangères de Belgique.

mandant en chef belge de la « force publique ». Pour compliquer encore un peu les choses, le chef du gouvernement du Katanga, Moïse Tschombé, que ses excellentes relations avec l'Union minière ont fait surnommer « M. Tiroir-Caisse », proclame le 11 juillet l'indépendance de sa province. Saisi par Lumumba, le Conseil de sécurité décide à l'unanimité, moins les abstentions de la France, de la Grande-Bretagne et de la Chine nationaliste, l'envoi d'une force internationale. Tschombé annonce aussitôt qu'il ne la laissera pas pénétrer au Katanga. Du coup, Lumumba écrit à Khrouchtchev qu'il sera peut-être « obligé de demander l'intervention de l'Union soviétique à moins que le camp occidental cesse son agression[39] ». M. K. boit du petit-lait : « Ce que l'URSS demande est simple, répond-il : "Bas les pattes au Congo" [...]. Le gouvernement soviétique donnera à la République du Congo toute l'assistance qui peut être nécessaire pour le triomphe de votre juste cause. » En fin de compte, son assistance se limitera à l'envoi de quelques centaines de « conseillers » et de quinze avions...

Khrouchtchev ne change pas de ton pour autant. Il profite de sa présence à l'Assemblée générale annuelle des Nations Unies pour y faire une intervention tumultueuse. Il s'en prend d'abord aux efforts des Américains pour « substituer le brigandage au droit international », puis il accuse Hammarskjöld de s'être fait l'instrument des puissances coloniales en Afrique, et demande en conséquence que son poste de secrétaire général des Nations Unies soit supprimé et remplacé par une troïka composée de représentants des trois groupes d'États : occidentaux, socialistes et neutres[40]. Une semaine plus tard, lorsque « M. H. » intervient à son tour devant l'Assemblée pour la faire juge de son cas, une immense ovation le salue, telle que l'on n'en a jamais entendu dans le building en forme de boîte d'allumettes de la 42ᵉ rue. M. K. ne retourne pas les esprits en sa faveur lorsqu'il dépose un projet de résolution sur l'émancipation immédiate de tous les territoires dépendants. Et pas davantage en martelant sa table de son soulier jaune pour protester quand la délégation des États-Unis déclare accepter ce texte, à condition que le principe d'autodétermination s'applique également à l'Europe de l'Est.

---

39. *Le Monde*, 7 septembre 1960.
40. Bulletin du service soviétique d'information à Paris, n° 2111, 27 septembre 1960.

Eisenhower est de toute façon déterminé à ne pas laisser Moscou établir une tête de pont en Afrique. Lumumba est invité à la Maison-Blanche et chouchouté au point d'en avoir la tête un peu tournée. Suit une période d'extrême confusion qui voit le Premier ministre et le président Kasavubu se destituer mutuellement, tandis que le chef d'état-major de l'armée, Joseph Mobutu, réécrit à son profit « L'huître et les plaideurs » en assumant lui-même le pouvoir et en faisant expulser, sous l'accusation d'ingérence, les « experts » soviétiques, tchécoslovaques et ghanéens auxquels Lumumba avait fait appel. Pour ajouter à la complexité de la situation, un des lieutenants de ce dernier, Gizenga, réussit à s'emparer du pouvoir à Stanleyville où il proclame un gouvernement aussitôt reconnu par les pays socialistes et par les progressistes africains. Lumumba tombe peu après aux mains des séparatistes du Katanga, qui l'abattent alors qu'il tente de rejoindre Stanleyville.

Pendant un an, le Congo est l'objet de votes contradictoires au Conseil de sécurité. En septembre 1961, Hammarskjöld, qui, depuis sa passe d'armes avec Khrouchtchev, a un peu tendance à se prendre pour le chef du gouvernement mondial, se décide à lancer les casques bleus à l'assaut d'Élisabethville, la capitale du Katanga. L'opération va échouer lamentablement, et lui-même trouvera la mort près du champ de bataille, dans un accident d'avion aux circonstances mal établies. Quant à Tschombé, il abandonnera soudain la partie en janvier 1963, tandis que l'armée de Mobutu, renforcée de milliers de mercenaires blancs, réduira progressivement les maquis progressistes dispersés aux quatre coins du Congo. L'affaire ne se terminera que très provisoirement avec un raid américano-belge sur Stanleyville pour dégager des Blancs pris en otages par les rebelles. C'est toute l'Afrique des Grands Lacs qui verra bientôt les drames succéder aux drames.

*
* *

Un rude affrontement attendait à Moscou M. K., avec la conférence des quatre-vingt-un partis dont le principe avait été arrêté en marge du congrès de Roumanie, et il s'y était abondamment préparé. Dès le 16 juillet, il avait informé le gouvernement de Pékin que, dans un délai d'un mois, il rappellerait les mille trois cent quatre-vingt-dix spécialistes qu'il avait mis à sa disposition et qu'il annulait plusieurs centaines de projets de coopération technique ainsi que la fourniture des équipements prévus pour les mettre en œuvre. S'imaginait-il amener ainsi Mao à résipiscence ? Dans ce cas, il ne pouvait se tromper davantage : comme l'écrit François Fejtö, « la volonté d'indépendance, la passion idéologique l'emportaient à Pékin sur le désir de prospérité et de modernisation accélérée[41] ». Plus efficace a été l'appel aux partis frères, même si c'est en vain que Maurice Thorez est allé passer ses vacances en Albanie pour tenter de ramener Hodja à de meilleurs sentiments. Dès l'ouverture de la conférence, le même Thorez peut faire valoir qu'il n'y a pas de divergences entre le PCC et le PCUS, mais que Pékin est en profond désaccord avec tout le mouvement communiste, ajoutant par exemple ne pas comprendre « les considérations des camarades chinois sur le tigre en papier [américain] qu'il faudrait mépriser stratégiquement et prendre au sérieux tactiquement. Un raisonnement aussi confus ne peut éclairer les peuples sur l'état des forces de l'impérialisme et sur les moyens de le combattre[42] ».

Il doit y avoir au moins une délégation pour comprendre ces étranges « considérations » : celle du parti du Travail albanais. Son chef ne se contente pas, dans son discours, de poser des questions sur les relations soviéto-yougoslaves, il s'en prend au XXe congrès et à la déstalinisation en des termes si violents que Dolores Ibarruri, la célèbre Pasionaria de la guerre d'Espagne, déclare y voir « le discours le plus éhonté prononcé dans le mouvement communiste depuis le temps de Trotski[43] ». Hués de toutes parts, les Albanais reprennent dare-dare le chemin de Tirana, sans qu'on mesure vraiment, à l'Ouest, la portée de leur départ.

Il faut donc beaucoup d'audace au chef idéologue Souslov pour affirmer tranquillement dans la déclaration finale des quatre-vingt-un partis, dont il est l'auteur, que « les spéculations des impérialistes, des renégats et des révisionnistes sur la possibilité d'une scission au sein du camp » sont « bâties sur le sable et vouées à l'échec[44] ». Mais enfin les Chinois, eux, n'étaient pas partis, au prix de quelques formules qui contredisaient fortement les affirmations de la déclaration. C'est ainsi que la coexistence pacifique « impliquait le renforcement de la lutte des classes », et que la guerre « n'était pas fatale ». Mais le passage le plus neuf était celui qui voyait un « phénomène d'importance historique », venant

---

41. Cité in Fejtö, *Chine/URSS, op. cit.*, p. 186.
42. Contribution de la délégation française à la conférence des Partis communistes et ouvriers, Éditions du PCF, 1961.
43. Cité in Marcou, *op. cit.*, p. 99.
44. *L'Humanité*, 6 décembre 1960.

« immédiatement après la formation du système socialiste, dans l'écroulement du système de l'esclavage colonial[45] ».

*
* *

Après avoir salué les bouleversements intervenus ou en cours en Asie et en Afrique, la déclaration des quatre-vingt-un saluait l'ouverture en Amérique latine d'un « front de lutte active contre l'impérialisme[46] ». Ce front était jusqu'alors de dimensions modestes, les États-Unis entendant, au nom de la doctrine de Monroe, qui remontait à 1823, que personne ne vienne jouer les trouble-fête. L'année 1951 avait certes vu l'élection à la présidence du Guatemala du colonel Arbenz qui, s'il n'était pas sûr qu'il fût communiste, avait indiscutablement des communistes dans son entourage. Mais surtout il avait commis le crime de vouloir exproprier, pour mener à bien la réforme agraire, 100 000 hectares de terres inexploitées appartenant à la United Fruit, principal trust bananier de la planète. Le département d'État américain s'employa donc à monter une opération destinée à renverser Arbenz avec le colonel Castillo Armas, qui s'était réfugié au Nicaragua en 1950 après un coup d'État manqué. Arbenz, ayant eu vent de la chose, acheta des armes à la Tchécoslovaquie et à la Pologne, ce qui fournit aux États-Unis le prétexte rêvé pour donner le feu vert à Armas, lequel débarqua dans la capitale, pour que personne ne s'y trompe, dans l'avion de l'ambassadeur américain.

Arbenz s'enfuit à Prague, et le Conseil de sécurité se borna à demander une enquête au Conseil de l'Organisation des États américains. On ne parla plus guère de communisme dans l'hémisphère occidental jusqu'au 1er janvier 1959. Ce jour-là, Fidel Castro Ruz, un jeune avocat issu d'une riche famille de l'île, et qui a pris la tête d'une petite armée de *barbudos*, renverse le pouvoir corrompu de Fulgencio Batista, sous la dictature duquel Cuba était devenu un « immense bordel pour hommes d'affaires américains venant de Miami y passer de longs week-ends[47] », selon la formule d'Arthur Schlesinger Jr, le biographe officiel de Kennedy. Communiste, Fidel l'est-il à ce moment-là ? Il déclare en avril « Le capitalisme sacrifie l'homme. L'État com-

---

45. *Ibid.*
46. *Ibid.*
47. Arthur Schlesinger, *op. cit.*, p. 63.

muniste, par sa conception totalitaire, sacrifie les droits de l'homme. C'est pourquoi nous ne sommes d'accord ni avec l'un ni avec l'autre [...]. Cette révolution n'est pas rouge, mais vert olive[48] » (de la couleur des uniformes de l'armée rebelle). Mais il devait dire en novembre 1960 à l'agent du KGB à La Havane qu'il était marxiste depuis le temps où il était étudiant[49]. Son frère Raúl, dont il fait son ministre de la Défense, son célèbre lieutenant Ernesto « Che » Guevara, sont en tout cas indiscutablement communistes. Et il semble qu'à Moscou, on se préoccupe surtout de savoir si Fidel va jouer dans le camp chinois ou soviétique.

À Washington, on ne se passionne pas pour ces subtilités. L'explosion d'un cargo français chargé d'armes belges, le 4 mars 1960, dans le port de La Havane, et le violent discours qu'elle inspire à Fidel amènent Eisenhower, le 15, à autoriser l'armement d'une petite troupe d'opposants tant à Miami qu'au Guatemala. En juillet, en réponse aux sanctions économiques décrétées contre Cuba, Khrouchtchev se déclare prêt à acheter 700 000 tonnes de sucre à Fidel, en échange de la livraison de pétrole. Il a dit la veille, « parlant au figuré », qu'en cas de nécessité « l'artillerie soviétique pourrait aider le peuple cubain avec le feu de ses fusées au cas où les forces agressives de Washington oseraient déclencher une intervention contre Cuba[50] ». Réponse d'Eisenhower : « Les États-Unis ne permettront pas l'installation à Cuba d'un régime dominé par l'Internationale communiste[51]. »

Kennedy ne demeure pas en reste. Le jour même de sa prestation de serment, le 20 janvier 1961, il fait « aux républiques sœurs au sud de nos frontières une promesse spéciale, celle de transformer nos bonnes paroles en bonnes actions, dans une nouvelle alliance pour le progrès, pour aider les hommes libres et les gouvernements libres à repousser les chaînes de la pauvreté[52] ». La première question qui se pose à lui n'a cependant rien à voir avec

---

48. Cité in Marcel Niedergang, *Les Vingt Amériques latines*, Plon, 1962, p. 553.
49. Alexandre Fursenko et Timothy Naftali, « *One Hell of a Gamble* » : *Khrushchev, Castro and Kennedy*, cité dans *Foreign Affairs*, juillet-août 1997.
50. Keesing's, 17538 A.
51. Cité in Jacques Grignon-Dumoulin, *Fidel Castro parle*, Maspero, 1961, p. 186.
52. Texte intégral dans André Kaspi, *Kennedy, les Mille Jours d'un président*, Armand Colin, 1993, pp. 35-38.

ces belles idées [doit-il donner le feu vert au projet d'intervention à Cuba élaboré par la CIA ? Il semble qu'il n'ait pas beaucoup hésité à dire oui, mais en excluant tout recours à l'intervention de forces américaines. C'est ainsi que le 17 avril une brigade d'exilés cubains établit une tête de pont à playa Girón, la « baie des Cochons ». L'opération tourne au désastre, la population cubaine, bien loin de se soulever contre Fidel, comme l'escomptaient les envahisseurs, lui ayant largement manifesté son soutien. L'inspecteur général de la CIA Lyman Kirkpatrick la jugera dans son rapport « grotesque ou tragique ou les deux à la fois[53] ».]

« La victoire a cent pères et la défaite est orpheline, dira plus tard Kennedy, je suis le responsable du gouvernement[54]. » Nobles paroles ! Mais l'affaire augure mal d'une présidence dont on attendait monts et merveilles. Au jugement de Kissinger, avec l'affaire du Laos, sur laquelle on reviendra au prochain chapitre, elle suffit à convaincre Khrouchtchev que JFK, comme tout le monde l'appelait, « se laissait facilement berner[55] ». Le ratage de la baie des Cochons n'était certainement pas la meilleure manière de préparer le tête-à-tête pour lequel les deux grands avaient pris rendez-vous en terrain neutre, à Vienne, le 3 juin.

*
* *

Un authentique prolétaire d'un côté, un fils de milliardaire de l'autre : jamais l'imagerie de la guerre froide n'a autant coïncidé avec celle de la lutte des classes. Avant d'arriver sur les bords du Danube, Kennedy a tenu à faire une escale à Paris, où il reçoit un accueil triomphal de la foule. Les cinq pages que de Gaulle consacre dans ses *Mémoires d'espoir* à leurs entretiens montrent qu'il n'a pas été lui-même insensible à son charme. Il n'empêche que le général coupe court à toutes les velléités de négociation sur Berlin de son visiteur : « Négocier serait une défaite [...]. Il pourrait en résulter une perte presque complète de l'Allemagne, ainsi que de sérieux dommages en France, en Italie et ailleurs[56]. »

---

53. « Le débarquement manqué de la baie des Cochons », *Le Monde*, 15-16 avril 2001.
54. Cité in Theodore Sorensen, *Kennedy*, Gallimard, 1966, p. 237.
55. Kissinger, *op. cit.*, pp. 524-525.
56. Extrait du compte rendu des conversations reproduit dans la recension par Olivier d'Auzon du livre de Vincent Jauvert, *L'Amérique contre de Gaulle* (Seuil, 2000), *Politique internationale,* printemps 2001.

À Vienne, le numéro un soviétique est plus rude encore. Nous voulons certes la paix, affirme-t-il à JFK, mais l'Amérique doit comprendre que le communisme, dont le triomphe est inéluctable, a conquis le droit de croître et de se développer. À quoi son interlocuteur répond en insistant sur la nécessité du libre choix des populations et sur celle d'éviter toute erreur de calcul. Nikita Sergueïevitch explose : « Vous voudriez que l'URSS se tienne sagement, comme un écolier, mais il n'existe pas d'immunisation contre les idées. Elle défendra ses intérêts vitaux même si les États-Unis devaient y voir une erreur de calcul[57]. » La discussion n'avance pas. Elle n'aboutit pas davantage sur l'arrêt des essais nucléaires, à propos desquels les États-Unis espéraient conclure un traité pour détendre l'atmosphère internationale. Et l'on en revient à Berlin : « Si vous voulez la guerre, déclare le Russe, c'est votre affaire. Mais notre décision de signer en décembre est irrévocable[58]. » « Ce sera un hiver très froid » (*a chilly winter*), répond l'Américain en prenant congé de lui. Recevant quelques instants plus tard James Reston, l'étoile du *New York Times*, JFK laisse libre cours à sa fureur et conclut, à la grande surprise de son interlocuteur : « Je crois qu'il s'est dit que quelqu'un d'aussi jeune et d'assez inexpérimenté pour se mettre dans un pétrin pareil [la catastrophique expédition de la baie des Cochons] et qui ne s'en était pas sorti, n'avait pas de tripes [....]. À moins de lui ôter ces idées-là de la tête, nous n'arriverons à rien avec lui [...]. Il faut donc agir [...]. Le Viêt Nam me paraît le bon endroit pour ça[59]. » C'est en vain que de Gaulle l'a mis en garde, lors de son escale à Paris, contre cette catastrophique décision.

Commentant les résultats de la rencontre, JFK déclare le 25 juillet à la télévision : « Seul le gouvernement soviétique peut faire de la frontière à Berlin un prétexte de guerre, [...] la menace immédiate [...] se situe à Berlin-Ouest [...], mais nous affrontons un défi partout où la liberté d'êtres humains est en jeu[60]. » Il demande au Congrès d'approuver une majoration de plus de 3 milliards de dollars du budget militaire, une forte augmentation des effectifs, la remise en service d'avions et de navires immobilisés.

---

57. Cité in Schlesinger, *op. cit.*, pp. 328-329.
58. *Ibid.*, p. 341.
59. David Halberstam, *On les disait les meilleurs et les* Laffont-Hachette littérature, 1974, pp. 95-96.
60. U.S.I.S. Paris, document publié par le départem 1961.

Peu après, une proposition de négociation du secrétaire d'État Dean Rusk se heurte au refus de de Gaulle, convaincu qu'elle ne pourrait conduire qu'à l'abandon de Berlin-Ouest. Depuis quelque temps, le nombre d'habitants de la RDA qui passent à l'Ouest ne cesse de s'accroître – ils seront 4 000 pour la seule journée du 12 août –, vidant hôpitaux, universités, usines, de personnels difficilement remplaçables. Comment Khrouchtchev et Ulbricht n'auraient-ils pas l'idée de fermer les points de passage ? Kennedy l'avait lui-même envisagée, et avait confié au chef du service de planification du département d'État, le brillant économiste Walt Rostow, qu'il ne voyait pas très bien ce que l'on pourrait faire pour empêcher sa mise en application si le Kremlin devait y recourir. William Fulbright, président de la commission des Affaires étrangères du Sénat, a-t-il eu vent de cette conversation lorsqu'il déclare, le 30 juillet, au cours d'une interview télévisée : « Je ne comprends pas pourquoi les Allemands de l'Est ne ferment pas leurs frontières, car je crois qu'ils ont le droit de les fermer[61] » ? Il est difficile d'imaginer que les responsables de l'Est n'aient pas vu là un sérieux encouragement...

Dès le 7 août en tout cas, Nikita Serguéïevitch annonce à la radio et à la télévision qu'il faut absolument fermer « l'échappée commode » de Berlin-Ouest et la Chambre du peuple de la RDA. Il demande solennellement à Ulbricht, le 11, de mettre un terme au « trafic humain[62] ». La surprise n'en est pas moins complète dans les capitales occidentales, où tout le monde est en vacances, lorsque le dimanche 13 août, à 0 heure 30, la police est-allemande pose des barbelés et des chevaux de frise le long des 43 kilomètres de la ligne qui sépare les deux Berlin. À 1 heure du matin, l'agence de presse de la RDA annonce que la frontière restera fermée jusqu'à la signature d'un traité de paix. En huit jours un sinistre mur de béton s'est substitué à ce premier barrage, que personne n'a bien sérieusement envisagé de forcer. Kennedy s'est contenté de dépêcher sur place le vice-président Johnson, en compagnie du général Clay, l'homme du pont aérien de 1948, et de quinze cents soldats de renfort, puis il est allé faire une balade en mer.

Encouragés par ce succès, les Soviétiques mettent les Alliés en meure d'interdire aux dirigeants ouest-allemands d'emprunter rs avions pour se rendre à Berlin-Ouest. Cette fois, les Améri-

---

Cité in Schlesinger, *op. cit.*, p. 359.
Cité in Cyril Buffet, *Berlin*, Fayard, 1993, pp. 386-387.

cains se fâchent et de Gaulle déclare que « face à un impérialisme ambitieux, tout recul a pour effet de surexciter l'agresseur[63] ». M. K. comprend que le moment est venu de mettre de l'eau dans son vin, mais pour camoufler sa retraite, il annonce, en parfaite ignorance de ses engagements envers la Maison-Blanche, qu'il a décidé de reprendre les essais nucléaires interrompus depuis l'automne 1958. Il fait état d'un programme soviétique de production d'engins de 20 à 100 mégatonnes (soit de 1 200 Hiroshima). Une bombe de 50 mégatonnes sera effectivement essayée quelques jours plus tard.

En décembre, la quasi-unanimité du Conseil atlantique se trouve d'accord avec Rusk pour préconiser une nouvelle conférence à quatre. Mais de Gaulle ne veut rien savoir, malgré un coup de téléphone de Kennedy. Ce dernier en conservera un si mauvais souvenir qu'évoquant devant moi, dix-huit mois plus tard, les moyens de reprendre avec le général des contacts alors complètement rompus, il déclarera : « En tout cas, pour rien au monde je ne lui téléphonerai à nouveau... »

Des suggestions vont continuer d'être faites, du côté soviétique comme du côté américain, pour trouver une solution au problème allemand. Mais Khrouchtchev est loin de pouvoir vendre n'importe quoi à son propre camp. Et finalement c'est sur un tout autre front, à Cuba, que se déroule la dramatique épreuve de force qui mettra fin à quatre ans de crise larvée.

---

63. *Le Monde*, 7 septembre 1961.

CHAPITRE XII

Dans le blanc des yeux

LA CRISE DES FUSÉES DE CUBA – L'ENLISEMENT AMÉRICAIN AU VIÊT NAM

> « *Les Russes et nous, nous sommes en train de nous regarder dans le blanc des yeux, et j'ai bien l'impression qu'ils viennent de cligner*[1]. »
>
> Le secrétaire d'État américain Dean Rusk
> à McGeorge Bundy, conseiller du président pour les
> questions de sécurité nationale, au sixième jour
> de la crise des fusées de Cuba.

On se souvient que, au plus fort de la tension provoquée par l'affaire de l'U-2, Khrouchtchev avait affirmé dans un discours public, le 9 juillet 1960, qu'en cas de nécessité « l'artillerie soviétique pourrait aider le peuple cubain avec le feu de ses fusées au cas où les forces agressives de Washington oseraient déclencher une intervention contre Cuba[2] », mais qu'il s'était empressé de préciser qu'il ne parlait là qu'au figuré. En avril suivant, lorsque Kennedy avait donné son feu vert à la pitoyable aventure de la baie des Cochons, M. K., tout en évoquant avec son lyrisme habituel « l'ombre d'une catastrophe mondiale[3] », s'était bien gardé d'agiter à nouveau cette menace. Mieux : il avait adressé au président

---
1. Cité in Élie Abel, *Les Fusées de Cuba*, Arthaud, 1966, p. 44.
2. Keesing's, 17538 A.
3. Keesing's, 18151 A.

américain un second message assurant que l'URSS « n'avait pas de bases à Cuba et n'avait pas l'intention d'en établir[4] ». Il ne lui faudra qu'un an pour faire exactement le contraire, sans le dire.

Pourquoi ? Les motifs concevables s'additionnent. Khrouchtchev n'avait toujours pas réussi à chasser les Occidentaux de Berlin-Ouest. Il avait connu au Congo ex-belge, au Guatemala, au Proche-Orient quelques déboires qui alimentaient de nombreuses critiques à son égard, notamment chez les Chinois. Il n'était pas jusqu'à Fidel… sur la fidélité duquel il ne fût en droit de se poser quelques questions : le Líder Máximo venait d'expulser l'ambassadeur soviétique, coupable d'avoir encouragé un vieux militant du PC cubain, Aníbal Escalante, lui-même accusé de nourrir des ambitions personnelles et d'avoir voulu créer « non pas un parti, mais un joug, une camisole de force[5] ». Cela ne signifiait-il pas que La Havane pourrait le cas échéant pencher du côté de Pékin ?

Il y avait plus grave. Le *missile gap*, le déficit fusées qui avait affolé les États-Unis après le lancement du Spoutnik, s'était retourné à leur bénéfice grâce à leurs fabuleux moyens. En 1962, ils disposaient de dix fois plus d'armes stratégiques que leur rivale, plus précisément de 176 engins intercontinentaux ICBM (*Intercontinental Ballistic Missiles*) et de 114 SLB (*Submarine Launched Ballistic Missiles*) équipant des sous-marins à propulsion nucléaire Polaris. À l'époque, les services de renseignement de Washington ne créditaient les Russes que de quelque 75 fusées stratégiques. En réalité, leur retard était plus grave encore : à la lumière des révélations des archives soviétiques, on sait aujourd'hui qu'ils n'avaient pas alors plus de 20 engins capables de franchir les océans et d'un seul submersible nucléaire[6].

Un tel déséquilibre était contraire au sacro-saint précepte lénino-stalinien sur la nécessité absolue de « rattraper et dépasser » l'adversaire. Il inquiétait d'autant plus Khrouchtchev et les siens que leurs services de renseignement les abreuvaient d'informations sur l'« opération Mangouste », envisageant jusqu'à l'assassinat de Fidel par des mafieux, que la CIA était en train de mettre sur pied sous la direction du général Landsdale, avec le plein

---

4. *Ibid.*
5. Cité in Jean-Pierre Clerc, *Les Quatre Saisons de Fidel Castro*, Seuil, 1996, p. 192.
6. Raymond L. Garthoff, « Les Aspects stratégiques de la crise de Cuba », in Maurice Vaïsse (éd.), *L'Europe et la crise de Cuba*, Armand Colin, 1993, p. 38.

accord du président, pour rattraper l'échec de la baie des Cochons[7]. À quoi s'ajoutait qu'en janvier 1962 Alexeï Adjoubeï, gendre de M. K. et directeur des *Izvestija*, après avoir rendu visite à Castro, avait été reçu par un Kennedy très énervé. À en croire les confidences du Líder Máximo à Jean Daniel, JFK aurait dit à Adjoubeï que l'influence soviétique à Cuba remettait en cause les principes de la coexistence pacifique et lui aurait rappelé avec insistance que les États-Unis n'étaient pas intervenus en Hongrie au moment de l'invasion soviétique. Toujours selon Fidel, les gouvernements soviétique et cubain en auraient conclu un mois plus tard qu'un débarquement américain dans l'île pouvait intervenir d'un moment à l'autre[8].

Rien donc d'étonnant à ce que La Havane ait alors demandé au Kremlin un substantiel accroissement de l'aide militaire, à tout prendre plutôt modeste, que celui-ci lui fournissait jusqu'alors. Mais l'idée des fusées ne vient pas de Castro, contrairement à ce qu'il lui est arrivé de dire par la suite : elle vient de Khrouchtchev en personne, lequel y a vu le seul moyen de rétablir l'équilibre stratégique avec les États-Unis, lourdement remis en cause par l'inversion du *missile gap*. L'URSS manque d'armes stratégiques ? Qu'à cela ne tienne : elle dispose de grandes quantités d'engins de portée « intermédiaire » (IRBM, pour *Intermediary Range Ballistic Missiles*), capables d'atteindre des objectifs à 3 500 kilomètres de distance, aussi bien que « moyenne » (MRBM, pour *Medium Range Ballistic Missiles*), faisant mouche jusqu'à 1 800 kilomètres. En déployant leurs missiles à Cuba, comme les Américains ont installé leurs Jupiter ou leurs Thorn en Italie, en Grèce et en Turquie, le problème de la distance disparaît. « On met un hérisson dans le slip de l'Oncle Sam », dit le numéro un soviétique au ministre de la Défense Malinovski[9], auquel il expose son plan après lui avoir demandé, au cours d'une tournée sur les côtes de la mer Noire, de quel droit les Américains baseraient des missiles en Anatolie sans que les Soviétiques puissent en faire autant à Cuba[10].

*
* *

---

7. Voir notamment Thomas C. Reeves, *Le Scandale Kennedy. La fin d'un mythe*, Plon, 1992, pp. 295-296.

8. Article de Jean Daniel, *L'Express* du 6 décembre 1963.

9. Cité in Soutou, *op. cit.*, p. 405.

10. Témoignage de Fedor Burlatzki, conseiller de Khrouchtchev, dans l'*International Herald Tribune* du 27 octobre 1992.

Dès la fin d'avril, M. K. a pris sa résolution et il en fait part au ministre cubain des Travaux publics, de passage à Moscou. La *Pravda* en fait le thème de plusieurs articles très violents, alors que, depuis la construction du mur, le Kremlin avait baissé le ton sur le sort de Berlin. Lui-même se rend en Bulgarie, où il prononce un discours des plus fermes. Le 21 mai, le Conseil de défense soviétique approuve les grandes lignes de l'opération, malgré les objections de Mikoyan, qui la trouve bien risquée. Il ne reste plus qu'à faire venir en juillet Raúl Castro, le frère et ministre de la Défense de Fidel, pour en mettre au point les détails.

Le projet tient en peu de mots : 42 MRBM et 24 IRBM seront déployés dans la province occidentale de San Cristobal, sous la protection de 43 000 « conseillers militaires » disposant entre autres de 48 bombardiers tactiques. Castro souhaitait que la nouvelle soit aussitôt rendue publique, pour dissuader les Américains de donner suite à leurs projets d'intervention, mais Khrouchtchev s'imaginait pouvoir la garder secrète jusqu'à réalisation complète. Il aurait ensuite été voir Kennedy pour ouvrir avec lui, en mettant à profit son prévisible désarroi, une négociation d'ensemble impliquant non seulement le sort de Cuba, mais aussi celui de Berlin, comme la course aux armements.

Que le climat général soit en train de se dégrader, c'est l'évidence. À la fin d'août, le Conseil de planification politique du département d'État, alors dirigé par Walt Rostow, il est vrai « faucon » notoire, estime, dans un rapport destiné à Kennedy et à Rusk, que les dirigeants soviétiques sont en passe de conclure à l'échec de la vaste offensive déclenchée après le lancement du premier Spoutnik. On pourrait donc assister à très brève échéance à ce qu'il appelle « l'initiative la plus risquée du Kremlin depuis la guerre en vue de rétablir une position en train de s'effriter[11] ».

Les grands experts sont cependant à cent lieues d'imaginer la forme que cette initiative va prendre. La CIA dispose certes de quantité d'informations sur le soudain accroissement du trafic maritime soviétique à destination de Cuba. Son patron, John McCone, va lui-même avertir Kennedy le 22 août que, d'après les renseignements fournis par les U-2 survolant l'île, les Russes sont en train d'y installer des SAM (*Surface to Air Missiles*), autrement dit des fusées sol-air. À son avis, leur présence n'a de sens que si elles sont destinées à protéger les installations de lancement de

---

11. W.W. Rostow, *View from the Seventh Floor*, New York, Harper and Row, 1966, p. 9.

fusées stratégiques. Mais personne ne veut le croire : dans un rapport du 19 septembre, les services de renseignement concluront « sans aucune réserve que l'URSS ne ferait pas de Cuba une base stratégique. Ils soulignent que jamais dans le passé les Russes n'avaient établi de bases stratégiques dans les pays satellites et qu'ils jugeaient le risque de représailles de la part des États-Unis beaucoup trop grand pour le courir dans le cas présent[12] ».

Le 2 septembre, une visite à Moscou de « Che » Guevara se clôt sur l'annonce d'un accord militaire impliquant la fourniture à La Havane d'armes non autrement spécifiées et la venue d'un certain nombre de conseillers militaires. Vivement critiqué par les républicains pour sa passivité, Kennedy publie le 4 une déclaration introduisant une distinction entre les armements de type « défensif », jusqu'alors fournis par l'URSS à Cuba, et des armes « offensives » dont la livraison constituerait une menace directe contre la sécurité des États-Unis. Quarante-huit heures plus tard, Khrouchtchev lui adresse un message confidentiel, l'assurant que « rien ne serait accompli avant les élections américaines – lesquelles devaient se dérouler au début de novembre pour renouveler une partie du Congrès – qui risquerait de compliquer la situation internationale[13] ». D'où il est tentant de déduire *a contrario* qu'il pourrait bien entreprendre quelque chose de la sorte après les élections. D'autant plus qu'il envisage dans cette même communication de se rendre à l'Assemblée générale des Nations Unies, à New York, dans la seconde quinzaine de novembre.

Le 13, à toutes fins utiles, Kennedy, tout en affirmant, sur la foi de clichés pris par des U-2, que les armes déchargées à Cuba « ne représentent aucun danger sérieux pour le monde occidental », publie un nouvel avertissement : si les installations communistes à Cuba menaçaient leur sécurité ou celle de leurs alliés de l'hémisphère occidental, les États-Unis « prendraient les mesures nécessaires[14] ». Le lendemain, il obtient sans difficulté du Congrès l'autorisation de rappeler 150 000 réservistes pendant l'intersession parlementaire si le besoin s'en faisait sentir. Mais les vols d'U-2 sont ralentis, l'un de ces appareils ayant été abattu au-dessus de la Chine. Ce n'est que le 26 que le chef de la CIA, de retour d'un voyage de noces en France, parvient à convaincre le président de donner l'ordre de les reprendre. Encore ce dernier ne va-t-il s'y

---

12. Cité in Robert Kennedy, *Treize Jours,* Grasset, 2001, p. 26.
13. Cité in Sorensen, *op. cit.*, p. 457.
14. *Le Monde,* 15 septembre 1962.

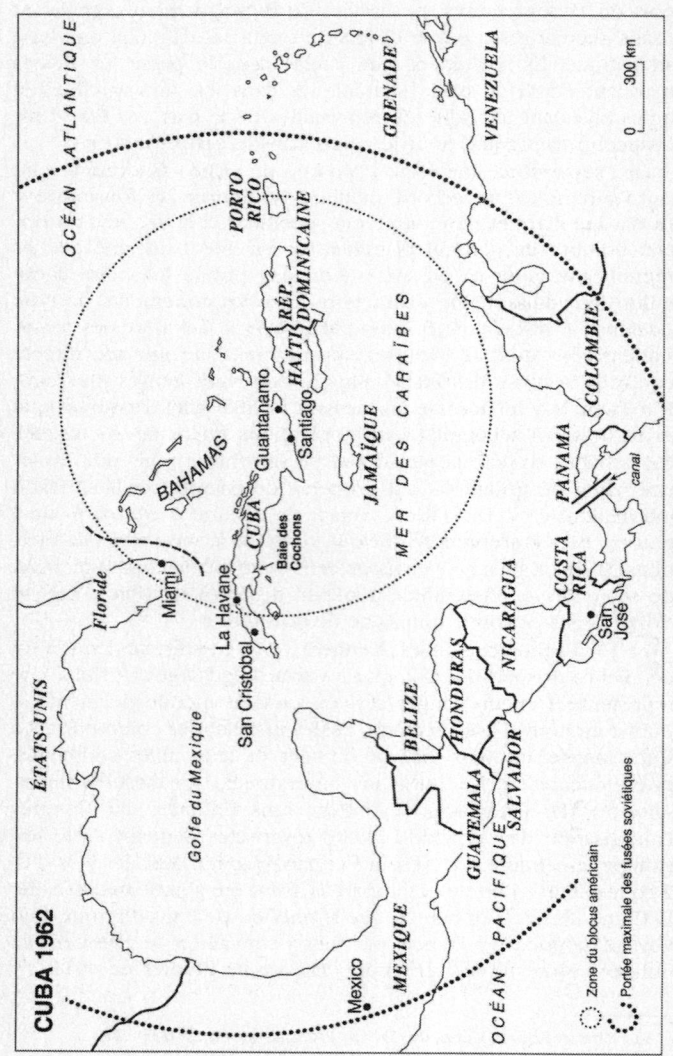

résoudre que le 6 octobre, en un moment où de gros orages tropicaux empêcheront de le mettre immédiatement en œuvre.

*
* * *

La CIA avait bien repéré, dès le 21 septembre, une « fusée plus grosse que les autres », mais elle avait naïvement expliqué par la « pénurie de tonnage », dont souffrait selon elle l'URSS, l'arrivée dans le port de La Havane de deux énormes cargos soviétiques conçus pour le transport du bois, et dont la ligne de flottaison semblait indiquer qu'ils n'étaient qu'à moitié chargés : ce qu'expliquait évidemment la présence dans leurs cales des précieuses fusées[15]. Ses agents auraient dû faire davantage attention aux propos d'après-boire du pilote de Fidel, rapportés par des anticastristes, selon lesquels Cuba disposait désormais de fusées stratégiques. D'autant plus que l'un des meilleurs journalistes de l'époque, Henry Brandon, correspondant à Washington du *Sunday Times* de Londres, avait recueilli le même son de cloche, au cours d'une visite à Cuba, de la bouche d'un des dirigeants de la révolution.

Assez d'informations étaient en tout cas parvenues au sénateur républicain de New York, Kenneth Keating, qui depuis le 31 août avait lancé une série d'attaques contre la politique cubaine de la Maison-Blanche, pour lui permettre d'assurer publiquement le 10 octobre qu'au moins une demi-douzaine de rampes capables de « lancer les fusées au cœur de l'Amérique et jusqu'au canal de Panama » étaient en cours de construction dans l'île[16]. Mais la méfiance à l'égard de la CIA, héritée de l'époque de la baie des Cochons, la conviction que Khrouchtchev n'était pas homme à commettre pareille folie, et enfin la campagne électorale législative en cours poussaient toujours JFK à la plus grande prudence.

Ce n'est que le 14 octobre que les conditions météorologiques permettent aux U-2 de reprendre leurs vols. Les images qu'ils rapportent sont édifiantes : ici de longues fusées mobiles, comme celles que l'on voyait défiler à Moscou le 1er mai, là un emplacement de lancement de MRBM avec ses bunkers, son radar et ce qui a toutes les apparences d'un magasin d'ogives nucléaires. Mis au courant le 16 durant son petit-déjeuner, Kennedy convoque

---

15. Cité in Abel, *op. cit.*, p. 44.
16. Cité in Reeves, *op. cit.*, p. 385.

aussitôt une sorte de conseil de guerre, un comité exécutif, l'*ExComm*, dont il arrête lui-même la composition : on y trouve en particulier son frère « Bobby », alors *attorney general*, autrement dit ministre de la Justice, le vice-président Johnson, le secrétaire à la Défense McNamara et son collègue du département d'État, Dean Rusk, le général Maxwell Taylor, chef suprême des armées. L'*ExComm* se réunira deux ou trois fois par jour pendant toute la durée de la crise dans le mystère le plus complet. Ses membres ignorent que le président fait enregistrer les débats, dont l'intégralité – 700 pages ! – sera publiée en 1997[17].

Aucun épisode de la guerre froide n'a, et de loin, fait l'objet d'études aussi complètes. Divers colloques lui ont été consacrés, notamment à La Havane, avec la participation de Fidel en personne, et à Moscou, avec celle de Gromyko et de McNamara. Alexandre Fursenko, président du département d'histoire de l'Académie des sciences de Russie, a publié en 1997 avec Timothy Naftali, de l'université Yale, un livre pour lequel ils ont eu accès à toutes les sources russes imaginables[18]. Manquent cependant nombre d'éléments de la partie cubaine de l'affaire, Castro n'ayant jusqu'à présent qu'entrouvert ses propres dossiers. *Le Monde* a tout de même pu reproduire l'essentiel de deux documents fondamentaux : en 1990, une lettre qu'il écrivait à Khrouchtchev, en date du 26 octobre 1962, recommandant le recours aux armes nucléaires en cas d'invasion de Cuba, et, sept ans plus tard, une intervention de douze heures, les 25 et 26 janvier 1968, devant le comité central du parti. Une phrase en donne le ton : « Face à nous, un ennemi agressif et arrogant, un allié qui se rétracte, notre désir de garder les armes, et, enfin, la volonté d'empêcher que les relations avec cet allié ne se dégradent au point d'aboutir à une rupture[19]. »

La lecture de ce document confirme de manière écrasante la légèreté avec laquelle Khrouchtchev avait engagé l'affaire et le peu de cas qu'il faisait de son allié cubain. Celle des pièces d'archives soviétiques maintenant disponibles justifie entièrement la remarque d'un professeur de l'université de l'Ohio, rendant compte dans *Foreign Affairs* du livre de Fursenko et Naftali, à savoir que

---

17. Ernest May et Philip Zelikow, *The Kennedy Tapes. Inside the White House During the Cuban Missile Crisis,* New York, Belknap et Harvard University Press, 1997.
18. Alexandre Fursenko et Timothy Naftali, *« One Hell of a Gamble » : Khrushchev, Castro, and Kennedy,* New York, W.W. Norton, 1997.
19. *Le Monde* du 15 août 1997.

« les erreurs d'interprétation des intentions américaines et de la nature de la politique et de la société américaines étaient la règle plutôt que l'exception au Kremlin[20] ». Persuadé que Kennedy n'avait pas la force de caractère nécessaire pour résister à ses coups de boutoir, Nikita Sergueïevitch s'était dispensé d'imaginer une solution de repli, et il ne semble pas qu'à aucun moment des voix discordantes se soient fait entendre dans la direction soviétique. C'était tout le contraire dans le camp américain, où ce que Stephen Rosenfeld appelle à juste titre « un pouvoir constitutionnellement non autorisé à prendre les décisions ultimes concernant la vie et la mort de la nation[21] » a envisagé, quatre jours durant, sous la direction d'un président extraordinaire de sang-froid, toutes les solutions imaginables : passivité, bombardement aérien « chirurgical » ou massif, invasion, blocus ou négociation.

Au départ, les « colombes » sont nettement minoritaires. McNamara est pratiquement seul à soutenir que, vu l'énorme supériorité stratégique des États-Unis, l'introduction de missiles nucléaires à Cuba ne modifie en rien leur situation face à l'URSS. Le problème selon lui n'est pas militaire, il est politique. Il préconise donc un blocus. Kennedy estime sur le moment que cela ne suffit pas. Dans ce cas, Khrouchtchev « pourrait [en effet] continuer à renforcer ce qu'il a déjà là-bas[22] ». Mais il s'effraie de la tranquillité d'âme avec laquelle les généraux présents préconisent le recours à la manière forte. « Ces huiles de la stratégie militaire ont un grand avantage, dira-t-il à son ami du *Washington Post*, Ben Bradlee, si nous suivons leur conseil, il ne restera plus personne en vie pour leur faire remarquer qu'ils avaient tort [23]. »

La matinée n'est pas terminée qu'à la seconde session de l'*ExComm* JFK songe déjà à proposer au numéro un soviétique une « porte de sortie » sous forme d'un retrait combiné des fusées de Cuba, des Jupiter de Turquie, et d'une évacuation par les Américains de leur base cubaine de Guantánamo. Cette idée suscite des réactions extrêmement vives chez nombre des participants à la réunion. C'est alors qu'il en vient à la position dont il ne démordra plus : si l'installation des missiles continue, « nous décrét[er]ons le

---

20. Steven Merritt Miner, « How Close We Came », *Foreign Affairs*, juillet-août 1997.
21. Stephen S. Rosenfeld, « Making Sure Cuban Crisis Is the Last of Its Kind », *International Herald Tribune*, 3 octobre 1997.
22. Longs extraits des travaux de l'*ExComm* dans *Le Monde* du 15 août 1997.
23. Cité in R. Kennedy, *op. cit.*, p. 15.

blocus, et s'ils n'arrêtent pas, nous les détruirons ». Dans la soirée, la majorité se rallie à ce point de vue, mais Bobby doit se donner beaucoup de mal, en l'absence de son grand frère, pour désarmer les partisans du bombardement des sites, en tête desquels le général Taylor et Douglas Dillon, secrétaire au Trésor. « Ce serait, dit-il, un Pearl Harbor à l'envers. Mon frère ne sera jamais un nouveau Tojo » – l'amiral qui dirigeait le gouvernement japonais en 1941[24].

Reçu à sa demande dans la journée par Kennedy, Gromyko, venu à New York pour l'Assemblée générale des Nations Unies, a juré sur sa tête que l'URSS n'avait d'autre intention que de contribuer au potentiel défensif de Cuba[25]. Son hôte s'est gardé de faire état des informations collectées par les U-2, si bien que lorsque l'ambassadeur soviétique est convoqué au département d'État, le lundi 22 octobre, en vue de se faire remettre une copie du discours dans lequel le président va rendre publiques les mesures prises pour faire face à la situation, il tombe de son haut et ressort le visage bouleversé.

Il y a de quoi : l'élégant jeune homme que, lors de leur rencontre à Vienne, Khrouchtchev avait pris pour un faible ne se contentait pas de saisir le Conseil de sécurité de l'ONU. Il accusait tranquillement Nikita Sergueïevitch, après avoir décrit la situation créée par l'envoi de missiles soviétiques à Cuba, de « duperie délibérée », et annonçait l'établissement d'une « quarantaine rigoureuse » – le mot a été préféré à blocus – sur tout équipement militaire offensif acheminé vers l'île. « La politique de notre pays, ajoutait-il, sera de considérer tout lancement de missile nucléaire depuis Cuba comme une attaque de l'Union soviétique contre les États-Unis, appelant en représailles une riposte complète contre l'Union soviétique. [...] Nous ne risquerons pas prématurément ou sans nécessité le coût d'une guerre mondiale mais nous ne nous déroberons pas à ce risque », disait-il d'une voix ferme, avant d'appeler son adversaire à se joindre à un « effort historique pour mettre fin à la course aux armements[26] ».

JFK a auparavant informé de ses intentions les membres de l'Organisation des États américains – qui l'ont approuvé à l'unanimité moins, pour des raisons de délai, l'abstention de l'Uruguay – et ses principaux alliés, parmi lesquels de Gaulle, auprès duquel il a dépêché l'ancien secrétaire d'État Dean Acheson, accompagné

---

24. Cité in Abel, *op. cit.*, p. 68.
25. Cité in Schlesinger, *op. cit.*, p. 720.
26. *U.S.A. Documents*, n° 2088, 23 octobre 1962.

de deux agents de la CIA porteurs d'un dossier complet des clichés pris par les U-2. « Je constate, a dit le général, plus olympien que jamais, que vous ne me demandez rien, que vous ne me consultez pas. J'approuve cependant la politique de fermeté de votre président. Je comprends qu'un grand pays menacé emploie toutes ses armes pour se défendre. Il n'y aura pas pour autant de guerre atomique générale. Mais si elle venait à éclater, la France se trouverait aux côtés des États-Unis conformément aux obligations souscrites dans le Pacte atlantique[27]. » L'homme du 18 juin s'est alors fait montrer les photos, qu'il a minutieusement scrutées avec une grosse loupe. « Formidable », aurait-il dit lorsqu'on lui précisa qu'elles avaient été prises d'une altitude de 22 000 mètres[28]. Pour avoir eu moi-même accès à ces documents quelques heures plus tard, je ne peux que partager ce jugement.

L'entrevue de Kennedy avec les représentants du Congrès, qui le jugeaient pour la plupart trop mou, a été plus agitée. Mais il en aurait fallu davantage pour lui faire remettre sa décision en cause. À 19 heures, toujours le lundi 22, JFK signait une proclamation donnant instruction à dix-neuf bâtiments de la IIe flotte de prendre position le long d'un arc de cercle d'un rayon de 800 kilomètres autour de Cuba, et de contrôler à partir du 23 à 10 heures du matin tous les bateaux qui s'aviseraient de le franchir. Au cas où ils n'obtempéreraient pas, ils seraient internés, « la force ne devant être utilisée qu'au cas où elle serait absolument nécessaire[29] ».

*
* *

M. K. profite de la visite d'un homme d'affaires américain pour tenir à celui-ci les propos les plus menaçants, et attend 13 heures avant de déclarer inacceptables les exigences américaines. Répétant que les armes livrées à Cuba sont de nature purement défensives, il saisit à son tour le Conseil de sécurité, qui sera bientôt le théâtre d'un affrontement d'une extrême violence entre le délégué américain Stevenson et son homologue soviétique Zorine. Il attendra le 25 pour envoyer à Fidel une lettre, demeurée secrète jusqu'à 1997, excluant toute concession aux États-Unis[30].

---

27. Cité in Hervé Alphand (alors ambassadeur de France à Washington), *L'Étonnement d'être*, Fayard, 1977, p. 388.
28. Cité in Abel, *op. cit.*, p. 119.
29. *Le Monde*, 25 octobre 1962.
30. Fidel Castro devant le comité central, *Le Monde*, 15 août 1997.

À la demande d'un grand nombre d'États membres des Nations Unies, le Birman U Thant, leur secrétaire général, écrit aux deux K pour proposer la suspension tant des transports de missiles que des mesures de quarantaine, pendant deux ou trois semaines qui permettraient de chercher une solution négociée. Nikita Sergueïevitch dit aussitôt oui, et l'on apprend que vingt-cinq des bateaux soviétiques qui faisaient route vers Cuba ont stoppé ou changé de cap. Du coup, la Maison-Blanche donne l'ordre de surseoir à tout arraisonnement et prend son temps pour répondre à l'initiative de Thant. À toutes fins utiles, Kennedy charge Bobby de sonder l'ambassadeur d'URSS sur la manière dont le Kremlin réagirait à une proposition de retrait simultané des fusées américaines de Turquie et soviétiques de Cuba [31].

Reste que les photos prises par les U-2 montrent que l'installation des fusées se poursuit à une vitesse accélérée. Quatre sous-marins soviétiques *fox-trot*, dont on ne soupçonne pas alors qu'ils sont porteurs de torpilles à tête atomique, ont en outre réussi à forcer la ligne de blocus. Kennedy fait savoir de diverses manières qu'il ne reculera pas devant le bombardement des sites si ceux-ci ne sont pas rapidement démantelés. L'aviation américaine s'y prépare au grand jour et les nouvelles les plus alarmistes se répandent à Washington. Mais le vendredi 26, un conseiller de l'ambassade soviétique, Alexandre Fomine, convie à déjeuner toutes affaires cessantes un journaliste de la chaîne de télévision ABC, John Scali, pour lui demander si à son avis le département d'État pourrait être intéressé à régler l'affaire à trois conditions : retrait des missiles sous contrôle de l'ONU, engagement de Fidel à ne plus accepter d'armes offensives, engagement des États-Unis de ne pas envahir Cuba. Le soir même, Rusk fait savoir qu'il pourrait y avoir là matière à discussion. Bientôt parvient à Kennedy une nouvelle lettre personnelle de Khrouchtchev, très long document assurant, sur un ton pathétique, que les fusées n'ont d'autre but que d'empêcher les États-Unis de renverser le gouvernement cubain, comme ils avaient tenté de le faire avec le pouvoir bolchevik naissant, et reprenant à son compte les propositions de Fomine[32].

On respire... Mais le lendemain matin, 27 octobre, arrive un nouveau message du Kremlin, rédigé celui-là sur un ton tout à fait impersonnel et ajoutant une condition supplémentaire au retrait

---

31. R. Kennedy, *op. cit.*, p.16.
32. *Ibid.*, p. 86.

des fusées de Cuba : celui des Jupiter de Turquie. Ces missiles ne présentent certes plus grand intérêt sur le plan militaire, mais Ankara voit dans leur présence un gage indispensable de la solidarité alliée. À quoi s'ajoute que, si la crise se résolvait de cette manière, seuls les Américains feraient une concession. Kennedy décide donc de refuser ce marchandage. Et, sur la suggestion de Bobby, choisit de répondre, non pas à la communication de Khrouchtchev qui a été rendu publique, mais à son message confidentiel de la veille, autrement dit aux trois points suggérés par Fomine, qu'il accepte comme base de discussion.

Le climat ne cesse de se détériorer : un U-2 a été abattu au-dessus de Cuba, et 14 000 réservistes américains sont rappelés sous les drapeaux. À 10 heures 30 de Washington, cependant, tombe sur les télétypes des agences de presse, le 28 octobre, un « flash » annonçant que M. K. a adressé un nouveau message à l'autre K, dont il assure « parfaitement comprendre » l'inquiétude, pour l'informer que puisque les États-Unis se sont engagés à ne pas envahir Cuba, il a donné « un nouvel ordre pour que l'armement que vous appelez offensif soit démonté et rapatrié en Union soviétique sous contrôle des représentants de l'ONU[33] ».

*
* *

Le sort des quatre sous-marins soviétiques naviguant au large de Cuba fera craindre un moment aux responsables un regain de tension. Le commandant de l'un d'eux assurera, au cours d'un colloque tenu à La Havane en 2002, qu'il avait été à un cheveu de lancer une torpille nucléaire pour se débarrasser d'un destroyer américain qui l'entourait de grenades sous-marines pour l'obliger à faire surface[34]. Mais, pour l'essentiel, la crise est terminée depuis le 28 octobre. Et terminée, qui peut en douter, par un triomphe des États-Unis. Il ne

---

33. Cité in Abel, *op. cit.*, p. 210.
34. L'affaire a été révélée au cours d'un colloque réunissant, pour le quarantième anniversaire de la crise des fusées, les principaux acteurs de la crise encore en vie, dont Fidel lui-même, l'historiographe de Kennedy Arthur Schlesinger Jr, Theodore Sorensen, qui a rédigé nombre des discours du président, et d'anciens généraux soviétiques. Le règlement en vigueur prévoyait que le sous-marin pouvait tirer sa torpille si ses trois principaux officiers en étaient d'accord et il y en eut un pour dire non. Ces détails sont empruntés à un article de l'envoyé spécial du *Washington Post,* Kevin Sullivan, « Nuclear War, One Word Away », repris dans l'*International Herald Tribune*, 14 octobre 2002.

leur aura coûté, outre le pilote de l'U-2 abattu au-dessus de Cuba, que les quatre membres de l'équipage d'un bombardier qui s'est écrasé au décollage. Mais Kennedy est conscient de la nécessité de ne pas exploiter la situation. Il déclare que M. K. a « agi en véritable homme d'État » et invite « les gouvernements du monde entier à consacrer leur attention à la nécessité urgente d'arrêter la course aux armements[35] ».

Tel n'est évidemment pas l'avis de Castro, que personne n'a songé à prévenir. Considérant que la demande de contrôle du retrait des fusées formulée par les États-Unis n'avait d'autre but que d'« humilier son pays », il dit s'y opposer, tandis que la foule des grands jours envahit les rues pour clamer sa colère. Mais il fait également savoir qu'il continue de faire confiance à la direction soviétique, n'ayant pas l'intention de laisser les ennemis du socialisme tirer profit des divergences qui ont surgi entre Nikita Sergueïevitch et lui. Et donc qu'il ne s'opposera pas au départ des fusées. En revanche, il ne veut pas entendre parler de deux autres exigences de Washington : le contrôle de ce départ par des observateurs des Nations Unies et le retrait des bombardiers expédiés à Cuba en même temps que les missiles. Il revient à Mikoyan de se rendre sur place pour trouver une solution qui satisfasse la Maison-Blanche sans faire perdre la face à Fidel. Les bombardiers sont rapidement retirés, et les opérations suffisamment filmées par les caméras des U-2 pour que les Américains ne puissent nourrir le moindre doute.

Quelques jours plus tard, à Paris, Walt Rostow, qu'on a cité un peu plus haut, me disait avec toute l'arrogance du vainqueur : « Au point ou en sont les choses, les Soviétiques peuvent s'efforcer de prendre leur revanche en essayant de nous rattraper dans la course aux armements. Ils auraient toutes chances de s'y essouffler. Ils peuvent aussi essayer de faire la paix. Nous sommes prêts pour ces deux éventualités. » En un sens, il voyait juste. Mais à aucun moment les Soviétiques n'ont choisi franchement entre les deux partis. Ils ne faisaient pas assez confiance à « l'impérialisme » pour imaginer qu'une paix véritable pût être conclue avec lui si les forces du camp socialiste n'étaient pas au moins égales à celles de l'autre camp : ce qu'on appellera avec Albert Wohlstetter « le délicat équilibre de la terreur[36] ». Vassili Kouznetsov, leur

---

35. Abel, *op. cit.*, p. 212.
36. Albert Wohlstetter, « The Delicate Balance of Terror », *Foreign Affairs,* janvier 1959.

vice-ministre des Affaires étrangères, qui avait négocié avec le républicain John McCloy les modalités pratiques du règlement de la crise des fusées, le lui avait d'ailleurs clairement dit en tête-à-tête dès la fin de 1962 : « *Well*, Mr McCloy, nous honorerons cet accord. Mais je veux vous dire quelque chose : l'URSS ne va jamais se retrouver dans une telle position[37]. » Là où Rostow avait raison, c'est lorsqu'il affirmait qu'elle n'avait pas les moyens d'atteindre l'égalité avec les États-Unis. L'étrange, c'est qu'il aura fallu attendre Reagan, qui n'avait rien d'un géopoliticien, pour la mettre en quelques années dans les cordes, grâce à l'augmentation considérable du budget de la défense.

Rostow n'était pas toujours aussi clairvoyant. Je le revois un peu plus tard, cette fois au sous-sol de la Maison-Blanche, où il occupait désormais les fonctions d'adjoint de McGeorge Bundy, conseiller du président pour les questions de sécurité nationale, essayant de me prouver que les États-Unis étaient en train de gagner la guerre du Viêt Nam, simplement parce que leurs pertes étaient très inférieures à celles des communistes : ce qu'on appelait d'une sinistre formule le *killing ratio* était minutieusement tenu à jour dans ses services et affiché sur les murs de son bureau. À vrai dire, il n'était pas seul, tant s'en faut, à penser de la sorte. Après tout, c'est Kennedy lui-même, comme on l'a dit au chapitre précédent, qui, après sa rencontre à Vienne avec Nikita Sergueïevitch, avait décidé, pour le convaincre de sa résolution, d'engager à fond les États-Unis au Viêt Nam.

*
* *

Les accords de Genève de juillet 1954 sur l'Indochine avaient prévu que des élections générales se dérouleraient tant au Nord qu'au Sud-Viêt Nam, en 1956, en vue d'assurer la réunification du pays. À l'inverse de ce qui se serait passé si elles avaient eu lieu dans la partie de l'Europe occupée par les Soviétiques, les communistes avaient toutes raisons de penser qu'ils les gagneraient. Aussi bien Hô Chi Minh avait-il proposé le 29 juillet 1955 que les Vietnamiens, qu'ils fussent du Nord ou du Sud, aient le droit de faire campagne dans la totalité du pays. Convaincu qu'il les perdrait, Ngô Dinh Diêm, l'austère Premier ministre que Dulles avait

---

37. Cité in Kai Bird, *The Chairman*, Simon and Schuster, New York, 1992, p. 539.

imposé au très peu impérial empereur Bao Dai, avait « refusé de tomber dans ce piège[38] », comme l'écrit candidement un Livre blanc du département d'État publié en 1961, ne voulant pas honorer un engagement auquel il n'avait après tout pas souscrit. Il avait donc fait la sourde oreille, sans que les pays communistes semblent beaucoup s'en soucier. C'était la grande époque de la déstalinisation, et Khrouchtchev, qui avait d'autres chats à fouetter, alla un moment jusqu'à préconiser l'entrée simultanée des deux Viêt Nam aux Nations Unies. De son côté, le général Giap lui-même avait dû reconnaître l'échec retentissant d'une réforme agraire qui aurait été menée au Nord avec la même brutalité que jadis en Russie et en Chine, faisant au moins cinquante mille victimes[39], selon Theodore Draper.

Les Américains se gardaient bien de rappeler au gouvernement de Saigon les accords de Genève. Toujours obsédés par la « théorie des dominos », selon laquelle la chute d'un pays de la région aux mains des communistes ne manquerait pas d'en entraîner d'autres, ils étaient plus que jamais déterminés à lui venir en aide. Dès décembre 1954, soit cinq mois après Genève, ils avaient obtenu sans grande difficulté que la France leur transfère, sous son autorité nominale, la responsabilité de l'assistance à accorder à Saigon pour l'organisation et l'instruction de son armée, avec la participation de quelque six cents militaires venus d'outre-Atlantique. Très vite le Viêt Nam du Sud était sorti de la zone franc pour entrer dans la zone dollar, et le dernier soldat français avait quitté le pays le 28 avril 1956. Deux mois plus tôt, le socialiste Christian Pineau, alors ministre des Affaires étrangères, n'avait pas hésité à dénoncer la « faute commise par les États-Unis en s'efforçant d'éliminer la France [40] ».

*
* *

Ardent catholique, de l'espèce intégriste, voire croisée, l'austère et timide Diêm, qui avait fait vœu de chasteté, vivait dans un couvent américain avant d'être appelé à gouverner son pays. Une fois installé au pouvoir, il s'était essentiellement appuyé sur les

---

38. Theodore Draper, *Les Pièges de la puissance. Les Américains au Viêt Nam et ailleurs,* Fayard, 1968, p. 45.
39. *Ibid.*
40. Nguyên Kiên, *Le Sud-Viêt Nam depuis Diên Biên Phu*, Maspero, 1963, p. 68.

populations du Centre et sur le million de ses coreligionnaires qui avaient pu fuir le Nord après Genève. Mais au Sud, on comptait trois quarts de bouddhistes, peu disposés à se satisfaire d'un régime qui installait systématiquement des catholiques aux postes essentiels.

Le maintien d'un certain nombre de Français aurait-il eu quelque influence sur Diêm ? Rien n'est moins sûr. Il aimait certes à se réclamer de la démocratie, et même à l'occasion du « personnalisme » cher à Emmanuel Mounier et à l'équipe d'*Esprit*. Mais il entendait détenir un pouvoir sans partage, ou plutôt ne le partager qu'avec son aristocratique famille : et notamment avec son frère et âme damnée, Ngô Din Nhu, grand maître de la police, et l'épouse de ce dernier, redoutable panthère dont le père, ancien ambassadeur à Washington, n'hésitait pas à évoquer la « traînée de puanteur[41] » qu'elle laissait derrière elle.

Diêm était entré très vite en conflit avec de nombreux éléments de l'armée, dont il avait exilé le commandant en chef. Plus encore avec les sectes, ces sociétés secrètes qui vivaient en pressurant les populations, et notamment les Binh Xuyen, grands maîtres des trafics louches de la capitale, qui avaient copieusement noyauté la police. Et enfin avec Bao Dai lui-même. Ce dernier l'ayant convoqué à Cannes, où il résidait la plupart du temps, il lui répondit qu'il était trop occupé pour venir et le fit déposer dès avril 1955 par une « assemblée générale des forces révolutionnaires » dont on ne sait pas trop comment elle avait été désignée. En octobre, 98,2 % des électeurs plébiscitaient la déchéance de Bao Dai, et l'instauration d'une république dont Diêm allait naturellement assumer la présidence. Il ne tarda pas à organiser le culte de sa personnalité, dont une annexe à l'hymne national célébrant ses mérites : « Le président Ngô vivra à tout jamais[42]. »

Les accords de Genève avaient beau garantir l'impunité aux anciens maquisards, les frères Diêm avaient lancé dès juillet 1955 une campagne « contre la subversion communiste ». Le quatrième rapport de la commission internationale d'armistice pour cette année-là laisse peu de doutes quant aux méthodes employées : il fait état de « trois cent dix-neuf cas entraînant la perte de vies humaines[43] ». Les Américains ne s'en embarrassent

---

41. Cité in Manchester, *op. cit.*, p. 395.
42. Cité in David Halberstam, *En plein bourbier,* Buchet-Chastel, 1966, p. 44.
43. Nguyên Kiên, *op. cit.,* p. 64.

pas trop, qui voient surtout que Saigon a réussi à briser le pouvoir des sectes et à redresser sérieusement l'économie. Pour le sénateur Mansfield, qui se rend sur place à ce moment, « Diêm a fait sienne la cause perdue de la liberté et lui a insufflé une vie nouvelle[44] ». John Kennedy, alors lui aussi sénateur, et qui avait pourtant jugé avec beaucoup de clairvoyance la situation en Algérie, élève le Viêt Nam au rang de « banc d'essai de la démocratie en Asie[45] ». En 1956, le grand magazine *Life* salue dans le président sudiste « l'homme du miracle[46] ». C'est ignorer que les « Viêt-cong » (les communistes vietnamiens) sont en train de recourir aux méthodes d'encadrement et d'intimidation qui leur avaient si bien réussi durant la phase française de la guerre d'Indochine.

En 1958 Diêm commet de surcroît l'imprudence de créer un Comité pour la libération du Viêt Nam du Nord. Un dirigeant communiste sudiste gagne clandestinement Hanoi pour prêcher devant le comité central la cause du soutien à la lutte armée au Sud. Il est rapidement entendu : en quelques mois le nombre d'attentats commis contre les chefs de village nommés par Saigon passe d'un par jour en moyenne à vingt-cinq. Pour y répondre, le pouvoir diémiste n'imagine rien de mieux que de regrouper les populations rurales dans des hameaux fortifiés, baptisés « centres de prospérité ». Inutile de dire que cette mesure provoque un très vif mécontentement. Dix-huit proches collaborateurs du président, dont six anciens ministres, publient un manifeste laissant prévoir des « vagues irrésistibles de haine[47] ». Pour que personne ne s'y trompe, Hô Chi Minh cède à Lê Duan son poste de secrétaire général du parti, dont le IIIe congrès décide que « la libération du Sud est désormais une tâche aussi importante que la construction du socialisme au Nord[48] ». Bientôt des soldats nordistes et des armes sont acheminés vers le Sud, tant à travers la petite zone démilitarisée instituée par les accords de Genève entre les deux Viêt Nam qu'en utilisant, en territoire lao, ce qui va devenir la célèbre piste Hô Chi Minh.

---

44. Mike Mansfield, « Reprieve in Vietnam », *Harper's,* janvier 1956.
45. Allocution du 1er juin 1956 devant les *American Friends of Viet-nam,* citée in Kissinger, *op. cit.*, p. 576.
46. Halberstam, *En plein bourbier, op. cit.*, p. 40.
47. Cité in J. et S. Lacouture, *Vietnam, voyage à travers une victoire, op. cit.*, p. 22.
48. Cité in Georges Chaffard, *Indochine, dix ans d'indépendance,* Calmann-Lévy, 1964, p. 176.

*
* *

En novembre 1960, Diêm échappe à un coup d'État lancé par des parachutistes. Quelques semaines plus tard on apprend la constitution d'un Front national de libération présidé par l'avocat Nguyên Huu Tho, qui se propose de « renverser le joug des impérialistes américains et de leurs valets au Viêt Nam du Sud » et de promouvoir la neutralité de ce dernier, comme étape « vers la réunification pacifique du pays[49] ». C'est à ce moment-là que Kennedy s'installe à la Maison-Blanche. Très vite il lui faut s'occuper de l'Indochine, quand ce ne serait qu'en raison de la « pagaille[50] », Eisenhower *dixit*, que lui a léguée son prédécesseur au Laos.

Grand comme un peu moins de la moitié de l'hexagone mais très peu peuplé – quatre millions d'habitants –, le Laos est un des pays les plus pauvres de l'Asie du Sud-Est. Longtemps protectorat français, il avait accédé à l'indépendance en 1949, mais s'était trouvé rapidement déchiré entre un gouvernement royal, soutenu par les États-Unis, et un régime communiste dont le Viêt-minh avait utilisé le territoire pendant la bataille de Diên Biên Phu. Les accords de Genève avaient prévu l'intégration aux forces royales des deux bataillons rouge du « Pathet Lao ». Mais ces bataillons n'en firent qu'à leur tête, et des combats sporadiques s'engagèrent, auxquels Hanoi participa dans des proportions à vrai dire fort limitées. Très active dans le secteur, la CIA monta un coup d'État qui amena au pouvoir un homme à elle, le général Phoumi Nosavan. Mais bientôt un capitaine de vingt-six ans, Kong Lê, s'emparait du pouvoir dans la capitale. Proclamant son intention de « consolider la nation, la religion, le trône et la Constitution[51] », et de maintenir la neutralité du royaume, il fit appel à l'ancien Premier ministre Souvanna Phouma. En décembre 1960, Phoumi, poussé par la CIA, déclencha une offensive contre celui-ci, auquel Moscou et Pékin s'empressèrent de fournir les armes qu'il réclamait.

Kennedy arrive au pouvoir sur ces entrefaites. Il ne pense pas que le Laos « mérite de fixer l'attention des grandes puissances[52] ». Mais les choses sont ainsi engagées que d'interminables discussions, entrecoupées de violentes mises en garde, sont nécessaires

---

49. *Bulletin du Viêt-Nam,* 20 juillet 1965.
50. Cité in David Wise et Thomas Ross, *Le Gouvernement secret des USA*, Fayard, 1966, p. 170.
51. Keesing's, 17719 A.
52. Cité in Schlesinger, *op. cit.,* p. 302.

pour qu'une conférence Est-Ouest aboutisse à un arrêt des hostilités et à la conclusion, le 22 juillet 1962, d'un traité neutralisant le royaume sous l'autorité d'un gouvernement composé des représentants des trois partis. Pour qu'il soit appliqué, il faudrait évidemment que cesse la guerre qui ravage le Viêt Nam voisin et que Hanoï renonce à utiliser les provinces tenues par le Pathet Lao pour ses liaisons avec le Sud.

Pourquoi n'avoir pas élargi au Viêt Nam la conférence sur le Laos ? Schlesinger, le biographe officieux de Kennedy, écrira par la suite qu'« on n'avait pas étudié sérieusement la situation concrète au Viêt Nam, et que si on l'avait fait, on se serait peut-être aperçu que Hô Chi Minh n'était pas le serviteur obéissant d'un bloc sino-soviétique homogène mais le chef d'un parti communiste nationaliste qui se méfiait depuis toujours des Chinois[53] ». À ses yeux, c'est d'abord la nécessité d'étayer le régime de Saigon pour pouvoir jouer la carte de la neutralité du Laos qui aurait poussé le jeune président à répondre aux appels à l'aide de Diêm.

Il n'y a rien là en tout cas qui ressemble à un coup de tête. JFK a trouvé sur sa table en arrivant à la Maison-Blanche un rapport du Pentagone affirmant que sans l'aide des États-Unis un Sud-Viêt Nam indépendant n'aurait presque sûrement pas pu survivre[54]. Le 10 mai 1961, les chefs d'état-major réclament le déploiement de forces américaines « en quantité suffisante pour décourager une action possible des communistes nord-vietnamiens ou chinois » et permettre une participation plus complète des sudistes à la lutte contre les maquis[55].

Envoyé sur place quelques jours plus tard, le vice-président Johnson ne se contente pas de vivement encourager Diêm, qu'il n'hésite pas à baptiser du titre de « Winston Churchill de l'Asie du Sud[56] ». Il conclut dans son rapport à Kennedy que, faute d'engager la bataille contre le communisme dans cette partie du monde « avec vigueur et détermination, les États-Unis devront inévitablement abandonner le Pacifique et replier leurs défenses sur leurs propres côtes ». Il ne juge cependant « pas souhaitable » l'envoi de

---

53. *Cité in ibid.*, p. 485.
54. *Le Dossier du Pentagone*, Albin Michel, 1971, pp. 51-52. Il s'agit de l'épais résumé, publié quelques mois plus tôt par le *New York Times,* du rapport étoffé de 4 000 pages de documents secrets que le secrétaire à la Défense McNamara avait fait établir en 1967-1968 sur l'histoire de l'engagement américain en Indochine.
55. *Ibid.*, p. 153.
56. Cité in Manchester, *op. cit.,* p. 323.

troupes de combat américaines[57]. Le général Maxwell Taylor, qui visite Saigon en octobre en compagnie de Rostow, réclame en revanche l'envoi de 8 000 *boys* au Viêt Nam, faute de quoi il serait perdu. La Maison-Blanche accède à ce vœu, en prenant prétexte des inondations du Mékong pour dépêcher sur place « unités de soutien » et « conseillers ».

Le nouveau numéro deux du département d'État, George Ball, grand ami de Jean Monnet, va voir en vain Kennedy pour lui prédire qu'en peu de temps les 8 000 hommes seront devenus 30 000. « George, vous êtes complètement timbré[58] », s'entend-il répondre. L'optimisme est alors général sur les bords du Potomac et la signature, en juillet 1962, de l'accord sur le Laos achève de convaincre JFK qu'il a choisi la bonne voie. Si, au lieu de beaucoup s'en agacer, il avait davantage pris au sérieux les clairvoyants reportages de la plupart des envoyés spéciaux de la presse américaine, il se serait peut-être tout de même posé des questions sur le bien-fondé des bulletins de victoire de son ambassadeur à Saigon, Fritz Nolting, selon qui le regroupement dans les hameaux fortifiés connaissait un grand succès : en réalité, cette politique engendrait un profond ressentiment parmi la masse des pauvres gens brutalement arrachés à leurs terres et à leurs coutumes ancestrales et faisait de nombre d'entre eux des recrues de choix pour le Viêt-cong.

Comme toujours dans ces cas-là, un incident en apparence limité met soudain en lumière la fragilité du système. En mai 1963, l'archevêque de Hué fait hisser le drapeau jaune et blanc du Vatican à l'occasion du vingt-cinquième anniversaire de son intronisation. Mais les bouddhistes, qui représentent 80 % de la population, se voient éconduits quelques jours plus tard lorsqu'ils demandent à pavoiser à leurs couleurs pour le deux mille cinq cent quatre-vingt-septième anniversaire de la naissance de Çakyamuni, le fondateur de leur religion. Interdits de radio, ils marchent sur le poste émetteur. La police tire, faisant neuf morts. L'émotion est très vive dans le pays, et le 16 juin un bonze s'immole par le feu en plein cœur de la capitale. « Tout ce que les bouddhistes ont fait pour le pays, commente la délicieuse Mme Nhu, ç'a été de faire griller un moine sur un barbecue[59]. » Et de proposer de fournir elle-même allumettes et combustible à qui serait tenté de suivre son exemple.

---

57. Cité in Halberstam, *On les disait les meilleurs..., op. cit.,* pp. 155-158.
58. Cité in *Ibid.*, p. 209.
59. Cité in *The Indochina Story,* publié par le Committee of Concerned Asian Scholars, New York, Pantheon Books, 1970, p. 41.

Les Américains s'alarment et exercent pression sur pression sur Diêm pour qu'il fasse des concessions aux bouddhistes. Celui-ci promet tout ce que l'on veut, mais le 21 août, la police met à sac plusieurs pagodes et arrête quatorze mille bonzes et bonzesses, dont un grand nombre sont battus ou même torturés. Washington rappelle son ambassadeur, qui n'a cessé de soutenir le dictateur, et envoie à sa place un patricien de Boston, Henry Cabot Lodge, vieil ami des Kennedy, avec mission de ramener à la raison Ngô Dinh Nhu, dont on a déjà dit l'énorme influence sur Diêm. Le bruit commence à se répandre que la CIA pourrait bien encourager certains généraux à les renverser. Du coup, Nhu accepte de rencontrer un membre polonais de la commission de contrôle des accords de Genève, Mieczyslaw Maneli, qui passera à l'Ouest quelques années plus tard et racontera cet épisode dans un livre[60]. Sans rire, il déclare à ce communiste, ou supposé tel : « Je combats le communisme pour mettre fin au capitalisme matérialiste. [...] Les hameaux stratégiques sont les institutions de base de la démocratie directe, [...] ils deviendront le noyau véritable de l'organisation nationale et, à ce moment, comme Marx l'a prédit, l'État lui-même dépérira. » Toujours selon Maneli, « Diêm et Nhu nourrissaient l'idée qu'en cas de rupture avec les Américains ils pourraient trouver un *modus vivendi* avec Hanoi. En attendant, ils exploitaient certains contacts ou apparences de contacts avec le camp communiste pour effrayer et faire chanter leurs alliés anticommunistes ».

Si tel était bien le cas, cette tactique était parfaitement vaine. Lodge avait été invité par Washington à informer Diêm que s'il refusait de se séparer de son frère les États-Unis devraient « envisager la possibilité que lui-même ne pût rester en place[61] ». On peut toujours soutenir après cela, comme Schlesinger, que ni l'ambassade américaine ni la CIA n'ont été pour quoi que ce soit dans le putsch où les frères Diêm ont perdu la vie. « Autant défendre l'innocence du veilleur de nuit qui avertit un perceur connu de coffres-forts qu'il va s'absenter pour boire une bière[62] », écrira bientôt John Mecklin, pourtant ancien directeur de l'agence d'information américaine au Viêt Nam. « Quand les États-Unis ont appuyé un coup d'État qui s'est achevé par son assassinat, ils ont déclenché une chaîne de réactions violentes non seu-

---

60. Mieczyslav Maneli, *War of the Vanquished*, New York, Harper and Row, 1971.
61. Télégramme du département d'Etat en date du 23 août 1963, cité dans Kissinger, *op. cit.*, p. 592.
62. John Mecklin, *Mission in Torment*, New York, Doubleday, 1965, p. 270.

lement au Viêt Nam mais dans toute l'Asie du Sud-Est[63] », expliquera de son côté Nixon devant le Sénat.

L'organisateur principal du putsch, en tout cas, c'est le général Duang Van Minh, alias « Big Minh », célèbre pour sa corpulence, son courage et son franc-parler. Il prévient lui-même de ses intentions un responsable de la CIA nommé Lou Conein. Celui-ci en fait aussitôt part à Lodge. Mis au courant, Kennedy paraît surtout soucieux que l'opération « soit totalement sûre et puisse être complètement démentie[64] ». Le 1er novembre, Minh constitue avec trois autres généraux une junte qui somme Diêm de se retirer. Devant son refus, elle déclenche une action armée qui l'emporte en trois heures. Diêm et Nhu, qui ont accepté une offre de sauf-conduits, sont arrêtés sur la route de l'aérodrome par une unité de blindés dont le chef leur voue une haine particulière et abattus sur-le-champ.

Non prévu au programme, ce double meurtre aurait laissé Kennedy, d'après Schlesinger, aussi « sombre, affecté, déprimé » qu'après la baie des Cochons. À l'en croire, le président avait sans doute compris que le Viêt Nam « avait été son grand échec [...] et qu'il ne lui avait jamais accordé toute son attention[65] ». Trois semaines plus tard, il était assassiné à Dallas.

L'un de ses intimes, Kenneth O'Donnell, a affirmé qu'il était déterminé à rappeler les troupes américaines au cas où il aurait été réélu en 1964. Le sénateur Mansfield, de tout temps fort réservé envers la guerre, assure que JFK lui avait dit au printemps 1963 qu'il était déterminé à mettre fin à l'engagement américain au Viêt Nam[66]. Rusk et Bobby Kennedy affirment n'avoir jamais rien entendu de tel. La vérité est que la plus grande confusion régnait à l'époque à Washington à propos de l'Indochine. Le plus vraisemblable, c'est que le président n'avait pas arrêté sa religion. Il laissait au vice-président Lyndon Johnson, sur ce point, une lourde succession : au jour de sa mort, on ne comptait pas moins de 16 500 GI's au Viêt Nam, contre 773 au moment de son élection, sans compter les commandos que ce grand lecteur de James Bond avait jugé opportun d'envoyer clandestinement au nord du pays et au Laos[67].

---

63. Discours du 15 mars 1965, *Congressional Record,* Sénat, 2 septembre 1965.
64. Cité in Reeves, *op. cit.,* p. 424.
65. Schlesinger, *op. cit.,* p. 892.
66. Sur ces deux témoignages, voir l'*International Herald Tribune* du 3 août 1970.
67. John L. Plaster, *The Secret Wars of America's Commandos in Viet-nam,* New York, Simon and Schuster, 1997.

ACTE TROIS

Eux sans *nous*

De la détente à l'effondrement du bloc soviétique (1962-1991)

DÉCOR

Avec la crise des fusées de Cuba, la guerre froide avait atteint son paroxysme. Sans doute un face-à-face aussi dramatique était-il nécessaire pour faire comprendre à Khrouchtchev qu'il avait dépassé les limites de l'audace permise et le persuader de renoncer à ses tentatives d'intimidation. Mais il fallait aussi que Kennedy résiste à la tentation de transformer son succès en KO. Tout ce qui s'est passé depuis, y compris peut-être la tragédie de Dallas, qui a privé l'Occident de son leader le plus doué et le plus populaire, découle plus ou moins de cette épreuve de force qui coûtera sa place à Khrouchtchev.

La peur avait été telle de part et d'autre qu'il ne sera longtemps question que de « détente ». Plus personne ne reparlera de remettre en cause le statut de Berlin, et les Occidentaux se garderont de réagir autrement qu'en paroles lorsque l'intervention des troupes du pacte de Varsovie mettra fin, à l'été 1968, au printemps de Prague. Bientôt l'*Ostpolitik* de Willy Brandt débouchera sur la reconnaissance générale du *statu quo* en Europe, y compris de la division de l'Allemagne. Mais la détente n'est pas la paix. Fidèle au slogan lénino-stalinien « Rattraper et dépasser », le Kremlin s'emploiera à acquérir au plus vite les moyens de compenser l'énorme supériorité stratégique qui a permis à Kennedy de l'emporter à Cuba. C'est l'époque de l'« équilibre de la terreur », basé sur ce que les Américains vont appeler la doctrine MAD (fou, en anglais), la « dissuasion mutuelle assurée ».

Afin d'en réduire tant les aléas que les frais, les deux superpuissances se sont engagées dès le 5 août 1963 dans la voie de la limitation des armements stratégiques, avec la conclusion d'un traité sur l'arrêt des essais nucléaires. Ni de Gaulle ni Mao n'ont signé ce traité. Et le premier nommé, à peine la guerre d'Algérie terminée, reconnaît Pékin, qui fait de moins en moins mystère de ses griefs contre les « nouveaux tsars » du Kremlin. L'année 1966 voit le retrait des troupes françaises du commandement unifié de l'OTAN et le départ des troupes alliées de l'hexagone, tandis que Lyndon Johnson s'enferre chaque jour davantage dans la guerre du Viêt Nam, infligeant à l'image de l'Amérique un coup terrible. Il faudra l'arrivée au pouvoir en 1970 de Richard Nixon pour y mettre fin et parvenir à un spectaculaire raccommodage sino-américain.

Brejnev ne s'en déclare pas moins tout disposé à exercer avec lui une sorte de condominium, mais le scandale du Watergate, venant après le Viêt Nam, porte un très rude coup à l'autorité internationale des États-Unis. Les affaires du tiers monde, avec le coup d'État du général Pinochet au Chili, l'avènement de régimes communistes dans les anciennes colonies portugaises d'Afrique, et surtout, en 1967, la guerre de Six Jours entre Israël et ses voisins arabes, prennent le pas sur les relations Est-Ouest. Les trônes d'Éthiopie et d'Iran, fidèles soutiens de la Maison-Blanche, s'écroulent l'un après l'autre, un régime procubain s'installe au Nicaragua et les communistes peuvent croire que le rêve léniniste de révolution mondiale a repris sa marche en avant.

C'est sur cette toile de fond qu'à la Noël 1979 le Politburo décide d'intervenir en Afghanistan, où le pouvoir rouge, en place depuis l'année précédente, est débordé par la révolte islamique. Sur le moment, tout le monde y voit une nouvelle défaite de l'Amérique. En réalité, l'URSS a trouvé là son Viêt Nam. Or elle est au même moment aux prises avec la foudroyante progression de Solidarno et avec la parole conquérante du premier pape polonais de l'Histoire. Il se trouve de surcroît que le peuple américain, las de trop d'humiliations, vient de porter à sa tête, avec Ronald Reagan, un président déterminé à mettre dans les cordes ce qu'il n'hésite pas à appeler *The Evil Empire*, l'empire du Mal.

La bataille décisive se joue cependant en Europe : il s'agit de savoir si la RFA acceptera ou non de déployer sur son sol les fusées américaines à moyenne portée Pershing-II destinées à équilibrer la menace des nouveaux SS-20 soviétiques. Un refus montrerait sa vulnérabilité aux pressions de Moscou. Mais grâce, entre autres, à la fermeté de François Mitterrand, elle dit oui. L'heure des comptes a sonné pour le Kremlin. Gorbatchev, arrivé au pouvoir en 1985, n'a pas d'autre solution que de diminuer drastiquement le poids des armements, ce qui lui impose au préalable de rassurer l'Occident sur ses intentions. Disparue la crainte qu'il inspirait, l'empire soviétique a vite fait de s'effondrer. Un beau jour de novembre 1989, le mur de Berlin est abattu comme deux siècles plus tôt la Bastille. En un rien de temps, l'Allemagne est réunifiée et le camp socialiste, URSS en tête, réduit, comme la guerre froide, à l'état de souvenir.

PERSONNAGES

Khrouchtchev avait manifestement sous-estimé **Kennedy**. Non seulement celui-ci a déjoué le piège qui lui était tendu avec les fusées de Cuba, mais il a eu la sagesse d'aider son rival soviétique à sauver la face. On a dès lors espéré qu'allait s'ouvrir entre eux une véritable coopération – les Américains parlaient de *partnership* – dans la recherche de la détente, voire de la paix. Un sinistre jour de novembre 1963, le fusil à lunette de Lee Harvey Oswald a dissipé ce rêve. Et, moins d'un an plus tard, le comité central soviétique destituait le bouillant Nikita de toutes ses fonctions.

La personnalité de leurs successeurs respectifs, en comparaison, paraît bien falote. À Moscou, le coup a été monté par une nomenklatura s'imaginant que, contrairement à tous les précédents, elle va réussir à mettre durablement en place une *troïka*, une direction collégiale à trois. C'est singulièrement sous-estimer l'ambition du nouveau secrétaire général du parti, **Leonid Ilitch Brejnev**, qui réduira le président du Soviet suprême **Nicolaï Podgorny**, en attendant de prendre sa place, au rôle de potiche, et le président du Conseil **Alexeï Kossyguine**, au regard triste de bilieux, à celui d'exécutant peu bavard. Mais il est vrai qu'il « n'a pas pris le pouvoir d'assaut, il s'y est faufilé en douce[1] », comme l'écrit Georges Sokoloff. Il y réussit d'autant mieux qu'il n'est pas de ceux qui, comme Nikita Sergueïevitch, prétendent tout bousculer et s'attaquer aux privilèges des apparatchiks. Lui-même, qui ne cache pas son goût pour les jolies femmes, l'alcool et les grosses cylindrées, laisse de plus en plus ses proches, à commencer par sa fille, jeter les bases de ce pouvoir mafieux qui prendra une formidable extension après la chute du communisme.

---

1. Sokoloff, *op. cit.*, p. 564.

L'infarctus qui l'oblige des mois durant, en 1975, à suspendre ses activités semble avoir quelque peu affecté ses capacités intellectuelles et physiques. Ses interlocuteurs de l'époque ne se rappellent pas l'avoir jamais entendu s'écarter en quoi que ce soit des notes préparées par ses collaborateurs, qu'il lit laborieusement en mouillant son index pour tourner les pages. Ils sont surtout frappés par sa vanité, longtemps cachée, qui prend des dimensions incroyables. Alors qu'il a fait la guerre comme simple commissaire politique, il se proclame maréchal et se fait donner les plus hautes décorations : pas moins de cent vingt, soit trois de plus que n'en arbore l'autrement valeureux maréchal Joukov. Il est sourd aux revendications démocratiques qui se multiplient à l'intérieur de l'empire, notamment en Tchécoslovaquie où **Alexandre Dubček** a commencé de bâtir un « socialisme à visage humain » qui soulève immédiatement les espoirs de ses compatriotes.

Le Kremlin ne trouve d'autre moyen de le faire taire qu'une intervention militaire de l'Union soviétique et de quatre autres pays du pacte de Varsovie. Parmi ceux-ci, la Pologne où des intellectuels comme **Jacek Kuron, Adam Michnik,** avec leur Comité des 77, vont défier de plus en plus ouvertement le pouvoir, l'élection à la papauté, en 1978, sous le nom de **Jean Paul II,** du cardinal Wojtyla, archevêque de Cracovie, leur apportant un leader d'un prestige, d'un courage et d'une habileté à toute épreuve, dont la présence va de plus en plus déranger Moscou et ses hommes. Bientôt surgit un autre contestataire, **Lech Walesa,** électro-mécanicien à la grosse moustache des chantiers navals Lénine, de Gdansk, sous l'impulsion duquel se crée et prend une dimension prodigieuse le fameux syndicat Solidarność. Cette fois, Brejnev n'ose pas faire intervenir les troupes soviétiques. Il se repose sur le chef du parti polonais, le glacial **général Jaruzelski,** au regard dissimulé derrière des lunettes noires, du soin de rétablir l'ordre en proclamant l'état de guerre et en faisant arrêter Walesa et ses lieutenants. Peine perdue. Très vite il lui faut composer avec eux : la Pologne sera le premier pays d'outre-rideau de fer à avoir, dès l'été 1989, un chef de gouvernement non communiste.

Sans doute la prudence de Brejnev dans cette affaire s'explique-t-elle entre autres par le fait que, après avoir beaucoup hésité, il s'est décidé à la Noël 1979 à répondre à la demande d'intervention d'un gouvernement communiste afghan débordé par la contre-révolution islamiste. En équipant le corps expéditionnaire en blindés et en artillerie lourde, il s'imaginait avoir vite raison des rebelles. En réalité, il a plongé son pays dans un guêpier d'où il lui faudra se dégager moins de dix ans plus tard sans la moindre contrepartie.

Aucun dirigeant n'étant destitué ou mis à la retraite, l'URSS se transforme peu à peu en gérontocratie, surtout attentive à rattraper le niveau d'armements stratégiques américain, et à venir en aide aux pays d'outre-mer qui choisissent la voie communiste, sans se rendre compte qu'elle s'y ruine. La mort de Brejnev, en 1982, n'y change rien. Les règnes de **Iouri Andropov** et de **Konstantin Tchernenko**, qui lui succèdent l'un après l'autre, ont été trop brefs et ponctués de trop de séjours à l'hôpital pour avoir laissé quelque marque durable. Tout change avec **Mikhaïl Sergueïevitch Gorbatchev,** qui accède au pouvoir en mars 1985. Il est conscient de l'état dramatique de l'économie soviétique et de l'étendue de la corruption. Mais il croit encore possible, pour assainir le système, de s'appuyer, quitte à beaucoup la rajeunir, sur la nomenklatura, laquelle ne songe en réalité qu'à conserver ses privilèges. La catastrophe de Tchernobyl a vite fait de la persuader que sa seule chance est de réduire drastiquement le poids de la course aux armements, ce qui suppose qu'il rassure le monde occidental en renonçant à se réclamer de la doctrine Brejnev, formulée en 1968 pour justifier l'intervention contre le printemps de Prague. Il ne lui faut pas longtemps pour découvrir que seule la peur du gendarme soviétique maintenait la cohérence du camp socialiste. L'écroulement du mur de Berlin sonne le glas du communisme dans tout l'empire soviétique. Gorbatchev y assiste impuissant, mesurant après tant d'autres combien il est difficile de libéraliser un régime totalitaire.

Pendant les vingt-huit ans qui séparent la chute de Khrouchtchev de celle de Gorbatchev, en qui certains avaient voulu voir, au début, un nouveau M. K., les États-Unis n'ont pas eu moins de six présidents. Le premier en date, **Lyndon Baines Johnson,** qui était le vice-président de Kennedy, n'était aucunement préparé à diriger la politique étrangère de son pays, qu'il engage à fond dans la guerre du Viêt Nam, portant jusqu'à 542 000 hommes les effectifs du corps expéditionnaire. Facilement élu en 1964, il renonce à se représenter à l'expiration de son mandat, laissant la place au républicain **Richard Milhous Nixon**. Ce dernier, ancien vice-président d'Eisenhower, prend à ses côtés, en qualité d'abord de conseiller pour les questions de sécurité nationale puis de secrétaire d'État, **Henry A. Kissinger,** brillant universitaire familier de toutes les capitales européennes, avec lequel il parvient à mettre fin à la guerre du Viêt Nam, sans éviter la victoire totale des communistes, et à renouer avec la Chine populaire, achevant de brouiller celle-ci avec l'URSS. « *Tricky Dicky* », le « rusé Richard », était à bien des égards un personnage shakespearien : assoiffé de pouvoir, passionné de géopolitique, peu regardant sur les méthodes, il valait mieux que la réputation de médiocre réactionnaire qu'on lui a faite, mais se laissait dominer par sa méfiance, et c'est ainsi qu'après une réélection brillante il allait être emporté par la tempête du Watergate.

Gerald Ford, son vice-président, qui lui succède, est le seul président des États-Unis à ce jour à ne pas avoir été élu par le suffrage populaire. À part la signature avec l'URSS d'un important traité sur la limitation des armements stratégiques, il n'a pas laissé un souvenir inoubliable. On serait tenté d'en dire autant de son successeur, le démocrate **Jimmy Carter,** si ce dernier n'était pas parvenu à convaincre l'Israélien **Menahem Begin** et l'Égyptien **Anouar el-Sadate** de faire la paix à Camp David. Trois ans plus tard, Sadate est assassiné au Caire et remplacé par **Hosni Moubarak,** qui achèvera de se détacher du camp soviétique. D'une manière générale d'ailleurs, les dirigeants du monde islamisé, qu'il s'agisse du Palestinien **Yasser Arafat,** du Syrien **Hafez el-Assad,** de l'Irakien **Saddam Hussein** ou de l'Iranien **Khomeiny,** prendront de plus en plus leurs distances vis-à-vis de Moscou, sans pour autant se rapprocher de Washington, et les guerres qui continueront d'ensanglanter le Proche-Orient obéiront à leur logique propre, si l'on peut parler de logique à leur propos, beaucoup plus qu'au jeu des superpuissances. Ainsi, avant même de se terminer, la guerre froide a-t-elle vu se rétrécir ses théâtres d'opérations.

Il est difficile de contester à **Ronald Reagan,** président des États-Unis de 1980 à 1988, le mérite d'en avoir été le vainqueur, fortement soutenu par le Premier ministre britannique **Margaret Thatcher.** De son passé d'acteur de Hollywood, il avait gardé un formidable sens de la communication et il sut, après le découragement de l'après-Viêt-Nam, persuader ses compatriotes qu'il ne tenait qu'à eux de défaire les Rouges et de conduire le monde. Contre l'avis de la plupart des experts, il s'était mis dans la tête que la course aux armements était en train d'épuiser l'URSS et qu'il suffisait d'en accroître un bon coup le rythme pour que celle-ci soit contrainte de rendre les armes. C'est très exactement ce qui s'est passé. Qu'importe dès lors s'il ne connaissait aucun dossier à fond !

À cette énumération il faut ajouter **Deng Xiaoping,** l'homme qui répondait aux dogmatistes que pour attraper une souris, peu importait la couleur du chat. Il survécut à deux tentatives de Mao pour l'éliminer et revint au pouvoir qu'il conserva, en droit ou en fait, jusqu'à l'âge de quatre-vingt-douze ans. Il engagea le pays le plus peuplé du monde sur la voie du rétablissement de l'économie de marché, sans pour autant faire la moindre concession aux partisans de la démocratie, comme le montra l'écrasement du soulèvement de Tiananmen. Il avait beau être minuscule, on ne trouve guère dans le reste du monde, à cette époque-là, une fois de Gaulle disparu, de personnages d'une telle stature, à l'exception de **Nelson Mandela,** sorti de vingt-huit ans de prison sans un soupçon de rancœur, et qui devint le premier chef d'État noir d'une Afrique du Sud ayant enfin abjuré l'apartheid.

On ne saurait conclure cette énumération sans évoquer le roi **Juan Carlos,** qui a magnifiquement réussi la transformation démocratique de l'Espagne en l'arrachant à ses tragiques passions. **Willy Brandt,** dont la politique à l'Est, l'*Ostpolitik*, sans laquelle la réunification allemande se serait fait attendre bien davantage. **Georges Pompidou** et son ami **Edward Heath,** dont le « *meeting of minds* », la communauté d'esprit, a ouvert au Royaume-Uni les portes de la CEE. Des chanceliers comme le social-démocrate **Helmut Schmidt** et son successeur chrétien-démocrate **Helmut Kohl,** des présidents de la République comme **Valéry Giscard d'Estaing** et **François Mitterrand,** qui ont su dépasser les préjugés idéologiques pour donner la priorité à la construction de l'Europe et au maintien d'une étroite coopération franco-allemande. Encore ne parle-t-on ici que d'hommes politiques, alors que s'est opéré dans ce dernier tiers de siècle un formidable transfert du pouvoir réel vers l'économique et le culturel.

CHAPITRE XIII

Le grand schisme et l'autre

LA RUPTURE SINO-SOVIÉTIQUE – L'ARRÊT DES ESSAIS NUCLÉAIRES –
LA BROUILLE FRANCO-AMÉRICAINE – L'ASSASSINAT DE KENNEDY –
JOHNSON ET LE VIÊT NAM – LA DESTITUTION DE KHROUCHTCHEV

> « *Deux grands dangers menacent l'existence des religions : les schismes et l'indifférence*[1]. »
>
> Alexis de Tocqueville.

Khrouchtchev avait-il informé Mao de son mirobolant projet de missiles pour Cuba ? Peut-être, puisque l'ambassadeur de Chine à Moscou avait déclaré à des collègues du tiers monde, à la veille de leur déploiement au début de l'été 1962 : « Nous sommes satisfaits, car les Soviétiques ont enfin trouvé le bon moyen pour résoudre la crise de Berlin[2]. » Moins de trois mois plus tard, la preuve était apportée que le moyen en question n'était pas le bon. La crise des fusées à peine terminée, le 2 novembre, le numéro un soviétique recevait son homologue est-allemand, Walter Ulbricht, apparemment pour le prévenir que la conclusion du traité de paix tant attendue était renvoyée à des jours meilleurs. Il se contentera de dire le 15 janvier 1963, devant le congrès du Parti socialiste unifié, le PC de RDA, que la construction du mur

---

1. Tocqueville, *op. cit.*, p. 237.
2. Cité in Tatu, *Le Pouvoir en URSS*, *op. cit.*, p. 251.

rendait la signature du fameux traité moins urgente. « Le temps n'est pas encore venu, déclarera de son côté le président tchécoslovaque Novotny, homme lige du Kremlin s'il en était, de considérer l'impérialisme comme un vieillard qui proférerait des menaces qu'il n'a pas la force de mettre à exécution[3]. »

Les Chinois sont d'autant moins disposés à manger de ce pain-là que des troubles se sont produits au Sin-kiang (les « nouveaux territoires »), grand trois fois comme la France, à forte population musulmane et au sous-sol très riche. Au lendemain de la révolution d'Octobre, la Russie bolchevik, sans doute par crainte de voir les turcophones d'Asie centrale s'unir contre elle, y avait établi son protectorat, avant de le remettre à Pékin. Mais Staline ne s'en était jamais complètement désintéressé et Mao était toujours tenté d'imputer à Moscou l'agitation dont les territoires en question, promus en 1955 au rang de région autonome, étaient le théâtre. À toutes fins utiles, il avait fini par y faire fermer les consulats soviétiques.

Cette agitation n'est rien cependant à côté de la tornade qui s'abat à l'automne 1962 sur les toujours difficiles relations sino-indiennes. Des incidents s'étant produits dans les zones contestées de l'Himalaya, la presse de Delhi et le ministre des Affaires étrangères Krishna Menon adoptent un ton cocardier auquel Nehru lui-même fait écho en ordonnant à ses troupes, le 12 octobre, de « libérer le territoire aux frontières du Nord-Est[4] ». Huit jours plus tard, les Chinois répliquent en déclenchant à 4 000 mètres d'altitude une offensive qui fait songer au franchissement des Alpes par Hannibal et par Bonaparte, à cette nuance près que les cols empruntés par ces derniers étaient *grosso modo* moitié moins hauts. En un rien de temps, ils sont en vue des plaines de l'Assam, où vit une population en mauvais termes avec le pouvoir central, et du pétrole de la vallée du Brahmapoutre. La panique s'empare du camp indien, mais le Grand Timonier choisit la magnanimité : le 20 novembre, il ordonne un cessez-le-feu et le repli de ses forces sur des positions situées à 20 kilomètres en deçà de la ligne de démarcation arrêtée en octobre 1959. C'est un beau succès pour Pékin, qui porte un coup sévère au prestige de Delhi et à sa prétention de se poser en leader du monde non engagé.

---

3. Cité in Jean Baby, *La Grande Controverse sino-soviétique*, Grasset, 1966, p. 113.

4. *Année politique, 1962*, p. 563.

Dans cette crise qui s'est déroulée, pour l'essentiel, en même temps que celle de Cuba, Khrouchtchev a été incapable de jouer un rôle efficace. Il a bien essayé de proposer sa médiation, agaçant les Chinois qui auraient jugé normal qu'il les appuyât purement et simplement. Mais comment leur expliquer qu'il a livré à Nehru ces mêmes avions Mig-21 qu'il avait toujours refusé de leur fournir ? À quoi s'ajoute que Leonid Brejnev, à l'époque président du praesidium du Soviet suprême, venait de rendre visite à Tito, lequel avait célébré à l'envi dans un entretien avec un journaliste américain « l'influence apaisante[5] » exercée par l'URSS sur les Chinois.

*
* *

Le 5 novembre 1962, le *Quotidien du peuple* a commencé à publier une série d'articles contre les « révisionnistes modernes » qui, « en se soumettant à l'impérialisme, l'encouragent à accentuer sa politique d'agression et de guerre ». Un mois plus tard, M. K. reçoit Tito à Moscou et, répondant à la fameuse formule de Mao sur le « tigre de papier » américain, déclare devant le Soviet suprême que le tigre de papier a des « crocs atomiques, qu'il sait s'en servir et qu'il faut le traiter en conséquence[6] ».

Plus personne ne doute que la brouille des deux Mecques du socialisme est sur le point d'éclater au grand jour. Certes, jusqu'alors Nikita Serguéïevitch a affecté de ne s'en prendre qu'aux Albanais, en dissidence ouverte depuis le XXIIe congrès soviétique, un an plus tôt, les accusant entre autres gracieusetés de « crier des injures dignes de voyous contre le PC de l'URSS qui est pour ainsi dire leur mère[7] ». Mais, dès le début de décembre, un dirigeant du PC italien, Giancarlo Pajetta, a déclaré devant son congrès : « Un parti comme le nôtre n'a pas besoin de dire Albanie quand il veut dire Chine[8]. » Et le 31, sous le titre « Les différences entre le camarade Togliatti – le chef du PC italien – et nous », le même *Quotidien du peuple* parle à propos des fusées de Cuba de « Munich pur et simple ».

Le 27 février suivant cependant, Pékin accepte le principe de conversations bilatérales suggérées par Moscou et invite M. K. à

---

5. Cité in François Fejtö, *Chine-URSS*, *op. cit.*, t. II, p. 194.
6. Keesing's, 19288 A.
7. *Ibid*.
8. Cité in Baby, *op. cit.*, p. 114.

profiter d'un voyage qu'il doit faire au Cambodge pour s'arrêter en Chine. Comment donc, répond en substance l'intéressé, mais c'est Brejnev et non pas moi qui doit aller à Phnom Penh. Le tout assorti d'un long exposé des positions de l'URSS dans la querelle idéologique, renforcé d'un éloge de la Yougoslavie, dont le PCUS estime qu'en « dépit de graves divergences [...] elle est un pays socialiste[9] ». Le comité central chinois réplique le 15 juin par un document-fleuve de soixante mille idéogrammes – les « vingt-cinq points » –, contestant que l'apparition des armes nucléaires ait remis en cause « la possibilité ou la nécessité d'entreprendre les révolutions sociales ou nationales » ou la valeur des « principes fondamentaux du marxisme-léninisme, et en particulier ses théories sur la révolution prolétarienne, sur la guerre et sur la paix [...]. Ne pas opérer de distinction entre ennemis, amis et nous-mêmes, s'en remettre pour le sort des peuples du monde et celui de l'humanité à la collaboration avec l'impérialisme américain serait mener le peuple dans une voie fausse. Les événements de ces dernières années ont détruit cette illusion ». Le texte passe au crible toutes les formules khrouchtchéviennes sur la coexistence, le désarmement, la transition pacifique au socialisme. Pour conclure, il exprime l'espoir que le débat public prendra fin, mais seulement après avoir été « mené sur un pied d'égalité entre partis frères, nul n'ayant le droit d'attaquer quand il en a envie et de donner l'ordre de cesser le débat public quand il veut empêcher l'autre de répliquer[10] ».

Le comité central soviétique s'opposant, « pour ne pas aggraver la polémique », à la diffusion de ce texte, l'ambassade de Chine en URSS s'en charge elle-même, ce qui entraîne l'expulsion de trois de ses membres. Bientôt les conversations bilatérales de Moscou sont ajournées *sine die* après publication dans la *Pravda* du 14 juillet d'une minutieuse réfutation par le comité central du PCUS des thèses de Pékin, accompagnée de violentes attaques contre les dirigeants chinois qui « ont pris sur eux le rôle de défenseurs du culte de la personnalité, de propagateurs des idées erronées de Staline ». L'article les accuse de « tenter d'imposer aux autres partis l'ordre des choses, l'idéologie, la moralité, les formes et les méthodes de direction qui étaient en vigueur durant la période du culte de la personnalité » et de tendre « à saper

---

9. Documentation française, *Notes et Études documentaires*, 12 novembre 1963, p. 20.
10. *Ibid.*, pp. 21-38.

l'unité du camp socialiste mondial et du mouvement communiste international. [...] Les camarades chinois sous-estiment manifestement le danger d'une guerre thermonucléaire. La bombe atomique est un tigre de papier, elle n'est pas terrible du tout, prétendent-ils. La chose principale, ne croyez-vous pas, c'est de mettre fin aussitôt que possible à l'impérialisme. Mais comment, avec quelles pertes, on y parviendra est une question secondaire. Pour qui, a-t-on le droit de demander, est-ce une question secondaire ? Pour les centaines de millions de gens qui sont voués à la mort en cas de déclenchement d'une guerre thermonucléaire ? [...] Personne, y compris les grands États, n'a le droit de jouer avec le destin de millions de gens[11] ».

Encore le journal du parti attend-il le 2 septembre pour répondre à ce qui a dû le plus faire bouillir Nikita Sergueïevitch : le 10 juillet, Mao a reproché à l'URSS, devant une délégation de socialistes de gauche japonais, d'avoir annexé tant en Asie qu'en Europe des territoires sur lesquels elle n'avait aucun droit. Il a donc décidé d'appuyer tous les pays, y compris le Japon et l'Allemagne, qui voudraient eux aussi récupérer leurs anciennes possessions. Mais ce n'est pas tout : il se réserve de « présenter la note » au Kremlin sur les régions à l'est du lac Baïkal – Vladivostok, Khabarovsk, Kamtchatka, « et autres » – devenues russes un siècle plus tôt[12].

C'est la rupture. Ou plutôt, le grand schisme. Le 28 juillet, quarante-huit heures avant que Khrouchtchev convoque une réunion chargée de préparer une conférence des vingt-six principaux PC de la planète destinée à condamner les dissidences, le comité central chinois le prévient que le jour où elle s'ouvrirait serait celui « où les Soviétiques mettraient un pied dans la tombe[13] ». L'étiquette idéologique dont la querelle est affublée ne saurait dissimuler qu'elle oppose en réalité « deux chefs, deux empires, deux niveaux de vie et deux couleurs de peau[14] », selon la formule d'un connaisseur, le Hongrois Tibor Meray.

*
* *

---

11. *Ibid.*, pp. 51-71. *Le Monde* a publié sur quatre pages le 25 juillet 1963 un minutieux dossier de la controverse sino-soviétique.
12. Documentation française, *Notes et Études*, 19 décembre 1966, p. 40.
13. Cité in Marcou, *op. cit.*, p. 178.
14. Titre de chapitres de l'ouvrage de Tibor Meray, *La Rupture Moscou-Pékin*, Robert Laffont, 1966.

Où est le temps où Dean Rusk prétendait qu'il n'y avait pas de gouvernement chinois, la Chine étant en réalité gouvernée de Moscou ? « L'Amérique s'était engagée en Indochine en grande partie pour affaiblir ce qu'elle percevait comme un complot dirigé par les Chinois pour établir leur hégémonie sur l'Asie du Sud-Est[15] », écrit Kissinger. Il faudra l'arrivée aux commandes de ce dernier en 1969, aux côtés de Nixon, pour que les États-Unis comprennent la chance qui se présente à eux d'enfoncer un coin entre les deux Mecques du communisme en mettant l'URSS en garde contre la tentation d'utiliser des armes nucléaires contre l'empire du Milieu. Dès novembre 1965 cependant, au ministre des Affaires étrangères Maurice Couve de Murville venu préparer la visite en URSS du général de Gaulle, et qui évoque la crainte, latente à Paris à cette époque, d'une entente soviéto-américaine pour le partage du monde, Kossyguine, alors chef du gouvernement de Moscou, répond que : « Dans une possible conjonction sino-américaine se trouve l'inconnue la plus redoutable[16]. »

À l'été 1963, on n'en est pas là. Bien au contraire : l'idée se répand peu à peu en Occident que l'ogre soviétique est en fin de compte moins méchant qu'on n'a pu le croire et que, grâce à la confiance croissante qui s'est établie entre les deux K depuis la fin des crises de Berlin et de Cuba, il n'est pas interdit de rêver enfin de paix. L'affaire des fusées réglée, le numéro un soviétique n'a-t-il pas écrit à Kennedy, le 19 décembre 1962, pour lui proposer, à défaut d'une conférence au sommet dont JFK ne voulait manifestement pas, un accord « pour mettre un terme une fois pour toutes aux essais nucléaires [17] ». Sous-entendu : pour empêcher d'autres de se doter de l'arme atomique. L'idée est ancienne, puisque Nehru l'avait déjà formulée et que Mendès France l'avait reprise à son compte en 1954 devant l'Assemblée générale des Nations Unies, mais elle avait toujours buté sur le problème du contrôle dont le bouillant Nikita ne voulait pas entendre parler. Cette fois, M. K. proposait d'accepter deux ou trois inspections par an dans des régions exposées aux secousses sismiques.

Kennedy accueille l'offre avec prudence, attendant que la série d'essais américains en cours soit terminée pour annoncer que son gouvernement ne les reprendra pas le premier. Mais le

---

15. Kissinger, *op. cit.*, p. 653.
16. Maurice Couve de Murville, *Une politique étrangère, 1958-1969*, Plon, 1971, p. 212.
17. Schlesinger, *op. cit.*, p. 800.

10 juin 1963, il se jette à l'eau et prononce à l'American University de Washington, sur le thème de la paix, le discours sans doute le plus marquant de sa présidence. « Quel genre de paix ai-je en vue ? dit-il... Non pas une *pax americana* imposée au monde par les armes de guerre américaines... Je parle de la paix véritable – pas seulement de la paix pour les Américains mais la paix pour tous les hommes et pour toutes les femmes, pas seulement la paix pour notre temps, mais la paix pour tous les temps... » Constatant que les deux grandes puissances n'ont pas « de trait plus fort en commun que l'horreur de la guerre[18] », il conclut son discours en lançant un appel chaleureux en faveur de l'arrêt des essais nucléaires. Quelques jours plus tard, il propose que le traité à conclure à cet effet ne porte que sur les tests détectables sans inspection sur place, ce qui laisse de côté les explosions souterraines de faible ampleur. Le marché est vite conclu : le traité est signé le 5 août au Kremlin par les ministres des Affaires étrangères américain, britannique et soviétique.

Khrouchtchev a refusé d'intervenir auprès des Chinois, qui n'ont pas encore la bombe, mais chacun sait que ce n'est qu'une question de mois pour qu'ils s'y associent. Il aurait eu peu de chances de succès : le 31 juillet, Pékin dénonce dans le traité une supercherie, accuse l'URSS, pour la première fois nommément, de « s'allier avec les forces de guerre pour s'opposer aux forces de paix, avec l'impérialisme pour s'opposer au socialisme, avec les États-Unis pour s'opposer à la Chine » et réclame la destruction de toutes les armes nucléaires[19].

*
* *

En cet été 1963, Kennedy n'a pas été plus heureux avec de Gaulle, et il n'est pas excessif de parler là aussi de schisme. Certes, ce schisme n'est pas de même ampleur que celui qui oppose alors Pékin et Moscou, quand ce ne serait que parce qu'il ne contient aucun germe de retournement d'alliances. Mais, faute d'avoir obtenu des Anglo-Saxons l'institution du triumvirat de fait qu'il avait réclamé à l'été 1958, le général entend clairement, maintenant qu'il est débarrassé de la guerre d'Algérie, n'en faire

---

18. *New York Times*, 11 juin 1963.
19. Documentation française, *Notes et Études documentaires*, 12 mai 1964, p. 4.

qu'à sa tête, en fonction essentiellement de ce qui lui paraît être l'intérêt de la France.

JFK lui a écrit le 25 juillet pour lui proposer de lui fournir, au cas où il se joindrait au traité interdisant les essais nucléaires, les informations techniques qu'il attendait de leur poursuite. En vain. Rien là de bien surprenant : lorsque le président américain s'est rendu à Berlin le mois précédent pour y prononcer son fameux discours, inspiré du *Civis romanus sum* de l'Antiquité, sur le thème « *Ich bin ein Berliner* » (je suis un Berlinois), c'est en vain aussi qu'il a proposé au général de le rencontrer en un endroit de son choix. Ce dernier n'a même pas daigné lui répondre. La tension franco-américaine se poursuivra jusqu'à l'élection à la Maison-Blanche, en novembre 1968, de Richard Nixon, qui ne se cache pas d'éprouver, comme son conseiller Henry Kissinger, une vive admiration pour l'homme du 18 juin.

De Gaulle avait deux raisons au moins, au demeurant étroitement mêlées, de s'opposer à John Kennedy : la bombe et l'Europe. Comme l'écrit Couve de Murville, le jeune président, « hanté par les risques, donc les responsabilités de l'âge nucléaire », voyait dans la « stratégie des représailles massives [...] un dangereux anachronisme » : d'où la doctrine dite de la *Flexible Response*, traduite approximativement en français par « riposte graduée », impliquant un recours progressif aux armes de destruction massive seulement dans le cas où les forces employant les armes classiques seraient débordées[20].

C'était à qui, parmi les intellectuels en tous genres dont le secrétaire à la Défense McNamara et JFK s'étaient entourés, les *Whizz Kids* (enfants prodiges) et autres *Egg Heads* (têtes d'œuf), en découperait et en affinerait au mieux les étapes. Pour persuader un certain nombre d'Européens des vertus de cette approche, un séminaire avait été organisé à cette époque dans le Massachusetts. Nous y avons entendu commenter une *escalation ladder*, une échelle de l'escalade, comprenant, de la « crise ostensible » à « quelque autre sorte de guerre générale », pas moins de quarante et un échelons, séparés par six seuils (*thresholds*) dont le premier, « ne secouez pas le bateau », précédait le « durcissement des positions » ou la « confrontation des volontés ». Son auteur, le volumineux professeur Hermann Kahn, jouissait littéralement en développant son schéma au tableau. Ce débonnaire père de famille était totalement incapable de se faire obéir de ses enfants.

---

20. Couve de Murville, *op. cit.*, pp. 94-95.

Un tel jeu n'était évidemment concevable que si les États-Unis gardaient, dans toutes les hypothèses de crise, ce qu'ils appelaient « les 3 C », *Command, Control, Communication* : commandement des opérations, contrôle du processus de décision politique et militaire, communication avec l'adversaire. Pas question donc, avait déclaré McNamara le 16 juin 1962 à l'université d'Ann Arbor, de « stratégies concurrentes ou opposées quand il s'agissait de faire face à l'éventualité d'une guerre nucléaire[21] ». La bombe française ne pouvait trouver place dans ce jeu, sauf si Paris acceptait son insertion dans un système intégré ne lui laissant aucune liberté d'utilisation. Éventualité, bien sûr, totalement exclue.

Ce système intégré, Kennedy a pourtant tenté de le mettre sur pied au début de 1963 avec la force multilatérale, dite MLF. L'affaire avait démarré sur une protestation du Premier britannique Harold Macmillan, stupéfait d'apprendre que les États-Unis s'apprêtaient à interrompre, pour raisons de double emploi, la production du missile air-sol Skybolt, « le Polaris de l'air », qu'ils avaient promis de fournir à la RAF en échange de la possibilité d'utiliser la base de Holy Loch, en Écosse. Londres, dans ces conditions, renoncerait à la ruineuse production d'un autre missile, le Blue Streak, de toute façon trop long à mettre à feu du fait de l'emploi de carburant solide. Mais la nécessité d'apaiser les Britanniques n'était pas le seul souci de la Maison-Blanche. Kennedy était hanté par l'idée que, l'Allemagne fédérale étant de tous les alliés des États-Unis le pays qui fournissait à l'OTAN le plus d'argent et de soldats, on ne pourrait la tenir éternellement à l'écart des responsabilités essentielles de sa défense. Il fallait donc l'intégrer dans un système disposant d'armes stratégiques mais sans qu'elle puisse s'en servir isolément. À défaut, elle s'en procurerait tôt ou tard pour son compte. Cette perspective inquiétait d'autant plus JFK que lorsqu'il était arrivé au pouvoir, les bombes nucléaires entreposées sur le sol allemand étaient si mal protégées que des commandos un peu résolus de la Bundeswehr auraient pu s'en emparer sans grande difficulté[22].

Invité par le président des États-Unis à le rencontrer à la fin de l'année 1962, Macmillan commença par rendre visite à de Gaulle

---

21. Cité in Lucien Poirier, *Des stratégies nucléaires*, Hachette, 1977, p. 248.

22. Confidence du président à l'auteur qui a entendu une préoccupation analogue dans la bouche du général Jean-Marc Pineau, à l'époque commandant de la force stratégique française.

à Rambouillet. Le général envisagea bien devant lui la possibilité pour la France et le Royaume-Uni de construire une fusée en commun, mais il le fit en termes si abscons que son hôte n'y comprit rien[23]. En revanche, le chef de l'État avait très clairement fait comprendre à son interlocuteur que le moment n'était pas venu pour la CEE d'accueillir la Grande-Bretagne, avec laquelle des négociations étaient engagées depuis qu'à l'été 1961 elle avait, en même temps que l'Irlande, le Danemark et la Norvège, posé sa candidature. Le Premier ministre britannique en parut si accablé que le général lui aurait dit, citant la chanson d'Édith Piaf : « Ne pleurez pas, Milord... »

Pour justifier le changement d'attitude du gouvernement de Sa Majesté, longtemps adversaire déclaré de la construction européenne, Macmillan avait fait valoir dans un discours aux Communes que la CEE avait nettement perdu son ambition fédéraliste depuis l'arrivée au pouvoir du général, et que « l'Europe des patries » de ses rêves lui convenait, quant à lui, tout à fait[24]. Mais là où tous deux divergeaient, c'est que de Gaulle, selon un mot qui lui avait été prêté, voulait l'Angleterre « nue », autrement dit libérée de la tutelle de ses encombrants cousins américains, alors que Kennedy voyait dans l'adhésion du Royaume-Uni à la CEE la condition du succès du « grand dessein » qu'il avait conçu pour le monde occidental.

De quoi s'agissait-il ? JFK l'avait précisé dans un discours prononcé le 4 juillet 1962 dans l'Independence Hall de Philadelphie, à l'occasion de la fête nationale : « Les nations d'Europe occidentale [...] se joignent les unes aux autres, cherchant, comme le firent nos ancêtres, à trouver la liberté dans la diversité et la force dans l'unité [...]. Nous voyons dans une telle Europe une associée avec laquelle nous pourrions mener sur une base de pleine égalité toutes les grandes et lourdes tâches qui ont trait à l'édification et à la défense d'une communauté des nations libres. Je dirai [...] que les États-Unis sont prêts à souscrire à une déclaration d'interdépendance, que nous sommes en mesure de discuter avec une Europe unie des voies et des moyens de former une association

---

23. Les journalistes servent parfois à quelque chose : l'ambassade de Grande-Bretagne m'ayant donné à lire les notes du secrétaire privé du Premier ministre pour me prouver que le général, contrairement à ce qu'on affirmait à l'Élysée, n'avait pas abordé le sujet, je lui montrai le passage où il en était question.

24. Henry Kissinger, *Les Malentendus transatlantiques*, Denoël, 1965, p. 98.

(*partnership*) atlantique concrète[25]. » Le terrain avait été fortement préparé : au cours des mois précédents, plusieurs collaborateurs du président s'étaient exprimés dans ce sens, et, à la fin de juin, le Comité d'action pour les États-Unis d'Europe de Jean Monnet venait de demander tout à la fois l'entrée de la Grande-Bretagne dans la CEE et l'établissement « de relations de partenaires d'égal à égal entre l'Europe et les États-Unis[26] ».

« Sur une base de pleine égalité », « d'égal à égal » ? C'était évidemment rêver, dès lors que les États-Unis étaient déterminés à conserver la haute main sur la totalité des moyens nucléaires de l'Occident. Dans son discours à l'université d'Ann Arbor, déjà cité, McNamara avait dénoncé avec vivacité les « forces nucléaires nationales faibles, [...] dangereuses, chères, exposées au vieillissement, et manquant de crédibilité en matière de dissuasion[27] ».

Loin de s'aligner sur les vues de la Maison-Blanche, de Gaulle cherchait à bâtir l'Europe européenne de ses rêves. D'où le lancement à l'occasion d'une rencontre à Rambouillet, en juillet 1960 avec Adenauer, de ce qui allait devenir le plan Fouchet : la création entre les six membres de la CEE d'une union d'États pratiquant une politique étrangère et de défense commune. Ouverte aux autres pays d'Europe « prêts à accepter les mêmes responsabilités et les mêmes obligations », elle ne statuerait qu'à l'unanimité. Très vite, les ministres des Affaires étrangères belge et néerlandais, Paul Henri Spaak et Joseph Luns, avaient fait connaître leur prix minimum : une dose de supranationalité ou l'admission de la Grande-Bretagne. Le 17 avril 1962, les Six s'étaient séparés sur un constat d'échec.

Le général l'avait pris d'autant plus mal que les Six avaient été près d'aboutir et que c'est une correction de sa main qui avait tout remis en question. Mais il ne se tenait pas pour battu et avait engagé avec le seul chancelier fédéral une négociation qui devait aboutir, le 23 janvier 1963, à la signature d'un traité dit de l'Élysée, instituant une coopération étroite entre la France et la RFA, mais sans autre obligation que de fréquentes rencontres à tous les niveaux.

Entre-temps Kennedy et Macmillan lui avaient proposé de l'associer aux accords qu'ils venaient de conclure à Nassau, aux Bahamas, dans le but de mettre le point final à l'affaire des Skybolt et de trouver une solution au problème de l'association

---

25. Couve de Murville, *op. cit.*, p. 102.
26. Alfred Grosser, *Les Occidentaux*, *op. cit.*, p. 257.
27. William Kaufmann, *The McNamara Strategy*, New York, Harper and Row, 1964, pp. 116-117.

de la RFA à la possession de l'arme atomique. Signés le 21 décembre précédent, ces accords prévoyaient d'abord la vente par les États-Unis à la Grande-Bretagne de cinq sous-marins équipés de fusées Polaris, dont elle se chargerait de fabriquer les ogives. En outre, « le gouvernement de Sa Majesté acceptait que ces sous-marins soient utilisés en conformité avec les objectifs de défense internationale de l'alliance occidentale, sauf s'il décidait que des intérêts nationaux suprêmes sont en jeu[28] ». Washington pouvait ainsi contrôler l'usage de l'ensemble des moyens nucléaires. Comme le fait remarquer Kissinger, puisque, par définition, leur emploi « ne serait jamais envisagé, sauf quand cet intérêt serait en jeu, l'accord concédait à Londres par la consultation la liberté d'action que de Gaulle essayait d'obtenir par l'affrontement[29] ».

La France se voyait certes proposer de se joindre aux accords dans les mêmes conditions que le Royaume-Uni. Mais c'était une erreur de ne pas avoir convié de Gaulle à participer à la rencontre de Nassau sur un pied d'égalité avec Macmillan et Kennedy. Qui pouvait imaginer qu'il irait dire amen à une proposition concoctée par les seuls Anglo-Saxons ? Comme il allait le déclarer en privé : « La Grande-Bretagne a transféré aux États-Unis les minces forces nucléaires qu'elle possède. Elle aurait pu les offrir à l'Europe. Vous voyez bien quelle solution elle a choisie[30]. » À quoi s'ajoutait que jamais la pression américaine pour faire admettre les Britanniques dans le Marché commun n'avait été plus visible. Le 14 janvier 1963, au cours d'une de ces conférences de presse orageuses dont il avait le secret, le grand Charles envoya ainsi au bain le président des États-Unis et le Premier ministre de la reine Élisabeth, faisant valoir qu'attribuer des forces nucléaires à l'OTAN aboutirait à « un enchevêtrement de liaisons, de transmissions, d'interférences à l'intérieur d'elle-même [...] tel que si on lui arrachait soudain une partie intégrante d'elle-même, cela la paralyserait, juste au moment où peut-être elle devrait agir[31] ».

L'occasion était bonne, et le général ne s'en priva pas, de mettre son veto à l'entrée de la Grande-Bretagne dans la CEE. Les accords de Nassau avaient précipité ce veto. Comme Kissinger le fait justement remarquer, la candidature britannique devait néces-

---

28. Grosser, *op. cit.*, p. 263.
29. Kissinger, *Diplomatie, op. cit.*, pp. 541-545.
30. Jean-Baptiste Duroselle, *La France et les États-Unis, des origines à nos jours*, Seuil, 1976, p. 235.
31. Conférence de presse du 14 janvier 1963.

sairement soulever la question de savoir s'il était « compatible avec les aspirations d'une Europe unie qu'un de ses membres eût des relations exclusives avec les États-Unis sur un sujet aussi vital que la stratégie nucléaire ou s'il devait partager ses informations avec ses nouveaux partenaires[32] ».

Dans un tel climat, la signature, neuf jours plus tard, du traité franco-allemand de l'Élysée ne pouvait pas ne pas soulever une autre tempête. Mais Adenauer avait quatre-vingt-cinq ans. Il s'apprêtait à quitter le pouvoir en octobre et son ministre des Affaires étrangères Gerhard Schroeder – rien à voir avec son homonyme qui gouvernera l'Allemagne au début du XXIe siècle – ne le suivait qu'en traînant les pieds. Le 8 mai 1963, le Bundestag adoptait à l'unanimité un préambule mijoté en accord avec Washington et qui constituait, de la nécessité d'une coopération très étroite entre l'Europe et les États-Unis à celle de l'adhésion de la Grande-Bretagne à l'Europe unie, « un inventaire de tout ce qui est supposé aller à l'encontre de la politique du général de Gaulle[33] ».

Le général, bien sûr, ne fut pas content. Il eut des mots désabusés sur les traités qui durent ce que durent les roses. Moyennant quoi, les obligations de consultation bilatérale instituées par le traité de l'Élysée seront minutieusement respectées : on verra même à l'occasion un gaulliste allemand, Josef Jansen, s'en occuper à Bonn, quitte à ce que son homologue français, Jean Laloy, soit lui-même très réservé vis-à-vis de la politique du général. Lorsque le climat changera entre les deux capitales, le traité sera abondamment invoqué et célébré des deux côtés, épargnant à l'un comme à l'autre la toujours délicate initiative du premier pas.

Ce n'est pas tout. Avait été également prévue à Nassau la création d'une force nucléaire dite « multilatérale », théoriquement destinée à corriger la fantastique inégalité découlant du fait qu'un des membres de l'alliance atlantique disposait en toute liberté de la quasi-totalité du potentiel atomique de l'alliance sans que les autres eussent leur mot à dire. Kennedy lui-même était-il très convaincu des vertus de cette formule ? Quelques mois après Nassau, me recevant dans le bureau Ovale, il me fit l'honneur de me demander ce que j'en pensais. Je me permis de répondre que je ne croyais pas beaucoup à la possibilité de résoudre des problèmes politiques par des astuces (*gimmicks*) militaires. Sa réaction

---

32. Kissinger, *Les Malentendus...*, *op. cit.*, p. 108.
33. Grosser, *op. cit.*, p. 264.

fut immédiate : « *You're damn right* » (Vous avez sacrément raison), répliqua-t-il en me donnant un coup de poing dans le biceps. Il faudra attendre 1964 pour que le département d'État accouche, un an après sa mort, d'un projet dit définitif prévoyant la constitution d'une flotte de vingt-cinq bateaux de surface de 18 000 tonnes, armés chacun de huit fusées Polaris. Les équipages seraient « intégrés », autrement dit appartiendraient à des nationalités diverses. La force serait placée sous les ordres du SACEUR, le commandant en chef atlantique en Europe. Chacun des pays membres participerait à l'élaboration de sa stratégie et disposerait d'un droit de veto sur son emploi.

Seule la République fédérale, qui redoutait toujours que l'Ouest et l'Est ne finissent par s'entendre sur son dos, se montra enthousiaste. L'Italie, la Grèce et la Turquie se déclarèrent seulement favorables, le Portugal, la Norvège, le Danemark dirent non. Finalement, ce sont les électeurs britanniques qui eurent raison de la MLF en portant au pouvoir, sous la direction de Harold Wilson, un parti travailliste alors partisan d'un désarmement nucléaire unilatéral. Le président Johnson, constatant qu'elle posait beaucoup plus de problèmes qu'elle n'en résolvait, décida sagement de remettre le dossier dans un tiroir d'où il ne devait plus jamais sortir. Pour mesurer la très relative ampleur du problème, il faut savoir que la MLF n'aurait disposé que de 3 % du potentiel nucléaire occidental !

*
* *

Johnson ! Kennedy ne s'attendait certainement pas, après un peu plus de mille jours à la Maison-Blanche, à être remplacé par cet homme à la silhouette puissante, à tous égards si différent de lui. Quelques mois avant son élection, il avait eu quarante-trois ans et avait dit à l'un de ses assistants, Kenneth O'Donnell, qu'étant « le candidat à la présidence qui avait la meilleure santé » – ce qui était faux puisqu'il souffrait de la maladie d'Addison et d'une douloureuse blessure de guerre. Il n'allait pas « mourir en fonctions, la vice-présidence ne signifiait donc rien[34] ». S'il avait embarqué Johnson sur son ticket comme candidat à la vice-présidence, c'est parce que celui-ci avait été son principal rival pour

---

34. Warren Weaver, « How LBJ became Kennedy's Vice-President », *The Times,* 3 août 1970.

l'investiture du parti démocrate, et qu'il comptait sur lui pour lui apporter les voix d'un Sud peu disposé à envoyer à la Maison-Blanche un Irlandais, catholique de surcroît.

Lyndon Baines Johnson, LBJ, ne s'attendait pas non plus à se voir soudain investi de cette magistrature suprême pour laquelle il avait fait, trois ans plus tôt, acte de candidature contre Kennedy. Il suffit pour s'en persuader de regarder le visage hagard qu'a immortalisé une photo le montrant en train de prêter serment, à côté de Jackie Kennedy au tailleur rose maculé de sang, dans l'Air Force One, l'avion ramenant à Washington le cercueil du président assassiné.

On ne saura sans doute jamais avec certitude ce qui a poussé Lee Harvey Oswald, ce 23 novembre 1963, à faire feu par trois fois, avec un fusil à lunette, sur le cortège présidentiel à son entrée dans Dallas, sans laisser à John Kennedy la moindre chance de s'en tirer. Ni pourquoi il a été abattu à son tour quarante-huit heures plus tard par un minable truand qui n'a jamais fourni une explication convaincante de son acte. Le rapport de la commission Warren, officiellement nommée pour éclaircir ce double mystère, a conclu à des crimes isolés ; quantité de livres s'y sont essayés sans y être parvenus. Clinton n'a rien ajouté en faisant déclassifier, comme il s'y était engagé pendant sa campagne électorale, 185 000 pièces d'archives relatives à l'enquête. Il existe maintenant à Dallas un centre d'information sur l'assassinat de JFK, avec musée, librairie, bibliothèque de recherche, et, naturellement, vente de souvenirs. En un mot, le commerce s'est emparé de l'affaire. Il n'empêche que la blessure demeure : personne n'a jusqu'à présent remplacé dans la mémoire et le cœur des Américains celui dont le célèbre journaliste Joseph Alsop a pu écrire que « de tous les hommes publics de son temps [il était] le plus idéalement formé pour conduire les États-Unis[35] ». Au moment de l'attaque terroriste contre le World Trade Center de New York et le Pentagone, en 2001, combien n'ont-ils pas éprouvé comme une réminiscence de la tragédie de 1963 ?

Le jugement de Joe Alsop est bien entendu très excessif, quand ce ne serait que parce que c'est tout de même son héros qui a enlisé les États-Unis dans le bourbier vietnamien. Reste que JFK était l'intelligence, le courage, le charme mêmes et que sa

---

35. Texte paru dans le *New York Herald Tribune* du 25 novembre 1963 et reproduit dans la plaquette *A Tribute to John F. Kennedy,* publiée par Pierre Salinger et Sandor Vanocur, Encyclopaedia Britannica, Chicago, 1964, p. 28.

présence à la Maison-Blanche avait rendu à un peuple désabusé une formidable confiance en lui-même. Sa mort allait ramener brutalement ce peuple sur terre. Pas seulement ce peuple : la planète entière, qui allait se presser aux obsèques de héros voulues par son épouse, dont le remariage quelques années plus tard avec l'armateur grec Onassis fera scandale.

Si l'on en croit un haut fonctionnaire soviétique cité par Pierre Salinger, Khrouchtchev tomba en larmes en apprenant la nouvelle de l'assassinat et resta plusieurs jours comme hébété dans son bureau[36]. Mais que dire de la réaction de Fidel Castro ? Il recevait Jean Daniel, lequel, venant de Washington, lui faisait part des propos somme toute plutôt admiratifs que JFK lui avait tenus sur son compte, quand arriva la nouvelle de l'attentat. On crut d'abord que le président pourrait peut-être s'en tirer. « Il a encore, s'écria le Líder Máximo, toutes les chances de devenir le plus grand président des États-Unis. Oui, supérieur à Lincoln[37]... »

Johnson n'avait ni de près ni de loin cette prétention. Dès avril 1964, il confia à James Reston, du *New York Times*, qu'il envisageait de ne pas solliciter de nouveau mandat lorsque expirerait à la fin de l'année celui qu'il exerçait au nom de son prédécesseur. Sans l'insistance de son épouse, l'âpre lady Bird, il aurait conseillé au parti démocrate de choisir plutôt entre Bobby Kennedy et le débonnaire sénateur Humphrey, qu'il allait prendre comme vice-président. En fin de compte, il sera réélu avec un score très supérieur à celui qu'avait obtenu JFK, mais se retirera, à la fin de son mandat, pour faciliter la recherche d'un règlement au Viêt Nam.

*
* *

Ce Viêt Nam, qui va devenir son souci principal, Johnson ne le mentionne que très brièvement, le 8 janvier 1964, dans son premier discours-programme annuel sur l'état de l'Union. Mais cette discrétion reflète davantage l'embarras que l'indifférence. Dès son entrée en fonctions il a déclaré sans ambages : « Je ne vais pas être le président qui a vu le Sud-Est asiatique partir comme a fait la Chine[38]. » Comment aurait-il pu décider un retrait, alors que

---

36. Pierre Salinger, *Avec Kennedy*, Buchet-Chastel, 1967, p. 418.
37. Jean Daniel, *Le Temps qui reste*, Stock, 1973, pp. 163-166.
38. Halberstam, *On les disait les meilleurs, op. cit.*, p. 336.

Kennedy avait accru l'engagement américain ? Et il ne voulait surtout pas fournir des arguments à son concurrent républicain à l'élection présidentielle de novembre, l'ultra-réactionnaire Barry Goldwater.

Or l'assassinat de Diêm, le président sud-vietnamien, quelques jours avant celui de JFK, avait débouché à Saigon sur une belle pagaille : Frances Fitzgerald, auteur d'un des meilleurs livres qu'ait inspirés la tragédie vietnamienne, écrit que le climat politique, dans la capitale sudiste, avait pris le rythme et le style d'un film des frères Marx[39]. L'auteur du putsch, le massif général Duong Van Minh, alias Big Minh, « indécis et mou[40] » au jugement de McNamara, avait été évincé dès janvier 1964 par un autre militaire, Nguyên Khanh, celui-là sec comme un sarment et très dynamique, sur lequel le même McNamara, deux mois plus tard, ne tarissait pas d'éloges, mais finalement, bien qu'il se fût proclamé dictateur, incapable d'assurer son autorité. L'idée d'une solution « neutraliste », suggérée par le général de Gaulle en juin 1965, bien que passablement irréaliste, gagnait du terrain dans tous les milieux. Les sectes ressortaient de l'ombre et la corruption faisait des ravages. Comment ne pas se poser des questions sur la représentativité du gouvernement sudiste ?

La rapide détérioration de la situation militaire amène Maxwell Taylor, président des chefs d'état-major combinés, à demander que la « véritable direction tactique » soit confiée au commandement américain, et à préconiser des opérations de grande ampleur tant contre le Nord que contre la piste Hô Chi Minh, qui traversait le Laos pour envoyer des renforts aux maquisards du Sud et les approvisionner. Johnson écarte la plupart de ces suggestions, mais retient celle concernant une guerre secrète contre le Nord, impliquant des actions de forces spéciales de l'armée de Saigon, renseignées par des unités de l'US Navy. Et il charge un diplomate canadien de remettre une mise en garde contre le danger d'escalade à Pham Van Dông, le Premier ministre de Hanoi, qui n'en est apparemment guère ému.

Le 19 juillet, Nguyên Khanh, qui presse vainement depuis des semaines la Maison-Blanche de le laisser déclarer la guerre, lance, sans prendre l'avis des Américains, une campagne de propagande sur le thème d'une marche au Nord censée préparer la

---

39. Frances Fitzgerald, *Fire in the Lake*, Boston, Little Brown, 1972, p. 256.
40. Lettre du 21 décembre 1963 à Johnson, dans *Le Dossier du Pentagone, op. cit.*, p. 300.

réunification du pays. Bientôt des commandos sudistes attaquent des îles du golfe du Tonkin. Des bateaux de guerre américains patrouillent dans le golfe, essentiellement pour intercepter les communications de l'adversaire et localiser l'emplacement de ses radars. Le 2 août, le destroyer *Maddox* est attaqué par des vedettes nordistes à la recherche des sudistes. Johnson se contente d'envoyer un autre destroyer, le *C. Turner Joy*, qui, comme le *Maddox*, reçoit instruction de ne pas s'approcher à plus de onze miles des côtes. Quarante-huit heures plus tard, des communications interceptées et mal interprétées font croire tant à leurs commandants qu'au Pentagone que les deux navires font l'objet d'une nouvelle attaque. En réalité, il n'en est rien[41]. Mais, cette fois, LBJ s'estime justifié à ordonner des raids de représailles sur des installations du Nord-Viêt Nam. Le 7 août, sans dire un mot de ses instructions secrètes antérieures, il fait adopter à la quasi-unanimité par le Congrès la résolution dite du golfe du Tonkin, l'autorisant à prendre « toutes mesures nécessaires afin de repousser toute attaque armée contre les États-Unis et d'éviter de nouvelles agressions[42] ». McNamara se défend de son côté d'avoir eu connaissance de raids sud-vietnamiens contre les îles[43]. Pour situer l'événement, il faut noter avec Georges-Henri Soutou qu'au même moment, le très « progressiste » président indonésien Sukarno expédiait sur place guérilleros et parachutistes dans l'espoir de faire éclater la fédération de Malaisie et d'affaiblir le bastion pro-occidental de Singapour[44].

*
* *

En d'autres temps, le Kremlin aurait pris feu et flamme pour dénoncer les actes agressifs des impérialistes. Il se contente de recommander à chacun, par le canal de l'agence Tass, « d'éviter d'autres actions irréfléchies et provocations dans cette région du monde[45] ». Car Khrouchtchev a d'autres idées en tête. Il retrouve

---

41. Le livre d'Edwin Moise, *Tonkin Gulf and the Escalation of the Vietnam War*, University of North Carolina Press, 1997, ne laisse rien dans l'ombre sur cette affaire longtemps controversée.
42. Lyndon B. Johnson, *Ma vie de président*, Buchet-Chastel, 1972, p. 152.
43. *Le Dossier du Pentagone, op. cit.*, p. 267.
44. Georges-Henri Soutou, *op. cit.*, pp. 459-460.
45. *Le Monde*, 7 août 1964.

très brièvement un ton martial pour dénoncer les raids de l'aviation turque contre les Grecs de Chypre – aussitôt interrompus sur injonction américaine. Puis il relance dans un entretien avec le *Sunday Times* de Londres la suggestion d'un traité de paix entre les deux Allemagnes, qu'il a exprimée moins clairement six mois plus tôt. Bientôt on apprend qu'il envisage de se rendre à Bonn à la fin de l'année. S'agit-il de sonder le chancelier Erhard, qui vient de succéder à Adenauer, sur le prix qu'il accepterait de payer pour renoncer de participer à la force multilatérale ?

Ce voyage n'aura jamais lieu, pour la bonne raison que, le 13 octobre, Nikita Sergueïevitch est brutalement invité à regagner la capitale, alors que, sur le conseil du comité central du parti, il prenait quelques jours de repos dans sa datcha de Pitsounda, au bord de la mer Noire. Il recevait à ce moment-là Gaston Palewski, porteur d'un message du général de Gaulle. « Seule la mort peut arracher un homme d'État à ses fonctions[46] », venait-il tout juste de lui dire !

Or le praesidium a profité de l'absence de Nikita Sergueïevitch pour se réunir sans lui. Le premier vice-président du Conseil, Dimitri Polianski, a dénoncé ses folies économiques, et notamment la mise en culture accélérée des terres vierges de l'Ukraine et de l'Asie centrale, qui a rendu leur exploitation impossible, transformant l'un des greniers traditionnels de l'Europe en gros importateur de céréales américaines. Puis il a reproché à l'ex-numéro un d'avoir frôlé la guerre à Suez, à Berlin et Cuba, et critiqué l'une de ses formules selon laquelle « si les États-Unis et l'URSS s'entendent, il n'y aura pas de guerre dans le monde ». Elle tendait en effet à pousser la Grande-Bretagne, la France et l'Allemagne dans l'orbite de Washington, alors que l'intérêt bien compris du camp socialiste aurait dû le conduire à exploiter les contradictions de l'impérialisme[47].

À peine descendu d'avion, Khrouchtchev comparaît devant ce même praesidium du comité central qui, en 1957, l'avait déjà mis en minorité. Il s'en était tiré, on s'en souvient, en faisant appel au plénum dudit comité, réuni très rapidement grâce à l'appui de l'armée, alors aux ordres de Joukov. Cette fois, impossible de recourir à la même parade : craignant que le maréchal n'en vienne à lui porter ombrage, il lui avait fendu l'oreille alors qu'il était en voyage en Albanie.

---

46. Michel Tatu, *Le Pouvoir en URSS*, Grasset, 1967, p. 448.
47. Georges-Henri Soutou, *op. cit.*, p. 443.

Il lui faut d'entrée de jeu entendre un réquisitoire particulièrement nourri de Souslov, le grand prêtre de l'idéologie marxiste-léniniste, sur le thème « il a perdu la modestie, il a perdu la conscience[48] », l'invitant en conséquence à démissionner. Puis il est conduit devant le plénum qui ratifie rapidement la décision du praesidium, nommant Leonid Brejnev premier secrétaire du parti, Alexeï Kossyguine chef du gouvernement et Anastase Mikoyan président du praesidium du Soviet suprême. Ainsi était restaurée la direction collective à trois, la « troïka » que le parti avait par deux fois vainement cherché à mettre en place pour empêcher l'instauration d'une dictature personnelle. La troïka Staline, Kamenev et Zinoviev qui avait été constituée en 1924, à la mort de Lénine, n'avait duré qu'un an. L'équipe Malenkov, Molotov et Beria, supposée succéder à Staline, que quatre mois. Rien de tel cette fois. La lutte pour le pouvoir n'est pas terminée, mais ses enjeux sont devenus singulièrement plus modestes. Après tant d'échecs et de déceptions, le temps des grandes ambitions est révolu. S'ouvre celui de ce que Gorbatchev va appeler la « stagnation » (*zastoï*), Jean Laloy « la garde d'un feu éteint[49] » et Jorge Semprun « l'administration tatillonne du cours des choses[50] ».

Sur le moment, un bref communiqué annonce que Khrouchtchev se retire de sa propre initiative en raison de son âge et de l'aggravation de son état de santé. Mais la *Pravda* du 17 octobre reprend à son compte, sans préciser l'identité du ou des coupables, les griefs énumérés par Souslov : « subjectivisme, précipitation, vantardise, phraséologie, ignorance des réalités, mépris des masses », etc. À ce moment-là, M. K. a déjà disparu de la scène. Jusqu'à sa mort, en 1971, il mènera la vie effacée d'un modeste retraité, réussissant tout de même à faire passer en Occident des morceaux de Mémoires dictés au magnétophone. Il pouvait s'estimer heureux, car il n'avait pas manqué d'orateurs au plénum pour réclamer son expulsion du parti et sa mise en jugement. Ses successeurs n'avaient sans doute pas oublié la clémence dont il avait fait preuve contre les comploteurs de 1957. Aucun officiel n'assistera à ses obsèques et il sera inhumé dans le joli cimetière du couvent de Novodevitchi, loin du mur du Kremlin au pied

---

48. Tatu, *Le pouvoir en URSS, op. cit.*, p. 452.
49. Laloy, *Le Socialisme de Lénine, op. cit.*, p. 292.
50. Jorge Semprun, *La Deuxième Mort de Ramón Mercader*, Gallimard, 1969, p. 381.

duquel les grands hommes de l'histoire soviétique reposent, sous des bustes à leur effigie.

*
* *

Quand Khrouchtchev est invité à se retirer, il y a des mois que le mécontentement gronde. L'un des objectifs du coup de poker des fusées de Cuba était de faire taire ceux qui, tant à Pékin qu'à Moscou, se permettaient de critiquer le grand chef. L'échec de l'opération ne pouvait qu'encourager les opposants. Au lendemain de la crise, des prochinois avaient tenté un putsch en Bulgarie, rapidement conjuré grâce à la fidélité du numéro un du parti et de l'État, Todor Jivkov. Derrière ce mécontentement, derrière ces critiques, il y avait bien sûr d'abord l'impatience d'une nomenklatura que Nikita Sergueïevitch n'avait cessé de rudoyer ; la banqueroute d'une politique économique farfelue ; l'idée, non moins farfelue, de couper le PC en deux branches, l'une ouvrière, l'autre paysanne ; la mise à la retraite de près de 200 000 officiers ; la crainte enfin que le rapprochement en cours avec l'Occident ne finisse par remettre en cause les bases mêmes de la société soviétique. Mais pourquoi avoir attendu un an, après l'échec de Cuba, pour déclencher cette révolution de palais ?

Une goutte d'eau a-t-elle fait déborder le vase ? Khrouchtchev voulait faire de son gendre ambitieux Adjoubeï, qui n'y connaissait rien, le secrétaire du parti pour une agriculture en ruine. Mais le projet de voyage à Bonn a sans doute joué lui aussi son rôle. Comment en effet oublier que Beria avait été accusé d'avoir préconisé la transformation de la RDA en « État bourgeois » ? Que Malenkov s'était vu reprocher d'avoir pris des positions défaitistes sur la question allemande ? Rien certes ne prouve que M. K. s'apprêtait à les suivre sur cette voie, mais il avait dit à Guy Mollet et à d'autres visiteurs étrangers que tout cela « finirait par un nouveau Rapallo[51] », le traité russo-allemand de 1922 qui avait fait l'effet d'une bombe. De son côté Adjoubeï, venu en RFA pour préparer le voyage de son beau-père, avait déclaré à des industriels de la Ruhr qu'Ulbricht était atteint d'un cancer qui l'emporterait vite, et qu'il serait facile de s'arranger après sa mort. Enfin Souslov, principal artisan de la chute de Khrouchtchev, et Brejnev qui allait lui succéder à la tête du parti, avaient éprouvé le besoin

---

51. Propos recueillis à l'époque de diverses personnalités.

de prononcer le 6 octobre, l'un à Moscou, l'autre à Berlin-Est, des discours dans lesquels ils ignoraient le nom de M. K. et écartaient sans appel toute possibilité de traiter « sur le dos de la RDA[52] ».

Aussitôt connue la nouvelle du limogeage de son patron, l'ambassadeur soviétique à Bonn se précipite chez le chancelier Erhard pour lui assurer que rien ne sera changé à la politique étrangère de son pays. C'est ce qu'on dit habituellement en pareil cas. Il faudra tout de même attendre six ans pour qu'un chef du gouvernement soviétique, en l'espèce Alexeï Kossyguine, se rende en RFA. Encore ne s'agira-t-il pas du numéro un du parti, puisque c'est Leonid Brejnev qui assumera alors ce rôle.

---

52. Tatu, *Eux et Nous, op. cit.*, pp. 436-437.

CHAPITRE XIV

Ce qu'on appelait détente

DU « POLYCENTRISME » COMMUNISTE À LA RÉVOLUTION CULTURELLE –
LA FRANCE QUITTE L'OTAN – LA DÉTENTE MALGRÉ LE VIÊT NAM –
LA GUERRE DE SIX JOURS – CHE GUEVARA ET LE FOCO

> « *Ce qu'on appelle aujourd'hui la détente n'est pas autre chose que le relâchement d'une corde bien tendue (la corde une fois de plus : quelle funeste coïncidence). Qui dit détente dit aujourd'hui relâchement. Selon moi, qui dit détente devrait dire main ouverte*[1]. »
>
> Alexandre Soljenitsyne,
> discours à New York, le 9 juillet 1975, à l'invitation
> de la centrale syndicale AFL-CIO.

La chute de Khrouchtchev suscite d'autant plus d'espoirs à Pékin qu'elle est suivie, moins de quarante-huit heures plus tard, par l'explosion de la première bombe atomique chinoise. N'avait-il pas fait le pari qu'en supprimant l'assistance nucléaire à Mao, il l'empêcherait à jamais de s'en doter ? Et voilà qu'avec « cette petite bombe », commente Georges Pompidou, « la situation de la Chine dans le monde a été modifiée. Instantanément elle a eu huit colonnes à la une dans les journaux. Instantanément, il n'est plus question que de son entrée aux Nations Unies [...] et chacun

---

1. Alexandre Soljenitsyne, *Discours américains*, Seuil, « Points », 1975, p. 80.

écrit que le moment approche où les États-Unis ne pourront pas ne pas la reconnaître[2] ». Il y avait dix mois que la France s'y était décidée pour sa part. « C'est seulement à ce moment-là que nous avons commencé à prendre la politique d'indépendance de de Gaulle au sérieux », me confiait quelques semaines plus tard l'ambassadeur de Pologne à Paris, Jiri Druto.

Zhou Enlai se rend illico à Moscou pour l'anniversaire de la révolution d'Octobre et le *Quotidien du peuple* du 7 novembre 1964 assure que les difficultés entre les deux pays, « n'ayant qu'un caractère provisoire, peuvent être résolues ». Les Albanais, qui redoutent d'être sacrifiés à la réconciliation soviéto-yougoslave, se gardent bien toutefois de suivre l'exemple chinois. Ils vont rapidement triompher : dès le 21 novembre, *Le Drapeau rouge*, revue théorique du PCC, dénonce les « esprits follets » qui s'imaginent pouvoir poursuivre la politique du « bouffon Khrouchtchev ». Au début de février 1965, Kossyguine profite bien d'un voyage à Hanoi pour effectuer deux brèves visites à Pékin, mais elles n'apaisent nullement la querelle.

Brejnev décide alors de convoquer pour le 1er mars la réunion préparatoire de la conférence du mouvement communiste international qu'il avait annoncée en juillet précédent. La moitié seulement des vingt-six partis invités – les treize au pouvoir et autant de la diaspora – seront présents, dont un, l'italien, « avec réserve ». Ce dernier vient de perdre son secrétaire général, Palmiro Togliatti, dont le journal du parti, l'*Unità*, a publié le 4 septembre précédent ce qu'on va appeler son testament, et que la *Pravda* du 10 a repris sans le moindre commentaire. Tout en rejetant la plupart des thèses chinoises, il y préconisait le « polycentrisme », la possibilité pour chaque parti communiste de tenir compte des particularités de son environnement national[3]. Le parti français, lui aussi en deuil de son secrétaire général, Maurice Thorez, reste fidèle en revanche à sa ligne d'attachement inconditionnel à l'URSS.

Parmi les absents, les Chinois et les Albanais, naturellement, mais aussi les Japonais, les Coréens, les Vietnamiens et les Indonésiens, autrement dit les plus importants PC d'Asie. S'obstinant à croire encore qu'il est possible d'éviter la rupture entre Moscou et Pékin, les Cubains et les Polonais s'abstiennent. De même, les Roumains, invités par le Kremlin à devenir le grenier du camp socialiste, ne veulent pas entendre parler de renoncer à leurs grandioses projets

---

2. *Le Monde*, 5 novembre 1964.
3. Texte intégral in *Le Monde*, 5 septembre 1964.

d'industrie lourde. La réunion adoptera une résolution fort modérée, appelant de ses vœux une cessation de la polémique publique, à cent lieues des violentes attaques antichinoises qui entre-temps sont réapparues dans les médias soviétiques. Il faudra attendre juin 1969 pour que se tienne la conférence plénière dont rêvait Khrouchtchev. L'invasion de la Tchécoslovaquie, survenue moins d'un an plus tôt, ne lui laissait guère de chances d'aboutir à des résultats bien significatifs.

*
* *

Mao ne fait rien bien sûr pour faciliter la tâche des successeurs de Khrouchtchev. De toute façon, il lui faut d'abord essayer de redresser la situation politique et économique catastrophique dans laquelle le Grand Bond en avant a plongé son pays. D'où la « grande révolution culturelle prolétarienne » dont Zhou Enlai a parlé pour la première fois en décembre 1964 dans un rapport à la Grande Assemblée nationale. Elle est officialisée le 8 août 1966 par une décision en seize points du comité central. « Notre travail, écrit le *Quotidien du peuple* du 26 septembre suivant, est de transformer l'âme de l'homme et de balayer les influences de l'idéologie des classes exploiteuses existant dans l'esprit de l'homme à l'aide de la pensée de Mao Zedong. »

En quoi cette révolution, qui est essentiellement une lutte féroce pour le pouvoir, est-elle culturelle ? Parce que, proclame Mao, « toute culture est le reflet, dans l'idéologie, de la pratique et de l'économie d'une société donnée [...]. La culture impérialiste et la culture féodale sont deux sœurs très unies qui ont contracté une alliance réactionnaire pour s'opposer à la nouvelle culture chinoise. Elles doivent être abattues[4] ». Sinon, comme le confiera plus tard le Grand Timonier à Malraux, les hommes qui « n'aiment pas porter la révolution toute leur vie » risquent de se laisser tenter par les charmes d'une existence facile et ainsi de perdre de leur ardeur révolutionnaire[5].

Dans cette affaire, Jiang Qing, petite actrice quinquagénaire de Shanghai devenue la troisième épouse de Mao, sur qui elle exerçait une énorme influence, a joué un rôle prépondérant. Nommée

---

4. G. Mury, *De la Révolution culturelle au Xe congrès du PCC*, UGE « 10/18 », 1973, t. I, p. 254.
5. André Malraux, *Antimémoires*, Gallimard, 1987, p. 552.

vice-président du Groupe central de la révolution culturelle qui devient, à partir de mai 1966, le gouvernement de fait du pays, elle s'en prend avec l'ardeur d'un Saint-Just ou d'un Vychinski aux « révisionnistes », le président de la République Liou Shaoqi, son bras droit Deng Xiaoping, le vieux maréchal Peng Dehuai et le maire de Pékin en tête, qui étaient jusqu'alors aux commandes. Ils se retrouvent bientôt en prison ou en usine, sinon exécutés, après avoir été publiquement humiliés et torturés. Lorsque la direction du parti fera le procès de la Bande des Quatre, Jiang Qing sera rendue responsable de cette tragédie et condamnée à mort « avec sursis ». Le nombre des victimes sera évalué à cent millions, sans que soit clairement établi combien d'entre elles y avaient perdu la vie. Ce qui est sûr, c'est que l'empire du Milieu a vécu là l'une des pires époques de son histoire.

Le 1er juin 1966, un *dazibao*, une affiche collée sur les murs de l'université de Pékin et signée d'une de ses assistantes, invite les étudiants à « détruire tous les monstres, tous les révisionnistes du type Khrouchtchev[6] ». Cet appel déchaîne les passions : aucun responsable n'échappe à la vague furieuse des « gardes rouges » qui multiplient les sévices au nom du principe qu'il vaut « mieux être rouge qu'expert ». La plupart des universités sont fermées et Shakespeare et Beethoven interdits ; 60 % des cadres sont destitués, quitte, pour nombre d'entre eux, à retrouver leur place quelques années plus tard. Le Petit Livre rouge, recueil de pensées, souvent d'une affligeante banalité, du Grand Timonier, devient la lecture obligatoire de centaines de millions de Chinois qui le portent en permanence dans leur poche. On reste confondu devant la séduction que cette folie a exercée sur tant de gauchistes européens. La flamme du communisme s'étant éteinte à Moscou avec la déstalinisation, il leur fallait sans doute absolument croire qu'elle brûlait plus vive que jamais à Pékin.

À ce moment-là, pourtant, Mao, qui lance le 18 août 1966 le slogan, aussitôt repris partout, « On a toujours raison de se révolter[7] », a bien compris qu'il était débordé. « L'anarchisme dissout les objectifs de notre lutte et détourne son orientation générale », écrira le *Quotidien du peuple* du 26 avril 1967. Pour rétablir l'ordre, il n'y a plus que l'armée, qui depuis six jours a engagé une énorme action destinée à rien de moins que reprendre le pouvoir à la rue, en mettant progressivement en place des comi-

---

6. Cité in Courtois *et al.*, *op. cit.*, p. 552.
7. *Ibid.*, p. 570.

tés révolutionnaires. Le 6 juin, une circulaire du comité central réserve aux organismes d'État le droit de procéder à des perquisitions et arrestations et confiera aux militaires le soin d'y veiller. Opération réussie puisque, deux ans plus tard, le XIe congrès du parti élèvera le commandant en chef Lin Biao, « plus proche compagnon d'armes du président Mao », au rang de « successeur désigné », pour ne pas dire de coadjuteur. Mais il est trop pressé : encore deux ans et il trouvera la mort en tentant de s'enfuir en Mongolie après l'échec d'un complot ourdi pour prendre la place de son chef bien-aimé.

*
* *

« Dimension extraordinaire prise par le culte de la personnalité, [...] invasion du champ économique par un collectivisme utopique, [...] élévation de l'armée au rang de principal modèle de l'organisation sociale » : ces trois aspects de la révolution culturelle ont « contribué à approfondir encore, note François Fejtö, le fossé entre l'URSS et la Chine[8] ». Mao en effet n'entendait pas en limiter les bienfaits à son pays, qui ne devait pas « seulement être le centre politique de la révolution mondiale, mais aussi, proclame-t-il en juillet 1967, en devenir le centre militaire et technique[9] ». Après tout, les prêts sans intérêt que leur consent Pékin, la vie spartiate de ses experts, contrastant avec les exigences de ceux de Moscou, auraient pu séduire divers pays en développement. Ce n'est en rien le cas : il n'y a guère que dans le Dhofar, au sud du sultanat d'Oman, que l'on trouvera des guérilleros pour lire publiquement le Petit Livre rouge. L'Albanais Hodja lui-même déplore « l'exaltation du culte de Mao[10] ».

Sans doute les peuples ont-ils eu trop peur au moment de la crise des fusées et apprécient-ils le climat de détente qui prévaut maintenant dans les relations Est-Ouest. Leur langage belliqueux ne vaut aux Chinois que des échecs. Les communistes indonésiens qu'ils ont imprudemment poussés, en septembre 1965, à tenter un coup de force, sont massacrés par dizaines de milliers par l'armée qui, du coup, retire l'essentiel de ses pouvoirs au

---

8. Fejtö, *Chine-URSS, op. cit.*, pp. 3-8.
9. Texte intégral in Jean Daubier, *Histoire de la révolution culturelle prolétarienne en Chine*, Maspero, 1970, p. 209.
10. Enver Hodja, *Réflexions sur la Chine*, Tirana, Éditions 8 Nentöri, 1979, t. I, p. 283.

président Sukarno, suspect de complaisance à leur égard. C'est en vain que Mao presse Londres de lui rendre Hongkong, dont le retour n'est prévu par les traités qu'en 1999. En vain également que Deng Xiaoping se serait rendu à Hanoï à la fin de 1964 pour essayer, suivant des confidences recueillies en octobre 1978 par un envoyé spécial du *Monde*, de convaincre ses interlocuteurs de renoncer, en échange d'une aide d'un milliard de dollars, à toute assistance du Kremlin[11].

En réalité, c'est plutôt Moscou qui, pour le moment, pousse ses pions. Nasser et Ben Bella ont été reçus triomphalement et sacrés héros de l'Union soviétique, ce qui n'empêche pas le président algérien d'être renversé le 19 juin 1965. La conférence afro-asiatique qui devait s'ouvrir le lendemain à Alger est ajournée, mais Brejnev a eu la satisfaction de voir ses membres passer outre au veto chinois qui avait empêché l'URSS, en 1955, d'être présente à Bandung. L'Inde, très affectée par la mort de Jawaharlal Nehru, en mai 1964, n'a pas oublié le coup de main que lui a donné le Kremlin lors de l'invasion chinoise de septembre 1962 : elle est aussi reconnaissante à Kossyguine de jouer les médiateurs entre elle et le Pakistan, que Pékin a soutenu à fond, durant l'été 1965, pendant une courte guerre pour le Cachemire et le Bengale oriental, futur Bangladesh. Mais le résultat le plus spectaculaire dont peut se targuer Leonid Brejnev est sans doute, le 7 mars 1966, le retrait de la France de l'organisation intégrée du Pacte atlantique, suivi, le 20 juin, d'un voyage triomphal de de Gaulle en URSS.

*

* *

« L'appartenance de la France à l'OTAN », le général l'avait déjà mise en cause en ces termes dans le mémorandum secret par lequel, à peine revenu au pouvoir, il avait demandé à Eisenhower et à Macmillan, le 17 septembre 1958, la création de cette organisation à trois du monde occidental dont on a déjà parlé[12]. Les deux destinataires ayant répondu « évasivement », écrit-il dans ses *Mémoires d'espoir*, « rien ne nous retient d'agir[13] ». Dès mars 1959, invoquant les nécessités du trafic avec Alger, il retire

---

11. Roland-Pierre Paringaux, « Vietnam : l'engrenage de la guerre. II. Ombres et lumières sur une rupture », *Le Monde,* 14 octobre 1978.
12. Texte intégral in Frédéric Bozo, *Deux Stratégies pour l'Europe*, Plon, 1996, pp. 262-263.
13. De Gaulle, *Mémoires d'espoir, op. cit.*, p. 215.

la flotte de Méditerranée du commandement intégré. Mais elle n'est pas remise sous ses ordres après la fin de la guerre d'Algérie : bien au contraire, une décision analogue est prise en 1963 par l'Élysée concernant la flotte de l'Atlantique Nord, et les troupes revenues du Maghreb ne sont pas intégrées dans le dispositif de l'OTAN. Puis Paris interdit aux Américains de stocker ou d'introduire des armes atomiques en France et reprend l'entier contrôle de son espace aérien.

Restait l'essentiel : l'intégration des forces françaises de métropole dans le dispositif atlantique, et la présence de nombreuses unités américaines, britanniques ou canadiennes dans l'hexagone. Le général n'a laissé aucune illusion à Kennedy lorsqu'il l'a reçu à Paris en 1961, précisant seulement qu'il ne ferait rien pour porter atteinte à l'OTAN tant que durerait la crise de Berlin[14]. Comme à l'habitude, il annonce la décision au cours d'une conférence de presse, le 9 septembre 1965 : « disposés à rester les alliés de nos alliés », les Français sont décidés à mettre fin « à la subordination qualifiée d'intégration au plus tard en 1969 ». Pourquoi 1969 ? Parce que le Pacte atlantique a été conclu en 1949 pour une période de vingt ans qui s'achève donc en 1969. Mais le voyage que le général s'apprête à accomplir en URSS le persuade de raccourcir le délai. Le 7 mars 1966, il adresse une lettre manuscrite à Johnson pour lui faire part de la décision de la France de « recouvrer sur son territoire l'entier exercice de sa souveraineté » en mettant fin à sa participation aux divers commandements intégrés de l'OTAN, en invitant les troupes étrangères à quitter son sol et en soumettant l'utilisation de son espace aérien par des appareils alliés à un régime d'autorisation préalable[15]. Le président des États-Unis n'essaie pas de s'y opposer. Il a trop peur « d'enflammer davantage le nationalisme français[16] », écrit-il dans ses Mémoires.

Le 20 juin, de Gaulle atterrit à Moscou. Une foule enthousiaste, amenée des usines en camions, l'attend dans les rues : personne alors n'a aux yeux du peuple russe la popularité du général, qui offre à son besoin de vénération le triple visage du grand homme, du patriote et de l'allié des temps difficiles. Le temps est loin où il avait dû discuter pied à pied avec un Staline plutôt dédaigneux. Mais son message, tel qu'il le résume dans son toast au dîner officiel du même jour, est loin de ce que ses interlocuteurs

---

14. Cité in Schlesinger, *op. cit.*, pp. 322-323.
15. Texte intégral in Bozo, *op. cit.*
16. Johnson, *op. cit.*, p. 373.

aimeraient entendre. L'Europe, leur dit-il, doit être rétablie « en un ensemble fécond, au lieu qu'elle soit paralysée par une division stérile [...]. On ne saurait en rester là[17] », alors que le Kremlin voudrait précisément le voir consacrer le *statu quo*. À la fin des entretiens, le général donne à ses hôtes la satisfaction de ne plus employer la formule, qui les agaçait tant, de l'Europe « de l'Atlantique à l'Oural ». Pendant la cérémonie d'adieux, il salue dans un toast « l'Europe d'un bout à l'autre », ce qui provoque quelques sourires parmi les diplomates et journalistes présents. Mais il vient d'affirmer au cours d'une dernière réunion des deux délégations que « si une détente suffisamment large existait en Europe, le problème allemand – qui préoccupe tant les Soviétiques – perdrait beaucoup de son acuité et de son importance. Alors on pourrait trouver une solution qui soit acceptable par les Allemands eux-mêmes. L'essentiel du problème est là[18] ». La déclaration finale mentionne à peine l'Allemagne ; elle souligne en revanche les convergences des deux pays sur les relations bilatérales et intereuropéennes, le désarmement et le Viêt Nam.

*
* *

Sur ce dossier, de Gaulle s'éloigne de plus en plus des positions des États-Unis, lesquelles ne cessent de se radicaliser. La venue de Kossyguine à Hanoi, en février 1965, a convaincu Johnson et ses conseillers que l'URSS était déterminée à intensifier son aide au Viêt-cong. Celui-ci ayant attaqué pour la troisième fois en quelques semaines des installations américaines, des bombardements massifs sont décidés contre le Nord. Le président se déclare certes prêt, le 7 avril, à des négociations prétendument « inconditionnelles », mais il les subordonne à la reconnaissance d'un Viêt Nam du Sud indépendant. Et Hanoi ne donne aucune suite à son offre d'un crédit d'un milliard de dollars. Du coup, les effectifs du corps expéditionnaire seront relevés, pour atteindre 275 000 hommes en juillet 1965, 448 000 en décembre, 542 000 en juin 1966. Le 9 juin 1965, le général Westmoreland, commandant en chef américain, a été autorisé à « utiliser ses troupes pour soutenir les for-

---

17. *Le Monde*, 22 juin 1966.
18. *De Gaulle en son siècle,* Institut Charles-de-Gaulle, t. V, « La visite du général en URSS d'après les archives soviétiques », par Zinaïda Bielossova, pp. 396-397, cité par M. Vaïsse, *op. cit.*, p. 428.

ces [sud-]vietnamiennes subissant un assaut lorsque d'autres troupes de réserve efficaces ne sont pas disponibles[19] ».

Le nouveau président est déterminé à mener à bien tant la détente avec Moscou inaugurée par son prédécesseur que son très rooseveltien programme de « grande société » en matière de santé et d'enseignement, auquel il ambitionne d'attacher son nom. Mais son équipe et lui vivent dans la hantise d'une intervention chinoise. Rusk avait exprimé leur conviction profonde lorsqu'il avait déclaré le 23 décembre 1963, quelques semaines après la mort de Kennedy : « La perte du Viêt Nam signifierait que la doctrine primitive et militante de révolution mondiale de la Chine communiste ne s'arrêterait pas à la conquête du Viêt Nam[20]. » Mao avait vainement fait venir auprès de lui le journaliste américain Edgar Snow, son vieux confident du temps de la guerre civile, pour qu'il fasse savoir à qui de droit qu'il n'y songeait pas une seconde.

Le gouvernement de Saigon, objet de fréquentes attaques des bouddhistes à l'intérieur, peine à se faire prendre au sérieux à l'extérieur. Les grands alliés de l'Amérique restent sourds aux appels de la Maison-Blanche. Le Britannique Harold Wilson qui reçoit Kossyguine à Londres ne rêve que de médiation. Quant au général de Gaulle, auquel les États-Unis envoient en juin 1966 leur représentant à l'ONU, Arthur Goldberg, lui-même très réservé à l'égard de l'engagement au Viêt Nam, il lui dit sans précaution oratoire, en notant qu'on ne lui a pas demandé son avis : « Vous devez vous retirer. – Mais le pays ne deviendra-t-il pas communiste ? demande son visiteur. Si, il deviendra communiste […], mais ce sera un communisme mal dégrossi ; ce ne sera pas une forme de communisme à la russe, ni même à la chinoise. Ce sera une forme asiatique. Ce sera davantage un problème pour eux que pour nous[21]. »

Deux mois plus tard, le général est reçu au Cambodge par le prince Sihanouk auquel son talent d'acrobate a permis jusqu'alors de faire respecter la neutralité du royaume. L'occasion est bonne pour l'homme du 18 juin de conseiller publiquement aux Américains de suivre au Viêt Nam l'exemple donné par la France en évacuant l'Algérie. Il n'y va pas par quatre chemins : « Les conditions d'un accord, s'écrie-t-il, sont bien claires et bien connues […], mais

---

19. Johnson, *op. cit.*, p. 180.
20. Arthur Schlesinger, *Un héritage amer* : *le Vietnam*, Denoël, 1967, p. 134.
21. Cité in Halberstam, *On les disait…*, *op. cit.*, p. 56.

la possibilité et à plus forte raison l'ouverture d'une aussi vaste et difficile négociation dépendraient évidemment de la décision et de l'engagement qu'aurait auparavant voulu prendre l'Amérique de rapatrier ses forces dans un délai convenable et déterminé[22]. » Il a beau invoquer l'amitié deux fois séculaire entre la France et les États-Unis et le droit des peuples à disposer d'eux-mêmes, il sait bien qu'un tel langage sera fort mal reçu outre-Atlantique.

De Gaulle ignore évidemment que, trois jours plus tôt, un groupe d'experts réputés a remis à McNamara un rapport qui conclut à la totale inefficacité des bombardements du Nord, comme à l'impossibilité de déterminer l'importance de l'effort militaire nécessaire pour atteindre les objectifs prévus[23]. Ce document semble avoir eu un impact considérable sur le secrétaire à la Défense, jusque-là « faucon » déclaré. Le 14 octobre, il écrit à LBJ qu'il ne voit « aucun moyen raisonnable d'en finir rapidement avec la guerre » et lui demande en conséquence de faire « l'impossible pour convaincre l'adversaire qu'il a tort de croire que les États-Unis veulent terminer la guerre par une victoire militaire et l'établissement d'un gouvernement fantoche[24] ». Mais comment faire ? Hanoi se sent encouragé dans son intransigeance par l'impopularité croissante de l'intervention auprès du peuple américain : un sondage de la fin de 1967 va montrer que 77 % des personnes interrogées condamnent la façon dont Johnson la conduit. De nombreux jeunes gens gagnent l'étranger pour échapper à la conscription, tandis que presse et médias adoptent une attitude de plus en plus critique, et que plusieurs anciens collaborateurs de Kennedy, en tête desquels son frère Bobby et le général Norstad, ancien commandant en chef de l'OTAN, rejoignent le camp des opposants.

C'est dans ce climat que, le 30 janvier 1968, le Viêt-cong met à profit l'habituelle trêve du Têt, le nouvel an vietnamien, pour lancer 80 000 hommes à l'assaut de trente-six des quarante-quatre capitales de province du Sud. Militairement, c'est un non-sens de la part d'une armée de guérilla que de quitter ses repaires pour s'exposer aux coups de forces infiniment mieux équipées. Elle réussit certes à s'emparer temporairement de Hué, la seconde ville du pays, mais elle y aurait perdu, à en croire Johnson, la moitié de ses effectifs. Et les atrocités dont elle se rend coupable mettent à mal les sympathies dont les communistes jouissaient

---

22. *Le Monde*, 2 septembre 1966.
23. *Le Dossier du Pentagone, op. cit.*, p. 481.
24. *Ibid.*, pp. 569-577.

dans une partie de la société sudiste. Mais « les dirigeants américains en avaient assez[25] », comme l'écrira Kissinger. Quand ce ne serait que parce que le général Westmoreland, commandant du corps expéditionnaire, réclamait 206 000 hommes de renfort, ce qui aurait exigé le rappel de réservistes. Le 16 mars encore cependant, LBJ déclare à ses collaborateurs : « Qu'une chose soit bien claire. Je vous dis à présent que je ne vais pas arrêter les bombardements. Y a-t-il quelqu'un qui ne comprend pas[26] ? »

Il en est toujours là lorsqu'il commence à rédiger, le 28, le discours dans lequel il se propose d'annoncer – secret alors très bien gardé – son retrait de la campagne pour l'élection présidentielle de novembre. Et pourtant, trois jours plus tard, il informe ses compatriotes qu'il a donné ordre à l'aviation et à la marine américaines de cesser d'attaquer la plus grande partie du territoire nord-vietnamien. Entre-temps, son vieil ami Clark Clifford, qui venait de prendre la succession de McNamara à la tête du département de la Défense, et qui passait jusqu'alors pour un dur de dur, lui avait représenté que le texte initial « engageait irrévocablement le président sur la mauvaise voie[27] ». Tout pousse à croire que les milieux financiers et industriels ont pesé dans le même sens. Le *Wall Street Journal*, jusque-là très belliciste, avait publié un éditorial dont l'auteur se demandait s'il valait vraiment la peine de continuer. Le grand banquier franco-américain André Meyer, rencontré à New York quarante-huit heures avant le discours de Johnson, m'avait dit : « Il est temps d'arrêter cette guerre », sur le ton de quelqu'un qui n'a pas l'habitude d'être contredit. Le contraste était saisissant entre l'ordre et le calme dont il était entouré et le climat de désarroi que j'avais trouvé la veille à la Maison-Blanche, comparable à bien des égards à celui qui régnait en 1954 autour de la délégation française à Genève au moment de Diên Biên Phu.

Hô Chi Minh s'attendait-il à voir Johnson déclarer forfait ? Sans doute ses troupes avaient-elles besoin de souffler après la terrible saignée de l'offensive du Têt : il ne mit que trois jours à accepter le principe d'une entrevue, proposée par Washington, entre émissaires des deux pays. Mais il semble aussi que Moscou ait poussé à la roue. Kossyguine, qui avait rencontré Johnson à Glassboro, dans le New Jersey, en juin 1967, avait insisté sur le désir de son gouvernement de voir une négociation s'engager. Il n'y a à

---

25. Kissinger, *Diplomatie, op. cit.*, p. 607.
26. *Le Dossier du Pentagone, op. cit.*, p. 625.
27. Cité par Hedrick Smith et William Beechef, « 68 Shift on Vietnam », *New York Times*, 7 mars 1969.

première vue pas de raison de mettre en doute sa sincérité : le Kremlin redoutait vraisemblablement une escalade qui risquait de le mettre en face de choix cornéliens[28].

*
* *

Ce sommet soviéto-américain, le seul auquel ait participé LBJ, résultait d'une initiative du Kremlin, fort désireux de rétablir le climat de détente que Khrouchtchev et Kennedy avaient cherché à créer au lendemain de la crise des fusées, et qui venait d'être mis à rude épreuve par la guerre dite de Six Jours.

Pourquoi cette guerre, gagnée en un rien de temps, en juin 1967, par Tsahal ? Israël n'avait accepté d'évacuer le Sinaï, dix ans plus tôt, après la guerre de Suez, qu'à la condition qu'une force des Nations Unies soit stationnée en permanence tant dans la bande de Gaza, territoire palestinien administré par Le Caire, qu'à Charm el-Cheikh, à l'entrée du golfe d'Aqaba, seule voie d'accès de l'État hébreu à l'océan Indien et à l'Afrique orientale. Mais ce stationnement avait fait l'objet d'un simple échange de lettres avec Nasser, lequel s'était réservé la possibilité de le remettre en question à tout moment. Quant à l'URSS, toujours désireuse de pousser ses pions dans le tiers monde, elle s'était empressée de dénoncer les « conditions inacceptables » mises par Tel-Aviv au retrait de Tsahal et les « visées agressives » de Washington[29].

Le Raïs égyptien n'avait guère cessé depuis lors d'accumuler les échecs. Le prince Fahd, qui allait succéder sur le trône saoudien à son frère Saoud, avait eu raison de prédire au futur président Sadate, peu après la proclamation de la République arabe unie, en février 1958, que celle-ci aurait tôt fait de déboucher sur un désastre[30]. L'armée syrienne, excédée des méthodes brutales d'Abdel Sarraj, le proconsul de Nasser à Damas, s'était révoltée dès 1961 et avait imposé la dissolution de la RAU. D'autres coups d'État suivirent dans la région, la plupart du temps à l'initiative de telle ou telle des factions rivales du Baas, le parti socialiste de l'unité arabe, dont le fondateur, Michel Aflak, fortement influencé à l'origine par les Français de la revue *Esprit*, rêvait de faire du monde

---

28. Soutou, *op. cit.*, p. 467.
29. *Le Monde,* 6 mars 1957.
30. Anouar el-Sadate, *À la recherche d'une identité,* Fayard, 1978, p. 221.

arabe une nation sur le modèle européen, chaque pays membre devenant une « région ». En désaccord sur tout, n'hésitant pas à l'occasion à s'entre-tuer, les baasistes irakiens et syriens s'entendaient au moins sur leur refus du leadership nassérien. L'union économique entre Bagdad, Damas et Le Caire créée en 1963 ne dura que trois mois, à la grande fureur du Raïs égyptien qui n'hésita pas à dénoncer la transformation de la patrie des Omeyyades en État fasciste.

Nasser avait commis une autre erreur : en 1962, il était venu au secours d'un officier « progressiste », le colonel Sallal, qui, s'étant emparé du pouvoir au Yémen après la mort d'un imam moyenâgeux, avait dû faire face à un soulèvement de tribus fortement retranchées dans leurs montagnes et non moins fortement soutenues par les rois de Jordanie et d'Arabie saoudite. Il ne se doutait pas que l'absence des 70 000 hommes envoyés au Yémen et vite ravagés par la dysenterie et la malaria allait se faire cruellement sentir au moment de l'épreuve de force avec l'État hébreu.

Le gouvernement israélien avait mis en route en 1963, pour son propre compte, un plan d'aménagement des eaux du Jourdain inspiré de celui que l'Américain Eric Johnston, créateur pendant la Seconde Guerre mondiale de l'Autorité de la vallée du Tennessee, avait imaginé dix ans auparavant en vue d'associer les quatre États riverains. La Syrie avait vainement réclamé une réplique armée. Quelle que fût l'hostilité à Nasser de la plupart de ses pairs, ce dernier réussit, au cours d'un sommet arabe tenu au Caire en janvier 1964, à les persuader de se contenter de détourner, dans toute la mesure du possible, les eaux du fleuve. L'unanimité se fit également sur la création d'un commandement militaire unifié, mais la principale décision du sommet, même si sur le moment sa portée put paraître surtout symbolique, fut évidemment la reconnaissance de l'Organisation de libération de la Palestine, cette OLP qui fera tant parler d'elle par la suite. Elle se réunira en mai suivant dans la vieille ville de Jérusalem, alors jordanienne, pour se doter d'une charte nationale, proclamant notamment « le droit fondamental et authentique » du « peuple palestinien » de « libérer et recouvrer sa patrie » et contestant au « judaïsme, étant une religion » le droit de « constituer une nationalité indépendante ».

Assurant que la « lutte armée est la seule voie menant à la libération de la Palestine » et liant « le destin de la nation arabe et de la cause palestinienne », l'OLP contestera toute valeur à la déclaration Balfour de 1917 sur le Foyer national juif comme au partage de la Palestine et à la création de l'État d'Israël[31]. Enfin elle se dotera d'un Conseil national, qui sera en quelque sorte son parlement, et d'un comité exécutif de quatorze membres. Les différents groupements palestiniens n'ayant pu se mettre d'accord sur sa composition, le président du comité, Ahmed Choukeiri, les désignera lui-même : étrange président que cet avocat de Saint-Jean-d'Acre, qui avait fait partie de la représentation saoudienne aux Nations Unies et tenait en permanence des propos si incendiaires que seul l'État hébreu pouvait y trouver son compte. Il avait manifestement oublié avoir déclaré le 31 mai 1956 qu'il était « de notoriété publique que la Palestine n'est rien d'autre que la Syrie du Sud[32] ».

Bientôt des commandos de l'OLP, et surtout de sa branche la plus active, le Fatah, traversent les frontières de la Syrie, de la Jordanie et de la bande de Gaza qui, à la différence de celles de l'Égypte proprement dite, ne sont pas surveillées par les casques bleus de l'ONU, pour aller détruire des objectifs en Israël. À chaque fois, Tsahal déclenche de sérieuses actions de représailles, s'ajoutant aux raids aériens contre les opérations de détournement des eaux du Jourdain entreprises par Damas, où un trio de baasistes marxisants s'est emparé du pouvoir en février 1966. Son numéro un, le général Jedîd, avait dû lire Che Guevara : « Nous n'avons d'autre issue que celle de la guerre de libération, déclare-t-il. L'Algérie et le Viêt Nam nous serviront d'exemple[33]. »

Le Kremlin se frotte les mains. Il est en froid avec l'Irak depuis que son nouveau président, le général Aref, a fait abattre un grand nombre de militants communistes, en compagnie de leur protégé le maréchal Kassem. Le 28 mai, il déclare qu'il ne saurait « rester indifférent aux attentats contre la paix dans une région située dans le voisinage immédiat de la frontière soviétique[34] ». Il ne fait pas pour autant grise mine à Nasser qui, privé de l'aide américaine en punition de ses trop voyantes interventions dans les affaires du Congo, fait face à une situation intérieure « réellement pitoyable[35] », le futur président Sadate *dixit*, et frappe à sa porte

---

31. Texte intégral in *Problèmes politiques et sociaux*, Documentation française, 7 mars 1975.
32. Cité in Barnavi, *op. cit.*, p. 258.
33. Cité in Eliahu Ben Elissar et Zeev Schiff, *La Guerre israélo-arabe*, Julliard, 1967, p. 55.
34. Cité in Samuel Seguev, *Israël, les Arabes et les grandes puissances*, Calmann-Lévy, 1968, p. 61.
35. Sadate, *op. cit.*, p. 238.

avec insistance. Le Caire obtient une remise de la moitié de sa dette, mais la situation ne cesse de s'aggraver. « À l'aube de 1967, écrit encore le Raïs, les ténèbres régnaient sur l'Égypte. Le pays était en faillite ; le plan de développement économique avait été trop ambitieux et les fonds manquaient pour le financer[36]. »

*
*   *

Le 4 novembre 1966, le veto soviétique bloque au Conseil de sécurité une résolution déplorant en termes extrêmement prudents les pertes causées par de récentes infiltrations, en provenance de Syrie, en territoire israélien. Le même jour, Damas conclut avec Le Caire un pacte de défense commune. Nasser ne réagissant pas, deux semaines plus tard, à un raid de représailles particulièrement nourri contre la Jordanie, le roi Hussein l'invective en termes violents : « Vous envoyez des hommes du Fatah chez moi et ne venez pas à mon secours. Vous ne fermez même pas le détroit de Tiran [qui commande l'accès au golfe d'Aqaba] à la navigation israélienne[37]. » Il ne se doute pas que ce défi, souvent réitéré par la suite, conduira directement à la guerre et à la réunification de Jérusalem sous le drapeau bleu et blanc d'Israël.

Après une période de calme relatif, la tension rebondit en avril 1967 en Méditerranée orientale. Le 7, l'aviation d'Israël abat six appareils syriens. Le 21, un groupe de colonels s'empare du pouvoir à Athènes et annule les élections qui devaient se dérouler le mois suivant et, selon toute probabilité, amener la victoire de l'Union de la gauche de Georges Papandreou. L'armée se rallie à eux et applique le plan d'arrestations établi par l'OTAN pour assurer la sécurité du pays en temps de guerre. Bientôt le roi Constantin constatera l'impossibilité de collaborer avec les putschistes et prendra le chemin de l'exil. Venant après diverses interventions américaines, ouvertes ou déguisées, au Viêt Nam, à Saint-Domingue et ailleurs, ce pronunciamiento est aussitôt interprété à Moscou comme *made in USA*. Au Caire aussi, où un bulletin confidentiel destiné aux cadres du parti unique prévoit que viendra ensuite le tour de Chypre, puis de la Syrie, et enfin de l'Égypte.

---

36. *Ibid.*, p. 245.
37. Cité in Ben Elissar et Schiff, *op. cit.*, p. 58.

Le 13 mai, Moscou annonce à Nasser que Tsahal prépare le renversement du régime syrien et a massé des troupes à cet effet le long de la frontière. Le Premier ministre israélien Lévy Eshkol convoque l'ambassadeur soviétique pour lui proposer de constater sur place qu'il n'en est rien, mais le diplomate refuse. Le 19, le secrétaire général des Nations Unies confirme « l'absence de troupes et de mouvements significatifs de forces des deux côtés de la frontière[38] ». Peine perdue : l'URSS croit manifestement de son intérêt de gonfler quelque peu les nouvelles de Damas, pensant ainsi amener Nasser à se rapprocher des Syriens et calmer les ardeurs baasistes et, du même coup, dissuader les Israéliens d'agir. Dès le 16, le général Fawzi, chef d'état-major égyptien, écrit au commandant des casques bleus qu'il a donné l'ordre à ses troupes d'intervenir au moment même où Israël déclencherait une attaque « contre un pays arabe quel qu'il soit ». Il lui demande en conséquence, pour éviter tout incident, de retirer sans délai les soldats de l'ONU « occupant des postes d'observation le long de nos frontières[39] ». Heykal, le confident de Nasser, assure qu'il s'agissait seulement d'empêcher des heurts entre Égyptiens et troupes de l'ONU, et que la requête ne visait pas les positions tenues par ces dernières à Gaza ou à Charm el-Cheikh[40], mais le secrétaire général U Thant, persuadé que le Raïs ne prendra pas la responsabilité d'un retrait complet des forces internationales, lui donne le choix entre leur départ et le maintien du *statu quo*. C'est mal connaître le Raïs qui, ainsi mis au défi, et soumis à la pression constante de ses voisins, décide de braver ouvertement Israël. Sans attendre la visite annoncée du secrétaire général, il déclare le 23 mai : « Nous ne permettrons en aucune façon au pavillon israélien de passer par le golfe d'Aqaba », et il ajoute, en improvisant : « Eux, les Juifs, menacent de faire la guerre. Et moi je leur réponds : allez-y, je vous en prie[41]. »

Que va faire Israël ? Son gouvernement, divisé, choisit d'envoyer son ministre des Affaires étrangères, Abba Eban, faire le tour des grandes capitales occidentales. Johnson parle d'une force navale interalliée qui assurerait le libre passage par les détroits de la mer Rouge et assure que l'État hébreu ne sera pas seul, mais à condi-

---

38. Cité in Barnavi, *op. cit.*, p. 226.
39. Mario Rossi, « L'ONU et la crise du Proche-Orient », *Politique étrangère*, n° 5.
40. Heikal, *op. cit.*, p. 189.
41. Cité in Samuel Seguev, *La Guerre de Six Jours*, Calmann-Lévy, 1967, pp. 61-62.

tion, il le dit très nettement, « de ne pas décider d'agir seul[42] ». Quant à de Gaulle, il semble bien avoir cru qu'une action unilatérale d'Israël provoquerait un Cuba à l'envers, Moscou se sentant obligé d'intervenir, en cas de défaite arabe, pour soutenir ses protégés. En tout cas, c'est en termes très vifs qu'il adjure Eban de ne rien faire. Mais son espoir de réunir une conférence Est-Ouest à quatre bute sur l'URSS, qui se contente de multiplier les mises en garde à Tel-Aviv.

Très divisé sur l'attitude à suivre, le cabinet israélien donne aux Anglo-Saxons quinze jours pour préciser leur projet de force navale collective. L'imprudent Nasser croit la partie gagnée. Le 29 mai, il prononce un discours d'une rare violence devant l'Assemblée nationale. « Ce qui est en jeu, dit-il, ce n'est pas le golfe d'Aqaba, mais les droits du peuple palestinien. Il faut effacer l'agression dont il a été victime en 1947[43]. » Dans tout le monde arabe, c'est une explosion d'enthousiasme. Oubliant les sarcasmes dont il n'a cessé d'accabler le Raïs, Hussein de Jordanie se précipite au Caire aux commandes de sa Caravelle et met ses troupes sous le commandement de l'Égypte.

Israël est proprement encerclé par des armées qui ont *grosso modo* deux fois plus d'avions et de blindés que lui. « Je ne vous dis pas que nous croyons qu'Israël ne fera pas la guerre, je vous dis que nous le savons », m'assure l'ambassadeur d'Égypte. Peu importe à ses yeux que Walter Eytan, son collègue israélien, m'ait affirmé le contraire quelques heures plus tôt. Et pourtant le Premier ministre Eshkol constitue un cabinet d'union nationale dans lequel il fait entrer des faucons notoires comme Dayan, le héros de la guerre de Suez, ou Begin, ancien chef des terroristes de l'Irgoun sous le mandat britannique. C'est en vain que Johnson tente d'éviter l'inévitable, et que de Gaulle, principal fournisseur d'armes de l'État hébreu, arrête brutalement les livraisons. Le 4 juin, après sept heures de délibération, le gouvernement israélien décide à l'unanimité de recourir à la force.

L'opération ne pourrait être menée plus rondement. L'aviation israélienne a repéré que les pilotes égyptiens prennent l'air très tôt le matin, mais qu'ils viennent se reposer à 7 heures 30, le temps d'avaler un petit-déjeuner. De surcroît, ce 5 juin, le maréchal Amer, chef d'état-major de l'armée, est en tournée d'inspection aérienne, et ordre a été donné aux batteries de missiles sol-air Sam de ne pas

---

42. Johnson, *op. cit.*, p. 354.
43. Cité in Eban, *op. cit.,* pp. 270-273.

ouvrir le feu. À 7 heures 45, donc, la quasi-totalité des appareils dont dispose Israël décolle et, en trois vagues successives, détruit les aérodromes et l'immense majorité de la flotte aérienne ennemie. Ayant ainsi acquis de haute main la maîtrise de l'air, Tsahal se lance à la conquête du Sinaï. Le 7 juin s'engage, avec plus de mille engins de chaque côté, ce qui restera sans doute comme la plus grande bataille de chars de l'Histoire. Encore quarante-huit heures et la totalité de la péninsule est aux mains de l'envahisseur.

Poussé par Amer, Nasser tente un moment d'attribuer sa défaite à une prétendue intervention des aviations américaine et britannique. Il y renonce très vite, préférant demander à Johnson de s'entremettre. Kossyguine, qui ne s'attendait visiblement pas à une telle débâcle, en fait autant. LBJ invite donc les Israéliens à se retirer sur leurs positions de départ, étant entendu que l'on renoncerait de part et d'autre aux mesures de force. Les Égyptiens devraient en conséquence évacuer le Sinaï et rétablir la liberté de circulation dans le golfe d'Aqaba. Tel-Aviv dit oui, sous réserve que les Arabes en fassent autant. Mais ceux-ci demeurent muets, y compris le roi Hussein, que les Israéliens ont vainement tenté de persuader de demeurer l'arme au pied. Tsahal poursuit donc sa progression, occupant la Cisjordanie et la vieille ville de Jérusalem, qu'une loi rattachera bientôt à l'État hébreu, dont la Cité sainte deviendra « pour toujours » la capitale. Des scènes d'immense émotion marquent le retour des Juifs au mur des Lamentations, lieu sacré de leur foi, dont les Arabes leur interdisaient stupidement l'accès. Bien sûr, ce serait le moment de se rappeler que l'étincelant dôme du Rocher n'est pas moins sacré au cœur des musulmans et de rechercher en conséquence une solution de compromis. Les dirigeants y songeront bien un instant, mais sans doute eût-ce été trop demander à un peuple tout entier à sa joie d'être enfin payé des épreuves de l'exil, des discriminations, des pogromes et du génocide.

Reste le cas de la Syrie, et surtout du plateau du Golan, à partir duquel ses forces avaient souvent bombardé les colonies, les *kibboutzim*, implantées sur les rives du lac de Tibériade. Tsahal ne perd pas de temps pour en escalader les pentes et pointer ses canons sur Damas. Moscou commence à paniquer. Le 10 juin au matin, Kossyguine rappelle Johnson pour lui dire que si Israël n'arrête pas les opérations dans les plus courts délais, l'URSS prendra « les mesures nécessaires, d'ordre militaire s'il le fallait »[44]. « Il y

---

44. Johnson, *op. cit.*, p. 368.

a des moments où la sagesse et la justesse de jugement d'un président revêtent une importance critique », écrit en toute modestie le successeur de Kennedy dans ses Mémoires[45]. Répondant sur un ton qu'il juge lui-même « modéré et positif », il dépêche quelques unités de la VIe flotte à proximité de la côte syrienne et persuade Israël d'arrêter sa progression.

Pendant ce temps, Nasser fait part à ses compatriotes, à la radio, de sa décision d'abandonner son poste. À l'issue d'un défilé qui dure dix-sept heures, la population finit par le faire renoncer à ce projet. C'est le maréchal Amer qui assumera, en se suicidant, la responsabilité de la défaite. Mais le Raïs, qui mourra quatre ans plus tard, ne retrouvera jamais la foi et le dynamisme qui avaient fait de lui, durant une décennie, le héros du monde arabe.

*
* *

Impuissante à empêcher cette défaite de ses protégés, l'URSS fait figure de grande vaincue de cette épreuve de force. Histoire de montrer que la coexistence n'est pas un vain mot et d'empêcher les faucons américains d'aller chercher noise à la patrie du socialisme sur quelque autre champ de bataille, Kossyguine rencontre Johnson à Glassboro, dans le New Hampshire, où les deux hommes discutent de la limitation des armements, et de démontrer que, la main droite ignorant la main gauche, ils peuvent s'entendre sur un dossier tout en se bagarrant ailleurs par personnes interposées – on y reviendra.

Au cours de ce sommet, ils parlèrent également beaucoup d'un sujet qui tenait particulièrement à cœur à LBJ : l'exportation de la révolution dans l'hémisphère occidental. De nombreux incidents s'étaient produits depuis son arrivée à la Maison-Blanche autour de Cuba, et des maquis s'étaient formés dans diverses républiques dont les gouvernements avaient fait appel pour les réduire à l'aide de la « Counter Insurgency » nord-américaine. La CIA admettait qu'elle n'était pas étrangère au renversement, le 31 mars 1964, du régime du président brésilien Goulart, qui avait manifesté sa sympathie pour Fidel à diverses reprises, de même qu'à l'échec à l'élection présidentielle chilienne, en novembre, du socialiste Allende, ou à la chute, peu de temps après, d'un autre socialiste, le Bolivien Paz Estenssoro. Ce dernier avait eu beau se déclarer ouvert à une négociation avec les États-Unis sur la base de concessions récipro-

---

45. *Ibid.*, p. 369.

ques, le sous-secrétaire d'État George Ball avait justifié le maintien de l'embargo économique par la nécessité de démontrer clairement aux Cubains que le maintien du régime castriste, « tyrannie qui les condamn[ait] à la peur et à la misère[46] », n'était pas dans leur intérêt.

Le 25 juillet de cette même année 1964, l'Organisation des États américains avait reconnu, sur plainte du Venezuela, que les guérilleros opérant sur son territoire étaient aidés par le gouvernement de La Havane ; elle recommandait en conséquence à ses membres de rompre avec ce dernier. Le même jour, un soldat cubain de garde à la limite de la base américaine de Guantánamo était tué par un marine. L'émotion fut énorme à La Havane, où Fidel s'écria : « Si les assassinats se répètent, nous serons contraints de rendre coup sur coup. La résignation bovine n'a jamais été notre fort[47]. » Reprochant aux États-Unis de continuer la guerre froide contre Cuba tout en améliorant leurs relations avec l'URSS, il assurait chercher à établir avec eux les mêmes rapports qu'ils entretenaient eux-mêmes avec Moscou.

C'est dans ce climat que s'est produit, le 5 août, l'incident du golfe du Tonkin, dont on a parlé au chapitre précédent. Castro est scandalisé par ce qu'il interprète comme la passivité de l'Union soviétique et de ses satellites européens. Avec l'appui de Ben Bella, il travaille les dirigeants des pays non-alignés et, le 8 octobre, Che Guevara revêt son *battle-dress* olive pour déclarer devant l'Assemblée générale des Nations Unies : « Nous affirmons qu'en Amérique latine la libération des peuples, c'est-à-dire le socialisme, s'effectuera dans presque tous les pays les armes à la main. Je peux même affirmer que vous en serez témoins[48]. » En décembre, une conférence régionale des partis communistes, la première depuis 1929, se tient à La Havane. Les participants s'engagent à soutenir non seulement les guérilleros du Venezuela, mais également ceux de Colombie, du Guatemala, du Honduras, du Paraguay et de Haïti. Le 14 janvier 1965, la *Pravda* salue tous ces « patriotes » : Khrouchtchev n'est plus là pour prêcher la prudence tous azimuts. Le Che se rend à Pékin pour tenter de rabibocher les relations sino-soviétiques au nom de la lutte commune contre l'impérialisme. Son échec conduit Castro à déclarer dans un discours du 13 mars que les Chinois, sans les nommer, sont « mal placés pour

---

46. Entretien du 19 avril 1964 sur la chaîne ABC, cité in Manuela Semidei, *Les États-Unis et la révolution cubaine*, Armand Colin, 1968, p. 159.
47. Cité in Saverio Tutino, *L'Octobre cubain*, Maspero, 1969, p. 291.
48. *Ibid.,* p. 292.

donner des leçons de conduite révolutionnaire », puisque ce sont les petits pays comme Cuba et le Viêt Nam qui souffrent le plus de la division du mouvement communiste international[49].

C'est sur cette toile de fond que Johnson fournit un argument massif à Fidel en faisant débarquer à Saint-Domingue, à partir du 29 avril, quelque 23 000 hommes du corps des marines et de la 82e division aéroportée. Motif invoqué : le climat anarchique régnant dans l'île depuis qu'une partie de l'armée avait tenté de renverser le colonel Wessin y Wessin, ancien chef de la police secrète de Trujillo, le dictateur assassiné quatre ans auparavant. Ce dernier avait lui-même chassé du pouvoir Juan Bosch, un admirateur de Kennedy légalement élu à la tête de l'État en 1962. La panique s'était emparée des habitants des beaux quartiers et LBJ redoutait que des Américains ne fussent massacrés. De Gaulle devait condamner cette intervention, contraire à tous les engagements pris par les États-Unis vis-à-vis tant de l'Organisation des États américains que des Nations Unies. Finalement un comité spécial de l'OEA fait adopter un « acte de réconciliation » qui conduira à l'exil de Wessin y Wessin et à de nouvelles élections. Celles-ci seront remportées par un exilé, Joaquín Balaguer, décrit par Marcel Niedergang comme un avocat « timide et effacé », ancien « souffre-douleur de Trujillo[50] ». Mais la situation de l'île, surnommée jadis la « perle des Antilles », ne s'améliore pas. Le professeur américain Jerome Slater écrit : « Il se passe rarement un jour sans un meurtre, la disparition d'un activiste politique ou, tout au moins, un cas de harcèlement par la police de l'opposition politique[51]. » Fidel, quant à lui, déclare forfait. « Comment pourrait-on nous reprocher, demande-t-il le 15 janvier 1966, de ne pas être allés au secours des Dominicains alors que personne dans le monde ne paraît capable de porter secours aux peuples du Laos et du Cambodge, menacés eux aussi d'une intervention américaine dans le cadre d'une extension de la guerre du Viêt Nam[52] ? »

---

49. Jacques Lévesque, *L'URSS et la révolution cubaine*, Montréal, Presses des Sciences politiques et de l'université de Montréal, 1976, pp. 124-136.
50. Niedergang, *Les Vingt Amériques latines*, *op. cit.*, pp. 527-528.
51. Jerome Slater, *Intervention and Negotiation. The United States and the Dominican Revolution*, New York, Harper and Row, 1971. Cité in Norman Gall, « Santo Domingo, the Politics of Terror », *New York Review of Books*, 22 juillet 1971.
52. Cité in Marcel Niedergang, *La Révolution de Saint-Domingue*, Seuil, 1978, pp. 79-80.

Castro tient ce discours devant la « Conférence tricontinentale », que le Marocain Mehdi ben Barka a définie comme destinée à réunir, à l'échelle de trois continents, « les deux courants de la révolution mondiale – révolution socialiste et mouvement de libération nationale[53] ». Les Chinois se sont laissé persuader de venir, mais ils se contentent d'occuper leur siège sans ouvrir la bouche. Le moins que l'on puisse dire est que le Líder Máximo le prend très mal. Le 6 février, *Granma*, le journal du parti, les accuse, faisant allusion à la distribution de nombreux documents par leur ambassade, d'avoir « trahi la confiance du peuple cubain » et de recourir à des méthodes « d'oppression et de flibusterie ». Les quatre cent cinquante délégués applaudissent le représentant de Moscou lorsqu'il exalte la « solidarité fraternelle » de son pays et de son parti avec les guérilleros d'Amérique latine, tandis que les représentants de Mao restent silencieux. La tricontinentale ne se réunira plus.

La réunion, on ne le remarqua guère sur le moment, s'est déroulée en l'absence de Che Guevara, apôtre s'il en fut de l'extension de la révolution : « le porteur d'espérance », comme l'a bien défini Jean-Claude Guillebaud[54]. Le Che avait disparu quelques mois durant l'année précédente et, comme il avait eu des mots rudes pour les Soviétiques, on pensait généralement qu'il avait été sacrifié au maintien de bonnes relations avec eux. Mais le 3 octobre 1965, lorsque Fidel avait annoncé que son mouvement se transformait en parti communiste, il avait donné lecture d'une lettre du Che dans laquelle ce dernier, qui était né argentin, déclarait renoncer à la nationalité cubaine, affirmant notamment : « D'autres sierras du monde réclament la contribution de mes modestes efforts. Je peux faire ce qui t'est refusé par tes responsabilités à la tête de Cuba[55]. »

*
* *

« D'autres sierras du monde »... La révolution cubaine était partie de la montagne (*sierra*), et non du *llano*, de la plaine. Bientôt allait être publié à La Havane à 200 000 exemplaires, sous le titre *Révolution dans la révolution*, un essai dans lequel Régis Debray

---

53. Cité in Tutino, *op. cit.*, p. 297.
54. Jean-Claude Guillebaud, *Les Années orphelines*, Seuil, 1978, pp. 79-80.
55. Cité in Lévesque, *op. cit.*, p. 132.

écrivait qu'en ville « la classe dominante disposait de tous les moyens pour réprimer et écraser une grève générale, tandis que ces moyens ne lui servaient aucunement pour vaincre dans une guerre de guérilla. C'est ainsi qu'il revint à la Sierra de sauver la révolution en péril dans la plaine [...][56]. Le parti d'avant-garde peut exister sous la forme propre du foyer (*foco*) guérillero[57] [...]. Ce décalage et ce déchirement entre les forces de la Sierra et celles du Llano, toute l'expérience contemporaine de l'Amérique les confirme et leur donne force de loi[58].... [C'est là que] l'impérialisme américain jouera sa partie décisive [...]. Le dernier empire du monde a commencé son agonie. Qui n'est pas concerné ? Qui n'aidera pas les tueurs[59] ? »

La flamme est là. Mais le combustible ? « La faiblesse du *foco*, c'est de ne pas avoir, pour un temps plus ou moins long, le soutien de la population[60] », remarque Gérard Chaliand, l'un des meilleurs connaisseurs des guérillas. D'autant plus qu'en Amérique latine, la méfiance instinctive des paysans indiens envers les Blancs n'épargne pas, loin de là, les apôtres de la révolution. Ce qui aide à comprendre la mort successive sous les coups des forces gouvernementales, puissamment aidées par les spécialistes nord-américains, de leaders prestigieux comme le Péruvien Luis de la Puente, le Guatémaltèque Yon Sosa, ou le prêtre colombien Camilo Torres, qui n'avait pas hésité à proclamer que la révolution n'était « pas seulement permise mais obligatoire pour les chrétiens[61] ».

On ne devait avoir aucune nouvelle du Che jusqu'au jour d'avril 1967 où l'Organisation de solidarité pour l'Amérique latine (OLAS), créée par la Conférence tricontinentale, reçut de lui un message appelant les Latino-Américains à venir en aide au Viêt Nam, « tragiquement seul », et à créer chez eux « deux, trois, plusieurs Viêt Nam ». Le Che dénonçait aussi « ceux qui, à l'heure de la décision, ont hésité à faire du Viêt Nam une partie inviolable du territoire socialiste » comme la « guerre menée à coups d'insultes et de crocs-en-jambe » que se menaient l'URSS et la Chine[62]. Il est

---

56. Régis Debray, *Révolution dans la révolution*, Maspero, 1967, pp. 79-80.
57. *Ibid.*, pp. 113-114.
58. *Ibid.*, pp. 79-80.
59. *Ibid.*, pp. 8-9.
60. Gérard Chaliand, *Mythes révolutionnaires du tiers-monde*, Seuil, 1979, p. 78.
61. Camilo Torres, *Écrits et paroles*, Seuil, 1968, p. 283.
62. Cité in K.S. Karol, *Les Guérilleros au pouvoir*, Robert Laffont, 1970, pp. 298-299.

difficile de tenir langage plus provocant à l'égard des États-Unis, et l'on comprend que Johnson ait demandé à Kossyguine, lors de leur rencontre à Glassboro, d'user de son influence auprès de Fidel pour l'inviter à se tenir un peu plus tranquille.

Le chef du gouvernement soviétique se rend à La Havane avant de rentrer à Moscou, mais aucun communiqué n'est publié au terme de ses entretiens avec le Líder Máximo. Lorsque ce dernier prend la parole, le 11 août, à la séance de clôture de la conférence de l'OLAS, il déclare tout de même que le PC cubain n'est pas fait « d'aventuriers ni de provocateurs irresponsables[63] ». Ce débat connaîtra un dénouement tragique deux mois plus tard avec l'annonce, le 8 octobre, de la mort en Bolivie de Che Guevara, blessé et fait prisonnier par les forces armées boliviennes. Si l'on en croit notamment le magazine américain *Time* du 17, il aurait été achevé sur des ordres venus de la capitale. Régis Debray, qui combattait avec lui, avait été blessé lui aussi et arrêté. Les juges de ce dernier devaient produire à son procès le journal de l'homme en qui tant d'espoirs avaient été mis, faisant d'abord apparaître à quel point il était seul.

Castro parle de « coup terrible » porté à la révolution, tout en assurant naturellement que « ceux qui criaient victoire se trompaient[64] ». Debray évoque de son côté la « douche glacée » infligée à ceux qui « vivaient dans l'euphorie de ce moment exceptionnel[65] ». Fidel n'est pas prêt pour autant à s'aligner bien sagement sur la politique soviétique de détente, et brille par son absence, en novembre, aux fêtes anniversaires de la révolution d'Octobre. Mais le Kremlin limite à 2 % l'augmentation de 8 % des livraisons d'essence qu'il lui a réclamées, et la production de sucre, principale richesse nationale, est loin d'atteindre les résultats escomptés. Il va longtemps se taire, sans réagir à des événements comme le printemps de Prague, le mai 1968 français ou le massacre de centaines d'étudiants en colère sur la grand-place de Tlatelolco, en prélude à l'ouverture des JO de Mexico.

---

63. Cité in Tutino, *op. cit.*, p. 274.
64. Cité in Karol, *Les Guérilleros...*, *op. cit.*, pp. 298-299.
65. Régis Debray, *La Critique des armes*, Seuil, 1974, t. I, p. 245.

CHAPITRE XV

Des ménages fort remués

MAI 1968 – LE PRINTEMPS DE PRAGUE – NIXON À PARIS ET À PÉKIN –
LA NÉGOCIATION SUR LE VIÊT NAM

> « *Hé, qu'est-ce donc ? Voici bien du remue-ménage.* »
> Dancourt, *La Métempsycose*, III, 9.

Des deux côtés du rideau de fer, les structures dont le monde s'est doté au hasard de la guerre froide sont soudain soumises, au printemps 1968, à de violentes secousses. Nous avons vu Johnson tirer la leçon de l'impasse vietnamienne en suspendant, le 31 mars, les raids contre le Nord et en renonçant à se représenter à la présidence. Quatre jours plus tard, Martin Luther King, le grand champion de l'émancipation des Noirs par la non-violence, est assassiné dans le Tennessee. Des émeutes éclatent aussitôt dans les ghettos noirs et les universités d'une quarantaine de villes. « Je n'avais jamais tant ressenti mon impuissance », écrit LBJ dans ses Mémoires[1]. Deux mois plus tard, « Bobby » Kennedy, frère cadet du président, dont il avait été le ministre de la Justice et l'homme de confiance, tombe à son tour sous les balles d'un tueur. Sa mort, écrit encore Johnson, « nous apparut comme un symbole de la déraison qui avait envahi notre nation et le monde entier[2] ».

---
1. Johnson, *op. cit.*, p. 216.
2. *Ibid.*, p. 651.

En Europe, les universités sont un peu partout en ébullition. C'est surtout le cas de la France, laquelle « s'ennuie », comme l'a si bien noté Pierre Viansson-Ponté[3]. Mais qui aurait osé prédire huit jours plus tôt que la révolte qui va éclater dès le début mai déboucherait sur ce que l'auteur de ces lignes a cru pouvoir appeler la « guerre civile froide[4] » irait jusqu'à menacer le pouvoir gaulliste ? « Le général n'existe plus. De Gaulle est mort. Il n'y a plus rien », confiera le Premier ministre Georges Pompidou le 10 mai à son retour d'un bref voyage en Afghanistan au garde des Sceaux Louis Joxe[5].

Les ressemblances sont nombreuses avec la guerre froide tout court : même recours à la dissuasion, mêmes efforts de certains « petits » – en l'espèce les « groupuscules » – pour mettre en mouvement des « grands » peu soucieux de se risquer à des affrontements ouverts, même détermination de ne pas laisser la parole aux armes. C'est à tort que la droite essaie de mettre en cause le PCF et une URSS dont il suit alors au doigt et à l'œil les consignes. J'entends encore l'ambassadeur soviétique Zorine me dire, au soir du 30 mai : « L'essentiel est que tout se déroule dans la légalité. » Les contacts n'avaient jamais au demeurant tout à fait cessé entre gaullistes et communistes. Pour ces derniers, le « gauchisme » demeurait l'ennemi principal, comme à l'époque où Lénine dénonçait en lui la « maladie infantile du communisme[6] ».

*
* *

Le premier véritable incident annonciateur du mai parisien s'est indiscutablement situé dans un contexte international : c'est l'occupation, le 22 mars, du bâtiment administratif de la faculté de Nanterre par cent quarante-deux étudiants conduits par le Franco-Allemand Daniel Cohn-Bendit, à la suite de l'arrestation, pour bris de vitres à l'American Express, de plusieurs militants du comité Viêt Nam national animé par Sartre et par le physicien Alfred Kastler. La révolte n'est que la « version française – hexagonale et pour tout dire "parisienne" – d'un frémissement bizarre

---

3. *Le Monde* du 15 mars 1968.
4. André Fontaine, *La Guerre civile froide*, Fayard, 1969.
5. Confidence de Louis Joxe à Éric Roussel, reproduite dans le livre que ce dernier a consacré à Georges Pompidou, J.-C. Lattès, 1994, p. 227.
6. Lénine, *La Maladie infantile...*, *op. cit.*

qui courait la planète[7] », écrit Jean-Claude Guillebaud à juste titre. Des mouvements comparables, mais de nettement moindre ampleur, sauf à Mexico où la répression fait des centaines de morts, secouent une série de grandes villes, y compris Varsovie. Partout, c'est le même écœurement devant la société de consommation, le même besoin, encouragé par la Révolution culturelle, ou du moins par l'idée qu'on s'en fait, de croire à la liberté totale et au progrès. La verrue de Mao est sur tous les murs à côté du regard perdu du Che.

L'évacuation par la police, le 3 mai, des étudiants retranchés dans la Sorbonne multiplie le nombre des révoltés. Elle ne leur enseigne pas pour autant la stratégie. Leurs chefs, improvisés, s'épuisent dans des querelles de « fractions ». Un moment près d'être débordé, le pouvoir comprend vite, Pompidou en tête, qu'il a toutes chances de venir à bout du mouvement s'il réussit à détacher de ses initiateurs les ouvriers qui les ont rejoints massivement en débrayant et en occupant les usines. Pour y parvenir, le Premier ministre négocie avec les syndicats les accords de Grenelle, qui accordent aux salariés, après de rudes péripéties, une augmentation moyenne de 10 % et un relèvement considérable du salaire minimum.

C'est cependant de Gaulle qui emporte la décision, avec un coup de théâtre bien dans sa manière. Le 29 mai, il disparaît sans confier ses intentions à qui que ce soit. Jean Monnet, rencontré ce jour-là, est catégorique : « Je le connais mieux que personne. Je ne dis pas que s'il y avait des centaines de morts, il ne se retirerait pas pour ne pas rester dans l'Histoire comme l'homme d'un bain de sang. Mais pas avant. » Alors que Mitterrand et Mendès France l'avaient pratiquement enterré, le général effectue le lendemain, à soixante-dix-sept ans, un retour magistral. Parlant à la radio, il décrète sur un ton martial cette dissolution de l'Assemblée qu'il avait jusqu'alors catégoriquement écartée, et des centaines de milliers de manifestants remontent les Champs-Élysées, où les trois couleurs reprennent la place que leur avaient arrachée depuis un mois les emblèmes du communisme et de l'anarchie. Les élections sont un triomphe pour les gaullistes, mais un triomphe à la Pyrrhus, puisque l'homme du 18 juin, sentant son autorité contestée, organisera en avril 1969 un référendum sur la régionalisation et que, battu, il démissionnera dans l'heure. Avec lui, la France a

---

7. Guillebaud, *op. cit.*, pp. 17-18.

perdu son dernier roi, et la place orgueilleuse qu'il lui avait rendue sur la scène mondiale.

*
* *

Le « printemps de Prague », c'est un peu le mai français à l'envers. Des deux côtés, on trouve la même revendication de liberté, d'émancipation, les mêmes défilés d'étudiants dans les rues, les mêmes grèves. Mais alors que les révoltés parisiens récusent, comme jadis Marx et Lénine, la domination de l'État bourgeois, et jusqu'à l'idée de nation, leurs cousins tchécoslovaques entendent surtout recouvrer l'indépendance aliénée par la domination soviétique. À la différence des Hongrois qui, en 1956, étaient allés jusqu'à effacer le monopole du parti communiste et leur appartenance au pacte de Varsovie, ils ne remettent pas en cause leur alliance avec l'URSS, non plus que le régime communiste. Ils prétendent seulement vouloir donner à ce dernier un « visage humain », sans mesurer, du moins au début, la provocation qu'une telle formule constitue pour les Soviétiques. D'autant plus insupportable que si d'aventure le Kremlin s'inclinait en Tchécoslovaquie, tout le « camp » aurait vite fait d'exprimer des revendications analogues.

Si personne ne s'attendait au printemps de Paris, tout annonçait une crise à Prague où la liquidation du stalinisme avait été beaucoup plus lente qu'ailleurs. Le comité central avait attendu 1963, soit dix ans après la mort du Géorgien, pour approuver un long rapport sur les « violations des principes de la légalité socialiste à l'époque du culte de la personnalité ». Muet, bien entendu, sur les responsabilités des agents de l'URSS, il dénonçait la façon dont avaient été « fabriqués [...] les crimes imaginaires[8] » imputés aux accusés des grands procès du début des années cinquante. Quelques semaines plus tard, les derniers condamnés avaient été amnistiés et certains de ceux qui les avaient envoyés à la potence limogés.

Ces décisions ne pouvaient qu'encourager les contestataires, d'autant plus que la situation économique se dégradait rapidement, favorisant le réveil des vieilles tensions nationales entre Slovaques et Tchèques. Les intellectuels célébraient Kafka et le brave soldat Chveik. Les films rivalisaient d'audace. Le tourisme aidant,

---

8. Texte intégral in *Le Contrat social*, vol. XI, n° 4, p. 237.

apportant les devises si nécessaires, les modes occidentales commençaient à envahir Prague, où des jeunes barbus et chevelus se défoulaient le soir dans des concerts décadents. Des manifestations d'étudiants avaient eu lieu dès mai et septembre 1964. L'annonce d'une grande réforme économique, fondée sur la rentabilité et le marché, avait certes aidé à maintenir quelque temps un calme relatif. Mais son principal effet, après son lancement au début de 1967, avait été de déclencher une hausse générale des prix, qui ne pouvait qu'accroître le mécontentement. Un membre du parti, Ludvik Vaculik, s'adressant en juin au congrès de l'Union des écrivains, s'enhardit à déclarer : « Ce congrès n'a pas été réuni après que les membres de notre organisation ont décidé de se réunir, mais seulement après que le Maître, ayant examiné ses problèmes, a gracieusement donné son accord. En échange il attend, comme il a été accoutumé à le faire pendant des centaines d'années, que nous montrions de la vénération pour sa dynastie. Je suggère que nous n'en montrions pas[9]. » Il est longuement applaudi, et plusieurs auteurs célèbres, dont Pavel Kohout, Milan Kundera et Antonin Liehm, interviennent dans le même sens.

Le « Maître », c'est Antonin Novotny, premier secrétaire du parti depuis la mort de son lieutenant tchèque Gottwald des suites une pneumonie contractée aux obsèques de Staline. Depuis un an il est également président de la République. En septembre, le comité central exclut certes Vaculik et ceux qui l'ont appuyé. Mais le premier secrétaire du parti slovaque, Alexandre Dub ek, un grand garçon tout maigre, l'air plutôt effacé et timide, qui jusqu'alors n'a guère fait parler de lui, critique cette mesure. Il s'étonne également que les investissements soient inférieurs aux prévisions du plan. À la fin d'octobre, il revient à la charge en demandant une nette séparation des pouvoirs entre le parti et l'État, ce qui implique que Novotny renonce à l'un de ses deux mandats. Le numéro un, « un cas clinique de médiocrité[10] » selon Fidel Castro, le prend évidemment très mal, ce qui porte à son comble la popularité de Dub ek chez ses compatriotes slovaques.

Après des semaines d'hésitation, le praesidium du parti se prononce pour la séparation des fonctions et, au début de 1968, nomme Dub ek premier secrétaire. Comme il avait longtemps séjourné chez eux avec ses parents et participé au soulèvement

---

9. Texte intégral in Pavel Tigrid, *Le Printemps de Prague*, Seuil, 1968, pp. 151-164.
10. Cité in K.S. Karol, *Les guérilleros...*, *op. cit.*, p. 502.

slovaque de 1944, les Soviétiques n'ont a priori rien contre lui. Ils n'ignorent pas ses promesses de libéralisation, mais ils en ont entendu d'autres, qui étaient restées sans effet, et « commettent l'erreur de ne pas comprendre, comme l'écrit son biographe anglais William Shawcross, qu'il était sincère[11] ». Rien n'est plus risqué, dans ce système basé sur le mensonge, que de dire soudain la vérité. Or Dubček a « besoin de croire en de grands idéaux[12] », assure l'un de ses proches, Zdenek Mlynar. Ceux du marxisme-léninisme avaient jusqu'alors pleinement satisfait sa simplicité, sa générosité, son éducation très stricte dans une famille de tradition luthérienne. « Un enfant de chœur », me dira quelques mois plus tard un ministre roumain qui ne correspondait guère quant à lui à cette définition.

Le premier signe du « printemps de Prague », c'est l'allégement de la censure. Pas question donc pour les journaux d'ignorer la fuite aux États-Unis du général Sejna. Chef de l'organisation communiste de l'armée, celui-ci avait tenté d'organiser un putsch pour maintenir en place Novotny, auquel il était très lié, et revendait au marché noir des produits agricoles destinés aux militaires. Du coup Novotny se voit obligé de renoncer à la présidence de la République, qui échoit au général Svoboda, ancien commandant de l'armée tchécoslovaque stationnée en Russie pendant la Seconde Guerre mondiale. Son nom est à lui seul un programme : il signifie liberté ! Les prisonniers politiques sont réhabilités, des « clubs » de discussion se constituent, et l'on commence à parler d'autogestion.

Un tel mouvement ne peut rester sans incidence à l'extérieur de la Tchécoslovaquie. Nicolae Ceausescu, secrétaire général du PC roumain depuis 1965 et chef de l'État depuis 1967, se garde bien de démocratiser son régime, mais il prend chaque jour un peu plus ses distances vis-à-vis du Kremlin. Tito se débarrasse de son très autoritaire ministre de l'Intérieur Rankovic, et se décide à libérer son ex-bras droit Milovan Djilas, devenu un opposant féroce. Celui-ci était détenu depuis 1956, en raison notamment de la publication, à New York, d'un vigoureux pamphlet contre la « nouvelle classe » communiste[13], aux privilèges scandaleux. En URSS même, l'envoi au goulag de deux écrivains mal-pensants,

---

11. William Shawcross, *Dubček, un homme pour toutes les saisons*, Stock, 1990, p. 181.
12. Zdenek Mlynar, *Le froid vient de Moscou*, Gallimard, 1981, pp. 136-137.
13. Milovan Djilas, *La Nouvelle Classe*, Plon, 1957.

Iouri Daniel et Andreï Siniavski, conduit près de trois cents de leurs collègues à réclamer leur libération sous caution. Mais c'est en Pologne que l'impatience se fait le plus sentir.

Gomulka avait bien déçu ceux qui voyaient en lui un libérateur. Redoutant les semonces soviétiques, il réprimait sévèrement les audaces des intellectuels. Mais il ne pouvait pas grand-chose contre une Église à laquelle le millénaire de la conversion de la nation avait donné en 1966 une formidable occasion de montrer sa différence – et sa puissance. Il craignait par-dessus tout son ministre de l'Intérieur, le général Moczar, qui convoitait sa place et jouait sans le moindre scrupule, avec ses Partisans, la carte de l'antisémitisme dans un pays qui ne comptait pourtant plus que 30 000 Juifs, contre 3 millions avant le génocide. Il y alla lourdement de son couplet antisioniste, bien que sa femme fût elle-même juive, au lendemain de la guerre de Six Jours.

Au début de 1968, Gomulka interdit les représentations des *Aïeux* du grand poète romantique Mickiewicz, dont les tirades antitsaristes déchaînent chaque soir de longues ovations. Tous les grands noms de l'intelligentsia protestent, quantité d'étudiants font grève, des universités ferment leurs portes. La milice intervient brutalement, procédant à de nombreuses arrestations. Mais l'agitation donne des signes d'essoufflement quand Gomulka la relance en s'en prenant une fois de plus aux éléments « sionistes ». « Ces trois semaines de fièvre ont été une extraordinaire école d'initiation à la politique, écrit Pierre Buhler. [...] Portés par le climat d'espoir engendré par le printemps de Prague, les étudiants et leurs professeurs ont pu voir, dans leur démarche d'un processus démocratique similaire en Pologne, un espoir que résume ce vers présent sur toutes les lèvres : "Toute la Pologne attend son Dubček[14]." »

Il ne faut donc pas compter sur Gomulka pour se montrer compréhensif envers les rénovateurs d'outre-Carpates. Comme l'Allemand de l'Est Ulbricht, qui craint toujours d'être sacrifié sur l'autel de la détente, il ne cesse de prêcher le langage de la fermeté, puis, une fois mesurée son inefficacité, de la répression. Moscou n'attend rien d'autre de ses alliés : seuls les Roumains se tiendront à l'écart. Janos Kadar préconisera vainement quant à lui un compromis, ce qui ne l'empêchera pas, le moment venu, de faire participer des contingents hongrois à l'invasion de la Tchécoslovaquie.

---

14. Buhler, *op. cit.,* p. 413.

Le 23 mars 1968 un sommet du pacte de Varsovie se tient à Dresde à l'initiative de Brejnev. Gomulka en tête, les intervenants s'en prennent surtout au ton de la presse pragoise. Dub ek répond que, depuis l'abolition de la censure, le parti n'y peut mais, et l'on en reste là. En avril, le comité central procède à de nombreuses nominations, sans pour autant éliminer tous les hommes de Novotny, et adopte un programme d'action insistant sur la liberté, la responsabilité, la lutte contre le centralisme[15]. Comme s'il voulait aggraver son cas, Dub ek déclare : « Le succès de notre démocratie sera le succès du socialisme comme tel. Les inconséquences ou l'insuccès [...] laisseraient pour longtemps des traces désastreuses dans le mouvement communiste international[16]. »

La traditionnelle fête du Premier Mai tourne à son triomphe. Mais trois jours plus tard, il est convoqué à Moscou où Brejnev le force à accepter des manœuvres conjointes du pacte de Varsovie à partir du 18 juin en Tchécoslovaquie, d'où les troupes soviétiques s'étaient retirées en 1946. En visite à Prague, le général Yepichev menace ses interlocuteurs d'une intervention militaire au cas où ils ne reprendraient pas rapidement les choses en main. Le journal des écrivains fait état d'une note interne du SED, le parti communiste est-allemand, envisageant cette éventualité. C'est ce document qui pousse soixante-dix célébrités de la République, dont le recteur de l'université de Prague et le marathonien Zatopek, à publier le 27 juin un manifeste de deux mille mots assurant le gouvernement qu'ils le soutiendront, « même par les armes, tant qu'il fera ce pour quoi il a été mandaté[17] ».

Dub ek n'a pas été consulté, et il ignore encore l'existence de ce texte lorsque, quelques heures après sa publication, il reçoit un coup de téléphone de Brejnev, déchaîné contre cette « proclamation de la contre-révolution[18] ». Que peut-il faire, lui qui n'a cessé de mettre discrètement en garde les journalistes contre l'excès d'audace ? Il convoque le praesidium, qui dénonce unani-

---

15. Texte intégral in Mlynar, *op. cit.*, pp. 339-355.
16. Alexandre Dubček, *Du printemps à l'hiver de Prague*, Fayard, 1970, p. 131.
17. Texte intégral dans Pierre Daix, *Prague au cœur*, Julliard, 1974, pp. 211-225.
18. Tad Szulc, *Czechoslovakia since World War II*, New York, The Viking Press, 1971, p. 348.

mement dans le manifeste une « claire menace à l'égard de tout le processus de démocratisation[19] ». Mais il en faudrait davantage pour rassurer le Kremlin qui convoque le 14 juillet à Varsovie les dirigeants du pacte du même nom, aux fins d'adresser une mise en garde à Prague. Les Tchèques refusent de venir, comme les Roumains. Gomulka, qui préside, déclare : « Nous avons affaire à une contre-révolution où les adversaires ne tirent pas. S'ils tiraient, ce serait plus simple pour nous, parce qu'alors nous pourrions réagir de manière tout à fait différente. En aucun cas, conclut-il en s'adressant à Brejnev, nous ne devons admettre que la révolution l'emporte[20]. »

Avant de se séparer, les Cinq adressent aux dirigeants de Prague une lettre dont la conclusion ne saurait être plus claire : « Nous croyons que la tâche d'infliger une réplique décisive aux forces anticommunistes et de préserver le système socialiste en Tchécoslovaquie n'est pas seulement de votre responsabilité mais de la nôtre[21]. » Ce à quoi Dubček et son praesidium répondent que juger ainsi les autres n'est pas le meilleur moyen de « faire progresser la cause commune du socialisme[22] ». On finit par organiser une rencontre bilatérale à Cierna nad Tisou, dernière station ferroviaire slovaque avant l'Ukraine. Mais c'est tout de suite l'impasse, et les signes que les Soviétiques préparent une invasion se multiplient. À la dernière minute, Brejnev accepte cependant le principe d'un sommet du pacte de Varsovie destiné à adopter une déclaration d'accord mutuel sans ingérence dans les affaires intérieures des pays membres. Et il annonce le retrait de ses troupes demeurées en Tchécoslovaquie après la fin des manœuvres. Que s'est-il passé ? Tout simplement, deux membres du PC espagnol ont apporté le 30 juillet à Moscou une lettre signée par dix-huit « partis frères », pas un de moins, demandant le plus fermement du monde que les Soviétiques cessent de se mêler des affaires tchèques[23].

La réunion du pacte de Varsovie se déroule sans encombre à Bratislava, capitale de la Slovaquie, et adopte un texte à première vue anodin. Il contient tout de même la phrase qui, quinze jours plus tard, fournira le prétexte de l'intervention :

---

19. *Ibid.*, p. 349.
20. Erwin Weit, *Dans l'ombre de Gomulka*, Robert Laffont, 1971, p. 277.
21. Texte intégral in Szulc, *op. cit.*, pp. 352-355.
22. Texte intégral *ibid.*, pp. 355-357.
23. Pavel Tigrid, « Czechoslovakia, Agony of a Nation », *Survey*, automne 1969.

« Le maintien, la consolidation et la défense de ces conquêtes [du socialisme sont...] le devoir international commun de tous les pays socialistes[24]. » Dubček en tête, qui déclare à la télévision que les craintes sur la souveraineté nationale sont « sans fondement[25] », les Tchécoslovaques croient la partie gagnée et acclament Tito et Ceausescu quand ils viennent en visite les jours suivants à Prague. La presse ignore tous les conseils de prudence, et la préparation du prochain congrès du parti est l'occasion de propositions qui ne peuvent que fournir de nouveaux arguments aux apôtres chez les pays frères de la manière forte. Parmi eux Ulbricht, qui rencontre Dubček le 12 et repart les mains vides.

Dès le 14, la presse de Moscou reprend ses attaques. Le 17, Brejnev adresse aux dirigeants tchécoslovaques une lettre véhémente. Et le 20, à 11 heures du soir, des contingents soviétiques, polonais, est-allemands, hongrois et bulgares franchissent les frontières de la République tandis que des parachutistes se rendent maîtres de l'aéroport de Prague où débarquent soldats, blindés et artillerie antichar. Les membres prosoviétiques du praesidium du parti ne peuvent empêcher l'adoption à l'unanimité d'une proclamation à la nation, condamnant une action « qui va à l'encontre des principes des relations entre États socialistes » et convoquant le gouvernement, l'Assemblée nationale et le comité central[26]. « Qu'ils aient fait ça alors que j'ai voué toute ma vie à la collaboration avec l'URSS est la plus grande tragédie de ma vie[27] », s'écrie un Dub ek ému aux larmes. Il n'envisage pas cependant de résistance armée : les forces tchécoslovaques sont nombreuses et bien entraînées, mais elles sont étroitement intégrées dans le dispositif du pacte de Varsovie, ce qui ne leur laisse aucune liberté de manœuvre. Et l'exemple de la Hongrie de 1956 est là pour dissiper les illusions que l'on pourrait nourrir à Prague sur l'éventualité d'une aide occidentale.

Le 21 au matin, l'agence Tass publie une déclaration assurant que « des hommes d'État et du PC tchécoslovaque », dont elle serait bien en peine de préciser l'identité, ont demandé à l'URSS et à ses alliés de « venir en aide au peuple tchécoslovaque en lui apportant une aide militaire » pour faire face à la menace des

---

24. Texte intégral in *URSS,* bulletin du bureau soviétique d'information en France, n° 3887 du 5 août 1968.
25. Dubček, *op. cit.*, p. 192.
26. *L'Humanité*, 22 août 1968.
27. Szulc, *op. cit.*, p. 380.

« forces contre-révolutionnaires agissant en accord avec des forces ennemies du socialisme[28] ». L'ambassadeur soviétique à Washington, Anatoli Dobrynine, va plus loin en assurant Johnson que le Kremlin agit à la demande du « gouvernement tchécoslovaque », aux prises avec une conspiration de forces extérieures et intérieures, et espère bien que l'événement n'affectera en rien les relations des deux superpuissances « au développement desquelles il attache la plus grande importance[29] ». Des démarches analogues sont effectuées dans les autres grandes capitales.

*
* *

Au moment de la visite de Dobrynine, LBJ était sur le point de donner son accord à Moscou pour venir y parler en octobre de la limitation des armements stratégiques. Il n'en est évidemment plus question, mais la réaction américaine à l'invasion ne dépasse pas le stade de l'indignation vertueuse. Le Conseil de sécurité entend des condamnations d'autant plus vigoureuses que la présence du ministre tchécoslovaque des Affaires étrangères, arrivé de Yougoslavie où il était en vacances, suffit à ruiner la thèse soviétique selon laquelle c'est le gouvernement de Prague qui a demandé l'intervention. Mais le droit de veto dont dispose l'URSS rend les débats de New York inopérants. Et Johnson, après avoir invité les Soviétiques, dans un discours prononcé à San Antonio, à ne pas « relâcher les chiens de la guerre[30] », se contente, dès le 10 septembre, d'exprimer l'espoir que ce « fâcheux incident de parcours n'aura que des conséquences momentanées », assurant que les États-Unis s'y emploieront[31].

« Incident de parcours » : on a beaucoup dit que Michel Debré, depuis quelques semaines ministre des Affaires étrangères, avait employé la même expression, mais il s'en est toujours défendu. De Gaulle en revanche fit publier un communiqué qui tout en mettant en cause les accords de Yalta – pourtant muets sur la Tchécoslovaquie – déplorait « une atteinte aux droits et au destin d'une nation amie [...] de nature à contrarier la détente

---

28. *Le Monde*, 22 août 1968.
29. Cité in Johnson, *op. cit.*, pp. 587-588.
30. *Le Monde* du 22 août 1968. L'expression est empruntée à Shakespeare.
31. Cité in Henry Kissinger, *À la Maison-Blanche*, Fayard, 1979, t. I, p. 138.

européenne qui seule peut assurer la paix[32] ». Il tombait de haut ! N'avait-il pas dit à son aide de camp, l'amiral Flohic, au début de mai : « Le remue-ménage que ma politique contribue à instaurer n'est pas pour me déplaire. La Petite Entente [Roumanie, Pologne, Tchécoslovaquie] renaît. Cela ne satisfait pas les Russes. Mais dès l'instant qu'ils ont décidé de faire les gracieux, ils ne peuvent plus rien dire[33]. »

Un tel niveau d'illusion aide à comprendre que le général ait fait en juin 1967 le voyage de Varsovie pour essayer de convaincre Gomulka de prendre ses distances vis-à-vis de Moscou, ce qui lui avait attiré une verte réponse de l'intéressé devant le Sejm, le parlement polonais, et qu'il ait maintenu sa visite à Bucarest alors que la révolte étudiante embrasait Paris. Dès le début de l'été cependant le visionnaire pessimiste avait repris le dessus. Recevant Jean-Marie Domenach, il lui avait dit, parlant du printemps de Prague : « C'est beau. Mais ils vont aller trop vite et trop loin. Les Russes vont intervenir. Alors, comme toujours, les Tchèques renonceront à se battre et la nuit retombera sur Prague. Il se trouvera tout de même quelques étudiants pour se suicider[34]. »

Le 8 janvier suivant, effectivement, un étudiant de dix-huit ans, Jan Palach, s'immolera par le feu sur la place Wenceslas, après avoir écrit une lettre signée « Torche n° 1 ». Plus de cent mille personnes assistent à ses obsèques. Trois autres suivent bientôt son exemple et sa sépulture devient un lieu de pèlerinage. Le dramaturge Václav Havel, qui sera élu président de la République en 1991 après la chute du communisme, sera condamné au début de cette même année à neuf mois de prison ferme pour avoir osé fleurir sa tombe. Ce jugement en dit long sur la signification du mot « normalisation », qui apparaît pour la première fois dans un long communiqué publié le 26 août 1968 à Moscou à l'issue d'entretiens entre la troïka Brejnev-Kossyguine-Podgorny et les dirigeants tchécoslovaques. Dubček, qui a été arrêté quelques heures après l'invasion et transféré menottes aux mains en Ukraine avec plusieurs de ses camarades, a finalement été relâché et admis à siéger au sein de la délégation de son pays. Il doit sa libération à la détermination du président Svoboda, qui a refusé de signer quoi que ce soit en son absence, mais aussi au fait que l'Assemblée nationale et le Congrès extraordinaire du parti qui se

---

32. *Le Monde* du 27 août 1968.
33. François Flohic, *Souvenirs d'outre-Gaulle*, Plon, 1979, p. 198.
34. Cité in Jean Lacouture, *De Gaulle*, Seuil, 1965, t. III, p. 547.

sont réunis clandestinement ont condamné l'action soviétique à d'écrasantes majorités.

Pour arracher le consentement de Dubček et de ses amis, Brejnev leur a tenu un discours que Mlynar résume ainsi : « Votre frontière occidentale n'est pas seulement la vôtre, elle est celle de tout le camp socialiste. C'est un résultat de la Deuxième Guerre mondiale pour laquelle l'URSS a dû payer un prix élevé. Notre Politburo n'a pas le droit de mettre en danger les résultats de cette guerre [...]. Comme des imbéciles [vous cherchiez] un modèle de socialisme qui fût séduisant pour toute l'Europe, y compris l'Europe occidentale, mais lui, le réaliste, savait que cette Europe occidentale avait perdu toute importance depuis cinquante ans déjà [...] parce que la frontière du socialisme, c'est-à-dire celle de l'URSS, se trouvait jusqu'à nouvel ordre sur l'Elbe[35]. » Les troupes du pacte de Varsovie vont donc être retirées au fur et à mesure que la situation en Tchécoslovaquie se « normalisera ». Et Brejnev proclame le 12 novembre la doctrine, qui va porter son nom, de la « souveraineté limitée ».

À cette date, Dub ek a retrouvé théoriquement toutes ses attributions. Mais il est usé jusqu'à la corde et doit démissionner le 28 mars 1969, à la suite de la victoire de l'équipe tchécoslovaque de hockey sur glace sur la soviétique, qui a provoqué dans tout le pays de véritables émeutes et de nombreux attentats contre des bâtiments appartenant à l'URSS. Quelques jours plus tard, il est remplacé par Gustav Husak, le plus soviétophile des dirigeants de Prague, qui se révélera vingt et un ans plus tard l'un des adversaires les plus résolus de Gorbatchev. Par la suite Dub ek sera nommé ambassadeur en Turquie, puis, après sa démission du comité central, ingénieur dans l'administration des forêts, placé en résidence surveillée à Bratislava. Il vivra assez vieux pour assister à la chute du régime, mais l'opposition de Václav Havel lui barrera la route d'une présidence de la République qu'il convoitait fort[36], et il devra se contenter de celle du parlement fédéral. Il mourra en 1991 dans un accident de voiture.

Bien plus que celle de la Hongrie douze ans plus tôt, l'invasion de la Tchécoslovaquie a été désastreuse pour les communistes de la diaspora. Le secrétaire général du PC espagnol, Santiago Carrillo, qui dépêche à Moscou la Pasionaria, la grande prêtresse

---

35. Mlynar, *op. cit.*, pp. 312-315.
36. Révélation de l'hebdomadaire *Listy*, reprise par *Le Monde* du 12 mars 2002.

de la guerre civile en personne, pour porter sa protestation, n'hésite pas à déclarer : « Si nous étions au pouvoir et que les troupes d'un pays socialiste traversaient notre frontière, je n'hésiterais pas à mobiliser l'armée contre elles pour me défendre[37]. » Le parti italien parle de « grave désaccord[38] », le français de « surprise et de réprobation[39] », avant de revenir à sa politique traditionnelle d'alignement sur le grand frère soviétique. Lorsque la conférence mondiale des PC à laquelle Khrouchtchev tenait tant finira par se réunir en juin 1969..., soit près de cinq ans après sa chute, elle se soldera par un échec complet. La plupart des Asiatiques ne se dérangeront pas, de même que les Yougoslaves, et Fidel brillera par son absence. Italiens, Roumains et Espagnols rivaliseront d'impertinence et c'est en vain que les Soviétiques chercheront à obtenir une condamnation de Pékin. Ils se donneront beaucoup moins de mal par la suite pour faire se tenir à nouveau ces assises.

*
* *

S'il y a un bénéficiaire du coup de Prague, paradoxalement, ce sont sans nul doute les États-Unis, qui se donnent en novembre 1968 un président pugnace et passablement cynique en la personne du républicain Richard Nixon, ancien vice-président d'Eisenhower, battu d'une courte tête en 1959 par Kennedy. Un propos de son directeur de campagne, Robert Ellsworth, entendu à Paris tout de suite après son élection, illustre bien son état d'esprit : « Qu'avez-vous à verser ces larmes de crocodile ? L'invasion est tout bénéfice pour nous. Auparavant, les Tchèques adoraient les Russes. Maintenant ils les haïssent[40]. »

De son côté, la politique d'indépendance de de Gaulle a subi un coup mortel : mai 1968 a saigné les réserves monétaires de la France, lui interdisant de continuer de faire la guerre au dollar et aux grands groupes pétroliers. L'invasion de la Tchécoslovaquie renvoie aux calendes grecques son rêve d'Europe « de l'Atlantique à l'Oural ». Que faire, sinon essayer de se raccommoder avec les États-Unis ? La tâche sera d'autant plus facile que Nixon comme son bientôt célèbre conseiller Henry Kissinger n'ont jamais caché

---

37. Santiago Carrillo, *Demain l'Espagne*, Seuil, 1974, p. 153.
38. *L'Unità*, 22 août 1968.
39. *L'Humanité*, 22 août 1968.
40. Confidence à l'auteur.

leur admiration pour le « colosse[41] » gaullien et qu'ils viennent lui rendre, dès février 1969, une visite particulièrement cordiale.

Le général n'a pas vraiment renoncé à son grand dessein pour le continent. « La Tchécoslovaquie n'est pas une nation, a-t-il dit à ses ministres au lendemain du coup de Prague. C'est un pays artificiel, mal foutu, nous pouvons le dire puisque c'est nous qui l'avons fabriqué. Nous continuerons à parler de l'Europe. Si la Russie, un jour, a des histoires avec la Chine, elle a besoin de ne pas avoir l'Europe contre elle. Il faut continuer dans notre voie[42]... »

« Des histoires avec la Chine », Moscou était certes en passe d'en avoir, mais pas exactement du type qu'imaginait le grand Charles. On se souvient des diatribes de Mao contre les « traités inégaux » jadis imposés par les tsars à l'empire du Milieu. Sans qu'on en sache trop bien l'origine, des incidents éclatent à partir de mars 1969 sur le fleuve Oussouri puis sur divers autres points de la frontière sino-soviétique, faisant de nombreux morts. Le 27 août, le patron de la CIA, Richard Helms, estime publiquement que le Kremlin est en train de sonder les pays frères sur la façon dont ils réagiraient à une attaque préventive contre les installations nucléaires chinoises[43]. Le 5 septembre, le secrétaire à la Défense Elliott Richardson amorce un tournant majeur : « En ce qui concerne la Chine communiste, une amélioration de nos relations avec elle est dans notre intérêt [...]. Nous ne cherchons pas à exploiter à notre avantage l'hostilité [entre Pékin et Moscou] : les divergences idéologiques entre ces deux géants communistes ne sont pas notre affaire. Cependant nous ne manquerions pas de nous inquiéter vivement si une escalade de ces tensions menaçait gravement la paix et la sécurité internationales[44]. » Un tel propos a été longtemps inimaginable. Mais Nixon a publié un an avant son élection dans *Foreign Affairs* un article préconisant une « politique extrêmement prudente destinée à permettre à la Chine de reprendre à la longue sa place dans la communauté mondiale ». Il se déclarera d'accord avec de Gaulle, lors de sa visite à Paris au début de 1969, sur la nécessité d'ouvrir un véritable dialogue avec Pékin[45]. Kissinger parlait

---

41. Kissinger, *À la Maison-Blanche, op. cit.*, p. 108.
42. Jean-Raymond Tournoux, *Le Feu et la Cendre*, Plon, 1979, pp. 355-356.
43. Kissinger, *À la Maison-Blanche, op. cit.*, p. 190.
44. *Ibid.*
45. Richard Nixon, *Mémoires*, Stanké, 1978, pp. 268-269.

volontiers de son côté de la nécessité de « recalibrer » les relations sino-américaines.

Le 16 septembre, le *London Evening News* publie un article de son correspondant à Moscou, Victor Louis, réputé agent du KGB, selon lequel « les théoriciens marxistes (*sic*) envisageaient la possibilité d'une guerre sino-soviétique », expliquant que l'URSS serait « fort probablement » amenée à demander, au nom de la doctrine de la « souveraineté limitée » invoquée à propos de la Tchécoslovaquie, l'aide des autres pays socialistes. Washington en est encore à s'interroger sur ce qu'il faudrait faire quand, le 7 octobre, les Chinois annoncent qu'ils reprennent les discussions avec le Kremlin auquel ils font quelques concessions. Mais en même temps, ils informent les Américains, par l'intermédiaire du Pakistan, qu'ils sont disposés à parler avec eux.

Le rapprochement ainsi amorcé ne va se concrétiser que pas à pas, notamment avec une déclaration de Nixon au Congrès dans laquelle, le 18 février 1970, il estime que le peuple chinois « ne devrait pas être tenu à l'écart de la communauté internationale[46] ». Mao mesure la portée de ces appels du pied et estime qu'il a intérêt à y regarder d'un peu plus près. Lin Biao, qui piaffe sur les marches du trône, n'est naturellement pas de cet avis. Le 8 septembre 1971, à en croire Zhou Enlai, il déclenche un coup d'État contre le Grand Timonier et, « ayant échoué, s'enfuit le 13 à bord d'un avion pour passer chez les révisionnistes soviétiques », mais s'écrase en Mongolie[47]. Il faudra attendre 1980 pour que le *Quotidien du peuple* donne une version plus élaborée de l'affaire : Lin aurait prévu divers attentats contre Mao, auxquels ce dernier aurait échappé en parcourant la Chine en tous sens à bord de son train spécial[48].

Qui veut noyer son chien... Il est difficile de se défendre de l'impression que Lin Biao, dont le pouvoir, notamment sur l'armée, était alors considérable, constituait un obstacle important à la normalisation sino-américaine. Sa mort, le 13 septembre 1971, suit en tout cas de peu l'annonce par Nixon, le 15 juillet, que Kissinger vient d'effectuer secrètement, du 9 au 11, une visite à Pékin au cours de laquelle il a discuté du voyage que lui-même a accepté d'y faire avant mai 1972. Compte tenu de toutes les accu-

---

46. Kissinger, *À la Maison-Blanche, op. cit.*, t. II, p. 753.
47. *Bulletin d'information de l'ambassade de la République populaire de Chine à Paris,* 1er septembre 1973.
48. Analyse de l'article par Alain Jacob dans *Le Monde* du 27 novembre 1980.

sations que Chinois et Américains s'étaient lancées à la figure depuis un quart de siècle, cette déclaration a fait l'effet d'un coup de tonnerre. Nixon avait pourtant annoncé dans une interview à *Time Magazine* du 5 octobre 1970 qu'il aimerait bien aller en Chine avant de mourir ; il avait demandé au président du Pakistan de jouer les intermédiaires avec Pékin. Le 18 décembre suivant, Mao avait reçu pendant neuf heures son vieux complice le journaliste américain Edgar Snow, auquel il avait donné un entretien, à ne publier que lorsqu'il aurait reçu le feu vert, dans lequel il assurait que le président américain serait le bienvenu à Pékin, où il pouvait venir « comme président ou comme touriste ». Ce texte sensationnel sera diffusé le 27 avril 1971, sans beaucoup attirer l'attention des observateurs qualifiés. De même, l'invitation adressée quelques jours plus tôt aux pongistes américains, en tournée au Japon, de pousser jusqu'à la Chine ne sera reproduite, dans la plupart des journaux du monde, et avec quelle discrétion, qu'en page sportive ! Après tout, les experts les plus réputés n'avaient pas pris au sérieux, au printemps 1939, les signes avant-coureurs du rapprochement germano-soviétique.

Kissinger est toujours resté discret sur sa conversation avec Zhou Enlai. À en croire les documents déclassifiés diffusés par un organisme privé de recherche, les *National Security Archives*, et repris par le *New York Times* en mars 2002, il aurait offert de retirer les troupes américaines de Taiwan et ajouté : « En ce qui concerne l'avenir politique de Taiwan, nous ne sommes favorables ni à une solution de "Deux Chines", ni à une solution "Une Chine, deux Taiwan" [...]. L'évolution politique devrait plutôt aller dans la direction indiquée par le Premier ministre Zhou[49] », c'est-à-dire la reconnaissance d'une seule Chine, la RPC, la République populaire. C'est effectivement à cette solution que les États-Unis vont se résoudre. En trois temps : d'abord admission aux Nations Unies, aux lieu et place de Taiwan, qui intervient le 25 octobre 1971, l'URSS votant pour et les États-Unis contre, comme si de rien n'était, puis création de bureaux de liaison, en mai 1973, entre les deux gouvernements, et enfin, en mai 1978, normalisation pure et simple, Carter et Hua Guofeng ayant succédé dans l'intervalle à Nixon, démissionnaire pour cause de Watergate, et à Mao, décédé en septembre 1976. Le rusé Richard aura eu largement le temps de faire le voyage de Pékin et de

---

49. Patrice de Beer, « Quand Henry Kissinger lâchait l'allié américain », *Le Monde,* 6 mars 2002.

signer avec le Grand Timonier, le 27 février 1972, une longue « déclaration de Shanghai », exprimant notamment leur commune hostilité à toute entreprise hégémonique dans la région[50]. Il n'avait pas le triomphe modeste : « Cette semaine, devait-il s'écrier avant de repartir, a changé le monde[51]. »

Le monde avait déjà changé avant son voyage, comme on avait pu le constater au moment de la guerre qui avait opposé en novembre précédent l'Inde et le Pakistan. En 1965 déjà, les deux pays s'étaient disputé les armes à la main la domination du Cachemire, État peuplé en majorité de musulmans mais gouverné par un rajah hindouiste. La fille de Nehru, Indira Gandhi, alors chef du gouvernement indien, y tenait comme à la prunelle de ses yeux, sa famille étant originaire de la région. Moscou avait réussi à imposer son arbitrage, qui revenait à consolider le partage provisoire intervenu en 1948 sous la surveillance des Nations Unies. L'enjeu du nouvel affrontement était autrement sérieux. Les élections qui s'étaient déroulées en 1970 dans les deux parties que comptait alors le Pakistan avaient tourné à la confusion du dictateur Yahya Khan, qui payait pour l'état comateux de l'économie. Elles avaient vu le triomphe à l'Ouest de l'opposition animée par Ali Bhutto, intellectuel raffiné au vocabulaire gauchisant, et à l'Est du mouvement autonomiste dirigé par Mujibur Rahman, lequel s'était empressé de proclamer l'indépendance de ce qui allait devenir le Bangladesh. Au lieu d'essayer de trouver avec lui une solution négociée, Bhutto, devenu Premier ministre, le fit arrêter. Suivirent des émeutes réprimées avec une extrême brutalité, qui entraînèrent l'exode vers Calcutta – capitale du Bengale occidental indien – d'une partie de la population.

L'occasion d'intervenir au profit des Bengalis de l'Est révoltés était d'autant plus belle pour Indira que Gromyko en personne était venu signer avec elle, le 9 août 1971, un traité d'amitié et de coopération assorti de la promesse de fournir à l'Inde les armements dont elle pourrait avoir besoin et de bloquer son éventuelle condamnation par le Conseil de sécurité : façon de faire payer la monnaie de sa pièce à Pékin qui n'avait cessé de se rapprocher d'Islamabad. Autant jeter « une allumette dans un baril de poudre[52] », écrit Kissinger. Il n'était évidemment pas question dans

---

50. Texte intégral de la déclaration dans *U.S.A. Documents*, n° 2336 du 28 février 1972.
51. Cité in Jacques Guillermaz, *Le Parti communiste au pouvoir*, Payot « Petite bibliothèque », 1979, t. II, p. 708.
52. Kissinger, *À la Maison-Blanche, op. cit.*, t. II, p. 921.

ces conditions pour le gouvernement Bhutto de récupérer le Bangladesh, dont l'indépendance sera rapidement reconnue. Mais Washington obtint du Kremlin qu'il exerce sur le gouvernement de New Delhi les pressions suffisantes pour qu'il ne s'empare pas de la totalité du Cachemire. Pékin y avait mis du sien en baissant soudain le ton après avoir hurlé à la mort.

*
* *

Rassuré sur ce point, Nixon se retrouvait aux prises avec la question dont Zhou Enlai lui avait dit qu'elle était « la plus importante », ajoutant : « C'est là que le monde entier nous attend[53]. » Selon les *National Security Archives*, Kissinger aurait confié au même Zhou, lorsqu'il s'était rendu secrètement à Pékin l'année précédente, que les États-Unis étaient prêts à se retirer unilatéralement du Viêt Nam, en échange d'une « paix honorable[54] », quitte en contrepartie à laisser tomber Taiwan. Son interlocuteur ne pouvait évidemment acquiescer à un tel marchandage, dont le premier effet aurait été de jeter Hanoi dans les bras de Moscou, ce que les Chinois redoutaient par-dessus tout, au point de laisser le corps expéditionnaire américain s'approvisionner à Hongkong en marchandises venues du continent.

À l'époque il y avait plus de deux ans que Nixon était à la recherche de cette « paix honorable », dans l'esprit de ce *low profile* sous le signe duquel il avait d'emblée placé sa politique étrangère. Pourquoi ce « profil bas » ? Pour la première fois, le 21 juillet 1969, deux hommes avaient mis le pied sur la Lune, et ces hommes étaient des Américains. En ridiculisant les déclarations péremptoires faites par Mao et Khrouchtchev au lendemain du lancement du premier Spoutnik, qui, à les en croire, aurait démontré une fois pour toutes la supériorité du socialisme sur le capitalisme, ce succès mettait une fois de plus en évidence la capacité des États-Unis à gagner la seconde manche. C'est pourtant ce moment-là que le président avait choisi pour énoncer le 25 juillet, devant des militaires puis devant des journalistes, ce qu'on allait appeler la doctrine de Guam, du nom de l'îlot américain du Pacifique où il avait fait escale après avoir assisté la veille à l'amerrissage des astronautes. Rebaptisée par la suite doctrine

---

53. Nixon, *op. cit.*, p. 419.
54. P. de Beer, *loc. cit.*

Nixon, elle confirmait les engagements d'assistance des États-Unis en Asie, mais, sauf dans le cas d'un recours de l'adversaire à l'arme nucléaire, elle invitait les intéressés « à régler par eux-mêmes et à en prendre la responsabilité [...] leurs problèmes de sécurité interne et de défense militaire[55] ».

L'hôte de la Maison-Blanche n'avait pas attendu cette déclaration d'intention pour retirer plusieurs dizaines de milliers d'hommes du Viêt Nam. Les négociations qui s'étaient ouvertes à Paris quelques jours après sa prise de fonctions entre Kissinger en personne et le Nord-Vietnamien Xuan Thuy, bientôt remplacé par un membre du Politburo, Lê Duc Tho, n'avaient pas fait pour autant le moindre progrès : manifestement, la dernière chose à quoi songeait Hanoï, c'était de faciliter la « sortie honorable » dont les États-Unis rêvaient. Ce qui leur était inlassablement demandé, c'était non seulement de retirer sans condition tous leurs *boys* mais de contribuer au remplacement du gouvernement de Saigon par une équipe dont le Nord tirerait toutes les ficelles.

Outre son propre tempérament, deux raisons poussaient Nixon à la fermeté. L'amélioration de la situation militaire, grâce aux livraisons massives de matériels aux sudistes, dans le cadre du programme dit de vietnamisation, mais aussi, comme l'écrit Kissinger, la situation sans précédent dans leur histoire à laquelle faisaient face les États-Unis : « Les leaders du mouvement pour la paix jugeaient la guerre si révoltante qu'une sortie honorable du Viêt Nam leur paraissait absurde. Ce que l'administration Nixon concevait comme une humiliation nationale, les contestataires le regardaient comme une catharsis nécessaire[56]. » « Comprenons-nous bien, déclare Nixon le 5 novembre 1969, le Nord-Viêt Nam ne peut pas vaincre ou humilier les États-Unis. Seuls les Américains peuvent le faire[57]. » Peu de temps après, il me servait dans le bureau Ovale, en compagnie du « cher Henry », un discours qu'ont dû entendre nombre de ses visiteurs : « Nos adversaires ont engagé la bataille sur quatre fronts : sur le terrain, à Saigon, à la table de conférence et auprès de l'opinion américaine. Ils n'ont de chance de l'emporter sur aucun de ces fronts. Il faudra donc bien qu'un jour ils en viennent au compromis qui demeure notre objectif. »

---

55. Kissinger, *À la Maison-Blanche, op. cit.*, t. I, p. 231.
56. Kissinger, *Diplomatie, op. cit.*, p. 612.
57. Nixon, *op. cit.*, p. 298.

C'est sans doute un propos tenu devant le chef d'état-major de la Maison-Blanche, Bob Haldeman, qui éclaire le mieux le fond de sa pensée. « J'appelle ça la théorie du Fou. Je veux que les Vietnamiens du Nord croient que j'en suis arrivé au point où je peux faire n'importe quoi pour arrêter cette guerre. On va leur glisser dans l'oreille : pour l'amour de Dieu, vous savez bien que Nixon est complètement obsédé par le communisme. Personne ne peut le retenir quand il est en colère – et il a le doigt sur le bouton de la bombe atomique – et vous verrez arriver Hô Chi Minh en personne à Paris, dans les deux jours, réclamer la paix à genoux[58]. » L'oncle Hô avait peu de chances d'accourir en trombe, puisqu'il allait mourir le 3 septembre à l'âge de soixante-dix-neuf ans. Mais l'idée d'un chantage à la bombe, renouvelé de celui qu'Eisenhower avait exercé, ou plutôt esquissé, quinze ans plus tôt sur les Nord-Coréens pour faire progresser les négociations de Panmunjom trottait apparemment dans la tête du président. À en croire les archives déjà citées, il aurait tranquillement envisagé son emploi devant Kissinger : « Ça vous ennuie ? lui aurait-il dit. Il faut voir les choses en grand[59]. »

*
* *

Un an après l'ouverture des négociations entre Washington et Hanoi, celles-ci n'ont pas progressé d'un pouce. Mais la guerre du Viêt Nam est en train de devenir une guerre d'Indochine. Au Cambodge, le général Lon Nol a été nommé ministre de la Guerre pour lutter contre l'intervention de plus en plus voyante du Viêtcong aux côtés des Khmers rouges. Profitant de l'absence de son maître le prince Sihanouk, il proclame, le 18 mars 1970, une république dont il prend tout naturellement la présidence. Un massacre de ressortissants vietnamiens, explicable par un long passé d'hostilité réciproque, fournit vite à Hanoi le prétexte d'une invasion, ne laissant à Lon Nol, incapable de la contenir, d'autre parti que de demander à Washington et Saigon d'intervenir.

Nixon se trouve alors à Hawaï, pour accueillir les « naufragés de l'espace » – les astronautes qui, devant des dizaines de millions de téléspectateurs angoissés, ont échoué à renouveler l'exploit des

---

58. Cité in Marvin et Bernard Kalb, *Kissinger*, Robert Laffont, 1974, p. 127.
59. De Beer, *loc cit.*.

premiers conquérants de la Lune, et qui ont bien failli y laisser leurs vies. C'est de là qu'il dicte à Kissinger une note soulignant la nécessité d'une « action hardie au Cambodge » pour soutenir « le seul gouvernement qui a le courage de prendre une attitude pro-occidentale et proaméricaine[60] ». Sans consulter le Congrès, comme il aurait dû légalement le faire, il ordonne aux sudistes d'entrer au Cambodge, seuls sur un front, avec les Américains sur un autre, étant entendu que ces derniers se retireront le 30 juin. Cette fois, note le *New York Times*, la crédulité du peuple américain et du Congrès est épuisée[61]. Nixon ayant dénoncé en termes très vifs l'agitation dans les universités, les troubles s'aggravent : quatre étudiants sont tués par la garde nationale à Kent, dans l'Ohio. Des dizaines de milliers de manifestants convergent vers la Maison-Blanche. Le 30 juin, le Sénat ordonne l'arrêt sans délai de toute action des forces terrestres au Cambodge.

L'intervention au Cambodge a certes permis au commandement américain de mettre la main sur des stocks d'armes considérables, mais avec ce résultat de pousser le Viêt-cong à utiliser de plus en plus la piste Hô Chi Minh, et donc le territoire lao. L'intensification des raids ne va pas y changer grand-chose, pas plus que l'entrée au Laos de 6 000 soldats sudistes, appuyés par l'aviation et les hélicoptères américains, censés couper la piste : loin d'y parvenir, ils se trouvent vite encerclés. Les chances d'une solution honorable fondent comme beurre au soleil. La plus grande partie des *boys* a désormais été retirée, et la proximité de l'élection présidentielle américaine de 1972 suffit à écarter toute idée de les renvoyer sur le terrain. Les cas de désertion et d'insoumission se multiplient. *Last but not least*, il y a le coût de la guerre – 50 millions de dollars par jour –, qui oblige Nixon, le 15 août 1971, à prendre plusieurs mesures « drastiques », dont la suspension de la convertibilité du dollar en or, infligeant ainsi à l'économie mondiale un coup dont on ne peut pas dire qu'elle se soit jamais vraiment remise.

Kissinger se décide à proposer un retrait total et unilatéral du corps expéditionnaire, mais les nordistes subordonnent tout accord à la destitution de Thiêu, qui vient de se faire réélire à la majorité, évidemment peu convaincante, de 94 %. En mars 1972, une offensive générale à travers la zone démilitarisée séparant théoriquement les deux Viêt Nam va leur permettre de marquer

---

60. Nixon, *op. cit.*, p. 324.
61. Cité dans Kissinger, *À la Maison-Blanche, op. cit.*, t. I, p. 526.

une série de points et notamment de couper le sud en deux. La seule chance de Nixon, c'est que Brejnev attend sa visite avec beaucoup d'impatience pour signer avec lui les premiers Salt, les premiers accords sur la limitation des armements stratégiques. En laissant planer la menace d'un ajournement de ce déplacement, le président peut espérer persuader le Kremlin de pousser Hanoi à la conciliation.

Mao de son côté n'est pas homme à laisser le moustique vietnamien troubler le processus de réconciliation en cours avec les États-Unis. Il aurait dit, en novembre 1971, au chef du gouvernement Pham Van Dông : « Si le manche du balai est trop court vous ne pouvez pas balayer les araignées au plafond, Taiwan est trop loin de notre balai et Thiêu est trop loin du vôtre[62]. » Joignant le geste à la parole, il aurait retiré les 300 000 hommes qui, de 1964 à 1971, avaient participé, selon son ambassadeur au Viêt Nam, à la guerre contre les États-Unis. En tout cas, *Nan Dahn*, journal officieux du PC vietnamien, accuse le 16 août 1971 les deux grandes puissances communistes, sans les nommer, de « jeter une bouée à un pirate en train de se noyer » et de « s'écarter des grandes pensées révolutionnaires de l'époque ».

Pour l'URSS comme pour la Chine, la lutte contre l'impérialisme américain a manifestement cessé d'être l'objectif prioritaire. Nixon est apparemment insensible au paradoxe, vigoureusement relevé par la journaliste Frances Fitzgerald, qui le fait négocier avec les deux grandes puissances communistes au moment même où il envoie des milliers de ses compatriotes se faire tuer en Indochine au nom de la résistance au communisme[63]. Pour lui, les États-Unis n'ont aucune raison de capituler. Il recourt donc massivement au seul moyen dont il dispose : son aviation, qui va larguer en six mois 400 000 tonnes de bombes sur le Nord, laissant planer la menace de la catastrophe que serait la destruction des digues du fleuve Rouge. C'est assez pour amener Lê Duc Tho à renoncer, le 13 juillet 1972, à réclamer la destitution de Thiêu. Le 8 octobre, il conclut un accord de principe avec Kissinger, portant notamment sur un cessez-le-feu général, qui permet au Viêtcong de demeurer sur ses positions, et crée un « conseil provisoire de réconciliation et de concorde » chargé de faire s'entendre le gouvernement de Saigon et les maquisards communistes. Mais

---

62. Selon l'envoyé spécial du *Monde* à Hanoi, Roland-Pierre Paringaux, dans son article déjà cité du 14 octobre 1978.
63. Fitzgerald, *op. cit.*, p. 424.

le président sudiste pose toutes sortes d'exigences, « confinant à la folie[64] » au jugement de Kissinger, qui remettent tout en cause.

C'est l'impasse, jusqu'à ce que le président américain, qui vient d'être réélu à la majorité de 60,7 %, décide, à la mi-décembre, de faire larguer en dix jours par les forteresses volantes B-52 sur le Nord-Viêt Nam, y compris sur sa capitale, l'équivalent de deux Hiroshima. Difficile de faire la différence entre ces raids terroristes et ceux que Hitler avait lancés contre la Grande-Bretagne à l'été 1940, avant que les Alliés lui rendent la monnaie de sa pièce. Du pape à la grande presse américaine, la terre entière proteste. Mais la Maison-Blanche peut annoncer que des négociations sérieuses vont reprendre, et qu'elle suspend les bombardements. Et le 23 janvier 1973, Kissinger et Lê Duc Tho signent l'accord qui leur vaudra le prix Nobel de la paix.

Il est difficile de nier que Hanoi a bel et bien cédé, notamment sur le maintien en place du gouvernement sudiste. Et alors ? Deux ans et trois mois plus tard, une nouvelle offensive de Giap fait s'écrouler le régime de Saigon, auquel le peuple américain, rongé par le syndrome vietnamien, n'envisage pas de fournir ne serait-ce qu'un bidon d'essence. Quant à Nixon, le Watergate, ce piège qu'il s'est tendu à lui-même, s'est refermé sur lui, le contraignant la mort dans l'âme à quitter la scène.

---

64. Nixon, *op. cit.*, p. 516.

CHAPITRE XVI

Les liaisons avantageuses

LE COMMUNISME DU GOULASCH – LA LIMITATION DES ARMEMENTS –
LE WATERGATE – L'OSTPOLITIK HELSINKI – LA FIN DE LA GUERRE
DU VIÊT NAM ET LE GÉNOCIDE CAMBODGIEN – LA GUERRE D'OCTOBRE

> « *En chaque action, il faut regarder, outre l'action, notre état présent, passé, futur et des autres à qui elle importe et voir les liaisons de toutes ces choses.* »
>
> Pascal, *Pensées*, VII, 505.

Ni sa foi marxiste, ni les raids de l'US Air Force sur le Nord-Viêt Nam, qui avaient pourtant tué des marins soviétiques dans le port de Haiphong, ni le flirt sino-américain n'ont découragé Brejnev de jouer, au début des années soixante-dix, la carte de l'entente avec Nixon. L'invasion de la Tchécoslovaquie n'a pas davantage empêché le successeur de Johnson de se prêter à ce jeu : son message inaugural proclame la nécessité de passer de « l'ère de l'affrontement à celle de la négociation[1] ». Ils se rencontreront trois fois en deux ans.

Le principal objet de ces sommets est le même que celui de la rencontre Johnson-Kossyguine au lendemain de la guerre de Six Jours : la limitation des armements. Au moment de la crise de Cuba, qui avait montré l'énorme supériorité de l'arsenal stratégique

---

1. Nixon, *op. cit.*, p. 251.

américain, Khrouchtchev s'était vanté de disposer de 67 rampes de lancement d'un engin ABM (*Anti Ballistic Missiles*), assuré de faire mouche à tout coup contre les fusées impérialistes. Les États-Unis avaient répliqué en accroissant le nombre de leurs propres missiles : en 1967, ils disposaient de 1 054 engins intercontinentaux (ICBM, *Intercontinental Ballistic Missiles*) et de 656 fusées lancées à partir de sous-marins. Ils avaient en même temps commencé à « mirver[2] » leurs engins, autrement dit à substituer à leur ogives uniques des têtes multiples visant chacune un objectif différent. Les Soviétiques n'avaient pas voulu demeurer en reste : en 1971, leur arsenal stratégique arrivait *grosso modo* à égalité avec celui des Américains. Ce résultat leur avait coûté les yeux de la tête. D'autant plus qu'ils s'étaient offert en prime la création d'une imposante marine océanique, bien que Khrouchtchev parlât de vendre au plus offrant ses navires de guerre devenus selon lui inutiles. À en croire Chevarnadzé, futur ministre des Affaires étrangères de Gorbatchev, les dépenses d'armement tournaient sous Brejnev autour de 25 % du PNB, contre 5 % aux États-Unis[3].

Un effort aussi considérable pèse lourdement sur le niveau de vie des populations du camp socialiste. Or le temps n'est plus où Staline avait coupé ses sujets du monde extérieur. Hommes d'affaires et touristes traversent le rideau de fer, ridiculisant les efforts de la propagande officielle pour faire croire au bon peuple qu'on vit mieux à l'Est qu'à l'Ouest. Le transistor permet l'écoute, longtemps impossible, des radios occidentales qui, de Berlin-Est à Budapest et à Prague, vont jouer un rôle notable dans toutes les crises internes du bloc. Bientôt, grâce à ce que Jacques Semelin appelle l'« émigration nocturne[4] », les ressortissants de la RDA pourront changer d'univers mental, le soir venu, en se délectant des émissions de la télévision fédérale. La chute du mur de Berlin est incompréhensible si l'on n'en tient pas compte.

Les profonds bouleversements introduits dans l'agriculture par M. K. n'y sont pas non plus étrangers. Khrouchtchev, qui avouait « une sorte de faiblesse[5] » à son égard, avait décidé la mise en exploitation sur une large échelle des terres vierges du Kazakhstan, qui n'avaient pas résisté à la fragilité du sol et aux aléas du climat, l'encouragement à la transformation des kolkhozes (exploitations coopératives) en sovkhozes (étatiques), la réduction de la surface

---

2. De MIRV, pour *Multiple Independently Targeted Re-entry Vehicle*.
3. Cité in Malia, *op. cit.*, p. 435.
4. Jacques Semelin, *op. cit.*, p. 251.
5. Cité in Sokoloff, *op. cit.*, pp. 553-554.

des lopins de terre individuels alloués aux kolkhoziens, la priorité donnée à l'élevage sur la culture, etc. Loin de hâter l'avènement du communisme, ces mesures avaient abouti à une sévère diminution des rendements. D'où des pénuries alimentaires, et des émeutes qui avaient fait dix-sept morts, en 1962, près de Rostov-sur-le-Don[6]. Pour calmer le jeu, le Kremlin avait dû acheter une partie importante des énormes surplus céréaliers américains, mais il n'avait pas renouvelé le contrat. C'est la crise tchécoslovaque qui finit par convaincre les dirigeants soviétiques qu'il fallait donner de meilleures conditions de vie aux populations de l'empire, à défaut de leur octroyer d'impensables libertés.

À Varsovie, Gomulka comprend mal la consigne : en décembre 1970, il fait tirer sur les ouvriers des ports de la Baltique, descendus dans la rue pour protester contre la brutale augmentation des prix alimentaires. Bilan officiel : quarante-cinq morts. À n'en pas douter, bien davantage. Dès le lendemain, celui qui avait incarné seize ans plus tôt les espoirs de son peuple doit démissionner en invoquant des raisons de santé. Lui succède un ancien mineur de France et de Belgique, Edward Gierek, homme costaud et sympathique, bientôt ami de Giscard d'Estaing et de Helmut Schmidt, qui les supplie de l'aider à bâtir une « seconde Pologne » en doublant la production nationale. La crise mondiale provoquée par le choc pétrolier de 1973 va vite rendre cette ambition chimérique.

Les événements de Pologne ont certainement joué un rôle important dans la décision de l'URSS de reprendre ses achats de céréales américaines. Nixon y vit sur le moment une grande victoire de sa politique, sans s'aviser que les Soviétiques allaient rafler l'essentiel des stocks disponibles, grâce à des accords avec les différentes firmes, à des tarifs préférentiels. Ce succès devait contribuer à pousser la Maison-Blanche à décréter une nouvelle dévaluation du dollar.

*
* *

Nixon n'est donc pas moins intéressé que Brejnev à chercher à économiser sur le chapitre des dépenses militaires. Il y est d'ailleurs fortement poussé par un Congrès de plus en plus

---

6. Voir à ce sujet Alexandre Soljenitsyne, *L'Archipel du goulag*, Seuil, 1974, t. III, pp. 434-440.

hostile à la guerre du Viêt Nam. Et il s'entend avec le numéro un soviétique lorsqu'il lui rend visite à Moscou, en mai 1972, sur ce qu'on appellera désormais le traité ABM. Aux termes de cet accord, conclu sans limitation de durée, les deux superpuissances s'engagent à ne pas détenir chacune plus d'un silo d'engins intercontinentaux et d'une centaine d'antimissiles ; elles s'engagent également à les placer sur deux sites au maximum pour protéger leurs capitales. Les États-Unis renonceront à tout système ABM en 1975, et George W. Bush dénoncera le traité après l'attaque du World Trade Center pour pouvoir déployer un système dit NMD, *National Missile Defense*, destiné à mettre tout le territoire américain à l'abri des engins que pourraient diriger contre lui les *Rogue States*, les « États voyous ».

Pour quelle raison chacun des deux supergrands s'interdit-il de protéger sa population contre les fusées de l'autre ? « Le raisonnement était le suivant, écrit Henry Kissinger : plus les conséquences de la guerre seraient horribles, moins nous serions tentés d'y recourir, plus elles seraient maîtrisables, plus grand serait le risque que la guerre éclatât[7]. » Les antimissiles étaient donc des armes non pas défensives mais offensives, puisqu'elles protégeaient des armes elles-mêmes offensives. C'est ce qu'on appelait la *Mutual Assured Destruction*, la destruction mutuelle assurée, autrement dit la doctrine MAD, la doctrine Fou. Les Américains se donnèrent beaucoup de mal pour la vendre aux Soviétiques, qui estimaient, comme l'écrit Georges-Henri Soutou, que la sécurité de leur pays « devait reposer d'abord sur ses capacités nucléaires, pas sur un calcul subjectif concernant les intentions de l'adversaire[8] ». Le « cher Henry », qui participa lui-même à l'élaboration de la MAD, reconnaîtra ultérieurement qu'il s'agissait là d'une de « ces doctrines impressionnantes quand on les expose dans un cours d'université mais absolument inutilisables par un responsable politique affronté au réel[9] ».

En même temps que le traité ABM, Nixon et Brejnev signent une convention provisoire sur la limitation des armes stratégiques offensives (*Strategic Arms Limitation Talks*, ou Salt), réduisant pendant cinq ans le nombre des vecteurs (*vehicles*) de portée intercontinentale à 2 358 pour l'URSS et 1 710 pour les États-Unis. Cet écart s'explique par le fait que les Américains disposent d'un

---

7. Kissinger, *À la Maison-Blanche, op. cit.*, t. I, p. 223.
8. Soutou, *op. cit.*, p. 543.
9. Kissinger, *À la Maison-Blanche, op. cit.*, I, p. 223.

plus grand nombre de fusées mirvées, et se retrouve concernant les engins lancés à partir de sous-marins : 62 pour l'URSS, 44 pour les États-Unis. Il ne faut pas être grand clerc pour penser que Moscou concentrera désormais son effort sur le plan qualitatif et conclure que Nixon a donc fait l'essentiel des concessions. À six mois de l'élection présidentielle et alors que les bombes pleuvent sur le Nord-Viêt Nam, il ne lui est pas facile de persuader ses compatriotes qu'il est vraiment l'homme de la paix...

Le 22 juin 1973, Brejnev traverse à son tour l'Atlantique. Cette fois, il signe un accord « pour écarter le danger d'une guerre nucléaire » dont la *Pravda* du lendemain salue la « signification véritablement immense ». En quoi ? Ce n'est rien moins qu'évident. En réalité, il cherche une renonciation mutuelle à l'emploi des armes nucléaires. Washington refuse puisque ce serait abandonner toute idée de dissuasion. Si l'on en croit Nixon, Brejnev a également proposé l'institution d'un condominium entre les deux supergrands : en ce qui concerne la puissance et l'influence, lui a-t-il dit, « il n'y a que deux nations au monde qui comptent réellement : l'Union soviétique et les États-Unis. Quoi que nous décidions entre nous, les autres nations du monde auront à s'y conformer, même si elles ne sont pas d'accord[10] ».

Le but de l'opération est clair. La patrie du socialisme cherche à se faire reconnaître un statut d'égalité avec celle de l'impérialisme, et accessoirement à faire comprendre à la Chine qu'elle n'a pas sa place dans le club. Nixon est peut-être plus tenté qu'il ne veut l'admettre, mais il se rend bien compte, et le dit à son hôte, que la chose serait difficile à faire avaler à ses alliés, notamment à Pompidou, dont le nouveau ministre des Affaires étrangères, Michel Jobert, vit précisément dans la hantise d'un condominium. Le président espère encore qu'un succès diplomatique majeur lui permettra de se tirer du Watergate. Mais l'accord avec Brejnev est trop imprécis pour qu'on puisse en parler comme d'un triomphe. Les Américains n'ont plus en tête que le Watergate.

L'affaire est pourtant en soi plutôt mineure. La découverte d'un bout de chatterton oublié a entraîné l'arrestation dans la nuit du 17 au 18 juin 1972 de cinq pseudo-plombiers dans le gigantesque immeuble du Watergate, littéralement « porte de l'eau », ainsi baptisé parce qu'il est situé à deux pas d'une ancienne et pittoresque écluse, au confluent du Potomac et du Rock Creek. Les démocrates y ont établi leur QG de campagne pour la présidentielle de

---

10. Nixon, *op. cit.*, p. 631.

novembre. On découvre vite que les malfaiteurs, d'abord accusés de cambriolage, ont posé des tables d'écoutes pour la Maison-Blanche. Certains membres de l'entourage de Nixon, sinon Nixon lui-même, s'imaginaient ainsi trouver la preuve que l'opposition avait des contacts secrets avec Hanoï, ce qui leur aurait permis de la confondre. L'histoire ne fait pas grand bruit jusqu'à l'élection, que le président remporte dans un fauteuil. Mais les enquêteurs du *Washington Post*, Bob Woodward et Carl Bernstein, sentent qu'ils tiennent l'affaire de leur vie et, passant outre aux dénégations officielles, apportent la preuve que Nixon a bel et bien menti. Entre autres griefs retenus contre lui, on relèvera bientôt son habitude d'enregistrer toutes ses conversations, sans le dire à ses interlocuteurs, et le fait que dix-huit minutes des bandes saisies par les enquêteurs ont été effacées. Les vieilles démocraties d'Europe n'y auraient pas trouvé de quoi fouetter un chat, mais l'Amérique est l'Amérique, qui se croit pour toujours l'épouse de la vertu. C'est en vain que le rusé Richard sacrifie deux de ses plus proches collaborateurs. Il fait face maintenant à un scandale de première grandeur qui conduirait à sa destitution par le Congrès s'il ne prenait les devants en démissionnant le 1er août 1974.

Nixon est remplacé, comme le veut la Constitution, par son vice-président Gerald Ford. Il n'est pas le produit du suffrage universel. Il a été élu en effet quelques mois plus tôt à ce poste par le Congrès, le vice-président Agnew ayant lui-même dû démissionner en octobre 1973 à la suite de son implication dans une affaire de corruption.

*
* *

Sans illusion sur son autorité sur la scène mondiale, le nouveau président annonce immédiatement qu'il garde à ses côtés Henry Kissinger, que Nixon avait mis à la tête du secrétariat d'État en 1973, et assure qu'il va continuer à rechercher la bonne entente avec tout un chacun. Concernant l'Europe, ce n'est pas trop difficile : depuis la construction du mur de Berlin, en août 1961, Bonn a compris que sa politique d'extrême fermeté à l'égard de Moscou ne conduit nulle part et a cherché le moyen d'améliorer le sort des dix-sept millions d'habitants de la RDA.

Le chancelier Erhard, qui avait succédé en 1963 à Adenauer, avait abandonné la doctrine Hallstein aux termes de laquelle la RFA devait rompre ses relations avec tout pays reconnaissant l'Allemagne de l'Est, et cherchait à nouer des rapports avec toutes les démocraties populaires, sauf avec Berlin-Est, qu'il espérait ainsi isoler. Inutile de dire que Moscou ne l'entendait pas de cette oreille. De son côté, le parti social-démocrate SPD préconisait une politique à l'Est (*Ostpolitik*) plus réaliste. Or c'est son président, Willy Brandt, alors maire de Berlin-Ouest, qui avait pris le portefeuille des Affaires étrangères en 1966, quand le chrétien-démocrate Kiesinger était devenu chancelier.

L'idée de Brandt, formulée par Egon Bahr dès 1963, était de parvenir au changement par le rapprochement (*Wandel durch Annäherung*), en étendant la politique des « petits pas » qui avait permis certains progrès dans les relations entre les habitants des deux Berlin à l'ensemble des rapports interallemands. Personne n'en a mieux résumé l'esprit que Renata Fritsch-Bournazel : « Il fallait accepter le *statu quo* pour éviter de le figer de façon définitive[11]. » Le printemps de Prague stoppe cependant sur le moment l'évolution en cours, qui avait amené Kiesinger à proposer la conclusion entre les deux Allemagnes d'un traité de non-recours à la force : à la recherche d'un bouc émissaire, Moscou n'hésitait pas à mettre en cause les prétendues intrigues de la RFA pour faire passer la Tchécoslovaquie sous sa coupe. Ce n'était pas assez pour décourager le SPD, qui, fortement appuyé par l'Église évangélique, prêchait plus que jamais la détente.

Devenu lui-même chancelier en octobre 1969, la grande coalition ayant cédé la place à une association des sociaux-démocrates et des libéraux, Brandt annonce aussitôt la couleur. « Pour nous, déclare-t-il, l'importance de l'URSS découle de son triple rôle : puissance mondiale, leader des pays membres du pacte de Varsovie et membre du groupe quadripartite responsable du problème allemand[12]. » Il adhère au traité de non-prolifération des armes nucléaires, se rendant bien compte que le refus des gouvernements précédents de s'y joindre ne pouvait que nourrir les inquiétudes soviétiques. Il se déclare prêt à normaliser les relations avec la Pologne « sur la base des réalités existantes » – ce qui signifie évidemment qu'il est disposé à reconnaître la fameuse frontière Oder-Neisse que de Gaulle a été jusqu'alors le seul à l'Ouest à admettre – et à prendre en considération l'existence de « deux États en Allemagne ». Le nouveau chancelier refuse cependant d'accorder à la RDA la séparation complète (*Abgrenzung*) qu'elle

---

11. Entretien à *Allemagne Nouvelle*, cité in Fritsch-Bournazel, L'*Union soviétique et les Allemagnes*, PFNSP, 1979, p. 175.
12. Interview parue dans *Allemagne nouvelle*, citée in *ibid,* p. 169.

réclame, donc une reconnaissance « internationale », les relations entre les deux Républiques sœurs et rivales ne pouvant être qu'interallemandes (*innerdeutsche*)[13].

La nuance est assez importante pour faire capoter les rencontres du chancelier avec son homologue est-allemand Willi Stoph, tant à Erfurt, en RDA, le 19 mars 1970 – où Brandt est acclamé par la foule, ce qui ne plaît naturellement pas à son hôte –, qu'à Kassel, à l'Ouest, le 27 mai. Le Kremlin ne s'en offusque pas. Outre l'intérêt qu'il éprouve à voir enfin reconnaître par Bonn, au moins *de facto*, le *statu quo* européen, une autre raison le pousse à s'entendre avec le nouveau chancelier. À peine en place, ce dernier a eu le bon goût de lui ouvrir un énorme prêt finançant la livraison à l'URSS, en échange de gaz naturel, de 163 000 tonnes de tubes d'acier allemands destinés à la construction de gazoducs et d'oléoducs. Le 12 août, il se rend à Moscou pour signer un traité bilatéral reconnaissant l'inviolabilité de toutes les frontières existant en Europe, ainsi que la volonté des deux parties de développer leur coopération dans tous les domaines[14] ; dans une lettre annexe, le gouvernement fédéral assure que le traité ne contredit pas son objectif de « permettre au peuple allemand de retrouver son unité par une libre autodétermination[15] ». Le 7 décembre, c'est au tour de Varsovie de recevoir le chancelier, qui signe un traité de normalisation des relations entre la Pologne et la RFA, et qui, par un geste très remarqué, va s'agenouiller, les larmes aux yeux, devant le monument élevé aux martyrs du ghetto juif rasé par les nazis en 1943.

Il serait excessif de prétendre que cette politique suscite un grand enthousiasme chez les Alliés. Mais les Américains ont-ils un « autre choix que de donner à l'inévitable une orientation constructive[16] », comme l'écrit Kissinger ? En fait, c'est surtout à Paris que l'on éprouve quelques craintes. Pompidou devait résumer en ces termes le 22 septembre, au cours d'un déjeuner de presse, son analyse du traité germano-soviétique : 1° Brandt « a fait des concessions formidables. M'imaginez-vous renonçant définitivement à l'Alsace, aux Vosges, au Nord, etc. ? 2° L'Allemagne agit maintenant par elle-même sans demander la permission à per-

---

13. *Le Monde* des 29-30 octobre 1969.
14. *Le Monde* du 12 août 1970.
15. Cité in Willy Brandt, *De la guerre froide à la détente*, Gallimard, 1978, p. 254.
16. Kissinger, *À la Maison-Blanche, op. cit.*, t. I, p. 547.

sonne. 3° L'URSS a barre sur elle[17] ». Persuadé que la réunification de l'Allemagne interviendra tôt ou tard, mais que déjà le risque existe que la RFA ne devienne la puissance dominante de la Communauté européenne, il ne se cache pas de lui chercher des contrepoids. « Pour ce faire, confie-t-il à l'état-major du *Monde*, au cours d'un dîner durant l'hiver 1969-1970, il n'y a pas d'autre moyen que de s'appuyer à la fois sur les États-Unis, l'URSS et la Grande-Bretagne, tout en gardant bien entendu les meilleurs rapports avec Bonn. Vous comprendrez que je ne puisse le dire publiquement[18]. » Pompidou va donc ouvrir les portes de la CEE à la Grande-Bretagne, quitte à déchanter par la suite et à dire à Nixon, au cours de leur entrevue à Reykjavik, les 31 mai et 1er juin 1973, qu'il « ne connaissait qu'un seul Européen au Royaume-Uni[19] », le Premier ministre conservateur Edward Heath, avec lequel il s'entendait fort bien. De même, il recherchera à tout prix l'amitié avec Moscou. Le 28 janvier 1969, alors que de Gaulle était encore en place, il avait assuré en privé à Jean-Raymond Tournoux que cette amitié « restait – à cause de l'Allemagne notamment – la base de sa politique étrangère[20] ».

Passant outre aux fortes objections de la RDA, l'URSS signe le 3 septembre 1971 avec les trois puissances occidentales détenant des secteurs d'occupation à Berlin-Ouest un accord maintenant le statut quadriparti des deux Berlin, accord que Khrouchtchev avait remis en question en 1958, et précisant que la « situation qui s'est créée dans cette région ne devra plus être modifiée unilatéralement[21] ». La voie est libre pour la conclusion entre les deux Allemagnes, le 21 décembre 1972, d'un traité sur les fondements de leurs relations. La RDA se voit reconnaître comme un État souverain avec lequel la RFA s'engage à développer des « relations de bon voisinage sur la base de l'égalité des droits[22] ». Mais le traité précise que les deux républiques ne sont pas étrangères (*ausländisch*) l'une à l'autre et qu'en conséquence elles échangeront non pas des « ambassadeurs » mais des « représentants permanents ». Les pays qui s'y étaient jusque-là refusés reconnaissent la RDA. Celle-ci est admise aux Nations Unies en compagnie de sa grande

---

17. Archives inédites de Jean-Raymond Tournoux, citées dans Éric Roussel, *Georges Pompidou*, Lattès, 1994, pp. 393-394.
18. Notes personnelles.
19. Cité in Roussel, *op. cit.*, p. 556.
20. Archives de Tournoux citées *ibid.*, p. 407.
21. Cité in Fritsch-Bournazel, *op. cit.*, pp. 190-191.
22. Cité in *ibid.*, p. 195.

sœur fédérale, Pompidou passant par pertes et profits ce que de Gaulle avait dit à Moscou, en 1966, de cette « création artificielle sans réalité profonde » que « la France ne reconnaît pas et ne reconnaîtra pas à l'avenir[23] ».

Pour que personne ne puisse contester la légitimité du traité, Brandt a fait procéder à des élections législatives anticipées au cours desquelles son parti a gagné plus de trois millions de voix. Il lui reste à signer un autre traité, celui-là avec la Tchécoslovaquie, qui bute sur l'épineuse question de la nationalité des Allemands de la région des Sudètes, naturalisés après les accords de Munich de 1938, et massivement expulsés par Prague à la Libération. L'imagination des juristes permet en fin de compte de trouver une astuce et un traité sera signé le 11 décembre 1973.

La roche Tarpéienne est proche du Capitole. Brandt semble avoir atteint, selon la formule de Joseph Rovan, le « sommet de sa trajectoire[24] » quand on apprend qu'il a pour chef de cabinet un agent de la Stasi, la police secrète est-allemande. Le 16 mai 1974, tout en gardant la présidence du SPD, il doit céder la place au ministre de l'Économie, un homme d'action également spécialiste des questions de défense, Helmut Schmidt, qui se présente volontiers à l'époque comme plus atlantiste qu'européen. Trois jours plus tard, Valéry Giscard d'Estaing est élu, à une courte majorité, président de la République française, et le 8 août Richard Nixon est contraint de quitter la Maison-Blanche.

Que reste-t-il, à cette époque, de la détente dont la visite de Brejnev à Washington et le traité interallemand ont marqué l'apothéose ? Kissinger n'a pas vraiment réussi à étendre à l'ensemble des champs de bataille de la guerre froide la doctrine du *linkage* (de *to link*, lier), dont il attendait tant. Il s'agissait « de déterminer si l'on pouvait mettre à profit le désir des Soviétiques de tranquilliser un gouvernement [américain] qu'ils pensaient plus énergique que le précédent [....] afin d'obtenir leur coopération pour désamorcer la menace sur Berlin, atténuer les tensions au Moyen-Orient et, surtout, mettre fin à la guerre au Viêt Nam[25] ».

« Désamorcer la menace sur Berlin » : on peut considérer que c'est chose faite depuis l'accord du 3 septembre 1971. Ford accepte en tout cas de signer le 1ᵉʳ août 1975 à Helsinki, avec

---

23. Cité in Willy Brandt, *De la guerre froide à la détente, op. cit.*, pp. 142-143.
24. Rovan, *op. cit.*, p. 343.
25. Kissinger, *Diplomatie, op. cit.*, p. 650.

trente-quatre autres chefs d'État ou de gouvernement, l'acte final de la conférence sur la Sécurité et la coopération en Europe (CSCE), réunie depuis trois ans sur l'initiative de Moscou, dont la première proposition dans ce sens remontait à 1954. La conférence d'Helsinki a essentiellement pour objet de consacrer le *statu quo* territorial en Europe, à la grande satisfaction de l'URSS. Trop de pays membres de la CSCE ont violé dans le passé leurs engagements en matière de droits de l'homme et d'autodétermination des peuples pour qu'on se fasse beaucoup d'illusions sur la portée de cet acte. Reste que celui-ci est diffusé à des millions d'exemplaires dans les pays de l'Est, que des comités pour l'application des accords vont y être constitués un peu partout par des dissidents et qu'ils joueront un rôle non négligeable quelques années plus tard dans l'effondrement de l'empire soviétique.

*
* *

« Atténuer les tensions au Moyen-Orient » : le second objectif de Kissinger ne sera atteint qu'au prix d'une nouvelle guerre israélo-arabe. Quant à « mettre fin à la guerre du Viêt Nam », la fragilité de l'accord Kissinger – Lê Duc Tho du 23 janvier 1973 saute vite aux yeux. L'accord prévoyait le départ de toutes les troupes américaines engagées dans la guerre, les forces du Viêt-cong installées au Sud étant censées être placées sous les ordres d'un gouvernement provisoire, dirigé par Mme Binh, dont les plus naïfs ne mettent pas longtemps à comprendre que loin de chercher une troisième voie, comme elle veut le faire croire, elle est aux ordres du Nord. Si Hanoi s'était décidé à signer, c'est parce que les raids de B-52 ne lui laissaient pas d'autre choix, mais il tombait déjà sous le sens que les communistes reprendraient les armes dès que l'occasion se présenterait. Chaque jour met en effet un peu plus en évidence le désir du peuple américain de décrocher du bourbier vietnamien et la croissante irrésolution de son président, que Kissinger décrit « aux abois[26] » du fait du Watergate. Au printemps 1975, il suffit de quelques semaines au Viêt-cong pour venir à bout de la résistance des sudistes auxquels le Congrès américain refuse toute aide. Thiêu démissionne, cédant la place au sympathique Big Minh qui a déjà cru dans le passé pouvoir remplacer Diêm, mais toutes les tentatives de médiation échouent, et l'ambassadeur des États-Unis doit

---

26. Henry Kissinger, *Les Années orageuses*, Fayard, 1982, t. I, p. 370.

s'enfuir en hélicoptère. Saigon est rebaptisée Hô Chi Minh-Ville et le Viêt Nam réunifié. Ses dirigeants ne se cachent pas de vouloir en faire « l'avant-garde de la révolution[27] » dans la région.

Le Laos, que Kennedy avait tenté de neutraliser par accord avec Khrouchtchev, n'est pas de taille à résister au Viêt Nam : celui-ci entretient des dizaines de milliers de combattants sur son territoire que traverse de part en part la piste Hô Chi Minh. Bientôt le prince pro-occidental Souvanna Phouma doit céder la place à son demi-frère Souphanouvong, depuis longtemps à la tête d'un gouvernement rouge, le Pathet Lao. Les vainqueurs auront dans l'ensemble un comportement humain.

Les Khmers rouges, en revanche, vont faire subir au Cambodge, à partir du « glorieux » 17 avril 1975, une épreuve où périra, en moins de quatre ans, près de la moitié de leurs compatriotes. À la différence des Laotiens, ils refusaient de conclure, en janvier 1973, un cessez-le-feu sur le modèle vietnamien. À en croire leur chef, le sinistre Pol Pot, « si nous avions accepté, nous aurions perdu contre l'impérialisme américain et ses valets, et ensuite nous serions devenus les esclaves des Vietnamiens et la race cambodgienne aurait totalement perdu son identité[28] ». Pas question donc de se transformer, comme le Laos, en protectorat de Hanoi et du même coup de Moscou, qui avait fourni au Viêtcong les armes de la victoire et allait obtenir en échange l'utilisation de la grande base aéronavale de Cam Ranh.

Les raids massifs de bombardiers, seule arme que pouvaient utiliser les Américains pour soutenir Lon Nol, avaient eu surtout pour effet de pousser la population rurale à se réfugier dans les villes ou à rejoindre les maquis tenus par les Khmers rouges, dont le comportement ne laissait pas alors présager la folie ultérieure. Le 17 avril 1975, soit un peu plus d'un mois avant la chute de Saigon, la capitale se rend sans résistance aux maquisards, auxquels la population réserve un accueil chaleureux quand ils défilent dans les rues en pyjamas noirs et foulards à carreaux. Elle ne peut imaginer ce qui l'attend : les chefs du mouvement ont ramené de Paris, où ils ont fait des études supérieures, une vision proprement extravagante de ce dont leur pays a besoin. Ils sont convaincus que grâce à leur volonté d'acier, le Cambodge, rebaptisé Kampuchea démocratique, va construire la première société

---

27. Cité in Philippe Richer, *L'Asie du Sud-Est*, Imprimerie nationale, 1981, p. 371.
28. Cité in William Shawcross, *Une tragédie sans importance*, Balland-France Adel, 1979, p. 295.

intégralement communiste de l'Histoire, sans passer par les étapes que Soviétiques et Chinois ont cru nécessaire de ménager.

Leur première décision consiste à déporter tous les habitants des villes, y compris les mourants, vers les campagnes. Le « nouveau peuple » devra y ressusciter le royaume khmer du Moyen Âge en creusant des canaux et en repiquant le riz sous la direction des « gens de base », encore appelés « peuple ancien », qui vivaient en zone khmère rouge avant la prise de la capitale[29]. L'Angkar – l'organisation –, dont les yeux sont partout présents, « comme ceux des ananas[30] », a sur eux tous les droits, y compris celui de les tuer, eux-mêmes et leurs enfants, ou de les déporter à nouveau. Le moindre signe de contestation ou d'indiscipline condamne son auteur à l'exécution. « Ce qui est infecté doit être incisé, proclame la propagande du régime, [...] couper un mauvais plant ne suffit pas, il faut le déraciner[31]. » Ambassades et consulats doivent, sous la menace, livrer les dirigeants du régime proaméricain qui y avaient trouvé refuge ; la plupart d'entre eux seront passés par les armes.

La vérité a mis de longs mois à être connue, le nouveau régime ayant coupé tous les ponts avec l'extérieur. Elle l'a été notamment grâce à un missionnaire français, le père Ponchaud, qui, parlant khmer, a écouté les émissions de la radio de Phnom Penh et passé au crible les récits recueillis des rares Cambodgiens ayant réussi à s'enfuir en Thaïlande. Le souvent extravagant prince Sihanouk – « Mgr Papa », comme on l'appelait dans les campagnes –, qui après sa destitution par Lon Nol s'était allié aux Khmers rouges, n'a pas facilité les choses en allant prêcher leur cause dans plusieurs capitales et devant l'Assemblée générale des Nations Unies. Avant de le condamner, il faut tout de même rappeler qu'à son retour au Cambodge, le 31 décembre 1975, il était pratiquement prisonnier, et que les nouveaux maîtres du pays ont liquidé cinq de ses enfants et onze de ses petits-enfants. Savoir aussi qu'une fois chassés du pouvoir les responsables de la tragédie, c'est à lui que ses compatriotes finiront par confier à nouveau les rênes de l'État.

Pol Pot et les siens auraient bien voulu que leur révolution se déroule en vase clos. Mais il ne peuvent éviter qu'elle soit rattrapée

---

29. Cité in François Ponchaud, *La Cathédrale de la rizière*, Fayard/Le Sarment, 1990, p. 163.
30. Cité in *ibid.*
31. Cité in François Ponchaud, *Cambodge année zéro*, Julliard, 1977, pp. 72-73.

par la logique du conflit sino-soviétique, lourdement relancé par la mort en 1976, à quelques mois d'intervalle, de Zhou Enlai et de Mao. À quatre-vingt-trois ans, ce dernier, durement éprouvé par la faillite de la Révolution culturelle et par sa rupture avec Lin Biao, n'est alors plus que l'ombre de lui-même. Il est tiraillé entre son entreprenante épouse Jiang Qing, égérie d'un groupe qu'on va bientôt appeler la Bande des Quatre, et Zhou, qui a réussi à s'emparer pratiquement du pouvoir et n'a pas hésité à appeler auprès de lui Deng Xiaoping, la bête noire de la bande en question.

Le 4 avril, jour des morts dans le cérémonial chinois, voit le très provisoire triomphe des Quatre. Zhou, qui a succombé quelques semaines plus tôt à un cancer, a été remplacé non par Deng, lequel juge plus sage de s'évanouir dans la nature, mais par le ministre de la Sécurité Hua Guofeng. Celui-ci s'empresse de faire disparaître les montagnes de fleurs accumulées sur la célèbre place Tiananmen pour rendre hommage à son devancier. Aussitôt de nombreux admirateurs de Zhou envahissent la place et assiègent le palais de la Grande Assemblée nationale pour exiger la restitution des fleurs. La police réagit très brutalement et le *Quotidien du peuple* se félicite que « quelques criminels aient été châtiés comme il se doit[32] ». Jiang Qing a encore le temps de remercier les organisateurs de la répression. Mais à peine son illustre époux a-t-il rendu l'âme, le 9 septembre, qu'elle est arrêtée avec ses complices de la Bande des Quatre, sous l'accusation d'avoir préparé un coup d'État contre Hua Guofeng. Ce dernier a produit un texte de Mao le désignant comme son successeur et obtenu le soutien de la grande majorité de l'armée. Mais le véritable vainqueur, c'est Deng, dont Hua ne peut empêcher l'ascension, auquel le comité central restituera moins d'un an plus tard ses fonctions de vice-Premier ministre et de chef d'état-major. « Peu importe, avait-il dit en 1962, qu'un chat soit jaune ou noir pourvu qu'il attrape des souris[33] » : cette formule souvent citée, qui a été à deux doigts de lui coûter la vie pendant la Révolution culturelle, résume sa pensée et justifie son total pragmatisme, pour ne pas dire son cynisme.

Contre l'URSS, tous les moyens sont bons pour Deng. Il s'agit pour commencer de l'empêcher de prendre le Viêt Nam sous sa coupe, ce qu'annonce en juin 1978 l'adhésion de ce dernier au

---

32. *Pékin Information*, 12 avril 1976.
33. Cité in Ruan Ming, *Deng Xiaoping*, Éditions Philippe Picquier, 1992, p. 12.

Comecom, le marché commun de l'Est. Pol Pot, qui a éliminé ses lieutenants favorables à Hanoi, est reçu à Pékin où il se fait promettre une très importante assistance militaire. Deng s'empresse ensuite de signer un traité de paix et d'amitié avec le Japon. Celui-ci a pourtant été prévenu que la conclusion d'un tel accord « n'aurait pas une influence positive[34] » sur ses rapports avec Moscou, qui a certes grand besoin de ses crédits, mais ne veut pas entendre parler de lui restituer les îlots des Kouriles, cédés à Staline à Yalta, qu'il réclame avec insistance.

Le 3 novembre, l'URSS réplique en signant un traité de paix et d'amitié avec le Viêt Nam. On en mesure les conséquences lorsque, le 27 décembre, Hanoi lance ses troupes à l'assaut du Cambodge, jurant, contre toute vraisemblance, que les envahisseurs sont tous des réfugiés khmers. Entre-temps, le conseil du pacte de Varsovie a donné son feu vert à l'opération contre l'avis du seul Ceausescu.

Tandis que les Khmers rouges reprennent le maquis, non sans laisser Sihanouk gagner Pékin, les Vietnamiens s'emparent de Phnom Penh. Ils y installent un gouvernement qui, s'il n'a rien à leur refuser, a au moins le mérite d'arrêter la terreur. Mais les Khmers rouges conservent, avec l'appui américain, le siège du Cambodge à l'ONU.

Deng, quant à lui, s'envole pour les États-Unis. On peut penser que personne ne va l'y décourager de mettre en route son idée de déclencher une action punitive contre le Viêt Nam, sur le modèle de celle que Mao avait lancée en 1962 contre l'Inde, coupable d'avoir pénétré au Tibet. Mais autant cette opération-là avait connu un grand succès, autant celle qui visait le Viêt Nam, et qui a été marquée par d'abominables massacres, a laissé l'image de troupes peu motivées et peu efficaces. Les Vietnamiens vont rester au Cambodge, et les guérilleros rouges ou nationalistes aussi, jusqu'à ce que le désir de Gorbatchev de se raccommoder avec Pékin amène leur départ en 1989. L'action des Nations Unies et des ONG, effrayées par la misère générale, permettra petit à petit au royaume, dans les années 1990, de se remettre sur pied. Mais des Khmers rouges continueront de tenir le maquis jusqu'à ce qu'un de leurs chefs signe la paix avec le gouvernement de Hanoi. Pol Pot, arrêté, sera simplement placé en résidence surveillée. Il mourra en 1998, à l'âge de soixante-dix ans.

---

34. Déclaration de l'ambassadeur d'URSS à Tokyo, rapportée par Alain Bouc, *La Chine à la mort de Mao*, Seuil, 1977, p. 268.

Reste à voir comment Kissinger s'y est pris pour « apaiser les tensions au Proche-Orient[35] », second objectif de sa diplomatie du *linkage*. Au lendemain de la guerre de Six Jours, l'ivresse de la victoire qui avait réunifié Jérusalem avait balayé les tentations magnanimes de certains dirigeants israéliens. Quatre ans plus tard, le sentiment prédominant était que « l'expérience qu'ils [les Arabes] venaient de subir constituerait pour eux un choc suffisant[36] », comme devait me le dire en 1971 Golda Meir, alors Premier ministre. Le numéro deux des services de renseignement venait pourtant de me confier ses inquiétudes quant aux intentions des Égyptiens dont les généraux, « qui avaient perdu quinze centimètres de tour de taille », multipliaient les exercices de franchissement de voies d'eau. Mais c'était là une opinion très isolée. L'état-major de l'État hébreu demeurait convaincu, après trois rounds victorieux, que les Arabes, bien que disposant et de loin de la supériorité du nombre, ne seraient jamais capables de le mettre en danger. Le tout était de disposer du soutien des États-Unis, la « béquille dorée de l'État juif[37] », comme l'a écrit Élie Barnavi. L'importance de l'électorat juif et du lobby sioniste paraissait écarter de ce point de vue toute mauvaise surprise.

Loin cependant d'encourager l'intransigeance de Jérusalem, les grandes puissances redoutaient toujours un conflit dans la région qui échapperait à leur contrôle et multipliaient les efforts pour rapprocher les points de vue. Le 22 novembre 1967, le Conseil de sécurité avait adopté à l'unanimité la résolution 242 qui demeure, aujourd'hui encore, le « document de base pour la recherche d'un règlement pacifique au Proche-Orient[38] ». Accepté aussitôt par l'Égypte et la Jordanie, et rejeté par la Syrie, ce texte, dû au Britannique lord Caradon, comporte une ambiguïté, et de taille : il prévoit dans sa version française le « retrait des forces armées israéliennes *des* territoires occupés lors du récent conflit », mais la version anglaise, « *from occupied territories* », est beaucoup plus vague puisqu'elle ne comporte pas d'article. La résolution implique également, entre autres, la cessation de toutes actions de

---

35. Kissinger, *Diplomatie, op. cit.*, p. 650.
36. Entretien au *Monde*, 15 octobre 1971.
37. Barnavi, *op. cit.*, p. 321.
38. Baron, *op. cit.*, p. 143. L'auteur reproduit le texte intégral de la résolution.

belligérance, la liberté de navigation dans le golfe d'Aqaba et le canal de Suez et, *last but not least*, le « juste règlement du problème des réfugiés ».

Or ce problème va prendre une place grandissante, avec le rapide accroissement, du fait d'une démographie galopante, de la population des camps, qui atteignait déjà 1 600 000 personnes en 1967. En juillet 1968, l'OLP remplace Ahmed Choukeiri, l'incapable agent égyptien qui était à sa tête, par un ingénieur de quarante ans, Abou Amar, alias Yasser Arafat, dont le nom, les yeux rusés, la barbe mal tenue, le *battle-dress* kaki et le *keffieh* noir et blanc vont bientôt personnifier la résistance palestinienne aux yeux du monde entier. À peine est-il désigné qu'un commando réussit à détourner sur Alger un avion de la compagnie israélienne El Al : les otages ne seront libérés qu'en échange de la libération de vingt *fedayin*. C'en est trop pour l'État hébreu, qui multiplie les actions antiterroristes, la plus spectaculaire étant la destruction au sol à Beyrouth, en décembre 1968, d'une série d'avions de la société libanaise Middle East Airlines fabriqués en France. De Gaulle réagit avec vivacité à ce qui constitue à ses yeux une tentative pour obliger le pays du Cèdre à se détacher du monde arabe. Quelques semaines plus tôt, il a prononcé le fameux jugement sur « le peuple d'élite, sûr de lui et dominateur[39] » qui a provoqué un tollé. Cette fois, il décrète un embargo total sur les livraisons d'armes à destination d'Israël.

Le 8 mars 1969, Nasser, qui a affaire à une forte agitation intérieure, tente de la calmer en faisant bombarder par son artillerie les positions de Tsahal sur le canal de Suez. Les Israéliens n'étant pas d'humeur à s'incliner, les opérations s'étendent jusqu'à la banlieue du Caire. La « guerre d'usure » va continuer pendant des mois, faisant de nombreuses victimes de part et d'autre. Nixon, entré à la Maison-Blanche au début de l'année, charge William Rogers, alors secrétaire d'État, d'élaborer un plan pour sortir de l'impasse. Une première version, lancée le 24 octobre, prévoit l'ouverture sous la présidence d'un médiateur – l'ambassadeur de Suède à Moscou Gunnar Jarring – d'entretiens israélo-égyptiens sur la base de la résolution 242, avec comme objectif l'évacuation par étapes du Sinaï, jusqu'à la frontière « sûre et reconnue » prévue par ladite résolution.

Israël ne peut accepter ce plan, dans la mesure où Washington fait clairement dépendre la poursuite de ses livraisons de matériel

---

39. *Le Monde* du 29 novembre 1967.

militaire d'un retour aux frontières d'avant 1967. Le Kremlin le rejette également, mais marche sur des œufs : il voudrait faire figure de protecteur du monde arabe, tout en évitant un affrontement majeur avec les États-Unis. S'il a envoyé quelque 15 000 conseillers militaires en Égypte et promis de lui fournir les fusées Sam-3 qui permettraient d'interdire le ciel du Caire aux avions israéliens, il tarde à honorer cet engagement. Nasser, rentré d'un voyage à Moscou convaincu que l'URSS « est un cas désespéré[40] », décide, contrairement aux conseils qu'elle lui prodigue, d'accepter le plan Rogers. Un cessez-le-feu de trois mois entre donc en vigueur le 7 août 1970.

Deux mois plus tard, le Raïs succombe à une crise cardiaque. Sadate, désigné par son titre de vice-président pour le remplacer, ne perd pas de temps pour se faire élire président. Les 90 % des suffrages qu'il obtient en disent long sur le caractère démocratique du scrutin. Mais la majorité du comité exécutif de l'Union socialiste arabe, le parti unique de l'Égypte, est aux mains d'un « bloc de pouvoir » composé, à l'en croire, d'« agents prosoviétiques[41] » qui voudraient reprendre la guerre d'usure, ce qui serait impossible, selon le nouveau président, aussi longtemps que Moscou n'aura pas mis à exécution ses promesses de livraison de fusées Sam-3. C'est dans ce contexte que Sadate déclare le 4 février 1971 devant le parlement que si Israël retirait ses troupes du Sinaï, il serait lui-même disposé à rouvrir le canal de Suez – fermé depuis la guerre de Six Jours –, à prolonger le cessez-le-feu de six mois et à rétablir des relations diplomatiques avec les États-Unis.

« Cette date constitue un tournant, [...] mais Israël fait la sourde oreille[42] », écrit Barnavi. Pourquoi ? « La méfiance instinctive des Israéliens y est pour beaucoup », répond l'auteur, selon qui ses compatriotes « ont tendance à prendre pour argent comptant les cris de mort de leurs voisins et pour ruses de guerre leurs offres de paix[43] ». Et ils ont en tête le « triple non de Khartoum », la résolution par laquelle le sommet arabe réuni dans la capitale soudanaise le 1er septembre 1967 avait rejeté toute idée de paix, de reconnaissance ou même simplement de négociation avec Israël. Un an plus tard, la charte nationale palestinienne avait refusé « toute solution de remplacement à la libération totale de la Palestine » par la lutte

---

40. Sadate, *op. cit.*, p. 287.
41. *Ibid.*, p. 318.
42. Barnavi, *op. cit.*, p. 237.
43. *Ibid.*

armée et déclaré « dépourvus de toute validité le partage de la Palestine et la création de l'État d'Israël[44] ».

Sur quelle force l'OLP pouvait-elle miser ? Elle avait transformé nombre de camps de réfugiés en camps retranchés, mais en Syrie, le président Hafez el-Assad en avait pris le contrôle. En Jordanie, le roi, qui supportait mal ce défi à son pouvoir, lance son armée en septembre 1970 à l'attaque des positions palestiniennes dans les faubourgs de la capitale. Les hommes d'Arafat répliquent en détournant cinq avions, et en menaçant d'exécuter leurs cinquante-six passagers d'origine juive si leurs compatriotes détenus en Europe ou en Israël ne sont pas relâchés. Ils escomptent qu'une partie des soldats de Hussein se rallieront à leur cause, et que tant l'Irak que la Syrie feront pression sur le roi pour qu'il accepte l'installation d'un État palestinien de fait en Jordanie. Mais les troupes hachémites écrasent sans pitié les insurgés, Bagdad ne bouge pas, et les chars, fraîchement repeints aux couleurs de l'OLP, que Damas a fait pénétrer en Jordanie font rapidement demi-tour, après la destruction de cent trente d'entre eux par les Bédouins du petit roi. Il faut ajouter que Washington a agité avec beaucoup de netteté une menace d'intervention. Au cours de ce septembre noir, la résistance palestinienne a perdu plusieurs milliers de combattants, et elle a pu mesurer les limites du soutien des frères arabes.

À ce moment, Israël, où l'on « sent poindre la logique jusqu'auboutiste d'une espèce de néobiblisme romantique[45] », pour citer encore Barnavi, ne songe qu'à créer dans les territoires occupés les premières colonies de peuplement et ne prête aucune attention à l'appel du pied de Sadate, lequel tente à nouveau sa chance à Moscou. Les dirigeants soviétiques veulent bien lui fournir les armes qu'il réclame, mais à condition qu'elles ne soient utilisées qu'avec leur accord[46]. Se jugeant offensé, il claque la porte et rentre au Caire, où il reçoit bientôt le secrétaire d'État américain en personne. Les prosoviétiques de son entourage ont-ils alors monté un complot contre lui, comme il l'assure ? En tout cas, il les fait arrêter, ce qui provoque l'arrivée séance tenante sur les bords du Nil du président de l'URSS, Nicolaï Podgorny, lequel promet à Sadate, en échange de la vie sauve pour les conjurés, toutes les armes dont il a besoin et sans poser cette fois la moindre condition !

---

44. Cité in Baron, *op. cit.*, pp. 145-153.
45. Barnavi, *op. cit.*, p. 237.
46. Sadate, *op. cit.*, pp. 320-322.

Inutile de dire que le Kremlin n'exécutera cet engagement qu'à pas comptés. Après une nouvelle et inutile visite à Brejnev, Sadate décide de donner suite à une suggestion déjà ancienne de Kissinger et annonce, le 16 juillet 1972, l'expulsion des quelque 15 000 conseillers militaires que Moscou entretenait en Égypte. Les Israéliens méprisent assez les Arabes pour penser qu'ils ne risquent désormais plus rien, d'autant plus qu'en 1971 le Raïs a commis l'imprudence d'annoncer à plusieurs reprises que l'année ne se terminerait pas sans que les soldats hébreux aient été expulsés du Sinaï. Mais sa décision est prise, dont il prend soin d'informer secrètement les Soviétiques, auxquels il passe une énorme commande d'armements, et les Américains qui n'en croient rien. Avec le concours du dictateur syrien Hafez el-Assad, Sadate va venger les armes à la main l'humiliation subie par son peuple. Des unités marocaines, irakiennes, séoudiennes et éventuellement jordaniennes participeront aux opérations.

Le jour de l'attaque, le 6 octobre 1973, en plein Ramadan, a été choisi parce qu'il coïncide avec le début d'un autre jeûne, celui du Kippour, le grand pardon des Juifs. L'armée israélienne n'a jamais été aussi dispersée : la moitié des fortins de la ligne Bar Lev, censée protéger la rive orientale du canal de Suez, sont vides au moment du déclenchement des hostilités. Les embouteillages sur les routes du retour empêchent beaucoup de réservistes israéliens de répondre aux ordres de mobilisation. En quelques heures les Égyptiens traversent massivement le canal et les Syriens reprennent l'essentiel du plateau du Golan. En trois jours, Tsahal perd 49 avions et 500 chars.

Les Américains, qui n'avaient en rien prévu le conflit et qui, après son déclenchement, avaient misé sur une victoire rapide des forces israéliennes, se voient contraints à un « réexamen de leur stratégie[47] ». Contraints ? Pas tant que ça : Nixon et Kissinger comprennent vite que Sadate fait la guerre « non pas pour acquérir des territoires, mais pour rendre le respect de soi à l'Égypte et, par là même, conférer plus de souplesse à sa diplomatie[48] ». Un tel résultat ne s'obtient pas en cinq minutes. « *Let the boys play a while*[49] » – « laissons les garçons jouer un moment » –, a conclu Kissinger, avec le cynisme qui fait son charme, à l'issue d'une réunion le 7 octobre dans la salle des opérations de la Maison-

---

47. *Ibid.*
48. *Ibid.*, p. 529.
49. Ben Porat *et al.*, *Kippour*, Hachette littérature, 1974, p. 203.

Blanche. Il sait que le président égyptien est décidé à renverser ses alliances mais que, pour arriver à le faire s'entendre avec Israël sous les auspices de l'Oncle Sam, il doit apporter la preuve de la combativité de ses troupes et de sa maîtrise de la situation. D'où l'idée de proposer à Moscou, en prenant son temps, une action commune aux Nations Unies pour pousser Israéliens et Arabes à conclure un cessez-le-feu sur la base de la résolution 242.

Les opérations militaires n'ont pas cessé. Mais les Égyptiens, après avoir dépassé la rive du canal protégée par leurs fusées sol-air basées sur la rive occidentale – 8 kilomètres de profondeur en moyenne –, qui leur permettent de neutraliser les Phantom et les Mirage de Tsahal, progressent beaucoup plus lentement et il paraît douteux qu'ils puissent franchir les cols du Sinaï. En attendant, les Israéliens écrasent sous les bombes Damas et les fleurons de l'économie syrienne, et contre-attaquent vigoureusement sur le plateau du Golan, ramenant les troupes de Hafez el-Assad en deçà de leurs positions de départ.

Au bout de quatre ou cinq jours de combats, il n'y a plus de doute sur l'identité du vainqueur. Mais les Israéliens ont eu trop peur, ils ont subi trop de pertes pour ne pas chercher à exploiter leur succès. Ils refusent évidemment de toute façon de laisser aux Égyptiens le terrain que ceux-ci ont occupé à l'est du canal de Suez. Ils ne montrent donc aucun empressement à souscrire au cessez-le-feu proposé par les Américains avec l'accord implicite des Soviétiques. Du coup, les Arabes prennent peur et persuadent Moscou de mettre en place un pont aérien, auquel Washington réplique naturellement en en établissant un autre.

Un coup de poker va débloquer la situation. Dans la nuit du 14 au 15 octobre, le général Sharon, passant outre aux consignes de ses chefs, fait traverser par ses blindés, installés sur des radeaux, le nord du grand lac Amer, immense plan d'eau traversé par le canal de Suez, que Le Caire avait laissé sans protection, considérant cette région marécageuse comme infranchissable. Bientôt la IIIe armée égyptienne est encerclée et les Israéliens arrivent aux portes d'Ismaïlia et de Suez. Vingt-cinq mille hommes sont menacés de mourir de soif sous le soleil du désert, mais les États-Unis obligent Jérusalem à laisser passer un convoi de ravitaillement pour ne pas pousser trop loin le ressentiment des Arabes.

Le 22, le Conseil de sécurité adopte un texte que Kissinger a été mettre au point à Moscou, prévoyant un cessez-le-feu sur les positions des belligérants, un rappel de la résolution 242 et des négociations entre les intéressés en vue d'un règlement durable. Mais Jérusalem, qui cherche à se débarrasser de Sadate en brisant l'armée égyptienne comme il vient de le faire pour les forces syriennes, ne veut rien entendre. Le Kremlin propose alors à Nixon, qui n'a évidemment aucune envie de voir l'Armée rouge sur le Nil, une action militaire commune. Faisant état de renseignements concordants sur la mise en alerte en URSS de sept divisions aéroportées, le président américain lance à Brejnev un avertissement sur les « conséquences incalculables[50] » que pourrait avoir une intervention unilatérale de l'URSS et suggère l'envoi de casques bleus recrutés en dehors des grandes puissances. Finalement le cessez-le-feu est accepté, et des officiers égyptiens et israéliens se rencontrent dans le désert pour discuter de son application.

L'alerte est passée. Elle a été chaude, comme le montre le récit minute par minute qu'en donne Kissinger dans ses *Années orageuses*[51]. Rares sont ceux qui ont perçu sur le moment la portée de cette guerre. Comme l'Indonésie quelques années plus tôt, l'Égypte a nettement amorcé sa sortie de la sphère d'influence soviétique. La voie est ouverte pour le voyage de Sadate à Jérusalem, le 19 novembre 1977, qui allait tant frapper les imaginations.

---

50. Nixon, *op. cit.*, p. 685.
51. Kissinger, *Les Années orageuses*, *op. cit.*, t. I, pp. 518-570.

CHAPITRE XVII

Tous ces brasiers au Sud

LE PUTSCH CHILIEN – D'AUTRES CUBAS ? – LA FIN DES DICTATURES EN
EUROPE MÉRIDIONALE – LA DÉCOLONISATION DE L'AFRIQUE PORTUGAISE –
DE L'ÉTHIOPIE À L'IRAN ET À L'IRAK, « L'ARC DES CRISES »

> *« Tous ces brasiers s'allument du même côté de l'horizon : là est le péril. Multiple, imprévisible, changeant, seule sa direction permet de l'identifier : le Sud*[1]. *»*
>
> Jean-Christophe Rufin.

En 1823, le président Monroe avait déclaré « dangereuse pour la paix et la sécurité » des États-Unis, aux termes de sa célèbre doctrine, toute « tentative » des puissances membres de la Sainte-Alliance visant à « étendre leur système à quelque partie que ce soit de l'hémisphère occidental[2] ». Cette proclamation, inspirée par des démarches de Saint-Pétersbourg et de Londres, s'adressait clairement aux monarchies européennes tentées d'intervenir contre les pays d'Amérique latine qui, un demi-siècle après les Pères fondateurs de Philadelphie, avaient engagé la bataille de l'indépendance. Si l'on remplace « monarchies » par « Union soviétique », on a là l'une des

---

1. Jean-Christophe Rufin, *L'Empire et les nouveaux Barbares*, J.-C. Lattès, 1991, p. 10.
2. Texte intégral de la « doctrine » (en anglais) in Martin et Royot, *op. cit.*, pp. 98-99.

deux clés de l'attitude de l'Oncle Sam envers ses neveux hispanophones ou lusophones. L'autre étant bien entendu économique. Un exemple donne une idée de l'enjeu : en 2001, le Mexique achetait 82 % de ses importations alimentaires aux États-Unis, pour un montant équivalant au produit total du pétrole qu'il vendait à l'étranger[3].

La victoire des *barbudos* a été fort rude à avaler pour les Américains. Comme l'a confirmé en 1976 le rapport d'une commission d'enquête présidée par le sénateur Frank Church, Kennedy a bien envisagé de faire assassiner Castro[4]. Washington est moins disposé que jamais à laisser se créer un autre Cuba. D'autant plus que Fidel qui, au lendemain de la crise des fusées, ne se privait pas de critiquer le refus de Moscou de soutenir les foyers révolutionnaires chers au Che et à Régis Debray, avait approuvé l'invasion de la Tchécoslovaquie, avant d'adhérer en 1972 au « Comecon », le conseil d'entraide économique des pays de l'Est dont le Kremlin tirait toutes les ficelles. La raison en est simple : le mirifique projet, annoncé en 1964, d'une grande *zafra,* d'une récolte de 10 millions de tonnes de sucre en 1970, a manqué son objectif de 12 %. Or tout lui avait été sacrifié, entraînant une désorganisation générale. Le Líder Máximo dépendait désormais par trop de l'aide économique – et militaire – de l'URSS pour se permettre de ruer dans les brancards.

Moscou avait donc pu tranquillement avancer ses pions en Amérique latine en étoffant ses ambassades, sans se soucier de la couleur des régimes auprès desquels elles étaient accréditées, comme en développant ses échanges commerciaux, et notamment ses ventes d'armes. L'accès au pouvoir au Pérou, en Équateur et en Bolivie de militaires progressistes semblait justifier cette approche, et plus encore, à l'automne 1970, l'élection à la présidence du Chili de Salvador Allende, marxiste-léniniste ne faisant pas mystère de ses sympathies procubaines et prosoviétiques. Le général Torres, président de la Bolivie, jugera bientôt publiquement « toutes les conditions réunies pour que la Bolivie, le Pérou et le Chili unissent leurs efforts dans la lutte contre l'impérialisme[5] ». Allende n'avait certes obtenu que 36,3 % des voix au suffrage universel, mais il dépassait d'une courte marge

---

3. Article de la *Jornada* de Mexico, reproduit dans *Courrier international* du 14 novembre 2002.
4. Church Committee, *Alleged Assassination Plots against Foreign Leaders*, Norton, New York, 1976.
5. B. Antonov, « L'Amérique latine lutte contre l'emprise des États-Unis », *La Vie internationale,* n° 8, 1971.

son rival de droite, et le parlement, auquel il revenait de trancher, à défaut de majorité absolue, choisissait toujours en pareil cas le candidat arrivé en tête.

Nixon cite dans ses Mémoires un homme d'affaires italien qui lui avait dit : « Si Allende gagne et avec Castro à Cuba, vous aurez en Amérique latine un sandwich rouge. Et, à la fin, elle sera entièrement rouge[6]. » Et comme s'il ne lui avait pas suffi d'être englué dans les remous du Viêt Nam et du Watergate, il devait faire face au même moment à une minicrise avec Moscou, à propos précisément de Cuba, d'où des avions espions avaient ramené des clichés tendant à prouver qu'une base de sous-marins soviétiques y était en cours d'aménagement. Mêlant fermeté et discrétion, Kissinger obtint de l'ambassadeur d'URSS les apaisements nécessaires.

Ce n'était pas assez pour désarmer la méfiance de l'hôte de la Maison-Blanche envers Allende. Il faut, dit-il à son ambassadeur à Santiago, « écraser ce fils de pute ». Le patron de la CIA, Richard Helms, se voit ouvrir à cet effet un crédit de 10 millions de dollars[7]. Le président sortant démocrate-chrétien Eduardo Frei refusant de s'impliquer dans l'opération, Helms essaie de monter un coup d'État militaire. Pas de chance : le commandant en chef de l'armée est un légaliste obstiné. Il est enlevé et, comme il a sorti son revolver, abattu séance tenante par un conjuré. L'émotion est d'autant plus vive que le Chili n'a pas connu de meurtre politique depuis 1837. Rien ne peut plus empêcher la victoire d'Allende, et la formation d'un gouvernement d'unité populaire où les communistes, prosoviétiques au point d'avoir approuvé le coup de Prague, sont largement représentés.

Ses débuts sont euphoriques : l'inflation et le chômage reculent, une grande réforme agraire est lancée, l'industrie du cuivre, principale ressource du pays, jusque-là aux mains des Américains, est nationalisée. « Le Chili est le premier pays du monde appelé à construire le second modèle de transition [démocratique] vers la société socialiste[8] », s'écrie Allende dans un message au parlement. Invité à venir passer trois semaines au Chili et à haranguer les foules, Fidel repart cependant pessimiste : « Nous croyons sincèrement, déclare-t-il dans son discours d'adieux, que [...] l'apprentissage des réactionnaires a été plus rapide

---

6. Nixon, *op. cit.*, p. 358.
7. Les documents de la CIA sur cette affaire ont été déclassifiés en 1998 et partiellement reproduits dans *Le Monde* du 11 décembre 1998.
8. Cité in Alain Joxe, *Le Chili sous Allende*, Julliard, 1974, pp. 87-89.

que l'apprentissage des masses[9]. » Les événements vont vite lui donner raison. La chute des cours du cuivre sur le marché mondial, la hausse massive des importations, conséquence d'un accroissement artificiel et par trop rapide du pouvoir d'achat des plus modestes, l'inquiétude des classes moyennes devant des réformes précipitées gonflent les rangs de l'opposition, déjà traumatisée par l'assassinat par des gauchistes d'un ancien vice-président de la République. Bientôt rejoints par les médecins, les avocats, les petits industriels, les propriétaires de camions se mettent en grève dans tout le Chili contre la nationalisation projetée de leurs entreprises. Les manifestations de la droite, orchestrées par des concerts de casseroles, se multiplient dans les villes avec la bénédiction et d'importants concours financiers des États-Unis, dont bénéficie notamment le grand journal *El Mercurio*[10]. Enfin la Kennecott, dont les mines de cuivre ont été expropriées, obtient de divers tribunaux la saisie-arrêt de leur production, privant ainsi le Chili de sa principale recette de devises.

Ignorant les objurgations de ses ministres gauchistes qui encouragent les saisies de terres par des paysans pauvres et la grève des mineurs de cuivre, Allende essaie de rassurer les bourgeois en faisant entrer plusieurs militaires dans son gouvernement, dont le général Prats, chef de l'armée de terre, nommé ministre de l'Intérieur et vice-président de la République. Ce dernier jouera un rôle essentiel dans l'échec, le 29 juin 1973, d'un premier soulèvement militaire. Mais ses camarades vont réclamer son éviction – par un vote majoritaire ! – et Allende obtempère. Il fait appel pour le remplacer au commandant en chef interarmes, Augusto Pinochet, qu'il est loin d'être le seul à tenir pour un loyal républicain. C'est pourtant lui qui, le 11 septembre 1973, prend la tête d'un coup d'État militaire dans la meilleure tradition ibéro-américaine. Mis en demeure de s'exiler, le président refuse et se tire dans la mâchoire une rafale de la mitraillette dont lui a fait cadeau Fidel Castro[11]. L'autopsie pratiquée après le départ de Pinochet de la présidence a établi que, contrairement à ce que beaucoup ont cru sur le moment, Allende n'a pas été tué par les assaillants.

---

9. Cité in *ibid.*, pp. 101-104.
10. Nombreuses précisions tirées de documents de la CIA sur le soutien constant que, sur instructions de Nixon et de Kissinger, elle a donné à l'opposition chilienne in Peter Kornbluh, *The Pinochet File*, New York et Londres, The New Press, 2003.
11. *Ibid.*, p. 517.

La junte qui s'installe au pouvoir justifie son action en affirmant que le Chili est « engagé dans un processus de destruction systématique des valeurs permanentes de la nation à la suite de l'introduction d'une idéologie dogmatique inspirée par les principes étrangers du marxisme-léninisme[12] ». Des centaines de militants de gauche et de petits délinquants sont exécutés et quantité d'autres parqués dans des camps. Luis Corvalán, secrétaire général du parti communiste, est condamné à mort mais gardé vivant pour être finalement échangé en 1976 contre le dissident soviétique Vladimir Boukovski. En 1991, une commission indépendante, Vérité et réconciliation, recensera 1 823 victimes civiles de la répression, la plupart abattues durant le mois de septembre[13].

Rien, dans les archives de la CIA sur cette période, qui ont été déclassifiées en l'an 2000 – avec un grand nombre de passages caviardés, il est vrai –, ne permet d'affirmer qu'elle-même était impliquée dans le complot, et il est établi qu'elle avait refusé d'encourager la tentative de putsch du mois de juin précédent parce qu'elle le croyait voué à l'échec. Mais il est tout aussi vrai que Nixon et son entourage n'ont cessé d'essayer de déstabiliser Allende, et qu'une escadre américaine se trouvait au large de Valparaiso au moment de sa chute. Kissinger sera d'ailleurs le premier à envoyer au bain ceux qui se permettront de critiquer la politique de répression des nouveaux maîtres du Chili. Ils protègent nos intérêts, dira-t-il en substance : « Les exigences démocratiques ne sont que des stupidités sentimentales, nous faisons de la politique étrangère, pas du redressement moral[14]. »

*
* *

Le coup d'État de Santiago ne pouvait que renforcer Castro dans sa conviction qu'il lui fallait resserrer au maximum ses liens avec l'URSS, le meilleur moyen d'y parvenir étant de se faire, contre les Chinois et les gauchistes, son avocat auprès du tiers monde. D'où l'accueil triomphal qu'il réserve à Brejnev en janvier 1974, lorsqu'il affirme, devant un million de personnes, que « par sa seule existence, l'Union soviétique constitue un frein aux

---

12. Cité in Régis Debray, *La Critique des armes, op. cit.*, t. I, p. 280.
13. Bruno Patino, « Onze septembre 1973 », *le Monde*, 12 septembre 2003.
14. Vincent Jauvert, « Quand Kissinger protégeait les bourreaux », *Le Nouvel Observateur,* 27 juillet-2 août 2000.

forces d'agression de l'impérialisme[15] ». D'où la reconstitution d'un parti communiste par l'homme qui avait jadis déclaré que sa révolution n'était « pas rouge mais vert olive[16] » – Castro devient naturellement le secrétaire général de la nouvelle formation, qui tient son premier congrès en décembre 1975, en présence de nombreux dirigeants du camp socialiste. D'où enfin, en 1979, la tenue à La Havane sous sa présidence d'une « Conférence mondiale des non-alignés » dont le non-alignement pose d'autant plus problème qu'une brigade soviétique arrive au même moment à Cuba. Tito, l'un des principaux fondateurs du mouvement, a tenu à être présent, malgré ses quatre-vingt-sept ans, pour rappeler que l'URSS n'est peut-être pas tout à fait aussi désintéressée qu'elle veut bien le dire.

La même année 1979 voit l'avènement, dans ce que les États-Unis ont toujours considéré comme leur arrière-cour, leur *backyard*, de deux de ces « autres Cubas » dont ils s'étaient juré d'empêcher l'apparition. Dans l'île de la Grenade, dont Londres avait reconnu en 1974 l'indépendance dans le cadre du Commonwealth, quarante-cinq gaillards résolus chassent du pouvoir sans effusion de sang le demi-fou autoproclamé de droit divin qui gouvernait l'île avec le concours du « gang des mangoustes », prompt à confondre les ressources de l'État et les siennes propres. Ils installent à sa place un vieil ami de Fidel, Maurice Bishop, dont l'assassinat fournira à Reagan, en 1983, le prétexte d'un débarquement avant tout destiné à apaiser une opinion bouleversée par le massacre à Beyrouth, quelques jours plus tôt, de deux cent trente-neuf marines.

La Grenade n'a qu'une centaine de milliers d'habitants, elle est située à 2 400 kilomètres des États-Unis. Carter n'a pas l'intention d'y dépêcher des troupes. Dans la ligne de l'« alliance pour le progrès », jadis proposée par Kennedy à l'Amérique latine, il a sensiblement infléchi l'attitude de son pays. Dans cette partie du monde, aussi longtemps qu'il restera à la Maison-Blanche, priorité sera donnée à la défense des droits de l'homme. Et Dieu sait s'il y a à faire, la moitié de la population y vivant presque partout en dessous du seuil de pauvreté.

Tel est le cas du Nicaragua, au centre de l'isthme caraïbe où il avait été jadis question de percer un canal interocéanique. Occupé de 1912 à 1934 par les marines, il avait été mis en coupe

---

15. Cité in Tad Szulc, *Castro*, Payot, 1987, p. 579.
16. Cité in Niedergang, *Les Vingt Amériques latines, op. cit.*, p. 423.

réglée depuis longtemps par la dynastie des Somoza, dont le fondateur Anastasio, dit Tacho, commandait la garde nationale avant de faire assassiner son rival Sandino, héros de la résistance à l'occupation américaine, et de s'emparer du pouvoir en 1936. Vingt ans plus tard, il avait été abattu à son tour et son fils cadet, Tachito, avait réussi à supplanter son aîné, avec l'appui de la garde nationale dont il lui avait imprudemment confié le commandement. « Le pouvoir est presque toujours considéré en Amérique latine comme un moyen de faire fortune, mais la famille Somoza a porté cette pratique à des sommets inégalés[17] », écrit Denise Artaud. Au lendemain du terrible séisme de 1972, déjà propriétaire d'un joli paquet d'usines, de raffineries et de terres, elle n'a pas hésité à détourner la plus grande partie de l'aide internationale aux victimes.

De jeunes admirateurs de Castro, réfugiés au Honduras, y avaient créé en 1962 un Front « sandiniste » (ainsi nommé en hommage au résistant Sandino) de libération nationale et lancé un appel à la lutte armée contre la dictature. Mais les sandinistes ne sont guère entendus jusqu'au jour de 1974 où un commando réussit à prendre en otages les invités d'une réception offerte par le ministre de l'Agriculture, lui-même abattu. Ils ne sont relâchés que contre une rançon de un million de dollars et la libération de quatorze militants emprisonnés. L'affaire fait naturellement un bruit énorme ; la garde nationale déclenche une répression féroce, et les opposants modérés entrent en contact avec les sandinistes.

Carter de son côté réduit considérablement l'assistance économique et militaire au Nicaragua, et se garde de la rétablir lorsque Tachito se décide à lever l'état de siège. Pedro Chamorro, directeur de *La Prensa*, principal quotidien national, en profite pour critiquer avec vivacité le régime. Il est assassiné en janvier 1978 par des hommes de main du dictateur. La guerre civile embrase aussitôt tout le pays, désorganisé par deux semaines de grève générale. Non seulement Cuba mais le Costa Rica voisin et, dans une moindre mesure, le Venezuela font parvenir aux guérilleros des armes en abondance. Le 22 juin, l'Organisation des États américains, que le nouveau chef du département d'État, Cyrus Vance, aurait voulu persuader de parrainer l'intronisation d'un gouvernement d'union nationale à Managua, invite à la quasi-unanimité

---

17. Denise Artaud, *Les États-Unis et leur arrière-cour*, Hachette, « Pluriel », 1995, p. 222.

Tachito à se retirer. Celui-ci s'enfuit trois semaines plus tard ; il sera assassiné l'année suivante au Paraguay.

La veuve de Chamorro et un autre modéré entrent dans la junte, à nette majorité sandiniste, qui s'installe au pouvoir en promettant de respecter toutes les libertés. Mais elle ne tarde pas à démissionner, l'orientation procubaine du nouveau régime s'affirmant très rapidement. Cette victoire donne des ailes aux révolutionnaires du Salvador, du Guatemala ou du Costa Rica. Pour *Newsweek* du 14 septembre 1981, le bilan de la politique de Washington en Amérique centrale tient en un seul mot : « *shambles* » (gâchis).

*
* *

Fidel ne s'intéresse pas qu'à l'Amérique centrale : il a créé la surprise, en 1975, en révélant que des milliers de ses soldats se battaient en Afrique. À vrai dire, les premiers étaient arrivés dix ans plus tôt dans le sillage du Che, d'abord au Congo ex-belge, puis en Angola. Alors que toutes les autres puissances coloniales avaient déposé le « fardeau de l'homme blanc » célébré par Kipling, l'austère Antonio de Oliveira Salazar, qui avait institué l'Estado Novo près d'un demi-siècle auparavant, s'était en effet juré de « rendre au Portugal son ancienne grandeur, dans la plénitude de sa civilisation universelle de grand empire[18] ». Le Brésil avait largué les amarres depuis 1822, et l'Inde avait fait main basse sur Goa en 1961, en attendant que l'Indonésie envahisse en 1976 le Timor oriental. Mais le « Doutor » entendait conserver ses conquêtes africaines. L'extrême brutalité de la répression n'avait pas suffi à empêcher la révolte déclenchée en Angola en 1961 de s'étendre progressivement à tout l'empire lusophone, poussant des dizaines de milliers de jeunes gens à s'enfuir en France pour échapper à la conscription.

Salazar avait été contraint de se retirer en 1968 à la suite d'une hémorragie cérébrale. Son successeur, Marcelo Caetano, ancien ministre des Colonies, aurait bien voulu libéraliser quelque peu le régime et chercher une issue à la guerre coloniale, mais il était trop lié au complexe militaro-industriel. Et au début de 1973,

---

18. Article 9 du « décalogue » de l'État nouveau portugais intégralement reproduit in Perry Anderson, *Le Portugal et la fin de l'ultra-colonialisme*, Maspero, 1963, pp. 155-156.

l'assassinat d'Amilcar Cabral, le chef des insurgés de Guinée-Bissau, avait coupé court à la négociation secrètement engagée avec ces derniers. Le général Spínola, numéro deux de l'armée, y avait participé lorsqu'il commandait sur place. Convaincu que la victoire était impossible, il l'écrit dans un livre[19] dont la publication entraîne sa destitution, le 14 mars 1974, ainsi que celle de son supérieur hiérarchique, le général Costa Gomes, qui partage ses idées.

Il n'en faut pas davantage pour persuader de passer à l'action les deux cents jeunes officiers clandestinement regroupés dans un Mouvement des forces armées (MFA) qui ambitionne de rétablir la démocratie et de mettre en œuvre une « politique d'outre-mer conduisant à la paix entre les Portugais de toutes races et de toutes tendances[20] ». Après s'être emparés sans coup férir, le 25 avril, des bâtiments publics, des milliers de soldats défilent dans la capitale, un œillet au fusil, au milieu des acclamations d'une foule immense. Les suites de cette « révolution des œillets » seront moins iréniques, mais elle a bien mérité son nom dans la mesure où la patrie de Vasco de Gama a su conjurer le spectre de la guerre civile.

*
* *

Comment n'être pas frappé par la quasi-coïncidence de la révolution des œillets avec la chute du régime des colonels grecs, depuis belle lurette totalement coupés de l'opinion ? Pour tenter de remonter le courant, leur chef, Papadopoulos, avait levé la loi martiale pendant l'été 1973, et fait largement approuver par référendum la proclamation d'une république dont il devenait par la même occasion président. Mais des manifestations d'ouvriers et d'étudiants ont tourné à l'émeute, et une nouvelle junte militaire l'a destitué, nommant Premier ministre, pour que personne ne s'y trompe, un avocat de Chicago. L'homme fort du moment est le chef de la sécurité militaire, le colonel Ioannidis, qui n'a de son côté rien à refuser à la CIA. Mais comment Papadopoulos peut-il s'assurer un minimum de soutien populaire, alors que s'accumulent, dans le sillage du premier choc pétrolier, les difficultés

---

19. Antonio Spínola, *O Portugal e o futuro*, Lisbonne, Arcadia, 1974.
20. Texte intégral du manifeste in Mário Soares, *Portugal, quelle Révolution ?*, entretiens avec Dominique Pouchin, Calmann-Lévy, 1976, pp. 229-234.

économiques, sinon en essayant de provoquer autour du thème de l'*Enosis*, du retour de Chypre à la mère patrie, un sursaut patriotique comparable à celui qui, vingt ans plus tôt, avait ouvert les portes du pouvoir au maréchal Papagos ? L'idée a d'autant plus de chances de séduire les Américains que l'ethnarque Makarios, qui préside aux destinées de l'île, affiche un tiers-mondisme de plus en plus prononcé.

Mais celui-ci commet l'imprudence de demander à Athènes le rappel de ses officiers servant dans la garde nationale chypriote, et la junte monte contre lui, le 15 juillet 1974, un coup d'État qui manque réussir. Loin d'y trouver la mort, comme la radio l'a annoncé, Makarios parvient à gagner déguisé la base britannique d'Akrotiri et, de là, New York pour y défendre sa cause devant les Nations Unies. Les troupes d'Ankara répliquent en débarquant et en occupant, non sans de durs combats, un grand tiers de l'île, ce qui est indéfendable, la population turcophone étant près de cinq fois moins nombreuse, et les Chypriotes grecs s'étant enfuis massivement vers le sud. Du coup, Ioannidis annonce aux Américains et aux chefs de l'armée qu'il va déclarer la guerre à la Turquie. Mais Nixon, alors au plus fort du Watergate, ne peut se permettre de laisser deux de ses alliés de l'OTAN en découdre. Marine mise à part, les troupes helléniques sont de toute façon hors d'état de se mesurer avec leur puissante rivale. Privé de tout soutien, à l'intérieur aussi bien qu'à l'étranger, le régime s'effondre, comme à Lisbonne, sans qu'un coup de feu soit tiré.

À la fin juillet, l'ancien Premier ministre de la monarchie Constantin Caramanlis, rentré de Paris dare-dare pour prendre la tête du gouvernement, annonce, au milieu des ovations, le rétablissement des libertés publiques et la convocation d'élections pour le 17 novembre. Elles lui donnent la majorité absolue, et il restera Premier ministre jusqu'en 1980, année où il prendra la tête de l'État. Il fera payer aux Américains leur soutien aux colonels et à Ankara en suivant l'exemple de de Gaulle et en retirant la Grèce de l'organisation intégrée du Pacte atlantique. Très lié à Giscard, il réussira à faire entrer son pays dans la Communauté européenne. Mais les socialistes d'Andreas Papandreou, très critiques envers les Américains, gagneront les élections de 1981. Quant à Makarios, qui reprend le pouvoir à Nicosie en décembre 1975, il mourra en août 1977 sans avoir pu empêcher la proclamation, au mépris de tous les traités, d'une République chypriote turque, où des milliers de colons sont venus s'établir mais qu'aucun gouvernement n'ose reconnaître, à l'exception de celui d'Ankara.

*
* *

Après la chute de l'Estado Novo portugais et des colonels d'Athènes, il ne reste plus qu'une dictature en Europe non communiste, celle de Franco. Elle ne leur survit pas longtemps, puisqu'il meurt le 20 novembre 1975. Désigné pour monter sur le trône de préférence à son père le comte de Barcelone, que le Caudillo jugeait trop libéral, Juan Carlos sortait des écoles militaires du régime, dont il était supposé avoir absorbé l'idéologie. Mais ceux qui avaient eu l'occasion de le rencontrer lorsqu'il rongeait son frein dans son joli palais de la Zarzuela avaient bien senti qu'il chercherait avant tout à réconcilier ses futurs sujets. Il allait faire ses preuves sans attendre la fin de l'interminable agonie de Franco en assumant les fonctions de chef de l'État à titre temporaire. Et en s'en autorisant pour se rendre au Sahara espagnol, dernier reliquat, avec les « présides » du nord du Maroc, de l'un des plus grands empires de l'Histoire, et lui promettre l'autodétermination et le retrait de ses troupes dans un délai de six mois.

Devenu roi, Juan Carlos s'emploie avec autant d'habileté que de détermination à édifier une monarchie constitutionnelle modèle, en transférant progressivement au Premier ministre la direction effective des affaires. C'est essentiellement grâce à lui qu'échoue en février 1981 une tentative de coup d'État des nostalgiques du franquisme, soutenue par une bonne partie du haut commandement. Santiago Carrillo, chef du parti communiste à nouveau légalisé, ne sera pas le dernier à le remercier de lui avoir ainsi sauvé la vie. L'Espagne, qui a considérablement développé ses liens avec l'Amérique latine, est devenue une grande puissance industrielle. Elle a renouvelé les accords mettant à la disposition des États-Unis trois bases stratégiques et a bientôt rejoint les rangs de l'OTAN et de la CEE, les extrémistes basques de l'ETA – et aussi, en 2004, les tueurs d'al-Qaida – s'obstinant seuls à troubler par leurs indéfendables attentats la paix à laquelle elle a enfin accédé.

*
* *

Il a manqué au Portugal un leader charismatique capable de rassembler son peuple comme, chacun à sa manière, Caramanlis ou Juan Carlos. Rêvant sans doute d'un destin à la de Gaulle, Spínola a certes accepté de présider la junte issue de la révolution des œillets, mais son monocle dit à lui seul sa morgue. Les conjurés n'ont fait appel à lui que pour disposer d'une caution bourgeoise, le voyant plutôt dans le rôle de prestigieuse potiche jadis assigné par Nasser au général Néguib. La grande majorité des ministres se situe de toute façon bien trop à gauche pour que la cohabitation puisse durer longtemps. Dès septembre, Spinola entre en conflit tant avec le ministre des Affaires étrangères Mário Soares, un avocat socialiste longtemps réfugié à Paris, qu'avec le secrétaire général du PC, Alvaro Cunhal, rentré d'un interminable exil à Prague plus stalinien que jamais, pour devenir ministre d'État. Ses relations sont encore plus tendues avec les gauchistes, dont l'idole est le général Otelo de Carvalho, lequel se désole de n'avoir pas fait les études qui lui auraient permis d'être le Fidel de la péninsule Ibérique. Mais c'est en vain que le général président invite la majorité silencieuse à manifester massivement en sa faveur. À la fin d'août, il doit se résigner à céder la place à son ancien chef, le général Costa Gomes.

En mars suivant, cependant, le MFA l'accuse d'avoir tenté un coup d'État et met en place, pour surveiller le gouvernement, un Conseil de la révolution qui fait élire une constituante, aux pouvoirs au demeurant fort limités. Démocrates-chrétiens et gauchistes se voyant interdits de candidature, le scrutin du 25 avril 1975 donne 37,7 % des voix à un parti socialiste aux effectifs jusqu'alors squelettiques, et 26,38 % aux centristes. Le PC n'en obtient que 12,58 %, bien qu'il soit le seul parti à disposer de nombreux militants aguerris et à avoir un homme à lui, le colonel, bientôt général, Vasco Gonçalves, à la tête du gouvernement.

C'est un échec sérieux pour les communistes, mais l'exemple de la Russie de 1918 est là pour montrer qu'il faut plus qu'une Constituante pour dissuader de vrais bolcheviks de s'emparer du pouvoir. Ajoutée à la fuite des capitaux, au retour massif en métropole de centaines de milliers de colons chassés par les révoltes africaines, au chômage, à de très nombreuses grèves, aux occupations de terres par des paysans pauvres, à une inflation de 25 %, cette éventualité inquiète au plus haut point les Américains. D'autant que la Maison-Blanche est déjà très énervée par la présence de communistes dans le gouvernement d'un pays membre de l'OTAN, pour la première fois pratiquement depuis la fondation de l'organisation. Le président Ford, qui rencontre Brejnev à l'été 1975 à l'occasion des accords d'Helsinki, lui déclare les yeux dans les yeux que le Portugal se trouve « de ce côté-ci [du rideau de fer] et doit y rester ». Le numéro un soviétique s'empresse de rapporter ce propos au général président Costa Gomes, en visite à Moscou un peu plus tard, et d'ajouter qu'il « avait raison[21] ». Entendait-il lui-même décourager les communistes de s'emparer du pouvoir par la force ? Mário Soares, qui a contribué plus que tout autre à faire échouer leurs tentatives, estime, sans doute avec raison, que le Kremlin leur a laissé la bride sur le cou. Plutôt que sur une réédition de la révolution d'Octobre, les communistes misaient sur un noyautage progressif de l'armée, de l'administration et de la presse. Curieusement, on ne sait toujours pas si le comité des travailleurs qui prit en main le 16 mai 1975 le quotidien socialiste *Republica* était manipulé par le PC ou par des gauchistes. C'est pourtant cette affaire qui, jointe à l'incapacité des amis de Cunhal à investir la région de Porto, tenue d'une main de fer par l'Église, allait en fin de compte entraîner leur défaite.

Faute en effet d'avoir obtenu le retour du journal à ses légitimes propriétaires, Soares et ses amis quittent le gouvernement le 10 juillet, entraînant les centristes. Un triumvirat militaire est mis en place par le président de la République Costa Gomes, avec le président du Conseil Vasco Gonçalves et Otelo de Carvalho, alors commandant en chef du Copcon, alias commandement opérationnel du continent, « véritable bras armé du MFA[22] », comme l'écrit Dominique Pouchin. Le premier est un modéré, le deuxième un compagnon de route des communistes, le troisième un gauchiste. Comment pourraient-ils s'entendre ? Le désordre s'installe, un régiment se mutine à Porto, le MFA se divise. L'amiral Pinheiro de Azevedo, nommé chef du gouvernement à la place de Gonçalves, qui se retrouve à la tête de l'armée, est assiégé avec plusieurs de ses ministres au siège de la Constituante, et se voit forcé de consentir aux ouvriers du bâtiment en grève une augmentation de 44 % !

Le 25 novembre à l'aube, quatre bases aériennes sont occupées par des paras. Pour Soares, comme pour le chef de l'État et la majorité du Conseil de la révolution, pas de doute, c'est une tentative de putsch. Carvalho est destitué. Ses partisans tentent quelques actions isolées, mais les caisses sont vides, et le ras-le-bol général. Un état-major opérationnel de crise a été secrètement créé depuis plusieurs mois par le lieutenant-colonel, bientôt général, Ramalho Eanes. Élu en juin président de la République, celui-ci prend sans trop de peine la situation en main. Bientôt les Portugais vont se doter de véritables institutions démocratiques.

---

21. Confidence de l'amiral Pinheiro de Azevedo à l'auteur.
22. Soares et Pouchin, *op. cit.*, p. 129.

Ils rejoindront la CEE en même temps que l'Espagne, et goûteront pacifiquement, avec des épisodes de cohabitation, aux charmes de l'alternance.

*
* *

Viêt Nam, Watergate, putsch chilien, agitation dans l'isthme caraïbe, refus du Sénat d'accorder à l'URSS, aussi longtemps que ses ressortissants juifs ne pourront pas émigrer à leur guise, la clause de la nation la plus favorisée promise par Nixon, bien des facteurs se conjuguent pour pousser le Kremlin à croire le moment venu d'exploiter les faiblesses de l'impérialisme.

La participation des communistes au gouvernement de Lisbonne joue dans le même sens dans la mesure où, le commandant en chef de la marine en tête, les compagnons de route infiltrés dans l'armée et dans l'administration coloniales vont tout faire pour faciliter l'accès au pouvoir des éléments prosoviétiques dans les colonies émancipées.

L'indépendance de l'archipel du Cap-Vert et celle de la Guinée-Bissau ont été reconnues sans histoire à l'été 1974. On peut en dire autant du Mozambique, malgré une tentative de putsch de l'équivalent local de l'OAS. Les trois mouvements nationalistes y avaient réussi dès 1970 à se fondre en un Front de libération du Mozambique, en abrégé Frelimo ; devenu président du nouvel État, où certains avaient un moment prêté l'oreille aux sirènes maoïstes, son chef, Samara Machel, fait le voyage de Moscou en 1976 pour reconnaître la qualité « d'alliés nationaux »[23] à « la mère patrie du grand Lénine » et aux autres États socialistes. Mais il lui faut compter avec l'Afrique du Sud qui, non contente de soutenir ouvertement les guérilleros anticommunistes du Renamo, multiplie les raids. En 1984, Pretoria obligera le Frelimo à signer les accords dits de Nkomati par lesquels celui-ci s'engage à cesser tout soutien aux combattants de l'African National Army de Nelson Mandela.

Le sol et le sous-sol du Mozambique sont trop pauvres pour beaucoup susciter l'intérêt du monde extérieur. L'Angola, qui a déjà versé un lourd tribut à la répression de l'insurrection de 1961, va payer cher en revanche d'être la plus riche des colonies

---

23. Cité in Jean du Plessis, « Moscow's Control on Mozambique and Angola », Londres, *Foreign Affairs Research Institute*, 1977, n° 24.

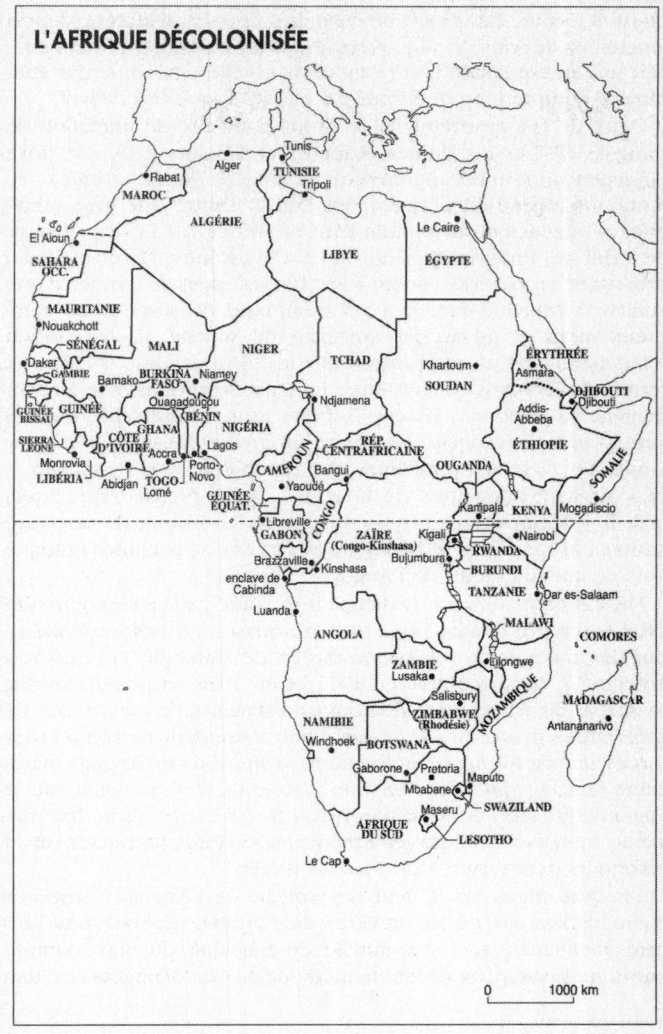

émancipées par la révolution des œillets grâce à son café, à ses diamants, et surtout au pétrole de l'enclave de Cabinda, au nord-ouest du pays. Les trois mouvements qui s'y disputent depuis longtemps le pouvoir ne parviennent pas à s'entendre, le pays connaît une interminable guerre qu'on n'appelle civile que par antiphrase, compte tenu du nombre d'étrangers qui s'en mêlent.

Deux de ces mouvements, le Front populaire de libération de l'Angola (FPLA) de Holden Roberto et l'Union nationale pour l'indépendance totale de l'Angola (Unita) de Jonas Savimbi, née d'une dissidence du premier, ont l'un et l'autre une base ethnique, et bénéficient du soutien dans un cas de la CIA, dans l'autre de celui de Pretoria. Seul le MPLA d'Agostinho Neto, médecin protestant et marxiste, poète à ses heures, peut se targuer d'une audience vraiment nationale : il comprend de surcroît de nombreux métis et même des Portugais de souche. La déclaration d'indépendance devant intervenir le 11 novembre 1975, aux termes des accords conclus entre les trois formations et le gouvernement de Lisbonne, Holden Roberto avance à marches forcées vers Luanda, la capitale. Mais il ne progresse pas assez vite pour empêcher Neto d'y proclamer une république dite « populaire ». Et c'est à 25 kilomètres de là qu'il crée sa propre république, celle-là « démocratique », qui contrôle un bon quart du territoire national et ne va pas se priver de lancer des raids contre l'unique voie de chemin de fer de l'Angola.

De son côté, Mobutu, le dictateur du Zaïre voisin, s'est entendu avec Giscard d'Estaing pour soutenir aussi bien Holden Roberto que les maquisards anticommunistes de Cabinda, ce « Koweit africain »[24]. Neto réplique en 1977 et en 1978 en faisant envahir le Shaba, où se trouvent d'énormes gisements de cuivre, par de prétendus « gendarmes katangais » qui bousculent rapidement les forces zaïroises. Il faut l'intervention, d'abord d'une brigade marocaine amenée par l'aviation française, puis d'un régiment de la Légion étrangère, pour les repousser. Décidés à prévenir une troisième tentative, Français et Américains mettent pratiquement le volontiers extravagant Mobutu sous tutelle.

Le Zaïre n'est pas le seul des voisins de l'Angola à disposer d'abondantes ressources minières. La Namibie, ex-Sud-Ouest africain allemand placé sous tutelle de l'Afrique du Sud, compte parmi les principaux producteurs mondiaux de diamants et d'ura-

---

24. L'expression est de Hervé Bourges et Claude Wauthier, dans *Les Cinquante Afriques*, Seuil, 1979, t. II, p. 410.

nium. Plusieurs dirigeants de l'ANC de Mandela, alors détenu, ne font pas mystère de leurs convictions communistes : si un régime prosoviétique s'était établi à Pretoria, Moscou aurait contrôlé, directement ou indirectement, plus de la moitié de l'or de la planète et le plus gros de ses ressources de platine, de vanadium et de manganèse. Le gouvernement sud-africain réagit en envoyant en Angola des troupes qui auraient renversé le régime de Neto si ce dernier n'avait pas demandé à Fidel Castro, lequel acquiesce aussitôt, de lui envoyer plusieurs centaines de membres de ses forces spéciales, avant-garde d'un corps expéditionnaire qui atteindra jusqu'à 52 000 hommes.

Les États-Unis attribuent naturellement à une pressante requête soviétique l'arrivée de soldats cubains à des milliers de kilomètres de chez eux. Le Congrès est trop marqué par le syndrome vietnamien pour envisager une quelconque intervention militaire et Kissinger s'agace fort de ne pouvoir pratiquement rien faire pour s'y opposer. En réalité, l'envoi des Cubains n'était pas dû à une initiative de Moscou. Il est maintenant établi que Fidel l'avait lui-même décidé, au nom de la lutte contre l'impérialisme, en invoquant les liens de sang existant entre les populations africaines et les descendants d'esclaves, nombreux dans l'île. En tout cas, les nouveaux venus, excellents combattants, bloquent net l'offensive des Sud-Africains qui préfèrent rentrer chez eux, laissant Neto consolider son pouvoir. Savimbi ne renonce pas pour autant à la lutte. C'est seulement en 2001, après son exécution par un commando de l'armée régulière, que les 55 000 combattants qu'il conservait encore se décideront à déposer les armes.

Entre-temps, la situation a changé du tout au tout dans le sud du continent. Le succès des Cubains a rendu l'espoir aux victimes de l'*apartheid*, comme va le montrer l'agitation croissante dans les *townships*, les bidonvilles où sont parqués les Noirs, pratiquement privés de tout droit politique : durant la seule année 1976 les émeutes font six cents morts. L'opinion internationale réagit très vivement, et le Conseil de sécurité retire en 1978 à Pretoria la tutelle de la Namibie et de son uranium. Il faudra attendre une douzaine d'années pour qu'une médiation américaine conduise au retrait simultané des Sud-Africains de Namibie et des Cubains d'Angola. Ce succès n'aurait pas été possible sans l'arrivée au pouvoir à Pretoria de Frederik De Klerk, qui allait prendre le contre-pied de la politique de son prédécesseur Pieter Botha. Très vite, il annonce que « l'heure de la négociation est arrivée » et met en route le démantèlement de l'apartheid. « Moment ahurissant, écrira son adversaire qui, après trente ans de prison, allait devenir le réconciliateur de la nation, Nelson Mandela, car en une seule action radicale il avait presque normalisé la situation en Afrique du Sud[25]. »

*
* *

Encouragés par leur succès en Angola, les Cubains vont également intervenir en Éthiopie, à l'extrémité sud de ce que « Zbig » Brzezinski, le Kissinger de Jimmy Carter, appelle en décembre 1978 un « arc des crises, dessiné par les rivages de l'océan Indien[26] », son pôle nord étant l'Iran. Le pays du Négus comptait déjà au nombre des plus pauvres du monde, alors que le choc pétrolier avait tourné la tête du chah d'Iran. Bien que ce dernier fût musulman, et Hailé Sélassié le chef d'une antique Église chrétienne autocéphale, ces deux autocrates n'en avaient pas moins beaucoup en commun, quand ce ne serait que de se croire assurés contre vents et marées du soutien de la Providence et de celui des États-Unis. La chute de leurs trônes, à quelques années de distance, portera un rude coup à la Maison-Blanche.

Devenu par sa résistance à Mussolini le symbole de l'anticolonialisme pour tout un continent, le Négus était en réalité, malgré son apparence fragile, un colonisateur, convaincu de la supériorité de sa race amhara, noire et minoritaire, mais sémite et christianisée, sur les ethnies musulmanes ou animistes qu'il tenait sous sa férule. N'était-elle pas seule en Afrique à pouvoir s'enorgueillir d'une langue écrite, d'une histoire millénaire, également écrite, grâce à un alphabet original, d'une merveilleuse peinture naïve, de fabuleuses églises taillées dans la roche ? Depuis Ménélik II, qui, à la fin du XIXe siècle, avait repoussé les Italiens lancés à l'assaut du haut plateau abyssin à partir de leur colonie d'Érythrée, sa dynastie avait quadruplé l'étendue de l'empire. Mais les Français s'étaient installés à Djibouti, et les Italiens se partageaient la Somalie avec les Britanniques. Il manquait donc à l'Éthiopie cet accès à la mer sans lequel, au mitan du XXe siècle, il n'était toujours pas d'ambition nationale concevable. En 1952 l'Assemblée générale de l'ONU avait ainsi institué une union fédérale, sur un pied d'égalité, entre l'Éthiopie et l'Érythrée, qui avait été enlevée à

---

25. Nelson Mandela, *Un long chemin vers la liberté*, Fayard, 1995, p. 573.
26. Discours du 20 décembre 1978 devant la Foreign Policy Association, *USA Documents* du lendemain.

Rome, avec toutes ses autres possessions, par le traité de paix de 1946. Mais en 1962, Hailé Sélassié l'avait purement et simplement annexée. Les Américains, non contents de prendre l'armée sous leur coupe, y avaient installé une énorme base d'écoute, et les Israéliens, peu désireux de voir s'installer à l'entrée de la mer Rouge un pouvoir musulman, lui apportaient une importante aide militaire. Le « roi des rois » ne comprenait pas qu'il aggravait encore ainsi l'hostilité à son égard des Érythréens, largement islamisés et dont le niveau de vie, sous la domination italienne, était très supérieur à celui des sujets de l'empire, analphabètes à 95 %, pauvres comme Job et indignement exploités par la Cour et par une poignée de grands seigneurs. Les maquisards qui prenaient les armes pour réclamer l'indépendance n'étaient que des *shifta*, des bandits.

En 1973-1974, une terrible famine, conséquence d'une exceptionnelle sécheresse, largement imputable à l'indigence de l'irrigation, ravage le pays. Trop de voyageurs ont constaté le désastre pour que le Négus puisse s'en tenir longtemps à sa première réaction, qui a été de l'ignorer. Lorsqu'il se décide à révoquer son ordre, il est trop tard. Une sorte de soviet, le Derg (comité, en amharique), composé à parts égales d'hommes de troupe, de sous-officiers et d'officiers, le dépose en septembre 1974, s'empressant de nationaliser les banques, de partager les terres et de lancer une campagne d'alphabétisation. Il a quatre-vingt-deux ans et mourra trois ans plus tard, en prison, après une intervention chirurgicale, dans des conditions mal élucidées.

Entre-temps les deux premiers chefs du Derg ont été assassinés, et le lieutenant-colonel Hailé Mariam Mengistu a accédé au pouvoir en 1977. C'est un Galla, autrement dit un Noir, premier de sa race à gouverner l'Éthiopie, et il se réclame du marxisme-léninisme. Nombre de sous-officiers et d'officiers subalternes s'étant substitués dans la foulée, la plupart du temps après les avoir massacrés, à leurs supérieurs chrétiens, beaucoup d'opposants ont pris le maquis, notamment dans le Tigré, berceau historique de la dynastie. De leur côté, les séparatistes intensifient leurs actions non seulement en Érythrée, mais dans la province d'Ogaden, essentiellement peuplée de nomades somalis, que le gouvernement de Mogadiscio, converti lui aussi au marxisme-léninisme, entend faire passer sous sa coupe, en même temps que leurs frères du Kenya et de Djibouti.

Mengistu proclame la « terreur rouge », comme jadis Lénine, expulse les militaires américains appelés par le Négus et fait le voyage de Moscou où il est chaleureusement accueilli. Mais les guérilleros des divers fronts, désormais soutenus par l'Arabie saoudite, ne cessent de progresser. Podgorny, président du Soviet suprême, puis Fidel Castro en personne se rendent sur place pour tenter une médiation avec la Somalie. Peine perdue. Entre les Rouges d'Addis-Abeba et ceux de Mogadiscio, l'URSS n'hésite pas longtemps. L'Éthiopie est huit fois plus peuplée. Son relief fait d'elle le château d'eau de l'Afrique orientale. Elle occupe une situation stratégique d'autant plus formidable, à l'entrée de la mer Rouge, que, sur la rive opposée, le gouvernement sud-yéménite a lui aussi hissé le drapeau rouge. Bientôt affluent des milliers de conseillers militaires, soviétiques, sud-yéménites, et surtout cubains, ainsi qu'une centaine de policiers est-allemands.

Leur arrivée contraint les soldats somaliens qui ont pénétré en Ogaden à repasser la frontière. Il faut une mise en garde très nette de Washington pour que leurs poursuivants renoncent à la franchir eux aussi. Se jugeant trahie, la Somalie expulse ses conseillers soviétiques et accorde aux navires de guerre américains des facilités dans le port de Berbera. Mengistu a beau transférer au nord une partie des troupes libérées par la retraite de Somalie, les Fronts de libération de l'Érythrée et du Tigré résistent à toutes les « offensives finales ». Le sentiment se répand d'ailleurs que les dirigeants de l'URSS, tout en soutenant le Négus rouge, ne sont pas pressés de le laisser remporter une victoire complète, car celle-ci enlèverait toute justification à la présence de leurs soldats et à leurs ingérences quotidiennes dans les affaires de l'Éthiopie. La guerre va durer jusqu'en 1991, date à laquelle Mengistu, lâché par Moscou, s'enfuira au Kenya. Les hostilités, avec la famine qu'elles ont considérablement aggravée, ont fait des centaines de milliers de morts, et se poursuivront longtemps avec les Érythréens. Ces derniers proclameront leur indépendance quelques mois plus tard, mais faute d'accord sur la délimitation des frontières, les combats reprendront en 1998, pour ne s'arrêter qu'en l'an 2000.

*
* *

Reza Chah aurait foudroyé celui qui lui aurait dit, au moment de la chute du trône d'Éthiopie, en 1975, que le sien subirait cinq années plus tard le même sort. « Entouré de courtisans et de fourbes, enfermé dans le cérémonial pompeux qu'il avait exigé, le souverain ne croyait plus qu'en lui-même et en sa mission divine[27] », écrit son biographe William Shawcross. Bien que fils d'un simple colonel de cosaques, Reza Khan, l'Atatürk persan, les mollahs l'avaient convaincu de créer sa propre dynastie plutôt que de proclamer une république nécessairement à leurs yeux trop laïque. Il se posait en héritier de Cyrus et des fastes insensés venaient de célébrer, sur les ruines de Persépolis, le deux mille cinq centième anniversaire du roi achéménide, en compagnie d'une brochette de souverains en tête desquels le protocole avait placé le Négus.

La fête était également censée commémorer les dix ans de la révolution blanche, lancée pour moderniser le pays. Mais le « zèle réformateur » du chah, écrit encore Shawcross, « semblait avoir complètement disparu[28] » et il faisait la sourde oreille quand les classes moyennes le pressaient de démocratiser son régime. Or le quasi-triplement, de 1970 à 1976, du PNB par tête, du fait de la hausse rapide du prix du pétrole, avait considérablement accru leurs rangs. De même, le monarque ne faisait pas grand-chose pour arracher la grande majorité de la population à sa misère ancestrale. Ce n'était pas assez pour faire ignorer par Nixon les appels du pied d'un souverain dont le concours lui paraissait d'autant plus souhaitable qu'en 1971 le gouvernement travailliste de Londres, s'inspirant de l'abandon de la Grèce, en 1947, par le cabinet Attlee, avait retiré ses soldats, pour alléger sa trésorerie, de tous les territoires « à l'est de Suez ».

Une région où se trouvent 40 % des réserves d'hydrocarbures de la planète était ainsi laissée hors de tout contrôle extérieur. La Maison-Blanche s'était donc bien gardée de protester lorsque les troupes impériales avaient occupé, dès le départ des Britanniques, trois îlots situés à l'entrée du détroit d'Ormuz. Par ce que le chah appelait la « veine jugulaire[29] » de l'Iran transitaient les deux tiers des approvisionnements pétroliers du monde développé. D'autres soldats iraniens étant engagés sur la rive d'en face pour aider le sultan d'Oman à faire face à une révolte maoïste dans le Dhofar, Téhéran se donnait ainsi les moyens de verrouiller l'accès au Golfe.

L'Irak n'ayant d'autre accès à la mer que le détroit d'Ormuz, l'initiative de l'Iran ne pouvait qu'inquiéter le général Hassan al-Bakr, qui s'était emparé du pouvoir à Bagdad en 1968, et son

---

27. William Shawcross, *Le Shah*, Stock, 1989, p. 172.
28. *Ibid.*
29. Entretien avec l'auteur, *Le Monde*, 25 juin 1974.

parent et adjoint, Saddam Hussein, qui allait bientôt s'imposer comme l'homme fort du régime, jusqu'à devenir seul maître à bord en 1979. Tous deux appartenaient au Baas, le parti de la renaissance arabe et socialiste, qui avait l'ambition de regrouper l'ensemble des pays arabes en un seul État, mais ils étaient en bisbille permanente avec leurs frères baasistes au pouvoir à Damas sous la houlette du général Hafez el-Assad. Mal vus de la plupart des chefs de l'armée, ils avaient cherché à les dissuader d'ajouter un nouveau chapitre à la liste déjà longue des coups d'État irakiens et s'étaient alliés pour ce faire tant avec le parti communiste, alors le plus puissant du monde arabe, qu'avec le « parti démocratique du Kurdistan », qui se déclarait lui-même « inspiré par le marxisme-léninisme[30] ». Son chef, Moustafa Barzani, avait longtemps vécu en exil en URSS et avait reçu de Staline ses étoiles de général au lendemain de la Deuxième Guerre mondiale, lorsque ce dernier avait favorisé la création en Azerbaïdjan et au Kurdistan de deux éphémères républiques satellites, l'une et l'autre enlevées à l'Iran. Mais l'habileté du Premier ministre de Téhéran, Ghavam Sultaneh, jointe à la résolution clairement exprimée de Truman, en un temps où les États-Unis étaient seuls à disposer de l'arme nucléaire, avait vite eu raison de cette tentative, comme on l'a vu au chapitre IV.

Les Kurdes sont aujourd'hui quelque trente millions, répartis entre l'Irak, l'Iran, la Turquie et, dans une moindre mesure, la Syrie. En très grande majorité musulmans sunnites, mais indo-européens, ils n'ont jamais accédé à l'autodétermination. Autant que les calculs des grandes puissances, depuis longtemps attirées par l'odeur du pétrole, leurs querelles intestines y sont pour beaucoup. Ils s'étaient certes vu octroyer un statut d'autonomie locale, pouvant les conduire le cas échéant à l'indépendance, aux termes du traité de Sèvres imposé au sultan, en 1920, par les vainqueurs de la Grande Guerre. Mais Atatürk leva l'étendard de la révolte contre ce traité qui dépeçait littéralement la Turquie, et ne le ratifia jamais. Bien qu'il se fût appuyé sur les Kurdes pour s'emparer du pouvoir, il affectait de ne voir en eux que des « Turcs des montagnes », et décima les rangs de leurs intellectuels, réprimant très brutalement trois soulèvements. Il faudra attendre 1991 pour que le Premier ministre Turgut Özal leur reconnaisse le droit d'utiliser et d'enseigner leur langue.

---

30. Cité in Pierre-Jean Luizard, *La Question irakienne*, Fayard, 2002, p. 58.

Le chah considérait quant à lui ses Kurdes comme des Iraniens comme les autres. Ne parlaient-ils pas pratiquement la même langue ? En tout cas, ils ne souffraient pas de discriminations systématiques. Tout différent était le sort de ceux d'Irak, surtout ceux vivant dans la région de Mossoul, non loin des puits de pétrole, qui s'étaient souvent révoltés contre le pouvoir central. Lors de la chute de la monarchie hachémite, en 1958, le nouveau chef de l'État, le maréchal Kassem, avait promulgué une constitution garantissant les « droits nationaux » des Kurdes « au sein de l'unité irakienne[31] ». Mais il avait fait rapidement marche arrière, l'armée tendant à se fractionner en groupes ethniques, et la guerre avait repris dès 1961.

Douze ans plus tard, le scénario se répète. À la recherche de soutiens contre les militaires hostiles au Baas, le tandem Hassan al-Bakr – Saddam Hussein reconnaît l'autonomie du Kurdistan et signe avec Barzani et le PC une charte nationale, qui va conduire à l'entrée de représentants des deux partis dans le gouvernement. Kossyguine vient peu après à Bagdad signer un traité d'amitié assorti de la promesse de très importantes livraisons d'armes.

L'Irak ayant nationalisé ses pétroles, les Américains, plus embourbés que jamais au Viêt Nam, jugent le moment venu, comme Kissinger devait le dire au chah en juillet 1973, de décourager « le Politburo d'entreprendre au Moyen-Orient des activités coûteuses et infructueuses[32] » : l'alliance avec l'Iran va permettre aux Américains de disposer d'un véritable « gendarme du Golfe », assez riche de surcroît, ce qui ne gâte rien, pour leur acheter plus de cinq milliards de dollars d'équipements militaires durant la seule année 1977. Enfin les deux gouvernements vont profiter de ce que la loi sur l'autonomie du Kurdistan, unilatéralement promulguée par Bagdad en mars 1974, avait déçu Barzani au point de lui faire reprendre la guérilla pour lui fournir une aide financière et des armes. Mais le soutien du chah répond à des motivations parfaitement égoïstes : il ne fait pas de difficulté pour reconnaître, dans un entretien au *Monde*, qu'il apporte aux Kurdes d'Irak un soutien suffisant pour empêcher le gouvernement central de gagner, mais pas assez pour leur permettre de gagner eux-mêmes[33]. Un an plus tard, il n'hésite pas à signer à Alger avec Saddam Hussein un accord sur le partage des eaux du Chatt el-Arab,

---

31. *Ibid.*, p. 64.
32. Henry Kissinger, *Les Années de renouveau*, Fayard, 2000, p. 510.
33. Entretien cité plus haut.

au confluent du Tigre et de l'Euphrate, qui marque la frontière des deux pays : il y trouve son avantage au point d'arrêter en contrepartie tout soutien à Barzani. Ce dernier s'exile la mort dans l'âme aux États-Unis. Les troupes de Saddam ne feront pas de quartier aux Kurdes, contre lesquels elles emploieront ultérieurement en toute impunité des gaz de combat.

L'accord d'Alger a une autre conséquence, dont personne ne semble avoir soupçonné la gravité sur le moment. Dix ans plus tôt, un ayatollah du nom de Ruhollah Khomeiny avait été expulsé d'Iran, sauvant sa tête de justesse, pour avoir violemment prêché contre la révolution blanche déclenchée par le palais, coupable à ses yeux d'émanciper les femmes et de réduire les privilèges du clergé. De son exil de Nadjaf, lieu saint du sud de l'Irak où repose Ali, gendre du Prophète et fondateur du chiisme, il continuait sa campagne. Saddam estime qu'étant raccommodé avec Téhéran, cette présence est plutôt encombrante et invite Khomeiny à déguerpir. L'ayatollah finit par atterrir en France, le chah ayant répondu à Giscard, qui l'a consulté, que « peu lui importait ». « Pourquoi redouterais-je un pauvre mollah inconnu[34] ? », avait-il fait valoir à l'un de ses anciens ministres.

Installé dans un sinistre pavillon de la banlieue parisienne, le mollah en question enregistre des cassettes qui seront abondamment diffusées sur les marchés persans. Il tient à ses visiteurs le langage de la haine sénile à l'état pur. Lui ayant rendu visite, je me souviens d'être sorti de chez lui atterré. Mais nombre d'hommes de gauche, iraniens ou non, croient expédient, compte tenu de sa grande popularité dans son pays, de monter dans son train pour renverser le régime impérial, pensant qu'ils s'en débarrasseront par la suite à la première occasion. Beaucoup, et non des moindres, paieront cette erreur de leur vie.

Pourquoi cette popularité ? Parce que le prodigieux pactole engendré par la hausse massive du prix du pétrole a littéralement tourné la tête du chah et d'une bonne partie de la classe dirigeante iranienne. En 1974, le Premier ministre Hoveida, qui sera emprisonné sur l'ordre de son maître avant de succomber à ses bourreaux islamistes, me disait à Téhéran : « J'ai neuf milliards de dollars dont je ne sais quoi faire… » La corruption, l'incompétence sont alors partout. On construit n'importe où n'importe quoi, y compris des centrales nucléaires dans des zones sismiques. Les

---

34. Houchang Nahavandi, *Iran, deux rêves brisés*, Albin Michel, 1981, pp. 154-155.

marchands d'armes, notamment américains, distribuent largement les bakchichs. À force de surchauffe, l'économie va courir au désastre.

Le 31 décembre 1977, Carter réveillonne chez le chah. « Il n'y a pas d'autre dirigeant pour lequel j'éprouve une gratitude plus profonde et une plus grande amitié[35] ! » trouve-t-il moyen de lui déclarer. Comment le très vaniteux destinataire de ce compliment délirant pourrait-il imaginer que, moins de deux ans plus tard, le même Carter lui dépêchera le général Huyser, numéro deux du commandement atlantique en Europe, pour l'inviter à quitter l'Iran toutes affaires cessantes ? Et que le président répondra gracieusement « Qu'il aille se faire foutre[36] » à Kissinger et Brzezinski lorsque ceux-ci le presseront de laisser l'empereur en fuite venir soigner aux États-Unis le cancer que ses médecins français traitent, depuis 1974, sans employer le mot devant lui ?

La publication, en janvier 1978, d'un article venimeux contre Khomeiny a fait descendre dans la rue quelque dix mille étudiants de la ville sainte de Qom. L'armée ouvre le feu, tuant vingt d'entre eux. Stimulées par une répression de plus en plus brutale, les manifestations se multiplient, gagnant la capitale, où des barricades sont dressées en septembre et un ordre de grève générale lancé. Le chah, qui se croyait « inamovible[37] » aussi longtemps que les Américains le soutiendraient, paraît dépassé par les événements. À défaut de songer à la moindre réforme, il se contente de destituer le grand chef de la police et de changer de Premier ministre, n'hésitant pas à faire appel, le 31 décembre, à Chapour Bakhtiar, un intellectuel socialisant de culture française, on ne peut plus mal placé pour faire face à ce qui prend chaque jour davantage les proportions d'une révolution islamiste.

Le 16 janvier, Reza Chah se décide à quitter l'Iran pour une période que le secrétaire d'État américain décrit comme « indéterminée[38] ». Quinze jours plus tard, Khomeiny débarque à Téhéran et annonce à la foule en délire qu'il va nommer un nouveau gouvernement, aux lieu et place de celui, déclaré illégal, de Bakhtiar, lequel prend aussitôt la fuite. L'imam se comporte bientôt en tyran, n'hésitant pas à envoyer au peloton d'exécution ceux qui se permettent de n'être pas d'accord sur tel ou tel point avec lui.

---

35. *Ibid*, p. 117.
36. Shawcross, *Le Shah, op. cit.*, p. 269.
37. Propos tenu à Navahandi, *op. cit.*, p. 458.
38. Cité par Édouard Sablier, *Iran, la poudrière*, Robert Laffont, 1980, p. 100.

Abandonnant les grands projets du régime impérial, notamment le programme d'énergie nucléaire, il réduit de moitié les exportations d'or noir. Du coup, les prix doublent sur le marché mondial, entraînant un « second choc pétrolier », et une aggravation générale de l'inflation et du chômage dans tous les pays occidentaux. Carter s'étant résigné à laisser le chah venir soigner son cancer aux États-Unis, les étudiants de Téhéran, qui se refusent à le croire malade, prennent en otages le 4 novembre soixante diplomates de leur ambassade. Un commando héliporté américain tente en vain de les récupérer. Il faudra attendre l'arrivée de Reagan à la Maison-Blanche le 20 janvier 1981 pour que les otages soient libérés, sans doute en échange d'une importante livraison d'armes.

Des armes, Khomeiny en a bien besoin puisque Saddam Hussein, mal conseillé par un Bakhtiar convaincu qu'il suffirait d'une pichenette pour abattre un régime à ses yeux aussi anachronique qu'inefficace, a lancé ses troupes, le 22 septembre 1980, à l'assaut de celles des ayatollahs. La guerre va durer jusqu'en août 1988, faisant sans doute un million de morts et embarrassant les deux camps de la guerre froide, en fin de compte, plus qu'elle ne fera le jeu de l'un ou de l'autre. On ne saurait en dire autant de celle que l'URSS a déclenchée à la Noël 1979 en Afghanistan, où elle va creuser, comme le lui ont aussitôt prédit les Chinois, « sa propre tombe[39] ».

---

39. *Beijing Rundschau*, 22 janvier 1990.

CHAPITRE XVIII

Une nation à débarbariser

LA FIN DE L'EUROCOMMUNISME – L'AFGHANISTAN –
REAGAN ET LA BATAILLE DES EUROMISSILES – LE DÉFI POLONAIS –
L'AVÈNEMENT DE GORBATCHEV – TCHERNOBYL

> « *Que dites-vous du voyage du tsar de Moscou et du dessein qu'il a de débarbariser son pays ? N'est-ce pas quelque chose d'extraordinaire*[1] *?* »
>
> Leibnitz.

Éminent professeur à l'université américaine Yale, l'historien britannique Paul Kennedy allait créer la sensation, en 1988, en publiant une énorme somme, fruit d'une longue recherche sur le destin des empires, au titre inspiré de la célèbre étude consacrée à celui de Rome[2] par son compatriote Gibbon à la fin du XVIIIe siècle. Il y écrit en effet que les États-Unis « courent maintenant un risque, bien connu des historiens ayant étudié l'ascension et la chute des grandes puissances, et qu'on pourrait décrire systématiquement comme une surexpansion impériale (*Imperial Overstretch*) [car] les intérêts américains dans le monde sont actuellement bien trop

---

1. Cité in Daniel Halévy, *Essai sur l'accélération de l'Histoire*, Fayard, 1961, p. 157.
2. Edward Gibbon, *Histoire du déclin et de la chute de l'Empire romain*, Robert Laffont, « Bouquins », 1983.

lourds pour [qu'ils puissent] les défendre tous simultanément[3] ». Tout en relevant les énormes difficultés auxquelles l'URSS devait faire face, notamment dans le domaine économique, il ne lui venait pas à l'esprit qu'elle pût être « près de s'effondrer », ce qu'elle allait pourtant faire trois ans plus tard, en bonne partie pour les raisons qui lui paraissaient condamner l'Amérique au déclin.

Une telle approche était alors fort répandue, même si, pour ne mentionner que des Français, le colonel Garder, Emmanuel Todd, Hélène Carrère d'Encausse ou Jean-Baptiste Duroselle[4] avaient prédit avec assurance que la patrie du socialisme était vouée à voler en éclats, faute d'avoir les moyens de ses ambitions. Même si Andreï Amalrik, l'un des plus célèbres dissidents soviétiques, avait répondu par un « non » catégorique, dès 1970, à la question de savoir si elle survivrait à 1984[5], la date qui avait fourni à George Orwell le titre de son magistral roman d'anticipation sur la dictature de *Big Brother*[6].

Amalrik ne s'est trompé que de quelques années, prenant de court les millions de croyants qui, des deux côtés des rideaux de fer et de bambou, ne doutaient pas d'avoir découvert le sens de l'Histoire, le Watergate et les échecs successifs des États-Unis en Asie, en Afrique et en Amérique centrale ayant achevé de les convaincre que la défaite de l'impérialisme était en vue. Georges Marchais était du nombre, qui se consolait ainsi d'avoir dû rompre, en septembre 1977, cinq ans plus tôt, cette union de la gauche sur laquelle il avait fondé tant d'espoirs : il avait cru satelliser le parti socialiste, il lui fallait à présent admettre que le PCF avait toutes chances d'être réduit, selon ses propres termes, au rôle de « marchepied[7] » des ambitions élyséennes de François Mitterrand. De même, il avait oublié l'« eurocommunisme », doctrine au demeurant assez floue au nom de laquelle il s'était imaginé un moment, avec ses homologues italien et espagnol, Enrico Berlin-

---

3. Paul Kennedy, *Naissance et déclin des grandes puissances*, Payot, 1988, p. 571.
4. Michel Garder, *L'Agonie du régime en Union soviétique*, La Table ronde, 1967 ; Emmanuel Todd, *La Chute finale*, Robert Laffont, 1976 ; Hélène Carrère d'Encausse, *L'Empire éclaté*, Flammarion, 1978 ; Jean-Baptiste Duroselle, *Tout empire périra*, Publications de la Sorbonne, 1981.
5. Andreï Amalrik, *L'URSS survivra-t-elle en 1984 ?*, Fayard, 1970.
6. George Orwell, *1984*, Gallimard, 1950.
7. Rapport au comité central des 5 et 6 octobre 1977, *Le Monde* du 8 octobre 1977.

guer et Santiago Carrillo, pouvoir prendre ostensiblement ses distances avec le grand frère. C'est dans cette perspective qu'il avait allégrement persuadé le congrès de son parti, en février 1976, de renoncer au dogme, pourtant essentiel au marxisme, de la « dictature du prolétariat[8] », alors qu'il avait affirmé en 1964 que le « remettre en cause serait glisser sur le terrain de la démocratie bourgeoise[9] ».

Berlinguer avait de son côté prôné un « compromis historique » avec la démocratie chrétienne, alors dominante dans la péninsule italienne, la chute d'Allende prouvant à ses yeux que « 51 % des suffrages ne suffisent pas à mener à bien l'instauration durable d'un régime socialiste[10] ». Mais il avait fini par s'aviser que le rusé président du Conseil Giulio Andreotti, face à une crise économique grave et à la montée du terrorisme des Brigades rouges, responsables entre autres de l'assassinat de son prédécesseur Aldo Moro, cherchait essentiellement, en parlant avec les communistes, à récupérer une partie de leur électorat. C'est un calcul analogue qui poussera Mitterrand à donner quatre portefeuilles, à peine élu, à des membres du PCF[11], comme il l'expliquera à un vice-président Bush incrédule.

Dès les débuts de l'invasion de l'Afghanistan, Marchais n'hésite pas à se précipiter à Moscou pour assurer Brejnev de son soutien. Le virement de 6 millions de dollars que le parti vient de recevoir du Kremlin[12] a-t-il facilité les choses ? Il est revenu si convaincu de l'inéluctabilité de la victoire universelle du socialisme qu'il a reconverti le logo passablement prosaïque de l'hebdomadaire du parti, *France nouvelle*, la une affichant désormais chaque semaine en exergue cet acte de foi : « Nous vivons l'ère des révolutions. »

Il aurait mieux dit « des contre-révolutions ». Déjà l'Indonésie, le Congo ex-belge, l'Égypte, la Somalie ont tourné le dos à Moscou, et Allende est mort. Ces succès, en quelque sorte marginaux,

---

8. « Ce que j'ai apporté de nouveau était de prouver que cette lutte des classes conduit nécessairement à la dictature du prolétariat », écrivait Marx à Weydemeyer le 5 mars 1852, cité par H. Draper, « Marx et la dictature du prolétariat », *l'Ours*, janvier 1976.
9. *Le Monde* des 17-18 mai 1964.
10. Patrick Meney, *L'Italie de Berlinguer*, J.-C. Lattès, 1976, pp. 44-49.
11. On trouvera les passages essentiels de cet entretien dans André Fontaine, *Après eux, le déluge*, Fayard, 1995, pp. 102-103.
12. Vincent Jauvert, « Comment le Kremlin finançait le PCF », *Le Nouvel Observateur*, 7-13 octobre 1993.

comptent certes peu à première vue, en comparaison des désastres subis par les États-Unis en Indochine, en Iran, en Éthiopie, dans l'Afrique ex-portugaise et jusque dans leur arrière-cour de l'isthme caraïbe. Mais l'invasion de l'Afghanistan, « Pologne de l'Asie[13] » aux yeux d'Engels, et la naissance, en Pologne même, d'un formidable mouvement de contestation inversent à nouveau, et cette fois pour de bon, le sens de la marée.

Le retournement ne serait cependant pas nécessairement allé jusqu'à son terme si l'élection à la présidence des États-Unis, le 4 novembre 1980, de Ronald Reagan n'avait pas placé à la tête du camp occidental un shérif de western, convaincu qu'à condition d'y mettre le prix – c'est-à-dire d'augmenter fortement les dépenses militaires, qui passeront par paliers de 178 milliards de dollars en 1980 à plus de 292 en 1985 –, il était possible non seulement de stopper le recul américain mais de mettre « l'empire du Mal[14] » dans les cordes. Si l'avènement, en octobre 1979, du premier pape polonais de l'Histoire n'avait pas formidablement encouragé ses compatriotes à secouer le joug du Kremlin. Si le très pressant encouragement de François Mitterrand n'avait pas aidé le parlement ouest-allemand à approuver, malgré toutes les menaces de Moscou, le déploiement des euromissiles américains, en réplique à celui des SS-20 soviétiques. Si enfin n'était arrivé à la tête de l'URSS en 1985, en la personne de Mikhaïl Gorbatchev, un réformateur déterminé qui, prenant le contre-pied de la doctrine Brejnev, renoncerait à recourir à la force pour tenter de sauver un système aux abois et se transformerait ainsi en syndic de faillite.

*
* *

Pourquoi envahir l'Afghanistan, et violer ainsi ouvertement pour la première fois le partage du monde sur lequel l'Est et l'Ouest, après des années de guerre froide, avaient fini par s'entendre au moins tacitement ? Jimmy Carter, jusque-là avocat inconditionnel de la sacro-sainte détente, s'empresse de dénoncer « une menace pour l'Iran et le Pakistan et un tremplin pour une mainmise éventuelle sur la plus grande partie des réserves pétro-

---

13. Miklos Molnar, *Marx, Engels, et la politique internationale*, Gallimard, « Idées », 1975, p. 254.
14. Discours du 8 mars 1982 à Orlando, *Les Discours de Ronald Reagan*, J.-C. Lattès, 1990, p. 622.

lières mondiales[15] ». Il se garde bien d'ajouter que Zbigniew Brzezinski, son très combatif conseiller pour les affaires de sécurité nationale, lui a fait signer en juillet 1979 une directive sur l'assistance clandestine à apporter aux *moudjahidin* révoltés contre les communistes qui s'étaient emparés du pouvoir l'année précédente à Kaboul. L'URSS se verra condamnée à intervenir, avait annoncé « Zbig », et « trouvera là son Vietnam[16] ». Le Pakistan et l'Arabie saoudite avaient prêché dans le même sens. Les principaux ministres des Affaires étrangères occidentaux, réunis à Washington à l'automne 1979, avaient conclu de leur côté que l'Armée rouge ne franchirait la frontière que si Moscou jugeait qu'à défaut l'Afghanistan serait perdu. Et ils pensaient eux aussi que dans ce cas elle y « trouverait son Viêt Nam[17] ».

Rien n'est simple au royaume de l'insolence[18], cette « marqueterie humaine » où coexistent tant bien que mal quelque cent quarante-cinq tribus[19], réparties entre une bonne quinzaine d'ethnies dont chacune a sa langue, sans guère d'autre élément commun que l'appartenance de l'immense majorité à l'islam sunnite, les Hazaras du nord, soit 10 % de la population, étant seuls à se réclamer du chiisme. Sa position au cœur de l'Asie centrale en a fait depuis Alexandre l'objet de toutes les convoitises. Au XIXe siècle, il était devenu l'enjeu principal du choc des impérialismes russe et britannique. Mais la nécessité de tenir tête à l'expansionnisme allemand avait fini par raccommoder Londres et Saint-Pétersbourg qui s'étaient entendus pour faire du royaume une sorte de *no man's land*, prolongé à toutes fins utiles jusqu'à la Chine, entre leurs zones d'influence respectives. Au lendemain de la victoire de 1918, la Grande-Bretagne, débarrassée par la révolution d'Octobre d'un partenaire encombrant, persuada les Alliés de la laisser y établir son protectorat, vengeant ainsi les écrasantes défaites subies par ses troupes en 1842, dans la fameuse passe de Khyber et en 1880 près de Kandahar. C'était compter sans le jeune roi Amanoullah,

---

15. Discours télévisé du 4 janvier 1980, traduction diffusée par l'ambassade des États-Unis à Paris.
16. Entretien de Brzezinski avec Vincent Jauvert, *Le Nouvel Observateur*, 15-21 janvier 1998.
17. Gabriel Robin, ancien conseiller diplomatique de VGE, *Un monde sans maître*, Odile Jacob, 1995, p. 63.
18. Titre d'un livre de Michael Barry, Flammarion, 1982.
19. Jean-Pierre Clerc, *L'Afghanistan, otage de l'Histoire*, Milan, « Les essentiels », 2002, p. 28.

membre, comme tous ses prédécesseurs, de l'ethnie pachtoue, la plus nombreuse, sans être majoritaire, du pays, qui n'hésita pas à déclarer la guerre à Londres, ce qui lui valut les félicitations de Lénine et, malgré la situation catastrophique de l'économie russe, une assistance financière des Soviétiques.

L'Angleterre ravala son amour-propre et Amanoullah, qui rêvait d'être l'Atatürk afghan, se lança dans un ambitieux programme de développement économique et culturel. Mais le clergé chiite ne l'entendait pas de cette oreille et il déclencha en 1929 une révolte qui allait le remplacer par un Tadjik. Il faudra attendre 1953 et la nomination comme Premier ministre du prince Daoud, cousin du roi – pachtou – Zaher Chah, monté sur le trône en 1933, après bien des rebondissements, pour que s'esquisse à nouveau, sous une forme bien plus prudente, une tentative de modernisation. Daoud aurait aimé pouvoir tenir la balance égale entre les deux superpuissances, afin de bénéficier de leur aide à toutes deux. Mais les États-Unis subordonnaient la fourniture d'armements à l'adhésion du royaume au pacte de l'Asie du Sud-Est. Autrement dit, puisque le Pakistan en était membre, à l'espoir de lui faire accepter l'octroi d'un statut d'autonomie aux quelque vingt millions de Pathans vivant sur son sol, qui appartiennent à la même ethnie que les sept millions de Pachtous afghans. Il n'était évidemment pas question pour Kaboul de s'y résigner. L'occasion était trop belle pour Khrouchtchev et Boulganine : ils atterrirent en décembre 1955 à Kaboul, où ils signèrent un traité d'amitié assorti de l'ouverture d'un crédit d'un milliard et demi de dollars, et déclarèrent « comprendre la position[20] » de leurs interlocuteurs sur la question pachtoue.

Qu'ils aillent étudier à Moscou, ou qu'ils soient formés sur place par des conseillers civils ou militaires venus d'URSS, de très nombreux Afghans vont subir directement l'influence soviétique. D'où la création d'un Parti démocratique du peuple afghan, en fait communiste, que des rivalités tribales ancestrales font vite éclater en deux tendances, chacune ayant son journal : les staliniens de Nur Mohammed Taraki, le *Khalk* (le peuple) et les modernistes de Babrak Karmal, le *Parcham* (le drapeau). La corruption du régime, le limogeage du Premier ministre, une terrible famine, le rapprochement esquissé avec Téhéran provoquent une

---

20. Cité in René Cagnat et Michel Jan, *Le Milieu des empires*, Robert Laffont, 1981, p. 190.

vague de mécontentement. En juillet 1973, Daoud, le « prince rouge », reprend le pouvoir avec l'appui du *Parcham* et d'anciens des écoles militaires russes. Il proclame une république dont il prend la présidence, mais que les prosoviétiques vont systématiquement s'employer à noyauter. Ce qu'il essaiera de contrarier en se rapprochant de l'Iran et du Pakistan.

Le 17 avril 1978, le rédacteur en chef du *Parcham* est assassiné. Ses obsèques tournent à la manifestation contre Daoud, qui signe sa perte en faisant arrêter les chefs communistes. Vingt-quatre heures plus tard, des militaires attaquent le palais présidentiel et l'abattent en compagnie de son frère, de son fils et de plusieurs ministres. Taraki, qui s'est réconcilié entre-temps avec les communistes modérés, est proclamé président de la République démocratique d'Afghanistan, son rival Karmal devenant le numéro deux. Il est peu probable qu'ils aient pu se lancer ainsi l'un et l'autre sans le feu vert du Kremlin. L'opération n'est d'ailleurs pas sans rappeler le coup de Prague de 1948, survenu à la veille d'élections que le PC avait toutes chances de perdre.

On a tout de même peine à comprendre que Moscou n'ait pas mis en garde ses disciples locaux contre la folie qui allait les pousser à vouloir bolcheviser en un tour de main un pays qui méritait si bien son surnom de « musée du milieu des empires[21] », où le mode de vie de la plupart n'avait pas changé depuis des siècles. En hissant le drapeau rouge sur ces terres vouées au vert du Prophète, en entreprenant de dévoiler les femmes et d'envoyer les filles à l'école, ils croyaient sans doute servir la cause du Progrès, mais ne faisaient que nourrir une résistance tribale qui allait bientôt s'emparer de Hérat, la deuxième ville du pays. Dès mars 1979, Taraki, qui s'était débarrassé du *Parcham* en nommant Karmal ambassadeur à Prague, avait supplié Brejnev, au téléphone, de lui envoyer le plus vite possible des tankistes déguisés en Afghans et appartenant à des ethnies vivant de part et d'autre de la frontière. Le Politburo avait cependant jugé avec Andropov, alors grand patron du KGB, qu'il serait « inadmissible de faire soutenir la révolution afghane par les baïonnettes[22] » de l'URSS, quitte tout de même à faire attaquer par des avions soviétiques les positions des rebelles à Hérat et à Kaboul.

---

21. *Ibid.*, p. 47.
22. Michel Tatu, « L'Armée rouge s'empare de Kaboul », *Le Monde,* 19-20 décembre 1999.

La situation continuant de se détériorer, en dépit d'une répression de plus en plus brutale, Taraki se rend le 14 septembre à Moscou où il accepte, sous la pression de Brejnev, de s'entendre avec Karmal sur un programme comportant la réunification du parti communiste, la libération de nombreux prisonniers politiques et l'arrêt des campagnes antireligieuses. Pour symboliser ce tournant, le Pol Pot afghan, autrement dit le Premier ministre Hafizullah Amin, sera tout bonnement assassiné. Mais ce dernier a vent du complot, et fait étrangler Taraki dès son retour, en prétendant que le président a succombé à une « sérieuse maladie[23] ». L'antenne de Kaboul du KGB avertit le Kremlin qu'il faut s'attendre à l'avènement d'une république islamique – dont l'impact sur les musulmans d'URSS risque d'être très sérieux – si Amin n'est pas rapidement éliminé[24].

Mais Amin est sur ses gardes, et, sur la suggestion de Ponomarev, Brejnev, Andropov, Gromyko et le ministre de la Défense Oustinov décident le 12 décembre, contre l'avis de Kossyguine et de quelques autres, de déclencher le 24 une opération, inspirée de l'invasion de la Hongrie en 1956, visant à installer un autre Kadar au pouvoir, en la personne de Karmal. Amin est abattu sans tarder, officiellement après un procès en trahison. Karmal assure qu'il suffira de mille hommes, qui seront accueillis en libérateurs, et qu'on pourra les retirer au bout de quinze jours. Dès le 2 janvier cependant, il faudra porter à 50 000 les effectifs du corps expéditionnaire.

Carter avertit le Kremlin que « toute tentative d'une force extérieure pour prendre le contrôle de la région du golfe Persique serait considérée comme une attaque des intérêts vitaux des États-Unis d'Amérique et repoussée par tous les moyens nécessaires, y compris le recours à la force[25] ». Il annonce une augmentation de 5 % des crédits militaires, la suspension des livraisons massive de céréales à l'URSS – ce qui va faire l'affaire des producteurs argentins – comme celle de matériels de haute technologie, la reprise des exportations d'armes au Pakistan, interrompues en raison de son refus de laisser inspecter ses installations nucléaires. Bientôt il décidera d'interdire aux sportifs américains de participer aux jeux Olympiques qui doivent se dérouler en URSS en 1980.

---

23. *Kabul Times*, 9 octobre 1978.
24. Cité in Christopher Andrew et Oleg Gordievsky, *Le KGB dans le monde*, Fayard, 1990, p. 569.
25. Donald L. Barlett et James B. Steele, *Time*, 19 mai 2003.

Le Conseil de sécurité étant paralysé par le veto du Kremlin, qui tente de se justifier en faisant état de l'aide de Washington aux contre-révolutionnaires afghans, l'Assemblée générale des Nations Unies l'invite à retirer ses troupes par 104 voix contre 18 (camp socialiste), avec 18 abstentions (dont l'Inde, la Finlande et l'Algérie), 12 délégations étant absentes, dont celle de la Roumanie. Plus grave pour Moscou, les ministres des Affaires étrangères des pays islamiques condamnent l'invasion à la quasi-unanimité et invitent à la repousser par tous les moyens. Très vite l'Arabie saoudite, l'Égypte, le Pakistan vont fournir en abondance crédits et armes aux *moudjahidin*. Ceux-ci attendront certes jusqu'en 1986 les terribles fusées sol-air américaines Stinger grâce auxquelles ils neutraliseront les hélicoptères blindés qui les traquaient dans leurs repaires montagneux. Mais dès la fin de 1980, il est clair que les belles promesses de Karmal n'ont pas suffi à lui rallier la population : on compte déjà plus d'un million de réfugiés au Pakistan, où les diverses factions se rapprochent et se préparent à reprendre la lutte. C'est là que va naître le mouvement des « talibans », des jeunes étudiants en théologie, qui mettra la main par la suite sur l'Afghanistan et laissera l'ennemi public numéro un des États-Unis, Oussama ben Laden, y installer son QG.

*
* *

En total contraste avec des intuitifs comme de Gaulle et Pompidou, le polytechnicien Giscard est un rationnel qui a peine à prendre en compte l'irrationalité des autres : Raymond Aron lui reproche d'ignorer que « l'Histoire est tragique[26] ». Centriste affiché, il croit aux vertus de la conciliation, en politique étrangère comme à l'intérieur. Il a donc multiplié les gestes de bonne volonté à l'égard de l'URSS, comptant, avec son brillant ami l'avocat international Samuel Pisar, rescapé d'Auschwitz[27], que le développement de ses échanges économiques avec l'Occident conduira inexorablement Moscou à s'en rapprocher. Bien qu'il ait publié avec Helmut Schmidt, le 5 février 1980, un communiqué déclarant « inacceptable » l'invasion de l'Afghanistan, il écarte

---

26. Propos de Raymond Aron souvent cité dont sa fille, Mme Dominique Schnapper, m'a confirmé l'authenticité.
27. Samuel Pisar, *Les Armes de la paix*, Denoël, 1970.

publiquement toute idée d'affrontement de bloc à bloc, maintient la participation de la France aux JO de Moscou et se laisse persuader par le leader polonais Edward Gierek, avec lequel il entretient toujours les meilleurs rapports, d'aller rencontrer Brejnev à Varsovie dans l'espoir d'aider celui-ci à trouver une porte de sortie. Mais il n'en rapporte qu'une vague promesse, vite oubliée, de retrait d'une partie des troupes d'occupation, tout juste bonne à le faire dédaigneusement traiter par Mitterrand de « petit télégraphiste[28] » du Kremlin. En réalité, la résistance que rencontrent les envahisseurs entraîne l'arrivée de renforts – on comptera jusqu'à 100 000 hommes sur place –, et surtout la relève, par des unités venues de Russie, des républiques baltes ou d'Ukraine des premières troupes engagées où prédominaient les membres d'ethnies établies des deux côtés de la frontière. Non seulement en effet ces derniers ont échoué à se rallier les soldats afghans, mais certains d'entre eux ont rejoint les rangs des insurgés.

Contrairement aux espoirs du président français, l'heure n'est donc pas à la détente. À en croire le Sipri, le très sérieux Institut international de la paix de Stockholm, 60 000 armes nucléaires sont stockées sur la planète – soit quatre tonnes d'explosifs par tête –, et le niveau des dépenses militaires atteint un million de dollars par minute, soit, en dollars constants, quatre fois ce qu'il était au moment de la guerre de Corée[29]. À Washington, le Sénat ne cache pas ses réticences envers le traité dit Salt II que Carter a signé à Moscou le 18 juin 1979, estimant non sans quelque raison qu'il pénalisait les États-Unis ; à la différence de Salt I, sur lequel Nixon et Brejnev s'étaient mis d'accord en 1972, il prévoit non plus seulement la limitation, mais la réduction de 2 400 à 2 250 du nombre des lanceurs d'armes « stratégiques » (d'une portée supérieure à 5 500 kilomètres) autorisés pour chaque camp.

Ces arsenaux, sur lesquels reposait la fameuse doctrine MAD, la « destruction mutuelle assurée », étant conçus pour se neutraliser l'un l'autre, ils n'empêchaient pas grand monde de dormir. Il n'en allait pas de même des SS-20 (SS pour sol-sol) que Moscou substituait progressivement depuis 1976 à ses engins à court rayon d'action SS-4 et SS-5. Avec leur portée de 5 000 kilo-

---

28. Cité in Frédéric Bozo, *La Politique étrangère de la France depuis 1945*, La Découverte, 1997, p. 82.
29. *Le Monde*, 8-9 juin 1980.

mètres, leurs lanceurs mobiles faciles à camoufler et à recharger, ces missiles tenaient sous leur feu l'essentiel de l'Europe occidentale et une grande partie de l'Asie : dans l'éventualité d'une attaque limitée au vieux continent, l'Amérique emploierait-elle ses fusées stratégiques ? Dans la mesure où elle s'exposerait dans ce cas à de terribles représailles sur son propre sol, on pouvait se poser la question. Rien ne prouve que la mise en place des SS-20 ait répondu de la part de la direction soviétique à un tel objectif : plus probable paraît l'explication par la course entre les complexes militaro-industriels de Washington et de Moscou, chacun vivant dans la hantise d'une imparable percée technologique de l'adversaire. Il n'empêche que la capacité d'intimidation du Kremlin s'en trouvait accrue, et que celui-ci tenait l'occasion d'essayer de faire suffisamment peur aux Européens de l'Ouest pour les persuader que le meilleur moyen de se protéger de la foudre était encore de se passer de paratonnerre. Oubliant le formidable esprit de résistance dont avaient fait preuve si souvent les compatriotes de Sibelius, les bons esprits agitaient le spectre de la « finlandisation », autrement dit de l'acceptation d'une sorte de droit de regard soviétique sur la politique extérieure de la RFA. Une partie importante de la population y semblait résignée.

Il y avait au moins un Allemand pour prendre le contre-pied de cette attitude défaitiste, Helmut Schmidt, ce qui ne l'empêchait d'ailleurs pas de faire le siège de Brejnev pour l'encourager à la négociation. Il faut dire qu'il avait toutes les raisons de se plaindre de Carter, lequel, après lui avoir forcé la main pour l'amener à plaider la cause, très impopulaire outre-Rhin, de la « bombe à neutrons », engin diabolique capable de tuer massivement sans pour autant détruire l'environnement, avait soudain abandonné le projet. Et lorsque le chancelier s'était permis d'évoquer, dans un discours retentissant à Londres, le risque d'un « découplage » entre la défense de l'Europe et celle de l'OTAN, au cas où un déploiement d'euromissiles américains ne viendrait pas rapidement équilibrer celui des SS-20, il s'était entendu dire que cela ne le regardait pas (« *It's none of your business* »)[30].

C'est seulement en janvier 1979, à l'issue d'un sommet auquel VGE l'avait invité à la Guadeloupe en compagnie de Schmidt et de James Callaghan, successeur de Wilson à la tête du gouvernement travailliste britannique, que Jimmy Carter

---

30. Confidence du chancelier à l'auteur.

462 LA GUERRE FROIDE 1917-1991

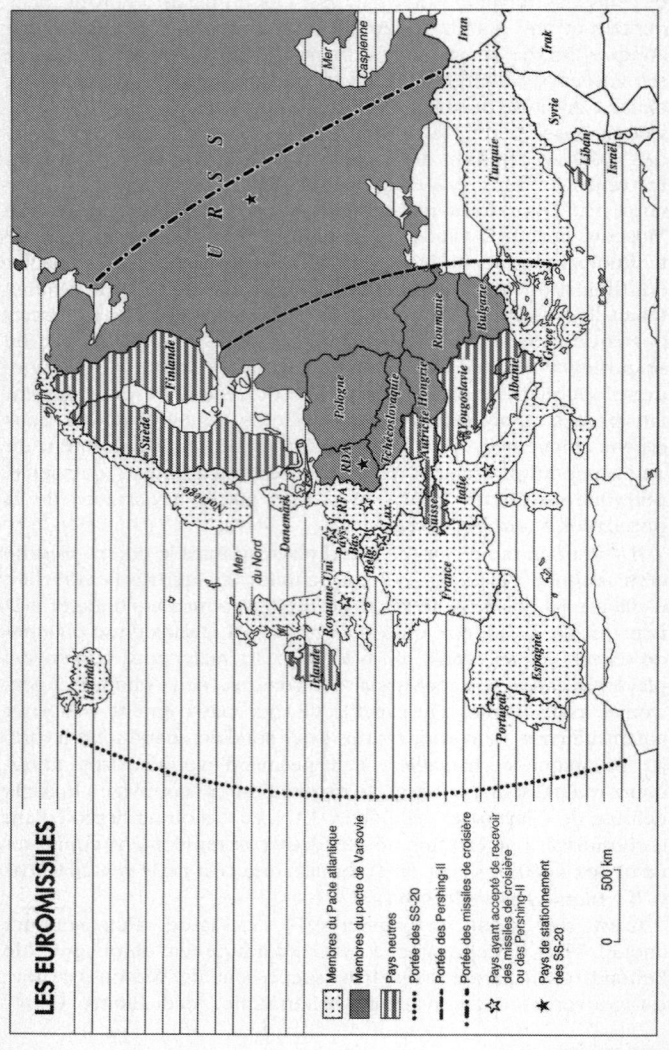

acceptera de déployer des euromissiles dans plusieurs pays d'Europe, à partir de 1983 lorsqu'ils seront opérationnels ; il s'agit d'armes à tête nucléaire d'une stupéfiante précision, les uns – les missiles de croisière – subsoniques mais volant en rase-mottes pour échapper aux radars, les autres – les Pershing-II – d'une rapidité – six minutes pour atteindre l'objectif – et d'une force de pénétration proprement foudroyantes. Le Conseil atlantique a entériné ce choix le 12 décembre, tout en proposant à Moscou une négociation visant à instituer « une égalité *de jure* en ce qui concerne à la fois les plafonds (de niveaux d'armements) et les droits[31] ». La France, dont les forces nucléaires répondent par leur portée à la définition des euromissiles, se tiendra à l'écart de ce qu'on appellera officiellement la « décision de la double voie » (*Double Track Decision*) ou, pour simplifier, la « double décision », aussi longtemps du moins que VGE demeurera à sa tête.

La négociation proposée était prévue pour se dérouler dans le cadre des pourparlers stratégiques soviéto-américains, dont on vient de voir qu'ils n'enthousiasmaient pas précisément le Sénat de Washington sans lequel la ratification des Salt II était impossible. Or quelques jours plus tard éclate la nouvelle de l'invasion de l'Afghanistan, qui fournit à Carter un bon motif de les renvoyer à des jours meilleurs. L'URSS offre bien de geler la mise en place de nouveaux SS-20, mais à condition que les États-Unis renoncent à déployer missiles de croisière et Pershing-II, ce à quoi ils ne songent évidemment pas un instant. C'est en vain, du moins sur le moment, que Reagan, devenu président au début de 1981, lance en novembre son « option zéro », qui consiste à éliminer tous les euromissiles des deux côtés du rideau de fer. Moscou, misant sur la peur des populations concernées et le pacifisme croissant des Églises, y compris américaines, estime que les parlements des pays intéressés refuseront le déploiement et ne donne donc pas suite.

La mort de Brejnev, à la fin de 1982 et son remplacement par Iouri Andropov, qu'on veut croire mieux disposé envers l'Occident au prétexte qu'il parle anglais, n'y changent rigoureusement rien. C'est naturellement sur l'Allemagne fédérale, où le parti libéral, en lâchant Schmidt, a amené le triomphe électoral, le 6 mars 1983, des chrétiens-démocrates de Helmut Kohl, que porte

---

31. Texte intégral in Michel Tatu, *La Bataille des euromissiles*, Seuil, 1983, pp. 110-111.

le plus gros de la pression. Le nouveau numéro un soviétique prévient en juillet le chancelier que s'il acceptait de recevoir les Pershing, « la menace militaire sera[it] multipliée d'autant pour les Allemands de l'Ouest » et que les habitants des deux Républiques rivales ne pourraient plus « se regarder qu'à travers d'épaisses palissades de missiles[32] ». Le Bundestag n'en approuve pas moins, le 22 novembre, l'installation des fusées. Le vigoureux plaidoyer en faveur du déploiement prononcé par François Mitterrand en janvier 1983 devant la même instance, à l'occasion du vingtième anniversaire du traité franco-allemand dit de l'Élysée, n'y est sans doute pas pour rien.

*
* *

La « bataille des euromissiles » aura été la toute dernière de la guerre froide. En perdant l'une, l'URSS était condamnée à perdre l'autre. Le grand chef des armées soviétiques de l'époque, le maréchal Ogarkov, ne s'y est pas trompé, qui n'hésite pas sur le moment à confier au correspondant du *New York Times*, lequel n'en fera état que bien plus tard, que « la guerre froide est pour l'essentiel terminée, sinon déjà gagnée par l'Ouest[33] ».

Pour comprendre le découragement du maréchal, il faut ajouter que, non content d'accroître massivement les crédits militaires, Reagan, sachant que l'« empire du Mal » ne pourrait suivre ce rythme infernal, a lancé en mars une vertigineuse « Initiative de défense stratégique » plus connue sous le nom, réminiscence de son passé hollywoodien, de Guerre des étoiles. Il s'agit tout simplement de libérer ses concitoyens de la menace d'un conflit atomique en assurant la destruction en vol, par des rayons laser dirigés du sol ou de stations orbitales construites à cet effet, de 95 % au moins des quelque 10 000 ogives nucléaires avec lesquelles l'URSS était en mesure de foudroyer le territoire américain. Coût de l'opération, dont la réalisation prendrait, disait-on, une quinzaine d'années : pas moins de 1 000 milliards de dollars. Le Kremlin, qui avait manqué le coche de la révolution informatique, n'avait pas, tant s'en faut, les moyens de se mesurer avec la Maison-Blanche sur ce terrain-là.

---

32. Cité in Kissinger, *Diplomatie, op. cit.*, p. 707.
33. Leslie H. Gelb, « Cold War: The Victory Credits Should be Shared », *International Herald Tribune*, 21 août 1992.

À soixante-huit ans, Andropov, qui recueille la succession de Brejnev, est loin d'être le doyen de la gérontocratie régnante, mais un accident rénal l'oblige bientôt à vivre sous dialyse. Il mourra dix-huit mois plus tard des suites d'une « longue maladie », après avoir tout fait pour faciliter l'ascension de Mikhaïl Gorbatchev. Ce dernier n'a alors que cinquante-trois ans, et la majorité des membres du Politburo redoutent d'être mis à la retraite s'il devient numéro un. On s'entend donc finalement, après de longues discussions, sur la nomination au Soviet suprême d'un valétudinaire qui fera vite figure d'intérimaire : Konstantin Tchernenko, médiocre apparatchik usé jusqu'à la corde, qu'un sévère emphysème condamne à passer la moitié de son temps à l'hôpital.

Où est le temps où Khrouchtchev promettait qu'en moins d'un quart de siècle le niveau de vie des populations de l'empire dépasserait largement celui des pays les plus développés ? Certes, à Washington, « l'équipe B » créée au début des années 1970 par George Bush père, alors patron de la CIA, pour apaiser un groupe de faucons convaincus que celle-ci cache la vérité, tient pour assuré en 1976 que le PIB de l'URSS est en pleine expansion, mais la réalité est toute différente. Ladite CIA reconnaîtra elle-même en 1989 qu'elle a « substantiellement surestimé[34] » la menace soviétique dans tous les domaines. Reste que sans atteindre, et de loin, les niveaux déments avancés par cette équipe B, dont certains membres joueront un rôle essentiel, avant et après l'attaque du World Trade Center, dans la campagne pour la guerre contre l'Irak, la production d'armements pèse lourdement sur l'économie de l'URSS : elle atteint dans la seule année 1981 2 500 chars, 3 300 canons, 1 700 avions de combat, 750 hélicoptères, 9 sous-marins, 475 missiles stratégiques (plus de 5 500 kilomètres de portée) ou intermédiaires[35] !

Exportatrice de céréales au temps des tsars, la Russie en est devenue la principale importatrice. Alors que ses dirigeants ont longtemps prétendu ne rien vouloir devoir aux « impérialistes », son endettement atteint les 80 milliards de dollars. L'engagement outre-mer, qui paraissait quelques années plus tôt destiné à accélérer la chute du capitalisme abhorré, obère sérieusement ses finances : soutenir à bout de bras le Viêt Nam et Cuba dépasse

---

34. Fareed Zakaria, « Exaggerating the Threats », *Nesweek,* 16 juin 2003.
35. Chiffres donnés par le général Eyraud, *La Fin de la guerre froide*, Presses universitaires de Lyon, 1992, p. 34.

les moyens d'un camp socialiste dont la part du revenu mondial est tombée en vingt ans de 15,6 à 14,8 %. Passant en revue les six pays – Afghanistan, Angola, Cambodge, Éthiopie, Mozambique, Nicaragua – où se développe, de plus en plus aidée de l'extérieur, une guérilla contre le pouvoir prosoviétique, le magazine *U.S. News and World Report* conclut, le 8 août 1983, que « Moscou et ses clients ne se sont pas montrés davantage capables de venir à bout d'une insurrection que les États-Unis et leurs alliés quand ceux-ci en étaient les principales cibles ». L'année précédente, le Kremlin n'a réagi qu'en paroles, sans la moindre menace précise à la clé, à la destruction en vol par Tsahal, en quelques instants, de dix-sept des dix-neuf batteries syriennes, *made in USSR*, déployées dans la plaine libanaise de la Bekaa, qui avaient ouvert le feu contre ses avions. Lorsque le Syrien Assad avait imprudemment tenté d'engager son aviation, elle aussi d'origine soviétique, il en avait perdu le tiers, un seul appareil hébreu étant abattu.

*
* *

« Tous les États, quels qu'ils soient, doivent périr, écrivait au IIe siècle av. J.-C. l'historien grec Polybe, et cela peut arriver de deux manières : par une agression venue de l'extérieur, ou par le développement d'un mal inhérent à leur nature[36]. » L'URSS se trouve aux prises avec les deux menaces à la fois. À l'extérieur du camp, Reagan a définitivement troqué le bon vieux *containment* de ses prédécesseurs contre le *roll back*, le refoulement un moment prôné par Dulles, mais que ce dernier s'était bien gardé de mettre en œuvre lorsqu'en Corée ou en Hongrie l'occasion s'en était présentée. À l'intérieur, la naissance aux chantiers Lénine de Gdansk du mouvement Solidarno confirme à ceux qui en pouvaient encore douter que le communisme d'importation n'a décidément pas réussi à s'implanter en Pologne. Incapable de répondre à ce formidable défi, le pouvoir va devoir composer avec une contestation dont le succès ne peut que lui susciter des émules, et remettre en question en fin de compte l'empire lui-même.

Pourquoi la Pologne ? Avec 35 millions d'habitants, elle n'est pas seulement, et de beaucoup, la plus vaste et la plus peuplée

---

36. Polybe, *Histoire*, Gallimard, « Pléiade », pp. 519-520.

des démocraties prétendument – et pléonastiquement – populaires. « Nation romantique[37] » s'il en est, dont la musique de Chopin, interdite sous l'occupation allemande, et la poésie de Mickiewicz n'ont pas fini d'embraser le patriotisme, elle n'a guère cessé de résister aux puissants voisins qui, au temps de la Grande Catherine comme de Lénine puis de Staline et de Hitler, avaient entrepris de la rayer de la carte. Mais, comme le disait le palatin de Posnanie, père de l'un de ses rois, cité par Rousseau, la Pologne préférait une liberté dangereuse à une servitude paisible (« *Malo periculosam libertatem quam quietum servitium*[38] »). Et elle avait suivi au pied de la letttre, depuis deux siècles, le conseil que le même Jean-Jacques lui donnait en 1772, au lendemain de son premier partage : « Vous ne sauriez empêcher qu'ils vous engloutissent. Faites au moins qu'ils ne puissent vous digérer[39]. »

Sa « force vitale » était, selon Engels, « indestructible[40] ». Loin de venir à bout de sa résolution, le massacre de Katyn et la passivité de l'Armée rouge, arrivée jusqu'à la Vistule pendant l'insurrection de Varsovie, avaient surtout renforcé la méfiance, pour employer un mot faible, de l'immense majorité de la population envers le prétendu grand frère de Moscou. Aussi bien ce dernier n'était-il jamais parvenu, on en a relevé les signes à plusieurs reprises, à étendre à la Pologne le type de dictature auquel étaient soumis les habitants de l'URSS. L'Église catholique conservait une influence considérable, décuplée par l'élection à la papauté, en 1978, du cardinal archevêque de Cracovie, Karol Wojtyla. La collectivisation des terres avait pour l'essentiel échoué, et une vie culturelle intense entretenait la flamme de l'orgueil national. Décidé à profiter de la détente internationale pour décrisper la situation intérieure, Edward Gierek avait multiplié les gestes envers l'Église et l'intelligentsia, et fait largement appel aux crédits occidentaux pour rénover l'économie, ce qui avait permis une rapide augmentation du pouvoir d'achat. Mais les chocs pétroliers l'avaient privé des débouchés sur lesquels il comptait, l'endettement était monté en flèche, et la corruption se répandait au grand jour.

---

37. Titre d'un livre de Jean Plumyène, Fayard, 1979.
38. Jean-Jacques Rousseau, *Du contrat social*, J. B. Delamollière, Lyon, 1790, p. 125.
39. Rousseau, *Considérations sur le gouvernement de Pologne*, in *Œuvres complètes*, t. III, 1964, p. 295.
40. Dans sa préface, datée de 1892, à l'édition polonaise du *Manifeste communiste*, reproduite dans Marx, *Œuvres, op. cit.*, t. I, pp. 1489-1491.

La hausse des prix décrétée en 1976 suscite une vague de grèves, qui tournent à l'émeute, dans l'usine de tracteurs d'Ursus et dans la cité industrielle de Radom. Deux ouvriers sont tués accidentellement, des centaines arrêtés, des milliers licenciés. L'émotion est considérable et conduit à la constitution d'un comité de défense des ouvriers, le KOR (*Komitet Obrony Robotnikow*), animé par des intellectuels impavides comme Adam Michnik et Jacek Kuron. L'alliance du prolétariat et de l'intelligentsia, dont Marx faisait la clé de l'avènement du communisme, se constituait contre ce même communisme. En juin 1979, pour la première fois depuis son élection l'année précédente, Jean-Paul II rend visite à son pays natal : ses compatriotes se pressent par centaines de milliers sur son passage pour l'acclamer. Timothy Garton Ash parle à bon droit de « fierté ressuscitée[41] ». « Nous allions nous rendre compte que rien ne serait plus comme avant[42] », note le général Jaruzelski, alors ministre de la Défense.

C'est en vain que le VIIIe congrès du POUP destitue, en février 1980, après des débats passionnés, le président du Conseil Jaroszewicz et le remplace par un proche de Gierek, Edward Babiuch, qui pour essayer de réduire un déficit commercial énorme prétend non seulement accroître les exportations de 25 % avant la fin de l'année mais diminuer la consommation de 15 %. À peine a-t-il annoncé, le 1er juillet, l'augmentation des prix de vente de certains morceaux de viande que des grèves éclatent. Se répandant « comme un feu de brousse[43] », elles épargnent provisoirement les ports de la Baltique. Mais Jupiter aime à rendre fous ceux qu'il veut perdre, et la direction des chantiers navals Lénine, à Gdansk, informe le 7 août de son licenciement une ouvrière à cinq mois de la retraite, de surcroît décorée l'année précédente pour la qualité de son travail. Son crime ? Elle a distribué le bulletin clandestin des syndicats libres créés lors des grandes grèves de 1970.

Huit jours plus tard, les 13 000 salariés de l'entreprise débraient et occupent les chantiers, substituant aux drapeaux rouges les bannières jaune et blanc du Vatican. Un électromécanicien de trente-sept ans, un « homme de fer », pour reprendre le titre du beau film qu'Andrzej Wajda lui a consacré, s'impose aussitôt à la

---

41. Timothy Garton Ash, *The Polish Revolution*, Londres, Corone, 1985, p. 30.
42. Wojciech Jaruzelski, *Les Chaînes et le refuge*, J.-C. Lattès, 1992, p. 222.
43. Buhler, *op. cit*, p. 544.

tête du mouvement. Il s'appelle Lech Walesa, a six enfants, et a été lui-même licencié en 1978 en raison de son appartenance aux syndicats illégaux. Il porte à la boutonnière une effigie de la Vierge de Czestochowa, le Lourdes polonais. Il a raconté comment il avait « fait le mur » pour rejoindre ses camarades qui lui avaient demandé de devenir le « principal meneur » compte tenu de son « ancienneté », de sa « connaissance du milieu ouvrier » et de ses qualités d'« homme de terrain[44] ». Le comité de grève « interentreprises », constitué sous sa présidence le 16 août, dresse une liste de vingt et une revendications, allant de la reconnaissance des syndicats libres et du droit de grève à la libération des prisonniers politiques et à une augmentation de 2 000 zlotys de tous les salaires. Les arrêts de travail se généralisant, et les intellectuels se mobilisant massivement, le comité central n'a d'autre issue que de débarquer le chef du gouvernement qu'il a mis en place six mois plus tôt. Dès le 31 août, son successeur, Joseph Pinkowski, doit accepter la totalité des vingt et une revendications du comité Walesa, qui donnera naissance le 22 septembre, pour la première fois en terre communiste, à une confédération syndicale indépendante, Solidarność, déjà forte à cette date de quatre millions de membres.

La situation de ce qu'on hésite à appeler encore le pouvoir est devenue proprement impossible. Les vingt et une conditions acceptées par Pinkowski ignorent joyeusement l'état dramatique de l'économie, qui a naturellement beaucoup souffert des grèves, et le Kremlin commence à s'agacer sérieusement du développement d'une contestation qui, si elle se poursuivait, aurait toutes chances de faire tache d'huile à l'intérieur du camp. Aussi bien ne perd-il pas une occasion de sermonner les dirigeants de Varsovie et de leur assurer qu'il « n'abandonnera pas ses amis polonais[45] ». Ce propos, qui sera repris par Brejnev au XXVIe congrès de son parti, en février 1981, vise évidemment moins les mesures d'assistance économique, au demeurant très insuffisantes, mises en œuvre à plusieurs reprises, que le maintien, au besoin par la force, de structures politiques et sociales rejetées par l'immense majorité de la population. Or le Parti ouvrier polonais, dont plusieurs centaines de milliers de membres ont rejoint les rangs de Solidarność, est profondément divisé entre durs et libéraux, et le renouvellement au scrutin secret des membres du comité central

---

44. Lech Walesa, *Un chemin d'espoir*, Fayard, 1987, p. 187.
45. Jaruzelski, *op. cit.*, p. 234.

a conduit à l'éviction de la grande majorité des partisans de Walesa.

C'est dans ce climat que naît l'idée de reconstruire l'État autour de l'armée, seule institution en dehors de l'Église à avoir conservé son prestige, et de mettre son chef, le général Jaruzelski, à la tête du gouvernement. Le 10 mars 1981, celui-ci rencontre pour la première fois Lech Walesa. Le 30, tandis que les troupes du pacte de Varsovie procèdent en territoire polonais à des grandes manœuvres évocatrices de celles qui s'étaient déroulées en Tchécoslovaquie pendant le printemps de Prague, les deux hommes signent un accord permettant d'éviter la grève générale dont le principe avait été arrêté à la suite d'un incident survenu à Bydgoszcz. Ils se reverront à plusieurs reprises pour rechercher un terrain d'entente plus vaste. Mais les dés ont déjà trop roulé et ni l'un ni l'autre n'est maître de ses mouvements. Le Kremlin a beau répéter menaces et avertissements, Solidarność, désormais forte de neuf millions d'adhérents – dont des centaines de milliers de membres du parti –, subit de plus en plus l'influence de son aile radicale, malgré les efforts d'un Walesa parfaitement conscient des périls. Son congrès va jusqu'à adopter, en septembre 1981, à l'appel de son aile la plus engagée, une résolution réclamant entre autres des élections libres et assurant de son soutien les ouvriers des pays de l'Est en lutte pour la création de syndicats libres.

Cette fois, le Rubicon a été franchi. Le ralliement ultérieur du congrès de Walesa à des positions plus modérées n'y change rien. Moscou multiplie les mises en garde. L'agence Tass parle d'« orgie antisocialiste et antisoviétique[46] » et le bureau politique du Parti ouvrier polonais de « provocation insensée[47] ». Le climat est devenu d'autant plus explosif que la situation économique se dégrade à vue d'œil. Le chef du parti, Kania, objet de nombreuses critiques, présente sa démission que le comité central lui fait la surprise d'accepter, avant de le remplacer, à une imposante majorité, par Jaruzelski qui conserve la direction du gouvernement et de l'armée. Le temps n'est plus où Staline sacrifiait allégrement maréchaux et généraux à sa crainte obsessionnelle du bonapartisme, où Mao décrétait que le « parti commande au fusil[48] » et non l'inverse.

---

46. Cité in Buhler, *op. cit.*, p. 636.
47. Cité in *ibid.,* p. 637
48. *Le Petit Livre rouge*, citations du président Mao Tsé-toung, Seuil, 1967, p. 65.

Enfant de l'aristocratie terrienne, déporté en Sibérie avec ses parents après le partage de son pays entre Hitler et Staline, Jaruzelski avait fait ses études chez les bons pères, parlait une langue châtiée et tenait plus, à première vue, du hobereau que du militant communiste. Tout jeune, il avait été envoyé en prison pour avoir refusé de prendre la nationalité soviétique dans le village russe où il avait fini par atterrir. Et on peut le croire lorsqu'il assure que c'est le patriotisme qui l'a fait s'engager dans l'armée polonaise formée en URSS, où il sera toujours en première ligne, plutôt que de chercher à rejoindre les forces du général Anders qui combattaient hors d'Europe aux ordres du gouvernement en exil de Londres. Jean-Paul II, qui l'avait rencontré à plusieurs reprises, ne paraissait pas douter que le Polonais l'emportait chez lui sur l'idéologue[49].

Le 13 décembre, après avoir vainement proposé à Walesa la création d'un dérisoire front d'unité nationale, où l'Église serait représentée mais au sein duquel Solidarno ne détiendrait qu'un siège sur sept, il proclame l'état de guerre, met en place un Conseil militaire de salut national (*Wron*) et ordonne l'internement non seulement de Lech et de ses lieutenants, et des intellectuels du KOR, mais de Gierek et d'autres personnalités du régime, accusées d'abus de pouvoir. Les Soviétiques, qui n'ont pas dû être trop surpris, se contentent d'approuver. Jaruzelski a pourtant dit quelques jours plus tôt au secrétaire du PCUS chargé des pays frères, on l'apprendra douze ans plus tard, qu'il espérait bien le « soutien » des pays en question, « y compris l'introduction [...] de forces armées ». À quoi le Politburo aurait répondu par un *non possumus* justifié par la crainte de trop lourdes sanctions économiques occidentales[50]. Le général-président ne fait pas la moindre allusion à cette démarche dans son livre de Mémoires publié en France en 1992, et dont bien des pages semblent pourtant d'une grande sincérité. Il laisse plutôt entendre que, sans l'état de guerre, la Pologne aurait connu le même sort que la Tchécoslovaquie en 1968.

L'institution du travail forcé met fin aux grèves et l'interruption totale des moyens de communication rend d'abord difficile aux dirigeants qui ont échappé à l'arrestation l'organisation de la résistance. Une cour assidue est faite à Walesa, installé dans une rési-

---

49. Propos tenu à l'auteur, 11 décembre 1986.
50. Document remis par Boris Eltsine à Walesa, devenu entre-temps président de la République, au cours de sa visite à Varsovie en août 1993, cité par Jan Krause, *Le Monde*, 29-30 août 1993.

dence fort convenable, et dont le régime n'a pas renoncé à obtenir la coopération, mais il préfère pour le moment se taire. Aux États-Unis et en France, où l'on compte de nombreux immigrés d'origine polonaise, la réaction de l'opinion est très vive, mais dans l'ensemble les gouvernements occidentaux paraissent plutôt rassurés : à en croire les Mémoires de Jaruzelski, ils n'avaient d'ailleurs cessé de lui dire, le secrétaire d'État américain Alexander Haig et Helmut Schmidt en tête, que l'essentiel était d'éviter une intervention soviétique. Le ministre des Relations extérieures de Mitterrand, Claude Cheysson, n'hésite pas à parler d'« affaire interne » et à conclure par un « Bien entendu, nous n'allons rien faire[51] » qui lui sera beaucoup reproché. Reagan condamne le « recours à la force contre une population désarmée[52] », mais se contente de réduire d'un quart le volume des exportations américaines à destination de l'URSS, ce qui ne va pas à la vérité bien loin. En réalité, il y a plusieurs mois qu'il a conclu avec le pape ce que son conseiller pour les affaires de sécurité Richard Allen n'hésite pas à appeler « l'une des grandes alliances secrètes de tous les temps », la Pologne constituant au jugement de William Casey, le grand patron de la CIA, « la force qui briserait le barrage[53] ».

Aussi bien Jean-Paul II ne tarde-t-il pas à s'engager. Il adjure le général-président, en s'adressant « à sa conscience », de retrouver la voie du « dialogue pacifique[54] » et ne perd pas une occasion d'exprimer sa sympathie pour Walesa. À la grande fureur de Moscou, Berlinguer, le secrétaire général du Parti communiste italien, lui fait écho : il lance un véritable pavé dans la mare en constatant « l'épuisement de la force motrice de la phase du développement du socialisme ayant commencé avec la révolution d'Octobre[55] ».

« C'est à cette époque, devait constater par la suite Jaruzelski, que l'Église se hissa définitivement au rang de puissance non seulement morale et sociale mais aussi politique », avant de devenir « *de facto* la première force du pays[56] ». Dès la mi-1982, les couvents, équipés en matériel américain, commencent à imprimer une abondante littérature clandestine. Trois ans plus tard, on ne

---

51. *Le Monde,* 15 décembre 1981.
52. *Ibid.*, 19 décembre 1981.
53. Cité in Carl Bernstein, « The Holy Alliance », *Time*, 24 février 1992.
54. Cité in Walesa, *op. cit.*, pp. 397-398.
55. *L'Unità*, 30 décembre 1981.
56. Jaruzelski, *op. cit.*, p. 82.

compte pas moins de 400 publications illégales, dont certaines tirant à 30 000 exemplaires. Seulement 3 % des Polonais, à en croire un sondage publié par *Paris-Match* à la veille de la proclamation de l'état de guerre, auraient voté pour les communistes en cas d'élections libres. Que peut faire un « pouvoir » conscient qu'une aggravation de la répression risque fort de conduire à la guerre civile, sinon s'engager sur la voie des concessions, quitte à ce que celles-ci le mènent, en fin de compte, à sa perte ? Walesa saura l'y aider, et aussi Gorbatchev, qui arrive au pouvoir, en mars 1985, quatre heures, pas une de plus, après l'annonce du décès de Tchernenko.

*
* *

Il faut dire qu'il y avait urgence. Comme l'écrit Andreï Gratchev, le dernier des porte-parole de « Gorby », qu'il connaît sans doute mieux que personne, « l'appareil du parti qui aspirait à mener une vie tranquille au sein d'un système de pouvoir congelé était en train de réaliser son rêve, [...] tel un paquebot aux moteurs en panne, l'immense pays partait à la dérive[57] ». L'Institut de l'économie mondiale de Moscou avait répondu à un questionnaire du Comité du plan qu'à défaut d'un changement radical de méthodes l'URSS se trouverait vite « reléguée parmi les puissances économiques de second ordre », voire au rang de « pays pauvre du tiers monde[58] ». Les exportations d'hydrocarbures, principale richesse nationale, étaient en chute libre, du fait d'un hiver très rigoureux et de la reconstitution, après le second choc pétrolier, des stocks occidentaux. La bataille des euromissiles perdue, la patrie du socialisme n'avait plus aucune chance de gagner la course aux armements où elle se ruinait.

La désignation, à la quasi-unanimité, de Mikhaïl Sergueïevitch Gorbatchev ne surprend personne. Lui-même a dit à Claude Cheysson en 1984 qu'il serait le prochain Gensek. En France, le « milliardaire rouge » Jean-Baptiste Doumeng, qui l'a longuement reçu dans sa propriété du Sud-Ouest et lui a fait prêter par le PCF une voiture pour lui permettre de voir de près comment on vit en

---

57. Andreï Gratchev, *Le Mystère Gorbatchev,* Éditions du Rocher, 2001, p. 58.
58. Cité in Alexandre Iakovlev, *Ce que nous voulons faire de l'Union soviétique*, Seuil, 1991, pp. 22-23.

Occident, – ce qu'aucun dirigeant soviétique n'a fait jusqu'alors –, répète depuis des années que Gorbatchev est « unique » et qu'il « fera triompher l'URSS économiquement et idéologiquement[59] ». Maggie Thatcher, qui l'a rencontré à Londres, ne se cache pas d'avoir été séduite. Remarqué de longue date par Andropov, qui l'a fait entrer au Politburo, il a pour le moment l'appui du KGB, de l'armée, qui ne déteste rien tant que le désordre, et de l'intelligentsia, ravie d'avoir à la tête de la nation, pour la première fois depuis Lénine, un diplômé d'enseignement supérieur, au langage clair et châtié, marié à une professeur de philosophie à l'esprit ouvert. Enfin, c'est Gromyko, symbole de continuité s'il en est, qui s'est chargé de proposer son élection au comité central.

Sans doute lui avait-il promis en échange la présidence du praesidium du Soviet suprême, qu'il s'empressa de lui attribuer. Mais il serait surprenant qu'il lui ait révélé l'identité du successeur qu'il se préparait à lui donner : Edouard Chevardnadze, Géorgien qui prendra la présidence de sa République natale, quand celle-ci proclamera son indépendance. À en croire Gratchev, il aurait été choisi en raison de son « aménité orientale[60] », bien nécessaire pour renouer le dialogue avec l'Occident. De même, le ministre sortant, qui avait célébré la poigne de fer du nouveau Gensek, devait être à cent lieues de se douter du tour que celui-ci allait donner à sa politique étrangère. Très rares à vrai dire sont les kremlinologues qui à l'époque se sont risqués à annoncer que « Gorby » allait prendre le contre-pied de celle de ses devanciers et s'employer à mettre fin une bonne fois pour toutes à la guerre froide. L'idée prévalait que le système soviétique était trop bloqué pour pouvoir produire un réformateur digne de ce nom.

Mais lui-même, le nouveau numéro un, avait-il la moindre idée du destin qui l'attendait ? « Nous aspirions, écrira-t-il en 1998, à réaliser les idées avancées par la révolution d'Octobre, mais jamais mises en pratique : surmonter l'aliénation de la population du pouvoir et de la propriété, donner le pouvoir au peuple, bien ancrer la démocratie, mettre en œuvre une réelle justice sociale. L'illusion était que je pensais, comme la majorité, que l'on pouvait atteindre cet objectif en perfectionnant le système existant[61]. » Aussi se garde-t-il au début de beaucoup s'écarter des sentiers bat-

---

59. Cité in Jacques Attali, *Verbatim*, I, Fayard, 1993, p. 141.
60. Gratchev, *op. cit.*, p. 95.
61. Extrait de « Réflexions sur le passé et le futur », reproduit *ibid.*, p. 109.

tus, quitte tout de même à insister sur une « métaphore » qui lui est « venue à l'esprit : l'Europe est notre maison commune[62] », manière de dire qu'il faudra bien un jour surmonter sa division, sans pour autant remettre en cause les structures politiques existantes. Mais, profitant de l'âge avancé de nombre de sortants, il procède à un vaste renouvellement des instances dirigeantes, où ses fidèles entrent massivement. Il cherche le contact avec la population, ce qu'aucun de ses prédécesseurs n'avait osé faire. Et il convoque en 1986 le Congrès, dont il profite pour attaquer bille en tête la « stagnation » caractéristique des années Brejnev et l'intense corruption dont elle s'est accompagnée. De nombreuses arrestations sont opérées, et plusieurs condamnations à mort prononcées. « Nous creusons, nous creusons, déclare Boris Eltsine, qui vient d'être nommé à la tête de l'organisation communiste de Moscou, avant de le supplanter au pouvoir, et nous ne voyons toujours pas le fond de ce puits de saleté[63]. » Comment, ce faisant, Mikhaïl Sergueïevitch ne se mettrait-il pas à dos cette nomenklatura qu'il appelle en toute innocence à collaborer à sa propre mise au pas ? Ce n'est pas le vaste programme de lutte contre l'alcoolisme, véritable fléau national, qui va lui rallier beaucoup de suffrages. Ni les beaux discours sur la « *perestroïka* » (reconstruction), formule empruntée à Lénine qui n'est guère qu'un slogan parmi d'autres. Encore moins l'insistance mise sur une *glasnost*, une « transparence » qui n'est que très partiellement respectée.

Pour que cette *glasnost* entre vraiment dans les mœurs, il ne faudra rien de moins que l'explosion, le 26 avril 1986, d'un des quatre réacteurs de la centrale nucléaire de Tchernobyl, en Ukraine. Faisant plusieurs dizaines de victimes dans l'immédiat et des dizaines de milliers à terme, le nuage apocalyptique qu'elle dégage agit comme un fabuleux révélateur. D'abord bien sûr de l'incurie des responsables directs, qui nourris de la fameuse phrase de Lénine « Communisme = pouvoir des Soviets + électrification[64] » avaient construit l'usine à la va-vite, et ont coupé toutes les sécurités pour procéder à un test ; ils ne disposent même pas d'appareils pour mesurer la radioactivité ! Lorsqu'ils prennent conscience de la catastrophe ils essaient d'abord de bricoler un bouchage dans l'espoir d'échapper aux sanctions. Mais que dire

---

62. Mikhaïl Gorbatchev, *Perestroïka*, Flammarion, 1987, p. 281.
63. Larges extraits de ce document, en principe interne au parti, in *Le Monde*, 16 juillet 1998.
64. Cité in Dominique Colas, *Lénine et le léninisme*, PUF, 1987, p. 93.

de Gorbatchev lui-même, qui se garde bien de se rendre sur place, ou au moins, comme on aurait pu s'y attendre, de tonner contre les coupables ? Son crédit à l'intérieur ne s'en relèvera vraiment jamais, en contraste grandissant avec les lauriers que sa politique d'ouverture lui vaudra à l'Ouest. Le drame a certes été l'occasion de véritables scènes d'héroïsme, de la part notamment des pompiers, mais il lui a fait mesurer le peu de confiance à accorder d'une manière générale à une hiérarchie avant tout soucieuse de sauvegarder sa médiocre tranquillité. Et il l'a aussi obligé à remettre en cause de fond en comble le plan quinquennal, basé sur un très large recours au nucléaire, adopté en février par le Congrès du parti.

Mikhaïl Sergueïevitch ne réagit publiquement que dix-huit jours plus tard et paraît donner raison aux soviétologues pour qui rien de bon, ni même simplement de nouveau, ne peut survenir à l'Est. Il a choisi en effet de s'en prendre aux « politiciens et aux mass media de certains pays » qui en ont tiré le prétexte « d'une campagne antisoviétique sans merci[65] ». Mais il a dû se résigner à faire appel à des concours extérieurs pour neutraliser le réacteur et venir en aide aux victimes. Pas d'autre solution dans ces conditions que de chercher à établir la vérité. Tous ses discours vont désormais insister sur la nécessité de cette transparence que son premier réflexe avait été de laisser au vestiaire. « Nous avons besoin de la démocratie comme de l'air », dira-t-il en janvier 1987 au comité central[66]. Il y a déjà quelques semaines que la censure a relâché son emprise, que la presse a pu rapporter avec force détails le naufrage d'un paquebot, qu'écrivains et cinéastes se sont mis à rivaliser d'audace, que la vente des chefs-d'œuvre de Boulgakov et de Pasternak a été enfin autorisée, que Gorbatchev en personne a téléphoné à Sakharov pour lui annoncer la fin de l'exil auquel l'avait condamné son combat impavide pour les droits de l'homme. « Même s'il reste encore des zones taboues, constatera Michel Tatu en 1988, on dit à peu près tout sur la dictature de Staline, sur le potentat Brejnev et les turpitudes de son clan, sur Boukharine, qui est non seulement réhabilité "pénalement" cinquante ans après son exécution, mais réadmis dans le parti. On dit aussi beaucoup de choses sur

---

65. Cité in Robert Kaiser, *Why Gorbatchev Happened*, New York, Simon and Schuster, 1991, pp. 126-127.
66. *Pravda*, 28 janvier 1987.

le présent : des gens défilent dans les rues en criant : "A bas le KGB[67] !" »

---

67. Michel Tatu, « Gorbatchev survivra-t-il ? », *Politique internationale*, automne 1988.

CHAPITRE XIX

L'adieu au mur

L'OPTION ZÉRO – LE RETRAIT D'AFGHANISTAN – L'ÉMANCIPATION
DE LA POLOGNE ET DE LA HONGRIE – LA CHUTE DU MUR –
LA RÉUNIFICATION DE L'ALLEMAGNE – LA LIBÉRATION À SOFIA ET À PRAGUE

> « *L'ouverture du mur s'est [...] effectuée dans une atmosphère d'affolement chez les dirigeants de la RDA qui ont dû connaître à ce moment, dans leur esprit obscurci par l'âge et l'éloignement des réalités, ce moment de panique où le pilote se rend soudain compte que les commandes ne commandent plus rien*[1]. »
>
> Joseph Rovan.

Rien n'est plus difficile que de passer en douceur de la dictature à la démocratie : les Juan Carlos sont l'exception. Gorbatchev, que le roi d'Espagne fascinait, allait vite s'en apercevoir. Le Bourbon de Madrid disposait, il est vrai, de plusieurs atouts qui n'étaient pas précisément à portée de main du nouveau Gensek. Pour être passé par de prestigieuses écoles militaires, il était respecté par ses généraux, qu'il tutoyait tous alors qu'eux le vouvoyaient ; cela n'a l'air de rien, mais cela compte. Faute d'avoir jamais porté l'uniforme, le nouveau maître de l'URSS n'avait guère de langage commun avec les siens. Dans leur immense majorité, la grande masse des Espagnols voulait avant

---

1. Joseph Rovan, *Le Mur et le golfe*, Éditions de Fallois, 1991, p. 18.

tout éviter une nouvelle guerre civile et rejoindre l'Europe qui se construisait de l'autre côté des Pyrénées. Ils allaient suivre avec enthousiasme un souverain dont l'ambition était de les réconcilier avec eux-mêmes et de rendre la monarchie assez populaire pour lui survivre, ce qui allait le conduire à se dessaisir rapidement de l'essentiel des pouvoirs qu'il avait hérités. À quoi s'ajoutait qu'il réunissait – qu'il réunit toujours, heureusement – des vertus rarement associées, comme la simplicité, le courage, le bon sens et l'autorité naturelle. La modestie faisait par trop défaut à Mikhaïl Sergueïevitch, qui paiera cher d'avoir ignoré les conseils de prudence de ses meilleurs amis et ne comprendra qu'à la dernière minute qu'il ne pouvait plus compter sur personne.

Un autre, à sa place, aurait-il fait mieux ? Rien n'est moins sûr. La plupart des candidats envisageables, si l'on tient compte de l'extrême médiocrité des dirigeants de l'URSS du troisième âge, auraient sans doute fait beaucoup plus mal. C'est un véritable miracle que l'Allemagne et, dans la foulée, l'Europe, aient été réunifiées sans que le sang ait pratiquement coulé. Au point d'épuisement où en était son empire, « Gorby » n'avait pas d'autre choix que de faire la paix avec le monde capitaliste. N'était-ce pas le seul moyen de réduire des dépenses militaires abyssales et d'obtenir les crédits massifs sans lesquels il n'avait aucune chance de faire face aux immenses besoins des peuples soviétiques ? Le plus étrange, c'est que cette évidence ait mis si longtemps à s'imposer à la plupart des observateurs et des experts.

À peine arrivé au pouvoir, pourtant, Mikhaïl Sergueïevitch s'était empressé de renoncer à toutes les conditions mises par ses prédécesseurs à une reprise du dialogue avec l'Ouest. Dès octobre 1986, il s'en était fallu d'un cheveu que le nouveau Gensek ne s'entende avec Reagan, lors d'une rencontre à Reykjavik, sur l'« option zéro » que ce dernier avait proposée plusieurs années auparavant, autrement dit sur la destruction des euromissiles des deux camps. Mais il espérait encore en contrepartie faire renoncer le locataire de la Maison-Blanche à sa fameuse IDS, à sa Guerre des étoiles, dont la perspective terrorisait une direction soviétique économiquement et industriellement hors d'état de se mesurer avec les États-Unis sur un pareil terrain. Moyennant quoi, il ne lui faudra guère plus d'un an pour oublier cette exigence et aller signer à Washington, le 7 décembre 1987, un traité prévoyant l'élimination pure et simple de 859 missiles américains et 1 836 soviétiques.

Pour la première fois, de surcroît, Moscou accepte que des inspecteurs des deux blocs s'assurent sur place de l'exécution des engagements pris[2]. C'est l'enthousiasme aux États-Unis, où se déchaîne la gorbimania, et où George Bush père, une fois devenu président en novembre 1988, remisera vite fait l'IDS au placard. Mais moins à Moscou, où Gromyko, devenu, comme promis, chef de l'État, invite le secrétaire général, au cours d'une réunion du Politburo, à ne pas faire de nouvelles concessions aux États-Unis. « Sinon, dit-il, nous allons perdre ce que nous avons mis vingt-cinq ans à créer [...]. Quelles que soient les concessions unilatérales de notre côté, ils ne nous traiteront pas d'égal à égal[3]. » Il paiera cher cette audace, puisqu'il devra céder son poste, quelques mois plus tard, à celui qu'il s'était permis de critiquer.

La *perestroïka* a vite fait de se heurter à la résistance des conservateurs de tout poil, sans susciter l'enthousiasme d'une population qui n'aime guère qu'on veuille la faire travailler davantage et boire moins. Egor Ligatchev, qui avait été le rival malheureux de Mikhaïl Sergueïevitch pour la succession de Tchernenko, s'agite de plus en plus ouvertement, et l'on apprend en fin d'année la destitution du chef du parti pour Moscou, Boris Eltsine. Celui-ci passait jusqu'alors pour le plus ferme soutien du Gensek, mais il est ravagé par l'alcool et par l'ambition et se pose de plus en plus en chef de l'opposition de gauche. Son crime : avoir laissé filer à l'Ouest, où *Le Monde*[4], notamment, l'a reproduit, un discours très critique à l'égard du numéro un et de son épouse, accusée entre autres d'exercer sur lui une « tutelle mesquine ». Sa popularité n'en souffre guère : en mai 1989, lorsque les deux tiers du parlement sont élus au suffrage universel, pour la première fois depuis la dispersion de la Constituante au début de 1918, il obtient près de 90 % des suffrages dans sa circonscription. Gorby, qui venait de brosser devant le comité central un tableau apocalyptique de la situation agricole, a jugé plus prudent pour sa part de figurer dans le contingent désigné par ledit comité central... Erreur capitale et dans laquelle il persistera *perinde ac cadaver* : de quelle légitimité pourra-t-il se prévaloir contre un rival démocratiquement élu ?

*
* *

---

2. Texte intégral du traité dans *Politique étrangère*, janvier 1988.
3. Cité in Gratchev, *op. cit.*, p. 181.
4. *Le Monde*, 2 février 1988.

Six semaines avant le scrutin, les derniers soldats soviétiques ont quitté l'Afghanistan, conformément à une promesse faite publiquement par Gorbatchev peu de temps après sa rencontre avec Reagan à Washington. Sans en faire une condition *sine qua non*, il avait exprimé l'espoir qu'un accord politique général mettrait fin aux hostilités, mais avait dû se contenter de trois documents relatifs en particulier à la non-ingérence du Pakistan et au retour des réfugiés. Bien qu'ils aient été garantis tant par les États-Unis que par l'URSS, ces engagements ne seront jamais vraiment tenus.

Dès 1986, le Kremlin avait congédié celui dont il avait espéré faire un Kadar afghan, Babrak Karmal, pour cause d'échec de sa prétendue politique d'ouverture. C'est en vain que le nouveau numéro un de Kaboul, Mohammed Najibullah, jusqu'alors tortionnaire patenté, avait proclamé un cessez-le-feu unilatéral de six mois. En vain aussi qu'il avait tenté de mettre sur pied un gouvernement d'union auquel avait été invité à participer jusqu'à l'ex-roi Zaher Chah : celui-ci devra attendre 2002 pour retrouver non certes son trône mais son pays. Il n'était pas question bien entendu pour les islamistes, qui contrôlaient une bonne partie de la résistance, de partager le pouvoir avec des athées ; ils continueront de bénéficier d'un ample soutien du Pakistan et de l'Arabie saoudite, pour ne pas parler de celui des États-Unis. Au moment où ces lignes sont écrites, l'Afghanistan semble d'ailleurs toujours aussi éloigné de la réconciliation. L'intervention internationale qui a suivi la tragédie du Wall Street Center, unanimement attribuée à l'organisation terroriste al-Qaida, à son chef Oussama bin Laden et au pouvoir des étudiants en théologie connus sous le nom de talibans, n'a rétabli un semblant d'ordre que dans la capitale, le reste du pays, qui vit essentiellement du trafic de la drogue, étant partagé *de facto* entre les fiefs de divers seigneurs de la guerre.

La décision d'évacuer l'Afghanistan « a été la première et la plus difficile à prendre, déclarera par la suite Chevardnadze, tout le reste en a découlé[5] ». Jamais encore l'URSS ne s'était inclinée devant un soulèvement populaire. Comment les nombreux peuples condamnés depuis des décennies à subir son joug ne seraient-ils pas tentés de se révolter à leur tour ? Curieusement cependant, Gorbatchev n'a pas vu, ou pas voulu voir, que

---

5. Michael Dobbs, « With Kabul Falling, Soviet Slide Began », *International Herald Tribune*, 17 novembre 1992.

le grand démembrement était désormais en route. Dans son discours du 2 novembre 1987 pour le soixante-dixième anniversaire d'Octobre, alors que des incidents s'étaient déjà produits en Asie centrale et dans le Caucase, il déclarait encore : « Nous avons raison de dire que nous avons résolu la question des nationalités [...]. L'amitié des peuples soviétiques [...] est par elle-même un phénomène unique dans l'histoire mondiale, [...] un des principaux piliers de la puissance et de la solidité de l'État soviétique[6]. »

Troubles ethniques et revendications indépendantistes ne vont pas cesser jusqu'à en 1989, mais l'URSS survivra deux ans encore à ses contradictions internes, alors qu'il ne lui faudra que quelques mois pour perdre l'empire qu'elle s'était taillé en Europe pendant la Seconde Guerre mondiale. Celui-ci ne tenait à la vérité que par la peur du gendarme. Pourquoi aurait-il survécu alors que Gorbatchev avait fait clairement comprendre, dès novembre 1985, aux dirigeants des pays de l'Est convoqués à Moscou qu'ils devaient désormais ne compter que sur eux-mêmes pour maintenir l'ordre chez eux ? Cette prise de position, avant tout destinée à rassurer les Occidentaux, sera publiquement exprimée par son porte-parole Guerassimov en novembre 1989, quand celui-ci déclarera « morte sans espoir de résurrection » la doctrine Brejnev invoquée pour justifier l'invasion de la Tchécoslovaquie, et annoncera son remplacement par « la doctrine Frank Sinatra : *I had it my way*, chaque pays devant décider lui-même quel chemin, quelle route prendre[7] ».

*
* *

C'est la Pologne, aussi congénitalement rebelle que l'Afghanistan, qui a donné le signal. L'état de guerre proclamé à la fin de 1981 n'avait que très provisoirement mis fin à l'agitation sociale. Le poids de l'endettement vis-à-vis des Occidentaux avait atteint un tel niveau que bien des produits essentiels faisaient défaut. Le vote d'une réforme de l'entreprise, censée combiner autogestion et rentabilité, avait été de nul effet et l'installation de commissaires militaires dans les usines, théoriquement destinée

---

6. Cité in Roy Medvedev et Giulietto Chiesa, *Time of change*, Londres et New York, I.B. Tauris, 1990, p. 45.
7. Interview à la chaîne américaine ABC, novembre 1989.

à améliorer une productivité dérisoire, n'avait abouti, pour citer Timothy Garton Ash, qu'à y introduire une « couche bureaucratique supplémentaire[8] ». La répression, qui se voulait très limitée, de crainte de susciter un soulèvement armé, avait été impuissante à décourager les militants clandestins de Solidarność, dont l'action de propagande bénéficiait plus que jamais d'un fort soutien de Washington et du Vatican. De plus en plus convaincu qu'aucune solution durable n'était concevable sans l'aval de Walesa, Jaruzelski avait profité, à la fin de 1982, du climat créé par la mort de Brejnev et l'annonce de la venue en juin de Jean Paul II, à l'occasion du six centième anniversaire du grand pèlerinage marial de Czestochowa, pour faire remettre en liberté le leader de Solidarność et suspendre quelques semaines plus tard l'état de guerre. Comme on pouvait s'y attendre, le pape, qui n'avait cessé d'encourager, à mots à peine couverts, le combat des partisans de l'homme de fer avait été follement ovationné par d'énormes foules brandissant les bannières du syndicat interdit. Comment l'empêcher de rencontrer Lech, bientôt interlocuteur obligé de tous les visiteurs occidentaux de la Pologne ? Comment interdire au Conseil d'État de lever purement et simplement la loi martiale ? Mais aussi comment sortir de ce que Pierre Buhler appelle un « équilibre de l'impuissance, [...] pouvoir et opposition se neutralisant mutuellement[9] » ? Jaruzelski avait dû se résigner à promulguer une large amnistie, à faire de plus en plus appel aux bons offices de l'Église, à solliciter un prêt du Fonds monétaire international, soumis selon l'usage à des conditions draconiennes. Du coup un prêtre qui se signalait par ses sermons violemment anticommunistes, le père Popielusko, avait été assassiné par quatre agents de la Sûreté, apparemment télécommandés par Moscou, et Tchernenko avait adressé au général-président ce que ce dernier devait appeler lui-même par la suite « un véritable réquisitoire[10] ».

C'est dire si Jaruzelski se réjouit de l'avènement de Gorbatchev, qui lui exprime très vite sa confiance, tant en privé qu'en public, et à plusieurs reprises. Au point qu'il peut se payer le luxe, en novembre 1986, de faire bénéficier d'une amnistie générale Zbigniew Bujak, chef de l'organisation clandestine de Solidarność pour la région de Varsovie. Walesa réagit en annonçant à la fois la

---

8. Garton Ash, *op. cit.*, p. 302.
9. Buhler, *op. cit.*, p. 685.
10. Jaruzelski, *op. cit.*, p. 305.

cessation des activités illégales du mouvement... et la création d'un comité provisoire dont feraient partie, entre autres, sept dirigeants de la résistance. Débarrassé de la crainte d'une intervention soviétique, le « pouvoir », ou soi-disant tel, qui a trouvé moyen de perdre un référendum sur un nouveau projet de réforme économique, s'est progressivement convaincu que la production ne redémarrerait jamais vraiment tant qu'un accord en bonne et due forme n'aurait pas été conclu avec l'homme de Gdansk. D'où l'ouverture au début de 1989 à Varsovie d'une table ronde associant le gouvernement, l'opposition et l'Église, qui aboutit le 4 avril à un accord sur l'organisation d'élections législatives. Il fallait que Jaruzelski et ses collaborateurs fussent vraiment bien mal informés de l'état d'esprit de la grande majorité de leurs compatriotes pour avoir accepté ce texte. Il prévoyait en effet qu'au Sejm, à la chambre basse, l'opposition devrait se contenter de 35 % des sièges, mais que le vote pour le Sénat serait libre. Résultat : non seulement 99 des 100 sénateurs se réclament de Solidarność ou d'autres formations contestataires, mais 15 des 17 membres du Politburo candidats au Sejm sont éliminés faute d'avoir obtenu la majorité requise de 50 %.

Le général-président doit accepter qu'un intellectuel catholique qu'il avait fait interner en 1981, Tadeusz Mazowiecki, forme, le 12 septembre 1989, un gouvernement où les communistes se contentent des portefeuilles de l'Intérieur et de la Défense, renonçant à celui des Affaires étrangères, qui leur avait été aussi promis pour rassurer Moscou. Magnanime, Walesa fait en sorte, au début de juillet, que Jaruzelski soit confirmé dans ses fonctions par les deux chambres, mais à une voix de majorité seulement...

Conseillé par un universitaire polono-américain réputé, Leszek Balcerowicz, Mazowiecki applique à une économie comateuse un traitement de cheval qui a certes le mérite de briser l'inflation et de réapprovisionner les boutiques, mais qui entraîne une détérioration dramatique du pouvoir d'achat. Ses rapports avec Walesa s'envenimeront au point qu'il se présentera en décembre 1989 à la présidentielle. Mais il ne dépasse pas 18 % des voix au premier tour et se désiste pour Lech au second, ce qui sonne le glas de ses ambitions politiques. Walesa est confortablement élu, cette fois au suffrage universel, le général-président s'étant laissé persuader de suivre l'exemple des deux ministres communistes qui avaient assez vite démissionné.

À cette date, il ne reste plus rien de communiste dans l'État polonais, dont l'aigle emblématique a retrouvé son antique couronne. Il a quitté le pacte de Varsovie et le Comecon et aboli le rôle dirigeant du parti. La Pologne a été sans nul doute possible le premier satellite de l'URSS à rejeter sa tutelle. Mais l'événement a été bien sûr largement éclipsé par la chute du mur de Berlin et la réunification de l'Allemagne.

*
* *

La fin du régime communiste imposé au peuple polonais marque l'aboutissement d'une résistance de près d'un demi-siècle. Bien différent est le cas de l'Allemagne : le processus qui lui a permis de retrouver son unité a été déclenché, le 2 mai 1989, par inadvertance, par la décision du gouvernement magyar de faire arracher les barbelés installés tout au long de la frontière avec l'Autriche.

La nouvelle ne surprend guère sur le moment, tant elle semble dans la logique de la politique d'amélioration des conditions de vie et de relative démocratisation suivie depuis quelque vingt ans par un Kadar conscient du fait que l'immense majorité de la population avait perdu toute illusion sur le communisme. « Qui n'est pas contre nous est avec nous[11] », répétait-il. Relâchement de la censure, libéralisation de la vie culturelle et des déplacements à l'étranger, ouverture de boutiques de luxe, tout était fait pour donner une image plaisante de la vie sous l'invocation du « communisme du goulasch ». La contrepartie était une forte inflation et un accroissement rapide de la dette extérieure, dont le service atteint en 1989 près de 1 900 dollars par habitant.

Un nouveau Premier ministre, Karolyi Grosz, a été nommé en 1987, qui a mis en œuvre une politique d'austérité entraînant une chute du pouvoir d'achat de l'ordre de 15 %. Il s'est déclaré prêt à dialoguer avec une opposition qui a de plus en plus pignon sur rue, et s'est fait nommer secrétaire général du parti à la place de Kadar, lequel venait de fêter ses soixante-quinze ans par une conférence que ce dernier a eu l'imprudence de convoquer. Gorbatchev a approuvé d'autant plus facilement la nomination de Grosz que l'homme posait au communiste pur et dur, et écartait toute idée de multipartisme à l'occidentale. Mais le nouveau numéro un a dû rapidement céder à la pression de l'opinion et des réformateurs, de plus en plus nombreux dans le parti, et céder son poste de chef du gouvernement à un catholique prati-

---

11. Cité in Rupnik, *op. cit.*, p. 312.

quant, professeur d'économie de quarante ans, sorti mais oui de Harvard, où il avait découvert les vertus du marché, Miklos Nemeth. Grosz avait également accepté, au lendemain des élections qui allaient porter Solidarnoć au pouvoir, d'organiser une table ronde sur le modèle de celle de Varsovie. Mille hommes politiques ou experts allaient y participer dans un climat que l'un de ses membres, Laszlo Bruszt, comparera à un « combat de catcheurs dans la boue[12] ». Finalement on s'entend sur l'organisation d'élections libres en mars 1990. Imre Nagy, le chef du soulèvement de 1956, sera réhabilité, et des obsèques grandioses lui seront faites en présence de 200 000 personnes, un jour de juin qui par une assez extraordinaire coïncidence verra également la mort de Kadar. Le 23 octobre, pour l'anniversaire de la révolte, une nouvelle république, dépourvue de toute référence marxiste, est proclamée sur les bords du Danube. Selon l'historien britannique David Pryce-Jones, le communisme a « disparu de Hongrie comme l'air d'un ballon crevé[13] ».

Le gouvernement Nemeth n'a même pas songé à consulter Moscou lorsque, le 2 mai 1989, il a décidé, comme on l'a dit, de débarrasser sa frontière autrichienne du réseau de barbelés électrifiés destiné à décourager les candidats à l'évasion. À en croire le ministre de l'Intérieur de l'époque, le général Horvath, c'était « un dispositif russe très imparfait. N'importe quel lapin ou chevreuil pouvait le déclencher et faire accourir les gardes à toute allure [sa rénovation aurait coûté plusieurs centaines de millions de forints et] nous n'avions plus intérêt à encourir ces dépenses pour de tels résultats[14] ». Quels qu'en fussent les mobiles, cette initiative allait pousser de nombreux Allemands de l'Est à gagner la Hongrie, où ils avaient toute liberté de se rendre, pour essayer de passer à l'Ouest en un temps où l'on risquait sa vie à vouloir tenter de franchir le mur de Berlin.

*
* *

Si la Hongrie avait pu être décrite, *Kadar regnante*, comme « la baraque la plus gaie du camp[15] », la République « démocratique »

---

12. Cité in David Pryce-Jones, *La Guerre qui n'a pas eu lieu*, Grasset, 1995, p. 273.
13. *Ibid.*
14. *Ibid.*, p. 284.
15. Cité in Horel, *op. cit.*, p. 291.

allemande demeurait, au printemps 1989, une sinistre prison. La pire, serait-on tenté de dire, du camp en question, s'il n'y avait eu la Roumanie où le couple Ceausescu, dont la vanité n'avait d'égale que la médiocrité, avait sombré dans le délire du culte de la personnalité, rasant des quartiers entiers de Bucarest pour y édifier des palais conformes à ses fantasmes staliniens, tout en laissant se développer la misère la plus noire. Erich Honecker, numéro un de la RDA depuis 1971, n'hésitera d'ailleurs pas à s'appuyer sur celui qui avait repris le titre de Conducator, porté pendant la guerre par le vassal de Hitler Antonescu, comme sur ses homologues tchécoslovaque et bulgare, voire chinois, pour résister à Gorbatchev. Également très content de lui, Honecker était convaincu que la RDA détenait, notamment en matière d'informatique, les clés de l'avenir. Mais il avait commis ce qui apparaît avec le recul comme deux grosses erreurs :

1) Il s'était laissé persuader en 1983 par le très réactionnaire ministre-président de Bavière, Franz Josef Strauss, de négocier avec un groupe de banques fédérales un prêt sans intérêt d'un milliard de marks. Comment, en un temps où le service de la dette absorbait 43 % du revenu des exportations de la DDR, ce prêt n'aurait-il pas fait de lui leur obligé ? Alors que jusque-là Berlin-Est avait transformé ses administrés en otages, la menace latente d'une aggravation de leur sort contraignait Bonn à conserver des gants dans ses rapports avec sa petite sœur marxiste ;

2) Croyant rendre un peu moins pesante l'austérité carcérale imposée à ses sujets, Honecker avait renoncé à les empêcher de recevoir à leur guise les émissions de radio et TV de l'Ouest, si bien qu'ils pouvaient mesurer tous les soirs l'écart séparant leurs conditions de vie de celles de leurs compatriotes d'outre-mur. Comme si cette soupape ne suffisait pas, il avait considérablement facilité les échanges de personnes entre les deux Allemagnes : 82 millions de ressortissants de la RFA s'étaient ainsi rendus à l'Est de 1972 à 1985, avec leurs confortables voitures, leurs devises, leurs cadeaux, tandis que les retraités de RDA pouvaient franchir le mur à leur guise – s'ils ne revenaient pas, c'était autant de pensions à payer en moins ; le nombre des permissions de sortie de dix jours allait bientôt atteindre près de 1 300 000. Enfin le pouvoir avait accepté une proposition de l'Église réformée, à laquelle il devait quelques égards en raison de son hostilité au déploiement des euromissiles à l'Ouest, tendant à faire passer chaque année de l'autre côté du mur, contre espèces sonnantes et trébuchantes, un gros millier de prisonniers de conscience.

Le 12 juin 1987, Reagan s'était rendu à Berlin. Parlant devant la porte de Brandebourg qui séparait les deux Allemagnes, il s'était écrié : « Ce mur tombera [...] car il ne peut résister à la foi, il ne peut résister à la vérité, il ne peut résister à la liberté[16]. » Cette prophétie, qui aurait longtemps fait figure de provocation, n'empêche pas Gorbatchev d'aller à Washington quelques mois plus tard signer le traité sur l'option zéro dont il a été question au début de ce chapitre. Ni Honecker d'accomplir la même année en RFA, où il est reçu avec tous les honneurs, la visite que Moscou l'avait obligé à ajourner, en 1983, du fait de l'échec des négociations Est-Ouest sur les euromissiles. Kohl profite de sa venue pour déclarer que « la question allemande reste ouverte », tout en admettant qu'elle « n'est pas inscrite à l'heure actuelle à l'ordre du jour de l'histoire universelle[17] ». Son hôte croit avoir définitivement clos le débat en notant que socialisme et capitalisme sont « aussi incompatibles que l'eau et le feu[18] ». Toujours en 1987, recevant à Moscou le président fédéral, Richard von Weizsäcker, le Gensek dira quant à lui « laisser à l'Histoire [le soin] de décider ce qui adviendra dans cent ans, ajoutant qu'aucune autre approche n'est concevable[19] ». Ce qui ne plaît qu'à moitié au numéro un est-allemand, lequel aurait cent fois préféré que sa République se vît conférer des promesses d'éternité.

C'est dans ce but que Honecker a solennellement réhabilité, en même temps que d'autres héros de l'histoire allemande comme Frédéric le Grand, les généraux de la guerre contre Napoléon et Bismarck, ce même Martin Luther qui, à en croire Marx, n'avait pourtant « émancipé le corps de ses chaînes » que pour en « charger le cœur[20] ». Résultat auquel le *Generalsekretär* ne devait pas s'attendre : la Fédération des Églises évangéliques, qui jusqu'alors s'était tenue dans l'ensemble très tranquille, prend nettement, à partir de 1988, la tête de la contestation. Elle le fait avec beaucoup d'habileté, son président demandant par exemple à Honecker de « créer des conditions de vie telles que personne ne voudrait

---

16. *Wall Street Journal*, 10-11 novembre 1989.
17. Helmut Kohl, *L'Europe est notre destin*, Éditions de Fallois, 1990, p. 273.
18. *Visite officielle de M. Erich Honecker [...] en République fédérale d'Allemagne*, Berlin-Est, Panorama DDR, 1987, pp. 9-10.
19. *L'Humanité*, 9 juillet 1987.
20. Marx, « Pour une critique de la philosophie du droit de Hegel », *Œuvres, op. cit.*, t. III, p. 391.

partir[21] », et le synode régional de Berlin-Brandebourg l'invitant à étendre à la RDA la *glasnost* prônée par Gorbatchev. Mais le numéro un ne veut rien entendre, et il n'hésite pas à faire censurer la prose de ce dernier dans les médias qu'il contrôle. Or il n'y a pas que les protestants à s'agiter. En janvier 1988, le défilé du soixante-dixième anniversaire de l'assassinat dans sa prison de Rosa Luxemburg voit l'apparition de calicots reprenant une formule de la célèbre spartakiste : « La liberté n'est jamais que la liberté de ne pas être d'accord. » Comme dans la Tchécoslovaquie voisine, la jeunesse découvre le rock. Le 7 mai 1989, la présence dans certains bureaux de vote d'observateurs des groupes civiques, se réclamant des accords d'Helsinki, permet de mettre en lumière quantité d'irrégularités.

C'est cinq jours plus tard qu'a lieu l'ouverture de la frontière austro-hongroise. Le gouvernement de Budapest s'est certes engagé par traité à réexpédier chez eux les ressortissants de la RDA qui cherchent à s'enfuir en Occident. Mais il n'y met aucun empressement, quand ce ne serait que parce qu'il n'applique pas, du fait de son différend avec la Roumanie sur la Transylvanie, l'engagement similaire pris vis-à-vis d'elle. Bientôt, des centaines de sujets de Honecker réussiront chaque nuit à traverser le rideau qui n'est plus de fer. Le 9 août, les Magyars cessent complètement de renvoyer les fugitifs interceptés. Ces derniers s'entassent dans des camps ou se réfugient à l'ambassade de RFA. Berlin-Est répliquant en entravant les voyages de ses ressortissants en Hongrie, les « touristes » venus du froid sont nombreux à gagner la Tchécoslovaquie, voire la Pologne.

À la fin d'août, le Premier ministre Nemeth et son ministre des Affaires étrangères Gyula Horn rencontrent secrètement Kohl et le chef de la diplomatie fédérale Genscher pour leur annoncer que, le 10 septembre, ils procéderont à l'ouverture officielle de la frontière. Malgré tous les démentis, il semble bien que ce geste a été payé d'un crédit de 500 millions de marks. Le 15, en tout cas, l'ambassadeur de RFA au Vatican n'hésite pas à déclarer à ses collègues que, depuis le 10, « le mur est tombé[22] ». Il parle d'or : en trois jours, douze mille personnes ont franchi la frontière, la plupart avec leurs Trabant, ces coccinelles du pauvre que les tra-

---

21. Cité in Hubertus Knabe, « L'Opposition politique en RDA », in Ménudier *et al., La RDA 1949-1990*, Université de la Sorbonne nouvelle 1990, p. 76.
22. Cité in Jean-Bernard Raimond, à l'époque ambassadeur auprès du Saint-Siège, *Le Choix de Gorbatchev*, Odile Jacob, 1992, p. 146.

vailleurs méritants arrivaient à se payer après des années d'économies draconiennes. Restent ceux, très nombreux, qui ont trouvé provisoirement refuge dans les ambassades fédérales à Budapest et à Prague. Moscou se refusant à désavouer la Hongrie, Honecker se laisse persuader par Genscher de les laisser passer à l'Ouest à bord de trains est-allemands. Lorsque ces derniers traversent la gare de Dresde, des milliers de candidats au départ tentent de les prendre d'assaut.

Helmut Kohl n'en est pas autrement surpris. Dès le 7 avril, au cours d'un dîner à Paris avec Jacques Delors et quelques journalistes, il avait exprimé sa conviction que, coincés entre une Pologne où le régime cédait chaque jour du terrain à Solidarność et une RFA avec laquelle la RDA se trouvait de plus en plus en osmose économique et culturelle, les dirigeants de Berlin-Est allaient connaître des moments difficiles. George Bush, qui avait succédé au début de l'année à Ronald Reagan, avait dit d'entrée de jeu à ses collaborateurs : « Nous devons nourrir de grands rêves[23] », et il s'était laissé aisément convaincre par le général Scowcroft, son conseiller pour les questions de sécurité, de ne pas hésiter à parler de l'unité allemande. Il a donc déclaré le 16 mai au *Washington Times* : « Quiconque regarde derrière son épaule et regarde ensuite le présent et voit un pays écartelé par sa division [...] devrait dire : si vous pouvez obtenir la réunification, c'est bien. » Mais il s'était gardé de trop y insister : les choses devaient se passer en douceur. Pas question de violer un Gorbatchev pour lequel il se sent de plus en plus de sympathie et qui prend lui-même l'exact contre-pied des canons du marxisme-léninisme en affirmant, au cours de son discours du 7 décembre 1988 devant l'Assemblée générale des Nations Unies, la nécessité pour la « politique mondiale » de donner « la priorité » aux « valeurs universelles[24] ».

Lorsque Gorbatchev arrive à Bonn, le 12 juin 1989, pour sa première visite officielle en RFA, il se trouve aux prises avec une crise alimentaire terrible et son hôte lui promet que des secours seront acheminés dans les quarante-huit heures par des avions de la Luftwaffe : c'est la première fois, depuis la capitulation du Reich, que des appareils militaires allemands vont survoler Moscou. Lui

---

23. Philip Zelikow et Condoleezza Rice, *Germany United and Europe Transformed*, Cambridge (Mass.) et Londres, Harvard University Press, 1995, p. 24.
24. Mikhaïl Gorbatchev, *Discours à l'ONU, 7 décembre 1988*, Moscou, agence Novosti, 1988.

montrant un peu plus tard le Rhin de la terrasse de la chancellerie, Kohl lui aurait déclaré : « Ne vous trompez pas, l'Allemagne coule vers son unité avec la même force que ce fleuve vers son embouchure. Vous pouvez dresser des barrages, le fleuve trouvera son chemin vers la mer[25]. » Citant ce propos au cours d'un dîner avec des journalistes français, le 12 mars 1992, il leur dira avoir compris à la réaction de « Gorby » que l'URSS ne s'y opposerait pas. Mais l'historien allemand Tilo Schabert, qui a eu accès à quantité d'archives de cette époque, n'y a rien trouvé de tel, et soupçonne Kohl d'avoir un peu enjolivé les choses[26].

*
* *

Le refus du Kremlin de s'opposer au départ des « candidats à l'exil », des *Übersiedler*, ne peut qu'encourager les mouvements de contestation. En juillet 1989, l'Assemblée annuelle des Églises protestantes est marquée par de violents affrontements entre les « alternatifs », ainsi appelés parce qu'ils réclament une autre politique, et les forces de l'ordre. Chaque lundi voit s'accroître le nombre des manifestants qui se retrouvent dans l'église Saint-Nicolas de Leipzig pour réclamer la liberté de partir et la libéralisation du régime. Bientôt ils défilent dans la rue. Le 11 septembre se crée, sous la présidence d'une femme peintre, Bärbel Bohley, un « Nouveau Forum » dont l'objectif, que résume Jacques Semelin, « est de déplacer le débat public, qui se tenait presque exclusivement sous le toit des églises, vers la société dans son ensemble, dans un cadre politique[27] ».

C'est dans ce climat tendu que la RDA célèbre, le 6 octobre, le quarantième anniversaire de sa fondation, pour lequel elle a naturellement invité Gorbatchev, devenu, grâce à la *perestroïka*, l'idole des opposants à Honecker. Celui-ci est à cent lieues de se douter que son hôte d'honneur s'apprête à lui régler son compte. Le Gensek ne perd pas de temps pour prononcer un véritable réquisitoire contre lui devant le Politburo est-allemand, dont plusieurs membres préparaient son élimination depuis quelque temps avec Moscou, lui dire avec insistance que « celui qui est en retard est puni par la vie[28] », et le faire savoir à la ronde. Le nombre

---

25. Cité in Picaper et Pruys, *op. cit.*, p. 195.
26. Dans une lettre à l'auteur du 14 avril 2004.
27. Semelin, *op. cit.*, p. 279.
28. *L'Humanité*, 10 octobre 1989.

des manifestants enflant à vue d'œil, Honecker se résigne, le 18, à démissionner. Mais celui qui le remplace à la tête du parti et de l'État est son dauphin Egon Krenz, jusqu'alors chargé de la sécurité au secrétariat du comité central, ce qui suffit à le situer, et il s'est signalé en allant à Pékin approuver l'écrasement de la révolte de Tiananmen. Le samedi 4 novembre, un demi-million de personnes prennent part, sur la vaste Alexanderplatz de Berlin-Est, à un rassemblement « pour la liberté de la presse, de réunion et d'expression » organisé par des écrivains et des artistes, rejoints par des formations d'opposition. Plusieurs personnalités du régime sont présentes à la tribune, dont le chef des services secrets Markus Wolf, qui a joué un rôle essentiel dans le complot contre Honecker, et le responsable du parti pour Berlin-Est, Günther Schabowski, lequel sera directement, cinq jours plus tard, à l'origine de la chute du mur. Signe des temps : le meeting est retransmis en direct par la télévision.

Krenz racontera lui-même par la suite ces événements avec force détails à la télévision ouest-allemande[29] : il se rend à Moscou où il révèle à un Gorbatchev abasourdi que la RDA doit à l'Ouest la somme de 26,5 milliards de dollars et qu'elle est hors d'état de payer les intérêts. Il le met également en garde contre les dangers de la « dé-idéologisation des relations interallemandes [qui signifierait] une renonciation à la défense du socialisme[30] ». Mais Mikhaïl Sergueïevitch demeure un incorrigible optimiste. Faisant état de récentes conversations avec Margaret Thatcher, Mitterrand, le chef du gouvernement italien Andreotti, et même Brzezinski, l'ancien conseiller de Carter, il se dit sûr que tous veulent maintenir la division de l'ancien Reich et l'appartenance de la Pologne et de la Hongrie au pacte de Varsovie. Conscient de la nécessité d'un geste spectaculaire pour apaiser les manifestants de Leipzig et de Berlin, il déclare ne pas voir d'objection à ce que les habitants de la RDA se rendent librement à l'Ouest, à condition toutefois qu'ils ne prennent pas d'argent avec eux. L'Allemagne de l'Est a vécu des dizaines d'années sans le mur, fait-il valoir. Pourquoi ne survivrait-elle pas à son ouverture[31] ?

Le 9 novembre, Krenz, ainsi assuré de ses arrières, fait approuver par le comité central, en même temps qu'une série de mesures

---

29. Téléfilm de Hans-Christoph Blumenberg, retransmis par Arte en octobre 2003.
30. Cité in Zelikow-Rice, *op. cit.*, pp. 88-91.
31. *Ibid.*

de libéralisation, un décret aux termes duquel des demandes « de voyages privés à l'étranger pourraient désormais être formulées même en l'absence de motivations particulières[32] », étant entendu que « les autorisations seront délivrées très rapidement[33] ». Ce texte est destiné à prendre effet le lendemain, après son approbation par le gouvernement, mais Schabowski, qui vient d'être nommé porte-parole du parti, doit rendre compte à la presse des travaux du comité central. En réponse à une question qui était supposée être la dernière, le porte-parole fait état de diverses dispositions législatives en préparation, parmi lesquelles, selon ses propres termes, « un règlement qui permette à chaque citoyen de partir par les postes frontières de la RDA[34] ». Les journalistes cherchant à en savoir davantage, il finit par sortir de sa poche le projet que lui a remis le numéro un et en donner rapidement lecture. Quand prendra-t-il effet ? lui demande-t-on. Il n'a jamais très bien expliqué pourquoi il a répondu : « *Ab sofort !*[35] », tout de suite !

Il est 18 heures 57. La conférence de presse étant radiotélévisée, tout le monde, à Berlin-Est, est rapidement au courant. Le meilleur moyen de s'assurer de la signification pratique de ces propos n'est-il pas d'aller près du mur voir ce qu'il en est réellement ? C'est en tout cas ce que font des milliers de curieux, tandis que le comité central continue de siéger et que l'ambassade soviétique observe un silence complet : Gorbatchev ayant interdit qu'on le réveille sous quelque prétexte que ce soit, elle refuse même de déranger l'ambassadeur. Laissés sans consignes, des gardes ouvrent les barrières et la foule en larmes s'engouffre pour aller tomber dans les bras des Berlinois de l'Ouest vite massés de l'autre côté. Toute la nuit, les uns et les autres se congratulent en buvant et en chantant. Bientôt le violoncelliste soviétique Rostropovitch, qui a « choisi la liberté » depuis longtemps, arrive avec son ami Antoine Riboud pour diriger un concert improvisé à deux pas de la porte de Brandebourg. Il avait ressenti « un besoin irrésistible de jouer du Bach [...] pour dire sa reconnaissance à Dieu. Comme une prière[36] ». Deux siècles après

---

32. *Ibid.*, p. 99.
33. « Es begann mit einem Loch im eisernen Vorhang », *Die Welt*, 30 décembre 1989.
34. Cité in Semelin, *op. cit.*, p. 296. Le récit que donne cet auteur de ces folles journées est particulièrement clair et précis.
35. *Ibid.*, p. 297.
36. Entretien de Mstislav Rostropovitch à *L'Événement*, 5 août 1999.

le 14 juillet, la plus grande des bastilles s'est effondrée, libérant ses dix-sept millions de prisonniers sans qu'une goutte de sang soit versée.

Loin de s'affoler, Gorbatchev fait déclarer par son porte-parole qu'il s'agit d'un « acte souverain de la RDA » et que les nouvelles dispositions sur le passage de la frontière sont sages[37]. Il téléphone tout de même à Helmut Kohl, qui écourte un voyage en Pologne pour se précipiter à Berlin, lui demandant de ne pas jeter d'huile sur le feu[38]. Le chancelier n'en a pas la moindre intention. Il a bien conscience de la nécessité de ne pas « dépeupler » la RDA, comme il tient à le dire à Mikhaïl Sergueïevitch. Ce n'est pas un risque imaginaire, puisque près de la moitié de ses dix-sept millions d'habitants ne vont pas tarder à se mettre en route : en cinq jours, pas moins de sept millions d'autorisations de sortie vont être accordées. Quantité d'administrations ou d'entreprises, soudain privées de leurs cadres ou de leurs techniciens, ont toutes les peines du monde à fonctionner, et les municipalités de l'Ouest ne savent pas comment loger les fugitifs, dont la plupart retourneront rapidement chez eux. La réunification de l'Allemagne paraît désormais inéluctable : la *Bild Zeitung*, le grand quotidien populaire de RFA, ne s'y trompe pas qui, dès le 10, a paru sous un énorme titre, *Guten Tag Deutschland* – « Bonjour l'Allemagne ! » –, composé aux couleurs nationales, noir, rouge et or.

Un sondage réalisé dans les heures qui ont suivi la chute du mur a cependant montré que près de la moitié des Berlinois de l'Est y étaient hostiles. Ce n'est pas par hasard que Kohl s'est fait siffler le 11 novembre au cours d'un meeting improvisé devant l'hôtel de ville, alors que Brandt a été l'objet d'une formidable ovation. Voyant le pouvoir à portée de leurs mains, les « alternatifs », qui sont à l'origine de l'effondrement du mur, n'ont aucune envie de se retirer au profit d'une classe de capitalistes qu'ils exècrent. Moscou redoute que, venant après l'arrivée au pouvoir des amis de Walesa à Varsovie, la chute du régime est-allemand n'ait un effet ravageur sur les autres démocraties dites populaires.

Mitterrand, qui avait déclaré dix ans plus tôt la réunification « ni souhaitable ni possible[39] », préside pour six mois la Communauté

---

37. Cité in Raimond, *op. cit.*, p. 152.
38. Hans Teltschik, *329 Tage, Innenansichten der Einigung*, Berlin, Siedler, 1991, p. 19.
39. Entretien au *Monde*, 1er juin 1979.

européenne. Il invite ses pairs à en débattre le 18 novembre lors d'un dîner « informel » au cours duquel chacun des convives inscrit une formule au dos de son menu, ce qui ne l'empêchera pas par la suite de soutenir un moment qu'on n'en a pas parlé. Surestimant la longueur du délai nécessaire, il avait lui-même prédit à Helmut Schmidt et l'avait répété à Kohl que l'inévitable affaiblissement de l'URSS déboucherait sur la réunification de l'Allemagne, et se soucie avant tout de l'inscrire dans un cadre européen[40]. Pour le moment, il retient l'idée d'un « binôme : évolution à l'Est, construction à l'Ouest[41] » : en dépit du coup de chapeau qu'il a donné le 25 octobre, à l'occasion du bicentenaire de la Révolution française, à la « clameur » et à la « détermination des peuples qui fait s'écrouler les murs et les frontières[42] », il craint qu'une réunification n'accroisse le poids de la RFA au détriment de celui de la France : d'où la nécessité de faire progresser l'Europe au même rythme que l'Allemagne marche vers son unité. Mais il est loin de partager la hantise de la Dame de Fer qui pour un peu verrait revenir le spectre brun. En tout cas, le ministre des Affaires étrangères Roland Dumas s'empresse de déclarer que la question « n'est pas d'actualité[43] ». Le président est au demeurant convaincu que Gorbatchev l'empêcherait.

On a beaucoup dit que celui-ci avait téléphoné à Mitterrand au début de novembre pour lui dire que le jour même où interviendrait la réunification, « un maréchal soviétique s'assiérait dans son fauteuil[44] », mais il n'existe apparemment aucune pièce d'archive pour le confirmer. Lorsqu'il le rencontre le 6 décembre à Kiev, le Gensek compare en tout cas le plan Kohl à un diktat et lui assure qu'il a lavé la tête la veille à Genscher[45]. En se rendant quinze jours plus tard lui-même en RDA – comme l'avait fait quelques jours plus tôt, démarche rarement rappelée, le secrétaire d'État américain James Baker –, le chef de l'État français se place, comme la plupart des dirigeants de l'époque, dans la perspective d'un développement relativement lent.

---

40. Tilo Schabert, *Wie Weltgeschichte gemacht wird, Frankreich und die Deutsche Einheit*, Stuttgart, Klett-Cotta, 2002, pp. 122-127.

41. *Ibid.*, p. 456.

42. *Le Monde,* 27 octobre 1989.

43. Cité in Édouard Masurel, *L'Année 1989 dans* Le Monde, Gallimard, « Folio », 1990, p. 198.

44. Mentionné notamment par Zelikow et Rice, *op. cit.*, p. 137.

45. *Ibid.*

Mais le chancelier est arrivé la veille à Dresde, où une foule immense l'a acclamé aux cris de « *Deutschland einig Vaterland !* » (L'Allemagne, une patrie unie !), avant d'aller présider aux cérémonies de réouverture de la porte de Brandebourg, en compagnie du communiste réformateur Hans Modrow qui dirige le gouvernement de Berlin-Est depuis le 8 novembre. Contrairement à ce qui a été souvent dit, le président français n'a pas été invité à la cérémonie. Mais il n'entend pas jouer les empêcheurs de danser en rond, malgré « l'ambivalence[46] » dont il fait facilement preuve. « Je ne suis pas de ceux qui freinent, déclare-t-il le 22 décembre, je dis : que la volonté du peuple allemand s'exprime et qu'elle s'accomplisse[47] ». Il affirme à Manfred Gerlach, le président de la DDR, qu'il ne prend « aucune position hostile sur la réunification[48] ». Margaret Thatcher lui en voudra à mort. Déjà, lors du dîner à l'Élysée, elle avait exprimé sa conviction que « toute tentative de parler de modifications de frontières ou de réunification allemande saperait la position de Gorbatchev et amènerait à ouvrir la boîte de Pandore à toute l'Europe centrale[49] ».

Comme l'avait dit dès le 19 août un intellectuel communiste, Otto Reinhold, au micro de la radio de DDR, on voit mal « quelle justification pourrait avoir l'existence de deux États allemands à partir du moment où l'idéologie ne les séparerait plus[50] ». Kohl, jusqu'alors très contesté chez lui, avait vite compris qu'il avait une formidable occasion à saisir. Le congrès de son parti devait se réunir à Brême le 11 novembre, soit quarante-huit heures après la chute du mur. Le chancelier y tient, au milieu des applaudissements, un langage nettement nationaliste. La crainte d'une extrême droite alors menaçante y est sans doute pour quelque chose. Mais la fibre patriotique aussi, très forte en fin de compte chez lui, et qui va longtemps le faire tergiverser, malgré la pression constante de Mitterrand, sur la reconnaissance de la frontière Oder-Neisse.

Le 19, un membre de l'état-major du comité central soviétique, Nikolaï Portugalov, remet au conseiller diplomatique du chancelier, Horst Teltschik, une note manuscrite évoquant toutes les questions qu'il faudrait traiter avant une éventuelle

---

46. L'expression est de Tilo Schabert, *op. cit.*, p. 122.
47. Texte diffusé par le service de presse de l'Élysée.
48. Schabert, *op. cit.*, p. 456.
49. Thatcher, *op. cit.*, pp. 659-660.
50. *Blätter für deutsche und internationale Politik*, octobre 1989, p. 1175.

réunification. « N'écartons aucune hypothèse, ajoute-t-il oralement, y compris celle qui peut paraître la plus invraisemblable[51]. » Ainsi encouragé, Kohl s'empresse, une semaine plus tard, de soumettre au Bundestag un plan en dix points « destiné à surmonter la division de l'Europe », envisageant, parmi diverses hypothèses, la mise en place de « structures confédérales [...] ayant pour objectif la création ultérieure [...] d'un ordre fédéral en Allemagne[52] ».

L'émotion est d'autant plus vive à Downing Street et à l'Élysée que le chancelier ne les a fait prévenir que quelques instants à l'avance. Le traité franco-allemand de 1963 lui faisait pourtant obligation de consulter Paris dans une telle circonstance. Mais Bush appuie Kohl. Et l'on n'entend guère le Kremlin. Il faut dire que Gorbatchev s'apprête à rencontrer à Malte le président des États-Unis, auquel il n'hésitera pas à dire qu'il souhaite le maintien des troupes américaines en Europe. Il se déclarera également favorable à des élections libres au Nicaragua, ce qui entraînera le 25 février 1990 la victoire de Violeta Chamorro, la célèbre directrice de la très antisandiniste *Prensa*, sur le président sortant procubain, Daniel Ortega. En contrepartie il obtiendra l'octroi par Washington au Kremlin de la clause de la nation la plus favorisée, vainement réclamée depuis quinze ans, et un net soutien à la *perestroïka*. Entre-temps, il aura rendu visite au pape – « Nous nous sommes assis comme deux Slaves, racontera-t-il par la suite, et nous avons parlé pendant une heure et demie de politique et de moralité[53] » – et lui aura promis de rétablir la liberté religieuse en URSS. Quelques jours plus tard, James Baker parle à Berlin d'une « architecture nouvelle » pour le continent, et même pour davantage que le continent, puisque vouée à s'étendre « de Vladivostok à Vancouver[54] ».

Le Gensek, à vrai dire, n'a plus beaucoup de cartes dans son jeu. Des grèves de mineurs et de cheminots se sont ajoutées à la désorganisation du système et au sabotage auquel se livrent quantité de bureaucrates pour généraliser, à l'orée de l'hiver, la pénurie de combustible et de nourriture. L'Azerbaïdjan cherche par tous les moyens, y compris la violence, à mettre la main sur l'enclave arménienne du Haut-Karabakh, la faiblesse du pouvoir

---

51. Teltchik, *op. cit.*, p. 44.
52. Texte intégral in Ménudier *et al.*, *op. cit.*, pp. 267-271.
53. Cité in Andreï Gratchev, *La Chute du Kremlin*, Hachette, 1994, p. 200.
54. Cité in Soutou, *op. cit.*, p. 714.

central encourage les séparatistes de Moldavie, de Géorgie, d'Ukraine et plus encore des républiques baltes, qui n'ont dû de perdre leur indépendance qu'au pacte scélérat entre Hitler et Staline. Ces dernières ayant aboli, après la Pologne et la Hongrie, les dispositions de leur constitution sur le rôle dirigeant du PC, un débat passionné s'engage à Moscou en décembre 1989 sur l'opportunité d'en faire autant en URSS. Il se déroule devant le Congrès des députés du peuple, « étage » supérieur, composé de 2 250 membres élus pour les deux tiers au suffrage universel, d'un parlement dont le Soviet suprême constitue une autre chambre. Gorbatchev voit les bases mêmes de son pouvoir menacées. Il n'obtient un ajournement du débat qu'au prix de sérieuses concessions à ses ennemis jurés conservateurs. Au prix aussi d'un échange orageux à la tribune avec Sakharov, qui meurt subitement quarante-huit heures plus tard, s'attirant un immense hommage de ses compatriotes auquel le Gensek ne peut pas ne pas s'associer.

Le parti socialiste unifié est-allemand, le SED, autrement dit communiste, n'a pas hésité de son côté à abolir, le 1er décembre, l'article de la Constitution consacrant sa prépondérance, ce qui s'était déjà traduit par l'entrée dans le gouvernement Modrow de divers membres de petites formations satellites. Par la même occasion, il a annoncé la dissolution du Politburo, du comité central et de la Stasi, la tristement célèbre police politique. Enfin Krenz, qui a abandonné également la présidence de la République, a été remplacé à la tête du parti par un jeune avocat spécialisé dans la défense des opposants, Gregor Gysi. Une table ronde, inspirée du modèle polonais, décide que des élections libres se dérouleront le 6 mai 1990. Avancées au 18 mars, elles voient, contrairement aux prévisions des sondages qui accordaient une large majorité aux sociaux-démocrates, la nette victoire de la CDU de Helmut Kohl et de ses alliés conservateurs. Les « alternatifs » n'obtiennent que quelques sièges.

Ce résultat donne le coup de grâce aux opposants à la réunification. Mais elle était devenue inévitable depuis que Gorbatchev avait dit au chancelier, venu lui rendre visite à Moscou le 10 février 1990 : « Il n'existe pas entre l'URSS, la RFA et la RDA de divergence sur l'unité ou sur le droit de la population à la rechercher », ajoutant qu'il comprenait fort bien que Bonn écarte la neutralité – que venait pourtant de proposer Modrow – et qu'il était prêt à étudier toutes les solutions[55]. Depuis que Kohl et le

---

55. Cité in Teltschik, *op. cit.*, p. 69.

même Modrow s'étaient entendus sur la création entre leurs deux républiques d'une union économique et financière, seul moyen d'éviter l'exode vers l'Ouest de quantité de travailleurs de RDA dont les conditions de vie ne cessaient de s'aggraver. Depuis que les quatre puissances entre les mains desquelles a capitulé le Reich s'étaient mises d'accord à Ottawa, le 14 de ce même mois de février, pour participer avec Bonn et Berlin-Est et les deux républiques allemandes à une conférence dite des « 4 + 2 », destinée à définir le futur statut international de la patrie de Goethe.

Première conséquence de la victoire des chrétiens-démocrates aux législatives de DDR, aucun communiste ne fait partie du gouvernement qui succède à celui de Modrow et qui est présidé par un musicien que l'état de sa gorge a fait renoncer à l'alto pour le barreau. Son nom, Lothar de Maizière, révèle ses origines huguenotes. Sa quasi-homonyme française Christine de Mazières, avec laquelle il a publié un livre d'entretiens, le décrit comme « profondément original, secret, inquiet, ascétique[56] ». S'il a adhéré à la CDU de l'Est, jusqu'alors modeste satellite du tout-puissant SED, c'est essentiellement pour éviter les ennuis. Maintenant que le voilà au pouvoir, il s'empresse de se prononcer non seulement pour l'absorption de son Allemagne par celle de l'Ouest, mais pour son intégration dans l'OTAN.

Gorbatchev commence par s'étrangler, mais il a un tel besoin d'argent et la pression américaine est si forte qu'après une nouvelle visite de Kohl il finit par donner son feu vert, le 16 juillet, étant entendu que les effectifs de la Bundeswehr seront limités à 370 000 hommes, que la RFA confirmera sa renonciation de 1954 aux armes atomiques, bactériennes et chimiques, et qu'elle versera 13,5 milliards de marks à l'URSS comme contribution au rapatriement de ses troupes. Le chancelier, qui a décrété, malgré les mises en garde de la Bundesbank, que les marks de l'Est seraient échangés à parité avec ceux de l'Ouest, bien qu'ils vaillent cinq fois moins, accepte enfin la reconnaissance définitive de la frontière Oder-Neisse. Autre concession à l'Élysée, mais dont il a accepté le principe depuis longtemps[57] : la promesse de transformer la Communauté européenne à compter du 1er janvier 1993 en une double union, politique et monétaire,

---

56. Lothar de Maizière, *Requiem pour la RDA, entretiens avec C. de Mazières*, Denoël, 1995, p. 21.
57. Schabert, *op. cit.*, pp. 354-430.

l'objectif étant évidemment d'empêcher l'Allemagne réunifiée de dominer le continent. C'est en vain que la Dame de Fer a bataillé contre ce projet. Désavouée par John Major, son principal lieutenant, elle va se trouver obligée de lui céder la place. Le moins qu'on puisse dire est qu'elle ne le prendra pas bien. Quant à la France, le professeur Schabert, de Stuttgart, dont on a déjà dit l'exceptionnelle connaissance du sujet, n'hésite pas à écrire en conclusion d'une longue lettre qu'il m'a adressée : « L'Allemagne devrait savoir que la France était son armée engagée à l'époque, et la France devrait savoir qu'elle veillait parfaitement à cette époque à ses intérêts, ceux de l'Allemagne et ceux de l'Europe[58]. »

Aucun obstacle ne subsiste désormais sur la route de l'intégration de la RDA à l'espace fédéral. Les conditions en sont réglées par deux traités, l'un interallemand, du 31 août, l'autre entre les « 2 + 4 », du 12 septembre. Un million de personnes participent dans la nuit du 2 au 3 octobre, à Berlin, aux grandes fêtes célébrant ce qu'il faut bien appeler l'annexion de la DDR par sa rivale capitaliste. Les élections qui se dérouleront le 2 décembre dans toute l'Allemagne, pour la première fois depuis 1933, seront marquées par un succès spectaculaire de la CDU de Kohl. Les lendemains sont moins euphoriques, l'application des doctrines libérales à l'économie de la RDA engendrant un chômage massif, qui vaut bientôt au chancelier de se faire accueillir à coups d'œufs pourris par ceux-là mêmes qu'il pouvait se vanter d'avoir libérés. Loin de mettre la République fédérale en position de dominer l'Europe, comme le croyait dur comme fer la dame du même nom, la réunification, coïncidant avec son spectaculaire déclin démographique, a en fin de compte affaibli durablement sa puissance économique, et donc sa puissance tout court.

*
* *

Au moment de la chute du mur, Pologne et Hongrie sont déjà perdues pour le Kremlin, et la RDA en passe de l'être. Restent la Bulgarie, la Tchécoslovaquie et la Roumanie. Avant la fin de l'année, elles auront choisi la liberté et, dans le cas des deux premières, sans que le sang ait coulé. On ne saurait en dire autant

---

58. Schabert, lettre à l'auteur.

de la malheureuse Roumanie, où Ceausescu va perdre son sceptre – il en avait un ! – et la vie dans un fracas d'apocalypse, décuplé par le déchaînement de médias ayant perdu tout leur sang-froid.

À Sofia trônait depuis trente-cinq ans, en la personne du quasi-octogénaire Todor Jivkov, un brejnévien grand teint qui, aimant la bonne vie, avait fâcheusement tendance à confondre les caisses de l'État et celles des siens. Il n'approuvait guère, bien entendu, le tour pris par la politique soviétique sous Gorbatchev. Il n'envisageait pas pour autant de s'opposer à ce dernier. Bien au contraire : il s'imaginait pouvoir aller au-devant de ses vœux, au moyen de réformes audacieuses. Loin cependant de réussir à gagner sa confiance, il perdait de plus en plus celle de ses propres administrés. N'avait-il pas entrepris de « bulgariser » l'importante minorité turque, au risque de tendre les relations entre Ankara et le Kremlin, en un moment où ce dernier avait tant d'autres chats à fouetter ? De licencier pas moins de 30 000 fonctionnaires, sous prétexte de moderniser le parti, ce que le Grand Frère n'appréciait guère ? Rien d'étonnant à ce que, dans les heures suivant l'ouverture du « mur de la honte », Jivkov, qui n'a rien vu venir, soit mis en minorité par le comité central et remplacé par son ministre des Affaires étrangères, Peter Mladenov, lequel a partie liée avec la direction soviétique. C'est en pure perte qu'il appelle celle-ci à son secours : trois ans plus tard, il sera condamné à sept ans de prison. Entre-temps le nouveau numéro un n'aura réussi à gagner une élection présidentielle au suffrage universel, en novembre 1990, que pour en perdre bientôt une autre. Aux prises avec une situation économique désastreuse et ne sachant à quel saint se vouer, les Bulgares finiront par rappeler leur roi Siméon, qui avait dû s'exiler en 1946 à l'âge de trois ans, après l'occupation de son pays par l'Armée rouge, non pour lui rendre son trône, mais pour lui confier la direction du gouvernement.

Le Kremlin aurait bien aimé rééditer le coup de Sofia en Tchécoslovaquie, où régnait depuis 1987 un autre brejnévien, en la personne de Milos Jakes. Dès le mois d'avril de cette année-là, Gorbatchev s'était rendu sur place et son porte-parole avait passablement surpris des journalistes occidentaux qui l'interrogeaient sur la différence entre la *perestroïka* et le printemps de Prague en se contentant de répondre : « dix-neuf ans[59] ». Mais le

---

59. Cité in Pryce-Jones, *op. cit.*, p. 383.

Gensek péchait une fois de plus par présomption : les Tchèques n'aspiraient plus, comme en 1968, au « socialisme à visage humain », ils rêvaient de libération pure et simple. L'impact du passage chez eux de dizaines de milliers d'Allemands de l'Est, abandonnant souvent leurs voitures pour s'enfuir à l'Ouest, avait été « phénoménal[60] », au jugement de Dubček dans ses Mémoires, tout simplement.

Le 21 août 1989, jour anniversaire de l'invasion de 1968, la capitale est le théâtre d'une vaste manifestation de protestation. Pris de court, le PC, soucieux de montrer qu'il est toujours là, appelle étudiants et lycéens à défiler, le 17 novembre, pour commémorer le cinquantenaire de l'exécution par les nazis d'un jeune résistant, Jan Opletal. Ils sont de trente à cinquante mille à se présenter le moment venu, mais c'est pour crier « Liberté ! » et « Prague, soulève-toi ! » et se diriger vers la place Venceslas, centre historique de la ville, dont l'accès est interdit depuis vingt ans à tout cortège. La police débordée demande en vain des instructions, jusqu'à ce qu'un lieutenant-colonel exaspéré prenne sur lui de donner à ses troupes l'ordre de charger. Elles y vont carrément, faisant quelque six cents blessés, et le bruit court, lancé non par une machination du pouvoir, comme on l'a longtemps cru, mais par l'imagination d'un mythomane, qu'il y a un mort. L'indignation provoquée par cette fausse nouvelle est la goutte d'eau qui fait déborder le vase : elle est directement à l'origine de la « révolution de velours » qui, en quelques semaines, porte à la tête de l'État l'auteur dramatique Václav Havel, un vieux militant des droits de l'homme. Moins d'un an plus tôt, il avait été condamné, pour la énième fois, à plusieurs mois de prison. Son crime : avoir fleuri la tombe de Jan Palach, l'étudiant qui s'était immolé par le feu en 1969 pour dénoncer l'occupation soviétique.

Havel avait joué un grand rôle dans l'adoption par deux cent quarante-deux intellectuels, bientôt rejoints par des dizaines d'autres, d'une « Charte 77 », ainsi appelée parce qu'elle avait vu le jour le 1er janvier 1977, revendiquant le droit pour tous les citoyens de la République de « travailler et de vivre comme des êtres humains libres[61] ». Un grand nombre de ses concitoyens se reconnaissent en ce personnage d'une exemplaire simplicité,

---

60. Alexandre Dubček, *C'est l'espoir qui meurt en dernier*, Fayard, 1993, p. 358.
61. Texte intégral dans le *Times* de Londres, 11 février 1977.

dont Milan Kundera célébrera la « sagesse », définie comme « la faculté de voir avec ironie sa propre situation », en ajoutant qu'à son avis personne, « parmi les grandes personnalités politiques de notre temps, [ne possédait] cette sagesse-là[62] ». Telle est la conviction des représentants de diverses formations contestataires qui, dès le 19 novembre 1989, et alors que l'agitation persiste dans la ville basse, lui confient unanimement la direction du Forum civique qu'ils viennent de fonder en référence au Nouveau Forum de Berlin-Est.

Cinq jours plus tard, le bureau politique du PC, qui se sent lâché par Moscou, démissionne collectivement. Le secrétaire général Jakes est bientôt exclu du parti en compagnie du président de la République Gustav Husak, qui se retire le 10 décembre en battant sa coulpe pour les erreurs et les crimes du passé. Entretemps, un immense meeting a rassemblé la population qui acclame Havel, flanqué à la tribune de Dubček, qui sera bientôt élu président du parlement, puis se tuera en voiture, et du cardinal primat Tomasek, lequel s'écrie : « Dieu est avec nous, nous vaincrons[63] ! » Le lendemain, un mouvement de grève, parti des universités, est suivi pendant deux heures par des millions de travailleurs.

À peine élu président de la République, Havel avait fait un saut à Bonn, le 2 janvier 1990, puis à Berlin-Est, histoire de montrer « aux patries de Chamberlain et de Daladier », écrit rudement Pierre Béhar, que la Tchécoslovaquie « n'attendait plus rien d'amis trop lointains[64] ». Il est allé ensuite à Moscou, où il a signé un traité, qui sera respecté à la lettre, prévoyant le retrait avant le 30 juin 1991 de toutes les troupes soviétiques stationnées dans son pays, puis, dans un ordre significatif, à Washington, Paris et Londres. Il refuse en effet de « séparer deux continents dont les civilisations s'imbriquent » : c'est ce qu'il a fait valoir, en ce même mois de juin 1991, à un François Mitterrand qui, tout à son rêve néogaulliste de « sortir de Yalta », essaie de lui vendre l'idée d'une confédération européenne comprenant l'URSS sans participation des États-Unis[65]. Tchèques et Slovaques se sont depuis séparés à

---

62. Milan Kundera, « Une Vie comme œuvre d'art », *Le Nouvel Observateur*, 14-20 décembre 1989.
63. Cité in Bernard Lecomte, *La vérité l'emportera toujours sur le mensonge*, J.-C. Lattès, 1991, p. 259.
64. Pierre Béhar, *L'Autriche-Hongrie, idée d'avenir*, Desjonquères, 1991, pp. 158-159.
65. « Le faux pas de Prague », *Le Point*, 24 juin 1991.

l'amiable en 1992. Devenus membres de l'OTAN et de l'Union européenne, ils restent plus que jamais fidèles à cette ligne. C'est le cas de tous les ex-satellites de l'URSS. Ils sont trop contents de sentir les Américains près d'eux pour les aider à résister à une éventuelle résurgence des aspirations hégémoniques de voisins qui dans le passé se sont trop souvent entendus par-dessus leurs têtes.

CHAPITRE XX

Le naufrage

LA TRAGÉDIE ROUMAINE – LA REVANCHE DE DENG – TIANANMEN – L'URSS EN QUESTION – LE PUTSCH MANQUÉ DE MOSCOU – LE DÉMEMBREMENT

> « *En abandonnant la présidence d'une URSS désormais inexistante, Gorbatchev a laissé derrière lui un pays éclaté, ruiné, déchiré par les conflits et doutant de son avenir [...] une sorte de Tchernobyl à l'échelle planétaire. Un pays naufragé*[1]. »
>
> Andreï Gratchev.

À Noël 1989, c'est au tour de la Roumanie d'amener le drapeau rouge. Moins d'un mois plus tôt, pourtant, Nicolae Ceausescu, qui se faisait appeler en toute simplicité « le Danube de la pensée » ou « le plus génial des génies[2] », avait été reconduit à l'unanimité par le congrès du PC dans ses fonctions de secrétaire général et de président de la République. Il avait tout de même conclu son discours de cinq heures, officiellement interrompu à soixante-sept reprises par des « ovations », pour ne pas mentionner les « applaudissements », en déclarant : « Le socialisme est un jeune homme, on ne peut le jeter aux ordures. Ceux qui, dans d'autres pays,

---

1. Andreï Gratchev, *L'Histoire vraie de la fin de l'URSS*, Éditions du Rocher, 1992, p. 9.
2. Cité par Christian Duplan, « L'histoire secrète de la chute du communisme », *L'Événement*, 19-25 août 1999.

l'abandonnent abandonnent le peuple, mais ont-ils jamais été aux côtés de ce dernier[3] ? »

Au cours d'un voyage à Bucarest dix ans plus tôt, où j'avais interviewé le Conducator, alors auréolé aux yeux de l'Occident de son refus d'intervenir à Prague, l'un de ses proches avait soutenu que les régimes communistes n'avaient pas besoin d'informatique, son seul intérêt étant d'aider à connaître l'état des stocks et des marchés, ce qui était paraît-il inutile dans un système intégralement planifié. Il avait dû changer d'avis depuis, tous les habitants ayant fini par être fichés par la Securitate. Grâce à quoi la contestation était restée embryonnaire, ce qui rendait d'autant plus admirables, même s'ils bénéficiaient d'un discret soutien des services français et américain, les audaces d'une universitaire révoquée comme Dinea Cornea ou d'un poète comme Mircea Dinescu.

En février 1989, un ancien ambassadeur à Washington, Silviu Brucan, avait tout de même adressé avec cinq autres personnalités du régime, dont le très brillant Corneliu Manescu, ancien ministre des Affaires étrangères et ambassadeur à Paris, une « lettre de rupture » à Ceausescu, accusé notamment de « discréditer le socialisme [...]. Vous avez commencé à modifier le profil de nos campagnes, pouvait-on y lire, mais vous ne pouvez pas faire de la Roumanie un pays africain[4] ». Évidente allusion à la politique dite de systématisation qui, après le terrible tremblement de terre de 1977, avait poussé le couple présidentiel à détruire ce qui restait de la capitale, ainsi que quantité de villages et des villes entières, « pour créer, selon l'universitaire d'origine roumaine Denis Buican, le milieu nécessaire à l'éclosion de l'homme nouveau communiste et pour estomper, suivant en cela Khrouchtchev, la différence entre villes et villages[5] ». Que Brucan, grâce à une certaine protection de Moscou, ait pu ensuite continuer à se déplacer à l'étranger ne suffit pas à étayer l'hypothèse, par lui-même complaisamment avancée, qu'il aurait mis au point de longue date avec Gorbatchev en personne le scénario d'un coup d'État. Nulle part en fin de compte, sauf, comme on l'a vu, et pour peu de temps, en Bulgarie, le Kremlin n'a su organiser la déstalinisation de ses satellites. Dans le cas de la Roumanie, on serait tenté de dire que le principal organisateur de sa libération aura été, bien

---

3. *Ibid.*
4. La lettre des Six, *Les Temps modernes*, janvier 1990.
5. Denis Buican, *Dracula et ses avatars. De Vlad l'empaleur à Staline et à Ceausescu*, Éditions de l'Espace européen, 1991, p. 169.

involontairement, par son aveuglement et ses inconséquences, Ceausescu en personne.

Au point de départ, l'exaspération de la population devant des décisions comme le remboursement accéléré de la dette extérieure, entraînant une énorme chute du pouvoir d'achat, ou l'obligation faite aux femmes, sous contrôle médical, de mettre au monde au moins quatre enfants, l'avortement jadis remboursé par la Sécurité sociale étant désormais puni de lourdes peines. Il y avait eu à plusieurs reprises des grèves de protestation, notamment chez les mineurs de la vallée de Jiu. La goutte d'eau nécessaire pour faire déborder le vase sortira du vieux différend entre Bucarest et Budapest sur la Transylvanie, où vivent quelque deux millions de Magyars, catholiques ou protestants, ne supportant pas trop bien l'autorité de la Roumanie, à laquelle ils ont été rattachés entre les deux guerres mondiales et depuis la fin de la seconde. Un membre de cette importante minorité, le pasteur luthérien Laszlo Tökes, encouragé par le rôle joué par les Églises réformées dans la révolution est-allemande, et fortement aidé par l'ambassade de Hongrie, s'était mis à prononcer dans le temple de Timisoara des sermons d'une rare liberté de ton. Il agaçait suffisamment les dirigeants communistes pour que son évêque juge plus prudent de l'affecter à une autre paroisse. Comme il refusait, le prélat demanda à la Securitate de se charger de l'expulser.

Quand la milice passe à l'action, le samedi 16 décembre, elle se heurte à plusieurs centaines de personnes décidées à empêcher le départ du prêtre et qui vont bientôt pénétrer en force dans la mairie et le bâtiment du comité régional du parti. Le lendemain matin, le Conducator, sur le point de s'envoler pour une visite officielle en Iran, dénonce devant le comité exécutif la mollesse de la réaction policière et invite son épouse, à laquelle il confie le commandement des opérations, à « intervenir de façon radicale, sans discussion aucune ». Après avoir dénoncé les agissements de ceux qui sont « en train de capituler, de pactiser avec l'impérialisme pour liquider le socialisme[6] », il s'écrie qu'il faut « tuer les hooligans » ; [...] si un seul soldat avait tiré, assure-t-il, les autres se seraient enfuis comme des perdrix[7] », et menace les généraux présents, avant de leur donner une dernière chance, de les faire fusiller. L'un d'eux simule une fracture de la jambe pour ne pas avoir à donner

---

6. Les minutes de cette réunion ont été reproduites dans *le Nouvel Observateur* du 11 janvier 1990.
7. Pryce-Jones, *op. cit.*, p. 413.

l'ordre fatal, certains de ses collègues se font moins prier : ce ne sont pas les hommes de la Securitate mais les blindés de l'armée qui, en fin de journée, ouvrent le feu à Timisoara, faisant de nombreux morts. Le chiffre exact, aujourd'hui encore, n'est pas connu, mais il est sûrement plus proche de cent ou deux cents que des trois à quatre mille dont n'hésite pas à faire état l'agence de presse est-allemande ADN, complaisamment relayée par les radios hongroise et yougoslave.

Ceausescu rentre le 19 au soir de Téhéran. De nouvelles manifestations ayant eu lieu à Timisoara, il invite ses sujets à se rassembler en masse, le 21, à midi, sur l'immense place du Palais, pour lui témoigner leur soutien. À l'heure dite, des camions amènent des dizaines de milliers de travailleurs, dont les délégués se succèdent à la tribune pour condamner les émeutiers. La télévision, contrairement à l'habitude, retransmet l'événement en direct. Le grand chef prend la parole le dernier, mais il est vite interrompu par des cris : « Le peuple c'est nous !... À bas les assassins ! » La milice essaie en vain de faire taire les trublions à coups de grenades lacrymogènes. Très vite l'accablement se lit sur le visage du génie des Carpates qui reste debout bouche bée. Sur le conseil susurré à son oreille par son épouse, il invite à plusieurs reprises la foule à l'écouter et promet une majoration générale des salaires. Peine perdue : les huées reprennent de plus belle, et le couple présidentiel disparaît précipitamment dans l'immeuble du comité central.

Les jeunes défilent en masse dans les rues, dressant çà et là des barricades. La milice réagit brutalement, faisant treize morts. Le lendemain matin, travailleurs et étudiants mêlés, des centaines de milliers de manifestants convergent vers le centre, répétant des slogans hostiles au dictateur, quand la télévision annonce la mort du général Milea, ministre de la Défense. Personne n'ajoute foi à la version officielle qui parle du suicide d'un traître[8]. Pour tout le monde, il a été exécuté sur l'ordre de Ceausescu en raison de sa mollesse à Timisoara. La nouvelle, qui décuple la fureur des jeunes à travers le pays, convainc l'armée de ne pas bouger de ses casernes. Tandis que des manifestations se déroulent un peu partout, sans se heurter à une quelconque répression, sauf en Transylvanie où on relèvera quatre-vingt-dix-sept morts, et que les responsables du parti évacuent en catastrophe leurs bureaux, la foule encercle le bâtiment du comité central où le couple prési-

---

8. *Ibid.*, p. 418.

dentiel a trouvé provisoirement refuge. Soudain elle voit en décoller un hélicoptère à bord duquel se trouvent manifestement le Conducator et sa femme. Sur la place du Palais, puis dans toutes les villes du pays, c'est une explosion de joie : civils et militaires mêlés, on s'embrasse, on chante, rééditant les scènes qui s'étaient déroulées à Berlin et à Prague après la chute du mur.

*
* *

Reste à savoir qui va assurer la relève. Les candidats ne manquent pas, qui se précipitent dans l'immeuble de la télévision, où « un tas d'imposteurs, écrit Alexandre Paléologue, bientôt ambassadeur à Paris, se découvrent un pressant besoin de s'adresser au peuple[9] ». En quelques jours va s'imposer comme numéro un un personnage, Ion Iliescu, ingénieur longtemps grand maître de l'Université, puis de l'idéologie, héritier présomptif de Ceausescu jusqu'au jour où celui-ci s'était mis en tête, au retour d'un voyage en Chine et en Corée du Nord, de rendre son pouvoir héréditaire, à l'image de celui de Kim Il-sung. Demeuré depuis lors dans l'ombre, d'une prudence de serpent, il a été en contact avec les auteurs de la lettre de rupture mentionnée plus haut, mais s'est bien gardé de la signer. Assuré du soutien de l'armée et de la collaboration de Petre Roman, brillant professeur de l'École polytechnique nationale, fils d'un vieux militant du parti, il n'éprouve apparemment pas de difficulté à se faire porter à la direction d'un Front de salut national dont le comité directeur comprend, aux côtés de dissidents notoires, des militaires, des dirigeants communistes en quête d'un Gorbatchev roumain et des représentants des diverses composantes de la population. L'URSS se laisse très vite persuader de reconnaître le comité en question comme gouvernement légitime de la Roumanie. Comme le confirme Andreï Gratchev, le dernier porte-parole de Gorbatchev, le KGB, qui jusquelà ne voulait pas donner prise au soupçon d'ingérence, fera désormais tout son possible « pour faire pencher la balance en faveur du nouveau pouvoir[10] ».

L'une des premières questions qui se posent aux dit pouvoir est naturellement celle du sort à réserver au couple Ceausescu, arrêté

---

9. Alexandre Paléologue, *Souvenirs merveilleux d'un ambassadeur des Golans. Entretiens avec Marc Semo et Claire Tréan*, Balland, 1990, p. 25.
10. Lévesque, *op. cit.*, p. 259.

peu après l'atterrissage de son hélicoptère aux environs de Turgoviste, dans le sud-est du pays. La plus grande confusion règne un peu partout, et des coups de feu sont signalés en de nombreux endroits. Ils sont souvent dus à des hommes de la garde rapprochée du dictateur. Mais ailleurs on tire sur des bâtiments vides, ce qui s'explique peut-être par le désir des nouveaux maîtres du pays de créer un climat d'angoisse, dans lequel les rumeurs les plus folles trouveront crédit, et de liquider ainsi rapidement le président et sa terrible moitié, au terme d'une parodie de procès, en évitant qu'ils n'apportent des révélations gênantes pour leurs successeurs. Les radios des pays voisins, reprises avec complaisance par des médias occidentaux dont beaucoup ont perdu tout sang-froid, jouent leur partie dans ce sinistre dénouement, celle de Budapest n'hésitant pas à faire état de 70 000 morts, contre quelques centaines en réalité. De son côté, la télévision roumaine projette des images d'un charnier prétendument découvert à Timisoara : on apprendra par la suite qu'il s'agit de cadavres empruntés à la morgue. Grâce à quoi le premier des crimes retenus par l'accusation lorsque s'ouvre, le jour de Noël, un procès dont les images, copieusement censurées, seront retransmises le lendemain dans le monde entier, est celui de génocide.

Le procureur a tranquillement déclaré que « les faits n'avaient pas besoin d'être prouvés[11] » et l'avocat du dictateur, qui allait être condamné à mort et abattu avec sa femme dans les heures suivantes, a non moins tranquillement demandé la peine capitale pour ses clients. « Annoncé comme un "Nuremberg roumain", écrit Jacques Rupnik, le procès ressembla plutôt à une mauvaise parodie d'un procès stalinien. La révolution roumaine, commencée par le peuple, fut relayée par le mensonge et la simulation[12]. » Ceausescu aura réussi, par le cran extraordinaire dont il avait fait preuve tout au long des débats, à redresser quelque peu la navrante image qu'il donnait de lui depuis des années. L'affolement avait été tel en Occident que le secrétaire d'État américain James Baker avait déclaré ne pas faire d'objection à une éventuelle intervention soviétique et que son collègue français Roland Dumas avait envisagé la création d'une « brigade de volontaires[13] » au cas où le nouveau gouvernement de Bucarest, dont Petre Roman avait pris la direction, en ferait la demande.

---

11. Rupnik, *L'Autre Europe, op. cit.*, p. 342.
12. *Ibid.*
13. Cité in Michel Castex, *Un mensonge gros comme le siècle,* Albin Michel, 1990, p. 51.

Élu président de la République par 85 % des votants en mai 1990, battu en 1996 par un modéré, Ion Iliescu reconquerra son poste en l'an 2000, en se posant en champion de la démocratie face à un inquiétant avocat de la Grande Roumanie : le cas est unique dans l'histoire de la désoviétisation. Mais entre-temps il s'est brouillé avec Petre Roman qui, après avoir été son Premier ministre, est devenu son adversaire déterminé. Et la capitale aura vu à plusieurs reprises des mineurs envahir ses rues, pics et haches à la main, pour défendre un régime qui n'a toujours pas arraché le pays à son extrême pauvreté.

*
* *

La Yougoslavie ne pouvait échapper à la contagion de la liberté, d'autant qu'elle connaissait une crise économique gravissime, avec une inflation atteignant les 2 600 %, et que la mort de Tito, en 1980, l'avait privée du seul fédérateur capable de contenir des tensions interethniques remontant à la conquête turque du XIVe siècle et exacerbées par la Seconde Guerre mondiale. Dès janvier 1990, le congrès de la Ligue des communistes renonçait à son rôle dirigeant et se séparait sans parvenir à s'entendre. Des élections libres, s'étalant tout au long de l'année, dans les six républiques fédérées, donnaient la majorité, sauf en Bosnie et en Macédoine, à des nationalistes intransigeants, et la fédération volait bientôt en éclats. Pendant des années, une série de guerres fratricides, avec leur cortège de crimes atroces, va ravager bien des régions d'un État qui était parfaitement artificiel, mais qui n'en avait pas moins longtemps fait figure, avec son célèbre maréchal président, de principal leader du tiers monde.

Le marxisme-léninisme n'allait pas davantage survivre dans l'Albanie voisine, même si le PC, qui entre-temps avait jeté pas mal de lest, était parvenu à gagner, en mars 1991, les premières élections libres de l'histoire nationale. Là aussi, d'énormes difficultés économiques, entraînant une grève générale, obligeront le pouvoir à consulter à nouveau le peuple souverain qui votera massivement en mars 1992 pour l'opposition démocrate. Il y avait belle lurette à cette époque qu'avait dégénéré en violente querelle l'alliance entre Mao et Enver Hodja, née de leur commune défiance envers l'URSS des « nouveaux tsars ». En septembre 1969, le sympathique professeur de l'université de Tirana qui m'avait cornaqué dans le pays des Aigles m'avait prévenu, en me reconduisant à la frontière : « Dites-vous bien que, même si la Chine devait se réconcilier avec l'URSS ou les États-Unis, pour notre part, nous ne nous réconcilierons jamais. »

Le leader albanais avait naturellement accueilli avec la plus extrême méfiance la chute de Lin Biao, la visite de Nixon à Pékin en 1972, la réhabilitation l'année suivante du « révisionniste » Deng Xiaoping, et son retour au poste de vice-Premier ministre parce qu'il semblait seul capable de prendre la succession d'un Zhou Enlai gravement malade. Son parti avait condamné sans appel, en novembre 1977, la théorie des « trois mondes » – les deux superpuissances, les « forces intermédiaires telles que le Japon, l'Europe et le Canada », et le tiers monde, dans lequel il rangeait la Chine – par laquelle le Grand Timonier prétendait justifier son rapprochement avec les États-Unis, l'OTAN et la CEE[14]. Pékin avait répondu sur le même ton et coupé rapidement toute forme d'aide à l'Albanie.

*
* *

Suivant d'un an l'invasion du Cambodge, en décembre 1978, par les troupes de Hanoi, on aurait pu penser que celle de l'Afghanistan allait porter à son comble la méfiance des Chinois à l'égard du Kremlin. Mais Mao est mort, et Deng est redevenu l'homme indispensable. Il sent tout de suite que l'URSS court à sa perte. Parlant en 1974 devant l'Assemblée générale de l'ONU, il l'avait accusée d'être « le plus dangereux foyer de guerre mondiale[15] ». En juillet 1981, elle n'est plus, selon le secrétaire général du parti Hu Yaobang, qu'un « ours polaire en papier[16] », ainsi baptisée par référence au « tigre de papier » américain dont parlait le Grand Timonier à l'époque où il pressait vainement Khrouchtchev de l'aider à récupérer Taiwan *manu militari*. Des pourparlers sont en cours entre Pékin et Moscou, portant essentiellement sur les questions économiques, toute normalisation des rapports entre partis étant a priori exclue.

Quant aux relations diplomatiques, il n'est pas question de les régulariser, explique Deng le 2 septembre 1986, aussi longtemps

---

14. Voir à ce sujet Louis Zanga, « The Sino-Albanian Ideological Dispute Enters a New Phase, RAD Background Report 222 », *Radio Free Europe Research*, 15 novembre 1977, et Lilly Marcou, *Les Défis de Gorbatchev*, Plon, 1988, pp. 176-177.
15. *Ibid.*
16. *Ibid.*, p. 178.

que les troupes vietnamiennes demeureront au Cambodge et les soviétiques en Afghanistan, et que cinquante et une divisions de l'Armée rouge seront stationnées le long de la frontière chinoise, appuyées par un grand nombre de SS-20, ces fusées nucléaires intermédiaires qui avaient été l'enjeu de la bataille des euromissiles. « Si Gorbatchev entreprend de sérieuses démarches pour écarter ces trois obstacles [...], ajoute-t-il cependant, je suis prêt à le rencontrer. [...] Je crois que cette rencontre sera d'une importance capitale[17]. » Mikhaïl Sergueïevitch s'est déjà sérieusement engagé sur cette voie. Il s'est rendu à Vladivostok, le 27 juillet, pour y annoncer le retrait d'une partie des troupes d'Afghanistan et de Mongolie, déclarer négociable le tracé de la frontière sur l'Amour et l'Oussouri alors que depuis un quart de siècle le Kremlin refusait d'en parler, et assurer qu'il est prêt à examiner, « à tout moment et à tout niveau, les mesures supplémentaires visant à créer un climat de bon voisinage[18] ». Mais Pékin ne voit pas encore la nécessité de lui faire la moindre concession.

Gorbatchev devra attendre près de deux ans avant d'être invité dans la capitale chinoise. Entre-temps, il aura retiré toutes ses troupes d'Afghanistan, persuadé les Vietnamiens d'en faire autant au Cambodge, et promis de réduire considérablement le dispositif militaire soviétique en Asie. Comme Deng, qui vient de recevoir celle de Reagan, « Gorby » attend beaucoup de cette visite. Mais elle est largement éclipsée par un événement sans précédent dans l'histoire du communisme et qui va contribuer largement au déclin de son emprise : un vaste soulèvement populaire pour réclamer la démocratie. Les événements de Pologne, de Hongrie, de Tchécoslovaquie n'y étaient pas pour rien. Le 5 avril, l'étudiant Wang Dan a salué dans un article prophétique « l'étoile de l'espoir du socialisme » qui s'était « levée sur l'Europe de l'Est[19] ». Bientôt il sera l'ennemi public numéro un du régime.

Mao était l'un des dieux, sinon le principal, du mai 1968 français. Vingt et un ans plus tard, c'est en Occident que le mai chinois, qui lui ressemble par plus d'un point, puise son idéologie. La politique des « Quatre modernisations » (agriculture, industrie, sciences et techniques, défense) dont Zhou Enlai avait lancé l'idée

---

17. Cité in Uli Franz, *Deng Xiaoping*, Compagnie Douze Fixot, 1989, p. 179.
18. Cité in Marcou, *Les Défis de Gorbatchev, op. cit.*, pp. 173-174.
19. Cité in Jean-Philippe Béja, Michel Bonnin et Alain Peyraube, *Le Tremblement de terre de Pékin*, Gallimard, 1991, p. 50.

dès 1964, et qu'il avait fait adopter en 1975, a conduit à la décollectivisation rapide des « communes populaires », à la création de « zones économiques spéciales » fonctionnant selon les meilleures recettes du libéralisme et à l'appel massif aux capitaux étrangers, notamment à ceux des Chinois d'outre-mer, Hongkong et Taiwan compris. Pékin ne pouvait tourner davantage le dos à la vulgate marxiste-léniniste-stalino-maoïste, qui condamne comme anathème la moindre amorce de retour à la propriété privée des moyens de production et d'échange.

Cette politique a été provisoirement mise en échec au printemps 1976, avec la brutale dispersion du rassemblement organisé sur la place Tiananmen, centre géographique de la capitale et haut lieu depuis 1919 des grandes démonstrations populaires, pour protester contre l'enlèvement des innombrables couronnes de fleurs déposées en hommage à Zhou Enlai après son décès le 8 janvier, ce qui avait conduit Deng à prendre le large pour ne pas être de nouveau arrêté. Mais l'aspiration à la liberté et au mieux-vivre dont il était devenu le symbole était trop forte et elle s'était traduite au début de 1977 par une série d'énormes manifestations réclamant son retour, si bien qu'en juillet le Xe congrès avait rétabli Deng dans ses fonctions à la tête de l'armée. Le rôle de celle-ci avait été déterminant dans l'arrestation, un mois après la mort de Mao, de sa veuve et de ses comparses de la Bande des Quatre. Il avait laissé les postes plus prestigieux de chefs de l'État, du parti et du gouvernement à des hommes en qui il pensait pouvoir avoir toute confiance.

Le Grand Timonier ayant salué jadis dans le *dazibao*, l'affichage public en gros caractères de témoignages individuels, un « droit absolu des masses[20] », Deng, qui n'hésite pas à parler d'« émancipation de la pensée[21] », encourage cette pratique, dont il se fait une arme contre les conservateurs, demeurés nombreux parmi les cadres du parti. Bientôt les textes recouvrent un mur de briques de deux cents mètres peint en blanc, à l'angle du boulevard Chang-an, qui traverse la place Tiananmen. Le 5 décembre 1978, un ancien garde rouge, Wei Jingsheng, qui faute d'avoir pu décrocher un poste à l'université travaille comme électricien au zoo et a fondé une petite revue, n'hésite pas à apposer un texte réclamant une « cinquième modernisation », en l'espèce « la

---

20. Jean-François Soulet. *La Mort de Lénine, l'implosion des systèmes communistes*, Armand Colin, 1991, p. 132.

21. Béja *et al*, *op. cit.*, p. 29.

démocratie » à l'occidentale. On peut y lire par exemple : « Le socialisme chinois est une sorte de monarchie féodale, d'absolutisme. Depuis trente ans, le peuple a été privé de ses droits élémentaires[22]. » Des propos de la même farine se multiplient les jours suivants sur ce qu'on appelle désormais le « mur de la démocratie » et sur ses nombreuses répliques provinciales. Alain Jacob, alors correspondant du *Monde*, relève la fascination de l'Amérique sur les jeunes de la capitale : « On se précipite sur les manuels d'anglais et il n'est pas rare que des Occidentaux [...] soient abordés dans la rue ou dans les parcs par de jeunes Chinois impatients d'éprouver leurs connaissances nouvelles dans cette langue[23]. »

Ce printemps de Pékin, comme on allait le baptiser en référence à celui de Prague, est de courte durée : beaucoup de vétérans du parti, trop souvent impliqués dans des affaires de corruption, pressent Deng d'arrêter une dérive dont il sent qu'il pourrait bien faire lui-même les frais. Le 30 mars 1979, il s'engage, dans un grand discours, à ne pas transiger sur « quatre principes » : voie socialiste, dictature du prolétariat, rôle directeur du parti, marxisme-léninisme et « pensée maozedong ». Wei Jingsheng est arrêté et condamné à quinze ans de prison, sans que se fassent beaucoup entendre les contestataires. C'est que la *gaige*, la « révolution réformatrice » lancée deux ans plus tôt, a entraîné un décollage spectaculaire de l'économie, et que l'image de Deng en profite à plein. Mais un ralentissement intervient l'année suivante, et l'agitation reprend de plus belle tandis que le développement des relations avec les États-Unis, le Japon, les Chinois d'outre-mer, et l'avènement de Gorbatchev à Moscou nourrissent ce que les conservateurs traitent de « pollution spirituelle ».

En 1987, le secrétaire général du parti Hu Yaobang, successeur désigné de Deng, est destitué pour « libéralisme bourgeois », sans pour autant perdre sa place au Politburo. Sa mort, le 15 avril 1989, est directement à l'origine de la révolte étudiante, tout comme celle de Zhou Enlai avait déclenché, treize ans plus tôt, la première grande manifestation de Tiananmen. Dans un cas comme dans l'autre, les étudiants entendaient rendre hommage à un homme dont ils associaient l'image aux idées de progrès et de liberté. Se souvenant du drame de 1976, le gouvernement choisit

---

22. Soulet, *op. cit.*, p. 132.
23. Alain Jacob, *Un balcon sur la Chine*, Grasset, 1982, p. 163.

cette fois de faire à Hu des obsèques de héros et d'ignorer, dans sa notice nécrologique, les motifs de sa destitution. Les étudiants, jugeant ce comportement encourageant, organisent après la cérémonie un vaste sit-in sur la célèbre place, décorée par leurs soins, y compris sur l'immense statue de Mao, d'innombrables *dazibao* à la gloire de la démocratie et de la lutte contre l'affairisme.

On est le 22 avril. Gorbatchev est attendu à Pékin trois semaines plus tard. Le 25, Deng reçoit Li Peng qui remplace au poste de Premier ministre le nouveau secrétaire général Zhao Ziyang, à ce moment en visite en Corée du Nord, et qui a rallié le camp des durs. Les passionnants procès-verbaux de cet entretien et de ceux qui ont ponctué la révolte ont été transmis en 2001 par des Chinois réformateurs à des universitaires américains qui en ont assuré la publication[24]. Dès ce jour-là, sa position est nette : « Il s'agit d'un complot bien préparé dont le but véritable est de rejeter le parti communiste et le système socialiste, [...] nous devons expliquer à tout le parti et à la nation que nous faisons face à une lutte politique très sérieuse. Nous devons être très explicites et clairs dans notre opposition à cette agitation. » Li Peng s'en déclare d'accord et aussi Zhao Ziyang, consulté par téléphone à Pyongyang.

Le lendemain 26 avril, dans le *Quotidien du peuple*, un éditorial reprend son ton brutal. D'où des réactions très négatives non seulement chez les étudiants, qui organisent manifestation sur manifestation, mais aussi dans les autres secteurs de la population. Le 4 mai, on ne compte pas moins de 300 000 protestataires sur la place Tiananmen, où leur porte-parole donne lecture d'une déclaration invitant le gouvernement à accélérer la réforme politique et économique, à garantir les libertés constitutionnelles, à combattre la corruption, et à adopter une loi sur la presse autorisant la création de journaux à capitaux privés.

Le même jour se tient à Pékin la réunion annuelle de la Banque de développement asiatique. Zhao assure les convives du banquet de clôture que les étudiants « ne s'opposent en aucun cas au régime » et que « tout se calmera graduellement[25] ». Le 13, il se

---

24. Andrew J. Nathan et Perry Link, *The Tiananmen Papers*, New York, Public Affairs, 2001; larges extraits dans *Foreign Affairs*, janvier-février 2001.

25. Francis Deron, *Cinquante jours de Pékin*, Christian Bourgois, 1989, p. 102.

rend chez Deng, en compagnie du président de la République Yang Shangkun, pour faire état d'une vaste grève de la faim et prêcher la modération. Le principal souci de leur interlocuteur est la nécessité de rétablir l'ordre avant l'arrivée, prévue quarante-huit heures plus tard, du numéro un soviétique, mais aucun accord n'intervient sur les moyens d'y parvenir, et les dirigeants étudiants vont bientôt faire savoir qu'ils ne contrôlent plus la situation. Venus en grand nombre pour la visite de Gorbatchev, les envoyés spéciaux de la presse internationale diffusent sans discontinuer les images d'une ville en proie à l'anarchie. Mikhaïl Sergueïevitch ne peut se rendre à Tiananmen, et des dizaines de milliers de manifestants se pressent devant le palais du Peuple quand il y rencontre Deng.

Le bureau du comité central s'étant divisé sur l'opportunité de proclamer la loi martiale – deux voix pour, deux voix contre, une abstention –, Deng convoque ses membres chez lui en compagnie de trois généraux et de ses sept collègues d'un « groupe des anciens » qui mérite bien son nom, puisque le plus jeune, le général et vice-président de la République Wang Zhen, a quatre-vingts ans, et le plus âgé, Peng Zhen, victime réhabilitée de la Révolution culturelle, quatre-vingt-sept. Deng lui-même en a quatre-vingt-cinq, comme la veuve de Zhou Enlai, seul membre féminin du groupe. Partisan de la négociation avec les jeunes, le secrétaire général du PC prétexte sa grande fatigue pour ne pas participer. Cette fois, la loi martiale est adoptée. « Chouchou du gang des vieux[26] », le nouveau chef du gouvernement, Li Peng, qui est le fils adoptif de Zhou, y est pour beaucoup, mais c'est Deng qui a emporté la décision. Les étudiants n'auraient pourtant demandé qu'à négocier avec lui une libéralisation du régime, et il serait entré dans les livres d'histoire, pour le deux centième anniversaire de 1789, comme un héros de la liberté. Mais pour lui la démocratie politique est clairement une foutaise et il entend conserver à son parti et aux siens le monopole du pouvoir. Son très proche collaborateur Ruan Ming, qui va bientôt passer à l'Ouest, parle, dans le livre qu'il lui a consacré, de « contradiction insoluble entre le caractère rationnel de sa réflexion et sa passion pour l'action militaire violente et pour la dictature patriarcale, passion ancrée au plus profond de lui-même et dont il ne put jamais se débarrasser[27] ».

---

26. Béja *et al., op. cit.*, p. 57.
27. Ruan Ming, *op. cit.*, quatrième de couverture.

Le 19 mai, Gorbatchev étant reparti pour Moscou, Li Peng invite les chefs de l'armée à rétablir l'ordre. La capitale réplique en se hérissant de barricades de camions qui obligent les assaillants à rebrousser chemin. Le 27, les « vieux », en parfaite violation de la Constitution, décident à mains levées de remplacer le secrétaire général Zhao, qui préconise toujours le dialogue, par le chef du parti à Shanghai, Jiang Zemin, qui n'a que soixante-deux ans. Le 2 juin, la troupe tente vainement de dégager Tiananmen, où les étudiants en colère ont édifié une statue en polystyrène inspirée de la statue de la Liberté. Le correspondant du *Monde*, Francis Deron, parle d'insurrection. Il décrit les soldats, qui ne sont pas armés, comme « progressivement happés par les étudiants et les ouvriers furieux[28] » et délestés de leurs couteaux et de leurs radios.

En début d'après-midi, Deng donne l'ordre au président de la République de « résoudre le problème avant l'aube[29] », tout en évitant de faire couler le sang. Mais loin de répondre aux appels à se disperser, des dizaines de milliers de jeunes jettent pierres et bouteilles sur les soldats. À 4 heures du matin, les blindés commencent à nettoyer la place et à arrêter des manifestants, dont beaucoup seront torturés et exécutés. Les centaines de millions de téléspectateurs qui sont témoins de l'événement à travers le monde n'oublieront pas de sitôt la silhouette anonyme campée devant un blindé qui, après un moment d'hésitation, finit par dévier de sa route avant de la prendre à son bord. D'autres tankistes n'auront pas le même scrupule et de nombreux jeunes périront broyés sous leurs chenilles.

Le 9 juin, Deng apparaît enfin sur les écrans pour assumer la responsabilité de l'écrasement de ce qu'il appelle « la rébellion contre-révolutionnaire[30] ». L'une des grandes trouvailles du nouveau secrétaire général, Jiang Zemin, qui deviendra par la suite, de 1993 à 2003, président de la République et le véritable successeur de Deng, consiste à introduire les entrepreneurs aux côtés des ouvriers et des paysans comme piliers du régime. Mais si l'idéologie collectiviste a cédé la place, comme moteur d'une croissance économique record, au capitalisme le plus effréné, la dictature subsiste, et avec elle les violations croissantes des droits de l'homme, qu'il s'agisse des Tibétains méthodi-

---

28. Deron, *op. cit.*, pp. 195-197.
29. *The Tiananmen Papers*, *Foreign Affairs*, *op. cit.*
30. Cité in Soulet, *op. cit.*, p. 162.

quement sinisés ou des musulmans du Xinjiang, du nombre record des exécutions capitales – vingt-sept par jour en moyenne au début de 2004, à en croire un député chinois cité par la presse officielle[31] –, ou de la brutalité de la répression des aspirations démocratiques. George Bush Jr, qui assure attacher tant de prix à la démocratisation de l'Irak et du monde arabe en général, semble s'en préoccuper un peu plus que Jacques Chirac.

*
* *

S'il avait attendu de sa visite à Pékin une certaine consolidation de sa propre position, Gorbatchev a dû être déçu. Il ne trouve d'ailleurs pratiquement rien à dire à propos des événements de Tiananmen. Il est vrai qu'il a d'autres chats à fouetter. On a déjà parlé des énormes difficultés économiques et sociales qui, en réduisant à la mendicité la « superpuissance » soviétique, l'ont contrainte à avaler en un rien de temps le contrôle et la réduction des armements stratégiques, la réunification de l'Allemagne, et l'émancipation de l'Europe centrale et orientale. Il aurait fallu un miracle, maintenant que l'URSS a cessé de faire peur, pour que la tempête s'arrête à ses frontières. « À mon avis, déclare Mitterrand à la fin de l'année 1989, la révolution qui a commencé à Moscou grâce à M. Gorbatchev va faire le tour de l'Europe et va retourner à Moscou[32]. » Le dissident Boukovski, jadis échangé contre le secrétaire du PC chilien, publie au même moment outre-Atlantique, sous le titre « Est-ce à nouveau 1905 en Russie ? », un article dans lequel il cite abondamment un texte paru au lendemain de la défaite de la flotte impériale à Tsushima et de la tentative de révolution qui l'avait suivie. On pouvait y lire qu'« à la fin d'octobre les provinces baltes étaient dans un état de complète rébellion, la violence ethnique et nationaliste enflammait le Caucase », la Pologne était « ingouvernable », un nouveau ministre de l'Intérieur étant chargé d'ouvrir « une époque de rapprochement entre les autorités et le peuple[33] ». Le 17 janvier 1990, la *Komsomolskaïa Pravda*, toujours censée être l'organe de la jeunesse communiste, écrit qu'il est « probable que le concept d'une Union des

---

31. Dépêche AFP, *Libération*, 16 mars 2004.
32. Interview télévisée, *Le Monde,* 12 décembre 1989.
33. Vladimir Bukovsky, « In Russia, Is It 1905 All Over Again ? », *Wall Street Journal*, 28 novembre 1989.

Républiques socialistes soviétiques disparaîtra [dans l'année] de la carte politique mondiale ».

Gorby doit réagir s'il ne veut pas voir le pouvoir lui échapper. Prenant le contre-pied de la position qu'il avait adoptée quelques mois plus tôt lors de sa grande controverse avec Sakharov, il propose le 5 février au comité central, qui se laisse convaincre, d'abolir l'article de la Constitution faisant du PC, désormais invité à se donner « comme objectif un socialisme démocratique et humain », le « noyau du système politique » soviétique[34]. À la fin du mois, il croit avoir gagné la partie lorsqu'il fait adopter par le Soviet suprême un projet d'élection au suffrage universel d'un président aux pouvoirs comparables à ceux de ses homologues français ou américain, tout en obtenant du Congrès des députés du peuple de se voir confier, par dérogation pour cinq ans, la magistrature suprême. Craignant le verdict du corps électoral, il n'a pas osé, « pendant la débâcle du parti, sauter sur le bloc de glace qui l'aurait amené de l'autre côté du fleuve[35] », commente son ami Gratchev. L'effet de ce manque d'audace est dramatique. Non seulement Mikhaïl Sergueïevitch est sifflé lors des fêtes du Premier Mai à la tribune de la place Rouge, mais son ennemi juré Boris Eltsine se fait élire le 29 président de la République par le parlement de Russie, qui n'hésite pas à proclamer la supériorité de ses lois sur celles de l'Union. Il a obtenu 535 voix contre 467 au sortant, pour lequel le Kremlin avait fait vivement campagne.

Que la principale, et de beaucoup, des républiques soviétiques en vienne à défier aussi ouvertement le pouvoir central aurait été impensable si ne s'était développé rapidement, aux marches de l'empire, le courant séparatiste dont on a noté les prodromes au chapitre précédent. Comme l'avait prédit Hélène Carrère d'Encausse, c'est en Asie centrale, entre Slaves et turcophones islamisés, que s'étaient déroulés les premiers affrontements : les Melkhes d'Ouzbékistan, dont les pères avaient jadis été déportés par Staline, craignant de les voir collaborer avec l'envahisseur allemand, avaient subi au printemps 1989 un véritable pogrome. La situation n'était pas moins tendue au Caucase, où l'Azerbaïdjan musulman disputait les armes à la main à l'Arménie le contrôle de l'enclave chrétienne du Haut-Karabakh. À quoi allait s'ajouter le drame du séisme qui, le 7 décembre

---

34. Cité in Kaiser, *op. cit.*, 1991, p. 309.
35. Gratchev, *La Chute du Kremlin, op. cit.*, p. 180.

1988, détruit Erivan, la capitale de l'Arménie, faisant plus de cinquante mille victimes. Mettant en évidence la tragique insuffisance des mesures de sécurité, l'événement prend les proportions d'un nouveau Tchernobyl. Le Kremlin, ayant fort besoin du pétrole de Bakou, a jusqu'alors soutenu les Azéris. Mais il a encore plus besoin de l'aide de la terre entière pour venir au secours des populations sinistrées. Renversant sa position sur le Haut-Karabakh, il laisse l'armée réprimer durement les mouvements de protestation contre ce revirement. Résultat : des dizaines de milliers de militants déchirent leur carte du PC d'Azerbaïdjan et un million de personnes, bravant l'interdiction, assistent aux obsèques des manifestants tués. La guerre ne tarde pas à éclater entre les deux républiques. Elle s'achèvera en 1993 par la victoire de fait de l'Arménie.

La Géorgie avait proclamé son indépendance en 1918 et avait été réunie de force, trois ans plus tard, à l'empire rouge naissant. La troisième république soviétique caucasienne va de son côté réagir très vivement lorsque la minorité abkhaze demande son rattachement à la fédération de Russie. Là aussi, les troupes soviétiques interviennent brutalement contre la foule qui réclame l'indépendance, faisant une vingtaine de morts. Du coup, le PC rompt avec Moscou. Le pays fera sécession de l'URSS dès mars 1991, à la suite d'un référendum que sa parfaite illégalité n'empêchera pas d'être triomphal.

Les choses se seraient-elles passées de la même manière si le PCUS ne s'était pas vu retirer son rôle de « guide de l'Union » ? La seconde superpuissance n'avait pas seulement perdu avec lui le ciment qui la faisait tenir debout : elle voyait disparaître sa raison d'être. N'était-elle pas en effet le seul État de la planète à se définir par des références uniquement idéologiques, sans la moindre localisation géographique, et à s'ouvrir à toute nation ayant choisi le même credo ? Sur quelle force Gorbatchev pouvait-il désormais espérer s'appuyer, sinon sur l'armée ? Sans doute est-ce en bonne partie dans cette optique qu'il l'avait laissée cogner très fort dans le Caucase. Pourquoi, sinon, aurait-il promu maréchal le général Dimitri Iazov, ministre de la Défense, alors qu'il venait d'être décidé que plus personne n'accéderait à cette dignité ?

*
* *

524 LA GUERRE FROIDE 1917-1991

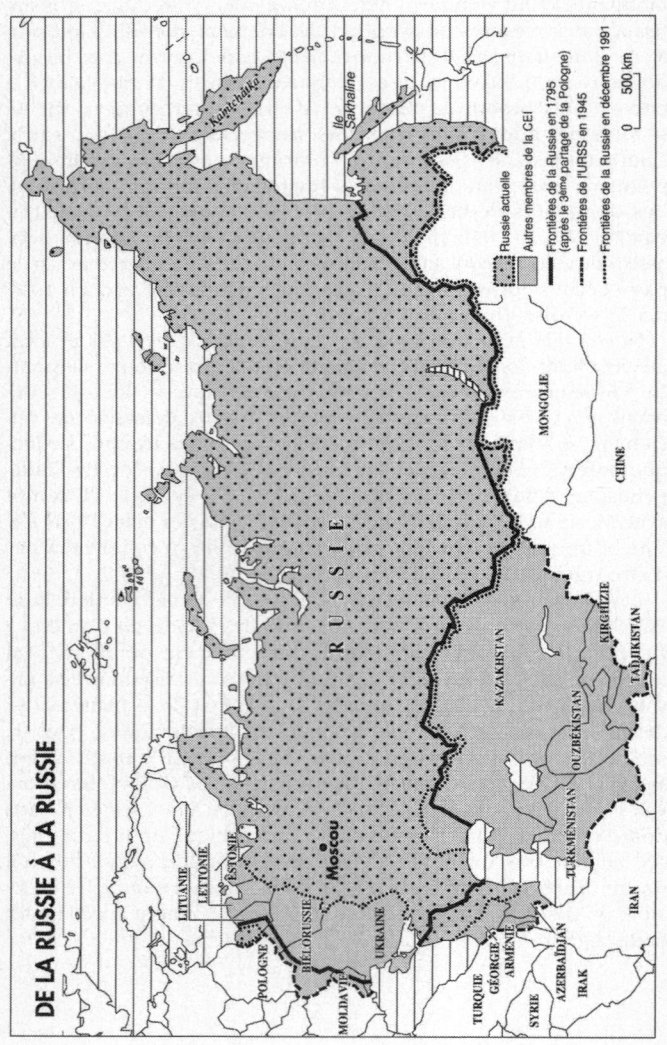

Le parlement de Russie ne se serait évidemment pas enhardi à décréter la supériorité de ses lois sur celles de l'Union si l'Estonie ne l'avait pas devancé dès novembre 1988, et si la Lituanie et la Lettonie n'avaient pas proclamé leur indépendance en mars et mai 1990. Le temps était décidément loin où un bataillon de communistes lettons avait fait échouer, à la fin de 1917, une tentative des Blancs pour renverser le pouvoir alors encore bien fragile de Lénine. Où le Lituanien Félix Dzerjinski créait l'implacable Tcheka, ancêtre des polices politiques qui allaient vite devenir le fondement principal du régime – sa statue moscovite sera renversée en 1991 et restaurée sous Poutine, lui-même ancien du KGB. Devenues indépendantes au lendemain de la Première Guerre mondiale, en partie grâce à l'aide de corps francs allemands, les trois pays avaient été réunis à l'URSS à la faveur du pacte Hitler-Staline. Une partie de leurs populations avait été déportée, et, la paix revenue, les Slaves avaient été encouragés à s'y installer, surtout en Estonie et en Lettonie, dans le but évident de les russifier. La résistance armée continua jusqu'à 1950.

Le silence avait fini par s'abattre sur ces malheureux pays, mais la longue détente consécutive à la crise des fusées de Cuba et surtout les accords d'Helsinki de 1975 allaient pousser les plus courageux de leurs enfants à essayer de se faire entendre à nouveau. Au début, c'est surtout dans la luthérienne Estonie qu'a pris forme l'agitation : sa population parle une langue trop proche du finnois pour ne pas vivre en symbiose spirituelle avec la Finlande, distante de seulement 80 kilomètres, dont elle respire le dynamisme et la liberté sur ses écrans de télévision. Mais l'élection de Jean-Paul II, qui s'est empressé de faire déposer sa barrette de cardinal dans un des hauts lieux du culte marial national, puis la naissance de Solidarność dans cette Pologne avec laquelle ils ont si longtemps vécu en symbiose réveillent les espoirs des très catholiques Lituaniens.

Gorbatchev a fait involontairement une grande partie du reste en encourageant la création un peu partout, à partir de 1987, de fronts populaires destinés à soutenir la *perestroïka* : les indépendantistes baltes s'y engouffrent sous la bannière de l'écologie, durement maltraitée par le régime, pour en faire la tribune de leurs aspirations. On ne compte plus les publications clandestines, les grèves, les manifestations de masse. L'une d'elles rassemble en septembre 1988 le cinquième de la population de l'Estonie, dans une atmosphère qui rappelle à Marc Ferro, chevaux en moins, celle de la convention démocrate de Chicago[36].

---

36. Marc Ferro, préface à Yves Plasseraud, *Les Pays baltes*, Groupement pour les droits des minorités, 1990, p. 11.

L'année suivante, ce sont un million de Baltes qui, tout au long des 500 kilomètres séparant la capitale de la Lituanie, Vilnius, de celle de l'Estonie, Tallinn, constituent une chaîne humaine pour condamner le pacte germano-soviétique, à l'occasion de son cinquantième anniversaire.

C'est en vain que le comité central communiste appelle à lutter contre « l'hystérie nationaliste[37] ». La chute du mur de Berlin et la libération de la Bulgarie et de la Tchécoslovaquie ne peuvent qu'encourager le mouvement. Le PC lituanien, craignant d'être débordé par le Front populaire, proclame lui-même son autonomie par rapport à celui de l'URSS. Gorbatchev se rend sur place en janvier 1990 pour essayer de calmer le jeu, mais il rentre bredouille et assiste impuissant au mois de mars au triomphe électoral du mouvement séparatiste Sajudis et de son président, le musicien Vytautas Landsbergis, qui s'entend avec le leader communiste local pour faire proclamer par le parlement, dès le 11 et à la quasi-unanimité, l'indépendance du pays. Le Congrès des députés du peuple, réuni à Moscou, déclare, à une écrasante majorité, cette décision illégale aussi longtemps qu'une loi n'aura pas défini les conditions de l'éventuelle sécession d'une république, et approuve rapidement un texte à cet effet, en y posant des exigences visant à la rendre pratiquement impossible. Le gouvernement de Vilnius n'ayant pas déféré à l'ultimatum qu'il lui avait adressé une semaine plus tôt pour l'inviter à interrompre la mise en œuvre de l'indépendance, le Kremlin, le 18 avril, arrête toutes les livraisons d'énergie à la Lituanie. Landsbergis s'adresse aux Occidentaux, qui n'ont jamais reconnu l'annexion des États baltes. Mais ils n'ont aucune envie d'affaiblir un Gorbatchev avec lequel ils sont en train de négocier la réunification de l'Allemagne. Vilnius se laisse finalement persuader par Mitterrand et Kohl de « suspendre pendant un temps les effets des décisions prises » pour « faciliter l'ouverture de pourparlers[38] ».

*
* *

Il en faudrait davantage pour renverser le courant. La Russie, qui vient de se déclarer seule maîtresse de ses ressources naturel-

---

37. Bernard Frédéric, « Appel à la raison des Baltes », *L'Humanité,* 28 août 1989.

38. Jacques Broyelle, « Entretien avec Vytautas Landsbergis », *Politique Internationale,* été 1990.

les, signe en juillet 1990 un accord de coopération avec la Lituanie. Gorbatchev ne peut rien faire : sans le soutien d'Eltsine, qui va créer un coup de théâtre en annonçant sa démission du PC soviétique, en compagnie des maires de Moscou et de Leningrad, il n'aurait pas été réélu par le XXVIII⁰ congrès à son poste de secrétaire général. Il n'aurait pas fait entériner la suppression de tout contrôle de la presse et la restitution de ses biens à l'Église orthodoxe. L'Ukraine, la Biélorussie, l'Arménie, le Tadjikistan et le Turkménistan affirment à leur tour leur souveraineté et la supériorité de leurs lois sur celles de l'URSS. La situation économique se dégrade de jour en jour, le Gensek n'arrive pas à se décider entre les divers plans qui lui sont soumis pour tenter de la restaurer, et le tsar Boris, qui ne se tient plus, repart à l'offensive contre lui.

Dépendant plus que jamais de la bonne volonté des bailleurs de fonds occidentaux, « Gorby » ne peut que s'aligner sur les positions américaines, à la grande déconvenue de Saddam Hussein, lorsque ce dernier met la main sur le Koweit le 2 août. Il a beau se voir attribuer le prix Nobel de la paix, sa cote s'effondre dans les sondages. Pour tenter de remonter le courant, il crée en novembre un Conseil de sécurité, composé du maréchal Iazov déjà nommé, du grand patron du KGB, Vladimir Krioutchkov, et du ministre de l'Intérieur Bakatine, qui sera bientôt remplacé par le chef du PC letton, Boris Pougo, flanqué de l'ex-commandant en chef en Afghanistan, le général Gromov. Ce sont tous des durs, qui vont jouer un rôle de premier plan dans le putsch manqué de l'été 1991. Une photo exhumée par la suite par *Newsweek* aide à comprendre leurs sentiments, ou du moins ceux du plus gradé d'entre eux. Elle date du 19 novembre 1990, et de la conclusion ce jour-là à Paris d'un traité limitant le niveau des forces conventionnelles – les « FCE » – dans les deux Europe. On y voit Gorbatchev laver la tête de son ambassadeur en France et Iazov en faire autant avec le chef de la délégation soviétique, Oleg Grinewski. C'est ce dernier qui avait finalement décidé de révéler les motifs de ces deux algarades.

L'une n'intéresse que la petite histoire : ayant dû rester dans sa chambre, à la résidence de la rue de Grenelle, parce que le diplomate n'avait pas compris qu'elle était invitée à la cérémonie de signature, l'irascible Raïssa avait reçu la tringle sur la tête en voulant tirer ses rideaux. L'autre, l'Histoire tout court : le maréchal reprochait à Grinewski d'avoir, en négociant ce traité, « fait perdre à l'URSS la troisième guerre mondiale sans tirer un coup de fusil[39] ». On le comprend un peu. La portée pratique de l'accord, qui visait au départ à fixer des plafonds identiques au nombre de blindés, de canons, d'avions, de navires de guerre autorisés aux troupes du Pacte atlantique et à celles de l'Est, avait été complètement bouleversée par la perspective de la dissolution prochaine du pacte de Varsovie, qui interviendrait le 1er juillet 1991, et par le rapatriement en cours des soldats soviétiques stationnés sur le territoire des pays membres. Moscou devait renoncer à plus de la moitié de ses moyens classiques, soit infiniment plus que ses ex-adversaires du Pacte atlantique, que personne ne parlait de dénoncer[40]. Aucune armée ne pouvait accepter facilement pareille amputation.

Le 17 décembre, Gorbatchev admet que des erreurs ont été commises et même que le pays est « dans un état de chaos[41] ». Il propose aux quinze républiques de conclure un traité de l'Union, soumis à référendum, reconnaissant à chacune d'entre elles pleine autorité sur son économie, le gouvernement fédéral, dont les lois demeureraient supérieures aux leurs, conservant la maîtrise de la politique étrangère et de la défense. Trois jours plus tard, nouveau coup de théâtre : le ministre des Affaires étrangères Chevardnadze démissionne. « La dictature est en marche, s'écrie-t-il, je vous le dis en toute connaissance de cause[42]. »

Mais Mikhaïl Sergueïevitch ne veut rien entendre et met tous ses espoirs dans le retour à la manière forte. La Moldavie ayant décidé de substituer le roumain au russe comme langue officielle et de se doter d'une armée propre, il lui donne huit jours pour y renoncer, sur un ton suffisamment convaincant pour qu'elle s'exécute séance tenante. Il nomme vice-président de l'URSS, après avoir envisagé de confier le poste à Chevardnadze, un certain Guennadi Ianaïev, banal « apparatchik de la nébuleuse des associations satellites du PC[43] » selon Gratchev. Il charge des militaires et des policiers de patrouiller les villes à la recherche de délinquants et d'insoumis dont le nombre n'a cessé de s'accroître depuis des mois. Enfin il tente de renouveler en Lituanie l'opération qui a si bien réussi en Moldavie. Landsbergis ayant rejeté l'ultimatum de Moscou, un Comité de salut national

---

39. Oleg Grinewski, « The Story behind the Picture », *Newsweek,* 22 novembre 1993.
40. Estimation du général Eyraud, *op. cit.*, p. 96.
41. Cité in Kaiser, *op. cit.*, pp. 381-384.
42. Cité in Hedrick Smith, *Désunion soviétique,* Belfond, 1991, p. 603.
43. Gratchev, *La Chute du Kremlin, op. cit.*, p. 255.

improvisé, évocateur de ce qui s'était passé à Budapest en 1956 et à Prague en 1968, demande à Moscou d'intervenir. Le 13 janvier 1991, des « Omons », troupes spéciales du ministère de l'Intérieur, et des parachutistes s'emparent de la tour de télévision de Vilnius, faisant treize morts. L'émotion est très forte, non seulement sur place mais aussi dans la population russe et également dans l'opinion internationale, malgré la guerre du Golfe qui commence au même moment. Mais Eltsine ne perd pas de temps pour signer un traité d'assistance mutuelle avec les Baltes, et cent mille personnes manifestent sous les murs du Kremlin. C'est assez pour que Mikhaïl Sergueïevitch opère un nouveau tournant et rappelle progressivement les unités dépêchées en Lituanie. Il gagne certes largement, à la mi-mars, le référendum sur le nouveau traité de l'Union. Mais la Moldavie, l'Arménie, la Géorgie et les Républiques baltes l'ont boycotté, Vilnius organisant de son côté un autre référendum qui approuve massivement l'indépendance.

Plus question de recourir à la manière forte : le pouvoir a cessé de faire peur. Gorbatchev n'a plus qu'à s'entendre avec Eltsine qui, quelques jours plus tôt, l'a invité à céder la place. Mais le prix à payer est lourd : le projet d'accord sur lequel il s'est entendu le 24 avril avec les présidents des neuf républiques où s'est déroulé le scrutin sur le nouveau traité de l'Union reconnaît la primauté de la plupart de leurs lois sur celles de l'URSS. Il leur confie la gestion de leurs ressources naturelles, leur promet qu'elles recevront une partie des réserves de la Banque centrale, lèveront des impôts et détermineront elles-mêmes la part qui en reviendra à la fédération. L'accord prévoit également la suppression du Soviet suprême et l'organisation de nouvelles élections, législatives et présidentielle, au suffrage universel, soumettant ainsi pour la première fois son propre mandat au verdict populaire. Vivement attaqué le lendemain devant le comité central, Gorbatchev ne sauve sa place qu'en menaçant de démissionner : ses ennemis n'ont pas encore constitué leur équipe de relève.

Le 12 juin, Eltsine, élu un an plus tôt président de la Russie par le parlement de la République, est confirmé dans ses fonctions par le suffrage universel à l'impressionnante majorité de 57,3 %, des votes, le poulain de Gorbatchev n'en recueillant que 3,40 %. La population de Leningrad, par la même occasion, décide de rendre à l'ancienne capitale des tsars son nom de baptême de Saint-Pétersbourg. Encore cinq jours et le chef du gouvernement soviétique, Valentin Pavlov, invite le Congrès des députés du peuple à lui donner des pouvoirs très étendus en matière économique. Il n'a même pas consulté Mikhaïl Sergueïevitch, qui n'a pas trop de peine à obtenir le rejet de cette initiative, ce qui l'encourage dans sa conviction toujours bien ancrée qu'il est plus malin que tout le monde. Son étoile commence pourtant à sérieusement se ternir. Nixon, envoyé aux nouvelles par la Maison-Blanche, revient de Moscou très pessimiste, et c'est vainement que le Gensek adresse à George Bush père une lettre de vingt-trois pages, rédigée par le jeune économiste Grigori Iavlinski, grand admirateur des États-Unis, pour demander aux Occidentaux des crédits de l'ordre de 75 à 150 milliards de dollars, étalés sur cinq ans, destinés à permettre à la patrie de Lénine de se convertir à la démocratie parlementaire et à l'économie de marché. Admis à venir plaider sa cause, le 17 juillet, à Londres devant le G7, il repart bredouille. Chacun est en train de faire ses comptes après la guerre du Golfe et il n'y a pas eu grand monde, en dehors de Mitterrand, pour le soutenir.

Trois jours plus tard, Eltsine interdit toute activité politique sur le territoire russe dans l'armée, le KGB, les entreprises. Autant dire que le PC – soviétique, car la plus grande des républiques de l'Union est la seule à n'avoir pas de parti à elle – est interdit. Gorbatchev réagit en saisissant le comité central d'un projet de nouveau programme, à soumettre à un congrès extraordinaire en octobre, dans lequel la sacro-sainte lutte des classes de grand-père Marx est abandonnée au profit d'un « socialisme démocratique humain » que ne renierait pas le gentil Dub ek. Cette initiative provoquant peu de réactions, Gorby ignore les mises en garde qui lui parviennent, y compris de Bush, sur les complots qui se trament contre lui. Le 2 août, il croit avoir gagné la partie lorsqu'il annonce triomphalement que le traité d'Union sera signé le 20, mais seulement par la Russie, le Kazakhstan et l'Ouzbékistan. C'est en vain en effet que Bush, venu à Moscou pour signer le traité Start (« *Strategic Armaments Reduction Talks* »), premier accord prévoyant non plus seulement la limitation des moyens stratégiques des deux superpuissances, mais leur réduction, aura fait le voyage de Kiev pour mettre en garde le parlement ukrainien et les autres républiques contre « la voie sans espoir de l'isolement[44] ».

Les conservateurs ont d'autant plus de raisons de s'inquiéter que, après avoir mis au point le texte du traité d'union, Gorbat-

---

44. Cité in Gratchev, *L'Histoire vraie...*, *op. cit.*, p. 349.

chev, Eltsine et leur associé du moment, le chef du PC kazakh Noursoultan Nazarbaïev, ont fêté l'événement au cours d'un repas trop bien arrosé dans la datcha de Novo Ogariovo et discuté, fenêtres ouvertes, des remaniements à apporter dans l'équipe soviétique dirigeante : les oreilles du KGB ont tout entendu. Or ils ont parlé de mettre à la retraite son chef Krioutchkov et le ministre de l'Intérieur Pougo, lui-même général de la police secrète, coupables d'avoir réclamé, avec le maréchal Iazov, des pouvoirs extraordinaires. Il ne reste à Krioutchkov, aussitôt informé, qu'à mettre en route le complot qui va aboutir au putsch manqué du 19 août. À la vérité, un premier projet de « neutralisation » de Gorby a déjà été envisagé en mars, mais le vice-président Ianaev, et le président du Soviet suprême, Anatoli Loukianov, sans le concours desquels il aurait perdu toute base juridique, s'étaient arrêtés au bord du Rubicon. Se sentant cette fois directement menacés, c'était pour eux le moment ou jamais[45].

On a peine à croire que Mikhaïl Sergueïevitch ne se doute de rien. Le 17 août, Iakovlev, le plus proche et le plus loyal de ses conseillers, qui a été exclu en juillet du Politburo, déclare publiquement que la direction du parti soviétique « prépare une revanche sociale, un coup d'État et une prise de pouvoir au sein du parti[46] », et annonce sa démission. Mais Gorby ne veut rien entendre. Estimant qu'il a bien mérité quinze jours de vacances, il s'envole, sans avoir procédé aux destitutions projetées à Novo Ogariovo, vers la très confortable maison qu'il s'est fait construire à Foros, en Crimée : « une cage dorée, un lieu idéal pour une séquestration[47] », dira plus tard l'un de ses gardes du corps. C'est là qu'il reçoit, le 18 août, alors qu'il se prépare à faire un saut à Moscou pour la signature solennelle du traité d'union, un coup de téléphone de Krioutchkov, le chef du KGB. Celui-ci le prévient qu'un « Comité d'État » autoproclamé, dirigé par Ianaev en sa qualité de vice-président, qui fait de lui le deuxième personnage de l'État, s'apprête à s'emparer du pouvoir et qu'il lui envoie une délégation pour le persuader de proclamer l'état d'urgence.

---

45. Précisions données par Gratchev in *La Chute du Kremlin, op. cit.*, pp. 168 et 280.
46. Cité in Hubert Védrine, *Les Mondes de François Mitterrand*, Fayard, 1996, p. 507.
47. Cité in Gratchev, *Le Mystère Gorbatchev, op. cit.*, p. 310.

À s'en tenir au récit que le Gensek fera par la suite de cette entrevue, il aurait accepté « des mesures – mais non l'état – d'urgence », à condition d'en débattre devant le parlement, et de « s'en tenir à trois lignes principales : le consensus, l'approfondissement des réformes et la collaboration avec l'Occident[48] ». Ianaev prétendra quant à lui que Mikhaïl Sergueïevitch aurait bel et bien accepté l'état d'urgence, mais à condition que ce soit le Soviet suprême qui le décrète. Et l'émissaire des conjurés aurait déclaré en se retirant : « Mikhaïl, repose-toi pendant trois jours, on fera comme si tu n'étais au courant de rien, on fera semblant de te couper le téléphone. Comme ça tu ne recevras pas d'appels hystériques. Après, nous convoquerons le Soviet suprême qui proclamera l'état d'urgence, et tu n'auras qu'à accomplir tes fonctions de président[49]. » Gratchev donne de l'entrevue une tout autre version. Selon lui, le Gensek aurait déclaré à ses visiteurs : « Vous êtes des aventuriers, vous et ceux qui vous ont mandatés. Que vous vous perdiez, c'est votre affaire. Mais vous allez perdre le pays, ruiner tout ce que nous avons déjà fait [...]. Que va-t-il se passer ? Le pays va vous rejeter[50]. »

Le fait est que la délégation rentre bredouille. Le 19 août, à 6 heures 29, les putschistes, qui ne s'attendaient pas à ce refus, publient un communiqué annonçant la création du Comité d'État, et la proclamation pour six mois de l'état d'urgence. Manifestations et grèves sont interdites, la censure est rétablie, les partis politiques dissous, les déclarations d'indépendance des républiques séparatistes annulées. Les signataires se justifient en invoquant, sans la moindre référence au parti communiste, le « danger mortel couru par la patrie[51] », et affirment avoir été contraints d'agir en raison de la santé du Gensek, qui l'empêche temporairement d'exercer ses fonctions : en fait, il souffre d'un simple lumbago. Eltsine aurait dû évidemment être arrêté dès la première minute, compte tenu de tout ce qu'il avait fait depuis des mois. Mais on l'a vu la veille complètement ivre à sa descente d'avion et on le laisse conférer dans sa datcha avec ses collaborateurs ; parmi eux se trouve Sobtchak, le maire de Leningrad, qui saura convaincre le commandant de la région militaire de renoncer à envoyer des troupes dans sa ville. Le président russe pourra

---

48. Mikhaïl Gorbatchev, *Le Putsch*, Olivier Orban, 1992, pp. 164-165.
49. Entretien de Ianaev au *Monde*, 15 avril 1993.
50. Gratchev, *Le Mystère Gorbatchev, op. cit.*, p. 315.
51. Cité in Smith, *op. cit.*, pp. 629-630.

gagner son bureau de la « Maison-Blanche », siège, à proximité du Kremlin, des diverses institutions de sa république, et appeler Bush et quelques autres au téléphone sans que personne songe à lui couper sa ligne. Dans l'après-midi, il grimpe sur un char, parle de « crime contre l'État[52] » et menace des foudres de la justice les fonctionnaires qui suivraient les consignes de la junte. Celle-ci n'est même pas capable d'empêcher la retransmission de la scène à la télévision.

Au président américain qui l'appelle au téléphone, François Mitterrand répond que le coup d'État de Ianaev va « à contre-courant de l'Histoire » et « pourrait échouer d'ici quelques jours ou quelques mois[53] ». Il le répète à Védrine : « Ils ne peuvent qu'échouer[54]. » Pourquoi faut-il qu'après avoir condamné le soir même à la télévision les putschistes il paraisse tenir leur succès pour acquis, puisqu'il ajoute : « On peut penser que les forces dirigeant l'armée se trouvent du côté des nouveaux gouvernants[55] » ? En réalité, il s'inquiète surtout du sort de Gorbatchev et d'Eltsine, à propos desquels il publie en fin d'après-midi une déclaration avertissant les putschistes qu'ils « seront jugés sur leurs actes, particulièrement sur la façon dont seront traitées les deux hautes personnalités en question[56] ». Ianaev s'empresse de lui faire porter par l'ambassadeur soviétique un message lui assurant qu'elles ne courent aucun risque et que les réformes lancées par Gorby « seront poursuivies[57] », ce qui contredit le communiqué du matin. « Ils ne sont pas très sûrs d'eux[58] », commente le président.

C'est bien l'impression que l'on éprouve lors de la conférence de presse que tient Ianaev à peu près au même moment. Il a manifestement forcé sur la bouteille, ses mains tremblent et plusieurs journalistes se paient ouvertement sa figure. Pendant ce temps, les blindés sillonnent la capitale sans objectif précis, certaines unités se ralliant à la foule, de plus en plus nombreuse, qui commence à dresser des barricades et à se masser devant la

---

52. Cité in *Ibid.*, pp. 632-633.
53. Cité in George Bush avec Brian Scroft, *À la Maison-Blanche*, Odile Jacob, 1999, p. 560.
54. Védrine, *op. cit.*, p. 508.
55. Cité in Jacques Jessel, *La Double Défaite de François Mitterrand*, Albin Michel, 1992, p. 126.
56. Communication du service de presse de l'Élysée, 19 août 1991.
57. Cité in Védrine, *op. cit.,* p. 510.
58. Cité in *Ibid.*

« Maison-Blanche ». Personne n'osant donner l'ordre d'assaut, le face-à-face se poursuit jusqu'à ce qu'au milieu de la nuit du 20 au 21 un char, dont le conducteur a été aveuglé par le jet d'une bâche, écrase un jeune homme en reculant. L'équipage affolé dégaine, faisant deux autres victimes : ce seront les seuls morts de cette caricature de coup d'État, dont un Eltsine triomphant annonce l'échec, le 21 après-midi, devant le parlement russe réuni en session extraordinaire. Krioutchkov, l'âme du complot, accepte de diriger la délégation qui ira demander l'aman à Gorby et le ramènera à Moscou. Il sera arrêté à peine arrivé à Foros. Deux de ses complices vont se donner la mort pour échapper à un procès en trahison qui débouchera en 1994 sur une amnistie générale.

*
* *

Le président russe a gagné une autre bataille : celle qui, depuis bientôt deux ans, l'opposait à Gorbatchev. Dès le 23 ce dernier subit une terrible humiliation en acceptant d'assister à une réunion du parlement de la République, qui prononce l'interdiction sur son territoire du parti communiste, et de lire devant lui un message rédigé par le tsar Boris, qui passe son temps à l'interrompre. « Gorby » n'est pas homme à s'avouer facilement battu : contraint de donner sa démission de secrétaire général du parti soviétique, il va tenter de jouer son rôle de président de l'URSS.

Mais le putsch manqué a fortement accéléré la décomposition de l'ex-patrie du socialisme. Les États-Unis et la CEE reconnaissent, sans même penser à consulter le Kremlin, l'indépendance des républiques baltes, et le mois d'août 1991 voit les Soviets suprêmes d'Ukraine, de Biélorussie, de Moldavie, d'Azerbaïdjan, d'Ouzbékistan, de Kirghizie et du Tadjikistan se prononcer l'un après l'autre pour la sécession. Qu'à cela ne tienne : Gorbatchev persuade le Conseil d'État, organisme truffé de créatures du président russe dont le Congrès des députés du peuple a décidé de l'entourer, de mettre en chantier un traité d'union économique. Huit républiques le signent le 18 octobre. L'Ukraine, soumise à de fortes pressions occidentales, l'Azerbaïdjan et la Moldavie s'y rallieront un peu plus tard.

C'est assez pour que Mikhaïl Sergueïevitch reprenne confiance en lui. D'autant plus que Bush père lui téléphone, à la fin de septembre, pour le prévenir qu'il s'apprête à rendre public un énorme programme de désarmement, impliquant notamment la destruction unilatérale de 24 000 armes atomiques tactiques, ainsi que l'abandon des projets de déploiement de la fusée intercontinentale mobile sol-sol MX et du missile Tomahawk à bord des sous-marins nucléaires. Le but du président des États-Unis est clair : il voudrait que l'URSS en fasse autant pendant qu'elle existe encore, afin d'éviter la fragmentation de son arsenal nucléaire entre les diverses républiques en passe de devenir souveraines. Gorbatchev saute sur l'occasion : il voit là, dit Gratchev, dont il a fait en juillet son porte-parole, « la confirmation du dernier colmatage réussi de la dernière brèche à bord du vaisseau présidentiel[59] », et promet de faire neutraliser encore plus d'ogives que son homologue de la Maison-Blanche. Gorbatchev retrouvera bientôt Bush à Madrid aux fins de coprésider une conférence ouverte, dans la foulée de la guerre du Golfe, en vue de parvenir à une paix au Proche-Orient. Il en profite pour avoir de longs entretiens avec le Premier ministre socialiste espagnol Felipe González et, à Latché, sur le chemin du retour, avec Mitterrand. Il en sort, toujours selon Gratchev, « électrisé[60] ».

Mais Eltsine se fait donner des pouvoirs spéciaux en matière économique, décrète l'état d'urgence en Tchétchénie, que le général Doudaev s'est mis en tête de faire sortir de la fédération russe, déclare le 25 novembre qu'un État unifié, même confédéral, n'est pas acceptable par son parlement, interdit à la Banque centrale de se mêler de ses affaires, et décrète de son propre chef la libre convertibilité du rouble. Comme si cela ne suffisait pas, le peuple ukrainien se prononce le 1er décembre à la majorité écrasante de 90,32 % des voix en faveur d'une indépendance que les États-Unis, rompant avec la position qu'ils avaient prise en juillet, viennent de s'engager à reconnaître sans délai au cas où le oui l'emporterait. Comment expliquer ce revirement ? Brzezinski, lui-même d'origine polonaise, écrira plus tard que « sans l'Ukraine, la Russie cesse d'être un empire, mais le devient automatiquement avec une Ukraine subornée puis subordonnée[61] ».

Il n'y a plus désormais que Gorbatchev pour croire encore dans son traité d'Union. Dès le 8 décembre, les présidents des trois républiques soviétiques slaves – Eltsine, l'Ukrainien Leonid Krav-

---

59. Gratchev, *L'Histoire vraie...*, *op. cit.*, p. 37.
60. *Ibid.*, p. 138.
61. Zbigniew Brzezinski, « The Premature Partnership », *Foreign Affairs*, mars-avril 1994.

tchouk et le Biélorusse Stanislav Chouchkévitch – se réunissent sans lui dans la forêt de Bieloviej, près de Brest-Litovsk, pour constater que l'URSS « a cessé d'exister en tant que sujet du droit international et en tant que réalité géopolitique[62] » et proposer à toutes les républiques qu'elle rassemblait de créer une Communauté des États indépendants, ou CEI, aux pouvoirs fort peu contraignants. À l'exception des États baltes et de la Géorgie, elles sont toutes représentées au sommet qui se tient le 21 à Alma-Ata, capitale du Kazakhstan, pour lui donner naissance. La Russie héritera le siège permanent, avec droit de veto attaché, dont Moscou disposait au Conseil de sécurité, ainsi que la garde du feu nucléaire, qu'elle ne pourra déclencher qu'avec l'aval des trois autres républiques – Biélorussie, Ukraine, Kazakhstan – où les armes stratégiques sont déployées. Il ne reste à Gorbatchev, qui n'a pas été invité et auquel aucun poste n'a été proposé, qu'à démissionner de ses deux fonctions de chef de l'État et de commandant en chef des forces armées.

Son discours d'adieux, le 25 décembre, est un modèle de dignité : « Le destin a voulu qu'au moment où j'accédais aux plus hautes fonctions de l'État, il était déjà clair que le pays allait mal. Tout ici est en abondance : la terre, le pétrole, le gaz, le charbon, les métaux précieux, d'autres richesses naturelles, sans compter l'intelligence et les talents que Dieu ne nous a pas comptés. Et pourtant nous vivons bien plus mal que dans les pays développés, nous prenons toujours plus de retard par rapport à eux. La raison en était déjà claire : la société étouffait dans le carcan du système de commandement administratif, condamné à servir l'idéologie et à porter le terrible fardeau de la militarisation à outrance. Toutes les tentatives de réformes partielles [...] ont échoué l'une après l'autre, [...] il fallait tout changer radicalement [...]. Je laisse mon poste avec appréhension mais aussi avec espoir : avec foi en vous, en votre sagesse, en votre force spirituelle. Nous sommes les héritiers d'une grande civilisation [...]. Je suis convaincu que tôt ou tard nos efforts communs porteront leurs fruits et que nos nations vivront dans une société démocratique et prospère[63]. »

Quelque jugement que l'on puisse porter sur ses erreurs, et, au moins à la veille du putsch, sur son aveuglement, l'homme a droit à la reconnaissance universelle : sans lui, sans sa profonde huma-

---

62. Sokoloff, *op. cit.*, p. 901.
63. Texte intégral in Gratchev, *L'Histoire vraie, op. cit.*, pp. 329-333.

nité, vertu parfaitement hérétique au pays des soviets, comment imaginer que la Russie aurait pu se résigner sans guerre à perdre, à commencer par l'Ukraine, d'immenses territoires avec lesquels elle vivait en symbiose depuis des siècles ? Mais le dernier acte aurait sans doute été très différent s'il n'y avait eu, au moment du putsch, la farouche détermination et le courage de Boris Eltsine. Pourquoi a-t-il fallu qu'il s'emploie tellement par la suite à les faire oublier ?

CONCLUSION(S)

Peu de temps après la réunification de l'Allemagne, Hélène Ahrweiler, alors recteur de l'Académie de Paris, rencontre dans un dîner un ancien ambassadeur des États-Unis. « Maintenant nous avons gagné la troisième guerre mondiale, dit-il. Il nous reste à gagner la première[1]. » Ce jugement, d'une acuité et d'une concision romaines, contient trois vérités essentielles, qui fourniront à cet ouvrage ses trois premières conclusions :

1° La guerre réputée « froide » a bien été la troisième guerre mondiale. Aucune n'a même été plus mondiale, puisqu'un grand nombre des pays dits non engagés se sont trouvés impliqués à un moment ou à un autre dans des conflits armés qui lui étaient directement reliés. Et elle n'est restée froide que parce que :

a) Truman a résisté aux sirènes qui, le général Patton en tête, le poussaient à régler son compte à l'Union soviétique avant qu'elle ne rejoigne le « club » nucléaire, ou qui, avec le général MacArthur, voulaient soumettre la Mandchourie à un bombardement atomique après l'intervention en Corée des « volontaires » chinois.

b) Staline n'avait aucune envie, même une fois disparu, en 1949, le monopole nucléaire américain, de s'exposer à ces représailles massives (*massive retaliation*) dont les Américains agitaient en permanence la menace : à sa première rencontre avec Eden, en 1941, il lui avait fait valoir qu'à la différence de Hitler il saurait toujours s'arrêter à temps[2].

c) Kennedy et Khrouchtchev ont su quasi miraculeusement trouver une porte de sortie à la crise des fusées de Cuba.

---

1. Propos rapporté à l'auteur par Hélène Ahrweiler.
2. Bullock, *op. cit.*, t. II, p. 316.

d) Une fois matérialisé – et conceptualisé –, dans la période qui a suivi cette crise, « l'équilibre de la terreur », les armes – fusées, sous-marins et bombardiers stratégiques – dites de dissuasion sur lesquelles il reposait ont rempli parfaitement leur objet : elles ont dissuadé les éventuels belligérants de se placer dans une position où ils n'auraient le choix qu'entre l'apocalypse et la capitulation. Moyennant quoi, à défaut d'en venir directement aux mains, les deux superpuissances se sont plus d'une fois fait la guerre par personnes interposées. L'une est intervenue militairement en Corée, en Indochine et en Amérique centrale, l'autre en Hongrie, en Tchécoslovaquie et en Afghanistan, la Chine populaire et Cuba en faisant autant l'une en Corée, l'autre en Angola et en Éthiopie. En tout cas, le bilan total est plus lourd, on l'a dit au début de ce livre, que celui de n'importe quelle autre guerre de l'Histoire, la Seconde Guerre mondiale exceptée : des dizaines de millions de morts si l'on compte les victimes des régimes dits « socialistes » et des dépenses militaires qui, au début des années quatre-vingt représentaient pour l'URSS de 10 à 14 % [3] et pour les États-Unis jusqu'à 6,7 %[4] de leurs PIB respectifs.

2° Rarement victoire aura été si complète : non seulement l'alliance atlantique a survécu, contrairement à ce qui se passe habituellement après un conflit, à la disparition de la menace contre laquelle elle avait été constituée, mais elle a ouvert ses portes à la plupart des satellites de l'URSS et même aux trois républiques baltes annexées par Staline en 1940. Ses troupes sont intervenues dans des territoires – Bosnie, Kosovo, Afghanistan – non couverts par le traité qui, en 1949, l'a créée. Non seulement la « patrie du socialisme » a perdu la totalité de son empire européen, mais elle a péri corps et biens, la Russie, héritière de son siège permanent au Conseil de sécurité et de son arsenal nucléaire, se voyant ramenée à ses frontières d'avant la Grande Catherine. A été emportée de surcroît dans la tempête la religion séculière et militarisée dont elle se voulait la Mecque et le GQG : « l'islam du XXe siècle[5] », aux yeux du sociologue Jules Monnerot qui écrivait dans les années cinquante, sans se douter que l'islam des islamistes prendrait au XXIe la relève, comme défi à la démocratie libérale, de celui des sans-Dieu.

Des deux côtés de l'ex-rideau de fer, les PC, le français en tête, ont vu leurs effectifs et leur électorat fondre comme beurre au

---

3. Selon Soulet, *op. cit.*, p.114.
4. Selon Maxime Lefebvre et Dan Rottenberg, *La Genèse du nouvel ordre mondial*, Éditions Marketing, 1992, p. 126.
5. Jules Monnerot, *La Sociologie du communisme*, Gallimard, 1950.

soleil, même si le désordre contemporain rend quelques couleurs à la critique marxienne. Nombre d'entre eux n'hésitent pas à renoncer à l'étiquette communiste à laquelle la souriante Marie-George Buffet, qu'on a peine à imaginer avec un couteau entre les dents, demeure si attachée. On dira que les dirigeants chinois continuent, comme ceux du Viêt Nam et du Laos, de se réclamer du marxisme-léninisme. Mais Mao ne les avait pas attendus pour faire dénoncer par le comité central les camarades coupables de « s'opposer au drapeau rouge en arborant le drapeau rouge[6] » : il est chaque jour un peu plus évident que ses successeurs ont perdu la foi, la lourde structure du parti servant essentiellement à assurer son maintien au pouvoir et à décourager les contestataires. Il y a belle lurette que les héritiers du Grand Timonier ont emprunté, quitte à ouvrir à des milliardaires les portes du comité central, la voie du développement capitaliste. Ils n'hésitent pas à encourager les grands groupes financiers et industriels étrangers à investir et à « délocaliser » des emplois chez eux, histoire d'inonder la terre entière de produits vendus à vil prix et de contrefaçons fort soignées. En attendant le jour où grand-mère dragon se décidera à dévoiler la force de son appétit et le tranchant de ses dents, les États-Unis sont bien aises de la laisser acheter massivement les bons du Trésor sans lesquels ils crouleraient sous le poids de leur fantastique endettement.

Les Rouges ont été chassés du pouvoir au Yémen du Sud et en Éthiopie, et ils se sont singulièrement assagis, depuis le départ des Cubains, en Afrique ex-portugaise. Ils n'ont pas tenté de s'en emparer en Afrique du Sud, en dépit de décennies de lutte armée. Quant à Fidel, dont un de ses ex-proches, Benigno, a brossé un portrait aussi éclairant que dévastateur[7], il s'est déshonoré aux yeux de la plupart de ses admirateurs en condamnant la destruction du mur de Berlin et en faisant arrêter et exécuter, sous prétexte d'un trafic de drogue en réalité organisé par le régime, le général Ochoa qui avait dirigé le corps expéditionnaire en Angola. Le romantique révolutionnaire des années soixante s'est mué avec l'âge en un caudillo jouisseur, cruel et tatillon, vivant des dollars apportés par les touristes et qui rémunèrent entre autres une prostitution de plus en plus répandue.

---

6. Circulaire du comité central du PCC en date du 16 mai 1966. Texte intégral in Gilbert Mury, *De la révolution culturelle au Xe congrès du Parti communiste chinois*, UGE, « 10/18 », 1973, t. I, p. 199.

7. Benigno (pseudonyme du colonel Dariel Alarcón Ramirez), *Vie et mort de la Révolution cubaine*, Fayard, 1995.

Reste en réalité un seul pays communiste, au sens stalinien du terme : la Corée du Nord, où la population meurt de faim tandis qu'une armée maintenue depuis un demi-siècle sur le pied de guerre détourne à son profit une grande partie de l'aide alimentaire internationale. Combien de temps cela durera-t-il ? L'étrange et peu loquace Kim Song-il ne mettrait pas tant d'énergie à se doter d'armes nucléaires s'il ne se sentait pas de plus en plus menacé. Encore que l'ampleur de la note qu'il leur faudrait payer atténue singulièrement l'ardeur réunificatrice des Coréens du Sud : ils savent qu'elle serait bien plus élevée que celle, déjà très ruineuse, de l'absorption de l'Allemagne de l'Est par sa sœur et rivale occidentale.

3° Les États-Unis ne sont toujours pas parvenus à gagner la paix : George Bush Ier avait pourtant promis juré au Congrès, le 11 septembre 1990, au début de la crise du Golfe, que la « juste guerre » en préparation contre un Irak coupable d'avoir six semaines plus tôt annexé *manu militari* le Koweit déboucherait sur l'avènement « d'un nouvel ordre mondial, d'un monde [...] où le règne de la loi, et non de la jungle, gouverne la conduite des nations[8] ». Il était revenu à la charge le 6 mars suivant, toujours au Capitole, en déclarant : « Deux fois au cours de ce siècle, [en 1918 et en 1945], l'espoir d'une paix durable est sorti des horreurs de la guerre. Deux fois auparavant, il est apparu que ces espoirs étaient un rêve lointain, hors de portée de l'homme [...]. Maintenant nous pouvons voir un nouveau monde venir sous nos yeux[9]. » On n'allait rien voir du tout. Dès le début de juillet, la formule, jusqu'alors quasi quotidiennement répétée, disparaît du discours politique, au motif qu'elle inquiète les uns et fait sourire les autres[10].

On était décidément loin de cette « fin de l'Histoire » dont Francis Fukuyama, alors directeur adjoint du bureau de planification politique du département d'État, avait cru pouvoir annoncer à l'été 1989 l'inévitable avènement du fait de ce qu'il appelait la « totale exhaustion des alternatives systématiques viables au libéralisme occidental[11] ». Tout au plus concédait-il que la « perspective » ainsi ouverte « de siècles d'ennui » pourrait finir un jour par entraîner un redémarrage de feu l'Histoire. Il n'avait pas trouvé ça tout seul. D'avoir éprouvé en 1806, au soir de la bataille d'Iéna, la « sensation

---

8. *Time*, 28 janvier 1991.
9. *Le Monde*, 31 janvier 1991.
10. David Gergen, « Bye-bye to the New World Order », in *U.S. News*, 8 juillet 1991.
11. Francis Fukuyama, « The End of History ? », *The National Interest*, été 1989.

merveilleuse » de voir « l'Empereur [Napoléon] – cette âme du monde – concentré ici sur un point, assis sur un cheval, s'étend [re] sur le monde et le domine[r][12] », avait persuadé Hegel que rien ne pourrait plus remettre en cause la victoire des idées révolutionnaires, et que l'Histoire avait donc en un sens pris fin. La défaite de l'Aigle l'avait amené, non pas à remettre en cause ce diagnostic, mais à transférer du modèle « romain » au « germanique » la charge de diriger le monde. « L'Histoire universelle va de l'Est à l'Ouest, car l'Europe est absolument la fin de l'Histoire, dont l'Asie est le commencement[13] », écrira-t-il en 1831.

Mais c'est évidemment surtout la pensée d'Alexandre Kojève qui avait poussé Fukuyama à proposer à une intelligentsia américaine toujours friande de nouveaux paradigmes une remise à jour de la vision du grand philosophe allemand. Lui-même philosophe, se présentant comme stalinien mais associé à la construction de l'Europe, il a séduit par sa culture et sa vivacité d'esprit la plupart de ceux qu'il a rencontrés. Kojève professait en effet que « la période nationale » de l'État moderne était révolue, et qu'avant « de s'incarner dans l'humanité [c'est alors qu'on pourra parler de fin de l'Histoire], le *Weltgeist* [l'Esprit du monde] hégélien, qui a abandonné les nations, séjourne dans les empires[14] ». « Hegel avait raison, écrivait-il, de voir dans la bataille d'Iéna la fin de l'Histoire proprement dite. Dans et par cette bataille, l'avant-garde de l'humanité a virtuellement atteint le terme et le but – c'est-à-dire la fin – de l'évolution historique de l'homme. Ce qui s'est passé depuis ne fut qu'une extension dans l'espace de la puissance révolutionnaire universelle actualisée en France par Robespierre-Napoléon[15]. » On comprend qu'un apologiste du rêve américain, nourri de cette dialectique, ait pu conclure, devant le vide laissé par la disparition de l'avant-dernier empire, à la victoire définitive de l'Oncle Sam. Le moins qu'on puisse dire, au moment où sont écrites ces lignes, sur fond de tueries orientales, est que, malgré tout ce qu'a pu espérer un George Bush Jr, on n'en est pas vraiment là...

---

12. Georg Friedrich Wilhelm Hegel, « Lettre à Niethammer du 13 octobre 1806 », in *Correspondance*, Gallimard, 1962, t. I, pp. 114-115.
13. *Leçons sur la philosophie de l'Histoire*, cité par Jean-Baptiste Duroselle in *L'Idée d'Europe dans l'Histoire*, Denoël, 1965, p. 212.
14. Cité in Dominique Auffret, *Alexandre Kojève*, Grasset, 1990, p. 283.
15. Cité in Francis Fukuyama, *La Fin de l'Histoire et le dernier homme*, Flammarion, 1992, p. 93.

* *

Reste, avant d'écrire le mot fin non pas donc de l'Histoire mais de celle du conflit Est-Ouest, à essayer de répondre à quelques questions essentielles. Aurait-on pu éviter la guerre froide ? Aurait-elle pu tourner à la guerre tout court ? L'URSS aurait-elle pu la gagner ?

Qu'on se soit fortement mépris, de part et d'autre, mais surtout du côté américain, sur les intentions de l'adversaire ne saurait aujourd'hui faire de doute. Zbigniew Brzezinski, le Kissinger de Jimmy Carter, qu'on a déjà cité plusieurs fois, a bien résumé la situation lorsqu'il a écrit en 1992 : « Il semble clair que dans la phase initiale de la guerre froide, qui a duré jusqu'après la mort de Staline en mars 1953, les deux camps étaient davantage motivés par la peur que par des desseins agressifs, chacun percevant l'autre, à la vérité, comme songeant à l'agression[16]. » Cet état d'esprit a survécu à la disparition du Vojd, même si progressivement la hantise d'une « percée technologique » donnant à l'adversaire les moyens d'une victoire sans combat a pris la relève de la crainte d'une attaque par surprise.

Dès 1983, un spécialiste reconnu de ces questions, Andrew Cocqburn, avait montré dans un livre à sensation[17] à quel point la réalité de la machine de guerre soviétique, dont il décrivait par le menu les énormes carences dans tous les domaines, était éloignée des estimations de l'*establishment* américain. L'arsenal proprement militaire n'était pas seul en cause. Un article du sénateur démocrate de New York Daniel Moynihan allait opportunément montrer à quel point ses compatriotes avaient « surestimé pendant quarante ans tant la taille de l'économie soviétique que son taux de croissance[18] ». Ils n'étaient pas les seuls. Aux yeux de quantité d'Européens, qui avaient pu mesurer à leurs dépens l'efficacité de la dictature nazie, le système totalitaire assurait à l'URSS un avantage formidable par rapport à des démocraties obligées en permanence de faire la part belle aux exigences des consommateurs, aux revendications des syndicats et aux critiques de l'opposition et de la presse. On n'imaginait pas l'étendue du gaspillage,

---

16. Zbigniew Brzezinski, « The Cold War and its Aftermath », *Foreign Affairs*, automne 1992.
17. Andrew Cocqburn, *The Threat,* New York, Random House, 1983 ; traduction française, *La Menace*, Plon, 1984.
18. Daniel Patrick Moynihan, « For Decades, Washington Overrated the Soviets », *International Herald Tribune*, 13 juillet 1990.

la part énorme des récoltes qui, faute de transports suffisants comme de sens des responsabilités, pourrissait sur place, comme les ravages de l'alcoolisme : tout ce qui allait amener Gorbatchev à dénoncer la « stagnation » qu'avaient laissée s'installer ses prédécesseurs, plus attentifs, avec la nomenklatura sur laquelle était fondé leur pauvre pouvoir, à consolider leurs privilèges, à laisser se développer les mafias et à décourager leurs rivaux potentiels qu'à donner à l'État et à l'économie le coup de fouet dont ils avaient si ostensiblement besoin.

A sûrement contribué à l'exagération de la menace soviétique l'existence de ce « complexe militaro-industriel » américain dont Eisenhower n'avait pas hésité à dénoncer, en quittant la Maison-Blanche, le poids excessif et les possibles dérives. Le moins qu'on puisse dire est qu'il a survécu à la guerre froide, l'avènement de George Bush II ayant même consacré sa puissance, avec l'accession de deux de ses figures de proue, Dick Cheney à la vice-présidence et Donald Rumsfeld à la tête du département de la Défense. Naturellement ce mastodonte avait son pendant du côté soviétique : la *Pravda* a publié en mai 1991 une lettre signée de quarante-six responsables de huit ministères liés à la défense et dénonçant de nouvelles lois destinées, à les en croire, précisément, à diminuer l'efficacité de leur « complexe[19] ».

Qu'on ne s'y trompe pas cependant. Qu'on se soit mépris sur la vraie nature et l'ampleur de la menace ne saurait signifier qu'elle n'existait pas. Jean-Marie Soutou, vieil ami qui n'a cessé, tout au long de sa vie de diplomate non conventionnel, de se passionner avec une minutie d'entomologiste pour l'évolution du régime soviétique, avait totalement raison quand il parlait du Géorgien comme d'un « grand animal politique, grand travailleur, capable de contrôler des détails infimes, d'une cohérence monolithique dans le choix de ses fins et des moyens pour les atteindre, agissant avec une telle rationalité (dévoyée) que celle-ci pouvait faire penser à la folie des rois de Shakespeare, alors qu'elle était le passage à la limite des mécanismes de la raison [...] ». D'où il concluait que « seule l'idéologie pouvait structurer ses décisions les plus criminelles à nos yeux[20] ».

Les plus grandes erreurs stratégiques du Vojd sont d'ailleurs provenues de son excès de rationalité, qui avait entre autres

---

19. Cité par *Time*, 13 mai 1991.
20. Extrait d'une lettre de Jean-Marie Soutou à l'auteur en date du 1ᵉʳ février 2002.

inconvénients celui de le pousser à surestimer celle de ses adversaires : Hitler ne pouvait pas attaquer en juin à l'Est parce qu'il ne pouvait ignorer qu'il aurait tôt fait d'y rencontrer le général Hiver ; Truman n'allait pas faire la guerre pour une moitié de Corée alors qu'il avait laissé sans intervenir Mao mettre la main sur la totalité de la Chine. Et si lui-même a déclenché le blocus de Berlin, c'est parce que la réforme monétaire décrétée dans les zones d'occupation occidentales reflétait à ses yeux le refus des Britanniques et des Américains, dont il n'oubliait pas les tentatives d'intervention aux côtés des Blancs durant la guerre civile russe, de prendre leur parti de la domination soviétique en Europe centrale et orientale. Le propos qu'il a tenu à Djilas en juin 1944 sur la « tache rouge », qui fournit son titre à ce livre, en exergue duquel il figure, résume en peu de mots cette attitude. Disons que sa méfiance maladive le poussait à se sentir constamment sur la défensive, mais qu'il se jugeait autorisé par sa foi bolchevik à donner quelques coups de pouce à la grande horloge de l'Histoire. Notamment quand il estimait avoir une chance sérieuse soit de renforcer l'homogénéité du « bloc » en essayant de liquider une position avancée de l'Occident, comme c'était le cas avec Berlin-Ouest ou la Corée du Sud, soit d'atteindre cet objectif éternel des tsars qu'avait été la recherche d'un accès aux mers chaudes. Mais pas question de prendre des risques inutiles : il ne cessa de conseiller la prudence à Mao, de même, avant de rompre avec lui, qu'à Tito.

On a mis longtemps à le comprendre à l'Ouest, y compris en France, où l'on aura longtemps redouté que le rouleau compresseur soviétique ne déferle un beau matin, comme l'avaient fait quelques années plus tôt les blindés de Hitler, sur ce que Valéry appelait le « petit cap du continent asiatique[21] » et qui était resté libre. Si quelqu'un a joué avec le feu au Kremlin, c'est l'au demeurant plutôt sympathique Khrouchtchev, sans doute le dernier véritable croyant de l'Église rouge, dont le coup de poker de Cuba, venant après son ultimatum sur Berlin, a vraiment mis le monde au seuil de la catastrophe nucléaire.

Son imprudence a coûté sa place à M. K. et aucun de ses successeurs n'a pris la relève de ses ambitions. D'alliée indocile, la Chine est devenue un adversaire irréductible, allant jusqu'à faire ami-ami avec les États-Unis, dont le président a été accueilli avec tous les égards à Pékin. De moteur d'un empire, l'idéologie s'est

---

21. Paul Valéry, *Œuvres*, Gallimard, « Pléiade », 1965, p. 995.

étiolée jusqu'à n'être plus, selon le mot de Kennan, que « la feuille de vigne de la respectabilité intellectuelle et morale[22] » des dirigeants soviétiques, avant de disparaître purement et simplement. Les apparatchiks du Kremlin ont donné systématiquement la priorité à la préservation de leurs sinécures, même s'ils ont cru un moment, avec le Viêt Nam, l'Éthiopie, la décolonisation portugaise et le Nicaragua, que l'Histoire repartait dans le sens à elle assigné par Lénine. D'où l'erreur capitale commise avec l'invasion de l'Afghanistan, qui a indiscutablement précipité l'issue fatale. Est-ce à dire que celle-ci ne pouvait être évitée, et que l'URSS n'a jamais eu de véritable chance de gagner la guerre froide ?

Maintenant que l'Empire rouge est à terre, on a tendance à penser que son écroulement était inévitable. De la même façon chacun est-il convaincu aujourd'hui que Hitler ne pouvait l'emporter. Ses aviateurs auraient-ils gagné, à l'été 1940, la bataille d'Angleterre, n'aurait-il pas commis, l'année suivante, la folie d'attendre l'été pour envahir l'URSS, les Japonais auraient-ils attaqué la Sibérie au lieu de Pearl Harbor, le résultat final aurait pourtant sans doute été tout différent. De même, Staline aurait eu de bonnes chances d'atteindre les mers chaudes et de se soumettre, ou au moins de neutraliser l'Europe occidentale, s'il ne s'était pas heurté d'entrée de jeu à la volonté de résistance d'une Amérique disposant de l'épée de Damoclès nucléaire. Le pari cubain de Khrouchtchev ne pouvait sans doute pas être gagné, mais on n'en dira pas autant de la bataille des euromissiles des années quatre-vingt. Reste qu'à longue échéance, le rapport des forces potentielles ne laissait guère de chance aux nazis comme aux bolcheviks d'échapper à la règle selon laquelle les empires, comme toutes choses humaines, sont vouées à périr. Il n'empêche que, au moment où Gorbatchev est arrivé au pouvoir, la grande majorité des « kremlinologues » occidentaux se refusaient à croire qu'il puisse changer quelque chose au système et que lui-même a mis plusieurs années à comprendre que l'aggiornamento dont il rêvait était tout bonnement impossible.

« Nous sommes en train de vous faire quelque chose de terrible. Nous sommes en train de vous priver d'ennemi », avait dit aux lecteurs de *Time*, le 23 mai 1988, un très proche collaborateur de Gorby, en l'espèce Georgi Arbatov, directeur de l'Institut soviétique des affaires nord-américaines. De 1990 au 11 septembre

---

22. *Foreign Relations of the United States 1946*, Washington, U.S. Government Printing Office, 1969, p. 700.

2001, les États-Unis s'en sont finalement assez bien passés. Ils doivent regretter cette époque maintenant qu'ils font face et, quitte à diverger sur les comportements, toutes les démocraties avec eux, à un adversaire implacable et multiforme dont personne ne se hasarde à prédire quand et comment on en viendra à bout.

Plusieurs amis m'ont reproché, au moment de la publication de mon *Après eux, le déluge*, en 1995, ce titre à leurs yeux trop pessimiste. Le déluge menace pourtant toujours, et l'on n'aperçoit pas encore l'arc-en-ciel qui en marquera la fin. « Bien taillé, il faut recoudre », disait Catherine de Médicis au roi Henri III après l'assassinat du duc de Guise : les éditorialistes du temps de la IVe République usaient et abusaient de cet aphorisme pour commenter les crises ministérielles à répétition dont elle avait le secret. Qui saura recoudre ?

Repères chronologiques

1848 : Marx et Engels publient le *Manifeste du parti communiste*.

1864 : fondation de l'Internationale, qui sera dissoute en 1876 ; une deuxième sera créée en 1889.

1898 : fondation du Parti ouvrier social-démocrate russe (il prendra en 1912 le nom de bolchevik en expulsant ses éléments mencheviks).

1914-1918 : Première Guerre mondiale.

1917 : entrée en guerre des États-Unis (avril) ; révolution d'Octobre (novembre) ; armistice germano-russe (décembre).

1918 : Brest-Litovsk (mars) ; intervention alliée en Russie (été) ; mouvements révolutionnaires en Allemagne, qui seront écrasés en 1919.

1919 : création à Moscou de la IIIe Internationale (mars) ; le Sénat américain refuse de ratifier le traité de Versailles (novembre).

1920 : guerre russo-polonaise (avril-octobre) ; fin de la guerre civile russe (novembre) ; création du PC français (décembre).

1921 : soulèvement des marins de Kronstadt et début de la NEP (mars) ; accord commercial anglo-russe (mars) ; création du PC chinois (juillet).

1922 : Staline secrétaire général (avril) ; Rapallo (avril) ; création de l'URSS (décembre).

1924 : mort de Lénine (janvier) ; Londres, Rome et Paris reconnaissent l'URSS (janvier-octobre).

1927 : début de la guerre civile chinoise.

1929 : Trotski expulsé d'URSS (janvier) ; Staline lance le premier plan quinquennal (octobre) et met en route la liquidation des koulaks.

1933 : Hitler chancelier (janvier) ; Roosevelt, président des États-Unis depuis janvier, reconnaît l'URSS (novembre).

1934 : début de la longue marche des communistes chinois (octobre), qui durera deux ans ; assassinat de Kirov (décembre), débouchant sur la terreur en URSS.

1935 : Laval à Moscou (mai).

1936 : remilitarisation de la Rhénanie (mars) ; Front populaire en France (mai) ; guerre civile en Espagne (juillet, jusqu'en mars 1939).

1937 : début de la guerre sino-japonaise (juillet, jusqu'en août 1945).

1938 : Anschluss (mars) ; Munich (septembre).

1939 : Protectorat allemand sur la Bohême (mars) ; Hitler réclame Dantzig (avril) ; pacte germano-soviétique (août) ; invasion de la Pologne et début de la Deuxième Guerre mondiale (1er septembre) ; guerre soviéto-finlandaise (jusqu'à mars 1940).

1940 : invasion de la Norvège et du Danemark (avril) ; offensive allemande à l'Ouest (mai) ; Churchill Premier ministre (mai) ; armistice de Rethondes et création de la France libre par de Gaulle (juin).

1941 : invasion de la Yougoslavie et de la Grèce (avril) ; invasion de l'URSS (22 juin) ; Pearl Harbor (7 décembre).

1942 : déclaration des Nations Unies (1er janvier) ; débarquement en Afrique du Nord (8 novembre).

1943 : capitulation des forces allemandes à Stalingrad (février) ; anéantissement du ghetto de Varsovie (avril) ; Katyn (avril) ; dissolution du Komintern (mai) ; débarquement en Sicile (juillet) ; capitulation de l'Italie (septembre) ; rencontre de Churchill, Roosevelt et Staline à Téhéran (novembre-décembre).

1944 : débarquement de Normandie (6 juin) ; insurrection de Varsovie (1er août-2 octobre) ; les Soviétiques (25 août) et les Occidentaux (14 septembre) pénètrent en Allemagne ; libération de Paris (25 août) ; accord Churchill-Staline sur les zones d'influence dans les Balkans (octobre) ; de Gaulle à Moscou (décembre).

1945 : Yalta (février) ; mort de Roosevelt (12 avril) et de Hitler (30 avril) ; capitulation du Reich (8 mai) ; adoption de la charte des Nations Unies (25 juin) ; conférence de Potsdam (juillet-août) ; bombardements atomiques de Hiroshima et de Nagasaki (6 et 8 août) ; le 8 août, l'URSS déclare la guerre au Japon, qui capitule le 15 ; proclamation de l'Indonésie, de la République démocratique du Viêt Nam et de la République populaire de Yougoslavie (17 août, 2 septembre et 29 novembre) ; accord polono-soviétique sur la frontière Oder-Neisse (17 août) ; accord Mao-Tchang Kaï-chek (11 octobre) ; début de l'affaire d'Azerbaïdjan (de novembre 1945 à mars 1946).

1946 : démission de de Gaulle (janvier) ; discours de Churchill à Fulton sur le rideau de fer (mars) et à Zurich sur les États-Unis d'Europe (septembre) ; début de la guerre civile grecque (de septembre 1946 à octobre 1949) ; signature de traités de paix avec les satellites du Reich (octobre) ; début de la guerre d'Indochine (novembre).

1947 : lancement de la doctrine Truman (mars) et du plan Marshall (juin), rejeté par tous les pays de l'Est ; indépendance de l'Inde et du Pakistan (août) ; création du Kominform (octobre) ; reprise de la guerre civile en Chine (décembre).

1948 : abdication du roi de Roumanie (janvier) ; proclamation des républiques de Corée du Nord (février) et du Sud (août), et de l'État d'Israël (mai) ; réforme monétaire dans les zones d'occupation occidentales en Allemagne, conduisant au blocus de Berlin (juin, jusqu'à mai 1949) ; exclusion de la Yougoslavie du Kominform (juin).

1949 : fondation du Comecom et du Conseil de l'Europe (janvier) ; signature du Pacte atlantique (4 avril) ; proclamation de la République fédérale d'Allemagne (mai), de la République populaire de Chine (octobre), de la République démocratique allemande (octobre) ; première bombe atomique soviétique (juillet) ; exécution du Hongrois Rajk (septembre) et du Bulgare Kostov (décembre).

1950 : mise en route de la bombe H américaine (janvier) ; lancement des plans Schuman (mai) et Pleven (octobre) ; déclaration franco-anglo-américaine sur le *statu quo* au Proche-Orient (mai) ; début de la guerre de Corée (25 juin), où interviennent très vite les forces de l'ONU, et en octobre des « volontaires » chinois.

1951 : Mossadegh nationalise le pétrole iranien (avril) ; début des pourparlers d'armistice en Corée, aboutissant à un accord en juillet 1953 ; assassinat d'Abdallah de Jordanie (juillet) ; traité de paix avec le Japon (septembre) ; l'Égypte dénonce son traité d'alliance avec la Grande-Bretagne (octobre).

1952 : chute de la monarchie égyptienne (juillet) ; première bombe H américaine (novembre) ; exécution de Slansky (décembre).

1953 : mort de Staline (5 mars) ; soulèvement de Berlin-Est (juin) ; Malenkov annonce que l'URSS a la bombe H (août) ; Khrouchtchev premier secrétaire (septembre).

1954 : Nasser au pouvoir (février) ; conférence de Genève sur la Corée et l'Indochine (avril-juillet) ; rejet de l'armée européenne par le Parlement français (août) ; accords de Londres et de Paris sur l'entrée de la RFA dans le Pacte atlantique (octobre) ; début de la guerre d'Algérie (1er novembre), qui durera jusqu'à 1962.

1955 : Moscou accepte la neutralisation de l'Autriche (février) ; Bandung (avril) ; Khrouchtchev à Belgrade (mai-juin) ; la conférence de Messine décide la création d'une Communauté économique européenne (mai-juin).

1956 : rapport secret de Khrouchtchev au XXe Congrès sur les crimes de Staline (février) ; indépendance du Maroc et de la Tunisie (mars) ; dissolution du Kominform (avril) ; émeutes de Poznan, entraînant l'arrivée au pouvoir de Gomulka (juin-octobre) ; nationalisation du canal de Suez (juillet) ; insurrection de Budapest (23 octobre) provoquant une intervention soviétique (4 novembre) ; intervention israélo-franco-britannique en Égypte (octobre-décembre).

1957 : lancement de la doctrine Eisenhower sur le Proche-Orient (janvier) ; dénonciation du groupe antiparti en URSS (juin) ; lancement de la première fusée intercontinentale soviétique (août) et du Spoutnik (octobre).

1958 : union syro-égyptienne (janvier) qui sera dissoute en septembre 1961 ; coup d'Alger et retour de de Gaulle au pouvoir (mai) ; exécution des dirigeants hongrois Imre Nagy et Pal Maleter (juin) ; guerre civile au Liban (fin juin) ; assassinat du roi d'Irak (juillet) ; intervention américaine au Liban et britannique en Jordanie (juillet-août) ; crise du détroit de Formose (août-octobre) ; début de la crise de Berlin (novembre).

1959 : victoire de Castro à Cuba (janvier) ; Moscou dénonce son accord atomique secret avec Pékin (juin) ; Khrouchtchev aux États-Unis et en Chine (septembre) ; de Gaulle accepte l'autodétermination de l'Algérie (septembre).

1960 : discours de Macmillan au Cap sur la décolonisation (février) ; Khrouchtchev en France (mars) ; premiers signes de la querelle sino-soviétique (avril) ; sommet à quatre manqué à Paris (mai) ; crise du Congo belge (juin-septembre) ; élection de Kennedy (7 novembre).

1961 : rupture américano-cubaine (janvier) et débarquement manqué à la Baie des Cochons (avril) ; construction du mur de Berlin (13 août) ; rupture entre l'URSS et l'Albanie (décembre) ; le nombre des « conseillers » américains au Viêt Nam est porté à 15 000.

1962 : doctrine américaine de la « réponse flexible » (mai) ; indépendance de l'Algérie (juillet) ; neutralisation du Laos (juillet) ; offensive chinoise dans l'Himalaya (octobre) ; crise des fusées de Cuba (18-28 octobre) ; accords anglo-américains de Nassau sur l'armement nucléaire (décembre) qui seront rejetés en janvier par de Gaulle.

1963 : traité franco-allemand de coopération (janvier) ; rupture entre Pékin et Moscou (juillet) ; traité de Moscou sur l'arrêt des essais nucléaires (août) ; coup d'État militaire à Saigon, assassinat du président Diem (1er novembre) ; assassinat de Kennedy, Johnson président des États-Unis (22 novembre).

1964 : la France reconnaît la Chine populaire (janvier) ; création de l'OLP (mai) ; chute de Khrouchtchev (15 octobre) ; explosion de la première bombe atomique chinoise (16 octobre).

1965 : début des raids américains contre le Viêt Nam du Nord (février) ; intervention des États-Unis en République dominicaine après un putsch constitutionnaliste (avril) ; violente répression en Indonésie après une tentative de coup d'État d'extrême gauche (septembre).

1966 : retrait de la France de l'OTAN (mars) ; Brejnev secrétaire général (mars) ; début de la révolution culturelle chinoise (avril) ; de Gaulle en URSS (juin) ; de Phnom Penh, il invite les Américains à évacuer le Viêt Nam (août).

1967 : traités sur la démilitarisation de l'espace (janvier) et la dénucléarisation de l'Amérique latine (février) ; putsch des colonels grecs (avril) ; guerre de Six Jours entre l'Égypte et ses voisins (5-10 juin) ; essai de la première bombe H chinoise (juin) ; mort de Che Guevara (octobre).

1968 : Printemps de Prague (3 janvier-21 août) ; début de l'offensive du Têt (janvier) et de la conférence préliminaire sur le Viêt Nam (janvier à mai) ; « guerre civile froide » en France (mai-juin) ; traité de non-prolifération nucléaire (juillet) ; essai de la première bombe H française (août) ; Nixon élu président (novembre).

1969 : premiers incidents sino-soviétiques sur l'Oussouri (mars) ; de Gaulle quitte le pouvoir (27 avril) ; Pompidou président (juin) ; deux Américains débarquent sur la Lune (juillet) ; Willy Brandt chancelier (octobre).

1970 : intervention américaine au Cambodge (avril) ; signature de traités germano-soviétique (août) et germano-polonais (décembre) ; « Septembre noir » en Jordanie ; l'Unité populaire prend le pouvoir au Chili (octobre) ; agitation dans les ports polonais (décembre).

1971 : traité sur la dénucléarisation des fonds marins (février) ; accord sur l'entrée de la Grande-Bretagne dans la CEE (juin) ; accord des Quatre sur Berlin (septembre) ; la Chine populaire admise à l'ONU (octobre) ; indépendance du Bangladesh (décembre).

1972 : Nixon en Chine (février) ; accords Salt I (22 mai) ; traité entre les deux Allemagne (21 décembre).

1973 : accords de Paris sur la paix au Viêt Nam (janvier) ; ouverture des négociations sur la réduction équilibrée des forces conventionnelles en Europe (janvier) ; accord sur la prévention de la guerre nucléaire (juin) ; proclamation de la République afghane (juillet) ; guerre du Kippour (octobre-novembre) ; premier choc pétrolier (décembre).

1974 : mort de Pompidou (avril) ; « révolution des Œillets » au Portugal (avril) ; élection de Giscard d'Estaing (mai) ; coup d'État de Chypre (juillet) ; chute du régime des colonels en Grèce (juillet) ; démission de Nixon (août) ; chute du régime impérial éthiopien (septembre) ; accord sur les Salt II (novembre).

1975 : début de la guerre civile libanaise (avril) ; chute de Phnom Penh et de Saigon (avril) ; conférence d'Helsinki sur la sécurité et les échanges en Europe (juillet) ; accord égypto-israélien (août) ; mort de Franco ; Juan Carlos roi d'Espagne (novembre).

1976 : mort de Mao (septembre).

1977 : rupture de l'Union de la gauche en France (septembre) ; Sadate à Jérusalem (novembre).

1978 : coup d'État communiste en Afghanistan (27 avril) ; crise du Katanga (mai) ; élection de Jean Paul II (octobre) ; invasion du Cambodge par le Viêt Nam (décembre) ; chute du Chah (décembre).

1979 : arrivée triomphale de Khomeiny en Iran (janvier) ; intervention chinoise au Viêt Nam (février-mars) ; Margaret Thatcher Premier ministre (mai) ; victoire des sandinistes au Nicaragua (juillet) ; prise d'otages à l'ambassade américaine à Téhéran (novembre) ; invasion de l'Afghanistan (décembre).

1980 : Giscard d'Estaing reconnaît le droit des Palestiniens à l'autodétermination (mars) ; l'État polonais reconnaît les syndicats

Solidarność (août) ; l'Irak attaque l'Iran (septembre) ; Reagan élu président des États-Unis (novembre).

1981 : premier vol de la navette spatiale américaine (avril) ; Mitterrand président de la République (mai) ; assassinat de Sadate (octobre) ; Reagan lance « l'option zéro » sur les euromissiles (novembre) ; loi martiale en Pologne (décembre).

1982 : crise des Malouines (mars-juin) ; les Israéliens envahissent le Liban (juin) ; ouverture des négociations « Start » sur la limitation des armements stratégiques (juin) ; Helmut Kohl chancelier (octobre).

1983 : Mitterrand appuie (janvier) le déploiement des Pershing II devant le Bundestag qui l'approuvera en novembre ; Reagan lance la « guerre des Étoiles » (mars) ; levée de l'état de guerre en Pologne (juillet) ; intervention américaine à la Grenade (octobre).

1984 : gouvernement Fabius sans communistes (juillet) ; assassinat d'Indira Gandhi (octobre).

1985 : Gorbatchev secrétaire général (mars) ; il accepte le contrôle sur place des accords de limitation des armements (septembre).

1986 : Gorbatchev dénonce la « stagnation » brejnévienne (février) ; Tchernobyl (avril) ; rencontre Reagan-Gorbatchev à Reykjavik (octobre).

1987 : Gorbatchev accepte l'option « double zéro » (juillet) ; krach de la bourse de New York (19 octobre).

1988 : Gorbatchev annonce le retrait des Soviétiques d'Afghanistan (février) ; George Bush président des États-Unis (novembre) ; discours de Gorbatchev à l'ONU sur les « valeurs communes de l'humanité » (décembre).

1989 : ouverture de la « table ronde » à Varsovie (février) ; la Hongrie entrouvre le rideau de fer (avril) ; épreuve de force à Tiananmen (4 mai-4 juin) ; succès massif de Solidarité aux élections polonaises (juin) ; accord entre Gorbatchev et Kohl pour surmonter la division de l'Europe (juin) ; le PC hongrois renonce à la dictature du prolétariat (octobre) ; démission de Honecker, chef du parti et de l'État est-allemands (18 octobre) ; chute du mur de Berlin

(9 novembre) ; destitution du n° 1 bulgare et début de la « révolution de Velours » à Prague (novembre) ; exécution des Ceausescu (décembre).

1990 : Gorbatchev accepte la réunification de l'Allemagne (janvier) mais en dehors de l'OTAN (février), ne cédant sur ce point qu'en juillet ; libération de Mandela (février) ; Violeta Chamorro élue présidente du Nicaragua (février) ; la Lituanie, l'Estonie (mars) et la Lettonie (mai) proclament leur souveraineté ; l'URSS supprime la disposition de la constitution sur le rôle dirigeant du PC (mars) ; accord entre le gouvernement sud-africain et le Congrès national africain, qui renonce à la lutte armée (août) ; réunification de l'Allemagne (3 octobre) ; signature du traité de Paris sur la réduction des forces conventionnelles en Europe (novembre) ; Walesa élu président de Pologne (décembre).

1991 : fin de la résistance irakienne (février) ; chute du régime communiste éthiopien (mai) ; la CSCE « constate la fin de la guerre froide » (juin) ; indépendance de la Slovénie et de la Croatie, entraînant des interventions armées des troupes fédérales yougoslaves (juin-juillet) ; dissolution du Comecon et du pacte de Varsovie (juin-juillet) ; signature des accords Start (juillet) ; putsch manqué contre Gorbatchev (19-21 août) ; victoire des indépendantistes au référendum ukrainien (1er décembre) ; la Russie, la Biélorussie et l'Ukraine constatent que l'URSS a cessé d'exister et créent une « Communauté des États indépendants » (8 décembre) ; démission de Gorbatchev (25 décembre).

Index des noms de personnes

Abakoumov, Victor 213
Abdallah Ier de Transjordanie 231, 239
Abdulillah, prince 266
Abel, Elie 83
Acheson, Dean 144, 146, 159, 204, 224, 306
Adenauer, Konrad 27, 134, 156, 158-159, 162, 187, 206, 208-209, 274-275, 282, 343, 345, 351, 408
Adjoubeï, Alexeï 299, 353
Aflak, Michel 366
Agnew, Spiro 408
Ahrweiler, Hélène 539
Albright, Madeleine 32
Alexandre Ier, tsar de Russie 33, 35, 106
Alexandre II, tsar de Russie 35
Alexandre III, tsar de Russie 19
Allen, Richard 472
Allende, Salvador 373, 426-428, 453
Allilouieva, Svetlana 21, 183
Alphand, Hervé 248
Alsop, Joseph 347
Amalrik, Andreï 452
Amanoullah 53, 455-456
Amer, maréchal 371-373
Amin al-Hussein 232
Amin, Hafizullah 458
Anders, Wladislaw 78, 471
Andreotti, Giulio 453, 493
Andropov, Iouri 225, 329, 457-458, 463, 465, 474
Antonescu, Ion 488
Arafat, Yasser 330, 419, 421
Aragon, Louis 22
Arbatov, Georgi 547
Arbenz, colonel 290
Arciszweski, Tomasz 84
Aref, Abd al-Salem 266-267, 368
Arendt, Hannah 30
Argenlieu, Thierry d' 191, 194
Armas, Castillo 290
Arthaud, Denise 431
Ashraf, princesse 238
Assad, Hafez el- 330, 421-423, 446
Atatürk, Kemal 33, 53, 109, 237, 446, 456
Attlee, Clement 92, 101, 151, 204, 445
Auriol, Vincent 155, 197
Azevedo, José Baptista Pinheiro de 437

Babiuch, Edward 468
Bagdache, Khaled 264
Bahr, Egon 409

Bakatine, Vadim 527
Baker, James 496, 498, 512
Bakhtiar, Chapour 449-450
Bakr, Hassan al- 445, 447
Balaguer, Joaquín 375
Balcerowicz, Leszek 485
Balfour, lord 229, 231
Ball, George 317, 374
Bao Dai 190, 197, 312-313
Barnavi, Elie 246, 418, 420-421
Bartlett, Vernon 61
Baruch, Bernard 98
Barzani, Moustafa 106, 266-267, 446-448
Basile III 32
Batista, Fulgencio 177, 290
Begin, Menahem 330, 371
Béhar, Pierre 504
Ben Barka, Mehdi 376
Ben Bella, Ahmed 360, 374
Ben Gourion, David 176, 182, 235, 245, 247, 253
Ben, Philippe 218
Benes, Edouard 58, 88, 107, 123-124, 549
Benigno, colonel Dariel Alarcón Ramirez, dit 541
Berdiaev, Nicolas 33-34, 47
Beria, Lavrenti 70-71, 74, 79, 97, 181, 183-185, 187-188, 209-216, 257, 352-353
Beria, Sergo 181, 183-184, 188
Berlinguer, Enrico 452-453, 472
Bernadotte, Folke 235
Bernstein, Carl 408
Bernstein, Eduard 100
Beuve-Méry, Hubert 155
Bevin, Ernest 101-102, 115, 122, 233
Bhutto, Ali 13, 396-397
Bidault, Georges 101, 115, 117, 121, 197-199
Bielinski, Vissarion 34

Bierut, Boleslaw 129, 211, 217
Binh, Mme 413
Bishop, Maurice 430
Blum, Léon 59, 122, 190
Bohlen, Charles 86
Bohley, Bärbel 492
Boichard, Jean 11
Bonnet, Georges 59, 65
Bor-Komorowski, général 80-81
Borodine, Mikhaïl 138, 190
Bosch, Juan 375
Botha, Pieter 441
Boukharine, Nicolaï 58, 476
Boukovski, Vladimir 429, 521
Boulgakov, Mikhaïl 47, 476
Boulganine, Nicolas 183, 185, 189, 205, 248, 258, 456
Bradlee, Ben 305
Bradley, général 152
Brandon, Henry 303
Brandt, Willy 188, 209, 323, 331, 409-410, 412, 495
Brejnev, Leonid Ilitch 324, 327-329, 335-336, 352-354, 356, 360, 386-388, 390-391, 401, 403-407, 412, 422, 424, 429, 436, 453-454, 458, 460-461, 463, 465, 469, 475, 483
Briand, Aristide 27, 55, 156
Broué, Pierre 77
Brucan, Silviu 508
Bruszt, Laszlo 487
Brutents, Karen 100
Brzezinski, Zbigniew 442, 449, 455, 493, 535, 544
Buffet, Marie-George 541
Buhler, Pierre 385, 484
Buican, Denis 508
Bujak, Zbigniew 484
Bullitt, William 52, 76
Bullock, Alan 147
Bundy, McGeorge 311
Burckhardt, Carl 32, 64

INDEX DES NOMS DE PERSONNES

Bush, George (père) 453, 465, 481, 491, 498, 521, 530, 533-535, 542
Bush, George W (fils) 406, 543, 545
Byrnes, James 89, 101, 105, 114-115, 161

Cabot Lodge, Henry 318-319
Cabral, Amilcar 433
Caetano, Marcelo 432
Cairncoss, John 74
Callaghan, James 461
Caradon, lord 418
Caramanlis, Costas 434-435
Carrère d'Encausse, Hélène 20, 33, 452, 522
Carrillo, Santiago 391, 435, 453
Carter, Jimmy 330, 395, 430-431, 442, 449-450, 454, 458, 460-461, 463, 493, 544
Carvalho, Otelo de 436-437
Casey, William 472
Castro Ruz, Fidel 176, 290-292, 298-300, 303-304, 307-308, 310, 348, 373-376, 378, 383, 392, 426-432, 436, 441, 444, 541
Castro, Raúl 291, 300
Catarivas, David 233
Catherine II de Russie 30, 79, 467
Catroux, Diomède 242-243
Ceausescu, Nicolae 210, 384, 388, 417, 488, 502, 507-511
Chaliand, Gérard 377
Challe, Maurice 247
Chamberlain, Neville 59-61, 504
Chamorro, Pedro 431
Chamorro, Violeta 432, 498
Chamoun, Camille 255, 265-267, 269

Chehab, général Fouad 265, 267, 269
Chen Duxiu 139
Chepilov, Dimitri 245
Chevardnadze, Edouard 404, 474, 482, 528
Cheyney, Dick 545
Cheysson, Claude 472-473
Chirac, Jacques 521
Chouchkévitch, Stanislav 536
Choukeiri, Ahmed 368, 419
Church, Frank 426
Churchill, sir Winston 13, 22, 24, 43, 67, 72-78, 80-83, 86, 89, 91, 92, 96, 97, 103, 105-107, 109-110, 113, 127, 144, 155, 157, 159, 173, 180, 188, 199, 231, 238-239, 242, 316
Clauss 75
Clay, général Lucius 114, 131, 144, 155, 294, 365
Clemenceau, Georges 27, 36, 43, 54
Clinton, Bill 32, 347
Cocqburn, Andrew 544
Cohn-Bendit, Daniel 380
Conein, Lou 319
Conquest, Robert 147, 182
Constantin Ier, roi de Grèce 369
Cornea, Dinea 508
Corvalan, Luis 429
Costa Gomes, Francisco da 433, 436-437
Costa-Gavras 182
Coudenhove-Kalergi, Richard 156
Couve de Murville, Maurice 338, 340
Cunhal, Alvaro 436-437
Cyrankiewicz, Jozef 217-218

Daladier, Edouard 60, 504
Dalton, sir Hugh 111
Daniel, Iouri 385

Daniel, Jean 299, 348
Daoud, Mohamed 456-457
Davies, John 141
Davies, Norman 217
Dawes, Charles 17, 55
Dayan, Moshe 247, 371
De Gasperi, Alcide 119, 159
De Klerk, Frederik 274, 441
De Lattre de Tassigny, maréchal 197
Debray, Régis 177, 376, 378, 426
Debré, Michel 389
Delors, Jacques 491
Deng Xiaoping 210, 330, 358, 360, 416-417, 514-517, 519-520
Deron, Francis 520
Dickens, Charles 170
Diêm : voir Ngô Dinh Diêm
Dillon, Douglas 306
Dimitrov, Georges 128
Dinescu, Mircea 508
Djilas, Milovan 75, 113, 121, 128, 131, 138, 384, 546
Dobrynine, Anatoli 389
Domenach, Jean-Marie 390
Doriot, Jacques 57
Dostoïevski, Fedor 34
Doudaev, général 535
Doumeng, Jean-Baptiste 473
Draper, Theodore 312
Druto, Jiri 356
Duang Van Minh 319, 349, 413
Dubček, Alexandre 328, 383, 385-388, 390-391, 503-504, 530
Dulles, John Foster 9, 171, 179, 199, 222, 240-242, 244-246, 255-256, 266, 268, 276-277, 309, 311, 466
Dumas, Roland 496, 512
Duroselle, Jean-Baptiste 59
Dzerjinski, Felix 42-43, 47, 525

Eanes, général 437
Eban, Abba 234, 370-371
Ebert, Friedrich 44
Eden, Anthony, Lord Avon 73, 76, 78, 80, 83, 113, 188, 200, 233, 237, 242-248, 253-254, 277, 539
Ehrenbourg, Ilya 107, 180
Eisenhower, Dwight D. 91, 99, 170-171, 179-180, 189, 196, 199-200, 224, 228, 244, 246-248, 254-255, 260-261, 264-266, 268, 276-278, 281-283, 285, 288, 291-292, 329, 360, 392, 399, 545
Eisner, Kurt 45
Ellsworth, Robert 392
Eltsine, Boris 79, 146, 223, 475, 481, 522, 527, 529-535, 537
Engels, Friedrich 12, 37, 48, 454, 467
Erhard, Ludwig 351, 354, 408
Escalante, Anibal 298
Eshkol, Lévy 370-371
Eytan, Walter 265-266, 371

Fahd, prince 366
Farouk 175, 234, 239-240, 246
Fauvet, Jacques 207
Fawzi, général 370
Fayçal, roi d'Irak 230-231
Fejtö, François 205, 220, 289, 359
Fermi, Enrico 97
Ferro, Marc 525
Fierlinger, Zdenek 107, 123
Fitzgerald, Frances 401
Flerov, G.N. 74
Flohic, amiral 390
Foch, maréchal 41
Fomine, Alexandre 308
Ford, Gerald 330, 408, 412, 436

Fourastié, Jean 120
Franco, Francisco 59, 435
François Ier 229, 357
Frankfurter, Felix 230
Frei, Eduardo 427
Freud, Sigmund 51
Fried, Eugen 57
Fritsch-Bournazel, Renata 409
Froment-Meurice, Henri 274
Fuchs, Klaus 74
Fukuyama, Francis 542-543
Fulbright, William 144, 294
Fursenko, Alexandre 304

Gaitskell, Hugh 247
Gajewski, Stanislaw 253
Gandhi, Indira 175, 396
Gandhi, Mohandas 175
Garde, Paul 127
Garton Ash, Timothy 468, 484
Gaulle, Charles de 9, 24, 27, 45, 78, 84, 92, 98, 107, 114, 117-119, 121, 154, 157, 168, 170, 172-174, 191, 194, 266, 275-277, 279-280, 282, 285, 292-295, 306-307, 323, 331, 338-345, 349, 351, 356, 360-364, 371, 375, 380-381, 389, 392-393, 409, 411-412, 419, 434-435, 459
Genscher, Hans-Dietrich 490-491
George VI 76
Gerlach, Manfred 497
Gerö, Erno 220-221
Ghavam Sultaneh 103, 105, 446
Gheorghiu-Dej 211
Giap, général 194-195, 312, 402
Gibbon, Edward 451
Gierek, Edward 405, 460, 467-468, 471
Gilson, Etienne 135

Giraud, général 173
Giscard d'Estaing, Valéry 331, 405, 412, 434, 440, 448, 459, 461, 463
Gizenga, Antoine 288
Glaspie, April 144
Glubb, Sir John Bagot 234, 243
Gogol, Nicolaï 34
Goldberg, Arthur 363
Goldwater, Barry 349
Gomulka, Wladyslaw 129, 167, 217-220, 253, 259, 385-387, 390, 405
Gonçalves, Vasco, général 436-437
Gonzalez, Felipe 535
Gorbatchev, Mikhaïl Sergueïevitch 99, 169, 210, 324, 329, 352, 404, 417, 454, 465, 473-476, 479-483, 486, 488-500, 502, 508, 511, 515, 517, 519-523, 525-536, 545, 547
Gorbatchev, Raïssa 527
Gorki, Maxime 20-21
Gorkic, Milan 125
Gottwald, Klement 123, 211, 383
Goulart, Joao 373
Gouraud, général 231
Gracey, Douglas 191
Granell, Eugenio 60
Gratchev, Andreï 473-474, 511, 522, 528, 532, 535
Grinewski, Oleg 527
Gromov, général 527
Gromyko, Andreï 88, 147, 184, 235, 304, 306, 396, 458, 474, 481
Grosz, Karolyi 486-487
Grotewohl, Otto 134
Groves, général Leslie 75
Groza, Petru 101
Guerassimov, Sergueï 483

Guevara, Ernesto "Che" 177, 291, 301, 368, 374, 376-378, 381, 426, 432
Guillain, Robert 142
Guillaume II 39
Guillebaud, Jean-Claude 376, 381
Gysi, Gregor 499

Haig, Alexander 472
Hailé Sélassié 442-443
Haldeman, Bob 399
Hallstein, Walter 209
Hammarskjöld, Dag 244, 254, 287-288
Hankey, lord 74
Harriman, Averell 71, 80, 83, 89, 102, 121, 141
Havel, Vaclav 390-391, 503-504
Heath, Edward 331, 411
Hegedus, Andras 212
Hegel, Friedrich 543
Heikal, Mohammed 240, 370
Heinemann, Gustav 162
Helms, Richard 393, 427
Henderson, Loy 255
Henri IV 156
Herter, Christian 276, 281
Herzen, Alexandre 34, 180
Herzl, Theodor 176
Hess, Rudolf 67
Hitler, Adolf 9, 18, 23-24, 56, 58-61, 63-69, 71-73, 79, 97, 99-100, 102, 107, 109, 113, 115, 118, 161, 217, 402, 467, 471, 499, 539, 546-547
Hô Chi Minh 154, 176, 190, 192, 194-195, 197-198, 207, 263, 311, 314, 316, 365, 399
Hodja, Enver 284, 289, 359, 513
Honecker, Erich 210, 488-493
Hopkins, Harry 91, 107
Horn, Giulia 490

Horthy, Miklos 221
Horvarth, général 399, 487
Hoveida, Amir Abbas 448
Hu Yaobang 514, 517
Hua Guofeng 395, 416
Hugo, Victor 156
Humphrey, Hubert 278, 348
Hurley, général 142
Husak, Gustav 210, 391, 504
Hussein de Jordanie 255, 266, 369, 371-372
Hussein, émir de La Mecque 229-232
Hussein, Saddam 144, 330, 421, 446-447, 450, 527
Huyser, général 449

Iakovlev, Vladimir 531
Ianaev, Guennadi 528, 531, 533
Iavlinski, Grigori 530
Iazov, Dimitri 523, 527, 531
Ibarruri, Dolores 289
Ignatiev, Simon 215
Iliescu, Ion 511, 513
Inönü, Ismet 109
Ioannidis, colonel 433-434
Ismay, lord 86
Ivan le Terrible 22, 32, 34, 52

Jacob, Alain 517
Jakes, Milos 502, 504
Jansen, Josef 345
Janssen, général 286
Jaroszewicz, Piotr 468
Jarring, Gunnar 419
Jaruzelski, général 210, 328, 468, 470-472, 484-485
Jdanov, Andreï 121, 181
Jean Paul II 328, 467-468, 471-472, 484, 525
Jiang Qing 357-358, 416
Jiang Zemin 520
Jivkov, Todor 210, 353, 502
Jobert, Michel 407

INDEX DES NOMS DE PERSONNES

Jodl, général 9, 69
Joffé, Adolphe 138
Johnson, Lyndon Baines 11, 204, 294, 304, 316, 319, 324, 329, 333, 346-350, 361-362, 364-366, 370-373, 375, 378-379, 389, 403
Joukov, maréchal 68, 70, 187-188, 207, 257, 328, 351
Jovanovic, général 129
Joxe, Louis 380
Juan Carlos 331, 435, 479

Kadar, Janos 130, 210, 221, 224, 252, 385, 486-487
Kadhafi, Muammar al- 254
Kafka, Franz 349, 382
Kaganovitch, Lazare 63, 169, 184, 257
Kahn, Hermann 340
Kamenev, Lev 53, 352
Kania, Stanislaw 470
Kao Kang 206
Kapitsa, Michel 204
Kaplan, Fanny 42
Kardelj, Edward 126, 138
Karmal, Babrak 456-459, 482
Kasavubu, Joseph 286, 288
Kassem, général 266-267, 368, 447
Kastler, Alfred 380
Keating, Kenneth 303
Keitel, maréchal 9
Kennan, George 38, 53, 90, 105, 121, 124, 171, 180, 547
Kennedy, Jackie 347
Kennedy, John Fitzgerald 11, 24, 96, 172, 204, 261, 273, 283, 290-295, 297, 299-301, 303, 305-311, 314-319, 323, 327, 329, 333, 338-349, 361, 363-364, 366, 373, 375, 392, 414, 426, 430, 539
Kennedy, Paul 451

Kennedy, Robert 306, 308-309, 319, 348, 364, 379
Kerenski, Alexandre 38, 41
Kharlamov, Mikhaïl 283
Khomeiny, Rumollah 330, 448-450
Khrouchtchev, Nikita Sergueïevitch 63, 65, 67, 70-71, 96, 99, 112, 129-130, 147, 149, 167-170, 172, 181-182, 184-185, 187-189, 198, 203-204, 206, 209, 212-215, 217-219, 223, 227-228, 248, 252-253, 256-259, 261-264, 266-270, 273-285, 287-288, 291-295, 297-301, 303-312, 315, 323, 327, 329, 333, 335, 337-339, 348, 350-353, 355-358, 366, 374, 392, 397, 404, 411, 414, 456, 465, 508, 514, 539, 546-547
Kiesinger, chancelier 409
Killian, James 260
Kim Il-sung 144-149, 263, 511
Kim Song-il 542
King, Martin Luther 379
Kipling, Rudyard 432
Kireievski, Ivan 30
Kirkpatrick, Lyman 292
Kirov, Sergueï 58
Kissinger, Henry A 22, 32, 54, 99, 148, 156, 253, 275, 292, 329, 338, 340, 344, 365, 392-402, 406, 408, 410, 412-413, 418, 422-424, 427, 429, 441, 447, 449, 544
Kleist, Peter 75
Koestler, Arthur 56
Kohl, Helmut 208, 331, 463, 489-492, 495-501, 526
Kohout, Pavel 383
Kojève, Alexandre 543
Koltchak, amiral 43
Kong Lê 315

Kornilov, Lavr Gueorguievitch, général 38
Kossuth, Lajos 251
Kossyguine, Alexis 188, 327, 338, 352, 354, 356, 360, 362-363, 365, 372-373, 378, 390, 403, 447, 458
Kostov, Traicho 130
Kouatli, Choukri 256, 264
Kouznetov, Vassili 204, 310
Krasnov, général 42
Kravtchouk, Leonid 535
Krenz, Egon 493, 499
Krioutchkov, Vladimir 527, 531, 534
Kun, Béla 45
Kundera, Milan 383, 504
Kuron, Jacek 328, 468

La Fayette, marquis de 31
La Puente, général de 377
Laloy, Jean 345, 352
Landsbergis, Vytautas 526, 528
Landsdale, général 298
Lange, Halvard 246
Laniel, Joseph 197, 200
Laval, Pierre 57
Lawrence, colonel 228, 230
Lê Duan 314
Lê Duc Tho 398, 401-402, 413
Leahy, amiral 89
Lebedeva, Natalia 77
Leclerc, maréchal 191-192, 195
Leitenberg, Milton 11
Lénine, Vladimir Ilyitch Oulianov 12, 17, 19-21, 33, 37-39, 41-49, 52-53, 58, 61, 70, 99-100, 108, 115, 127, 138, 161, 185, 195, 252, 280-281, 352, 380, 382, 438, 443, 456, 467, 474-475, 530, 547
Léopold Ier, roi des Belges 286
Lesseps, Ferdinand de 228
Li Peng 52, 518-519

Liebknecht, Karl 44
Liehm, Antonin 383
Ligatchev, Egor 481
Likhatchev, Mikhaïl 130
Lin Biao 359, 394, 416, 514
Lincoln, Abraham 35, 348
Liou Shaoqi 358
Lippmann, Walter 97, 155
Litvinov, Maxime 57, 60-61, 80, 88, 102
Lloyd George, David 44, 53
Lloyd, Selwyn 243, 247, 277
Logan, Donald 247
Lominadze, Besso 139
Lon Nol 399, 414-415
London, Artur 182
Louis, Victor 394
Loukianov, Anatoli 531
Loultchev 101
Lüdendorff, maréchal Erich 23, 56
Lumumba, Patrice 286-288
Luns, Joseph 343
Luxemburg, Rosa 44, 490
Lvov, prince 37

Machel, Samara 438
Macmillan, Harold 254, 266, 269, 276-277, 282, 285, 341-344, 360, 436
Maisky, Ivan 88
Maizière, Lothar de 500
Major, John 501
Makarios 434
Malenkov, Gueorgui 18, 110, 183, 185, 188, 204-205, 208-209, 211-212, 214, 252, 257, 352-353
Maleter, Pal 88, 224, 253, 289
Malik, Jacob 153
Malinine, général 224
Malinovski, maréchal 282-283, 299
Malraux, André 139, 357

Manchester, William 24, 240
Mandela, Nelson 331, 438, 441-442
Maneli, Mieczyslaw 318
Mansfield, Mike 314, 319
Mao Zedong 26, 127, 137, 139-143, 147-153, 168, 170, 174, 203-206, 223, 227, 258-259, 262-263, 269-270, 278-279, 323, 330, 333-335, 337, 355, 357-360, 363, 376, 381, 393-395, 397, 401, 416-417, 470, 513-516, 518, 541, 546
Marchais, Georges 452-453
Marshall, George général 53, 90, 115, 120, 131, 142, 150, 171, 234
Marx, Karl 12, 20, 30, 33-34, 48, 53, 108, 170, 210, 280, 318, 382, 530
Masaryk, Jan 123-124
Max de Bade, prince 44
Mazière, Christine de 500
Mazowiecki, Tadeusz 485
McArthur, Douglas 145, 148-153, 539
McCarthy, Joseph 122
McCloy, John 102, 311
McCone, John 300
McKinley, William 36
McLean, Fitzroy 74, 126
McMahon, Henry 229-231
McNamara, Robert 11, 304-305, 340-341, 343, 349-350, 364-365
Mecklin, John 318
Medvedev, Roy 58
Mehnert, Klaus 269
Meiji, empereur 33
Meir, Golda 182, 239, 418
Menderes, Adnar 255-256
Mendès France, Pierre 176, 197, 200, 207-208, 242, 338
Ménélik II 381, 442

Mengistu, Hailé Mariam 443-444
Menon, Krishna 334
Meray, Tibor 212, 337
Mercier, Louis-Sébastien 156
Metaxas, général 111
Meyer, André 365
Michelet, Jules 34
Michnik, Adam 328, 468
Mickiewicz, Adam 385, 467
Mihailovic, général Draga 25, 126
Mikhoels 182
Mikolaczyk, Stanislaw 80, 82-83, 91, 120
Mikoyan, Anastase 183, 205, 219, 221, 223, 258, 275, 300, 310, 352
Milea, général 510
Mindszenty, cardinal Jozsef 211
Mitterrand, François 221, 324, 331, 381, 452-454, 460, 464, 472, 493, 495-497, 504, 521, 526, 530, 533, 535
Mladenov, Peter 502
Mlynar, Zdenek 384, 391
Mobutu, Joseph 288, 440
Moch, Jules 122, 160
Moczar, général 385
Modrow, Hans 497, 499-500
Mollet, Guy 57, 243-244, 246-248, 253, 353
Molotov, Viacheslav 22, 27, 61, 63-66, 68, 70, 74, 84, 87, 90-91, 97, 101-102, 114-115, 120, 131, 133, 142, 161, 183-185, 188, 197, 200, 205, 207-209, 212, 214-215, 218, 223, 245, 257-258, 352
Monnerot, Jules 540
Monnet, Jean 158, 160, 173, 317, 343, 381
Monroe, James 35, 290, 425
Montesquieu 30

Morazé, Monique 175
Morgenthau, Henry 113
Moro, Aldo 453
Moskalenko, Nikolai 188, 458
Mossadegh, Mohammed 237-239
Moubarak, Hosni 330
Mounier, Emmanuel 313
Mountbatten, lady 174
Moynihan, Daniel 544
Murphy, Bob 246
Mussolini, Benito 108, 442

Naboulsi 255
Naftali, Timothy 60, 304
Nagy, Ferenc 120
Nagy, Imre 88, 176, 212, 220-224, 252-253, 258-259, 487
Nahas Pacha 233, 239-240
Najibullah, Mohammed 482
Napoléon Bonaparte 9, 30, 33-34, 72, 334, 543
Narinsky, Mikhaïl 77
Nasser, Gamal Abdel 168, 174-176, 240-247, 254-256, 264-268, 319, 360, 366-368, 370-373, 419-420
Navarre, général 198
Nazarbaïev, Noursoultan 531
Néguib, général 240-241, 436
Nehru, Jawaharlal 26, 168, 174, 180, 252, 263-264, 278-279, 334-335, 338, 360, 396
Nekritch, Aleksandr 67
Nemeth, Miklos 487, 490
Nenni, Pietro 119, 252
Neto, Agostinho 440-441
Neumann, Heinz 139
Nevski, Alexandre 72
Ngô Din Nhu 313, 318
Ngô Dinh Diêm 200, 311-316, 318-319, 349, 413
Nguyên Huu Tho 315
Nguyên Khanh 349

Nicolas Ier 33, 99, 180
Nicolas II 36, 108
Niedergang, Marcel 375
Nixon, Richard Milhous 26, 200, 319, 324, 329, 338, 340, 392-395, 397-403, 405-408, 411-412, 419, 422, 424, 427, 429, 434, 438, 445, 460, 514, 530
Nkrumah, Kwamé 168, 174, 176
Nolting, Fritz 317
Noske, Gustav 44, 56
Nouri Saïd 241, 256, 265-266
Novotny, Antonin 334, 383-384, 386

O'Donnell, Kenneth 319, 346
Ochab, Edward 217-219
Ochoa, général 541
Ogarkov, maréchal 464
Opletal, Jan 503
Oppenheimer, Julius 97
Ortega, Daniel 498
Orwell, George 97, 452
Oswald, Lee Harvey 327, 347
Oussama ben Laden 459, 482
Oustinov 458
Özal, Turgut 446

Paasikivi, Juho 125
Paine, Thomas 31
Pajetta, Giancarlo 335
Palach, Jan 390, 503
Paléologue, Alexandre 511
Palewski, Gaston 351
Palmerston, lord 251
Panikkar, sardar 149
Papadopoulos, Gheorghios 433
Papagos, maréchal 434
Papandreou, Andreas 434
Papandreou, Georges 82-83, 369
Pascal 14

Passy, colonel 9
Pasternak, Boris 476
Patton, général 539
Paul, prince-régent de Yougoslavie 68
Paul, roi de Grèce 129
Paulus, maréchal 113
Pavlenko, Nicolas 70
Pavlov, Valentin 529
Paz Estenssoro, Victor 373
Pearson, Lester 254
Peng Dehuai 358
Pepper, Claude 100
Perón, Juan 90
Petkov, Nicolas 101, 122
Pham Van Dông 200, 349, 401
Philothée de Pskov 32
Phoumi Nosavan, général 315
Pierre II, roi de Yougoslavie 89
Pierre le Grand 33, 76
Pilsudski, Jozef 45
Pineau, Christian 244, 247, 312, 368
Pinkowski, Joseph 469
Pinochet, Augusto 324, 428
Pisar, Samuel 459
Pleven, René 160
Podgorny, Nicolaï 327, 390, 421, 444
Poincaré, Raymond 55
Pol Pot 414-415, 417
Polianski, Dimitri 351
Polk, James 31
Polybe 466
Pompidou, Georges 331, 355, 380-381, 407, 410, 412, 459
Ponchaud, François 415
Popielusko, Jerzy 484
Portugalov, Nikolaï 497
Pouchin, Dominique 437
Pougo, Boris 527, 531
Powers, Gary 281
Prats, général Carlos 428

Prévot, Victor 11
Primo de Rivera, Miguel 55
Pryce-Jones, David 487
Pujo, Bernard 171

Radek, Karl 58
Radford, amiral 199
Raeder, Erich 61
Rahman, Mujibur 396
Rajk, Laszlo 130, 211, 220-221
Rakosi, Matyas 122, 211-212, 219-221
Ramadier, Paul 119
Rankovic, Alekzander 384
Rapacki, Adam 264
Rathenau, Walter 54
Razmara, général Haj Ali 237
Reagan, Ronald 32, 99, 121, 311, 324, 330, 430, 450, 454, 463-464, 466, 472, 480, 482, 489, 491, 515
Reinhold, Otto 497
Renan, Ernest 108, 156, 228
Reston, James 293, 348
Reynaud, Paul 173
Reza Chah 102, 444-445, 447-450
Reza Khan 103, 445
Ribbentrop, Joachim von 61, 63-64, 66, 75, 78, 108
Riboud, Antoine 494
Richardson, Elliott 393
Roberto, Holden 440
Rogers, William 419
Rokossovski, Konstantin, maréchal 81, 154
Roman, Petre 511-513
Roosevelt, Franklin Delano 23, 25, 52, 57, 71, 73, 75-77, 79-81, 83-84, 86-91, 96, 98, 113-114, 141, 143, 171, 173, 190
Roosevelt, Theodore 17, 23, 31-32, 35-36

Rosenfeld, Stephen 305
Rostow, Walt 294, 300, 310-311, 317, 319
Rostropovitch, Mstislav 494
Rotblat, Joseph 75
Rothschild, Lionel de 230
Rousseau, Jean-Jacques 156, 467
Rovan, Joseph 112, 412
Ruan Ming 519
Rumsfeld, Donald 545
Rupnik, Jacques 512
Rusk, Dean 204, 294-295, 300, 304, 308, 338, 363

Sadate, Anouar el- 330, 366, 368, 420-423
Sainteny, Jean 192, 194-195
Saint-Just 156, 358
Saint-Pierre, abbé de 156
Sakharov, Andreï 476, 499, 522
Salazar, Antonio de Oliveira 286, 432
Salinger, Pierre 348
Sallal, Abdullah al- 367
Sandino, Augusto Cesar 431
Saoud, roi d'Arabie 254, 256, 265, 366
Sarraj, Abdel 366
Sartre, Jean-Paul 216, 252, 380
Savimbi, Jonas 440-441
Scali, John 308
Schabert, Tilo 492, 501
Schabowski, Günther 493-494
Schacht, Hjalmar 55
Schlesinger, Arthur 290, 316, 318-319
Schmidt, Helmut 331, 405, 412, 459, 461, 463, 472, 496
Schoenbrun, David 196
Schroeder, Gerhard 345
Schülenburg, Werner von 68
Schumacher, Kurt 122, 162
Schuman, Robert 27, 122, 155, 158-160

Schumann, Maurice 195, 199
Scobie, général 83
Scowcroft, général 491
Sejna, général 384
Semelin, Jacques 404, 492
Semprun, Jorge 352
Serov, général 224
Seward, William 35
Seydlitz, maréchal von 113
Shamir, Itzhak 233
Sharett, Moshe 236
Sharon, général 423
Shawcross, William 384, 445
Sherwood, Robert 75
Sihanouk, prince 363, 415, 417
Sikorski, Wladyslaw 78-80
Siméon de Bulgarie 502
Sinatra, Frank 483
Siniavski, Andreï 385
Slansky, Rudolf 182
Slater, Jerome 375
Smygly-Rydz, Edward 63
Snow, Edgar 363, 395
Soares, Mario 436-437
Sobtchak, Anatoli 532
Sokoloff, Georges 46, 327
Sokolowski, Wassilij 132
Soloviev, Vladimir 33
Somoza, Tachito 431
Somoza, Tacho 431
Sorge, Richard 67
Sosa, Yon 377
Soudoplatov, Pavel 129
Souphanouvong, prince 414
Souslov, Mikhaïl 214, 221, 289, 352-353
Soustelle, Jacques 243
Soutou, Georges-Henri 283, 350, 406
Soutou, Jean-Marie 207, 545
Souvanna Phouma 315, 414
Spaak, Paul Henri 343
Spinola, Antonio de 433, 435

Staline, Joseph 12, 15, 18, 21, 24-26, 30, 45-48, 56-59, 61, 63-68, 70-84, 86, 88-92, 96-100, 103, 105-110, 112-114, 116, 118-125, 127-129, 132, 137, 140-141, 143-145, 146-147, 149, 151-154, 156, 160-162, 165, 167, 169, 179-186, 188-190, 197-198, 201, 203-204, 209-211, 213-215, 217, 220, 234, 239-240, 242, 257-259, 274, 280, 334, 336, 352, 361, 382-383, 404, 417, 467, 470-471, 476, 499, 522, 539, 544, 547
Steel, Ronald 149
Stepinac, Aloysius 126
Stettinius, Edward 89
Stevenson, Adlai 307
Stilwell, Joseph 141
Stoddard, Lawson 231
Stoph, Willy 410
Strauss, Franz Josef 488
Stresemann, Gustav 27, 55
Strong, Anna Louise 270
Sukarno, Ahmed 194, 350, 360
Sully, Maximilien de Rosny 156
Sun Yat-sen 138-139
Svoboda, général 107, 384, 390
Syngman Rhee 144, 146, 181

T.V. Song 101
Taraki, Nur Mohammed 456-458
Tatu, Michel 476
Taylor, Maxwell 304, 306, 317
Tchang Kaï-chek 26, 88, 101, 138-141, 143, 147-148, 152, 192, 205-206, 268-269
Tchernenko, Konstantin 329, 465, 473, 484
Tchernychevski, Nikolaï 20
Tchervenkov, Vico 211
Tchitcherine, Gueorgui 53-54

Teitgen, Pierre Henri 155
Teller, Edward 260
Teltschik, Horst 497
Thälmann, Ernst 56
Thant, U 308, 370
Thatcher, Margaret 330, 474, 493, 496-497, 501
Thiers, Adolphe 34
Thiêu 400-401, 413
Thom, Françoise 184
Thorez, Jean 216
Thorez, Maurice 57, 77, 106, 119, 194, 210, 215, 223, 253, 289, 356
Tinh, Dr 194
Tito, Josip Broz 25, 89-90, 113, 122, 125-130, 168, 174, 205, 210-215, 218, 220, 223, 227, 263, 282, 284, 335, 384, 388, 430, 513, 546
Tocqueville, Alexis de 9, 30, 34
Togliatti, Palmiro 216, 223, 253, 263, 335, 356
Tojo, amiral 306
Tökes, Laszlo 509
Tomasek, cardinal 504
Torrès, Camillo 377, 426
Toukhatchevski, Mikhaïl, maréchal 45, 58
Touré, Sekou 285
Tournoux, Jean-Raymond 411
Trotski, Léon 19, 38-39, 43, 46-48, 53, 129, 289
Trujillo, Rafael 375
Truman, Harry S. 25, 87-88, 90, 92, 95, 98, 103, 106, 110-111, 123-124, 132-133, 142, 150-151, 153, 171, 179, 182, 234-235, 446, 539, 546
Tschombé, Moïse 287-288

Ulam, Adam B. 262
Ulbricht, Walter 186, 211, 274, 282, 294, 333, 353, 385, 388

Vaculik, Ludvik 383
Valéry, Paul 546
Valluy, général 195
Vance, Cyrus 431
Vandenberg, Arthur 111, 124
Védrine, Hubert 533
Viansson-Ponté, Pierre 380
Victoria 228
Vinogradov, Ivan 181, 275
Vorochilov, maréchal 63, 258
Vychinski, Andreï 358

Wajda, Andrzej 468
Walesa, Lech 79, 328, 469-473, 484-485, 495
Wallace, Henry 87
Wang Zhen 519
Washington, George 31
Wazyk, Adam 217, 519
Wei Jingsheng 516-517
Weizmann, Chaïm 230
Weizsäcker, Richard von 489
Werth, Alexander 72
Werth, Nicolas 58
Wessin y Wessin, colonel 375
Westmoreland, général 362-363, 365
Weygand, général 45
Wilson, Harold 346, 363
Wilson, Thomas Woodrow 12, 17, 19, 23, 32, 36, 43, 51-52, 80, 98
Wohlstetter, Albert 310
Wolf, Markus 493
Woodward, Bob 408

Xoxe, Kotchi 130
Xuan Thuy 194, 398

Yahya Khan 396
Yang Shangkun 519
Yepichev, général 386
Yergin, Daniel 93

Zahedi, Faziollah 238
Zaher Chah 456, 482
Zangwill, Israël 231
Zatopek, Emil 386
Zhao Ziyang 518, 520
Zhou Enlai 13, 139, 149, 174-175, 198, 200, 203, 206, 259, 356, 394-395, 397, 416, 514-517, 519
Zinoviev, Grigori 53, 352
Zorine, Valerian 123, 307, 380

Table

Ouverture 9

**Acte I : Eux *ou* nous
Des origines à la mort de Staline
(1917-1953)**

Décor et personnages 17

CHAPITRE PREMIER : Messianisme contre messianisme 29
« Destinée manifeste » et Sainte Russie – Les rouges et le monde extérieur – De la révolution permanente au socialisme dans un seul pays

CHAPITRE II : Les alliances sacrilèges 51
Rapallo – La montée du nazisme – Du pacte franco-soviétique au pacte germano-soviétique

CHAPITRE III : Un gentleman chrétien ? 69
L'URSS face à l'invasion – Les erreurs de Hitler – Les marchandages entre les alliés : second front, Pologne, Grèce – De Yalta à Potsdam

CHAPITRE IV : L'invention de la guerre froide 95
Le début de l'âge nucléaire – L'affaire d'Iran – La doctrine Truman – L'impasse allemande

CHAPITRE V : Rome et Carthage 117
Le plan Marshall – Le coup de Prague – La rupture Staline-Tito – Le blocus de Berlin et la division de l'Allemagne – Le Pacte atlantique

CHAPITRE VI : Le déclenchement 137
Les communistes au pouvoir en Chine – La guerre de Corée – Les débuts de l'Europe – Le réarmement allemand

Acte II : Eux *et* nous
De la mort de Staline à la crise des fusées de Cuba
(1953-1962)

Décor et personnages 167

CHAPITRE VII : Le dégel 179

La mort de Staline – Le sort des Juifs soviétiques – Le soulèvement de Berlin-Est – La chute de Beria et l'ascension de Krouchtchev – La première guerre d'Indochine et l'accord de Genève

CHAPITRE VIII : Le cri de l'esclave 203

L'ascension de Khrouchtchev – Adenauer à Moscou – Canossa à Belgrade – Le « rapport secret » – Le « printemps en octobre » polonais – Le drame hongrois

CHAPITRE IX : Un épisode pathologique..................................... 227

Naissance de l'État d'Israël – L'affaire Mossadegh – La crise de Suez

CHAPITRE X : La fin de la sieste 251

Premiers grincements entre Moscou et Pékin – Le coup de tonnerre du Spoutnik – Nouvelles crises au Proche-Orient et dans le détroit de Formose – L'ultimatum sur Berlin

CHAPITRE XI : L'englueur englué 273

La crise de Berlin – La tension sino-soviétique – L'affaire de l'U-2 – La décolonisation – Kennedy président – Le mur

CHAPITRE XII : Dans le blanc des yeux 297

La crise des fusées de Cuba – L'enlisement au Viêt Nam

Acte III : Eux *sans* nous
De la détente à l'effondrement du bloc soviétique
(1962-1991)

Décor et personnages 323

CHAPITRE XIII : Le grand schisme et l'autre................................ 333

La rupture sino-soviétique – L'arrêt des essais nucléaires – La brouille franco-américaine – L'assassinat de Kennedy – Johnson et le Viêt Nam – La destitution de Khrouchtchev

CHAPITRE XIV : Ce qu'on appelait détente 355

Du « polycentrisme » communiste à la Révolution culturelle – La France quitte l'OTAN – La détente malgré le Viêt Nam – La guerre de Six Jours – Che Guevara et le foco

Chapitre XV : Des ménages fort remués 379
> *Mai 1968 - Le printemps de Prague - Nixon à Paris et à Pékin - Les négociations sur le Viêt Nam*

Chapitre XVI : Les liaisons avantageuses 403
> *Le communisme du goulasch - La limitation des armements - Le Watergate - L'Ostpolitik Helsinki - La fin de la guerre du Viêt Nam et le génocide cambodgien - La guerre d'Octobre*

Chapitre XVII : Tous ces brasiers au Sud 425
> *Le putsch chilien - D'autres Cubas ? - La fin des dictatures en Europe méridionale - La décolonisation de l'Afrique portugaise - De l'Éthiopie à l'Iran, « l'arc des crises »*

Chapitre XVIII : Une nation à débarbariser 451
> *La fin de l'eurocommunisme - L'Afghanistan - Reagan et la bataille des euromissiles - Le défi polonais - L'avènement de Gorbatchev - Tchernobyl*

Chapitre XIX : L'adieu au mur 479
> *L'option zéro - Le retrait d'Afghanistan - L'émancipation de la Pologne et de la Hongrie - La chute du Mur - La réunification de l'Allemagne - Libération à Sofia et à Prague*

Chapitre XX : Le naufrage 507
> *La tragédie roumaine - La revanche de Deng - Tiananmen - L'URSS en question - Le putsch manqué de Moscou - Le démembrement*

Conclusion(s) 539

Repères chronologiques 549

Index des noms de personnes 559

Cartes :
Les points chauds de la guerre froide (10) - Naissance de l'URSS (40) - Le pacte germano-soviétique (62) - Yalta et Potsdam (85) - L'URSS et les mers chaudes (104) - L'Indochine (193) - Cuba (302) - L'Afrique décolonisée (439) - Les euromissiles (462) - De la Russie à la Russie (524)

RÉALISATION : NORD COMPO À VILLENEUVE-D'ASCQ
IMPRESSION : NORMANDIE ROTO IMPRESSION S.A.S À LONRAI
DÉPÔT LÉGAL : JANVIER 2006. N° 86120-6 (122215)
Imprimé en France